筒井康隆コレクションVI

美藝公

日下三蔵・編

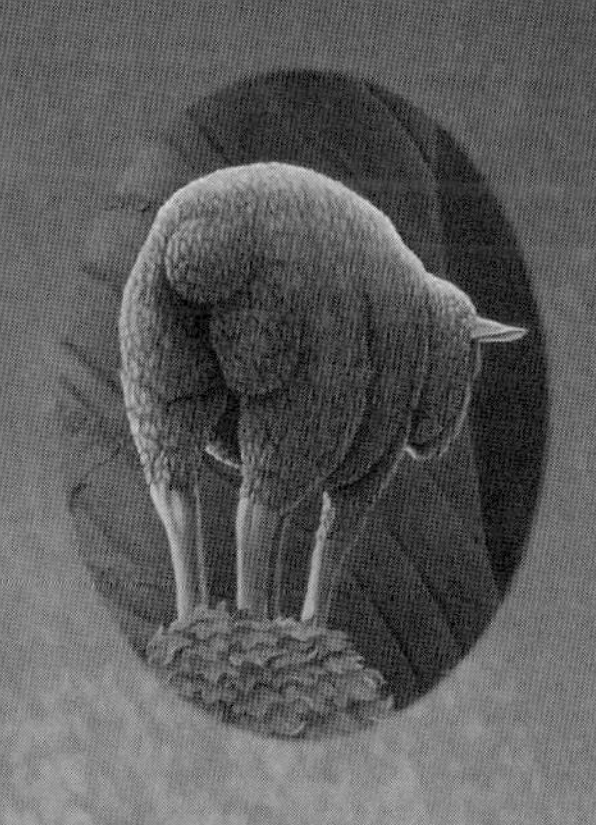

出版芸術社

目次

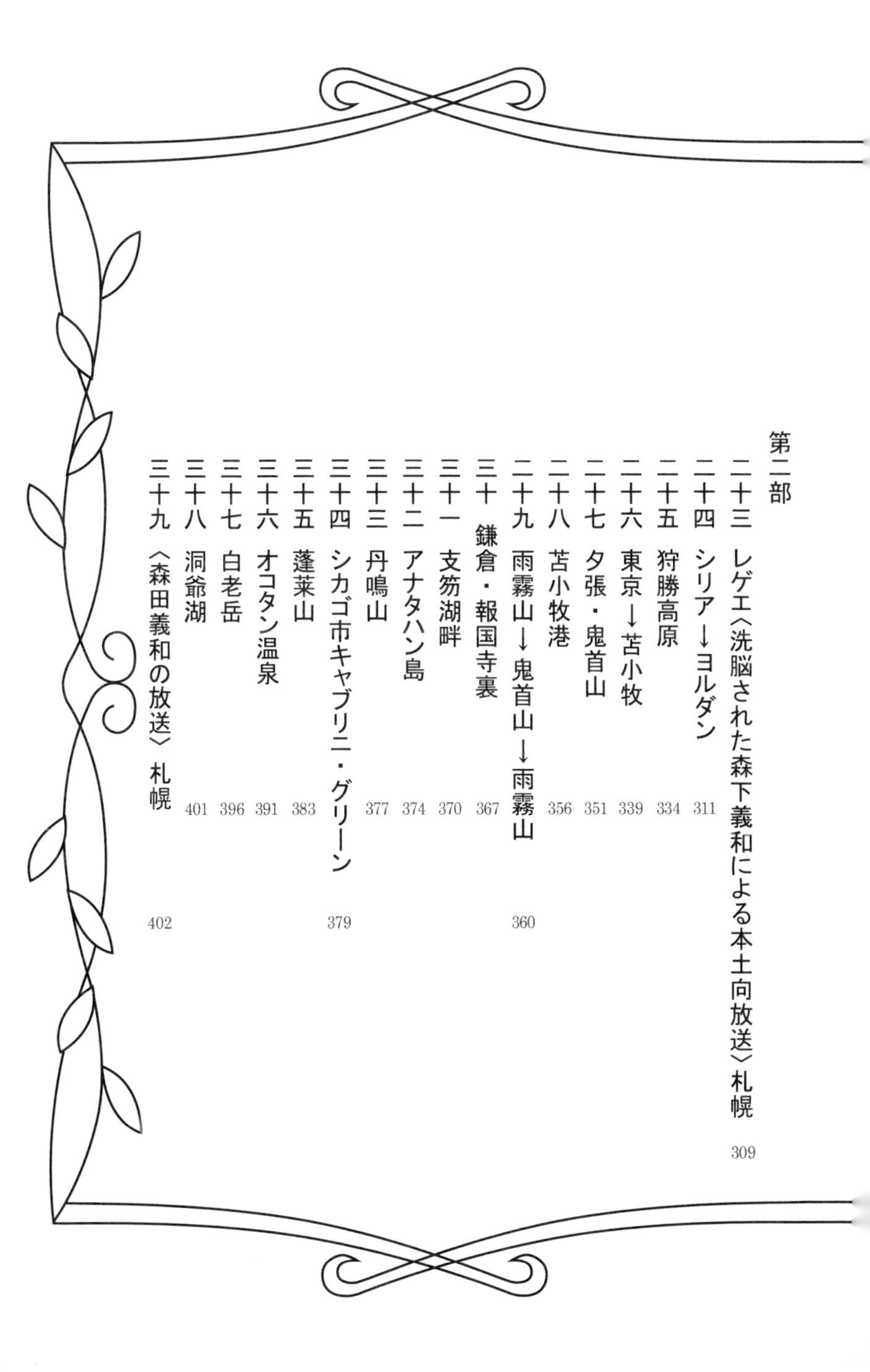

第二部

PART Ⅲ

単行本＆文庫未収録短篇

PART Ⅳ

単行本＆文庫未収録エッセイ

ヤング・ソシオロジー（抄）

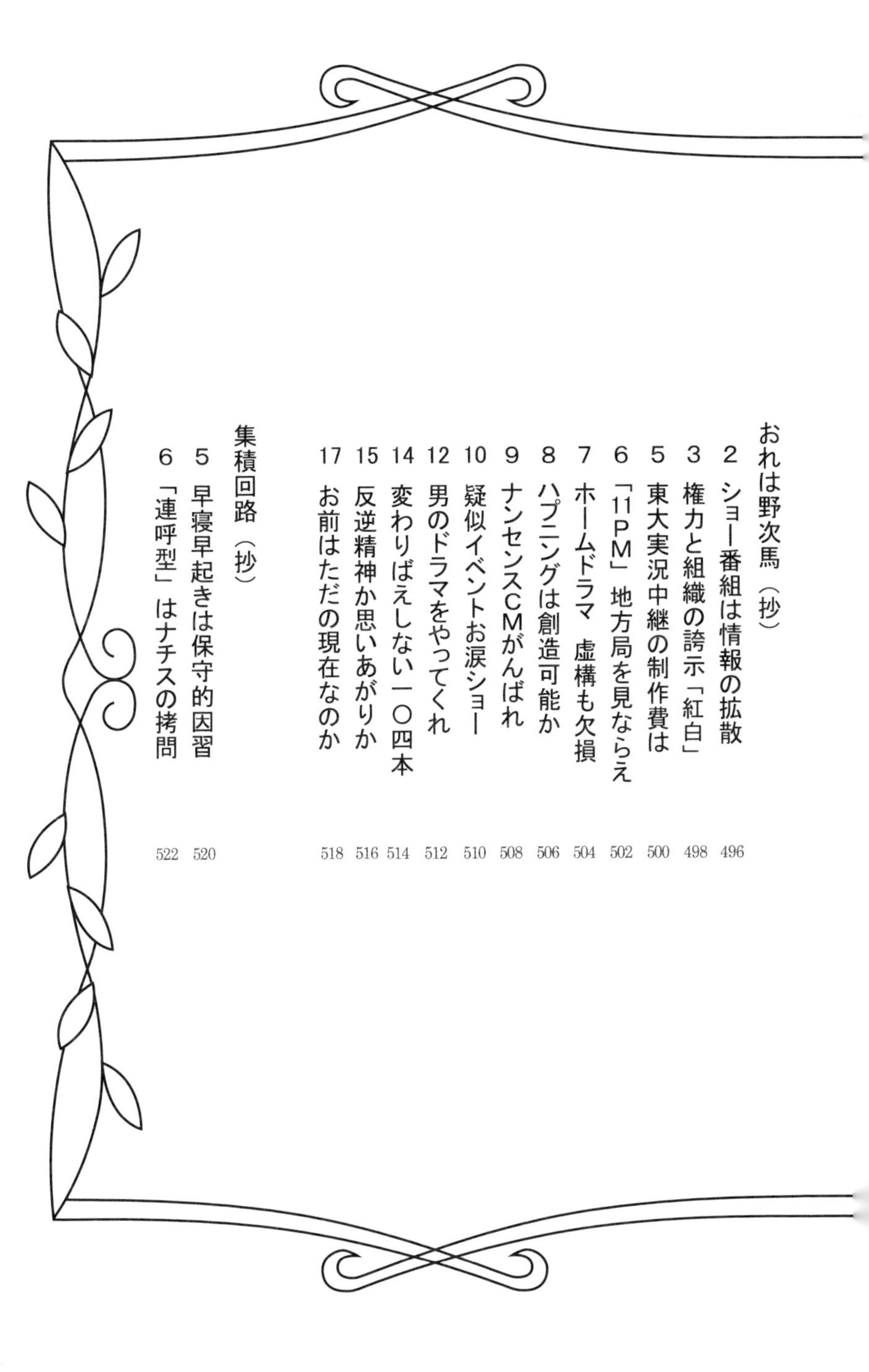

おれは野次馬（抄）

集積回路（抄）

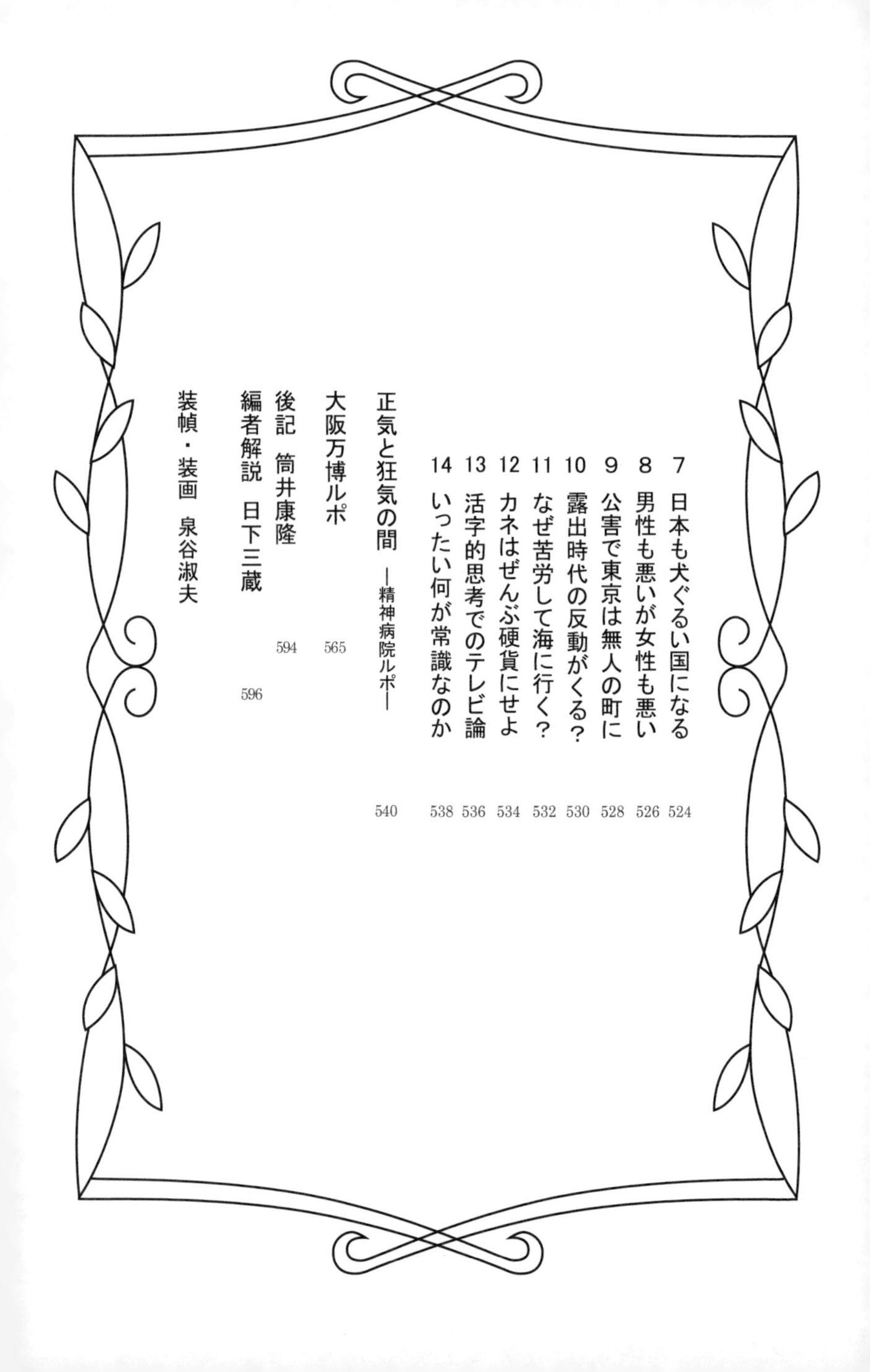

装幀・装画 泉谷淑夫

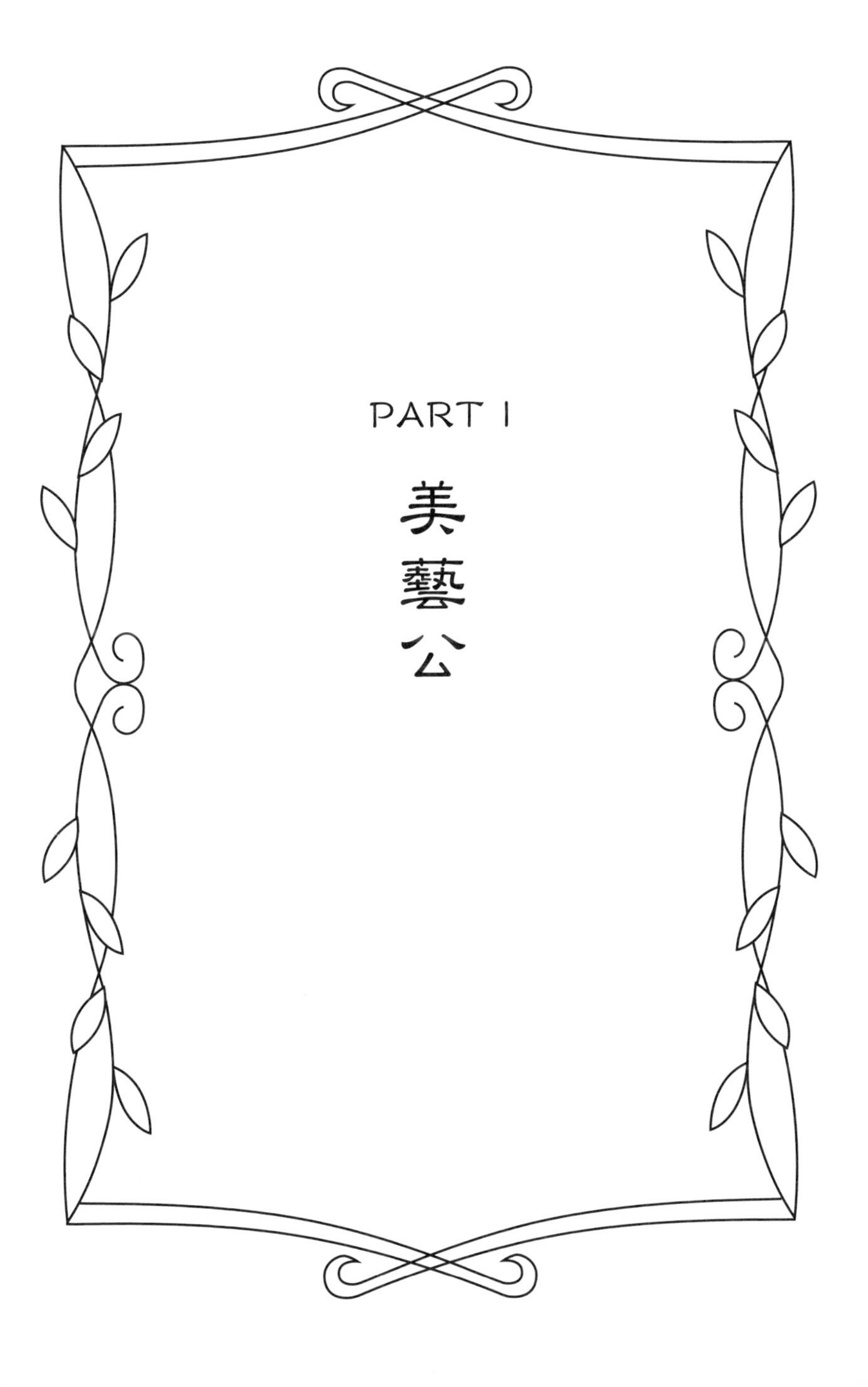

PART 1

美藝公

横尾忠則　画

YT627

　郊外へ出ると鮮烈な黄緑色が車の両側に迫ってきた。おれは肱掛(ひじか)けについたボタンを押し、後部座席の横の窓ガラスを少し開けた。おれの肺臓を洗おうとでもするように窓の隙間(すきま)から澄んだ空気がたちまち勢いよく流れこんでくる。針葉樹のきびしい香りを伴ったその空気は殺菌力があるかと思わせるほど鼻孔に痛い。ラジオの音楽を低く流し続けていた車内のステレオ装置が今街で流行している「活動写真」というチャールストンをやりはじめた。おれは肱掛けのダイヤルをまわして音量をあげた。

「人生は活動写真
かげろうのように
ゆらめいて消えてゆく
あの人この人スクリーンのスターよ
　Poo-pop-a-du」

　レコードは児島シスターズという三人娘が歌っているカモメレコードのもので、「活動写真」というこの曲は他にも姥桜(うばざくら)但馬いと子が情緒纏綿(てんめん)と歌っているヌーベルレコードのものと、同じ会社から出た美藝公(びげいこう)穂高小四郎自身が歌っているサウンド・トラック版がある。むろん「**Poo-pop-a-du**」のくだりは映画と同じく京野圭子が歌っている。

「想い出はフィルムの中に
わんぱく時代の
友達やいじめっ子
あの子もこの子もみな主役」

　映画「活動写真」の人気は大変なものだった。東都劇場での二カ月のロング・ランが、一カ月前に終り、今あの総天然色ミュージカル映画のフィルムは各地方の二流館をまわっている。なにしろ東興キネマのオールスタア・キャストだった上、美藝公が狂言まわしとして特別出演したのだ。しかも大いなる誇りと共に言わせて貰えるならば脚本を書いたのはおれだ。オリジナルだった。

「初恋はヴァニラの香り
暗い片隅で
手をにぎり見つめてた
あなたとわたしのミュージカル」

おれはいくつかの名場面を快く反芻(はんすう)した。ミュージカルの王者砂原一華とタップ・ダンスの女王龍美千子がボレロを踊る夜の庭園のシーン。東興キネマ若手ナンバー・ワンの国井雅英と新人三木矢州子がT・K・D三百人の踊り子を背後に従えて踊る華麗なコンガの場面。そして思い出すたびに胸にぐっとくる場面は美藝公が、スター志願の夢破れて郷里へ帰ろうとする京野圭子の田舎娘に、人生そのものが活動写真なのだといって慰め、そして主題曲「活動写真」を歌いはじめるラスト・シーンである。

「人生は活動写真
銀幕の中の
あのロマンこの胸に
抱いてゆくのさお墓の中まで」

児島シスターズの歌は三種類のレコードの中でもいちばん軽快で陽気なのだが、曲が終った時おれはハンカチを出し、お抱え運転手の磯村に見られないようそっと眼のまわりを拭(ぬぐ)っていた。ほんとに泣いたわけではないが、もしかすると涙が眼尻にじんわり滲んでいるかもしれなかったからだ。

美藝公の邸宅に通じる私道は両側にアカシヤの植わった並木道である。十二年前のあの名作「アカシヤの秘密」に出てきた並木道だ。ほどなく高さ三メートルの門の鉄柵が見えてきた。門の横にはまるで城館の模型のような洒落(しゃれ)た門番小屋があり、門の前で車が停(と)まると中から仙蔵爺さんが出てきて顔見知りのおれと磯村にうなずきかけ、門を大きく開けてくれた。まだ五十歳を過ぎたばかりなのに彼は皆から「仙蔵爺さん」と呼ばれ、怒る様子も見せずいつもにこにこしている。

おれはガラスを全部おろし、窓から首を出した。「仙蔵爺さん。もう他の連中は来てるかい」

「来てるかいだなんて、まったく呑気な先生だ」仙蔵爺さんは肩で重そうな鉄柵を押しながら答えた。「いつも通り先生はどん尻でさ」

磯村は運転席でじっとしている。以前一度、車をおりて鉄柵を押し開けるのを手伝おうとしたことがあり、仙蔵爺さんからどやされた経験があるのだ。

「運転手の分際で出しゃばるんでねえ」仙蔵爺さんは滅多に見せぬ鬼のような形相でそう叫んだのである。「門番はおれだ。門を開けるのはおれの役だ。すっこんでろい」

門から邸までは約二千三百坪といわれる前庭が拡がっている。中央には芝生に縁どられた大きな噴水が四メートルの高さに水を噴きあげている。人が泳げそうな大きさだが、むろんプールは別にある。邸の裏にはプールの他にもテニス・コートやクレー射撃場まであるのだ。この大噴水へは、この邸でパーティがあった夜など必ず誰かが酔っぱらってとびこむ。今年は誰と誰がとびこんだなどと、新聞が書き立て話題になったりする。

美藝公の邸はドイツ・ロココ調の建築で二階建て、正面玄関を中央に左右対称形をしていて東西にのびている。装飾はバロック建築に比べるとずいぶん女性的で感覚的だ。

玄関前でおれは箱型自動車から降り立った。ひとりで訪問した時など、美藝公がポーチまで出てきて迎えてくれたりもするが、今日はおれが「どん尻」なので執事の上田老人が出てきただけである。もう会議が始まっているのだろう。ロビーに入ると来客に気づいて記者室から出てきた六人の各紙美藝公詰め記者に取りかこまれてしまった。

活動写真
charleston
INTRO.
筒井康隆 作詞 作曲
じ んせーいーは かつどうしゃしん ー ー
お もいーでーは フィルムのな かに ー ー
か げ ろ う の よ う に ー
わ ん ぱ く じ だ い の ー
ゆ ら め い ー て
と も だ ち ー や
き え て ゆ く ー あ の ひ と こ の ひ と スクリーンのスター よ poo-pop-a-du
い じ めっ こ ー あ の こ も こ の こ も
み な しゅやー く
ロ マンースーは
じ んせーいーは
ヴァニラのか おり ー ー く ら い か た す み で
かつどうしゃ しん ー ー ぎ ん ま く の な か の
ー て を に ぎ ー り み つ め て た ー あ な た と
ー あ の ロ マ ー ン こ の む ね に ー だ い て ゆ
わ た し の ミュ ー ジカー ル
く の ー さ
お はか のなか ーま で
D.S.
Coda
活動写真
作詞 作曲 筒井康隆
人生は活動写真
かげろうのように
ゆらめいて消えてゆく
あの人この人スクリーンのスターよ
poo-pop-a-du
想い出はフィルムの中に
わんぱく時代の
友達やいじめっ子
あの子もこの子もみな主役
ロマンスはヴァニラの香り
暗い片隅で
手をにぎり見つめてた
あなたとわたしのミュージカル
人生は活動写真
銀幕の中の
あのロマンこの胸に
抱いてゆくのさお墓の中まで

「里井先生。次の作品の腹案はお持ちですか」

「持っているとも」おれは愛想よく答えた。「大木淳一郎という新人作家の『炭坑』という作品だ。社会劇でもありサスペンス小説でもある」

「なるほど。やっぱりあれですか」

「ねえ里井先生。美藝公は『活動写真』以後一度も主演なさっていないんですが、今日の会議で次回作品、決定するとお思いですか」

「するでしょう。おそらく。しかし問題は美藝公ご自身の」

「さあさあ皆さん」上田老人が声をはりあげた。「里井先生はすでに遅刻なさっておられる。一刻も早くここを通してあげていただきたい」

上田老人は今年七十二歳になる本ものの老人だが、威厳があるので記者たちも恐れている。

おれは上田老人に案内されて裏庭を見晴らす南に面した広いサロンに入った。会議といってもテーブルを圍んだ固苦しいものではなく、部屋のあちこちへ思い思いに散らばり、ソファに掛けたり揺り椅子に掛けたり、歩きまわったりしながらの談合である。美術監督の岡島一鬼などは丸テーブルに腰をおろして足をぶらぶらさせていた。

「今、どの企画も一長一短で、これぞというものはないというところまで話がすすんだところだ」美藝公穂高小四郎は、おれが部屋に入るなりそう話しかけてきた。他の連中におれの遅刻を詰(なじ)らせまいとする心遣いである。しかもおれが来るまで『炭坑』の話題を避けてくれていたらしい。「あとは君の提出した『炭坑』だけが問題なんだ」

「非常にいい作品だ」おれは監督の綱井秋星がさし出したワイン・グラスにかぶりを振ってから喋(しゃべ)りはじめた。「新人作家が若さにまかせて書いた作品なので人物の性格描写も不徹底だし、言わんとするところの周圍をどうどうめぐりしている。しかしそれにもかかわらず、いい映画になり得る作品だ」

「わしもそう思う」監督が言った。「最近はヴェテラン作家や中堅作家の原作ばかりに頼っていたが、この辺で新人の小説をとりあげてもいい」

「ひよっ子の生硬な文章で読むのに苦労させやがった」岡島一鬼がいつものように鬼瓦の表情をして見せ、吐き捨てるように言った。「しかしまあ、美術監督としてはやり甲斐のある仕事だ。おれは、やってもいいと思うよ」

　気にくわぬ作品は絶対に手がけない岡島一鬼なので、その投げやりな言いかたとは裏腹に相当乗り気だとおれは睨(にら)んだ。

「君、本当に飲まないのか」世にも不思議、といった顔で綱井秋星がおれに訊(たず)ねた。

「コーヒーを頂く」おれは言った。「今、酒を飲むと眠ってしまう。昨夜『炭坑』をどうシナリオ化するかいろいろ考えはじめてしまって眠れなかったんだ」

　おれ自身がシナリオ化するつもりでいることを知って老練の監督はにっこりした。

「脚本を君にやって貰えるなら安心だ」美藝公が小間使いを呼ぶ房のついた紐(ひも)を引きながらおれに言い、音楽監督の山川俊三郎に訊ねた。「山川さんはどうお思いですか」

　音楽家というよりは青年科学者といった風貌の山川俊三郎は例によって気まじめに答えた。「いろいろ問題があると思います。穂高さんとしては、坑夫などという役柄は初めてのことだと思うのですが」

「十二年前のC・P・Pの『鋼鉄の力』をあなたは見ていないの」監督が怪訝(けげん)そうに山川を見つめた。「穂高さんはあの頃まだ美藝公ではなかったが、配役序列(ビリング)四番目で重要な役を演じていた。労働者の役だ」

「あれはぼくも見た」おれは言った。「処女長篇を書いたばかりの頃だったよ」

「ぼくは藝大にいました」山川俊三郎が顔を赤く

した。「拝見していないのです」

「その上美藝公はぼくと同じ労働者階級の出身だ。実際に労働に従事したことはないが、生活感情はよくご存じだよ」

おれがそう言うと山川俊三郎はますます顔を赤くした。「そうでしたね。うっかりしていました」

「山川さんの言う通りで、問題がまったくないわけじゃない。いろいろあると思う」美藝公が口をはさみ、山川俊三郎を救った。「この作品は作者が少年だった頃の、あの炭坑事故があい次いで起った時代が舞台だ。作者は炭鉱町の生まれだから、きっと自分の身近にあった事件をモデルにして書いたんだろう。ところが現在では炭鉱町というのは極めて少数だし、炭坑もほとんどが閉鎖され、廃坑になっている」

「石油や原子力をエネルギー源にしはじめたからだ。まだまだ良質の石炭がたくさん出るのにな」

「なにも石油の輸出国にばかり頼ることはないのになあ」と、監督がおれに調子をあわせた。

「輸出国ってものは、ずいぶん威張るもんだ」岡島一鬼までがそう言ってうなずいた。「このあいだやってきた、あのなんとか石油相というやつの威張りかたはどうだ。くそ、むかむかする。美藝公にまで威張りやがったぜ」

「よその国では石油(オイル)ショック、とかいうものまであったそうですね」音楽監督がそう言った。「石油の輸入がとまって、企業の倒産、そして不況、物資の不足や値あがりといったものがずいぶん」

小間使いが入ってきた。初めて見る娘だった。例によって藝大映画学部もしくは演劇学部の生徒だろう。美藝公はいつも前途有望な生徒を毎年数人選んで邸内に住み込ませ、小間使いをやらせている。礼儀作法を教える為であり、それが人間教育にもなっている。美藝公邸の小間使いを体験した娘は必ずといっていいほどいい女優になっているのだ。

「里井先生にコーヒーをお持ちしなさい」

「かしこまりました」

緊張のあまりかちかちにしゃちょこ張った彼女の動作がおれたちにまで感染し、娘が部屋を出て行くとおれたちは一様にほっとして肩の力を抜いた。

「ねえ穂高さん」監督は自分より二十歳も若い美藝公にていねいな言葉で進言した。「一度、大臣連中に連絡をとって、このことで閣僚会議を開いてもらったらどうだろうねえ。むろんあなたや里井君にも出席してもらって」

「そう。じつはわたしもそう思っていた」美藝公が、男のわれわれでさえ思わず見惚（みと）れるほどの優雅な動作で煙草に火をつけた。「もしこの映画を制作するのであれば、もういちど石炭鉱業を国家的に奨励するか、国管もしくは国営にするかして炭鉱町に繁栄をもたらし、あのさびれ果てて無人になった炭鉱町にふたたび灯をともすことが必要です」

部屋の隅で速記をしていた第二秘書の藤枝嬢が急に手の動きを早め、第一秘書の小町氏がいそいで立ちあがった。

「手配をいたしまして、よろしゅうございますか」

美藝公、綱井秋星、おれ、岡島一鬼、山川俊三郎の顔を順に見まわし、それぞれが頷（うなず）くのを確認してから彼は足早に隣室へ去った。

「カメラが問題だぞ。半分以上が炭坑の中の場面だ。当然モノクロだ。そうなるだろ」岡島一鬼がおれを睨みつけるようにした。

「ああ。この映画はモノクロだね」

「八木沼君では駄目かい」綱井秋星が残念そうに言った。「活動写真」で初めて一緒に仕事をし、イキが合ったらしい。

「奴さんはミュージカルを撮るには向いているがね」岡島一鬼はにやりと笑って牙を見せた。「あいつの軽薄さじゃあこういう写真は撮れねえよ」

この美術監督は遠慮会釈のない発言をするので有名だが、われわれは悪役を引き受けてくれる彼に感謝している。彼がいないと会議が進まないのだ。美藝公自身、ひとを悪く言うことのまったくできない人物なので、われわれもその影響を受けてしまい、他人の仕事ぶりに対して批判的なことを口にしなくなってしまった。岡島一鬼だけが美藝公の影響下におかれることなく昔からの毒舌を振るい続けている。おれの観察したところでは、彼はその役柄を自分で心得、それを楽しんでもいるようだ。

「じゃあ、岡島さんは誰ならいいと思いますか」美藝公が考え深げにじっと美術監督を見つめた。

「まあ、広田俳幻しかいないんじゃないかねえ」

おれは美藝公と顔を見あわせ、綱井秋星と顔を見あわせた。

「広田俳幻さんは『鋼鉄の力』を撮った名カメラマンだが」美藝公はちらと眉を曇らせて皆に訊ねた。「あの人が今どうしているか、誰か知っていますか」

「C・P・Pをやめて、今は藝術写真をやっているんじゃないかね。たしかこの間デパートで個展を開いていたよ」と、監督はいった。

「いや。今でもC・P・Pの専属だ」岡島一鬼は言った。「いい仕事がないので藝術写真をやっているだけだよ」

「やってくれるだろうか」と、おれは言った。「ずいぶん気難しい人らしいが」

巨匠も気弱げに言った。「わしにだって、あんな偉い人を使いこなせる自信はない」

「仕事の鬼だ。乗り気になりゃ真剣にやるよ。おれが行って頼んでみようか」そう言った岡島一鬼は、全員が突然黙りこんで自分を見つめはじめたのに気づき、わめきはじめた。「おれはそんなに信用がねえのかい。おれだって何も会う奴全部に喧嘩を吹っかけるわけじゃねえ。人に頭を下げることだってあらあな。おれが仕事をぶちこわしたことは一度だってねえ筈だ。いいよ。そんなに危なっかしく思うんなら行ってやらねえ」

　美藝公がくすくす笑いはじめ、おれたちもげらげら笑った。

「わかったよ。そんなに怒るなよ岡島さん」おれは笑いながら彼に言った。「いざとなりゃあ、あんたがうまいことやってくれるってことぐらい、みんな知ってる」

「あの人が来てくれるなら最高の写真が撮れる」美藝公も言った。「ねえ諸君。そうでしょう」

　おれたちは頷いた。

　岡島一鬼にそれ以上拗ねる隙をあたえず、美藝公は訊ねた。「早い方がいいのだが、いつ行っていただけますか」

　美術監督はちょっとまごついた。「え。いや何。そりゃあ、いつだっていいよ。これからだって行ってくるよ」

「いやいや。まだ会議は終っとらんよ君」テーブルからおりかけた岡島一鬼を綱井監督があわてて制した。

　いつの間にか『炭坑』を撮ることに決まってしまっていた。ここがわれわれの会議のすばらしいところで、全員の合意を確認するまでもなくなんとなく結論が出てしまうのである。

　小間使いのお嬢さんがおれのコーヒーを運んできた。皆の注視を浴び、彼女は緊張してコーヒー・カップをかたかた顫わせた。おれは彼女に微笑みかけた。彼女もせいいっぱいのこわばった笑みを返してきた。美藝公の眼に狂いはなく、彼女は磨かれていないダイヤモンドだった。間違いなくそうだった。

「会社だが」小間使いが出て行くと監督は言った。「東興は『活動写真』をやったばかりだ。C・P・Pはどうかね。あそこは『鋼鉄の力』以来の伝統があるわけだが」

「広田俳幻をホしておいて何が伝統なものか」岡島一鬼が叫んだ。

山川俊三郎がいった。「C・P・Pは現在『今宵夢見る』という音楽映画に総力をあげています。『活動写真』の成功に刺戟されたのでしょう。余力はない筈です。あそこは今、空いたスタジオさえない状態で」

「二番煎じではろくな音楽映画もできめえ」

岡島一鬼の毒舌に、山川俊三郎は少し気分を害した様子で小声で言い返した。「二番煎じにはさせません。じつは音楽担当はわたしなのです」

しまったという表情すら見せず、美術監督はにやにや笑った。「そうかいそうかい。まあお手並拝見といくか」

「では、平野映画しかないな。あとの会社は『炭坑』向きではない。そういえば平野映画とはしばらくご無沙汰だったんじゃないかね」監督がそう言った。

「平野映画でもいいがひとつ条件がある。スタジオだけは栄光映画の第四を使いたい。この映画のセットはあそこでなきゃ組めないんだ」

「それは大丈夫」美藝公は岡島一鬼にうなずきかけた。「わたしに考えがある」

綱井秋星が山川俊三郎に訊ねた。「そうすると君はC・P・Pの仕事をやらなきゃいけないわけだね。『炭坑』はどうする」

「あの音楽映画を二番煎じにさせない為、全力を注いでいます。『炭坑』の方はお手伝いできません」まだ岡島一鬼のことばにこだわっている様子の山川俊三郎は、かたい表情のままで言った。「ぼくの軽薄さじゃ、『炭坑』の音楽はとても」

おれはびっくりしてコーヒーに噎せた。「岡島君がさっき軽薄と言ったのは君のことじゃないよ」

聞こえぬようなふりをし、山川俊三郎は言った。「ぼくは『炭坑』の音楽監督に、波岡順を推薦します」

「ところが彼はもうすぐ渡米するんだ。ハリウッドで仕事をする」

おれのことばで、波岡順をあまり買っていないらしい綱井秋星が、あきらかにほっとした様子を見せた。

「波岡順では駄目だ」やはりほっとした様子の岡島一鬼がそう言った。「この映画には部厚い音がいるんだよ。いいか。部厚い音だ」

山川俊三郎はにやりとした。

「なんだ。何がおかしい」美術監督はまた怒り出した。「どうせおれは音楽には素人だ。変な言い方だってする。部厚い音なんて言いかたは、それはもちろん、たしかにおかしい」

「いや。ちっともおかしくない」山川俊三郎はとうとう笑い出した。「うまい言いかたをすると思って笑ったんです。ぼくもそう思っていましたからね。しかし」彼は全員を見まわした。「波岡順が駄目だとすると他に誰かいますか。ぼくには誰も思いつかないんだけど」

おれたちは誰ひとり山川俊三郎のことばを不遜(ふそん)とは思わなかった。山川俊三郎自身や波岡順以外にも天才音楽家といわれている人物は何人も、何十人もいる。しかしそれらの人物はすべて老大家であったし、映画音楽に関しては現代音楽をすべてからだ全体で理解できる若さが必要だった。映画産業のあらゆる部門に同じことがいえたが、特に音楽に関してはそうだった。

「いるじゃないか。あんただよ」岡島一鬼がそっぽを向いたまま、まるでさっきの山川俊三郎のことばを聞かなかったような調子で言った。

「え」困った表情で音楽監督は岡島一鬼を見つめた。「おことばは嬉しい。『今宵夢見る』を撮り終えてこちらの仕事にかかればよいとお考えなのでしょう。しかし残念ながら、それだと作曲している時間がない」

「作曲なら、もう出来てるじゃないか」

「え」海外の音楽賞をいくつもとっている天才作曲家が眼をぱちぱちさせた。困惑していた。

「お前さんの作曲で、まだ一般には知られていない交響曲がある」

「あっ」美藝公穂高小四郎が、白皙（はくせき）の額をぴしゃりと叩いた。「岡島さんはあなたの、卒業公演の際のあの交響曲のことを言ってるんです。たしかにあれはこの『炭坑』にぴったりだ。荘重で、力動感があって、そして」

「そして音が部厚い」にやりと笑って岡島一鬼が言った。

「そうですか。あれを聴いていてくださったのですか」いささか感激の面持ちで山川俊三郎がつぶやいた。

「藝大でテープを借りて聴いた。美藝公のブレーンとして一緒に仕事をするやつのことを全部知っておきたいと思うのは当然だろ」

「耳が痛いな。ぼくは聴いていていない」おれは美藝公や岡島一鬼の勉強ぶりに心をうたれた。

「じつは、わたしもだ」巨匠が恥かしそうに言った。

「音楽室にテープがあります。お二人にはあとで聴いていただく」美藝公が満天下の女性を熱狂させたあの笑いを頰に浮かべ、そう言った。

「だいぶ手を加える必要がありますが」またしても赤くなりながら音楽家が言った。そのひとことで音楽に関しては結論が出てしまった。

「配役だがね」監督が言った。「いずれも演技者として高度に熟練していなければできない役ばかりだ。脚本になっていない段階でこういうことをいうのは里井さんに対して失礼極まりないが、小説を読んでいる途中から、わしの頭にほとんどの配役が浮かんできてしまってね。だがうまいことに、わしの頭に浮かんだスタア連中は大半が平野映画専属だ」

「それはもちろん、平野映画としては喜ぶでしょうが、美藝公主演映画としては何も平野映画のスタアだけで脇を固める必要はない」と、おれは言った。「むしろ各社スタアの中からあちこち選んで出演してもらった方が美藝公主演映画を撮る意義があります。たとえば主人公の妻の役です。これは若くて演技力があって、あまり美貌であっては具合が悪く、しかも魅力的で、たくましさと野性味がなくてはならぬという大変な役です。これにぴったりの女優が平野映画にいますか」

「それだよ」綱井秋星が嘆息した。「そんな女優はいない。美貌でなくて魅力的、というのが困る。魅力的というのは非常に個人的な趣味の問題でね。美貌でない女性が万人向きに魅力的にはなり得ないのではないかと思う」

「演技力で魅力を作り出す珍らしいタイプの女優がひとりいます」美藝公は自信ありげにそう言った。穂高小四郎が行きあたりばったりの思いつきを口にする男ではないことを知っているわれわれ

ブレーンとしては、それだけでもうほっとしてしまうのだ。「もし監督さえお許しくださるなら、わたしは栄光映画の姫島蘭子嬢と共演したいのです」

おれは唸った。「彼女はいい。どうして思いつかなかったんだろう」

「美人じゃないから忘れていたんだろう」巨匠も言った。「端役しかやったことのない女優だね。わたしは四、五回しか見ていない」

岡島一鬼や山川俊三郎にいたっては、まったく彼女を知らなかった。

「栄光映画が喜ぶな」そう言ってからおれは膝を叩いた。「なるほど。彼女と引き換えに第四スタジオの件を持ち出すわけか」

「さて、いそがしくなるぞ」岡島一鬼がそわそわしはじめた。

「だいたいのことが決定すれば、ちょっとご会見願いたいと記者たちが申しておりますが」第一秘

書の小町氏がそう言った。

「まだ全部決定したわけではないよ。予定をトップ記事にされては困ることにならないかね」

しぶい顔をするおれに、美藝公は親しげな笑みを向けた。「彼らは信用できる。この邸に詰めているトップ・レヴェルの記者として誇りを持っているんだ。決定したことしか書かないし、どこまで聞くべきかのマナーも心得ていて、根掘り葉掘りは聞かない。わたしと監督と君と、三人で会おう」彼は小町氏に言った。「和やかな雰囲気で会った方がいい。テラスにシェリー酒と軽い食べものを用意させなさい」

　記者会見が始まる前におれは大木淳一郎の家に電話をした。家といっても下町のアパートで、どうやらアパート全体で電話は一本しかない様子だった。老婆の管理人が出たからだ。

「淳ちゃんかい。ああ、いると思うよ。ちょっと待っとくんなさい」

　ことばはぞんざいだが親切そうな管理人だった。きっとアパートの住民全員が家族的につきあっているのだろう。おれは少年時代、両親や兄弟たちと住んでいたあのスラム街の安アパートを懐しく思い出した。

「大木ですが」生真面目そうな青年の声だった。

「わたしは脚本家の里井勝夫です」

　青年は絶句した。

「もしもし。実はあなたの小説、あの『炭坑』を、美藝公がぜひ映画化したいと望んでいます。お許しいただけましょうか」

　ほっ、という吐息のような音がかすかに聞こえた。「夢のようだ」青年はそうつぶやいた。それから急に大声になり、どもり勝ちに喋りはじめた。「里井先生から電話があったというだけで夢のようなことなのに、あの小説が映画に。しかも美藝公主演で」胸に嬉しさがこみあげてきたらしく、彼はまたことばを途切らせた。

活動寫眞
全十二巻
©極彩色音楽喜劇最大雄篇！
歌い踊る吾等が美藝公の魅力！
一大驚異！！
東興キネマが全力を結集した巨篇。全篇を一貫する情緒と涙とユーモア。華麗にして絢爛！豪華なる歌と踊りの世界は必ず吾等を感激せしむ。これぞ初春に轟く吾社の第一巨弾篇なり。
巨匠綱井秋星氏監督・鬼才里井勝夫氏脚本
●音楽は天才山川俊三郎氏
●撮影は名手八木沼喜次氏
●美術は奇才岡島一鬼氏
美藝公・穂高小四郎氏
男性美・國井雅英氏
清純・京野圭子嬢
新星・三木八州子嬢
魅力の共演
●特別出演
ミュージカルの王様・砂原一華氏
タップダンスの女王・龍美千子嬢
東興キネマ作品
二月六日封切東都劇場
主題曲・カモメレコード ヌーベルレコード

「もしお許しいただけるなら」

「許すなんてとんでもない」彼は叫んだ。「願ってもないことです。しっ。静かに。うん。そうだよ。そうだよ。あ、失礼」

　家族やアパートの連中が彼のまわりに集ってきているのだろう。その様子が眼に見えるようだった。

「ついてはいろいろとお話をうかがいたいのです」おれは言った。「今夜はお暇でしょうかね」

「それはもう、いつでも」

「では、わたしの家へ夕食にご招待したいと思いますが、お受けくださいますか」

「喜んで。ああ、ちょっとお待ちください。わたしの父が、ぜひお礼を申しあげたいと言っておりますので」

　大木の父親が電話に出て、嬉しさでうわずったしどろもどろの挨拶をはじめた。家族全員が次つぎと電話に出られてはたまらない。「あなたの息子さんはすばらしい作家です。おめでとう」おれは早早に電話を切った。

　記者会見が終ると、夕食を一緒にしようという美藝公の誘いをことわり、おれは家路についた。早くもやる気になっていた。他の連中はともかく、映画はまず脚本ができなければ何も始めることができないのだから、おれの仕事がいちばんいそぐのだ。

　車の中で少しうとうととした。夢を見た。モノクロの夢だ。少年時代のおれがアパートの隣りの部屋にいたあのでぶっちょのお留婆さんにつれられて、下町にある二番館「栄光キネマ」へ映画を見に行っている夢だった。映画が始まる寸前に、電話のブザーで眼をさました。後部シートの肱掛けの下にある受話器をとった。電話はC・P・Pの女優、町香代子からだった。

「お夕食をご一緒したいのです」

「何が食べたい」

「蝦(えび)などはいかがかしら。『メトロ』ってグリルの蝦料理がおいしいのだそうですわ」

「蝦の料理にかけてはおれの家のコック長にかなうやつはいない」と、おれは言った。「金丸君に電話で蝦を頼んでおく。つつしんでわが家の夕食に招待するよ」

「どなたかとご一緒ですのね」

「大木淳一郎氏を招待した」

「あら。じゃ『炭坑』に決まりましたのね」

　少しがっかりした口調で彼女はそう言った。むろん、彼女の役がないからだ。女優特有のエゴイズムだが、おれには彼女たちのそれが実に可愛く見える。町香代子の場合は特に、ひたむきさだけがあって嫉妬など陰湿なところが少しもなく、さわやかなほどである。

　町に入ると映画街のとっかかりにある帝国館で「女性の輝き」がかかっていて、町香代子が看板の中からおれに笑いかけてきた。おお恋びと、と、おれは思った。学生や若きインテリ会社員の恋びと。そしておれの恋びと。

　俗に映画通りと呼ばれている並木のある広い通りは両側に映画関係者の集るカフェーやクラブ、洋画の配給会社、その他小さな映画関係企業の集るビルが並んでいて、おれの住居のあるビルはその通りのつきあたりの高台にある。東興キネマやカモメレコードの本社がある七階建ての瀟洒(しょうしゃ)なビル。その屋上のペントハウスがおれの住居だ。窓からは映画通りが見おろせ、夜景のすばらしさたるやまさに百萬弗(ドル)の値打ちがある。

　夕暮れが迫っていた。黄昏(たそがれ)時の街をときおり眺めながら窓ぎわのテーブルでおれは仕事をすすめた。炭鉱のことで勉強しなければならないことはいっぱいあった。

　六時を少し過ぎた頃、町香代子がお隅さんに案内されて部屋に入ってきた。洋装だった。その美しさは譬(たと)えようがなかった。見ているだけで胸が苦しくなってくるほどだ。

「すごいご本ですのね」机の周圍の本の山を見まわし、彼女は眼を見ひらいた。

「今回は『活動写真』のようにはいかん。なにしろ『炭坑』だ。調べなきゃいかんのでね」

おれと町香代子は応接セットで向かいあった。

「少し早く来すぎましたかしら」

「いや。そろそろ大木さんも来るだろう」おれは彼女が空腹時には飲まないことを知っているので酒をすすめなかった。「どう。『女性の輝き』の評判は」

「プログラム・ピクチュアとしてはよろしいようですわ」

むろん彼女がプログラム・ピクチュアを軽蔑して言っているのでないことは、おれにはすぐわかった。批評家の一部にはプログラム・ピクチュアを軽視する傾向がある。しかし大作主義に毒されては映画の真のよさが忘れられることになる。

「いい作品だよ」おれは言った。「小品だが真珠の輝きがある。あれこそ映画だ」

「皆さん、ほんとに一所懸命やってくださいましたわ」

「それでなきゃいけないだろうね。甘く見たり馬鹿にしたりして作っていると、その癖がなおらなくなる。突然超大作を作ろうとしても、ふだんの心掛けが悪いものだから魂のない見世物映画しかできない。そして観客にそっぽを向かれる。潰れたいくつかの会社はみんなそれが原因だよ」

お隅さんが大木淳一郎を案内してきた。彼は第一に町香代子に驚いて少しのけぞり、第二に窓からの眺望で驚き、眼を見はった。机の周圍の本の山は彼には第三の驚きでしかなかった。町香代子を紹介すると彼は顔を赤くした。まともに彼女の顔を見ることができない様子だった。おれは笑えなかった。おれもそうだったのだ。

部屋を出て行くお隅さんの方を振り返り、大木淳一郎は言った。「ぼくは彼女の機嫌を損ねたのかもしれません」

「そんな筈はないでしょう」お隅さんが怒る、なとということは考えられなかった。「何か失礼がありましたか」

「いいえ。ぼくが彼女にお世辞めいたことを言ったんです。それでかえって気を悪くしたのかも」

「ああ。それは違いますよ」おれはくすくす笑った。「お隅さんはプロ意識が強いんです。自分は第一級の女中である、と思っています。事実そうですからね。したがってお客さんにも、一流の客であるよう求めるんです」

「わかりません」大木淳一郎は眼をしばたたいた。

「つまりあなたは彼女から教育されたんですよ。一流のお客さんは、女中に対して対等に話しかけたりするものではありませんという、お隅さん一流の、沈黙による教育です」

「でも、それでご自分をいやしめられることはちっともありませんのよ」町香代子が大木淳一郎に言った。「お隅さんはわたしにも、よくいろんなことを教えてくれますわ。もちろん、沈黙によって」

彼は吐息をついた。「ぼくはまだまだ世間知らずだ」

「いやいや。むしろ人からものを教わることを喜びにすれば、今すぐにも世間知らずではなくなるのではありませんか」おれは立ちあがった。金丸コック長がやってきたからだ。

「上等の蝦が手に入りまして」と、彼はいった。

「腕によりをかけました。ソースは四種類作ってみましたが」

「ご苦労。さあどうぞテーブルにおつきください」

カーテンを開くと続きの間に小さな丸い食卓がある。用意は整っていた。夜景は食卓からの方がさらにすばらしく、眼鏡をかけた小柄な新進作家はまた溜息をついた。「こんなところで名脚本家や女優さんと一緒に食事ができるなんて」かぶりを振った。「どうもまだ夢を見ているようだ」

「今後しばしばご招待しましょう」おれはうなずいた。「あなたには教わりたいことがいっぱいありますからね」

　白ワインを飲み、蝦を食べながらおれたちは話しあった。おれは作家に、小説には書かれていない部分のよくわからぬ点をいくつか質問した。彼は少年時代のことを思い出しながら答えてくれた。

「すばらしいよ」心配そうな顔で立っているコック長に気づき、おれはうなずきかけた。「よく身がしまっている。あんな時間にこんな新鮮な蝦がよく手に入ったものだ」

「秘密の入手経路がございまして」声をひそめてそう言ってから、コック長は大木淳一郎に一礼した。「あなた様が主賓でいらっしゃいます。何かおことばを」

「申し訳ないが、まだ夢見心地でよく味がわからんのです」当惑げに作家は答えた。「もうしばらくすれば落ちついて味わえると思いますが」

「正直なかた」

　町香代子が言い、おれたちは笑った。

「あなたのような立派な脚本家になるには、これからどんな勉強をすればいいのでしょうね」

　大木淳一郎の質問に、おれと町香代子は顔を見あわせた。

「まあ。あなたがシナリオを書きはじめられるのでは、もうわたしたち、あの強烈で新鮮な情景描写に驚くことができなくなりますわね」

　彼女の遠まわしな言いかたは、作家にはわからないようだった。「もちろん小説に比べればシナリオの方がずっとずっと難しいことぐらい、よく心得ています。しかし文学修業をしているあらゆる人間の最終目標は、やはり脚本家ですからね」

「そうとは限りませんよ」ことばを捜しながらおれは言った。いつも喋りかたに困る話題だった。

百万弗大映画
女性の輝き
（全八巻）
時は現代！　季節は春！
人は青春の血に燃ゆる若き女性！
見る者をして必ず無限の感激に
誘はむ
いよいよ大公開見落すことなかれ！
文豪・木村想十郎氏…原作
果然映画界の
寵児と謳はる
當代の鬼才
島五郎氏畢生の
名監督作品なり。
日本の恋人
町香代子嬢
主演
C.P.P
C.P.Pが誇る現代劇

「それはもちろん、小説はシナリオに比べて報われることが少いでしょう。それも映画になりにくい地味な小説や実験的な新しい小説ほど読者も少い。しかしそれだって立派な仕事ですし、それに打ちこんでいる文学者はいっぱいいます」

大木淳一郎はちょっと意外そうだった。「でも、大学で文学を学んでいるほとんどの学生は、みんな脚本家志望ではないですか」

「あなたの誤解は、脚本家以外の文学者はすべて脚本家になれなくて挫折した人ばかりと思いこんでいるところにあるようですね」おれは微笑した。「人間の才能はひとりひとり違います。大学で学んでいるうちにたいていの人には自分が脚本家に向いているか、戯曲作家に向いているか、小説家に向いているか、詩人に向いているか、あるいはまた研究家に向いているかがひとりでにわかってくるものです。あなたはわたし同様大学へは行かなかったので、お互い自分の才能を早いめにはっきり悟る機会がなかった」

「その通りです。ともかく脚本家になるためには小説で世に出るしかない。そこで小説を書いたのです。たしか里井先生も最初は小説を書かれた筈ですが」喋りながら彼は次第におれが言おうとしていたことに気づきはじめた。「するとあなたは、ぼくが脚本家に向いていないとおっしゃるのですか」

「さっき彼女が言ったように、あなたの情景や人物などの観察力、描写力は小説家としての貴重な才能です。あなたがシナリオを書いたのではそれが失われる。ぼくはそれを惜しむのです」

大木淳一郎は賢明だった。彼はおれのことばで突然何かを思い出したように見えた。「今、小説の第二作目を書いているのですが」彼は考えながら喋った。「どうしてもうまく書けない。一作目の、小説としての成功で、欲が出た為でしょうか。今度は最初から映画化されやすい作品を書こうという意図が頭にあり、映画化された時のシーンや人物や台詞しか浮かんでこなかった。文章を読み返すと一作目のような調和と一定のトーンがない。原因はそれだったのですね」

「作品の映画化だけを望んで書かれた小説はたくさんあり、作品が映画化されることだけを望んでいる作家はたくさんいます」おれは特定の作品名や作家名をずらずら並べ立てたい衝動を抑えながら言った。「しかしそうしたもののほとんどは映画化されていません。それは小説としてももちろん二流品だし、映画の原作としては本職のわれわれ脚本家が書いたオリジナル・シナリオに劣るからですよ」

「あなたにお会いしてよかった」さほど悄気もせず、彼は言った。「作家としても駄目になるところでしたよ。描写などの書きこみを怠ったビールの泡の如き小説をいつまでも書き続けていたかもしれない」何かを解決した時の学者のそれのような知的に光る眼で作家はおれを見つめた。「逆に言えば脚本家のシナリオには、台詞のひとつ、ひとつに、情景、性格、状況の描写が含まれているということになりますね」

勿論それはシナリオ作法のイロハなのだが、おれがそういったことを喋る場所は藝大での講座に限られている。

「この次の小説にはぜひ若い女性を登場させてください」

町香代子が無邪気な口調で話題を変えてくれたのでおれはほっとした。シナリオの難しさをそれ以上喋れば自慢になっていただろう。

作家は羞じらいで赤くなり、彼女を見つめ返すこともできず、吃りながら言った。「女性を美しく描けるのは作家が若いうちだと言われていますが」やっと顔をあげた。

「ぼくの周圍には、描きたくなるような女性はいないんですよ。特に、その、今、スクリーンでなく」彼は言葉に詰ってまた顔を伏せた。

　特に今、スクリーンでなく実物のあなたとお会いしてしまった以上は、と言いたかったのだろう。おれはそう想像した。

「今度は栄光映画に出るんだって」おれは彼女に訊ねた。彼女にはずいぶん会っていなかった。

「撮影はもう始まっています」と、彼女は答えた。「三宅先生の監督で『曲馬団の殺人』って言うんです。網タイツをはかされてしまいましたわ」そう言って町香代子は顔を赤くした。

　大木淳一郎も顔を赤くし、おれまでが赤くなってしまった。彼女が本当に、恥かしそうだったからだ。

　書斎のソファに戻り、百萬弗（ドル）の夜景を眺めながら食後のコーヒーを飲み、さらに映画の話に興じていると、お隅さんが入ってきて一礼した。

「ひとり暮しの叔母が」と、お隅さんは遠慮勝ちに切り出した。「加減が悪うございまして。もしおよろしければ、今夜、一緒にいてやりたいのでございますが」

「もちろんだ。早く行ってあげなさい」叔母さんがいるという話は初耳だったが、彼女が自分から申し出るくらいだからよくよくのことなのだろうと想像できた。

「明日はできるだけ早く戻ってまいりますので」

「いやいや。ぼくのことなら心配いらない。朝食ぐらいなら自分で作れるし、どこへも行く予定はない。一日中この部屋で仕事だからね」

「左様でございますか。ではおことばに甘えましてお昼前、午前十一時半ごろに戻らせていただきます」

「ああ。そうしなさい」なぜ彼女が帰宅時間にそれほどこだわるのか、その時にはまだわからなかった。

　お隅さんが去ったあと、金丸コック長が服を着換えてあらわれた。彼はわれわれの讃嘆のことばを嬉しげに受け、一礼して帰っていった。

「ぼくもそろそろ」大木淳一郎が立ちあがった。

「あなたは、まだいいじゃありませんか」

「じつは親戚一同が集り、わたしの帰りを待っています」彼はちょっと照れくさそうにして見せた。「祝いのパーティを開いてくれるそうで」

おれも立ちあがった。「それは残念」

町香代子がもじもじする様子を見て、おれは大木淳一郎に気づかれぬよう、彼女に強くかぶりを振って見せた。今、彼女にまで帰ってしまわれては、耐えがたいほどの淋しさに襲われることがはっきりしていたからだ。

ふたりだけになると、町香代子はそっと、つぶやくように言った。「あのかた、わたしたちをふたりだけにしてくださるため、わざと早くお帰りになったのじゃないでしょうか」

「あるいは、そうかもしれないね」おれは笑った。「もしかすると新聞のごく片隅のゴシップ欄で、ぼくたちの噂(うわさ)を読んでいたのかもしれない。でも、そんなことよりも、重大なことは、ぼくと君とが一カ月半ぶりに、しかもふたりっきりで会えたということだよ」

彼女はまた顔を火照(ほて)らせ、おれはそんな彼女をじっと見つめた。

「お話ししたいことがたくさんあるのです」

「ぼくもだ。何か飲むかい」

ジンを少くしたジン・ライムが飲みたい、と彼女は言い、おれは部屋の隅のカウンターでジン・ライムとハイボールを作った。飲みながら、おれたちはながい間、ソファでぴったり身を寄せあったまま話し続けた。夜は更け、おれは話の途中でコード・ペンダントの灯だけを残し、室内灯を消した。おれはソファで町香代子を強く抱擁した。

「日本の恋人」は今、甘い香りと共におれの胸の中にあった。いつまでも、どうしても離す気にはなれなかった。

「今夜はぼくと一緒にいてほしい」おれは言った。「独占できない人だということはわかっている。でもぼくは君を独占したい。今夜」

「あなたのものです」と、彼女は答えた。「今夜はあなたのお傍にいて、明日の朝はあなたの為に朝ご飯などのお世話をしてさしあげたいのです。でもあなたは、わたしをふしだらな女だとお思いになります」

「君はふしだらなことができるような性格じゃない」

　そう言いながらおれはお隅さんの外泊が、実はおれと町香代子にここで一夜を過させるための思いやりであったと気づき、感激していた。だからこそ帰宅時間にこだわったのだ。彼女は必ず、明日の朝十一時三十分きっかりに戻ってくるだろう。町香代子はそれまでおれと一緒にいることができる。午前十一時三十分。なんとよく考えられた時間であることか。

「みんな、やさしいと思いません」

　町香代子がそう言ったのでおれはびっくりした。一流の女優は一流の心理学者でもあるようだ。

「本当のやさしさは、鈍感な人間にはなかなかわからぬやさしさだ」と、おれは言った。「うわべだけのやさしさ、実は気の弱さにすぎないやさしさ、そんなものはざらにあるが、本当のやさしさには、実はたいへんな信念が必要なのさ。それに観察力もだ。ぼくと君が切実に求めあっていることをお隅さんは見抜いていたんだ」

　おれたちはお隅さんの好意に甘えた。おれと町香代子は、この上なく甘美な夜を過した。そんな夜を過した記憶が、ますますふたりを離れ難くさせるだろうことを承知の上で。

　翌朝眼醒めたベッドの上に、町香代子はすでにいなかった。時計は九時前を示していた。調理場とは別に、寝室に隣接した小さなキチン・ブースがあり、そこから食器のふれあう音が聞こえてき

美女数百名が出演の盛観！
現代大衆の要求に適合したる稀有の逸品
主演
大川儀一郎氏
町香代子嬢
龍美千子嬢
品川五郎氏
秋山築枝夫人
颯爽として現はる、
劃期的な撮影
監督撮影技師總出演
オールスタアキャスト
規模の雄大！
結構の華麗！
善惡入り亂れての死闘！
榮光映畫超特作品
曲馬團の殺人
總監督・三宅省三氏
全十巻
CIRCUS
精悍なるライオンを使用せる決死的な演出！
THE BEST ON EARTH
EIKO
榮光映畫現代劇部本年度超特作品

た。

「おはようございます」顔を洗い終えたおれの傍へ町香代子がやってきた。「あなたがいつも朝ご飯をテラスで召しあがることは知っています」

　ゴシップ記事を読んだのだろう。テラスから見おろす大通りは映画通り。逆に言えば、映画関係者の多くが下から、あるいは近くのビルから、おれのペントハウスを見あげ、朝食をとるおれの姿をいつも見ていることになる。

「今朝はどこで召しあがりますか」

「テラスで食べよう」おれは言った。「君も一緒にだ。とても気分がいいよ」

「きっと誰かが見ていると思いますわ」テラスのテーブルでおれと向きあって腰かけた町香代子が、映画通りをはさんで建っている大小のビルを見おろしながらいった。

　朝の陽光。そよ風。コーヒーの香り。

「君とぼくのことはすでにたくさんの人が知っている」

「あのビルの中には新聞の支局や映画雑誌の会社もあるのでしょう」

「心配いらないんだ」彼女を安心させるため、おれはわざと声を出して笑った。「あの新聞の片隅に載ったゴシップ記事のことを気にしているんだろうが、あれだって名前を出さず、遠まわしに、それとなく匂わせているだけだ。ああいうものこそが、微笑ましいゴシップというやつで、いいゴシップ記事の見本だ。新聞記者も雑誌記者も、ぼくたちのこの恋愛を祝福してくれている。あけすけに書いて映画の背後の神秘性や夢を壊すようなことはしないよ。そんなことをするのは映画産業の衰退につながる。報道関係者だってそれぞれが映画産業の一翼を担（にな）っている。不良少年少女相手の、場末に会社がある赤新聞ならともかく、映画のいちばん大切な、そして重要な観客である大多数の大人を相手にした一流の新聞、一流の映画雑誌が、自滅につながる悪いゴシップ記事を書いたりはしない。それ以前に、いちばんの理由は、そんな記事を書いても読者が決して喜ばないということだよ。うん。このベーコンだ。この焼き加減のこのベーコン。これを食べないと朝食を食べたような気がしないんだよ。そのコーヒーはどうだい。ぼくがブレンドした。ブルー・マウンテンとモカだ」

陽気を装ったおれのお喋りを聞いているのかいないのか、町香代子は通りを見おろしたまま考えに沈んでいた。

やがて彼女は軽く吐息をついた。「大勢の人に愛されるということは、大変なことなのですね」

彼女の気持はすぐおれに通じた。

「君にはわかってもらえると思っていた。君が女優でなければ、いや、もし君が『日本の恋人』と言われているトップ・スタアでなければ、ぼくはとっくに君に結婚を申し込んでいただろう。今だって君にプロポーズしたい気持は同じだ。でも君は、そんなこと、すでに知っているだろう」

「あなたのお気持は以前から、ずっと以前から」

彼女はことばを途切らせた。泣いていた。

「君のその苦しみ、それから、ぼくの苦しみ、それを知っているからこそ、みんな、ぼくたちをいたわり、かばってくれているともいえる。ぼくたちはみんなの、そのやさしさにこたえなきゃいけないんだ」それ以上、喋ることはできなかった。胸がつまった。陽光が眼がしらの涙を乾かしてくれることを期待して、おれは空を仰いだ。

空は晴れ渡っていた。

彼女はぽつりと言った。「苦しいわ」

そしておれたちは黙った。黙ったままでコーヒーを飲んだ。朝食が終ってもまだ黙ったままでしばらくはテラスにいた。

町香代子が空を仰いだ。彼女は苦しみに耐え、せいいっぱい陽気に言った。「わたしたち、いつ結婚できるのでしょう」スタアの表情をとり戻していた。

彼女は十一時過ぎに帰って行った。

昼からは大仕事にとりかかった。隙のない脚本でなければならなかった。隙を作る部分、いわゆる技術的なダレ場を除いてのことだが、隙があってはならなかった。人物の造形にはさほどの苦労はなかった。その点で原作の書きこみは十二分になされていた。プロット作りが大変だった。原作をまずプロットとして百いくつかのシークェンスに分け、重複する部分をひとつのシークェンスにしていった。不要なシークエンスがたくさんあり、それを省いてもまだ厖大なシークエンスが残った。クライマックスへの伏線となる七つのエピソードのうち五つを省き、そのかわり原作にないエピソードをひとつ作ってテーマを強調した。

仕事を続けるうち、おれの頭にはとてつもない考えが湧き起ってきた。原作ではさほど活躍しない登場人物のひとりが脚本の中で急に重味を持ちはじめたのがきっかけだ。主人公の精神的教師となる老坑夫の役なのだが、これを演じ切ることのできる人物はただひとりしかいないのではないかと思いはじめ、書き続けるうちその人物のことしか考えられなくなってしまった。これを解決しておかないと脚本が進まないということに気づいたのはもう夜がふけてからだ。美藝公に電話をして相談したものかどうか迷っているところへ、具合よく美藝公の第一秘書、小町氏から電話がかかってきた。

「先日お話のございました石炭鉱業のことについて、明日午前十時より閣僚会議が開かれます」小町氏はいつものようにわかりやすく、しかもきびきびと報告した。「里井先生にもぜひご出席願いたいと美藝公は望まれておられますが、ご都合はいかがでございましょう。日時の点で里井先生のご都合がおよろしくなければ、閣僚会議の日時を変更することも」

「いいえ、その必要はありません。必ず出席します」

「では明朝九時半、ご自宅に美藝公ともどもお迎えにあがります」

例の相談はその車の中でできるだろうと思い、おれは安心した。

美藝公の車はロールス・ロイスを改造した純白の箱型自動車で、運転席との間に間仕切りがあり、後部座席は六人が三人ずつ向かいあって掛けられる大きさである。翌朝ビルの前で待っているとチリンチリンと小さな鐘を鳴らしながら朝の光に白く輝くロールス・ロイスが映画通りをまっすぐおれの方へ登ってきた。当然のことだが周囲の車はみな遠慮して両側へよける。車の窓から身を乗り出し、ロールス・ロイスの中の美藝公を覗(のぞ)きこもうとする女性もいた。

後部座席には美藝公ひとりだった。

わざわざ迎えに来てもらったことに対して礼を言うと、美藝公はかぶりを振った。「礼を言われると心苦しい。実は君に話があった。車の中で話そうと思ってこちらへ寄り道したんだ」

「ぼくも実はあとで話したいことがある。そっちを先に話してくれ」

二人だけの場合、美藝公とおれは昔のままの言葉遣いで思ったことを遠慮なく話しあうことにしている。

「笠森先生のことだ」と、美藝公は言った。笠森信太郎。前の美藝公のことである。「美藝公をぼくに譲られてからもう二年になる。それ以後まったく映画には出演なさっていない。引退同様だが、ほんとは今まで笠森先生向きのいい役がなかったからだ。先生ご自身何もおっしゃらないが、いい役でさえあれば出演なさるお気持は今でもお持ちの筈だ。先生をもう一度スクリーンで見たいと望む国民の声も高い。しかし今までの例で言えば、前の美藝公に出演を乞うとなると、当然のことだがまず第一に主演でなければならない。第二に、藝術的な最高の脚本でなければならない。それが今まで出演して頂く機会がなかった理由でもある。いやしくも前の美藝公に対して、昔人気があった老優にあまりよくない映画のちょい出の端役を振り、それのくり返しでその人気を下落させるという、よくある例と同じようなことをしてはならないからだ。ぼくはずっと笠森先生のことを気にかけてきた。『炭坑』を読みながらそのことが頭にあったのだろうが、年恰好が似ているということもあって、あの庄造という坑夫を次第に笠森先生にあて嵌めて考えはじめたんだ。笠森先生ならこの役をどう演じるだろうかとね。しまいには笠森先生以外にこの役は出来ないとまで思いはじめた。ところがあいにくあの人物は小説では、重要な役ではあるが端役だ。ちょっとしか登場しない。しかし、どうだろうね君。あの役は主人公に匹敵する大きな役として設定できるのではないだろうか。いや。むしろその方がテーマを強調できるんじゃないだろうか」

「むろん、できるし、あきらかにそうした方がいい」と、おれは言った。「しかし、大きな役にした場合、あの役を笠森先生以外にできる俳優がいないのなら尚さらのこと、前もって笠森先生に出演をお願いしておかなければならないだろう」

「前例のない重要なことだ。ぼくが自分でお願いにあがるつもりだ。君も来てくれればありがたいのだがね」

「むろんだ。お供しよう。早い方がいいな」

「よし。行く日を早く決めて、いずれ電話しよう。ところで君の話というのはなんだい」

「いや。もう、その話はいいんだ」おれはかぶりを振った。「する必要がなくなった」

　美藝公が閣僚会議に出席するのはそれほど珍らしいことではないが、地味な取材活動ばかりの政

HIRANO
平野映畫特作映畫
主演 新進穗高小四郎氏
助演 可憐尾上彌生孃
妖艶酒井操子孃
阿修羅城
全
八
巻
原作脚色監督
巨匠 澤村章太郎氏
時は慶長 秋の候。一世の英傑
豊臣秀 か。雄圖半ばにして
倒れてより十有六年。京都方廣寺
大佛殿の釣鐘「天下泰平國家安康」
の銘文にからまって事件は起った。
この秋に當たり
忠義一徹の臣片桐且元は立つ!
陽春三月七日―大封切!

治記者たちにとってはやはり、久しぶりで第一面に載るビッグ・ニュースなのだろう。総理大臣官邸の玄関前には四、五人のカメラマンと七、八人の記者がすでに待ちかまえていた。むろん会議の内容は知っているし、あとで総理が会見して会議の結果を教えてくれることも知っているから、直接美藝公に何やかや質問してくるような記者はひとりもいない。いちばん年長の、美藝公とは顔馴染みらしい記者が代表で、「炭坑」に期待しますと挨拶しただけである。

「先日、フィルム・ライブラリイであなたが十年前に片桐且元をなさった、あの『阿修羅城』を拝見しました」

会うなり総理が眼を輝やかせ、美藝公に話しかけてきた。「阿修羅城」は穂高小四郎が美藝公になる以前に主演した時代劇で、出世作のひとつである。美藝公が苦笑しているのも構わず五十六歳の総理は、専門外なので言いまわしにも馴れぬぎごちない言葉遣いながら感激した口調で褒め続けた。比較的年輩の人たちがあの映画で感激するのと同じく、彼もやはり封建的なものが持つ例の古典的なロマンとセンチメンタリズムに強く胸を打たれたらしい。

閣僚は揃っていた。いずれも五十歳以上で、中には六十歳を越す大臣も三人いる。老齢だが、政治家の社会だけは技術以上に経験がものをいうので、これはしかたがない。そのかわりいずれもその道何十年という年季の入ったエキスパート揃いであり、みな年齢より若く見える。

「突然の申し出にもかかわらずお集りいただき、感謝します」さっそく美藝公が話しはじめた。「もう皆さんご存じと思いますが、わたしは次回作品として、大木淳一郎という新人作家の小説『炭坑』を映画化したいと考えております。で、この作品は」

「いや。ご説明には及びません。閣僚のほとんどにあれを読ませましたので」文部大臣があわてて口をはさんだ。「すごい作品です。今年度の新人賞は確実でしょう」

「炭坑」を読んでいないのは外遊していた外務大臣だけだった。

「この『炭坑』の映画化をきっかけに、ぜひ石炭鉱業を盛んにしたいものです。日本では今でもまだ節約の美徳が残っていますから、欧米ほど石油に依存してはいません。それでも今回の原油の値上げはずいぶんこたえる」と、大蔵大臣がいった。「現在のこの石油不足を、日本は自力で乗り切らねばなりません。他国のような憂き目は見たくない」

「現在調査委員会を設け、国管にするか国営にするか、検討させております」総理も言った。「いずれにしろ国家的事業として奨励しなくてはとても間に合わん。『炭坑』が封切られるまでに、昔切り捨てた非能率炭鉱も含めて、あちこちで炭鉱事業を再開し、どっと押し寄せるに違いない炭坑夫希望者をすべて受け入れられるように用意しておかねばなりませんからな」

「それだけ多くの労働力が集りますか」おれはいささか不安になって訊ねた。「今までの、流行の方向づけをする場合と違って、炭坑夫というのはつらい仕事です」

「現在の失業者数は、不完全就業も含めて二十三万人。そのうちの半数が炭坑夫を希望しただけでも現在の炭鉱労務者数は三倍になります」と、労働大臣はいった。「失業者用の無料食堂や無料宿泊施設がたくさんあるので、就業したがらない怠けものの青年が多い。この連中、必ず映画に刺戟され、労働の尊さに目ざめるでしょう」

「そうなってくれれば願ってもないことです」

「なりますとも。美藝公主演映画の影響力たるや大変なものなのですぞ」労働大臣は美藝公に大きく頷いて見せ、笑いながら言った。「前の美藝公が『戦旗』に主演なさった時は大変だった。軍隊に入りたいという青年がどっと出ましてな。軍隊なんかないのに」

全員が大笑いした。

熱心さを眼にあらわし、通産大臣が喋りはじめた。「わたしどもでは以前から石油不足になることを予想して石炭液化、石炭ガス化の研究に取り組んできました。ここでぜひ石炭鉱業を国営化し、せめて百万キロワットのガス化発電、日産五十万バーレル級の液化プラント建設をめざしたいのです」

総理はにこやかに頷いた。「不可能ではない筈です。調査委員会も国営に傾いてきている。おそらく国営になるでしょう。むしろ石炭鉱業を続けている各社から国営にしたことを恨まれるかもしれない。社長連中だって『炭坑』は見るでしょうからね」

総理大臣のことだから不用意な発言をする筈がない。国営事業になるのだろう、とおれは思った。

「こんなに速やかに決定していただくことになるとは思いもよりませんでした」美藝公はやや驚いた表情で閣僚を見渡した。「ご協力を感謝します」

総理はかぶりを振った。「当然のことです。わたしどもは常に美藝公の一挙手、一投足に注意を向けています。映画産業立国である日本の政府は、政治、経済、さらに大きく社会、さらに大きく文化、それらすべての面にわたり映画と歩調をあわせ、時に応じて最も効果的な政策をとらねばなりません。むしろわたしどもこそ、このように事前にご相談願えたことを感謝しているのですよ」

「小説を読まれた皆さまがたならもうご承知と思いますが、この映画のテーマはいうまでもなく肉体労働の尊さです」美藝公にかわり、おれが言った。「脚本ではそれだけでなく、労働に従事する人びとが持っている高貴な人生観を強く訴えるつもりです」

「若者というのはいつの時代も、どこの国でも、反抗的で軽薄なように見えながら、じつはそういうものを常に、切実に求めておるのだと思いますな」文部大臣が言った。

「わたしは映画の監督になり、そういう映画を作りたかったのです」法務大臣が嘆息し、いつものくりごとを喋りはじめたので全員がいっせいににやにやした。「あいにく才能がなく、藝術大学を落第しましてな。しかたなく国立大学の法学部に入った」

「きっと名監督になられていたと思いますよ」美藝公は笑いながら慰めるようにそう言った。

会議は一時間で終った。

午後は藝術大学で講義をしなければならなかった。藝大には映画学部と演劇学部があり、おれの「脚本理論」は両学部の必須科目である。むろん美術学部、音楽学部からも、映画界を志す者が多数を占めている為に大勢聴講に来る。おれがただ美藝公のいちばん親しい友人だからというだけで聴講に来る者もいる。名監督綱井秋星の講義する「映画演出論」と並び、藝大では最も学生の集る講座だ。なにしろ男子学生、女子学生、共に日本一の狭き門を突破してきただけに優秀な頭脳の持主が揃っている。学費だけは高い地方の私立藝大の講義の如きお座なりなものであってはならない。準備にもずいぶん時間を必要とする。

自宅に戻って二時間あまり下調べをし、資料を集め、二時過ぎ、軽い昼食をすませてから磯村の運転する車でおれは藝大に向かった。
五、六十人しか入れない教室に九十数人が詰めかけ、満員だった。聴講するだけの他学部の学生はさすがに遠慮して壁ぎわに並んで立っている。事務局からは時おり教室を変えましょうかという問いあわせを受けるが、おれはこの教室が気に入っている。これ以上広くては学生に親しみが持てなくなる。

娯楽映画におけるシチュエーションの設定について、おれは四十分ほど喋った。一時間ほど喋るつもりだったのだが、学生はみな呑みこみが早く、質問も二つあっただけなのでやけに早く終ってしまったのだ。残りの時間は脚本全般に関する質疑応答に充てたが、学生たちがいちばん楽しみにしているのはどうやらこの時間であるようだ。脚本全般というのは建前で、たいていはそれ以外のとんでもない質問が多くとび出すから面白く、じつはおれ自身もひそかに愉しみにしている一刻なのである。

「脚本のことから離れた質問で申しわけございませんが」案の定、演技志望の女子学生が立ちあがって訊ねた。「里井先生は美藝公とたいへんお親しいようにうかがっております。それで、美藝公のオフ・スクリーンでのご勉強ぶりをうかがいたいのです」

皆が予想していた質問だった。全員が嬉しげに笑った。

背が高く、どちらかといえば技巧的な演技を得意としているらしく思えるタイプのその女子学生は、頬を染めながらも質問を続けた。「美藝公の演技はいつも魅力にあふれています。どのような役をなさっても、たとえ悪役であっても、その表情のひとつひとつ、動作の端ばしまでがわたしたち観客を魅了してしまいます。むろん美藝公がふだんから身につけていられる魅力的な表情や動作だと思うのですが、異性だけでなく同性までを魅了してしまう美藝公独自のあのような魅力を、どのような勉強で創造していらっしゃるのでしょうか。こっそりお教え願えませんでしょうか。それともそれは、美藝公の最も重要な秘密に属することで、わたしどもがうかがうのはたいへん失礼にあたることなのでしょうか」

「いいえ。ちっとも失礼ではありませんよ」おれは答えた。「なぜかというと、そんな秘密などな

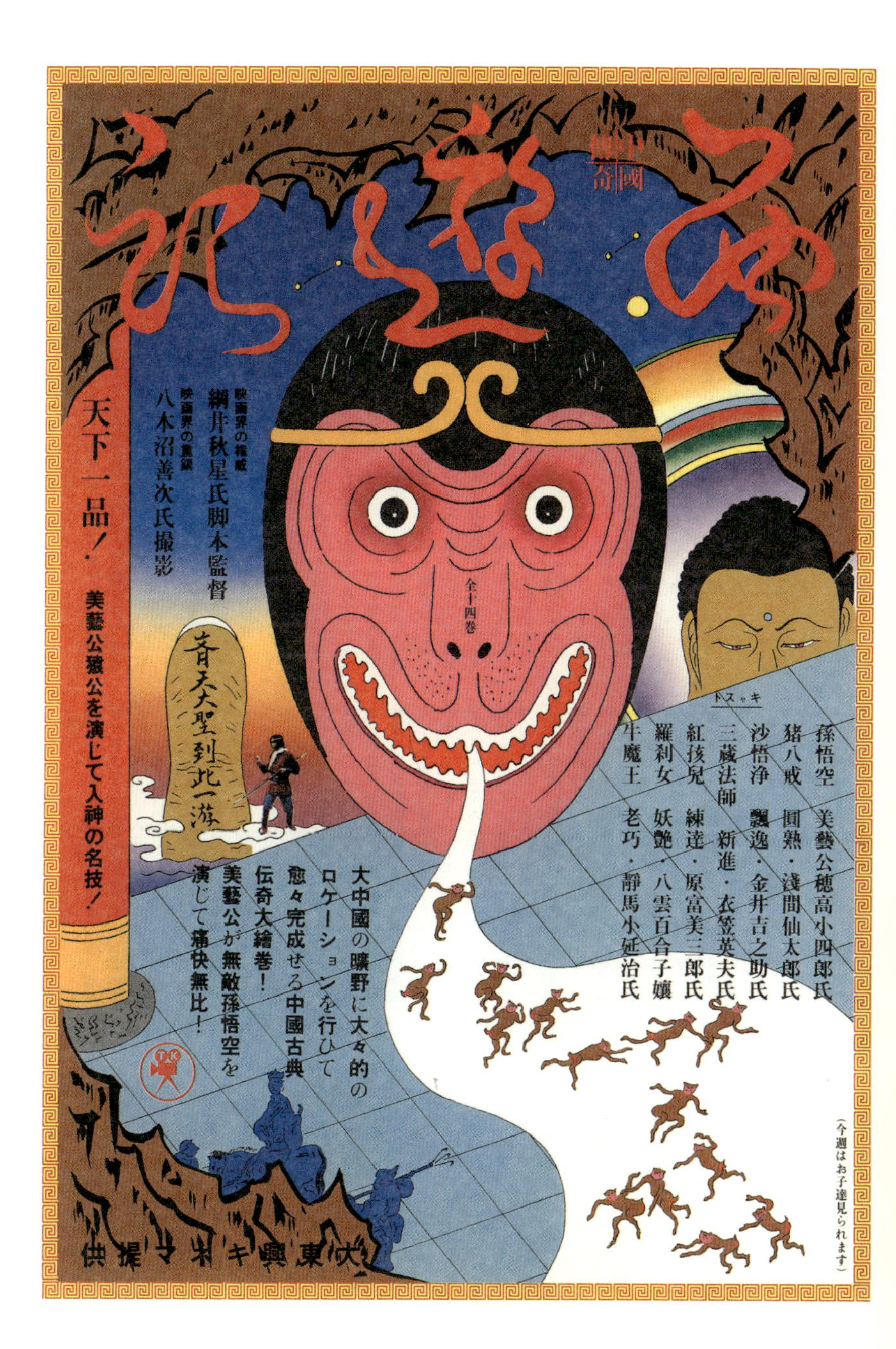

傳奇中國
天下一品！
美藝公猿公を演じて入神の名技！
映畫界の權威
網井秋星氏脚本監督
映畫界の重鎮
八木沼善次氏撮影
全十四巻
齊天大聖到此一遊
キャスト
孫悟空　美藝公穂高小四郎氏
猪八戒　圓熟・淺間仙太郎氏
沙悟浄　飄逸・金井吉之助氏
三藏法師　新進・衣笠英夫氏
紅孩兒　練達・原富美三郎氏
羅刹女　妖艶・八雲百合子孃
牛魔王　老巧・靜馬小延治氏
大中國の曠野に大々的のロケーションを行ひて愈々完成せる中國古典傳奇大繪巻！
美藝公が無敵孫悟空を演じて痛快無比！
TK
大東興キネマ提供
（今週はお子達見られます）

いからです。おそらくあなたは、美藝公が鏡を前にし、どのような表情・動作が魅力的に見えるかを研究し、レッスンしている光景か何かを想像されているのでしょうが、それはまったくの誤りです。たしかに自分をスクリーンの上で魅力的に見せるため、まるでチャーム・スクールで勉強するような方法で、先生についてレッスンを受けている俳優もいます。しかし、いざスクリーンでそういう俳優の演技を見せられる時、われわれ映画の玄人（くろうと）が感じるのは『見てくれ藝』だということです。どうです。わたしのこの片方の眉をあげた表情はすばらしいでしょう。どうです。このポーズはわたし独自のポーズなのですよ。恰好いいでしょう。こうした『見てくれ藝』は演技とはなんの関係もありません。わたしたちはAという俳優の演じているBという役、またはせいぜいBという役を演じているAという俳優を見る為に映画館へ来ているわけであって、Aという俳優そのものを見に来ているわけでは決してないのです。Aという俳優がBという役もCという役もすべて同じように、自分の魅力を見せる為にだけ演じ続けた場合、いかにその俳優に多くの魅力があろうと遅かれ早かれ観客から飽きられることは間違いありません。俳優にとって特に慎むべきことは、他の俳優がこういう場面で魅力ある表情を見せたからというので、自分にもあれくらいはできるという競争心から、似たような場面でその表情を真似て見せることです。言うまでもなく、演技というのは寄席の物真似とは区別されなければなりません。中にはそうした過去の名優の名演技の断片ばかりをぎっしり頭へ詰めこんだ寄せ集め演技の専門家までいます。これに限らず、そもそも似たような場面だからというので同じ演技をすることは避けるべきです。それは違う映画である以上同じ場面などというものはあり得ないからです。評判がよかったからというので同じ表情を何度もして見せる女優は、同じ演技をしっこくくり返して笑いを得ようとする喜劇俳優同様、まず大成しません。美藝公の魅力は、自分の魅力を見せようなどとは夢にも思わず、その役になり切って演じているが為の魅力といえます。その役になり切っているということは、物語に没入していることで、それは観客もまた物語に没入させ、それぞれのシーンでの彼の演技を、ここはこう演じる以外にないと観客を納得させることと同じです。それ故に観客は感動し、役の背後にいる美藝公そのひとに魅力を感じるのです。あなたがおっしゃったように、美藝公は昔、何度か悪役をやりました。あまりにも憎にくしげな悪役を美藝公がその悪人になり切って演じたため、彼の周圍の人は人気がなくなるのではないかと、ずいぶん心配したものです。しかしこれは逆に美藝公の評判を高めました。悪役を演じる他の多くの俳優は、悪役をただ憎にくしく演じる為にのみ心を砕いたものですが、美藝公の考えは違っていました。現実に、悪役という肩書きのついた人物はいないのです。どのような悪人も、ある局面においての悪役であり、他の局面、たとえば現実の犯罪者がしばしばそうであるように、家庭においてはよき夫、よき父であるかもしれないのです。そしてまず第一に、その人物がなぜそのような悪事を行うようになったかという理由がなければなりません。美藝公はまず、悪役といえども独立したひとつの人格を持たねばならず、単なる無個性な『悪魔の化身』、平面的な悪人像であってはならないという考えから、それらの悪人像を立体的に創造したのです。他方にその悪人の苦悩、孤独があってこそ憎にくしさも際立ち、その悪人がのっぴきならず行う悪事、それによって必然的に起る善人たちとの対立によって、ドラマそのものにも迫力が生じ、魅力が生まれるのです。もしそれだけの裏づけがなければ、あれほど徹底した悪事を働く悪人像に、あれほどの際立った悪の魅力が生まれた筈はありません。悪役を演じる美藝公のあまりの魅力に抗しかねて真似をはじめる不良少年まで大勢あらわれたことは皆さんもご存じでしょうが、むろんそのような連中にあの悪人像の魅力が身につく筈もなく、世間の失笑を買い、少年仲間から馬鹿にされ、かえって不良仲間に睨(にら)みがきかなくなったそうです。このように、美藝公がオフ・スクリーンで勉強することの多くは、いかにして役を創造するかということなのです。個性的に創造されたその役の人物は、自然と魅力的な個性を持つ人物になっているものなのです。スクリーンで見る美藝公の魅力が常に新鮮なのはその為で、その魅力が美藝公の、その時、その時に演じるそれぞれの人物だけにしかない魅力である以上、これは当然のことなのでしょうね。皆さんは美藝公が四年前に孫悟空を演じたあの『西遊記』をご覧になったことと思います。ふつう今まで孫悟空は喜劇役者もしくは活劇俳優が扮するものと相場が決まっていました。そうした俳優が軽妙に演じてこそ面白いのであって、本来二枚目の演技派俳優が演じるものではないとされていました。そもそもそうした俳優の演技の見せ場がない上、批評家から演技をまともに評価されることもなかったのです。ところが美藝公はこの役を真正面から、まともに演じようとしたのです。孫悟空とはいうまでもなく、第一に猿であり、第二に化けものです。猿の化けものの演技を真正面からまともに研究しようなど、われわれに言わせれば正気の沙汰ではありません。しかし逆に考えてみれば孫悟空というのはそれほどの難役であり、喜劇役者がその個性だけで軽がると演じることができるようなものではなかった。わたしたちはそれを美藝公に教わったのです。美藝公はまず、京劇において演じられている孫悟空を勉強するために孫悟空の故郷である中国へ行きました。京劇の孫悟空はすでに、完成に近く形象化され、新しい解釈をする余地がないほど技が決定されています。しかしそこにはながい年月、中国のさまざまな名優たちによって研究されてきた伝統があります。孫悟空がどのような化けものであったか、どのような化けものでなければならなかったかを勉強するのはここ以外になかったでしょう。昔の人の知恵と知識の集積を学んだといえます。同時に美藝公は、のちの中国との新しい貿易のとりきめをこの訪問によって有利にしました。この『西遊記』をきっかけに、中国ではそれまで資本主義的だというのであまり上映されることのなかった日本の映画を大量に輸入しはじめたからです。また、この『西遊記』が本場の中国で、もう今後これ以上の『西遊記』はできないだろうと言われるほど高い評価を受けたことは皆さんもよくご承知ですね。さて、美藝公の勉強はそれにとどまりませんでした。京劇の孫悟空はあくまで中国の演技の伝統によるものです。美藝公はこれを日本人が理解し納得できる形にしなければならないというので、今度は歌舞伎におけるさまざまな化けものの演技を研究しはじめました。我国古来からの伝統的な化けものの演技の形態は、日本人の誰もに、たとえ歌舞伎を見ていない人の心にまでも浸透し、潜在的に記憶されていますから、それを触発しなければなりませんでした。一方で美藝公は、本ものの猿の行動、動作、表情を研究しはじめました。習性を知ろうとし、動物園の類人猿舎で一週間寝泊まりしたこともあります。ニホンザルの猿山を一日中眺(なが)め続けていたこともあります。自宅ではニホンザルの雄(おす)と雌(めす)を飼い、生活を共にしていました。また、とても人間にはできそうもない猿のアクロバット的な動作の訓練にも励みました。こうした努力の末に皆さんがご覧になったあの孫悟空が生まれたのです。美藝公が演じたあの孫悟空は、猿である以前、化けものである以前に、みごとな個性をそなえていました。統一的人格といってもいいでしょう。それがいかに魅力あるものであったか。つまり美藝公は猿の化けものになり切って演じていながらも、それは単に猿の物真似、京劇や歌舞伎の演技の模倣ではありませんでした。そこには猿の化けものが『西遊記』というシチュエーションの中でいかなる貫通行動をとるかという洞察がありました。美藝公はみごとに孫悟空という魅力ある『人格』を創造したのです。単なる猿の化けものにあれほどの魅力を持たせ得るとは、誰に想像できたでしょう。しかもその魅力はあきらかに、猿の化けものにしか見出し得ない魅力、おかしな言いかたですが孫悟空固有の魅力だったのです。美藝公の魅力ではありませんでした」

「あのう、里井先生。おことばですが」演出志望の男子学生が、おずおずと手をあげながら言った。おれが頷(うなず)くと彼は立ちあがりながら、あきらかに不満そうな表情を見せて反論しはじめた。

「あの孫悟空が孫悟空固有の魅力をそなえていたことは確かだったと思います。それでもやっぱりあそこには、美藝公ご自身の人間的魅力が底の方に流れていたと思うのです。美藝公とて人間ですから、ご自分の個性を完全に殺してしまえるものではない筈です。ぼくは里井先生と違って美藝公ご自身に直接お目にかかっているわけではなく、あくまで美藝公が出演された他の映画を見ての比較になりますが、あの孫悟空にもやはり美藝公が他の役を演じられた時との共通する魅力が感じられました。それにぼくは一度だけ、遠くからですがオフ・スクリーンの美藝公を拝見したことがあります。この藝術大学の研究室に来られた時のことです。その時、美藝公のちょっとした動作に、はっとさせられるほどの美しさ、やはり魅力と言っていいかと思いますが、それを感じたのです。美藝公ご自身に魅力があることはあきらかで、それこそ美藝公主演の映画の魅力に共通するものではないでしょうか。さっき彼女も、そのことを伺いたかったのではないかと思うのですが」

「わかりました。わかりました」おれは学生たち全員のおれに向けられた不服そうな表情にいささか辟易(へきえき)して、笑いながら宥(なだ)めるように言った。

「諸君の不満は、まるでわたしが美藝公はまったく魅力のない人物だと言ったかのように勘違いなさっているところから発しているのです。わたしは決してそんなことは言わなかった。それどころか美藝公は、同性のわたしの眼から見てさえすばらしい魅力を持っている人物です。あのような魅力ある人物をわたしは他にひとりも知らない、そう言っても言い過ぎではありません。つい数日前も美藝公を囲んでわれわれ美藝公専属スタッフが集った時、われわれ全員は美藝公の、彼が煙草に火をつけるという、ただそれだけの動作にこの上なく優雅なものを感じ、うっとりと見惚れたものです。そこには不自然さが見られなかった。その動作は演技ではなく美藝公が何か考えごとをしながら無意識的に行った動作であるが故に優雅だったのです。つまり美藝公自身の魅力は美藝公の全人格によるものです。いいですか。これは演技とまったく別のものです。映画俳優でない人の中にも映画俳優なみの、時には映画俳優以上の魅力を持った人物がいるのと同じことです。逆に、スクリーンでは常に名演技を見せながらオフ・スクリーンではまったく魅力のない俳優もいます。皆さん。ただの演技者と、いわゆるスタアと言われる人との違いはここにあるのです。スタアとは演技をする以前にその個性がそもそも魅力に富んでいる俳優のことで、まだ演技が未熟である頃からすでに多くの観客を惹(ひ)きつけてしまいます。そしてしばしば、演技が上達しなくてもそのままで何年もの間多くのファンを持ち続けます。こうしたスタアがもし演技力を身につけた時には、いわゆる名優、名女優としてながく俳優としての生命を保ち続け、年齢に応じて大きな存在となりはじめますが、個性だけに頼りきって演技をまったく勉強しなかった場合、いずれは観客から飽きられてしまうことはさっきも申しあげた通りです。逆に言えば、演技者は自分の魅力というものを勘定に入れた演技をしてはならないということで、さっきわたしが演技に個性的魅力は不要とまで強調したのは、そこのところを間違いなく受けとっていただき、演技者志望の人たちに誤った道を歩んでほしくないと望むゆえの一種の極論でもあったのです。もちろん、映画俳優に個性的魅力がある方がよいかない方がよいかといえば、これはもうあった方がいいに決まっているのですが、さて、そうすると次に、個性的魅力とは何かということになります。個性の魅力というのは言うまでもなく他人から好かれる人格のことです。誰からも好かれる人格は、ことば遣いや身のこなしなどの瑣細なことだけをいくら研究し強調したって生み出せるものではありません。また、意識的に人に好かれようとする言動をとり続けたところで魅力は生まれません。それどころか、いくら心の底から他人に好かれたいと思っていたところで、見る人が見ればそこにあらわれているのは愛情乞食めいたいやしさだけなのです。さて、それでは個性の魅力を生み出すものはいったいなんでしょうか。いろいろに考えられますし、さまざまに主張する人たちがいます。『生まれ』だという人がいます。血統を重視しているわけです。『育ち』だという人もいます。これは環境を重視する考え方ですね。『教養』だという人もいます。知性美のことでしょうね。たしかにそういうことが多くの人の個性的魅力の大きな部分を占めてもいるのですが、それがすべてではありません。特に高貴な血筋もひかず、悪い環境で育ち、ろくな教育を受けなかった人の中にもわれわれは多く個性的魅力を見出すことができます。美藝公とて工場労働者の家に生まれ工業専門学校しか出ていないのです。ならば美藝公の個性的魅力の本質を考えることによってこの問題の答えが出るのではないでしょうか。わたしは『思いやり』であると考えます。そういうと、なんだと失望なさるかもしれません。ところがこの『思いやり』たるや、そこいら辺の人生雑誌、道徳教本などで誰にでも今すぐ実行できそうに安易に書かれている『思いやり』などとは違って、大変な技術と努力を要するものなのですよ。まず他人を思いやるにはその人がどう考えているかを知らねばなりません。心理学者でなければならないし、それ以前にすぐれた人間観察力を持たねばなりません。これにはたいへんな才能が要求され、生まれつきの素質にも加え、大きな努力と人間に対する長期間の持続的興味が必要なのです。しかもこの『思いやり』はいざ他人の前において意識的であってはならない。これっぽっちもわざとらしさがないということは無意識的であるということなのですからね。この点わたしは親友であることに甘えた厚かましさで美藝公に、わたしが美藝公を観察してきた結果思い到ったその結論を、直接訊ねることによって確かめてみたことがあります。美藝公は、それは単に『他人に不快感をあたえないようにしているだけ』と言いましたが、これはつまり『思いやり』ということになるのではないでしょうかね。そして美藝公は『むろんそんなこと、他人の前でいちいち意識してはいない。そんなことをしていれば自分が楽しくなくなるではないか。自分が楽しくなくては他人を楽しませることもできないよ』と答えたものです。この美藝公のことばで、『思いやり』を身につけ、さらにそれを無意識化できた時に本当の個性的魅力は生まれるというわたしの主張は証明されたも同然ではないでしょうか。さて、いろいろと偉そうにお説教じみたことをながながと喋ってしまいましたが、それではわたし自身はどうなのかというご質問がもしあったとすれば、これはもう顔を赤くして首をすくめるしかありません。『思いやり』の心など美藝公の十分の一にも及ばぬだろうことは確実です。なぜなら、すでに現在、個性的魅力を身につけることの難しさをさんざ並べ立てて演技者志望の皆さんがたをすっかり失望落胆させてしまっているからです。しかしわたしが申しあげたかったことは、むしろ皆さんがたは、ご自分の個性的魅力などにはこだわらず、ただあたえられた役の中から魅力を見出すことにのみ心を向けられるべきであろうということなのです。どうでしょう。ご納得いただけましたか」

　最初に質問した女子学生が立ちあがった。

「今、先生からうかがったことは、わたしたちが演技論や演技訓練など、本来の授業ではまったく教わらなかったことばかりでした。たいへん勉強になりました。と言うより、眼が開かれた思いです。ありがとうございました」

　彼女が一礼して着席するなり、それを待ち兼ねていたらしい脚本家志望の男子学生が勢いよく立ちあがり、なぜかひどく焦(あせ)った口調で質問しはじめた。「先生。あと、もうあまり時間が残っておりませんので、ひとことでお答えいただいて結構です。今までの質問に関連して、シナリオの勉強をしている者としてこれだけはどうしてもうかがっておきたいのです。今、先生は、俳優は自己の魅力の表現などに心を奪われるべきではないとおっしゃいましたが、それはシナリオを書く者にも言えることなのでしょうか。つまり、シナリオを書く者は、自分がその魅力の虜(とりこ)となっているある特定の俳優を念頭に置き、その俳優の魅力をより引き出さんが為に、彼または彼女を主役としてシナリオを書いてはいけないのでしょうか」

「たいへん面白い質問です」どう答えたものかと考えながらおれは言った。「これはもともと脚本理論の講義なのですから、たとえ時間がなくなってもあなたが納得するまでていねいにお答えすべきでしょうね。むろん、さきほどの個性的魅力と同じことで、建前としては、ある特定の俳優を念頭に置いてシナリオを書くべきではないと申しあげておきましょう。シナリオというものは原則的には、ある特定の俳優の魅力を見せる為に書かれるものではありませんし、そのストーリイの中に登場するのはその俳優自身ではなく、その俳優の扮している別の人物なのですからね。脚本家が創造すべきものは、魅力ある人物像であって、特定の俳優の新しい魅力ではありません。そして魅力ある人物像というのは、映画の場合脚本家と俳優が協力して造り出すものでもあります。まして『ある俳優の魅力』などというものは、もし生み出すにしても俳優が魅力ある人物像を造り出して行く過程で附随的に生まれてくるものであって、第三者である脚本家が生み出してやろうと思っても生み出せるものではなく、せいぜい脚本家自身がその俳優の魅力だと思いこんでいるほんの一部分の魅力をなぞるだけに終ってしまいます」

授業終了時間の鐘が鳴ったが、おれはかまわずに話を続けた。ちょうど前美藝公笠森信太郎氏のことが頭にあり、おれ自身にとっても解決をつけたい問題だったからだ。席を立つ学生はひとりもいなかった。

「わたしの体験から申しますと、たしかに脚本家も人間である以上映画俳優に好き嫌いがあり、そもそもが映画ファンである以上は大好きな俳優もいますので、わたしとてそうした俳優のあの魅力この魅力を散りばめたようなシナリオを書いた時もあります。また逆に、そろそろ観客に飽きられそうになったある大スタアから、自分の魅力を最大限に引き出せるようなシナリオを書いてくれと要求されたことすらあります。しかしこうした意図で書かれたシナリオが映画化された時、たいていは失敗に終るのです。さて、今までお話ししてきたことがすべて建前的な脚本理論であることに皆さんもお気づきでしょう。なぜなら現在の映画界はスタア・システムだからです。誰が主役を演じるのかまったく知らないで脚本家がシナリオを書くなどということは滅多にありません。そこで、ふたたびわたしの体験をお話ししましょう。

脚本家になりたての頃、わたしの大好きな俳優、あの軽妙な都会喜劇の二枚目、島襄二氏の主演映画のシナリオを頼まれ、わたしはそれまでに何度も見ていた島襄二氏の魅力ある表情、魅力あるせりふまわし、魅力ある身のこなしのすべてを思い出しながら、これらのすべてをシナリオの中へ盛り込もうとしました。それによって島襄二氏主演映画に新しい魅力をつけ加える気でもいたのです。皆さんご覧になったでしょうか。『ラッシュ・アワー』です。この映画の出来は決してよくありませんでした。

「でもあれは傑作という評判でしたわ」演技者志望の女子学生のひとりが、驚いたような声を出した。「島襄二先生の都会喜劇の決定版と言われたのではなかったでしょうか」

「それは宣伝文句でしょう。心ある批評家からは酷評されましたよ。単なる集大成に過ぎず、新しいものは何ひとつ生み出せなかったとね。また島襄二氏にとっても、あの脚本はずいぶん演じにくかったそうです。つまりどのシーンも今までの映画のどこかのシーンと似ているので、同じことを演じるわけにいかず、ずいぶん困られたそうですし、また、わたしが勝手に島襄二氏の新しい魅力と思いこんでいたもの、たとえばあの早口の口説きにしても、ご本人にとってはすでに使い古したテクニックで、もう、いやでしかたがないものであったり、という行き違いがたくさんありました。このようにしてわたしは、脚本家ごときが名優の魅力を新しく創造しようなどとは思いあがりに過ぎず、脚本家はシナリオを書く時、誰が演じ

THE RUSH HOUR
ラッシュ・アワー
『全九巻』
東興現代劇超特作品
百花爛漫
モダン・ボーイとモダン・ガール
新婚旅行の夢や何処? 太平洋
逆巻く浪はまだおろかナイヤガラ
瀑布の中までも満員電車を蹴とば
して空とぶ飛行機に追いすがり
お前とならばどこまでも!
馬車
電車
飛
汽船
飛行機
汽車
自動車
TK
現代劇の東興
高齋忠人氏作品
共演 宮城秀代嬢
音楽 シルク・ブラザース
島襄二氏のスピード大脱線劇
THE NEW EXPRESS
CASH

るかを忘れ、ただストーリイにのみ没入し、登場人物のみを創造すればよいのだということを学んだのです。たとえその個性が、演じる俳優の個性から遠く隔たっていても、それ故にこそいい演技が生まれる場合の方が多いのです。もちろん例外もあります。登場人物を創造しながら、それが俳優の個性をまざまざと思い出させる人物になってきた場合は、逆に、俳優の個性を利用して登場人物を創造したのだということがいえます。小説を書く時に実在の人物をモデルにすると同様、これはキャラクターを造形する際の基本のひとつでもあります。ただしこの場合も、脚本家がその俳優と個人的に親しくしていた場合に限られます。スクリーンでしか見たことのない俳優のオフ・スクリーンでの個性など、わかるわけがないのですからね。したがって映画界に長くいるプロにしか許されない方法と言ってもいいでしょう。決して皆さんがたのなさるべきことではない。つまり誰かの個性をモデルにして登場人物の性格を造形しようとする時、その誰かは実在の人物に限られるのです。決して決して、誰かの演じた人物をモデルにする、などということがあってはなりません」

おれは喋り続けた。

　喋り終えた時には、すでに授業開始の鐘が鳴り、次の授業時間に五分足らず食いこんでしまっていた。

　その日の朝刊の第八面、政治欄には、大きく炭坑国営化の記事が出ていた。同じ新聞の第一面、映画欄のトップは、栄光映画が「曲馬団の殺人」を完成したと報じていた。その記事の中で町香代子が撮影中に足を挫(くじ)いたことを知り、おれは心配した。足を挫いたことを軽く見て手あてを怠った俳優が、一生片足を引摺(ひきず)り気味にして歩かなければならなかったことを思い出したからだ。彼女に電話をしようかとも思ったが、外出時間が迫っていた。美藝公穂高小四郎と共に前の美藝公笠森信太郎を訪問する日だった。

いくら前美藝公の前に伺候するからといって、礼服を着ることもあるまいなどと思いながら仕立ておろしの四つ釦（ぼたん）の背広に着換えていると、電話がかかってきた。長電話になると困るのでお隅さんに出てもらうと、彼女は突然、受話器を耳にあてたまま直立不動の姿勢をとった。美藝公から直接の電話だった。

「驚いたことには、笠森先生がつい今しがたわたしのところへお見えになった」

「いったいどうして」

「今日お訪（たず）ねする旨、以前から申しあげておいたのだが、さっき突然お電話があって、来るに及ばぬわたしがそっちへ行くと申されて、一時間と経たぬ間にお越しになった。準備であたふたしていて、君への電話も今になってしまった。すぐに出られるかい」

「勿論だ」おれは大あわてで仕度を終え、磯村の運転する例の箱型自動車で美藝公の邸宅に向かった。

「前の美藝公がお見えになっている」美藝公邸の門前に着くと、門番小屋から出てきた仙蔵爺さんは眼を丸くしてうなずきかけながら、おれにそう言った。

「ああ。知ってるよ。だから、とんで来たんだ」

「おれのことを憶えていてくださったよ」鉄柵を押し開けながら仙蔵爺さんは感激の面持ちで言った。「おれの名前をだ」

ロビーでは記者たちが集り、ひそひそ声で話していた。おれが入っていくと、上田老人の制止も聞かず、ひとりの若い記者が駈け寄ってきてあれこれと訊ねはじめた。初めての顔だ。きっと新たに美藝公詰め記者として任命されたばかりで張り切っているのだろう。

「いったい何ごとが始まるのですか。前の美藝公がお見えになった。今度は里井先生だ。まさか美藝公が前の美藝公と共演なさるというのでは」

「ああ、そうだよ」

「ええっ」上田老人に案内されて応接室へ行こうとするおれに追いすがり、若い記者はいきごんでさらに質問した。「で、では、では、その、その脚本を里井先生が書かれるのですか」

「うん」

「ちょちょ、ちょっと待ってください。ちょっと」若い記者はとうとうおれの行く手をさえぎってしまった。「もちろん新しく書かれるんでしょうね。『炭坑』には、前美藝公が演じられるに足るような大きな役はない筈だし」

「里井先生をお通し願いたい」とうとう上田老人が声を荒げた。「お話が終ってから必ず記者会見はなさる。いつものことではないか」

「聞く権利がある」若い記者は大声を出した。唇の端に泡を吹いていた。「夕刊の締切りに間に合わせるのだ」

「君。功を焦っちゃいかんよ」見かねた他社の老練記者が若い記者をたしなめはじめた。「こういうことはちゃんと話が決定されてから」

おれはその隙に応接室へ逃げこんだ。

「やあやあ。里井さん。とっつかまっていましたね」陽気な声で前美藝公笠森信太郎が片手をあげ、おれに笑いかけた。

彼は応接室の正面にある、背凭れが二メートル近い肱掛椅子に腰をおろしていた。王様だ、と、おれは思った。まるっきり王様だ。陽気で温厚で、お人好しのように見えて実はなんでも知っている素晴らしい王様、それが笠森信太郎である。髪は黒ぐろとしていて色は浅黒く丸顔、頑丈なからだを派手な色のトゥイードの背広で隠している。どう見ても王者の貫禄は充分である。庭に面した窓際で、やや心配そうな表情をして佇んでいる美藝公は、この、前美藝公の前ではたちまち線の細いプリンスに変ってしまっている。

「何か失礼がありましたか」いつも他の客の前ではそうするように、美藝公はいささか他人行儀な口調でおれに訊ねた。

「いえいえ、失礼など何もありませんよ」おれは笠森信太郎に近づき、一礼した。「ご無沙汰を、どうお詫び申しあげてよろしいやら」

「いやあ。ご無沙汰結構。あなたの仕事はあぶらがのりきっています。全部拝見しておりますよ。映画だけでなく、お書きになるものもほとんどな」

「おそれいります」

　おれは笠森信太郎のななめ向かいにある、同じ高さの背凭れの椅子に腰をおろした。この応接室はこの前ブレーン会議を開いたサロンとは異り、どっしりした家具が置かれているチーク造りの部屋で、太い棰(たるき)の通った天井からは巨大なシャンデリアが下がっている。

「笠森先生から『炭坑』ご出演をご諒承いただいたよ」話がどこまで進んでいるのかを問いかけるおれの表情を見て、美藝公がそう言った。「快くお引受けいただいた。ほっとしているところなんだよ」

　おれもほっとした。

「なに、その話ではないかと、来る前からおよその想像はしていた。これは非常に楽しくて、非常にいい仕事になりそうだ。穂高君とは『オペラの怪人』以来の共演だね」笠森信太郎は愉快そうに言ってサイド・テーブルからシェリー酒のグラスをとった。「今、穂高君と乾杯したところですが、里井さんもいかがですかな」

「いただきます」

「わたしが『オペラの怪人』で笠森先生と共演させていただいたころは、まだ新人でした」美藝公は笑いながらかぶりを振った。「あの頃よりも、少しは熟達しているつもりです」

「わたしは逆に、体重を少し減らさなくてはな。第一線を退いてから、体重が四キロも増えてしまった。ところで」笠森信太郎は笑顔のままでおれにさりげなく訊ねた。「庄造は、小説のままの庄造でよろしいのかな」

「もちろんです」おれは不意を衝かれた為ちょっとうろたえてから、大きくうなずいた。「小説のままの庄造が、小説以上に活躍するとお考えください」

「早く脚本を読みたいものですな。脚本はいつ出来ますか」

すでに大きな役をさんざやり尽した筈の笠森信太郎の、飽くことのない藝熱心におれは驚いた。小説もすでに読んでいるのだ。

「やあ。すまんすまん。急がせるつもりはなかったのですよ」ちょっと沈黙したおれに、笠森信太郎が大声で詫びた。それから彼は美藝公に向きなおった。「ひとつ提案があるんだがね」

「なんでしょう」

「現場から遠ざかって二年。『炭坑』に予定されているスタッフ、キャストのほとんどの人とは顔馴染みだが、なにぶん二年間誰にも会っていない。どうかね、『炭坑』関係者全員でわたしの別荘へ来て騒がんかね。わたしにとっては時間の空白を埋める意味もあるが、あなたがたにとっても初顔合せをする人たちの顔つなぎになる」

「それはもう。願ってもないことです。新しい映画にとりかかる時には、たいてい顔つなぎの小さな集りをやりますが、これはもう、ただ飲み食いするだけのパーティなので、お互い親しくなるという効果はあまりありません。で、別荘というのは例の」

「そう。箱根の別荘だよ。あの、湖畔にある」

別荘行きの日取りなどの相談がはじまったところで、おれは美藝公の邸を辞した。キャストの最後の大役が決定されたからには、脚本をいそがなければならない。

ペントハウスの住居に戻り、机の上に置かれている届いたばかりの夕刊を何気なく見ておれはあっと叫んだ。第一面最上段には「美藝公と前美藝公の共演決定」という活字が墨ベタの上の白抜き横書きで大きく浮かびあがっている。あの若手記者の仕業に違いなかった。

「ははあ。やりましたなあ。しかし、待てよ」

心配しながら、おれは記事を読んだ。心配した通りの文章がそこにあった。あの記者は自らが小説「炭坑」を読んだだけの判断に寄りかかり、二人が「炭坑」で共演することはあり得ないと勝手に断定していた。そこには、二人の共演は「炭坑」が撮り終えられた後に、おれのオリジナル・シナリオによって実現されるであろうと書かれていたのだ。

あの記者が社や読者からきびしく譴責（けんせき）されて身分を失うようなことにならねばよいが、とおれは思った。新聞は四紙とっていた。他紙の紙面を見たがもちろんそのような記事はどこにも出ていない。しかし、おそらく今ごろは記者会見によって正しい内容が発表されているだろう。あの若い記者が自分の山気と早合点をどれだけ後悔していることかと考え、おれは腹立ちも忘れて彼を哀れに思った。ノー・コメントと言ってもよかった筈の場合に、ただのお愛想でいい加減な返事をしたのだから、おれにも責任はある。まずいことになったぞ。このような大きな誤報は滅多にないことだし、大新聞ともなれば自社の大新聞社としての面子（メンツ）からも自社の誤報を絶対にそのままにしてはおかない。大きな誤報であればあるほど誤報そのものが報道価値を持つのだから、当然報道義務も発生する。いったいどうするつもりだろう。

そんなことを考えている時、当の新聞社から電話がかかってきた。何度か顔をあわせたことのある社主からであった。「夕刊を、もうお読みになられたことと思いますが」

「うん、誤報をやったね。どうするつもりなの」

社主というのはおれとほぼ同年輩の男で、現場の記者から叩きあげた硬骨のジャーナリストである。「申しわけないことをしてしまいました。もちろん、このまま頰かむりなどいたしません。記事にして関係者と読者にお詫びします」

「あなたなら当然そうすることと思うが、ぼくの言うのはあの若い記者の処分なんだよ。あまり厳しく罰しないでやってほしい」

「というと、先生はあの男に対してそれほどお腹立ちではないのですか」

「わたしにも責任がある。怒ってはいないよ」

「それをうかがってほっとしました。あの男、勇み足をするので困りものですが、将来性のある優秀な男なのです。では、彼の処分をおまかせ願います」

「うん。それはもちろんだが」

社主があの記者の才能を認めている様子なので、おれは少し安心した。

翌日、自紙の誤報を詫びる朝刊第一面の記事を読んだあと、第二面を開いておれは唸(うな)った。第二面ほとんど全部が、あの若い記者自身の署名記事で埋まっていたのだ。それはまず自分の経歴の紹介にはじまり、ついに美藝公詰め記者として抜擢(ばってき)された時の喜び、必ずやビッグ・ニュースをものにして見せるぞという大きな決意に到るまでを、要領よく、ユーモアを混えた好感の持てる文章で綴ったのち、いよいよ昨日の、誤報にいたる顚末(てんまつ)へ、みごとともいえる導入のしかたで筆を進めていた。功名心にはやる自分を底意地悪く描くかと思えば、口から泡を吹いて対象に追いすがる新聞記者の業ともいえる体質を戯画的に描いたりもし、その簡潔な文章の中には自分をさえ客観的に見つめようとする記者としての冷静な眼が光っていた。大笑いして読みながらおれは感動していた。これでこそ大新聞なのだ、と、おれは思った。この記事を読んで、「誤報をユーモアで胡麻(ごま)

化してしまった」などと怒るほど頭の悪い読者はまず現代にはいないだろう。現代の読者はすべて良識を持つ大人なのだ。逆に新聞の自由競争の焦点が厳然として速報性にあったことを思い出す人さえいるかもしれなかった。そしてこの若い記者がいずれベテラン記者となった時、人びとは彼の若い日の失敗をユーモラスな逸話として語りあうに違いなかった。このような文章が書けることを証明したあの記者がいずれ名記者になるだろうこともまた確実だった。なんたる英断か、おれは同年輩のあの社主の顔を思い出しながら感嘆していた。

他の三紙は、昨夕の発表を第一面のトップ記事にしたすぐそのあとで、誤報のことを小さく数行にまとめて報じていた。そこからは他紙の誤報ながら共に読者に詫びているような姿勢さえ感じられた。さらにまた、他紙の若手記者の勇み足を牽制できなかった自分たちの責任を感じている、あの老練な記者たちの人柄さえ感じとることができたのである。

スタッフと何度も討論を重ねながら、やっと「炭坑」の決定稿が完成したのはそれから二週間のちのことで、その時にはすでにほとんどの配役が決定してしまっていた。全面的書きなおし四回、部分的書きなおしは記憶しているだけで十数回だが、むしろ数知れずといった方がいいだろう。シナリオは二百字詰の原稿用紙に書くのが普通だが、おれはそれを千数百枚破り棄てた勘定になる。小説ならこれほど書きなおすことは滅多にない。シナリオが小説に比べていかに労力を費す仕事かは、現場の経験のない者にはわかるまい。ぼくは小説の地の文つまり描写が下手なので、会話だけですむシナリオを書こうと思います、などという脚本家志望の若者があとを絶たないが、とんでもない間違いだ。描写が下手というのは作文が下手というに他ならず、小説を書くよりも楽をしてシナリオが書け、小説家よりも有名になり金持になれればこんなうまい話はないが、そうはいかない。

決定稿二百枚をかかえ、おれは磯村の運転する車で平野映画の撮影所へ出かけた。昼過ぎというのに広い撮影所の中は、現在撮影中の映画がすべてロケに出はらっていることもあり、いつになくがらんとしている。名監督綱井秋星は撮影所長室にいた。彼はひとりだった。

「おひとりですか」

「所長は自らスケジュールの調整にとびまわっている。炭坑ロケと政府の国営化事業の進行がぴったり一致しないとうまくないのでね。今、労働大臣や通産大臣と会議してる筈だよ」

「他のスタッフは」

監督はおれの原稿から顔をあげ、しげしげとおれを見つめた。「君は聞いていなかったのかね。ほとんどのスタッフ、キャストが決定したので、全員箱根にある笠森さんの別荘へ出かけた。顔つなぎのパーティだ。もう昨夜ごろから騒ぎはじめている筈だよ」

「昨日からでしたか」おれはにやにやした。おれを誘わなかったのは、脚本の仕事に差支(さしつか)えてはという美藝公の心遣いであろう。「監督は行かれないのですか」

「わたしにはここで君の決定稿を待つという仕事があった。これからこいつを読んで、それから君と一緒に箱根へ行くつもりだ。決定稿完成の祝杯は箱根であげようじゃないか。君、今日はこれから他に何か予定でもあるの」

「ありません」とおれは答えた。町香代子を見舞うつもりでいたが、足はもうとっくに治ったそうだし、前美藝公の別荘でのパーティとあらば行かぬわけにはいかない。「お供しましょう」

「では待っていてくれるかね。これを読むから」

監督はおれのシナリオを最初から丹念に読みは

じめた。目の前で自分の書いたものを読まれると いうのはいやなものだが、この監督の場合は第一稿から第三稿まですでに読んでくれているわけだし、いわば共同執筆者のひとりとも言える。彼は自分の思い通りに書かれている部分ではしきりにうなずいたり、時にはくすくす笑ったりしながら読む。おれの小説の読者もこういう人ばかりだといいな、などと思ったりしながらおれは彼が読み終えるまでじっと傍を動かなかった。いつ質問があるかもしれないからだ。だが、質問はなかった。

「傑作だ」小一時間かかって読み終り、監督は言った。「シナリオとしても傑作だが、映画も傑作になる。傑作にしか、なりようがない」監督はおれに握手を求めてきた。監督の掌は力強く、あたたかだった。

原稿を所内の印刷部に届け、おれと監督は撮影所の庭に出た。晴れ渡ったいい天気である。

「ぼくの車で行きませんか。ここからなら夕食に間に合うでしょう」撮影所は都心部から箱根への行程の途中にあった。

「それはありがたい。撮影所の車が出はらっていて、どうしようかと思っていたんだ。君の車は快適だからなあ」

箱根までのドライヴを告げると磯村は大喜びだった。パーティに加われる上、笠森別邸で一泊することになる。彼にとってもいい骨休めになるのだ。

車はのんびりと東海道を走りはじめた。車の数は少い。おれは車の中からお隅さんに電話をして今夜帰らぬことを告げ、冷蔵庫から飲みものを出した。驚いたことに綱井秋星は手まわしよく撮影所内の食堂で、きわめて豪華な弁当を作らせていた。

「申しわけないが、磯村君の分までは用意しなかった」と監督が言った。

磯村は運転を続けながら陽気に言った。「ぬかりはありません。さっきもう食べました。ご存じとは思いますが平野映画の弁当は、どの撮影所の食堂のものよりうまいんです。今日は蟹のコロッケがうまいですよ」

　弁当を食べたり、景色を眺めたりしながらおれと監督はくつろいで話をした。

「里井君の仕事はこれで一段落したわけだが、次はどこの仕事をやるの」

「まだ決めていません」と、おれは答えた。「じつは藝術大学での講義が『現代シナリオ論』という本にまとまるので、速記録に手を入れねばならんのです。それが終ってからしばらく休養して、のんびりと小説の構想でも練るつもりです」

「小説」仕事熱心な綱井秋星の眼が、きら、と光った。「そうですか。小説を書くつもりですか」言葉遣いまで変ってしまった。「どういう小説です。腹案はあるのですか」

「まだまとまってはいませんが」おれは苦笑した。「でも、ご心配なく。小説を書く限りは、すぐに映画にしやすいようなものは絶対に書きませんよ。小説独自の表現、小説でしかやれないことをやるつもりです」

「ううむ、それはわかるが」監督は考えこんだ。

　弁当を食べ終り、サモワールで茶を沸かして飲み、さらにアイス・コーヒーを飲み終ってからも、綱井秋星は長い間窓外の景色を見つめたまま沈黙を続けていた。やがて彼はおれに向きなおり、誰に聞かれるという心配もないのにひそひそ声でおれに囁きかけてきた。「映画にはとてもできないような小説と取り組んで名作を作るのが演出家の理想なんだよ。ねえ君。約束してくれませんか。その小説、書きあげたらぼくに一番先に見せてくれると。いや。ぼくだけでなくてもかまわない。美藝公と、美藝公のブレーンにだけ、原稿の段階で読ませてくれませんか」

　そうする、と、おれは約束した。

"The Phantom of the Opera"
The Greatest Triumph in Entertainment
From the Novel by
Gaston Leroux
オペラの怪人
遂に公開
期待に期待を重ねられし本年度の最大雄篇愈々大公開！
◁全十巻▷
原作としては全世界數千萬の
讀者を戰慄せしめ今又映畫と
してより以上の觀客を感激躍
動せしめんとす。名作の持つ
物語的價値と映畫の有する藝
術的表現の極致とが相融合し
て生み出されたる不朽の傑作
その監督手法に美藝公の神技
に將た又豪麗華美なる舞臺面
にあらゆる條件を滿して餘り
ある完全無缺の映畫。
美藝公 笠森信太郎氏
清純 高尾雪子孃
新進 穗高小四郎氏
國立歌劇團員總出演
平野映畫オールスター
主演
HIRANO
原作者 ガストン・ルルウ氏
潤色者 深山史録氏
監督者 大瀬百助氏
平野映畫超特作

湖が夕陽で赤く染まっているころ、おれたちは湖畔にある白堊の殿堂、前美藝公笠森信太郎の、ホテルかと見紛うばかりの巨大な別荘に到着した。おれと監督の到着を知っていたらしく、玄関で待ちかまえていた小町氏と藤枝嬢がおれたちを大食堂に案内した。三組のシャンデリアがさがっている宮殿の一室の如き大ホールに、スタッフ、キャスト、その他合計三十人ばかりの面面が、すでに用意のできている料理には手をつけず、おれたちを待っていた。おれと監督の到着を小町氏が大声で告げると全員がいっせいに拍手をする。おれはたちまちメンバーの豪華さに圧倒された。

笠森信太郎、穂高小四郎にはさまれて、「炭坑」主演者のひとり姫島蘭子が晴れがましさに頰を染めていた。むろん岡島一鬼、山川俊三郎の顔も見える。その他名優がずらりと揃っている。

「こちらです」

おれの席へ藤枝嬢が案内してくれた。隣席はと見ると右側が「活動写真」で田舎娘を演じ大好評だった京野圭子、左側が「西遊記」で猪八戒を演じた名優浅間仙太郎である。久しぶりの対面をご両人と喜びあううち、前美藝公笠森信太郎が立ちあがって軽く咳ばらいをし、にこやかに一座を見まわした。ざわめきが一瞬、それはもう見ごとなほどにおさまり、一座がしんとする。グラスの音ひとつしない。

「紳士淑女諸君。里井勝夫氏、綱井秋星氏がお見えになり、われわれのパーティに加わって下さったということは、とりもなおさず『炭坑』のシナリオが今日、ついに完成したことを意味します。今夜はひとつ、おふたりの為に乾杯していただきたい」

近くのホテルから出張してきているらしい給仕たちの手によってシャンパンの栓が抜かれ、全員がシャンパン・グラスをさしあげる。

「では、おふたりの労を心から犒いつつ、シナリオ完成、万歳」笠森信太郎の底力のあるバリトンにうながされ、全員が万歳を何度も叫ぶ。

　そして豪勢な晩餐が始まった。

「向かい側の席にいる若い女の人たちは誰だい。女優さんのようでもあるが、スクリーンで見たことは一度もない顔ばかりだし」おれは京野圭子にそう訊ねた。

「皆さんお綺麗でしょう」と彼女はくすくす笑いながら答えた。「あのかたたち、女優の卵ですわ。笠森先生が個人的に指導していらっしゃる若い人たちですのよ。今日は姿が見えないけど、他に若い男性も五人ほど指導なさっているそうですわ」

「ほう」おれは現役を退いてまだ後進を育ててやろうという意欲を失わない笠森信太郎の情熱にいささか驚いた。趣味やひまつぶしで出来ることではない。

「笠森さんの心遣いですよ」おれたちの会話を聞いていた浅間仙太郎が口をはさんできた。「なにしろ今回の『炭坑』は出演する女優さんが四人だけ。男性多数のパーティで彩りに乏しかろうと、笠森さんがご自分の秘蔵っ子であるあのお嬢さんたちも招待なさったのです。おっと。その鱈の切り身にそのソースをかけてはいけません。こちらのポロ葱の入ったソースをお使いなさい」

　さすが猪八戒を演じただけあって浅間仙太郎は食通である。それだけではなく食欲も凄い。食卓の中央に出ていた仔牛の心臓の焼いたものを三切れほどぺろりと平らげたのには驚いた。しかも彼は自分が食べて旨かったものを誰かれなくひとにすすめるのだ。

「ああ京野さん。その海老と米のサラダを食べてごらんなさい。このソース・ビネグレットをたっぷりかけてね。乙なもんですよ。君、君、君。その鴨はもう少し背中の方の肉をお取りなさい。固いように見えるが、そこがいちばん旨いのです。

里井先生。このアンチョビ味のサラダは珍らしくバタビアですよ。お取りしましょう。たいていレタスで代用してあるものですがね。もっといかがです」といった具合である。おれとはそもそもからだつきの違う巨漢なのだから当然だが、底なしの胃袋だ。すでに満腹した女性たちは眼を丸くして彼の食べっぷりを眺めている。さすがに気がひけたか、浅間仙太郎は両隣りのおれと大川儀一郎に気を遣いはじめた。「狭くありませんかな。わたしがどんどん肥るので」

全員が笑う。

「そんなことはありませんが、浅間さんにつられてわたしは食べ過ぎてしまった」「曲馬団の殺人」で主役を撮り終えたばかりの二枚目大川儀一郎が胸を撫でた。

「わたしもだ」と、おれは言った。

「それはいけません。これからいよいよ最後の大物、子羊の腿肉(ももにく)をウイスキーで煮たここのコックの自慢料理が出る筈(はず)です」と、浅間仙太郎は言った。「皆さん、それを召しあがらなくては」

「おう」と全員が嘆息とも悲鳴ともつかぬ声をあげる。

「わたしは頭痛がしてきましたわ」京野圭子が笑いながらおれに耳打ちした。

そもそもこの浅間仙太郎なる俳優、最初にデビューした、今から十年ほど前には、さほど肥っていなかったのである。出世作となった「料理人(コック)長」の主役として料理の勉強をしはじめたのがきっかけとなり、とうとう料理研究と食道楽の大家になってしまったのである。出版社からは料理の本を書けとすすめられているらしいが、わたしは俳優であり料理についてはアマチュアであるといって頑として書かないでいるのも彼の偉いところである。

晩餐が終ると一同は食堂に続いているカクテル・ラウンジへ移り、酒を飲みはじめた。カクテル・ラウンジは三段ほどの階段を中心にして二つの部分に分かれている。ラウンジはまた応接室とも接していて自由に行き来ができるようになっている。映画俳優たちのパーティだと歌ったり踊ったりの大騒ぎばかりと思われ勝ちだが、そんなパーティばかりではない。一同は応接室のあちらの隅に三人、カクテル・ラウンジのこちらの隅に四人と、三三五五少人数のグループに別れ、時にはメンバーの交代などをしながら、グラス片手に熱心な議論をはじめた。さすが「炭坑」のスタッフや出演者として選ばれただけのことはあり、仕事熱心、藝熱心な人物ばかりである。

おれはカクテル・ラウンジの中央、純白のグランド・ピアノの横に立ち、美藝公、岡島一鬼、姫島蘭子、それに名カメラマン広田俳幻の四人を相手に、炭坑の落盤事故の場面の撮影をどうするかについて意見を戦わせていた。セットだけで坑内のリアリティが出せるかどうかを危ぶむ広田俳幻に、岡島一鬼が、むしろセットでなければリアリティが出ないと主張し、ちょっとした論争になっていたが、言うまでもなく頑固で強気の岡島一鬼が優勢に立っていた。その時、ラウンジの高い方のフロアーで話していた三人の男優が姫島蘭子を呼んだ。彼らは彼らでこの映画の演技について語りあっていて、主演女優たる彼女の意見が必要だったのであろう。われわれの会話を彼女はただ聴いているだけだったし、彼女はわれわれの議論に自分の意見は不必要と判断したらしく、軽く一礼すると白いドレスの裾をなびかせて階段をのぼって行った。

不思議なことに、その途端、広田俳幻の主張が優位に立ってしまった。なぜか岡島一鬼は急に気弱な表情になり、去って行った姫島蘭子の方をちらちらとうかがいながら、広田俳幻の意見をおとなしくうなずいて拝聴するばかりという態度に変ってしまったのだ。ははあ、と、おれは思い、やはり同じことに気づいたらしい美藝公と顔を見あわせた。美術監督岡島一鬼は、思いがけぬことに女優姫島蘭子を恋していたのだ。今までは彼女が傍らにいたため張り切って議論していたものの、その途中で彼女に去られてみると、自分のお喋(しゃべ)りが彼女を退屈させたのではないか、もしや怒らせたのではといった心配が先に立ち、とても議論どころではなくなってしまったのであろう。そんなこととは夢にも思わぬ広田俳幻は生真面目に現場ロケを主張し続け、美藝公とおれはあまりにも意外な新発見になかば茫然(ぼうぜん)としていた。いったいいつから想っていたのだろう、と、おれは考えた。この強情一点張りの岡島一鬼が、ひそかに姫島蘭子を恋しはじめたのはいつ頃からだ。昨日、もしくは今日からだろう、きっと一目惚れだ、と、おれは判断した。ブレーン会議の席上で彼女の話が出た時、彼は彼女のことをまったく知らなかったではないか。

恋愛沙汰などとはまったく縁もゆかりもなさそうに見えるこの岡島一鬼が、あの姫島蘭子に純情一途の恋をし、打ちあけることさえできずにいる。そう思いながら眼の前にいる岡島一鬼のいかつい顔をあらためて眺め、おれは思わず笑い出しそうになった。美藝公も同じ思いらしく、けんめいに笑いをこらえている。

「ちょっと失礼」吹き出してはまずいので、おれはいそいでその場をはなれた。

応接室へ入ろうとしたおれは、うしろから大川儀一郎に呼びとめられた。栄光映画ピカ一の二枚目男優で今や人気絶頂。今まで遠慮しておれに話しかけてこなかったのはどうやら「曲馬団の殺人」で町香代子と恋人同士を演じた為の照れがあるからだろう。彼は話のきっかけを求めてしばらくもじもじした。

「ぼくがついていながら、町さんに負傷させてしまいました」彼はそう言った。「申しわけありま

快適の明朗篇!!
料理長
COOK
大東亜キネマが食慾の秋に贈る壓巻！
監督は鬼才高齋忠人氏
波岡顯氏の新曲四つが娯しめる贅澤作品
大傑作音楽喜劇・珍優浅間山太郎氏の魅力ここに爆発！
共演・秋山菜枝孃
彼は如何にして戀人と名料理人(コック)の名聲を同時に得たか？
全七巻

せん」

「もう、すっかりいいそうだよ」おれは彼に笑いかけた。「撮影中にはよくあることさ。ことにああいう映画じゃあね」

彼はあきらかに、ほっとした様子だった。

「それよりも」と、おれは言った。「栄光映画が、よく君の出演を許したもんだね」

「炭坑」出演者のほとんどは汚れ役である。二枚目で売っている大川儀一郎にとってはファンを大量に失うおそれもあり、たいへんな冒険なのだ。

「わたしにとってはいい転機になりますから」大川儀一郎は決意をこめてきっぱりと言った。「いつまでも二枚目だけをやっているつもりは前からなかったのです。この『炭坑』のお話があった時、わたしはちっとも迷いませんでしたよ。だって美藝公や前美藝公と共演できるなんて機会は二度とあるもんじゃない。それに比べればファンが減るくらいのこと、なんとも思いません。いや。それくらいのことで去って行くファンであれば、そもそもそれはぼくの本当のファンではなかったと思いたいのです」

おれはうなずいた。「うん。たしかに君はよく勉強しているし、今でこそ二枚目をやっているが、もともとは演技派だった。だからこそ君のファンのほとんどがインテリなんだよ。そう。君が『炭坑』で汚れ役を、しかも端役をやったからといって、逃げて行くようなファンはあまりいないだろうね」

「ありがとうございます。でも、端役とはいえ、あの久作というのはたいへん難しい役です。そのことで、ちょっとうかがいたいんですが」

役づくりのことで、大川儀一郎はおそろしく難しい問題を吹きかけてきた。彼がそこまで深く考えていることにおれは驚き、感銘を受けた。

久作の性格設定を二人で考え、話しあっているうちに、いつの間にか時間が過ぎたらしい。

「さあて諸君」前美藝公笠森信太郎がラウンジの階段に立ち、全員に呼びかけた。「今夜はパーティ二日めの晩です。疲労が溜まるといけない。特に俳優にとって続けさまの夜ふかしはよくありませんぞ。しかも今夜は綱井さん、里井さん、今朝がたまでわれわれの為にお仕事を続けてきてくださったかたがお二人お見えです。きっとお疲れのことでしょう。さらにまた明日は、早朝から湖に出て舟遊びをすることになっております。寝不足であってはなりません。この辺で散会にしたいのでよろしくご協力を。では諸君。よい夢をご覧になってください」

なにしろ王様のおっしゃることなので全員に異存はない。「まだいいでしょう」「もっと飲みたい」などと言う意地の汚い者はひとりもいなかった。

「里井先生。こちらへどうぞ。お部屋へご案内しますわ」藤枝嬢がやってきて、おれにそう言った。

おれが通された部屋は湖に面した三階の一室だった。藤枝嬢がシーツを整えてくれている間おれはもう一杯ウイスキーを飲みながら月光に映えている湖面を飽かず眺めた。一生の思い出になるような良い仕事、大きな仕事をやりとげたという満足感が、はじめてじわりと胸の内に湧き、おれは心地よく酔っていた。ベッドに入るなり、昨日からの疲れでおれはたちまち眠りこんでしまった。

遠くの方で若い女性のはしゃぐ声や男たちの笑い声がする。あの楽しそうな一団に加わりたい、切実にそう願った為か、おれはやっと眼が醒めた。疲労はすっかりとれている。たいへんだ。もう舟遊びが始まっているらしいぞ。まるで子供っぽく、浮きうきしながらおれは服を着た。あれに加わらずにおくものか。

おれが疲れていると思ってわざと誰もおれを起さなかったらしい。一階に降りていくと食卓はもう綺麗に片づけられている。藤枝嬢が笑いながらトーストとミルク、それにコーヒーなどを用意してくれた。

「まだそんなにお急ぎになることはありませんわ。映画雑誌のかたが見えて、今、湖畔でグラビアの撮影中です」

　なるほど湖畔に出てみると、昨夜のメンバーに加え、今までどこに身をひそめていたのか雑誌記者やカメラマン、それに各俳優のマネージャーや運転手などもあらわれてあたりは大賑わいである。静かな湖畔が一夜にして花園と化したかに思える華やかさだ。豪華メンバーが揃っているのでカメラマンは被写体に迷っている。あちらでは美藝公穂高小四郎と姫島蘭子のボート遊び、こちらでは浅間仙太郎の珍ポーズ、ヨットの上では美女群にとり囲まれた前美藝公笠森信太郎の滅多に見られぬ姿、いずれの男優も女優も、珍らしいほどのサービス振りだから、カメラマンは狂喜して駈けまわっている。

　撮影風景をしばらく見物したのち、おれはひとり湖岸づたいに静かな森の方へと歩き出した。綺麗な空気を吸いこんで都塵にまみれた肺の大掃除だ。おれはこのあたりを背景にしたおれの出世作を思い出した。和製西部劇「湖畔の対決」だ。添え物のプログラム・ピクチュアだったが、厭がらず、馬鹿にせず、才能のありったけを注ぎこんで書いたおかげで思いがけぬ佳作になってしまった。あれからもう十年になる。その十年はまたたく間に過ぎた。映画にのめりこんでいて、時間が経つのを忘れていたのだろう。この辺で自分を、そして自分を取り巻いているこの世界を、じっくりと見なおすべきではないだろうか。

　ひとまわりして戻ってくると、小町氏が大声で叫んでいた。「さあさあ。撮影はもう終えてください。記者やカメラマンの皆さんも、舟遊びに加わってください。湖の真ん中へ出ます」

　ヨットや伝馬船、各種ペダル式ボート、それにさまざまな飾りのついた大型ボート等が十数隻、あるものは鏡のような湖面に浮かび、あるものは湖岸にひきあげられている。全員が思い思いの舟に、はしゃぎながら乗りこんだ。おれは浅瀬に浮かんでいた白鳥の頭を持つ大型ボートに乗った。あとから水着姿の姫島蘭子がやってきて舳先(へさき)に腰をおろし、次に浅間仙太郎がやってきて中央にいるおれを艫(とも)に追いやった。

「わたしが漕(こ)ぎましょう。里井先生」

大食相応の力持ち浅間仙太郎がオールを握ってくれるなら安心である。

そこへ岡島一鬼がやってきた。上は半袖、下は膝まである珍妙な縞(しま)の水着姿である。

「もう乗れませんわ岡島先生」と、姫島蘭子が言った。「いくら浅間さんが力持ちでも、四人は無理よ」

美術監督はしかたなく山川俊三郎や京野圭子の乗っているヨットに駈けつけた。だがそのヨットもすでに満員で、彼はしめ出されてしまった。

「おうい。岡島先生がはみ出しっ子になってるぞう」若い男優たちが騒ぎ立てた。「誰か乗せてあげろよ」

全員が笑い、はやし立てたので、浜でまごまごしていた岡島一鬼はたちまち顔に朱を注ぎ、鬼瓦のような表情になってわめきはじめた。「そうか。誰もおれを乗せねえならそれでいい。誰が乗るもんか」彼は砂の上にあぐらをかき、腕組みした。「おれは嫌われた」

「まあ。一鬼先生が赤鬼になってしまったわ」くすくす笑いながら姫島蘭子が言った。

「ぼくが片方、漕ぐことにしよう」おれは艫から浅間仙太郎の隣りに場所を移してオールを片方とり、岡島一鬼に呼びかけた。「おうい。もうひとり乗れるぞう」

「岡島さん。このヨットにも、もうひとり乗れますよ」美藝公も自分のヨットからそう叫んだ。

「いいや乗ってやらねえ」岡島一鬼はさらにわめき続けた。

「おれはどうせ皆の嫌われ者だ。だから仲間はずれにされる」

美術監督の駄駄っ子ぶりに、とうとう全員が笑いはじめた。

「やいやい。何がおかしい」彼は吠(ほ)えた。「舟になんか、乗るもんか」

おれは笑い続けている姫島蘭子を振り返って言った。「岡島さんは、どうやら君が好きらしいんだよ」

姫島蘭子の顔から笑いが消えた。彼女はたちまち岡島一鬼の自分に対する今までの態度を思い返して、強く思いあたることがあるようだった。彼女はすぐにボートからとびおり、水しぶきをあげながら岸辺に駈けもどって美術監督の腕をとった。「岡島先生。そんなに怒らないで。さあ。わたしのボートにお乗りなさいな」

とたんに岡島一鬼は悄然(しょうぜん)としてしまい、赤い顔をさらに赤くした。姫島蘭子に腕を引かれ、彼はしおしおとして、おとなしく歩きはじめた。その様子に全員はまた大笑いをし、はやし立てる。

「あの人は名優ですなあ」やってくる二人を見ながら、浅間仙太郎が感に堪えぬ口調で言った。「役者になればよかったのに。皆から愛される悪役なんて、滅多にいませんからねえ」

そうだ、ここでは皆が自らの役柄を心得ている、と、おれは思った。その役柄以上に出しゃばることなく、それぞれの役柄の中でその役柄を楽しみながらみごとにこなし、同時に他人(ひと)をも楽しませている。しかしそれは、たいへん難しいことでもあるのだ。それが可能なのは、おそらくここにいる人すべてが最高の人士ばかりだからであろう。みな、いい人ばかりであり、やさしい人ばかりなのだ。すばらしい世界に生きている我が身の幸福を、おれは讃(たた)えずにはいられなかった。

湖畔の對決
痛快無比の和製西部劇!!!!!!
全六巻
森野八郎氏 主演
菊地艷子孃
澤村獅子六氏
花柳秀哉氏
嵐日出夫君
助演
監督・フランク柴田氏
原作並脚色・里井勝夫氏
満員御禮
見よ!! 五日間大入満員!! 果然満都を席捲せり!!
榮光映畫現代劇部特作映畫
奸智の顔役に冤罪を被らせられた
好漢の復讐! 湖畔の對決場面は
名映畫の眞價は裏書きされぬ!!

舟遊びは正午過ぎまで続いた。

その日の楽しかった思い出は、あと味をじっくり一週間ばかり、ひとりで楽しむことができた。他の連中はそうではなかっただろう。すぐに「炭坑」の撮影に入ったからである。脚本家というのは仕事を終えてしまうともうその映画とはほとんど関係がなくなってしまう。せいぜい俳優に支障ができて配役が変更になった時、科白（せりふ）の書きなおしの相談を受ける程度である。

藝術大学での講義を「現代シナリオ論」にまとめる作業は思いがけず手間どった。ただ喋ったことを文章になおすだけなら手を加えるだけですむが、「論」と名がつく以上は理論として首尾結構が整っていなくてはならない。ほとんど書きおろしと同じ、いや、むしろそれ以上の難しい仕事といえた。ただ、これは大学での講義を引き受けた際にも同様のことが言えたと思うが、自分自身の勉強にもなった。こういう仕事は首尾一貫性を持たせようとする為、書いているうちにともすれば考えかたがあるスタイルに徐徐にはまりこんでいき、ついには城壁のように強固で融通のきかない思想を作りあげてしまいがちである。それが正しいのならかまわないがもし間違っていれば大変だから、常にこれでいいかと自分を疑ってかかり、他の著作の中の思想を万遍なく眺めまわしながら作業をすすめなければならない。いわば自分との戦いである。自分自身の勉強になったというのはそうした意味なのだ。

「炭坑」の撮影状況は毎日朝夕の新聞の第一面で刻刻と報じられていたから、およそのことは知ることができた。なにしろ前・現美藝公の共演とあって報道価値、報道効果は抜群、政治欄にもこれと相呼応した政府の炭鉱政策が次つぎと掲載され、第八面としては珍らしく活気を呈していた。ロケ地には都から近距離にある常磐炭鉱の各所が選ばれ、ここはそもそも埋蔵量が多いにかかわらず北海道炭や九州炭に比べると発熱量の低い炭しか採(と)れないといわれたために閉山したところが多かったのだが、国営化されて坑内労働が奨励されたこととロケ地に選ばれたことで昔以上の活況を呈しはじめていた。全国各地の炭鉱にやってくる坑夫志望者は一日に数千人ということで、おれはこの数字を新聞で読んで驚き、美藝公の影響力を再認識せずにはいられなかった。

　おれの恋人、町香代子は、ふたたびホーム・グラウンドに戻り、C・P・Pで「宇宙武侠艦」という総天然色の空想科学映画を撮影中だった。「女性の輝き」以来彼女主演のいいメロドラマの企画がないのでちょっと心配していたのだが、「宇宙武侠艦」で主人公の恋人役を演じたあと、正月用の大作、新聞連載で大好評だった文豪蔦見万丈の「鴛鴦物語」の女主人公(ヒロイン)を演じることになったと聞き、ひと安心した。しかしご本人にはさっぱり会うことができなかった。いつかの夜の思い出だけが切なくいつまでもおれの胸から消えることがなく、なさけない話だが夜など彼女のことを考えて急に孤独感に襲われ、涙をこぼしたりしたものだ。主演女優を恋人にしてしまった男の運命だと思い、彼女だって同じ思いに違いないなどとも思って、自分をなぐさめるしかなかった。

「宇宙武侠艦」完成試写会の招待状が届いた。当然町香代子も来るに違いない。場所はおれの書斎の窓から見おろせる、映画通りに面したC・P・P本社ビル内の試写室である。おれはその試写室がたいへん小さく、椅子がせいぜい四、五十席しかないことを知っていた。新聞記者等を呼ばぬ内輪の試写会なのだろうか。だとするとなぜおれなどを招いたのか。町香代子がおれを招待するよう手配してくれたのだろうか。それとも他の誰かが。おれは疑念を抱きながら当日、すぐ近くのC・P・Pビルまで徒歩で出かけた。それはあたりに薄闇が立ちこめはじめた黄昏どきだった。

三階にある試写室に入ると、そこにいるのは案の定C・P・P関係者だけだった。本社の重役たち、宣伝担当者、そしてこの映画の主なスタッフと俳優たち。ほとんどの人物とは顔馴染みなのでやあ、やあなどと挨拶しながら、おれは最後列の椅子に腰をおろした。いちばん前の席にいる町香代子の横顔がちらと見えた。ほんの一瞬の印象ではあったが、元気のない様子が気にかかった。

「やあ。来てくれたね」この映画の監督、中山明峰がパイプ煙草の匂いをぷんぷんさせながらやってきておれの横にどっしりと腰をおろした。

「ぼくを招待してくれたのは君だったの」

おれの質問には答えず、中山明峰はおれの耳に口を寄せて囁いた。「町香代子嬢のことだがね。彼女、撮影中にだんだん元気をなくしていった。病気かと思って、われわれ皆ずいぶん心配したものだ。しかし、病気じゃなかった。あきらかに原因は、君にあった」

「なんだって」

「しっ。でかい声を出しちゃいかん。つまり彼女は君にまったく会えぬことで意気銷沈していたんだよ」

おれは顔を赤くした。「まさか」

「わしは映画監督だ」と、中山明峰は言った。「ほんとの病気と恋患いの区別がつかんと思うかね」

宣伝担当者の短い挨拶のあと、室内が暗くなった。

監督が、また囁いた。「さあ。彼女の隣りの席へ行ってくれ。ほんとはわしの席だ。空けてある。すぐ行ってやってくれ」

監督に追い立てられ、しかたなくおれは腰をあげて最前列へ進み、町香代子の左隣りの空席にすわった。町香代子の、はっと息をのむかすかな息遣い。わずかな気配でおれだということを察したらしい。

「ほんとに久し振りだったね」と、おれはささやいた。

「あ。ほんとに、あなたが。どうしてここへ」彼女は混乱していた。

　豪壮な音楽と共に「宇宙武俠艦」が始まった。椅子の木の肱掛（ひじか）けを握りしめている町香代子の左手に、おれは右手をのせようとした。彼女は一瞬びくっとして手を引っこめたが、すぐに、けんめいさを手の動きにあらわしておれの右手をまさぐり求めてきた。おれはその手を握りしめたのち、彼女の手の甲をやさしく二、三度叩いてから手を引っこめた。上映中ずっと手を握りしめたままでいるというマナーはない。見ている映画に対して失礼になるし、殊にここは試写室、その映画を作った人達が集っているのだ。

「中山監督の招待だよ」タイトルが流れはじめた時、おれは彼女の知りたがっていることだけを耳打ちして、あとは沈黙した。彼女も一度小さくうなずいたきりで、何も話しかけてはこなかった。

「宇宙武俠艦」は楽しく、よくできた映画だった。単に冒険アクションだの特殊撮影の宇宙船や怪獣を見せようとする為だけに未来だの宇宙だのに材をとったという見世物映画ではなく、空想科学物語としての驚異と詩情があった。装置、小道具、共に未来世界をよく考えて工夫されたものばかりで、それを見ているだけでも退屈することはなかったし、俳優たちは主演者はじめ端役に到るまで誇張に陥ることなく、物語を荒唐無稽と馬鹿にすることもなく、それぞれが分を守って過不足なく演じていた。しかも彼らは空想科学物語の、作家にさえできない、演技者としての方法での創造に成功していた。彼らの演技にはあきらかに、未来社会や宇宙空間での人間の心理をけんめいに想像し勉強したと思える奥深さがあった。

　映画が終るなり、町香代子はまたしてもおれひとりのものではなくなってしまった。映画の成功を喜び、重役連が次つぎと彼女のところへやってきて感謝のことばを述べはじめたからだ。おれが傍にいては彼女も気が散っていけないだろうと思い、おれはすぐ試写室を出た。試写室前のロビーでC・P・Pの宣伝担当者につかまってしまい、しきりに批評を聞きたがるのでやむなくおれはひと言、ふた言感想を述べた。しばらくしてやっと解放され、帰ろうとしながら振り返ると、あとから重役たち二、三人に囲まれながら試写室を出てきた町香代子が、おれの視線に気づいて立ちどまり、じっとおれを見つめた。おれも離れたところから彼女を見つめ返した。彼女に何か話しかけようとした宣伝担当者が、彼女の視線を追っておれの姿を発見し、気をきかしてさりげなくあさっての方角に立ち去った。おれは彼女に笑いながらうなずきかけた。彼女もにっこりして小さくうなずいた。その微笑はあきらかに満足感によるものだった。おれ自身もそれ以上のことは何も望まず、満足していた。なんといっても町香代子と隣りあわせで彼女の映画を見ることができたのだ。ながい時間、彼女と二人きりでいたのと同じことだ。おれは自分にそう言い聞かせ、C・P・P本社のビルを出た。

映画通りを自分の住まいのあるビルへと戻りながら、おれは幸福感に満ちていた。すでにあたりは暗く、ビルの窓には灯が入り、カフェーやクラブのネオンサインや電飾看板が明滅し、並木の下の歩道では瀟洒(しょうしゃ)な紳士や着飾った婦人たちがそぞろ歩きを楽しんでいる。こんなに幸福であっていいのか、などと、現金なもので恋人にひと眼会えた途端おれはもうそんなことを考えはじめていた。おれがこんなに幸福でない世界、いや、人びとがこんなに幸福でない世界だって、どこかにあるのではないか。あとで考えてみれば、おれがその「奇妙な」考えにとりつかれはじめたのはその時が最初だったようだ。

もしこの国が今のように、アジアのハリウッド總天然色空想科學映画巨篇！

監督　中山明峰氏

宇宙武侠艦

可能!? 不可能!? 大トリック撮影！ 映畫界注目の的たるその成果を見よ

七十呎三千五百封度の怪獣は十人の技手達が内に居り二十二人が下部にあって活々と働かされた。

全九巻

此映畫の成功は其の雄大な機構にも係らず単なる空想科學映畫の缺点に陥らず、大トリック撮影のみの絢爛眩惑内容空疎なるものと類を異にし、凡ゆる劇的要素が實に強烈に表現されて居る。

東京毎夕新聞評

堂々たる主演陣

片岡路三郎氏
町香代子嬢
清川伊與吉氏
R・フェロウズ氏
W・オーランド氏
（他C・P・P活劇陣）

C.P.P.

C.P.P. 超特作

原作は空想科學小説界の巨匠　星右京先生なり！

と呼ばれる映画産業立国ではなく、したがって映画を中国や東南アジア各国はじめ世界各国へ輸出していなかったとすればどうだろう。おれは今のように幸福でいられただろうか。その場合、おれは何を職業とし、今ごろどうしているだろう。またこの国はその経済と文化の基盤をどこに置いていただろう。観光資源ならある。現在も世界に誇る観光国ではある。しかし観光は輸出できないから、あれだけではとても駄目だ。映画輸出国でない日本など、おれにはとても考えられなかった。戦前の、高い技術を欧米の映画から学んで繁栄した映画文化、そして敗戦後、娯楽に餓えた国民に夢をあたえる唯一の産業としてさらに発展し、次第に巨大化した映画産業。まったく、観光以外他になんの資源もないわが国が繁栄できそうな産業としては、映画しかないではないか。

　しかしおれはけんめいに他の可能性を考えた。なかばむきになって考えた。何か、奇怪なイメージに富んだ新しいアイディアが生まれそうな気がしはじめていたからだ。

　その時、その空想はそれ以上ひろがらなかった。考え続けながらわが家であるペントハウスに戻ってくると、大事件が待ちかまえていたからだ。玄関ホールにはお隅さん、金丸コック長、それに運転手の磯村がいて、お隅さんは泣いていて、男たち二人は心配そうな顔でお隅さんをなぐさめていた。

　おれはびっくりした。「ど、どうした」

「あ。旦那さま。大変です」お隅さんは泣きながらおれにとりすがってきた。「美藝公が。美藝公が」

「なにっ。美藝公がどうしたんだ」

「いえ。まだ美藝公がどうにかなられたというわけのものではないのです」磯村はおれを心配させるような言いかたをできるだけ避けようとしていた。「ロケ隊が行っていたのと同じ、その炭坑で、落盤事故があったのです」

「えっ」

「いやいや。お隅さんが、新聞社からかかってきた電話で聞いたことといっては、ただそれだけでございましてな」金丸コック長がいそいで横から言った。「それにもかかわらずこのお隅さんは、もはや美藝公の身を案じてこれ、このように泣いておるのです」

「いつごろだ」

「電話がかかってきたのはつい今しがた」すぐに冷静に戻ってお隅さんは言った。「事故が起ったのは五時ごろ。二時間ほど前だそうでございます」

「詳しいことがわからんかな。まだ新聞には出ていないだろうし」たちまちおれも、じっとしていられないほど心配になってしまった。「テレビを見よう。何か報道しているかもしれない」

「テレビ」コック長が目を丸くした。「テレビなどというもので、そういう報道をやっておりますかな」

「学校放送やスポーツ中継だけがテレビの役目じゃない」おれは居間兼用の書斎に入りながら言った。「こういう時の為のテレビでもある」お隅さんだけがついてきた。

だがテレビの画面は無言で株式市況の数字を流しているだけだった。

「現場へ行く」

新聞社や撮影所、その他あちこちに電話をかけたが、結局詳しいことは何もわからないのでおれはそう言った。

「あの、これからでございますか」お隅さんがたしなめるような口調で言った。

「そうだ。ぼくが行ったって何の役にも立たないことぐらいわかっている。しかし行かずにおれるもんじゃない。こんなところでじっと待っていることはできないよ。仕事など、とてもできないし」

お隅さんはしばらくおれの顔をじっと見つめて

から、ゆっくりと頷(うなず)いた。「そうおっしゃるだろうと思っておりました」

「磯村に車を出してもらってくれ。徹夜でとばすことになるが」

「それでしたら」と、お隅さんは言った。「もう整備をはじめております。それからコック長も、お持ちになるお夜食の準備をいたしております。あと五分お待ちください」

言うなり身をひるがえし、彼女も台所の方へ駈け去った。三人とも主人の気性を知り抜いているのだ。

磯村の運転する車でおれは深夜の水戸街道を国鉄の常磐線沿いに常磐炭鉱へと向かった。撮影隊のロケ地は常磐炭鉱の西端にあたる日立市の北十数キロの川尻炭鉱である。

到着した時はすでに真夜中を過ぎていた。ロケ隊の大きな照明器具を利用してあかあかと照らし出されている現場の坑口附近では炭鉱関係者やその家族、さらに新聞記者やカメラマン等があわただしげに、ある者は救出活動で、ある者は報道や連絡で駈けまわっていた。どこにロケ隊の連中がいるのか、俳優たちまでが坑夫の恰好をしている為まったくわからない。車を降り、磯村と並んでこの有様を見ながら茫然としていると、おれたちを見つけた綱井秋星監督が声をかけてきた。

おれはすぐ、嚙みつくように訊ねた。「美藝公は無事ですか」

「無事だ」と、監督も怒鳴り返した。「いちばん大きな落盤は第二立坑内の第一水平坑道(ファースト・ドリフト)で起った。原因は弱い地震だ。われわれは採鉱休止中の第四立坑で撮影していたので、全員怪我はなかった」

「で、美藝公は今、どこに」

「救出作業に加わっている。他の連中もだ。みんな第二立坑へおりて行った」

おれは唖然(あぜん)とした。「大丈夫ですか。そんなことをして」

「事故はちょうど、一番方と二番方の交勤の直後に起ったから、一番方が帰ってしまっていて、救出活動の手が足りなかった。美藝公も、笠森さんも、みんな坑内に閉じこめられた坑夫を助けようとしてとびこんでいったんだ」

「笠森先生までが」

「ああ。笠森さんなどはさっき、負傷した坑夫を二人もかついで出てきたよ。それでまた、引き返していった」

「いったい、何人が入坑していたんですか」

「百五十一人だそうだ。坑口近い第一水平坑道(ファースト・ドリフト)での落盤だったから、全員が閉じこめられた。脱出口から自力で這(は)い出てきた者九十人、今までに救出された者五十八人、あと三人が坑内にいる」

「死者は」

「わからん」監督は眉をひそめて坑口を振り返った。「今までのところは重傷者が二人だけだが、まだ行方不明のままのあとの三人が問題だ」

坑口附近に集っていた連中がわっと歓声をあげた。「出て来たぞう」

おれたちは坑口へ駈けつけた。本ものの坑夫たち、坑夫たちに扮装した俳優たちが坑道の奥を覗(のぞ)きこんでいる。やがて坑夫ひとりを背負って、われわれが鉄ちゃんと呼んでいる若いカメラマン助手がよろめきながら、防爆型螢光灯の明りの下をこちらへやってきた。用意されていた担架に坑夫が移されると、またわっと歓声があがった。

「篠原だ」

「大丈夫か」

「たいした怪我はしていないようだぜ」

「いや。骨折しているんだ」

鉄ちゃんはそう言って負傷者を引き渡すと、まっ黒の全身を投げ出すようにして坑口近くの地面の盛りあがりにぐったりと横たわった。

「あとの二人はまだ見つからないのか」

監督に聞かれ、鉄ちゃんは上半身を起した。

「いちばん危険な場所に生き埋めになっているか、その向こう側の左四片切羽（きりは）に閉じこめられているか、どちらかです。今のひとは水圧鉄柱梁（カッペ）の下敷きになっていました」

「美藝公たちは」

「美藝公、前美藝公、それに浅間先生、大川先生たちは、その崩れたところを掘り返して、先へ進んで行かれました」

おれはまた、眼を丸くした。

監督は心配そうにかぶりを振った。「危険なことを」「そうなんだ。あの連中、坑夫さえやらないような危険なことを、平気で」

「危険さをご存じないのでは」いつの間にかおれたちの横に立ち、話を聞いていた新聞記者たちの中のひとりがそういった。

「いや。危険性はよくご存じだ。美藝公も。前美藝公も」と、おれは言った。

理由を説明しようとしている時、坑口から坑夫たち三、四人とロケ隊の若手男優二、三人が口ぐちに叫びながら駈け出て来た。

「全員救出されたぞ」

「担架の用意はできているか」

「担架だ。担架だ」

「二人とも怪我してるぞ」

「もう出てくる。そこまで来ている」

またもやわっと歓声があがる。死亡者なしとわかり、手をとりあって踊りあがっている炭鉱関係者たちもいた。

怪我人ふたりはそれぞれ浅間仙太郎、大川儀一郎の背中に背負われて出てきた。そのあとから美藝公穂高小四郎、前美藝公笠森信太郎が出てきたが、もちろんこうしたことは俳優たちと個人的に深くつきあっていてその身体的特徴を熟知しているおれだからこそすぐにわかったことであり、炭鉱関係者や坑夫たち、それに新聞記者など、他の者には顔もからだも炭塵でまっ黒、一様に坑夫の扮装をしている彼らがいったい誰と誰であるのかすぐにはわからなかったに違いない。

「美藝公だ」

「美藝公だ」

「それに前美藝公の」

「あれは大川儀一郎で」

「浅間さんも」

そうささやきかわすひそひそ声が次第にひろまり、それにつれて誰からともなく拍手をはじめ、ついには全員が拍手をはじめた。おれも知らぬ間に、力いっぱい拍手をしていた。怪我人が運び去られてしまってからも拍手はさらに大きくなり、ついには嵐の如き歓声とともに夜空に拡がった。口笛。万歳の声。名を呼びかわす声。

「よかった」

「よかった」

「全員助かったのだ」

炭鉱関係者たち、その家族、撮影隊の連中、新聞記者までが一緒になり、肩を叩きあい、抱きあっていた。笑っている者もいた。泣いている者もいる。この感動的な情景に、おれも涙をこらえることができなかった。ただ、カメラマンだけは職業意識に眼醒(めざ)めていて、このまるで映画のクライマックス・シーンのような名場面をカメラにおさめようと駈けまわっている。

「先生」

うしろから運転手の磯村に声をかけられておれは振り返った。

「車の電話で長距離をかけてもよろしいのでしょうか」

磯村が誰に電話をかけようとしているか、おれはすぐに了解した。「そうだった。いちばん心配していた人にすぐ、美藝公は無事だと伝えてやってくれ」

磯村が車の電話でお隅さんを安心させている

間、美藝公たち救出活動に加わった俳優が坑夫やその家族たちに取り囲まれて握手攻めに会い、揉みくちゃにされているのを、おれはあたたかいもので胸がいっぱいに満ちてくるのを感じ、それを快く味わいながら、少し離れた場所からいつまでも見まもっていた。

　それからの二、三日、新聞はこの落盤事故、そして美藝公たちによる救助美談、他の人びとによるエピソード、さらに後日談などを大きく報道し続けた。エピソードには、おれが事故の知らせを受けるなり都心から現地まで車をすっとばしたなどというつまらないことまでが載った。

　しかしなんといってもニュースの中心は美藝公であった。新聞はいずれも坑口から出てくる美藝公たちの大きな写真入りで、彼らの勇気と人命救助への挺身、熱情を賞讃していた。また撮影隊の連中と一緒に坑内に入り、救出作業にあたった坑夫たちはいずれも、俳優たちが本職の坑夫に劣らず坑内のことに詳しかったこと、落盤がこれ以上起るか起らぬかの知識や判断、被害状態の推測についてはむしろ鉱山関係者以上に詳しかったことなどについて口ぐちに、大きな驚きをことばの端ばしにあらわしながら物語っていた。俳優たちの並なみならぬ勉強ぶりがはからずも知れ渡ってしまったわけである。また前美藝公笠森信太郎が両側にひとりずつ負傷者をかかえて坑口にあらわれた際の写真も、「豪勇」「怪力無双」「怪傑」など、驚異の念をこめた大きな活字の大見出しと共に掲載された。

　これらの記事は新聞を争って読んだ人びとに、驚きと讃嘆の念、そして大きな感動をあたえた。全国民のアイドルでありスーパー・スタアであると言われていた美藝公がその名に恥じぬ人物であったことをすべての人が確認し、それを知ることのできた喜びに全国がほとんど湧き返った。われらの美藝公が実は英雄でもあったという事実を誇りに思い、皆がその喜びを共有した。共感の渦が全国に拡がり、人びとに幸福感をあたえた。一方、そのような危険の待ちかまえている坑内で労働に従事している人びとの苦労を改めて知り、その尊さに打たれた者も多かった。坑夫希望者は激増し、熱血の若者たちの中には楽な職場を辞してまで、わざわざ苦労の多い炭鉱へやって来る者もいた。はからずも炭鉱事業と映画の双方の宣伝になったわけであったが、国民の炭鉱事業に注ぐ熱い目と、映画「炭坑」への大きな期待は、もはや宣伝が必要とか不必要とかを論じる段階をはるかに上まわっていたのである。

　その間にも「炭坑」の撮影はゆっくりと時間をかけて、それでも着着と進行していた。現地ロケは終り、撮影はスタジオに移っていたが、その状況も毎朝夕の新聞で詳しく知ることができた。あの事件で救助活動に協力し、共に働いた俳優たちは、美藝公以下端役の無名俳優に到るまで全員が連帯感を強め、それは集団演技に欠かすことのできないチーム・ワークにまで昂揚（こうよう）し、いよいよ好ましい名演、熱演を生み、多くの盛りあがり、かずかずの名場面を作りあげていると新聞には報じられていた。

　最初のうち難航していたおれの「現代シナリオ論」は、ある時期から突然面白いように進行しはじめた。思考の断片がそれぞれ適所におさまり、論理の流れを妨げることなくすべての主張が合理的に並んだ。原稿は完成した。それを出版社に渡したおれには、そのあと、ただ「炭坑」の完成を待つ以外にすることがなくなってしまっていた。

　することがないままに次に書く小説の構想などをぼんやりとまさぐっているうち、おれは、以前ちらと思いついたことがいつの間にか自分の頭の中でまことに異様な考えとなってまとまりはじめていることに気がついた。町香代子に会うことができた試写会の帰途、ふと想像した、このように幸福ではないもうひとつの世界、歴史的に並行する、多元的な世界の中のひとつの世界のことである。その世界に肉がつき、骨骼が形成されはじめたのだ。だがそれは、あまりにも異様な、グロテスクな世界であった。おれはしばしば、それ以上考えることをためらった。だが、考えずにはいられなかった。

　町では「宇宙武俠艦」が大ヒットしていた。連日大入り満員で続映に次ぐ続映、未来人に扮した町香代子のブロマイドは飛ぶように売れ、常得意の輸出先である東南アジア各都市でも大好評、巴里や紐育や羅馬からも引き合いを受け、C・P・P重役陣は有頂天という、これらはすべて新聞記事によって知ったことだが、その他さまざまなエピソードとしてその人気はいやでもおれの耳に入ってきた。そのため町香代子は、各国各都市の公開レセプションのため今日は香港、明日はマニラ、その三日後はカンヌといった調子で世界各地をとびまわらなければならぬことになり、おれと彼女の会える機会はますます遠ざかってしまった。

　秋になり、各撮影所では正月映画の撮影準備に入った。町香代子主演の「鴛鴦物語」も、多忙な彼女の出演しないシーンから撮影をはじめた。映画産業エリートたちは連日あわただしく働き続けている。ひとりぼんやりしているおれがなんとなく肩身の狭い思いをしなければならなかった。C・P・Pからはギャング・スタア総出演のギャング映画を、東興キネマからは京野圭子主演の田園ミュージカルを、平野映画からは「宮本武蔵」をシリーズで、栄光映画からは現在国立小劇場で大好評続演中のドタバタ喜劇「三月ウサギ」の脚色を、それぞれ依頼してきたが、おれは久し振りに小説を一篇書きたいからという理由ですべてことわってしまったのである。せめてどれか一本引き受けて自分を多忙にしておけば、肩身の狭い思いもせずにすみ、町香代子の多忙さを取り残されたような淋しい思いで見ることもなかったのにと思わないでもなかったが、それでは今までの日常と変るところがない。

十月になってすぐ、綱井秋星監督から電話がかかってきた。「撮影が終ったよ」

とびあがる思いだった。「編集は」

「今、やっている。明日は仕上がる予定だ。明後日、何か予定があるかね」

「ぼくならもう、まったく何もありませんよ」映画が見たくて浮き立つ思い、などという気分は何年ぶりであろう。

おれのはしゃぎようがわかったらしくて監督はくすくす笑った。「関係者だけで試写をしようと思う。夕方の五時、東興キネマ本社の応接試写室を借りているので来てくれたまえ」

東興の応接試写室というのは、椅子がすべてソファや肱掛椅子になっていて、テーブルには灰皿が置いてあり、コーナーには小さなバーまであるという日本一豪華な試写室である。

「各社重役連は呼ばない。主だったキャストとスタッフだけで見る。ああそれから、総理大臣から電話があって、自分だけ特にこっそりともぐりこませてほしいというので、彼にも見せることにした。封切りに先立って早く手を打っておくべき炭鉱政策を思いつくかもしれんというのでね。特例として認めてやってほしい」

「いいでしょう」

「ではわたしは、これからまたふた晩徹夜だ」

二日後、キャストとスタッフだけの内輪の試写会がひっそりと開かれた。まだ焼増ししていない、いわゆるゼロ号プリントによる試写だから、事故でもあれば大変なことになる。新聞記者たちはこの試写会のことをとっくに勘づいていたが、わざと知らぬ顔をして映画通りにある東興キネマ本社の近辺をぶらぶら散策していた。試写会が終って出てきた連中の顔色をうかがうことによ り、出来の善し悪しを判断しようという魂胆であろう。あと二、三日もすれば招待試写会が開かれるというのに、よほど待ち切れないらしい。

五時少し前、おれが応接試写室に入るともう全員が揃っていた。中央のテーブルの周圍のソファや肱掛椅子には美藝公と前美藝公、それに監督と原作者大木淳一郎の四人がいて、大木淳一郎を中心に話がはずんでいる。大木淳一郎は名優にとりかこまれた形でややしどろもどろになりながら、興奮と晴れがましさとを隠しきれず、頬を上気させていた。このグループを圍んで立ち、浅間仙太郎、大川儀一郎等の男優連がそれぞれグラスを片手に思い思いの洋酒を舐めながら雑談に加わっている。うしろの隅のテーブルでは名カメラマン広田俳幻と若手作曲家山川俊三郎が、お互い年齢の差も感じぬ様子で熱心に議論していた。どうやらタイトル・バックと音楽がうまく合っているかどうかに、二人とも不安を抱いているようである。

女優連は、と見ると、驚いたことに姫島蘭子、京野圭子を中心とする四人の女優があの女嫌いの岡島一鬼をとりかこみ、笑いながら美術監督に何やかや冷やかし半分で話しかけ、美術監督はこの攻勢にたじろぎながら懸命に何ごとかを弁解していた。

おれはいちばん面白そうな女優グループに割りこむことにした。「何を話していますか」

「いじめられている」と、ふだん気難しい岡島一鬼がそう答えた。「助けてくれ」

「あら里井先生。いらっしゃい」女優たちが口ぐちに挨拶する。

「里井先生は何を召しあがりますの」と姫島蘭子が訊ねた。

「強くないお酒ならなんでもいいよ」

「じゃ、おいしいものを作ってきてさしあげますわ。ちょっとお待ちになってね」主演女優は気軽に立ちあがり、隅のバーへ去った。

「里井君。聞いてくれ。この女優たちたるや、まるでもう、男を男とも思っとらん」

「まあ」京野圭子がいたずらっぽく声をひそめて人差し指を立てた。「姫島さんがいなくなるなり、そんな強がりを。彼女に言いつけましてよ」

「な、何を、何を言う。わしはなにも」

岡島一鬼が一瞬四肢を硬直させたので、女優たちがくすくす笑った。

「あああら。また一鬼先生が赤鬼になっちゃったわ」

騒いでいるうちにいつの間にか五時は過ぎている。それに気がついた監督はあわてて立ちあがり、全員に静粛を呼びかけたが、話が弾んでいて鎮まりそうにない。ここで綱井秋星、活動屋の習性を利用し、大声で叫んだものだ。

「用意」

ほとんど全員が、続くスタートの声とカチンコの音を連想して、たちまち水を打ったように静まり返ってしまった。

にやにや笑いながら監督は言った。「いやまあ驚いたな。こいつは重宝。われながらいい手を思いついたものだ」

全員がどっと笑う。

「さて。いよいよ試写を行うわけですが、これは文字通りの試写であって、このゼロ号プリント、完成品とは思わないでいただきたい。編集をやりなおす時間はとってある。疑問のカットがあればどんどんわしの方へ持ちこんでほしいものです。徹底的に議論を行おうじゃありませんか」

おれはびっくりした。こんなことを言い出した監督は初めてだ。よほどの自信がなければ言えることではなく、キャスト、スタッフひとりひとりの才能と人格に対する全面的な信頼がなくてもまた、言えることではない。

「では、あと五分で映写します」

ファンの音が少し大きくなった。何も言われなくても全員が自席に戻り、それぞれ椅子の位置をなおし、心がまえに打ちこみはじめる。煙草が消される。新たに煙草に火をつける者はひとりもいない。室内の空気が澄み、暗黒となる。ファンの音が低くなる。やがてフィルムがまわり出すと、そのからからからという音さえ大きく響くほど、すでに室内は静寂に包まれている。

パン・フォーカスでボタ山をパンして行くタイトル・バックの上に「炭坑」の肉太の文字が浮かびあがった途端、おれは異様なショックに見舞われた。モンタージュ理論で言う対位法にぴったり当て嵌(は)まっている音響効果としての荘重な音楽のせいでもあるだろう。自分がこれから、何やら物凄い感動に襲われそうだという予感に胸苦しささえ覚え、ながい間映画に打ちこんできた人間にだけ感じられるあの予兆、これはもう、傑作に違いないという第六感に似た、しかも確実な第六感としての観念がその時すでにおれの中には確固として生まれていたのだ。それはあきらかにおれだけの感覚ではなかった。事実、そのタイトル・シーンがあらわれると同時に、うっと呻(うめ)くような二、三人の声を、おれは確実に耳にしたのだから。

物語が始まった。全員、まるで息をひそめてでもいるかのように、こそとの物音を立てる者さえいない。おれはせっかく姫島蘭子が作ってくれたうまい辛口のカクテルを飲むことさえ忘れ、全身全霊を打ちこんで画面に見入っていた。自分が脚本を書いたとはとても思えぬ世界がそこに現出していた。時おり、はっと我にかえり、これはおれの書いたものだと気づく時はたいてい、この科白(せりふ)の抑揚は少し違うのではないかとか、この科白はもっと大声で叫ぶべきものではないかとかいった疑念が生じた時に限られていた。だが、さすがに名優ばかりが出演しているだけあって、文字通り役者の方が一枚うわ手である。不自然に聞こえた科白はたいてい、その次に来る科白をより効果的にする為であったり、次のシーンの伏線や暗示の意味がこめられていたりするのだった。疑問を感じたカットもあるにはあった。カッティングが早過ぎないかとか、クローズ・アップが長過ぎないかとかいうものだったが、それとてどのような伏線になっているのか最後まで見ないことには判断できないわけである。むしろそうしたことに気づくのは、自分が全注意力を集中しているからこそであり、おれにそうさせることこそこの映画の迫力を証明するものでもあったのだ。事実まん中あたりの第一の山場にさしかかった時からは、そのようなことさえ忘れてしまい、ただただ主要人物たちの運命の成り行きを、それが必然とは知りながら、はらはらして見まもるだけだった。自分が書いた脚本に基いて作られた映画に翻弄されたのは初めてである。

最初の七巻が終って休憩となり、室内が明るくなった。たちまちあちこちで大声の議論がとび交いはじめた。美藝公は椅子の背凭れ越しに振り返って監督に「休憩は六巻目の終りの方がよいか七巻目の終りがよいか」という議論を持ち出し、山川俊三郎は興奮して立ちあがり編集主任相手に「今さらのようだがあの場面に音楽は不要だった」などと主張しはじめ、前美藝公までがある場面の自分の演技が他の演技者のそれと「遊離しているのではないか」と気にしはじめて、浅間仙太郎からそんなことはないと説得されていた。隅の方の席にいた総理大臣はこの大騒ぎに眼を丸くしている。

十分間の休憩が終り、後半が始まった。

圧巻であった。前半で提出されていた疑問はたちまち氷解した。休憩は七巻目の終り以外のどこにもないことが明確になった。早過ぎるカッティングはそのシーンの人物がその直後に行った行為を伏せておくためであった。その場面に音楽が必要であったことは、後半、それと同じ場面が静寂で示されたことによって明らかとなった。その他、長過ぎるクローズ・アップにも意味があったし、「遊離」していた筈の前美藝公のそのシーンの演技も後半になって意味を持ちはじめていた。最後の三巻、おれは下半身が痺れでもしたかのような現(うつ)し身の脱力感を伴ったままで、完全に画面の中の世界に没入し切っていた。大きな感動が湧きあがってきた。自分がこの完璧にして偉大な藝術作品の創造に一枚加わることができたという幸福感によって倍加された感動であり、それは他の連中も同様であったろう。クライマックス・シーンでは堪えることができずに洩(も)らす嗚咽(おえつ)、すすり泣きの声が暗い室内のあちこちから聞こえてきた。もはやおれも我慢できなかった。しかし、ハンカチをさぐりながら、それでも涙でいっぱいの眼をかっと見ひらき、この偉大な映画のラスト・シーンだけは見定めずにおくものかという切迫した感情だけは最後まで保ち続けることができた。

エンド・マークと共に試写室が明るくなった時、泣いていない者はひとりもいなかった。しばらくは全員泣き続けていて、拍手も湧かず、話し声も聞こえなかった。

「どなたか、余分のハンカチ、お持ちじゃありませんかしら」京野圭子が泣きながら言った。「わたしのハンカチ、小さいので、もうびしょびしょ」

前美藝公が泣き笑いをしながら立ちあがり、全員に言った。「諸君。泣き給え泣き給え。ちっともはずかしいことはありませんぞ。このようなこともあろうかと思って、わたしはハンカチを四、五枚用意してきた」

「すみません」大判のハンカチを受けとり、京野圭子も泣き笑いをした。「わたし、困ってましたのよ。だって隣りで一鬼先生が、物凄い声でお泣きになるんですもの。笑いそうになるし、涙はとまらないし」

やっと笑い声が起り、全員の涙がややおさまった。

　眼を泣き腫(は)らしているのでどうせしばらく外へは出られないし、立ち去り難い思いは誰しもだった。一同はしばらく試写室にとどまり、映画の出来ばえを反芻(はんすう)したり、感動の質をお互いに確かめあったりという、なごやかな、しかし熱のこもった雑談を続けた。この名作に自分がスタッフ、またはキャストとして加わることが出来たなど、とても本当とは思えないといった興奮が、みんなの表情にあらわれていた。この映画が公開された時の大きな反響を予想して見せる者さえいた。

「さて皆さん」美藝公が深い物静かな声で言った。「今夜はこれでお別れしましょう。皆さんいそがしい人ばかりで、しばらくはお互い、お眼にかかれないと思いますが、さいわい今年はあとふた月あまり、十一月に入ってすぐ、わたしの家で恒例のパーティを催します」

　おう、という歓声があがった。年に一度の、美藝公邸におけるその豪華大パーティを、心待ちにしていない者はひとりもいなかった。

「いずれ招待状がお手許に届くと思います。じゃあ皆さん。その時にまたお会いしましょう。お元気で」

「さようなら」

「お元気で」

　全員、口ぐちに別れを惜しみ、試写会が終った。

「炭坑」が、どうやら尋常ならざる傑作らしいという記事が、翌日の朝刊に出た。映画通りにいた記者連中がわれわれの出てくる姿を見てそのように想像したか、又は試写を見た誰かの口から聞き出したかしたものらしい。しかしそのようなことがなくてさえすでに「炭坑」の前評判は上乗だったし、試写が繰り返されるたびにそれはますます高まった。期待がふくれあがり、もはや誰もが待ち切れぬ気持を抑さえ難くなったころ、「炭坑」はその期待の重みでなだれ落ちるかの如く、全国各都市で一斉に封切られた。

「炭坑」は日本中に異様な感動と興奮を捲き起した。初日、都内各封切館の前には前日から徹夜で並びはじめていた者も含め開館時には多いところで五百人もの列が出来た。普段であればいい映画を見てきた者がその感動をまだ見ぬ者に話したり、見るようにすすめたりするのだが、この「炭坑」に限っていえば誰もが見たわけだし、まだ見ぬ者もいずれは見るに決まっているので、その感動は見てきた者すべての心にひっそりと沈潜した。「あなた、あの映画をもう、見ましたか」という、評判の高い映画が上映された時なら必ずあちこちで聞かれる筈のことばも、この映画に限ってはまったく聞かれなかったという。誰もの胸に深く感動を内向させた「炭坑」は、すべての人に、その感動を口に出すさえ馬鹿ばかしい、いや、むしろなんとなく恥かしいという気さえ起させたのであろう。映画という大衆藝術のみが持ち得る大きな影響力はそこに「炭坑」の文学性が加わったことによって、文学のみが個個の人びとにあたえ得る意識革命をすべての人に齎したのだ。その結果は炭坑労務者数が三十五万人、つまり国営化以前に比べて約八倍に増加したことでもわかるだろう。世界各国の石油不足による不況などどこ吹く風、国営化一年目には以前の十倍近くの石炭の生産が見込まれるに到っていた。

そうした社会全般のことを六面、七面、八面で報じている新聞の一面、二面、三面では、「鴛鴦物語」の撮影が快調であることやその撮影状況などが写真入りで毎日のように掲載されていた。したがっておれは毎日のように恋人の写真を新聞で見ることができた。次第にやつれていく町香代子の面差しが単なるメーキャップによるものなのか、仕事の疲れによるものかおれにはわからず、心配した。町香代子に確実に会える日が近づきつつあり、その日まで倒れてくれるな、元気でいて

炭坑
たんこう
全十二巻
平野映畫本年度超特作品
途中、休憩が有ります。
美藝公・前美藝公
夢の顔合せ實現
夢の豪華配役
美藝公 穂高小四郎氏
浅間仙太郎氏
姫島蘭子嬢
大川儀一郎氏
前美藝公 京野圭子嬢
笠森信太郎氏
巨匠 綱井秋星氏 監督
名手 廣田俳幻氏 撮影
鬼才 岡島一鬼氏 美術
俊才 山川俊三郎氏 音楽
新人 大木淳一郎氏原作
里井勝夫氏会心の脚色
此の映畫撮影中に於ける
炭坑事故救助美談は
皆様御承知
HIRANO
如何なる期待も此の映畫を超えることなく、
如何なる絶讃も此の名作の
眞價を言ひ傳へ得る
ことなし。
本年度の美藝公主演映畫はこれ

くれとおれは願わずにはいられなかった。いうまでもなくそれは美藝公邸での大パーティの日である。その日には映画界の大立者、大スタア、人気スタアは言うに及ばず、京都からも時代映画八社の主だった連中、そしてアメリカでいうならばブロードウェイに相当する演劇の中心地・大阪からも古典劇、新劇の名優連がどっとやってくる。美人女優として人気ナンバー・ワンの町香代子も、当然招待されて来る筈であった。おれはその日を待った。

ひと月がまたたく間に過ぎた。そしてその日の朝八時半、町香代子がまだ寝ているおれに電話をかけてきた。「あの、わたしです。慎みのない女だとお思いでしょうね」

「香代子さん」おれはベッドの上でバネ仕掛けのように上半身を起した。「君なのかい。本当に」

たちまち眼が醒めてしまった。

「お起ししてしまいましたでしょうか」

「いや。いいんだ」

「今夜の美藝公邸でのパーティでは、お眼にかかれるのでしょうか」

「もちろんだとも。君に会えるのを楽しみにしているんだ」

「お会いできますのね」小さな声で、しかも喜びをこめて彼女は言った。「嬉しいわ」

何を着ていくつもりかと彼女は訊ねた。黒いタキシードだ、と、おれは答えた。彼女はおれの着ていくものにあわせ、衣裳を選ぶ気でいるようだった。では今夜、と言って彼女は電話を切ったが、電話の声だけでは元気なのかどうかわからず、気になった。もう、眠ることはできなかった。

すでにお隅さんも金丸コック長も、家にはいなかった。朝早くからふたりは誘いあわせて美藝公邸へ手伝いに行ったのである。コック長が用意しておいてくれた朝食を、例によって映画通りを見おろすテラスで食べ終った時、珍らしくも美術監督岡島一鬼から電話がかかってきた。彼の消え入りそうな声を聞き、おれはびっくりした。

「どうした。気分でも悪いのかい」

「そうじゃない。実は頼みがある」まるで人が変ってしまったかのように彼は吃(ども)りながら言った。「実はその、今度、そのう」突然、破れかぶれのような大声で彼は叫んだ。「結婚することにした。姫島蘭子とだ。それで仲人を頼みたい」

おれは絶句した。さまざまな思いが頭の中を駈けめぐった。この男、いったいどういう言い方で姫島蘭子にプロポーズしたのか。あるいは彼の気持を知って姫島蘭子の方から結婚話を持ちかけたのだろうか。仲人とは言うもののおれはまだ結婚していないではないか。なぜおれに仲人などを。おれと町香代子のことを知らぬわけではないだろうに。

また気弱げな、蚊のなくような声に戻って岡島一鬼は心配そうに訊ねた。「なぜ黙ってるんだ」

「驚いてるんだ」おれはくすくす笑った。「おめでとう。ところで姫島蘭子はカソリック教徒だった筈だが、君がおれに頼むのは仲人ではなく、介添人ではないのかい」

「そう言うのか。よく知らんが、とにかく頼むよ。式はまだ先だが、婚約発表は今夜のパーティの席上、美藝公立合いの上ですることになった」彼は急にしんみりとした。「おれも覚悟を決めたよ」

彼女はきっといい奥さんになるだろう、おれはそう言って介添人の役を引き受けた。岡島一鬼がつくづく羨やましかった。

夕方の六時、磯村が迎えに来た。

「お出かけの時間です」彼も浮きうきしている。彼らは彼らで邸内のどこかに集ってパーティを楽しむのであろう。「ご用意は」

「もう、できているよ」

彼は怪訝(けげん)そうな顔をした。「あのう、着換えのタキシードは」

「なぜ着換えなど要るんだ」

「はあ、あの」彼は少しどぎまぎした。「噂にょりますと、今年のパーティで噴水にとびこむのは旦那様だという、もっぱらの」

「そんな噂がとんでいるのか」おれは苦笑した。とびこむつもりはなかったが、そのような噂がひろまっているとすればその期待に応えねばならぬ破目に立ち到るかもしれない。おれはもう一着、タキシードを用意した。

黄昏の並木道。アカシヤの植わっている美藝公邸の私道まで来ると、すでに片側には乗用車がずらりと並んでいた。さすがに職業柄磯村は、あれは誰の車、あれは誰の車、誰それももう来ていると順におれに教えてくれる。町香代子はまだ来ていないのだろう、と、おれは思った。彼女の車があれば磯村は必ずおれに教えてくれた筈だから。

門は開放されていて、仙蔵爺さんは手持無沙汰だった。赤いウール地に金ピカ筋の入った衣裳を着せられ、毎年のことながら彼は照れていた。門の横にかしこまって立ってはいるものの、そもそも今夜、彼に誰何されなければ入れないような人物はひとりも来ないのである。

車から降りると、玄関前のポーチには新聞社のカメラマンが二人いて、おれにレンズを向け、ストロボを光らせた。玄関ロビーではいつも通りの執事の制服に身を包んだ直立不動の上田老人から大声で名を報じられ、周圍の人たちから拍手を受けた。「炭坑」の脚本家として、おれは自分の名声がいつの間にかあがっていることを自覚させられた。晴れがましさを感じながら見まわすと、おれ同様今来たばかりと思える連中が挨拶を交しあっている。おれも「活動写真」を撮った名カメラマン八木沼善次、「炭坑」に出演して演技力を高く評価された栄光映画のスター大川儀一郎、「ラッシュ・アワー」以来のつきあいになる都会喜劇の二枚目島襄二、「宇宙武俠艦」の監督中山明峰といった旧知の人たちと挨拶を交し、再会を喜びあった。

例の巨大なシャンデリアの下がったチーク造りの応接室に入ると、手に手にカクテル・グラスを持った顔見知りの連中が大勢集り、談笑を交していた。藤枝嬢やお隅さんが盆にグラスをのせ、配って歩いている。おれは美藝公を中心とするグループに歩み寄り、美藝公はじめ綱井秋星、京野圭子、広田俳幻といった人たちに挨拶した。大木淳一郎も特別に招待されていた。ひとり、眼のさめるようなういういしい美女が美藝公の横にいて、どこかで見た顔なのだがどうしても思い出せなかった。はてこのような美人、会っていれば記憶している筈だが、スクリーンの中ででも見たのだろうかと考えているうち、視線がばったりあってしまい、彼女はおれに、にこやかに頷（うなず）きかけてきた。やはりどこかで会っているらしい。

おれのとまどいに気づいて、美藝公が笑いながら言った。「里井先生もおわかりにならぬご様子ですな。彼女を改めてご紹介しましょうか」

あっ、と思い、おれは眼を見はった。この前のブレーン会議の席で、おれにコーヒーを運んできてくれたあの小間使い、藝大の学生だった女優の卵ではないか。

「彼女は来年、栄光映画からデビューするんだよ」綱井秋星も笑いながら言った。

「お見それして、ご無礼した」おれはしどろもどろで頭を下げた。すっかり落ちつきはらって女優らしくなり、とても同じ女性とは思えなかった。

お隅さんからバカルディを貰って談笑に加わっていると、うしろから軽く背中を叩かれた。振り返ると「女性の輝き」や「鴛鴦物語」で町香代子の相手役をしているC・P・Pの渋い二枚目男優、東童三郎だった。古くからの顔馴染みでもある。大川儀一郎の時もそうだったが、おれと町香代子のことを知っていながら彼女の相手役をつとめた男優はみな、なんとなくおれに対して具合が悪いといった様子をして見せる。おれにしろ彼女にしろ仕事と割り切っているし、男優たちにしてもその筈だから、具合などまったく悪くないのだが、そうして見せるのが礼儀だと考えているのかもしれない。

「『鴛鴦物語』の撮影は」と、おれは訊ねた。「もうすっかり終ったのですか」

「あと少しです」と、東童三郎は答えた。なぜか、心配ごとがありそうな表情だった。「今日だけは特別の日なので、撮影を午前中で切りあげたのです。それよりも、実は町香代子嬢のことですが」

突然、こみあげてきた不安がおれの胸を締めつけはじめた。「どうかしたのですか。彼女とは今朝、電話で話したばかりですが」

「特にからだの具合が悪そうだとか、そういったことではありません。ああ、こんなことを申し上げて先生を心配させたりして、まことに申しわけありません。どうぞあまりお気になさらぬようにして聞いていただきたいのです。『鴛鴦物語』の相手役をつとめていて感じたのですが、彼女の演技は、まさに、迫真の名演技といってよかったと思います。監督の方針でわたしたちはストーリイ展開に沿って撮影を続けていったのですが、ヒロインの不幸な状態の進行とともに、彼女はまるで作中人物に憑依(ひょうい)したかの如く、やつれて行ったのです。それに伴って演技にも熱がこもり、わたしたちはまるで神秘的なものを見るかの如く彼女の演技を見まもり続けずにはいられませんでした。ただ、それが彼女の、ヒロインに対する感情移入によるものか、それとも彼女自身の苦悩に発するものか、わたしたちにはその判断がまったくつかなかったのです」

以前「宇宙武俠艦」の監督中山明峰から聞かさ

鴛鴦
お正月映畫はこれ
C.P.P.超特作
C.P.P
全國一月一日封切
嗚呼古き良き明治は遠し。世の何物にも代へ難き最愛の良人の爲身を心をも犠牲として顧みざりし妻の物語。あはれ多恨の女性よ、春の一夜を幸薄き麗人の爲に御身が涙の一掬を注ぎ給へ！
物語
滿都女性の紅涙を搾りし文豪蔦見萬丈博士の新聞連載小説遂に映畫化さる！
全九巻
日本の戀人 町香代子孃 主演
堂々の助演陣
東 童三郎氏
御園 紫紅氏
華村 松子孃
中根 國松氏
マキノ晴峰氏
脚色並監督者
巨匠 三浦贊太郎氏

れたのと同じことを、またしても東童三郎から教えられたことになる。おれはかぶりを振った。

「それは、そのようなことをわたしに尋ねられても、わたしにだってやはり判断はつきませんよ」

「そうですか」東童三郎はやや失望したらしく瞼を重たげに下げて視線を落した。「先生にうかがえばわかると思ったのですが。というのは、わたしたちは二週間ほど前、三浦賛太郎監督と相談して、彼女の為に、あなたと会えるよう、休暇を作ったのです。といっても、たった一日ですがね。彼女ほどスタッフや他の俳優たちから愛されている女優は、いや、女性は、いないんじゃないでしょうか。皆が心配したのです。あなたと会いさえすれば彼女の元気が回復するのではないかと思いましてね。では彼女は、あなたに会いには行かなかったのですね」

「ええ。ここ何カ月かは会っていません」答えながらおれの心臓は不安で今にも停止しそうになってきた。彼女の苦悩の原因はおれ以外にあるのではないか。それはどのような心配ごとか。又は病気で、せっかく休暇を貰っていながらおれにも会いに来られないぐらい悪化しているとも考えられる。

おれの顔色の変化に気づき、東童三郎は心から申しわけなさそうに頭を下げた。「こんなお話を申しあげてすみません。先生にご心配をおかけするつもりは毛頭なかったのです。ただ、お願いしたいことは、もし彼女が今夜このパーティに来たら、ひとつ彼女の心配ごとを聞いてやってはいただけないだろうかということなんです。つまり先生ご自身の口から彼女の悩みの原因を尋ねてやっていただきたいというのがわれわれの願いなのです。話すことによって彼女の悩みが軽減されればこの上ないことですし、もしかすると先生がほんのひと言で彼女の悩みを拭い去ってやってくださるかもしれない。われわれはそう考えたのです」

できるかどうか、とにかくやってみましょうとおれは彼に答えた。

新しい招待客は次から次とやってきたが、町香代子はなかなか姿を見せなかった。やがて藤枝嬢が入ってきて食事の用意が整ったことを大声で告げ、一同は大広間に移った。こちらの食卓、あちらのソファ・セット、二十数カ所のテーブルに豪勢な料理が並び、料理長(コック)以下あちこちから呼ばれてきた選り抜きの料理人やボーイが整列し、入って来る一同を迎える。シャンデリアのすべてに灯が入り、中央のデコレーションは巨大な花束である。歓声があがり、賑やかな宴会が始まった。片隅の壇上ではC・P・Pオーケストラの演奏が始まり、さらに次つぎと運びこまれてくる美味・珍味に新たな歓声があがる。料理の解説に熱弁を振るう浅間仙太郎の周囲はやはり人が多く、ときおりどっと爆笑が起る。さすがに名優と名士の集い、ホールの中のどの一部の空間、どの片隅の空間を切り取ってもすべて名画の如く、ちゃんと絵になっていた。だが、おれの気持は弾まず、食欲も起らなかった。あとで考えればいろいろな人がおれに話しかけてきた筈(はず)であったが、どんな返事をしたかも記憶していない。頭には町香代子のことしかなかったのである。

憂い顔を拭いさる自信がなくなりはじめ、せっかくの楽しいパーティを台なしにしてはと思い、おれはテラスに出た。庭園への階段をおりると、おれは林や小川のある広大な庭園の中をひとり、一定の間隔で立っている庭園灯に照らし出された小道づたいにしばらく歩き続けた。

脚本家相応の思考力であれこれ想像しながら歩きまわっているうち、こういう場合の常として想像力は悪い方へ、悪い方へと膨(ふく)れあがっていくのだった。東童三郎は「もし彼女が今夜このパーティに来たら」と言った。「もし」などというところから想像して彼女の元気のなさは他人の眼からもよほどのものに映るらしい。招待されていながら来ない人間がいるなど考えることもできないこのパーティに、とても来られそうにないほど彼女の病気は重いのかもしれない。今日の電話の彼女の声も小さく、頼りなげであった。自分の病気が重く、とてもこのパーティには出席できないとわかっていながら、出席したい、おれに会いたいという切実な願望から、ただそれだけで、気力を振るい起してあの電話をかけて来たのではあるまいか。もしかすると彼女はすでに自分の病気が重くてとても。いやいや。そんなことを考えてはいけない。だが、もしそうだとするとすでに彼女は。まさか。そんな筈はない。しかしよく聞く話ではないか。あれが彼女の最後の電話で、彼女は実は今ごろ。まさか。まさか。まさか。

　じっとしていることができなくなり、不安に司(つかさど)られた薄暗い精神の片隅から脱け出そうと踠(もが)くかのように、おれは急ぎ足で今来た小道を引き返しはじめた。たとえうわずった慎みのない行動だとひとに笑われてもかまわない、彼女の邸へ行ってみよう、と、おれはそう決心した。もし何でもなかった場合は彼女の家の人たちを驚かせ、迷惑をかけることになるだろうが、今はとてもそのようなことまで気にしてはいられないとおれは思った。このままでは気が狂いそうになり、精神の均衡が保てず、たとえ我慢してこのままパーティに出席していたとしても何かおかしなことを仕出かしてしまうに違いない。そうだ。彼女に会いに行った方がいい。今のおれはあきらかに、そうした方がいい。おれはさらに足を早めた。

　小道の突きあたりに庭園灯があり、そこからは道が左右に折れていた。おれは立ちどまった。庭園灯の下に美しい花が咲いていた。赤い、華麗な、そして懐しい花だった。彼女は庭園灯の下に佇(たたず)み、おれに笑顔を向けていた。華やかに笑っていた。見る者のどのような固い心をも溶解させずにはおかない、あの花のような笑顔だ。

「香代子さん」

おれは駈けつけ、遠慮がちに手をさしのべようとしている彼女を抱きすくめた。「もうどれだけ心配したかわかるかい。君の家へ行こうとしたぐらいだ。東童三郎氏に話を聞いて、ぼくの心臓は今にも破れそうだったんだよ。それじゃ君は、病気じゃなかったんだね」譫言（うわごと）のようにそう喋り続けながらおれは掌、腕、指さきで彼女の肉体の実在感を確認し続けた。彼女のからだは温かく、冷え切ってもいなければ熱っぽくもなかった。

「ご心配をおかけして」彼女の声は顫（ふる）えていた。「あなたのことばかり考えて、お会いできない辛さのため、わたしはたしかに元気をなくしていました。でも、皆さんから休暇をいただいたからといって、すぐあなたにお眼にかかるため、とんで行くようなことは、わたしにはできませんでした。どうご説明していいか。それだとわたし、あの、あまりにも幸福過ぎるんですもの」

「なんだって」おれは少し驚き、思わず問い返していた。こんなに幸福であっていいのかという自省は、そもそもおれのあの奇妙な幻想の源となった、おれが日常的に自覚しているものとまったく同じではないか。「じゃ、君もやはり、幸福過ぎる自分がこれ以上、好きな時に恋人に会いに行けるような幸福を持つことはできない、そう思ったのかい」

「女主人公（ヒロイン）に悪い、と、そうも思いました。『鴛鴦物語』のあの不幸な女主人公に」

「そこまで感情移入していたのかい」彼女はしんからの女優だ、と、おれは思った。迫真の名演技と、東童三郎が評したのも当然だった。自らを少しでも女主人公と似た立場に追い込むことで、彼女は自分の、女優であることの不幸、大いなる幸福の中のただひとつの不幸を正当化してしまったのである。

「でも、ぼくたちはもう、幸福になってもいいんだろ」と、おれは訊ねた。「そうだろ。だって『鴛鴦物語』はハッピー・エンドだった筈だ」

　彼女はおれの胸の中でおれの顔を見あげ、ふたたび花のように笑った。「そうですわ。あなた」

　おれと町香代子はふたたびお互いの存在を確かめるためにしっかりと抱きしめあった。不安は消え、不安があったればこそと思えるこの大きなしあわせをおれは暖かさとして胸で味わった。その時からおれは幸福に身を浸し、のめり込み、酔った。酔ったさなかの出来ごとを、おれはきらびやかな画面として断片的にしか記憶していない。

　大広間に戻ると料理の席はすでにサロンや応接室に移されていて、そこは大舞踏会場になっていた。オーケストラの伴奏で歌うヌーベルレコードの但馬いと子、カモメレコードの児島シスターズ。踊っているのはミュージカルの王者砂原一華とタップ・ダンスの女王龍美千子、東興キネマの国井雅英・三木矢州子の名コンビ。ミュージカル映画「活動写真」の再現だ。やがて拍手に迎えられて登場したのは、このようなパーティに出席するのは何年ぶりという前美藝公笠森信太郎。さらに美藝公穂高小四郎によって、壇上に立たされた美術監督岡島一鬼と女優姫島蘭子の婚約が披露される。割れんばかりの拍手。

　オーケストラがふたたび「活動写真」の曲をスロー・フォックス・トロットで演奏しはじめた時だ。片隅でひっそり、シャンパンで再会を祝いあっていたおれと町香代子に美藝公が壇上から声をかけた。踊れというのだ。この名優名女優環視の中で誰が踊ったりできるであろう。それは狂気の沙汰だ。尻ごみするおれを町香代子がフロアーに無理やり導いた。拍手が起り、美藝公が歌いはじめる。パーティには盛りあがりの為のプロセスがある。その進行を中断させるよりは下手な踊りであっても踊らぬよりはいいわけで、美藝公も、おれがその辺のところは充分心得ている人間だと知った上で踊らせようとしたのであろう。しかたなくおれは不馴れなステップを踏んだ。映画界の人間としての心得がないわけではなく、下町のレッスン場の教師程度には踊れる。しかし、とてもではないがわれこそは日本一という名手が何十人もいる前で披露できるような代物ではない。それでもなんとか醜態を見せずに踊ることができたのは町香代子のリードがよかったからかもしれない。シャンパンと幸福と、その双方に酔って夢見心地であったことがかえってステップを軽くしたのかもしれない。おれたちはにこやかに笑いながらおれたちを祝福し、見まもってくれている皆のやさしさに甘え、広いフロアーをふたりで独占した。美藝公が歌い終り、おれたちが踊り終ればふたたび拍手の嵐。

さほど酒は飲まなかった筈なのに、それからの記憶はさらにうろ憶えである。フロアーいっぱいに踊りまわる群舞の中に町香代子とふたりで加わっていたことをおぼろげに憶えている。あの人、この人、あの名優、あの女優、知った顔にかこまれて、笑いながら話しあっていた記憶もある。皆で手をつなぎ、歌いながらぞろぞろとサロンを抜け、開け放たれたテラスの扉から前庭へ出て行ったことも憶えている。だが常に町香代子の可愛い顔はおれのすぐ傍らにあり、彼女はいつもおれの隣りにいて、おれと手をつないでいるか、さもなければおれに寄り添っていた。おれは彼女を見失うまいとしたし、彼女は常におれから離れまいとしていて、それをすべての人が微笑ましく眺め、容認してくれていた。誰もがおれたちに、ほんとうにやさしかった。そこではもはや、いつものおれの「これほど幸福であっていいのか」という自覚は忘れ去られていて、ちらともあらわれてはこなかった。

結局、前庭の噴水へとびこんだのは、おれと岡島一鬼であったらしい。しぶきをあげているおれにはもうカメラマンのフラッシュと夜空の月の光の見わけさえつかなかったであろう。周圍ではやし立てる人びとを、おれは水の中から祝福していたのではなかったろうか。毎年噴水に、自らの幸福の大きさがどれほどのものかと証明して見せるためとびこんだ多くの名士たちと同じように。

翌朝の新聞の第一面には美藝公邸でのパーティの模様が大きく報道され、メインの写真はいうまでもなくおれと岡島一鬼が前庭の噴水にとびこんでいる情景であった。今のおれはその写真を、もう、違和感なしに眺めることはできなかった。疑惑がふくれあがっていた。幸福すぎる、と、おれは思った。おれのような人間が仕事で成功し、世界一の恋人を手に入れ、名声を得るというようなことがあっていいわけがない。おれよりも才能に恵まれ美貌に恵まれた人間は大勢いる筈だ。なぜこんなおれが、世界一の果報者なのだろう。それともこうした疑惑は、世界一の果報者ということにされてしまった人間なら誰でもが抱く疑惑なのだろうか。この世界は本当ではないのではないか。本当の世界はどこか別の宇宙にあり、この世界はその別の世界に住む本当のおれの夢と願望だけで作りあげた世界ではないのだろうか。おれは不安であり、それはおれの考えた「本当の世界」の方にこの世界以上の整合性とリアリティがあるからだった。誰かにこの疑念を話さずにはいられなかった。話すことによってその疑念は薄らぐ筈だとおれは思った。ただしそれは聞き手にもよるだろう。おれのことをよく知っていて、そのような馬鹿げた話でも笑わず真剣に受けとめてくれる種類の知性の持主でなければならない。考えられる人たち、おれの中でその人たちは決まっていた。美藝公、及び彼のブレーンだ。

次回美藝公主演作品を企画する為のブレーン会議の日が迫ってきていた。前回「炭坑」の原作を

総天然色
彗星の如く現れたる喜劇王嵐洋々氏の演出と演技を見られよ！
主演 嵐洋々氏 あやめ嬢
他現代プロ総出演
世間知らずの科学者と社交界の美女との恋の
音楽喜劇として
嵐洋々氏歸朝第一回記念作品
人
現代プロダクション超特作

提出したのはおれだったが、今回はなんの準備もしていず、小説もあまり読んでいなかった。自分の奇妙な想念のとりこになってしまっていて、おれにとっては美藝公がどのような映画に出演してくれることが望ましいかという、いつもなら必ず二つや三つはあるアイディアさえ今回はまったくなかった。小説に書いてやろうと考えている自分の奇怪な思いつきを中心にしたストーリイにしても、美藝公主演映画としてとてもではないがふさわしいものとは思えない。ただ、以前綱井秋星監督からどのような実験的な小説のアイディアであっても一応はまず美藝公のブレーンに話してほしいと乞われていたことに甘え、彼らに聞いてもらうつもりではいた。変な話なので聞かされる方も苦痛であろうから、ただで聞いてもらうつもりはなかった。おれの家に皆を招待し、金丸コック長の自慢料理を出し、その席でいわば座興として聞いてもらおうと考えたのである。おれは美藝公に電話をしてそう伝えた。

「たまには場所を変えるのも気がかわっていいだろう」

「それはもちろん、金丸コック長の腕はよく承知しているから、ご招待はありがたくお受けする」

美藝公はそう言った。「皆にそう伝えよう」

ブレーン会議の日、わが家は朝から大騒ぎだった。美藝公がお見えになるというのでお隅さんはいつにない興奮ぶり、日ごろは温厚な金丸コック長までが、他家から応援に頼んできたらしい料理人を叱りつけたりしていて、その声が居間にまで届いてきた。

夕刻、ブレーンが次つぎとやってきた。まず美術の岡島一鬼、次いで音楽の山川俊三郎、最後に美藝公穂高小四郎と綱井秋星監督が美藝公第一秘書の小町氏を伴って一緒にあらわれた。まず居間で食前酒をやりながら岡島一鬼の結婚式の打ちあわせ、そして食堂では、金丸コック長が腕によりをかけた「ほろほろ鳥の詰め物とキャベツのアルマニャック蒸し」や、お得意の珍料理「つぐみの巣ごもり」に舌鼓を打ちながら「炭坑」の思い出話に花が咲く。

「さて、今日は里井君が新しいストーリイのアイディアを話してくれるそうだが」居間に戻り、酒を飲みはじめてすぐ、綱井監督がそう言っておれを促した。

　全員の期待の眼がおれに向けられ、おれは困って溜息をついた。「そう言われると弱ってしまう。実は非常に奇妙な考えにとりつかれてしまって今悩んでいるんだ。新しいアイディアということではなく、ひとつ笑い話として聞いてほしい」

「あなたの思いつく奇妙な考えは、いつもわたしたちを刺戟してくれる」美藝公が優雅なポーズでお隅さんからグラスを受け取りながら、おれを励ましてくれた。「失望したためしは一度もありませんよ」

　しかしおれは笑われるのをおそれる気持がどうしても拭い切れず、おずおずと呟くように言った。「つまりそのう、敗戦後、もしこの国が映画産業立国ではなく、経済立国として繁栄していたとしたら、現在どういう有様になっているだろうかと考えたんだ」

「経済立国とはどういうことだい」岡島一鬼が怪訝（けげん）そうな顔をして質問した。「日本には資源がないぜ。あの頃ちょうど成長していた世界経済の中で、資源のない国が経済立国としてどうやって成立する」

　経済問題に詳しくないおれが口ごもっていると、また美藝公が助けてくれた。「それはもしかするとそうなっていたかもしれませんよ。戦後政府が石炭産業などに設備投資金融を行ったでしょう。もしあれと同時に貿易金融や、輸出向けの産業への設備投資金融を行っていたとしたら、輸出入がもっと活撥になっているから」

「そう。外国からもっと技術の導入があったろうし、日本には労働力がある。日本人は勤勉だからね。教育水準も高いし」と、監督も言った。

「つまり、原料を輸入して、それを加工して輸出するわけか」と岡島一鬼。

「そうだよ。それは何でもいいわけだ」おれはほっとしてそう言った。「自動車でも、船でも」

「うん。あの辺の技術は戦前戦中から高かったからね」と、監督。「それから、日本人はカメラとかテレビとかを作るのが得意だと言われているけど、ああいうものを大企業として生産しているかもしれない」

「しかし、何のためにそんなことをするんですか」山川俊三郎が不思議そうに訊ねた。「それだと日本は、単に利益の追求というか、富の追求だけが国家目的になってしまった社会ということになりますが、日本人全体がそんな国家目的に同調しますか」

「現在の西ドイツみたいな国家を考えてるんだけどね」

おれがそう言うと美藝公が大きくうなずいた。

「そう。経済体制が復興していく過程はああいうものになるでしょうね。ただまあ、あのようにインフレや、国家の経済過程への介入や、独占資本による生産の集積や、あの辺が問題だけど」

「まさに、そうなるんだよ」おれは力をこめて言った。「あれ以上になっちまうんだ。つまり富の追求が国家目的どころか国民すべての、個人的な目的となった社会を考えてるんだ」

「しかし戦争中あれだけの窮乏生活に耐えてきた日本人が、一転してそんなに急に金の亡者になりますか」山川俊三郎は首を傾(かし)げながら疑わしげにそう言った。

「だってそれは君、逆に国家目的がそうだから日本人全体の指向が利益追求という点で一致するのだとも言えるよ。戦争中は一億一心なんて言ったもんだ」監督は笑った。「日本人はすぐ右にならう」

「それはそのう、もしかしたらたいへん陰惨な社会ではないかね」岡島一鬼が何ごとか考えながら言った。「一種の全体主義的な」

「しかしその社会では、個人所得はのびているわけでしょう」美藝公も考えながら言った。「個人個人の消費生活はむしろ盛んになる筈だ。だとすると必ずしも陰惨とは言えないのでは」

「それなら、例えばだよ、そのう」岡島一鬼は考え続けながら首をのばし、おれを見つめた。「たとえば新聞だが、あれの第一面が経済的な情報ばかりで、映画なんてものの記事はまるで載らないという、そういうことになるのかね」

「いや、経済ではない。むしろ政治欄になってしまうでしょう。金を持っている実業家が政治の実権を握るでしょうからね」と、おれは言った。「経済欄は第二面かな。いや。第二面は外交とか貿易とかいったものになるかもしれない。どっちにしろ第二面か第三面だ」

岡島一鬼は眼を剝いていた。「すると何かい。新聞の第一面に、今みたいな美男美女の写真が載るのではなくて、ああいった政治家だの実業家だのの、皺だらけの、老いぼれの、老人斑の浮き出た、骸骨みたいにがりがりの、かと思うと肥満してでぶでぶの、貧乏神じみた、死神じみた、あの醜怪な連中の不吉な忌わしい写真がでかでかと載るわけかい。毎日のように」

「外国の新聞はそうですよ」岡島一鬼の言いかたにくすくす笑いながら、山川俊三郎は言った。「もっとも欧米の政治家はそれなりに好男子が多いようですがね。アメリカなど、わが国と同じ映画産業国だけあって映画スタアが政治家になったりしていますし、ヨーロッパには女性の首相もいます」

「では、そういう経済優先の社会では、映画なんかなくなってしまいますね」美藝公が悲しげに言った。

岡島一鬼がとびあがって美藝公に反論した。「どんな社会になろうと、映画だけはなくなりゃあしませんぜ。常に最大の大衆藝術じゃないですかい。映画がなくなるなんて、とんでもねえこった」

「でも、西ドイツを見たまえ」おれは言った。「戦後は国民の関心がすべて経済復興にのみ移って、映画産業は荒廃した。わが国のように大きな映画会社が二つも三つも残っていなかったせいもあるだろう。戦前の大ウーファが解体させられてしまっていくつかの小さなプロダクションになった。かつてのウーファの生み出したような名作群はもはや望み得べくもない。戦後、見るべきドイツ映画があったかい。二、三の前衛的な作品があるが、大衆藝術としての傑作は一本もない」

「すると、日本もああいう風になっていたかもしれないとおっしゃるのですか」山川俊三郎がほとんど身をよじらんばかりにして訊ねた。「いや。里井先生のお話のように、日本があれよりももっとひどくなっているとすると、つまり日本も小さなプロダクションばかりになって、作られる映画はといえば、ああいう、ええと、なんといいましたっけ」

「ポルノです」おれは吐き捨てるように言った。「やはり、当然そうなるでしょう。製作資金に乏しくて、しかも経済優先社会で観客動員をはかろうとすれば、エロチックなものか見世物映画を作るしかない」

「金をかけて見世物映画を作ろうとする大企業はあるかもしれませんね」美藝公は言った。「もっとも、あくまで大きな企業のひとつの部門としてですが」

「そうですね。あくまで商売としてね」監督が同意した。

「ろくな映画じゃねえよ」美術監督の声はほとんど怒鳴り声に近かった。「そんな映画、見る気もしないね。ど素人の作った映画なんか。いいかね。たとえばセットひとつ作るにしろ、美術学校を出ていたり、絵が日展に入選したりするだけじゃ駄目なんで、まあそういう基礎を持っている人間が、さらに現場で十年以上勉強してやっとそれらしいものが作れるんだ。それで、それはどのジャンルについても言えることだ。いったい映画のプロデュースにどれだけの教養と経験と知識が必要とされるかはあんたがたも知っとるだろうが。いくら金をかけようが、大企業の会社員なんかに映画のプロデュースなど出来るわけはねえよ」

喋り続ける岡島一鬼の顔をぼんやり見つめながらおれは、この連中の頭の回転の早さに感嘆していた。おれがたったひとこと言っただけで全員が議論によってそれを発展させて行く。架空の設定を、まるで現実ででもあるかのように真剣に検討し、細部を作りあげていく。討論し馴れたメンバーであるだけに、相手の主張や疑問を相手以上に理解してしまったりする。おれは問題提起をするだけで、あとはただ暴走を食いとめる役に甘んじていさえすればよかった。これ以上のスタッフがあり得ようか。

「ぼくはこう考えるんだ」おれは議論をあと戻りさせた。「経済優先社会では、情報の急速な、しかも大量の伝達が重要視される。それは国民に文化的な作品をじっくり鑑賞するような精神的余裕を持たせ得ないのではないか」

「つまり精神の荒廃じゃないか。そりゃあ、そんなエロ映画だとか、金だけをやたらにかけた映画の脱け殻みたいなものを喜んで見に行くような連中は精神が荒廃してしまっているに決まっておるよ」

岡島一鬼はまだ映画にこだわっていた。やはり議論は映画を中心に進めて行くよりなさそうである。

「でも、戦前からいい映画を作ってきた玄人のスタッフは、そんな社会でもやっぱり存在しているわけでしょう」山川俊三郎が言った。「そうした連中が本当にいい映画を作った場合、やっぱり国民はその映画を」

「見に行かないでしょうね」おれはかぶりを振った。「昔から名作や大作の宣伝には金をかけたものだが、この社会では宣伝にますます金がかかるような仕組みになっている。しかもそれは他のさまざまな大量の商品と宣伝競争ができるような桁(けた)違いの金だ。大金であり、この社会では国民は宣伝に金のかかった映画しか見に行かない」

「待ってくださいよ。すると映画関係者の中では、金を持っている者ほど大きな発言権を持つことになりますね。つまりプロデューサーの発言権が一番で」

美藝公の言葉をおれは訂正した。「いやいや。発言権どころか、社会的地位そのものが、プロデューサーというか、むしろその大企業の重役はトップになります」

美藝公の眼が知的に光った。「そしてスタアの地位がいちばん下にくる。わかりましたよ。君はつまり、現在われわれの住んでいるこの社会の完全な裏返しの社会というのを何かの、ひとつのモデルとして考えたわけですね」

美藝公の呑みこみの早さにおれはびっくりした。「その通りです」

「映画界において、スタアの地位がいちばん下にくるとはどういうことかね」監督は首を傾げた。「観客の大多数はやっぱり、スタアを見に来るんだろうが。どんな社会になろうと、それは変らん筈だが」

「そこのところが難しいんです」おれはちょっと言葉に詰まった。「いやいや。もちろん頭の中で整理はできています。ただ、ひとことでは説明しにくいんです。つまりこの社会は映画が衰退しているだけあって、映画の固定観客というものはないわけですね。大人はよほどのことがない限り映画を見ない。しかし若者にとってはやはりアイドルというものは必要で、そのためのスタアというのはいるわけです。だけどそれはそのう」

監督はうなずいた。「いわゆるスタアではない、と」

「そうです。どういう呼びかたをしているかはわかりませんが、要するにそれぞれの年代の若者達と同じ年頃で、可愛くて、歌も人並みに歌え、何かを演じる仕草もちょっと可愛いという」

「しかしそんな若い男女なら、その辺にざらにいるだろう」と、岡島一鬼。

「うん。だからいくらでも代替がきく。したがって盛衰もはげしい。商品と同じで、地位だとか発言権だとかは問題外なんだよ」

「しかしそういった、演技も素人、歌もお座なりという連中の出る映画は、バラエティの一部としてならよかろうが、いつもそればかりじゃ興行にはなるまい」

「興行形態も当然変化してくる。情報が重視される社会では、大勢いる若い男女のアイドルの中に特にこういうアイドルがいるぞということを強調する手段として、映画などというものは芝居やレコードと同じで最も効率の悪い宣伝手段だ。そうした手段としてはむしろラジオ、テレビの方を多く利用することになるだろう。そう。この社会では映画はもはや藝術ではなくて、半分は何かの宣伝の手段になっているんだ」

「ではもう、滅茶苦茶じゃねえか」岡島一鬼が悲鳴のような声を出した。「音楽も映画も宣伝も、何もかも区別がなくなって、それぞれのプロがおらんのだ」

山川俊三郎があいかわらず真顔で訊ねた。「つまりそういったアイドルたちは、特に藝術大学の映画学部を出たとかいった人たちではないわけですね」

「そうでしょうね。それに、映画学部なんてものもできてはいないと思いますよ」

「ではそうした若いアイドルたちは、つまりもう、きちんとした俳優ではなく、歌手でもなく、つまり子供の一種として、その社会の一般の人たちからは無視されているわけですか」

「ほとんどは名前も知られていないでしょう。むしろ軽蔑(けいべつ)されているのではないかと思いますね」

「そんな社会だと、真面目に映画俳優を志す人はいなくなるんじゃないですか。だって、アイドルになると一般の社会人から軽蔑されるというのでは」

「そうですよ。したがって女優さんにしても、きちんと演技の勉強をしてきた人だの、良家の子女、深窓の令嬢などという人は映画女優になりたがらなくなるでしょう。だってポルノに出なければならないんだから」

美術監督が椅子の上で大きく足をはねあげた。

「ははあ。わかったぞ。つまりそういった俳優が一般社会人から軽蔑されるというのは、彼らがもともと頭の悪い不良少年少女だからだ。つまりこの社会でいえば下町の貧しい家庭の子供で、なんの職にも就かずに自分たちだけで勝手にグループを組んで芝居をしたり、歌ったり踊ったりして騒いでいるあの連中なんだ」

「ああした連中そのものではないけどね」おれは訂正した。「社会そのものが違うんだから。それに呼びかたも不良少年とか不良少女とかは言わんだろう」

「岡島君のいう、下町のあの不良連中なら、なかなか可愛いところもあるんだよ」綱井監督が弁護した。「あの年頃のあれは一種の熱病で、いずれは自分に才能があるという錯覚から目醒(めざ)めて、必ず家業を継ぐことになるんだから」

「ではその社会での青年の理想像、その社会の青年が第一目標とする職業、両親だの一般社会人だのによって期待されているのは、いったいどのようなものですか」今度は美藝公が訊ねた。

「それは経済社会なのだから、やはり大企業の社員でしょう」

「なんと」また岡島一鬼が叫んだ。「サラリーマンになるのが若者の第一目標だというのか」

「その社会ではサラリーマンという呼びかたもしていないんじゃないかな、きっと」次第に呑みこめてきたらしく、山川俊三郎が言った。「特に大企業の社員の場合はね」

「それはもう、陰惨な社会に違いないぞ」岡島一鬼が呻くように、またそう言った。「そういう連中から見れば映画に出演している人間なんてものは、その経済社会とやらからの落伍者ということになる。そうじゃないかね」

「そうだろうね」

「それに、情報が重要性を持つ社会であるとすると、新聞記者などもそうした大企業の社員並みに青年の第一目標」山川俊三郎がそう言ってからのけぞった。「あっ。すると記者にしても藝能記者より政治記者の方がいわば格が上ということに」

「当然そうなりますよ」美藝公が悲しげにいった。「したがって社会部記者の方が藝能記者よりもずっと格が上ということにもなるでしょう」

「へええ」監督が驚いて美藝公を見つめた。「社会部はむしろ新米記者の修練の場だが、それがなぜ経験の必要な藝能部よりも格が上に」

美藝公は考えながらゆっくり言った。「いいですか。まずその社会は、いわば大衆社会なんです。いわば大衆消費社会であり、ということはつまり、いわば大衆情報社会ということにもなる。その代弁者、もしくは大衆の指向操作役が新聞ということになる。そうではないですか」

おれはうなずいた。「そうです」

「なんですかいその大衆情報社会というのは」岡

島一鬼は眼を丸くしていた。

おれは答えた。「大衆の支持がなければ何もできない社会だ。つまり消費者が王様という社会だよ」

「ああそうか。それで宣伝が必要になってくるわけだな」綱井秋星がうなずいた。

「しかし大衆というのは、それぞれの事象に関しては素人でしょう」山川俊三郎が怪訝そうにそう言ってから、またのけぞった。「あっ。だから、それで、演技者だの歌手だの、プロデューサーだのが、全部素人でもいいということに」

「むしろ玄人(くろうと)であってはいけないんです」と、おれは言った。「勿論その社会にも玄人は存在しますよ。たとえ本格的な教育を受けていなくとも、立派な生まれつきの才能を持った人間はどんな社会にでも必ず出現する。天才というやつです。しかしそういう人間に対して経済社会はどう報いると思いますか」

綱井秋星が考えながら推測しはじめた。「ええと。つまりその社会には、すでにスタアはおらんわけだろう。雲の上の人がすでに存在しなかった場合、一般の社会人の心からは次第に大スタアへの憧憬の念が失われて行く、あるいは逆に憧憬の念がないからこそ大スタアが出現しないということになるね。そこへ天才的な、大スタアの素質を持った人間が登場した場合は」

「藝術、学術、スポーツ、すべての場合にあてはめて考えた方が簡単でしょう」おれは暗示した。「いいですか。経済社会なんですよ。事実は資本主義社会だ。しかし国民の大多数は、系列化された企業のサラリーマンです」

「平等主義なんだ」岡島一鬼が叫んだ。「実際にはそうでないにかかわらず、全国民が同程度の生活水準を持っていなければならんとされている社会なんだ。だから金持を許さぬ社会になる。やっぱり一種の全体主義じゃないか。金持を許さんだけではないんだ。天才だって許さないいんだ。才能だって、皆、同じ水準を保っていなくちゃならんわけだものな。階級さえ、ないようなふりをしなければならんのだ。そうだ。ずば抜けた美貌だって許さんに違いないぞ。だからこそスタアが生まれないんだ。その辺にざらにころがっている程度の美貌しか許さんのだ。きっとそうだ」

岡島一鬼のあまりの飛躍に驚いた様子で、美藝公が茫然とした顔を美術監督に向けた。「そうなるでしょうか」

「そりゃもう、そうなりまさあ」岡島一鬼は一瞬にしてすべてを見たとでも言いたげに大きく叫んだ。「すべての人間が子供の頃から、単なるサラリーマンになるための単なる学習競争をしている社会でしょうが。だとすると、そんな競争に加わりもせず、生まれつきの天分や美貌だけで幸運を得ようとする人間を許しちゃおくもんですか。いやあもう、これは陰惨な社会に違えねえ」

「許してはおかないといったって、才能や美貌を持っていればこれはもう、ある程度は認めなきゃしかたがないんじゃないですか」美藝公が首を傾げた。「それを許さないとおっしゃるが、いったい、どういう具合に許さないんですか」

美術監督がそれはと言って口ごもると、綱井秋星が大きくうなずいて横から言った。「その場合はですね、美藝公自身がさっきおっしゃったじゃないですか。これはもう新聞がひきずりおろすでしょう。いやいや。新聞だけじゃない。情報が重要視される社会なんだから、雑誌もそれに加わる。つまり大新聞や大雑誌は経済社会では大企業のひとつであり、その記者連中だってもはやサラリーマンなんだからね。彼らは国民大衆の代弁者でもあり、サラリーマンとして経済社会の競争に加わって大企業に属することのできた人間なんだから、世論の指導者として容認されてもいる。どちらかといえば彼らこそ、たとえば藝能人等を最も蔑（さげす）もうとする人種の尖兵ではないでしょうかな」

音楽監督は驚いて腰を浮かした。「しかし新聞雑誌にとって藝能記事は、そりゃあいくら藝能記事そのものの相対的価値が下がったとはいえ、やはり売りもののひとつでしょう。藝能人を蔑んだりすればますます藝能人からそっぽを向かれて、いい記事が書けなくなるじゃありませんか」

監督は突然、その社会の一般人の代弁者、または新聞記者に変身したかの如く、意地悪そうな笑みを浮かべた。彼が昔、演技者でもあったことをおれは思い出した。「その社会の藝能人はね、いくら悪口を書かれようが、新聞雑誌に対してそっけなくするわけにはいかんのさ。そっけなくすればまた悪口を書かれたり、報道してもらえなかったりするからね。自分の専門だけにいくら打ちこんでいたって、それを報道し宣伝してくれる者がいないと、情報社会では誰も彼を知らないってことになる。こいつは藝能人にとって致命的だ。だから記者連中にはぺこぺこすることになるだろう」

「それだとしまいには、われわれ藝能人を取材する人間が、われわれに対して、極端に言えばその、取材してやるのだという態度をとることになりはしませんか」美藝公が不審そうに訊ねた。

「極端にではなく日常的に、まさにそうなるんです」と、おれは言った。「何もかも逆なんですよ」

「そんな態度で取材して、いい記事が書けますか」

「記者が藝能人を蔑んでいることのありありとわかる記事ほど、その社会では面白い、いい記事ということになるんでしょうね」

「そんなものを、大衆が読みますか」

「読み、そして信じるわけですよ。やっぱりこいつらは落伍者だ。不良青少年男女だ。われわれとは種類の違う人間だ」

「その藝能人のファンが怒りませんか」

「その怒るファンもまた、落伍者扱い、不良青少年扱いするわけですよ。彼らの同類だというので」

「よくまあそんないやらしい、陰惨な社会を、しかもこまかい点まで考え出したもんだ」岡島一鬼が呻くようにそう言った。

おれと美藝公の問答を悲しげに聞いていた音楽監督が、反論し返されるのをおそれてでもいるかのようにおずおずと口をはさんだ。「しかしですね、いくら蔑んでいようと、抜きん出た才能、たいへんな美貌に対してはどうやって悪口を書くんですか。書きようがないじゃありませんか」

綱井秋星が立ちあがり、あたりを歩きまわりはじめた。

「いいや。いくらでも悪口は書けるぞ。うん。もしわたしがその社会における藝能記者ならだな」彼の口もとにふたたびあの毒どくしい笑みがあらわれた。「いいや。藝能人だけの問題じゃない。科学者であろうが、監督であろうが、野球選手であろうが、天才的であればあるほど奇妙な癖を持っている。それを書き立てるだろう」

「天才的才能には犯罪者的素質や風変りな性格がつきものですよ。それは誰でも知っています」美藝公がびっくりしたような表情で言った。「まさかその社会の一般読者に、そうした常識が欠けているとも思えない。天才的才能の持主がたまたま犯したそういう過ちなどを大新聞や大雑誌ともあろうものが書き立てますか。もしそんなことを書いて、まるでその人の天才までを否定しているように読者に受けとられたらどうしますか。その新聞や雑誌の良識が疑われる。いや、それ以前に、そもそも、だからこそ彼は天才なのだという当然の反論を受けたらどう答えるつもりですか」

「ええと。その場合はこういう論じかたになるでしょうね。つまり、なるほど彼は天才かもしれない。だがそれによって周圍の凡人が受ける迷惑はどうなるのか、と」

「なんて陰惨な社会だ」岡島一鬼は頭をかかえた。「そんなことは彼の仕事と関係ないじゃないか。せいぜいユーモラスな逸話相当の奇行が、その社会の場合は中傷記事になってしまうのか」

「そう。しかもそれを機会に、それまでは単にユーモラスな逸話だったその人物の過去の数かずの過ちを、犯罪的行為として書き立てることになるね」綱井秋星はそう断言した。

「じゃ、奇癖を持っていない天才の場合は、どうやって悪口を書くんです」突っかかるように山川俊三郎が言った。「そんな天才だってたくさんいますよ」

「言っときますがね」おれは口をはさんだ。「その社会ではきっと天才なる言葉も禁句に違いないですよ。天才などと言い出せばたちまち拒絶反応があるに決まっている。天才など認めたがらない社会だから」

「たとえ奇癖を持っていなくてもですな」と、監督が喋(しゃべ)りはじめた。「その場合は天才に限らず、誰にだって私生活がある。その私生活の、誰もが持っていながら誰もが最も隠したがる部分、つまり性生活、夫婦喧嘩、恋愛、親子兄弟など家庭親族関係のもめごと、そういうものをほじり出して書き立てるでしょう」

「たとえば、自分のことを例にあげて恐縮だが」と、おれは言った。「その社会では、ぼくと町香代子のことなど、たちまち槍玉にあがるでしょう。彼女は日本一の人気女優なんだから」

「だけどそもそもそんな社会じゃ、町香代子のような女性は女優になっていないだろうし、日本一の人気女優、などという言いかたにふさわしい女優も出現していないよ」岡島一鬼はかぶりを振りながらそう言った。

「恋愛などというものは誰でもするものだし、特に俳優などは藝術家であるだけに情熱的だから、恋人がいない、などという人の方がむしろ珍らしい例である筈です」美藝公がじっとおれを見つめてそう言った。「俳優の恋の相手をいちいち報道していたのでは、夢がなくなってしまう。ファンも減る。それは藝能界の衰退にもつながるし、そんな記事を書けば藝能記者自身の自滅にもなるでしょうに。すでに衰退している藝能界をさらに衰退させるような、そんな愚かな報道をする記者はいないと思いますがねえ」

「その社会においては、彼らはそのような考え方はおそらくしないでしょう」監督が言った。「藝能界が衰退しているとも思っていない。さっき言った若者のアイドル的藝能人がいっぱいいるわけだから。そういう連中に対して彼らは、いや一般社会人さえ、自分たちだけが秘密のヴェールに包まれていたいと思うのは特権意識である、思いあがりである、または甘えているという考えかたをするでしょうな。俳優に限らず、名の売れた人間には、名が売れていることによる反感からそうした私生活の秘密の公開を要求するに違いありませんよ。そうか。この社会ではむしろ名の売れた人間というのは政治家や実業家でしたな。では彼らに対してもきっとそういう態度で」

「政治家ですって」山川俊三郎が衝動的に大声で訊ねた。「美男美女というわけでもない、あんな人たちの私生活などを記事にして誰が読むんですか」

「経済社会。経済社会」と、おれは社会設定を彼に思い出させた。

「ああそうか。国民全体が彼らに関心を持っているわけですね」山川俊三郎がうなずいた。「それにしてもいったい、彼らの私生活の何を記事にするんですか。ああいう人たちはむしろ一般社会人の典型でしょう。そんな人たちの夫婦生活とか恋愛とかを書いてもしかたがないでしょう」

「そう言やそうだ」監督は考えこんだ。「その場合には何を書くだろう」

「こだわるようですがね里井君」美藝公は言った。「たとえば戦前のハリウッドの中心的スタアであった美人女優たちは秘密のヴェールに包まれていたが故に人気があがり、ハリウッドは映画産業王国として世界に君臨できた。君のいう社会のそうした藝能記者たちは、昔のことを知らないという設定になっているのですか。たかだか数十年前の映画史の事実にも無知なのですか。とてもそうとは考えられませんね。それなのに、君のいうその社会の記者たちであれば、たとえばグレタ・ガルボ嬢のように秘密のヴェールに覆われていることによって有名な女優がいたとしたら、その私生活を競争であばき立てて、もとも子もなくしてしまうという愚行さえし兼ねぬように思えますね」

「まさにそれをやるのです」おれは言った。「いわば自分たちの財産を争って食いつぶす愚行をやるわけですな。取材だって自由競争だからどんどん荒っぽくなり、しまいにはその女優の家のゴミ箱まで漁(あさ)るでしょう。つまり経済社会では藝能人も商品である。ということはつまり、消費社会では藝能人もまた消費すべき消耗品である。藝能人も食べものも一緒くたにして、文化の蓄積ということを考えず、ただ消費して行く過程を寄ってたかって皆で楽しむのです」

「では、グレタ・ガルボ嬢どころの騒ぎではありませんね」美藝公は額を押さえた。

「どういうことですか」と、山川俊三郎が訊ねた。

美藝公の考えていることを悟り、おれは戦前のハリウッド・ゴシップに詳しくない音楽監督に、そういう話をするのが嫌いな美藝公にかわって説明した。「戦前のハリウッドでは、破滅的な愚行をくり返しながらも他方では数多くの名作に出演した俳優がたくさんいたのです。この世のものとも思えぬ美貌の持主キャロル・ロンバード嬢のひと前でも平気で排尿する奇行、フランチョット・トーン氏の刃傷沙汰、リリアン・ロス嬢その他多くの俳優のアルコール中毒、モーリン・オハラ嬢の場所を構わぬ荒淫、有名なゴシップはいっぱいあります。しかしこれらは映画通と自讃するファンの間で、まさにその映画通であることを証明するが為の話題として囁(ささや)かれたことこそありますが、よほどのことでない限り大新聞、大雑誌に載ったりはしなかった。赤新聞、赤雑誌でさえ、ハリウッドから締め出されるおそれがある以上おいそれとは書かなかった。それによってハリウッドの夢を護(まも)ることができ、それら名優による名作が次つぎと生み出された。もしこれらがその経済社会で起ったことであればどうでしょう。たった一度の過ちで破滅です」

「そりゃもう、当然そうだろうさ」岡島一鬼はまた、吐き捨てるように言った。「恋愛まで記事にするような社会じゃあな」

「そうだとも。そして大雑誌には俳優の私的な行動を隠し撮りした写真だの、美人女優のヌード写真だのが出る」と、監督が笑いながら言った。

「女優さんの裸体の写真が雑誌にですか」山川俊三郎がまた大声を出した。「しかし、女優さんのヌードを見る為にはちゃんと映画というものがあるわけでしょう。映画の観客が減るのも承知で、雑誌などになぜヌード写真を載せるのですか。その、別段、藝術的な必然もないのに」

「藝術的必然がないからヌードにはならないなどという女優がいたら、たちまち生意気だというので記事でやっつけられるだろうね。藝術などということばを藝能人が口にしただけで反撥を受け、拒否されるだろうよ。そしてついには藝術ということばを使うことがなんとなくうしろめたい気持になるような、いやいや、むしろ自分のやることはどうせ藝術なんかではないという開きなおった言いかたの方が好感を持たれるような文化的情況を作りあげてしまう」監督はほとんどサディスティックなほどの笑みを浮かべていた。「ヌードになった女優に対しては、読者たちは腹の底で蔑みながらえらいえらい、大胆であるなどといって褒(ほ)

める。しかし一方、一般の社会人からは、あの女はすぐヌードになるといって蔑まれることになる」

「どっちにしろ蔑まれるわけですか」山川俊三郎はいったん苦笑してから、真顔になり、反論しはじめた。「しかしもしもその世界に、この美藝公がいたらどうなりますか。身辺にはもちろん淫蕩さの影もないどころか、これはぼくも不思議なんだが浮いた噂はまったくない。人格高潔。演技力は言うに及ばずですが、どこからも文句の出る筋あいがひとつもない。こういう大スタアを、どうやって藝能記者たちは悪く書けるでしょうか」

　照れくさそうにしている美藝公を、綱井秋星は底光りのする眼でじっと見つめた。「その場合にはだな」舌なめずりをした。「その社会の記者たちは、美藝公のような大スタアに限らず、恋愛していない俳優、または自らの恋愛感情をまったく他人に悟らせない藝能人に対しては、性欲の処理をどうしているのかだとか、そういうことを平気で訊くだろう。いや。むしろそういう露骨なことを平気で訊ける人間でないと記者にはなれない社会だ。あなたは性欲がないんですか。自己性欲ですか。自慰ぐらいはなさるでしょう。一週間に何回なさいますか。もしかするとあなたは同性愛ですか。女性よりも男性の方がお好きですか」

「と、とんでもない」それまで隅にひきさがってわれわれの話を聞いていた小町氏が突然立ちあがり、激昂して反駁しはじめたのでおれたちはびっくりした。「美藝公はそんな人じゃありません。同性愛などとんでもない。美藝公に浮いた噂がないのはあたり前です。美藝公の恋人はとりもなおさずお仕事なのです。映画です。そのことは始終お傍についているわたくしがいちばんよく存じあげて」

「まあ、まあ。まあ」全員が立ちあがり、笑いながら小町氏を宥めた。

「小町君。これはただの話に過ぎん」

「架空の設定なんだよ」

「虚構の社会での取材記者の発言だ」

小町氏はすぐ、悪夢から醒めたような顔つきになった。「これは。わたくしとしたことが」笑い出した。「監督のお話しぶりがあまりにも迫真的だったもので」彼はすぐ、部屋の隅のスツールに戻った。「申しわけありません。とんだお話の邪魔をしてしまいました」

「しかし、よくまあそこまで、陰惨な社会のことを、こまかい点まで想像できるもんだ」岡島一鬼が綱井秋星に驚嘆の眼を向けた。「さすがは監督だ。それもやはり人間に対する洞察力ということになるんだろうね」

「さっきの山川氏の質問に対する答えを、今思いついたよ」監督は今や、おれの想像した社会へ完全にのめりこんでしまっているらしく、さらに喋り続けた。「これは美藝公のような、人格高潔にして何のスキャンダルもない人物に対すると同様、政治家の私生活に対する、そうした社会での代表的な貶（おと）しめかた、蔑みかたになるだろう。つまり記者たちは、社会的成功者の資産、つまりその人たちが金持であることに対して攻撃することになるだろう。美藝公の場合ならあの豪邸を、奢（おご）りの象徴として悪しざまに書き立てるだろうし、政治家に対しては資産の公開を求めるだろう。そしてその資産を、まるで悪事によって得たかのように書き立てるだろう」

「それは逆ではないでしょうか」美藝公がいささか憮然として反論した。「経済社会なのに、なぜ金持が蔑まれるのですか」

「だからそれは、平等主義だからでさあ」岡島一鬼が叫んだ。「天才と同じように、金持だって存在してはならない社会なんでさあ。そうだろ。ほとんどの人間がサラリーマンなのだから、その社会では金持は少数派だ。これはいじめられるよ。特サラリーマンでない職業だっていじめられる。特に自営業の医者など、ちょっと金を貯めたら悪徳医者にされてしまう」

「じゃあ、たとえば貧乏な家庭から身を起して土蔵を建てた、などという話も美談にはならない社会なんですか」と、山川俊三郎が訊ねた。

　綱井秋星はうなずいた。「ならないならない。金持になれたのは何か悪いことをしたからだと囁かれ、名が売れたのは売名行為をしたからだと耳打ちしあう社会だ。殊に、貧乏な家庭の生まれであったりしようものなら、なにしろサラリーマン家庭が大多数なんだから、育ちが悪いとささやかれる。どちらにしろ蔑まれるんだ。悪いことをした政治家や医者がいたりすると、たちまち政治家全員、医者全員が悪いのだと思わせる報道で、一般社会人の彼らへの反感をさらに煽り立てる。そもそもそんな社会では、美藝公などという貴族趣味的な呼称などもたちまち悪評を買うだろうよ。本当は大臣という呼称だって封建時代からのものだから、そのせいで政治家が反感を持たれたりもするだろう。なになに長官、などという呼びかたに移っていくだろうね」

「よくまあそんなに、陰惨な社会のことを、隅ずみまでこまかく考えられたもんだ」美術監督がふたたび綱井秋星に驚きの眼を向けた。「やはり監督だけあって、人間への洞察力が」

　監督はくすくす笑った。「そんなにたいしたことじゃない。じつは、わたしは子供の頃、女生徒の数が男子生徒の二倍近くもある小学校にいた。そこでは当然女生徒の力が強くてね。われわれ男子はよくいじめられたもんだ。特に可愛い男の子や優等生ほどよくいじめられた。わたしは別段可愛くもなしさほど成績も優秀ではなかったから直接の被害はあまり蒙らなかったが、傍で観察しているうち、女の子たちの中に、天才的ないじめかたをする数人を発見した。その手段たるや底意地が悪いどころではなく、卑劣というか残虐というか、人間の悪意の行きついた果ての凄さというものをつくづく思い知らされるほどだったね。さっきからわたしがその架空の社会に適用したものは全部彼女たちのやりくちの応用なのさ」いささか乾いた声で綱井秋星は高笑いをした。

　山川俊三郎は笑いもせず、悲しげに監督を見てから他の全員を見まわした。「悪夢のような社会だと感じたのも当然ですね。そこはつまり、残虐性、残酷さが幅をきかせる子供の社会と同じであり、女性の底意地の悪さで成立している社会というわけだ」

「いいところのまったくない社会だな」と、岡島一鬼が言った。

「いや。ところがもし、その社会にいる人たちがわれわれのいるこの社会を見たとしたら、やはり同じことを言うかもしれないんだ」と、おれは言った。「封建制そのままの社会だといって罵るかもしれない」

「それは、わかるような気がしますね」美藝公がおれの言葉にいささか驚いたという表情で反応し、喋りはじめた。「わたしも時おり美藝公という地位に安住している自分に対して、これでいいのかと思いますからね。それぞれ自分の生まれながらの家業だの、辛く苦しい労働だのを続けている人と、現在のこの自分の身をひきくらべて、すまない、有難いと思う気持でいっぱいになります。それどころじゃない。自分の好きな仕事だけをし、華やかにもてはやされている自分をずいぶん妬んでいる人もいるだろうと考えて、ぞっとする時もある」

「それはだって、それだけの努力をされたのだから」と、山川俊三郎が言った。「生まれつきのいいご身分、というわけじゃないんですから」

「いやいや。じつはぼくも、自分がこの世界であまりにも幸福だから、これは真実だろうかと考えた。それがそもそも、今までの話の発端なんですよ」と、おれは告白した。

「そりゃあ、今のこの社会だって完全じゃない。貧困があるからね。餓えこそないが、失業がある」監督は言った。「しかし、さっきからの話を聞いた限りでは、幸福な人間はこの社会の方が多い筈だよ」

「そう思いますね」山川俊三郎はうなずいた。「その、あり得べきもうひとつの社会の方では、辛く苦しい労働をしている人はもちろん、平均以下の生活をしていると自覚している人はすべて不幸だと思いますよ。中流以上の人にだって、常に不満があると思う」

「そうだ。その社会にだって、やはり労働者や、農民や、貧しい人間や、失業者や、それから大多数の、家業を継いでつつましく生活している人間だっている筈だぞ」岡島一鬼が身をのり出した。「サラリーマンだけじゃ社会は成立しないものな。すると、そういう人たちの夢は何かね。つまり夢をあたえてくれる藝術や娯楽は何かということだ。人間、それなしに生きて行けるものじゃない。まさか権力者や金持をひたすら憎み、蔑んでいるだけというわけじゃあるまい」

「ええ。それは何かある筈ですね。わたしとしては映画しか思いつかないが」美藝公が言った。「映画にかわる大衆的なものというと、どういったものなんでしょう」

「ぼくは、テレビじゃないかと思うんです。映画なども、すべてテレビで各家庭に放送してしまう」

おれの言葉で全員が部屋の隅の、小さなテレビの、今は何も映し出されていない画面を見た。

「映画をテレビで、ですか」美藝公は不思議そうにおれに訊ねた。「あんなものに、映画が映りますか」

「まあ、画面はもう少し広くなっているかもしれませんがね」

「いくら広くしても、臨場感が出るほどではないでしょう」

「臨場感があったとしても映画の臨場感とは異質のものでしょうね」

「しかし、暗いところではなく、明るいところで見るわけでしょう」

「ええ。家庭ですから」

「そのう、つまり家族が何人かで、明るいところで映画を見るのでしょう」

「そうですね」

「しらけませんか」

おれたちは美藝公の言う意味が分からず、しばらく彼の顔を見つめた。

「つまり、その」美藝公はさっきから、珍らしく言葉に詰まって言い淀んでいた。「映画の場合は暗いところで見るから観客相互の交流もなく、画面以外は何も見えないわけだから没入できますね。ところが家庭で見た場合、一緒に見ている人の反応がわかる上、家庭なのだからラジオと同じで上映中の私語による会話も可能ですね。たとえひとりで見ていたとしても画面から眼をそらせばそこには現実がある。いや。わざわざ眼をそらさなくても、常に現実を意識しながらテレビを見ていることになる」

「そうだ」山川俊三郎が膝を叩いた。「眼をそらすどころじゃありませんよ。ラジオを聞くのと同じで、家庭内の用を足しながら画面を見ることになる。つまり立ったり歩いたり」

「ラジオならともかく、それでは画面が見えませんよ。まあ、ものを食べながら映画を見ている人なら映画館でもたまに見かけますが」と、美藝公。

「つまり、食事をしたり立ったり歩いたりしながらでも見られるような映画がテレビで放送される、ということになるんでしょうね」

「ちょっと待ってくれ。すると何かね。さっきから映画映画と言ってるのは、映画館用に作られた映画じゃないのかい」

「まあ、そういう映画が放送される時もあるだろうがね。でもほとんどはテレビ用に作られた映画だと思うよ」

「待ってください」山川俊三郎が言った。「するとそれは国営放送ではないわけですか。だって、そういうものを作るにはやはりそれ専門の」

「もちろんそうですよ」

「それはつまり、映画人が作るわけかね」と、監督。「映画が振るわなくなった為に没落した映画人が」

「そりゃあ、そういう人も駆り出されるでしょうね。しかしもともとはそうしたテレビ制作でさえ大企業として成立するからこそ民間のテレビ放送局がいくつも出来るわけで、スタッフの中心はやはりそうした大企業の社員でしょう。ただ、毎日違った映画を放送しなくてはならないから、やはり人手不足にはなるでしょうし、当然昔からの映画人を駆り出すということも」

「民間のテレビ放送局がいくつも出来るだと」

「そうだよ。放送会社、と言うべきかな。十も二十もできるかもしれない。経済の自由競争だ」

「経済だと。文化ではないのか」

「つまりその、文化とか、そういう水準のものではないのだ」

「たとえ娯楽であるにしろ、テレビ放送会社が十も二十も出来て、そのひとつひとつが、たとえば毎日違った映画を何本か見せるわけだろう。そんなにたくさん映画が作れるのか」

「無茶だ。作れるものじゃない」監督はかぶりを振った。「映画産業の繁栄しているこの社会でだって、全力をあげて作っても、C級映画を含め週に五本か六本がせいぜいなんだよ。毎日十本とか二十本の映画など、とてもではないが」

「いやいや。この社会での感覚で映画を考えるからおかしいことになる。そういうものではないと思います。つまり食事をしたり、立ったり歩いたりしながらでも見ることのできる映画なのだから」

「ははあ。水増しされた映画か」

「水増しというか、テレビで放送するに適した作り方というものが開発されると思う」

「大量生産方式か。ではつまりその社会の人間は、文化的素養も何もなく、そういう機械的に作られた、面白くもなんともない映画を毎日見て喜ぶという、つまりアホか」

「いやいや。それはいくら何でも面白くなくては誰も見ない。面白さだって経済競争のひとつの要素だ。つまり情報社会なんだから、見てくれる人の数が多ければ多いほどそのテレビ会社は経済競争に勝つわけだ。やはり面白くなくては」

監督が口をはさんだ。「ということは、逆に、できるだけたくさんの人間を喜ばせるような種類の面白さだけを追求するということになるね」

「ええ。したがっていずれも内容はよく似てくるでしょうし、高度なもの、つまり藝術的なものは放送しないでしょうね」

美藝公がまた首を傾げた。「高度な藝術がいささか難解で理解できる人が少いのは当り前ですが、それはしかし、人間の社会である限り、まったく作られないということもあり得ないのではないですか」

「それはたまには作られるでしょうが、やはり、そもそもは平等主義の社会ですから、そういう作品を理解できる少数の人間がいてはいけないのですね。みんなが同じような家庭で、同じテレビを見なければいけない。さもないと文化的に不平等になりますから。まあ藝術的なものが作られたとしても、他のテレビ会社の作品と競争できる範圍内で」

「その、競争というのは何ですか。家庭からの収入の競争ですか」

「いえいえ。それは大企業などからの収入があるわけです。宣伝費として」

「なんの宣伝費ですか」

「商品のです」

「ははあ。映画の中でタイアップするわけか」監督がうなずいた。

「映画の中へさりげなくその商品を出すとか、俳優が商品名をちらりと言うとかいった、われわれのこの社会でやっているようなタイアップではないでしょうね。むしろもっとはっきりと独立した宣伝の形になるでしょう」

「えっ。それじゃ映画に関係なく、その商品を持った人間が出てきて、これはいい商品ですとか、これを買いなさいとか、そういう厚かましいことを放送で言うわけかい。臆面もなく。そんなもの、誰も見やしねえだろう」

「いやいや。情報社会だから、そうした宣伝もひとつの情報になるわけだ」

「だって、それは情報じゃあるまい。製造元が金を出して宣伝しているんだ。悪い宣伝をする筈がない。そりゃまあ、情報と言えぬことはないが、嘘の情報だろう」

「話を戻しますが」と、美藝公が言った。「すると家庭では、テレビを無料で見るわけですか」

「そうですよ。そのかわり大企業の宣伝も見なければならないわけです」

「いくら何でも、その設定だけは無理だ」美術監督は固執した。「そんなもの、いくら無料だって、見やしねえったら」

「たとえば」と、音楽監督は言った。「自分のすでに持っている品物を宣伝しているとすれば、それは見ないでしょう」

「いや。それはわれわれの、この社会にいる人間の考え方です。消費社会の基本的性格は、限度がないということなんですよ」

「ははあ。ではやっぱり、すべての人が常に不満を」

「だいたいだな、映画を見るためにテレビをつけたのに何かの宣伝をしていれば、これは誰だって怒るぜ。そんなテレビ、消しちまうだろう」

「いやいや。そういうことにはもう馴れっこになっているし、テレビ会社の方だってテレビを消させない工夫をするだろう。たとえば映画の途中で宣伝をはさむとか」

「なんだと。映画を中断してか」

「ああ。それなら続きを見たいものだから、宣伝だって見る」

「そりゃ見るかもしれないが」監督は苦笑した。

「映画の流れがズタズタだ」

「だからして、そもそも流れが中断するとかいった種類の映画ではないわけですよ」おれは辛抱強く説明した。「何しろ家庭で見ているんだから、どうせ映画館でやるような長時間のものは駄目でしょうね。どうしてもコマギレになる」

「じゃ、連続活劇とか、シリーズとかいったやつだな。それじゃ、藝術的なものはとても無理だな」

「映画といっても、劇映画ばかりじゃないし、もしかするとスタジオの中で全部やってしまえるようなものかもしれない」

「じゃ、芝居を同時放送するわけかい。ま、あれなら流れやテンポもゆっくりしているし」

「芝居に似てはいるけど、同じものじゃないでしょうね。クローズ・アップもできるし、映画とうまくつなぎあわせたりもできるわけだし」

「ああ。連鎖劇か」

「バラエティ・ショウのようなものになるかもしれませんね」と、美藝公が言った。「スタジオでやってしまうとすれば、芝居よりも歌や踊りの方がいいわけでしょう。途中で宣伝が出てきても、ドラマほどには腹を立てずにすむでしょうし」

「だけど、どの道宣伝で腹を立てることには違いなかろう」と、美術監督は言い続けた。「金を出して、腹を立てられてまで宣伝するのかね。商品が買ってもらえなくなるぜ。えらいマイナスだ」

「そうじゃない。消費社会というのは、宣伝に馴らされた社会なんだ。むしろ宣伝がないと物足りないぐらいに思うという社会なんだよ」

「オーケストラの演奏会などというのも、テレビで見せたりするでしょうね」と、音楽監督は言った。「ラジオで聞くよりはいいかもしれない。楽団員ひとりひとりの演奏ぶりもクローズ・アップで見られるわけだし」

「オーケストラというのは、やらないんじゃないかな」おれは首を傾げた。「やったとしても、ポピュラーな曲ばかりをショウ的にやるでしょうね。本格的な交響楽というのはやはり特殊なもので、一部のインテリのための藝術とされているだろうから」

「しかしそれだと、オーケストラとはこのようなものだという誤解が拡まりませんか」

「当然拡まるでしょう。つまり文化というのはすべて面白おかしく、やさしく、娯楽的でなければいけないとする社会ですからね」

「交響楽をショウ的にやったり、劇の途中に宣伝をはさんだりして、本当に怒るやつはひとりもいないのかねえ。信じられねえよ」

「そりゃ、いるだろうさ。でもそういう者は頭が固いとか、考えが古いとか言われて笑われることになる。だから怒らなくなるよ。つまり平等主義の社会だから、自分だけ違ったことを言ったりしたりしてひとに笑われるのを最も恐れるんだ」

「なんてえいやな社会だ」

「落語、漫才などという寄席藝もやるようになるだろうね」と、監督が言った。「あれならたいして時間はかからないから、宣伝でぶった切られるということもあるまい」

「でも、渋い藝は嫌われるでしょうから、じっくり聞かせる落語(はなし)は演じられなくなりますね。前後を縮められて、サワリだけを瞬発的に聞かせるということに」

「じゃ、その場合にもやはり、寄席藝とはこんなものかという誤解が」

「ええ。当然そうなりますね。寄席好きの人間だけに独占させてはならないわけだから、ぐっと一般的で、誰にでもわかるものでなければならないのです」

美藝公が珍らしく、居ても立ってもいられないという素振りをした。「寄席がさびれませんか」

「なくなっていきます」と、おれは言った。「映画館と同じ道をたどるでしょう」

「いいところのひとつもない社会だ」美術監督がまた顔を歪めた。「つまり何もかも、そのう、本来の文化ではなくて、いわば最低共通文化とでもいうべきものにまで落ちるわけだな」

おれは思わず手を打った。「まさにそうだと思うね。そうだ。テレビだけではなく、新聞や雑誌など、あらゆる情報機構によって、すべての文化が、その最低共通文化にまで落ちるんだ。映画や音楽だけじゃない。文学も、科学も、歴史もだ」

「どういうことだね」

「第一流の文学者や科学者が、テレビに出て、自分の文学観だの、発明発見だのを、やさしく喋るわけだよ」

「しかし、今までの話を聞いたところじゃ、テレビそのものが巨大なバラエティ・ショウなんだろう」監督が言った。「そんなところへ文学者だの科学者だのを持ち出したって、誰にも話がわからないし、誰も聞こうとはしないだろう」

「そうか」山川俊三郎が膝を叩いた。「その社会では、文学や科学も、消費の対象なんですね。自分たちの手の届かないところで何かやっているのか、われわれにも平等に分配しろ。わかちあたえよ、わかちあたえよというわけですね」

はけしからん。それがどんなにすばらしいものな
「その人たちは実際には、テレビでどういうことをやるわけですか」美藝公が訊ねた。「具体的に

はどういうことを喋るんですか」

「そうですね。たとえばある作家がいい小説を書いたとしましょう。文壇で評判になります。どこがそんなにいいのかと、みんなが知りたがる。ところがその小説は、小説を読む訓練をしていない人が読んだって、難解でよくわからない。そこでその作家をテレビに引っぱり出して解説をさせるわけですが、ただその小説の内容だけを解説させたってやっぱり難解だろうから、三面記事的にインタヴューするわけです。つまり書いた動機は、とか、どういう反響があったか、とか。しまいには、こういう作品を書く人は家庭ではどういう生活をしているのかなどと訊ねる。あるいはまったく別の話題を喋らせるため、ただ単に今評判になっている人物だからというので引っぱり出す。作家の方だって、ふだん喋るときは日常言語で喋るわけだし、書くのが専門だから喋るのはうまくない。そして自分の文学を最低共通文化、つまり日常言語の水準にまで貶しめてしまう。これではその小説の本当の面白さはもちろんわからないわけですが、テレビを見た方では、なんだ、その程度のことだったのか、この程度の人間なのか、われわれや、われわれの考えていることとたいして変らぬではないかと納得し、安心する」

「ははあ。さっきの藝能人の場合と同じだな」岡島一鬼がうなずいた。

「違うところといえば、文学者や科学者は、藝能人のような派手な私生活もなければ、スキャンダルもない。あったとしたところが、そんなものをばらしたって一向に面白くもなんともないので、貶しめることができない。そこでかわりに、彼らの功績を貶しめるわけだ」

「しかし作家たちがそうしたことを何度もくり返しているうちに、彼らの本は売れなくなるでしょう」美藝公が心配そうに言った。

「しまいには藝能人視され、蔑まれ、本は売れなくなる。つまりさっき山川君の言った消費というのは、そうした人物までが消費の対象になるということではないでしょうかね」

「もうひとつ心配がありますね」と、美藝公が言った。「そのテレビを見た人たちが、こんな人物でも小説が書けるのなら自分も、などと思いはじめないでしょうか。つまりこれは、文学の質の低下につながる問題ですが」

「むしろテレビが、あなたたちにも簡単に小説が書けますよと煽り立てるでしょうね。やさしい文学講座などというものも催すかもしれません。『やさしい』とは言わず『婦人向』とか『青年向』とか言うでしょうし、そもそも名誉や教養も平等でなければいけないわけですから。余暇というものは盛大に消費しなければならないので、ここへ主婦や学生が殺到する。名誉と教養を、わかちあたえよ、わかちあたえよと叫びながら」

「教養の大安売りじゃねえか」岡島一鬼が笑った。「教養なんてものは、本をたくさん読んで、自分で身につけるもんだ。どうして本を読まないんだね。その方が手っとり早いし、深く理解できるだろうに」

「つまりそこへは、本を読む能力や根気に欠けた人たちが来るんだ」

「講師がいますか」美藝公は言った。「そういう人たちに小説を教えるというのは大変な作業ですがね。藝術大学にさえ小説学部という独立したものはない。それほど難しいのに。さらにまた、講師にしても、喋るよりは書いて本にした方が自分自身の勉強にもなり、時間の節約にもなるでしょう」

「つまり、文化の切り売りの時代なんですよ。それにこの社会であれば、むしろそうした主婦や学生層の中から本当に作家があらわれたりもし兼ねませんからね。水準が落ちている上に、そうした人たちならテレビの需要にも応じられるでしょうし、そもそも作家だって消費物資なのだから」

「学者もかね」

「たとえば一流の学者が何かを発見したり、発明したり、論文を書いたり、世界的な賞を受賞したりすれば、たちまち寄ってたかって」おれがそこまで言うと、みんなが笑い出した。

「科学と名誉を、わかちあたえよ、わかちあたえよというわけですね」山川俊三郎が言った。

「その理論を、無理やりやさしく解説させられるんだ」げらげら笑いながら美術監督が言った。

「つまり消費社会というのは、政治も、科学も、文化も、あらゆるものが三面記事にされてしまうんです。尊敬すべき人物はひとりもいない。みんな平等なんです。大科学者も、大藝術家も」

「そうするとその社会では、新しい本当の文化は生まれないわけですか」

「それは生まれるでしょうが、たとえば今話したようなテレビ文化を考えてもわかるように、文化というものが伝統として残ることを前提にして創造されるような社会ではないと思うんですよ。むしろ後世に残るような文化を創造しようなどという行為は、いやらしいものとして」

「ではそれは文化じゃねえな」

「文化ということばの意味がこの社会とは違うわけだよ」

美藝公が何か変なことを考えついたらしく、くすくす笑いはじめた。期待をこめたおれたちの眼をひとつずつ見返し、彼はしかたなく、といった様子で喋り出した。「今まで聞いたところでは、その社会では藝能人も半分素人なら文学者も半分素人、それならいっそのこと、ふだんその半分素人の登場するテレビや新聞や雑誌を見たり読んだりしている完全な素人さえ、テレビや新聞雑誌に登場する、ということにもなり兼ねませんね」

おれはぴしゃりと額を打って叫んだ。「そうだ。どうしてそこまで考えつかなかったのだろう。そうですとも。当然です。さっき、一般の社会人に夢をあたえてくれる娯楽は何か、って美術監督が言いましたね。それこそがつまり、テレビや新聞雑誌などへの大衆の参加だったのですよ。これは現実の、われわれのこの社会ではまずあり得ないことでしょうが、そもそもが半分素人の藝能人や藝術家ばかりの社会なら、あれぐらいなら自分にもできるという素人がいっぱい出てくるのは当然だし、テレビ局の社員や新聞記者もサラリーマンとしての鑑識眼しか持っていないわけだから同じように考えて素人を登用する。つまりこの社会での娯楽性は、一般社会人個個の人たちに、自分もいつかはという期待を抱かせるが故の娯楽性といえますね」

「素人をテレビに出して何をさせるっていうんだね。ラジオの『インフォメーション・プリーズ』みたいな番組の解答者かね」

「いやいや。それればかりじゃないでしょう。藝能人並みにきちんと歌をうたわせたり芝居をさせたりもするでしょうし」

「水準が、がたんと落ちませんか」

「まあ、すでに落ちてるわけだから」

全員が大笑いした。

「失敗しても、それはそれで面白いわけだから」

「まるで動物ドラマじゃないか。あの、チンパンジー主演の何とかいう」

「するとテレビでは、そうしたいろいろな番組を並列的にやるわけですね。広告を挿入しながら」

「広告も、その並列的な番組のひとつと考えた方がいいんじゃないですかね」

「ニュースもやるんでしょうな」

「つまり何もかも、テレビという巨大なバラエティ・ショウの中へ挿入するのに都合のいいものにされちまうわけだな」

「そう。だから内容も、それぞれの番組の価値を、広告も含めて、ほぼ等しいものにされてしまう。つまり全部平均化されてしまう。どれが必要、ということはなくなるんだ。テレビだけじゃない。新聞でも雑誌でも、あらゆる情報の価値がすべて等しいものとして羅列されるようになる」

「ほう」美藝公は大声をあげた。「とすると、その結果は、テレビも新聞も雑誌も、内容は全部同じになってしまいますね」

「なるでしょうね」

「クラシック音楽、ビッグ・ニュース、車の広告、ドラマ、三面記事的ニュース、食堂の宣伝、コント、素人演藝、海外ニュース、映画、教養講座、すべてが同じ比重で並ぶわけだね」

「とすると、今やっている番組が何だか、わからなくなってしまいませんか。つまり、ニュースだと思っていたら広告だったり」

「あっ。それはあり得ます。つまりこの社会だと、新製品の発売、レストランの開店など、広告でありながらも出来事(イベント)として、当然ニュース的に扱われますよ」

「そのう、テレビの広告にこだわるようだがね」岡島一鬼が髪を掻きむしりながら言った。「じゃ、そのテレビの広告を、皆が怒らずに見るとしよう。しかし、そんなに商品を買うだろうかね。テレビでは常に新製品の広告をやっとるわけだろう。しかしそんなに次から次へと新製品を出したって。ああそうか。経済社会なんだからそれはしかたがないよな。しかし、新しい商品を一般大衆がそんなに次から次へと買うだろうか。そんな必要があるのかね。いったい何を買うんだね。そんなに次つぎと買わなきゃならんものが生じるとはどうしても思えないんだよ。いったいその社会の大衆は、どういう考えかたをする連中なんだね」

「考えかた、というのは特にないんじゃないかな」おれは答えた。「ただ、広告によって消費生活の訓練というか、消費のしかたの学習というか、そういうもので消費に馴らされているわけで、消費しなければならんという確固とした信念で消費しているんじゃないと思うよ」

「その方が恐ろしいですね」音楽監督は言った。「消費が無意識的に義務化されてしまっているわけだ。とすると節約なんてものは、反社会的行為になってしまいますね」

「節約ということばだけはあると思いますよ。もしかすると節約しよう、なんて言ってるかもしれない。ただ、いくら平等だ平等だと叫んでも階級的差別がなくならないのと同じで、実際に節約なんかしたらやっぱり社会の敵だから大っぴらに馬鹿にされることになる」

「節約しないといったって、限度があるだろう」監督が眼を丸くして言った。「買うだけ買ってしまって、それ以上買うものがないという場合は」

「そういう場合の為にこそ、広告宣伝による大衆教育というものがあるんでしょうね。それに、役に立ちそうなもので実際はほとんど無駄というものがいっぱい売られるんじゃないですかね。または、同じ機能を持つものでも、新しいデザインとか、奇想天外な恰好のものとか、やたらに宝石などの装飾品をいっぱいくっつけたものとか」

「それだと漁色家が女をあさるのと同じだな」

「そうですね。商品の、その道具性への道徳心はなくなるんです」

「でも、家具などは、そんなに簡単に消費できるもんじゃないぜ」

「消費社会というのが存続するにはね、その道具を使っているといった程度の消費のしかたじゃ駄目なんだよ。ほとんど破壊に近い消費でなければ」

「その盛大な消費はどこでやるんですか」

「もちろん日常生活でですよ」

「ゴミが出るな」

また全員が笑った。

「その問題を考えるべきでした」おれは言った。

「そうだ。ゴミの処理をどうしているんだろう」

「あのう、それだとつまり、日常生活までが見世物じみたものになりませんか」

「なりますなります。機能よりも、これが見世物的価値があるかどうかで商品を買う」

「しかしその商品が大量生産された場合、これはどこにでもあるものだということになって、見世物的価値はなくなるぜ。売れ残らないいか」

「もちろん。売る時は山積みにされて売り出されるから、ほとんど売れ残る。つまりこの社会というのはね、われわれのこの現実の社会のような、単なる豊かさじゃないんだ。食うに困らぬ社会であれば豊かだというのはわれわれの考え方だ。この社会の人間は、ありあまる豊かさでなければ豊かな気がしないんだ」

「その社会をよく考えてみたんですが」しばらく黙りこんでいた美藝公が、かぶりを振って言った。「そのような状態であれば、やはり、たとえどのようないい政治をしようと、必ず貧乏な人が存在し続けます。まず二十パーセントから三十パーセントは確実だと思いますが」

おれはうなずいた。「階級社会ですからそれは必ず存在します。ぼくもそれ以上のパーセンテージで存在し続けると思います」

「すると、そういう人が存在するにもかかわらず、やはり平等社会と言われているわけですか」

「そうですよ。そういう人たちに対しては、消費社会の外へ、ある種の理由で、はみ出している例外に過ぎないという考え方をみんなが持っていると思います。時には極めて稀にニュースとして、また事件としてそういう人たちの存在をとりあげて、それもバラエティの一部、見世物のひとつにしてしまって、もしかするとその人たちのことは誰も考えようとはしていないかもしれません。また、大多数の人はその存在を知らんのではないでしょうか。何らかの、自分たちに関したことに夢中で」

「平等社会であるとされていることが、かえって気ちがいじみた消費を生むんだろうなあ」監督が悲しげに言った。「商品への欲求じゃなくて、それは結局社会的階級への欲求なんだよ。ところが建前的には平等主義と言われている。しかし社会的階級はなくなりゃしないからね」

「社会的階級を悪い制度としている社会ですからね」と、おれは言った。「そのかわりに消費をしているんだから、今度はその消費の欲求もとどまるところを知らない」

「社会的階級は役割、職業は役柄と考えてそれを楽しむことが、どうしてできないのかな」と、美術監督も悲しそうに言った。「スタッフ、キャストのない社会じゃ、救いようがない。どうせ『人生は活動写真』なのに、ほとんど全員が自分の役割を不満に思っていては、いい映画は作れねえよ」

「不満社会だな」

「悪口の投げつけあい、罵(のの)りあいの社会ですね」

「他人のしたことの欠点をあばき立てるだけで、それを絶対に認めないという社会だよ」

全員が急に黙りこんでしまうと、室内の明りまでがなんとなく暗くなったように感じられ、重苦しい陰鬱な空気があたりに満ちた。おれたちはしばらく考えこんでいた。

やがて岡島一鬼が、突然明るい表情で立ちあがった。「やあ。みんなどうしたんだ。今の話が現実だとでも思ったか。わははははははは」

綱井秋星も、夢から醒めたように周圍を見まわした。「やれ助かった。フィクションだったか。いやまったく、すっかり現実と混同していた」

「実はおれもそうだったんだよ。監督」

岡島一鬼と綱井秋星は笑い出しながらよかった、よかったとでもいいたげに手を握りあった。

「すばらしい悪夢をありがとう、里井君」話が終ったことを悟り、美藝公がおれに手をさし出した。

おれは美藝公と手を握りあった。「とんでもない話で時間を潰（つぶ）させてしまった。すまない」

「なんの」と、監督が言った。「久しぶりで知的興奮を味わった。リアルで、しかも奇想天外な設定だ。もっとも、やはり映画化は無理だろうがね」

「無理ですかねえ」山川俊三郎が首を傾（かし）げた。

「陰惨な話だが、魅力があるなあ」

「小説になった時には、当然傑作であり、問題作でしょう」美藝公は断言した。「太鼓判を捺（お）してもよろしい。映画化のことはそれから考えてもいいんじゃないでしょうか」

「こんな話を映画にしちゃいけねえ」岡島一鬼が眼を剝いた。「小説の読者と映画の観客とは違うんだ。この話にはロマンがないし、この話に無理にロマンを加えると気が抜けちまう。それに、刺戟的過ぎて悪影響が大き過ぎる。もしそんな映画を美藝公主演で撮ってみろ。成功するに決まっているから、真似をして似たような映画が次つぎに出来る。すると今の話の社会みたいになっちまうぞ。映画人がみな良識人だというのがおれたちのこの社会ではないのかい。ま、そんなご立派なことでなくとも、おれはだいたいあの『今週はお子達見られません』というのが大嫌いなんだ。お子達に悪けりゃ大人にだって悪いんだよ」

監督がうなずいた。「うん。わたしもそう思う」

「ぎゃっ」岡島一鬼が懐中時計を見てとびあがった。「おい。もうこんな時間だぜ」

山川俊三郎が晴れやかな顔で立ちあがった。

「里井さん。こんなにながい時間、われを忘れて話しこんだのは初めてです。ありがとうございました」

「すごいご馳走でしたよ」と、美藝公も言った。

「もっとも、香辛料が強過ぎて当分頭がぼんやりしたままかもしれませんがね」

全員が、口ぐちに讃辞を述べながら帰り支度をはじめた。

玄関ホールへ出た時、音楽監督山川俊三郎は突然立ちどまって凝固し、喋りはじめた。「もしですよ、もし、その社会が現実で、われわれが逆に虚構の中の存在であるとしましょう。そして、その現実の社会の人間でわれわれの如く空想好きの何人かが集り、われわれと同時に、つまり現在、このわれわれの社会設定を空想していたとしましょう。彼らはなんと言っているでしょうか。今彼らはどういうことばでわれわれのこの社会を批評しているでしょうか」

　監督が眼を丸くした。「馬鹿にしているに決まっとるよ山川君。そして笑いものにしとるだろう。人間っていうのは環境に順応していればしているほど、他の社会を自分たちの社会同様に良きものとして認めるということは絶対にない。そして彼らはわれわれ同様、話し終って、今ごろはきっと、いやもう、まるで悪夢のような社会だ、われわれはそんな社会に棲んでいなくてよかったと」

「やめてくれよ監督」泣き出しそうな声で美術監督が叫んだ。「もう、やめようじゃないか」

　全員がどっと笑った。

　暗い話ばかりしたのに、なぜみんな、帰って行く時はあんなに機嫌がよかったのだろう。おれは皆を送り出したのち、そんなことを考えながら書斎に戻り、窓際に立って街の夜景を眺めた。やはりこの話を思いついた時のおれ同様、この世界に生まれた幸福感にあらためて浸ることができ、喜びに身を包まれていたに違いない。だから機嫌がよかったのだ。おれはそう思った。やはりみんなに話してよかったと、そうも思った。最初のうちおれは、みんなに話したら最後、小説を書く気がしなくなるのではないかとおそれていたのだ。だが、そんな心配はまったく不要だった。なんてすばらしい連中だろう。なんと想像力にあふれた藝術家たちなんだろう。むしろ彼らに話したためにおれの想像力は次から次へと触発され、空想は高く飛翔したのだ。おれは猛然と書く気を起していた。どちらかといえば怠惰なおれにとって、それは珍らしいことだった。だが、待て待て。おれは自制した。酒に酔い、議論に酔い、興奮した頭で書き出しても駄目だ。もっともっと力を蓄え、プロットを練らなければならない。透徹した頭脳が必要だ。想像力を矯めるのだ。書き出すのはそれからなのだ。あと四、五日してからだ。

おれはガラス戸を開けてテラスへ出た。澄んだ夜の空気が快かった。懐しい曲、あの「活動写真」がはるか眼下の街から流れてくる。

「人生は活動写真

かげろうのように

ゆらめいて消えてゆく

あの人この人スクリーンのスターよ

Poo-pop-a-du」

真下に見おろすのは映画通りである。通りの両側の店には明りが点り、それぞれの窓からは暖かそうな室内の光が洩れている。歩道を行く人びとは皆幸福そうだ。

「想い出はフィルムの中に

わんぱく時代の

友達やいじめっ子

あの子もこの子もみな主役」

チリンチリンと小さな鐘を鳴らしながら、美藝公の乗った純白の箱型の自動車が映画通りを坂下へと下って行く。監督たちも同乗しているのであろう。なにしろ運転席との間仕切りのうしろの後部座席には六人がたっぷり乗れるという車なのだ。おれは帰って行く彼らに手を振った。彼らがおれの方を振り返り、この七階建ての屋上のペントハウスを見あげているかどうかはわからない。彼らは彼らで、歩道から手を振る通行人に手を振り返さなければならないだろうから。それでもおれは手を振り続けた。

「初恋はヴァニラの香り

暗い片隅で

手をにぎり見つめてた
あなたとわたしのミュージカル」

この世界に生まれた幸福をおれは満喫していた。町香代子とは、おそらく一生、結婚できないだろう。そしておれは、おそらく一生、独身で終るだろう。町香代子以外の女性の誰とも、おれには結婚する気がないからだ。それでもかまわない、と、おれは思った。それがこの世界での、おれにあたえられた役割であり、そしておれが自分で決定した役柄なのだ。そして事実そうすることが、おれにとっていちばんの幸福なのだ。他のどのような生きかたも、おれのあらんかぎりの空想力で想像できた限りでは、すべて不幸に結びついていた。町香代子にもそれはわかる筈だ。彼女は大スタアであり、そして賢明な女性だからだ。おれたちの自制心はとりもなおさず映画界の歴史から学んだものであった。華やかな映画界のながい歴史の上に見られるさまざまな不幸な出来ごとはおれたちに映画人としての自制心を持たせずにはいない。さもなければなんのためのながい映画の歴史であろう。町香代子の恋人でいられることだけによっておれは幸福だった。是が非でも彼女と結婚したいなどという考えは、幸福を追求しようという人間の当然の権利のように見えてそうではなく、ただのエゴイズムである。その種のエゴイズムの蔓延（まんえん）した社会をおれは今空想したばかりではないか。そういったものは自分を不幸にさせずにはいないのだ。もちろんそんな人間の存在を許す世界だって、あってもかまわない。だが、おれはおれだ。そしてこれはおれの世界なのだ。おれは夜霧の中に消えて行く美藝公の車に向かって、「活動写真」の最後の一節を大声で歌った。

「人生は活動写真
銀幕の中の
あのロマンこの胸に
抱いてゆくのさお墓の中まで」

左記の各著作を参考にしました。

デイヴィッド・リースマン「孤独な群衆」加藤秀俊・訳（みすず書房）

ジャン・ボードリヤール「消費社会の神話と構造」今村仁司・塚原史・訳（紀伊國屋書店）

岡本博・福田定良「現代タレントロジー」（法政大学出版局）

リースマン「何のための豊かさ」加藤秀俊・訳（みすず書房）

PART II

歌と饒舌の戦記

オホーツク海
択捉島
千島列島
国後島
知床岬
知床半島
網走湾
サロマ湖
網走
女満別
斜里
根室海峡
色丹島
北見
屈斜路湖
歯舞諸島
山地
雄阿寒岳
フップシ岳
弟子屈
雌阿寒岳
阿寒湖
別海
根室
納沙布岬
フレベツ岳
厚床
根室半島
足寄
釧路
帯広
十勝川
裳岬

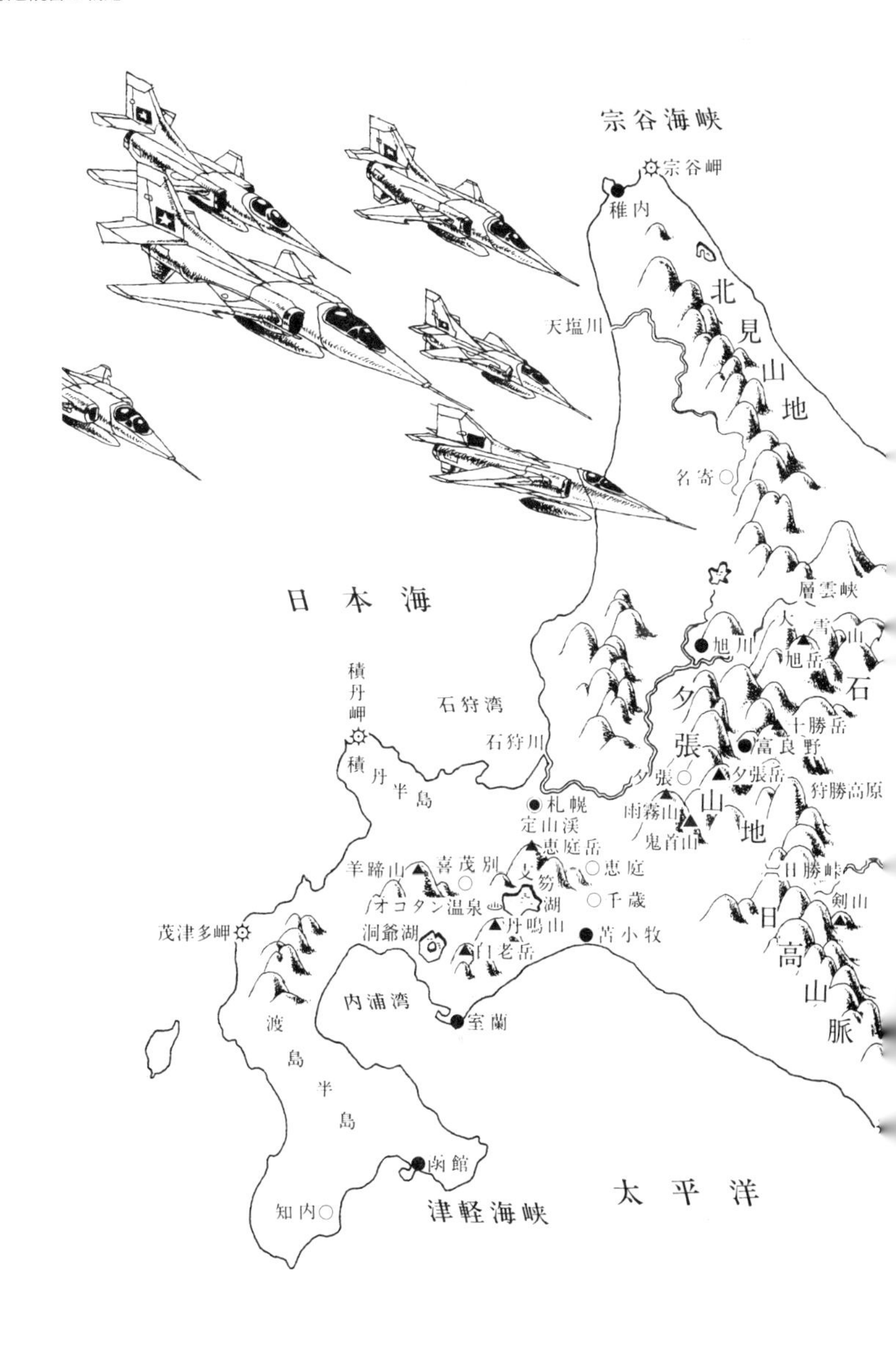
宗谷海峡
宗谷岬
稚内
北見山地
天塩川
名寄
日本海
層雲峡
大雪山
旭川
旭岳
石
積丹岬
石狩湾
石狩川
夕張山地
十勝岳
富良野
夕張
夕張岳
狩勝高原
積丹半島
札幌
芦別岳
定山渓
鬼首山
恵庭岳
羊蹄山
喜茂別
支笏湖
恵庭
日勝峠
オコタン温泉
千歳
剣山
茂津多岬
洞爺湖
丹鳴山
苫小牧
日高山脈
白老岳
内浦湾
室蘭
渡島半島
函館
太平洋
知内
津軽海峡

主要登場人物

❶杉浦　登山家、体育学校講師
❷夷　登山家、コンピューター技師
❸森下義和　コメディアン、ＧＲＴテレビ「突然おじゃま虫」レポーター
❹日野みどり　タレント、「同」アシスタント
❺遠藤　「同」ディレクター、「エンさん」
❻夏木　「同」カメラマン
❼鍛治　スケルトン・チームのリーダー、元自衛隊員
❽前田　同メンバー、モデルガン・ショップ経営者
❾伊吹　同メンバー、元会社員、軍事評論家
❿関根　同メンバー、暴力団員
⓫華江　杉浦の妻、パソコン・ゲームのプログラマー
⓬智子　夷の妻
⓭ナタリー（ナターシャ）　ＫＧＢ、イェゴロフ将軍の孫娘
⓮ハロルド　ＣＩＡ
⓯半崎　一和会系神唐会組長
⓰蕗屋英一郎　神戸元町・フキヤ洋服店主人
⓱イェゴロフ将軍　ソ連国防第一次官、極東軍管区司令官
⓲ムラヴィヨフ少将　ソ連地上軍指揮官
⓳キリレンコ大佐　ソ連前線航空軍将校
⓴アラン・ボイド中将　米統合参謀本部将校
㉑アンドリュー・ウルフ大佐　米第七艦隊司令部将校
㉒ピーター・ファインマン大尉　米国防情報局将校
㉓黒田隅造　右翼のボス
㉔神足達夫　右翼団体昭和国粋社の団員
㉕日比木透　同団員
㉖富森武人　旧帝国海軍中佐
㉗マックス・ジョオド大佐　米第七艦隊司令部将校、実はＣＩＡ
㉘正住　大東新聞社記者、特派員
㉙セルゲイ・サルマノフ　ソ連軍通信兵
㉚アンドレイ・ロマキン中尉　ソ連軍護送隊長
㉛宮本　窃盗犯
㉜木下　暴行傷害犯
㉝浅田　強姦未遂傷害犯、忍び、若柳の師匠
㉞三井　傷害致死犯
㉟若柳　傷害犯、忍び
㊱龍頭　ヒグマ宅急便配達夫
㊲ターニャ・ポストゥイシェワ　ソ連作家同盟通訳
㊳ムスターファ中佐　シリア政府軍将校
㊴福田　神唐会組員
㊵三好　同組員
㊶艶駒　芸者
㊷ピート・ベイトソン　全米パソコン・ゲーム・チャンピオン・ゲーマー、「瓶の底」
㊸ベイトソン夫人　ピートの母親
㊹陣内稲夫　北米インディアンの血をひくアイヌ、アイヌ独立運動の志士
㊺おれ　筒井康隆

16
32
44
10
19
26
12
31
9
22
29
28
14
27
18
23
36
35
2
21
41
11
13
40
24
38
34
39
4
20
8
25
30
1
33
3
42
43
37
15
45
6
YANASE S
7
17
5

第一部

一　エヴェレスト山頂

第六キャンプを出発したのは午前五時十五分だった。

日本を発ち、インドを経てカトマンズに入り、ルクラ飛行場に降り立ったのが九月二日であり、その日は十一月二日、ちょうど二カ月が経っていた。三十四人の隊員のサポートによってウエスタン・クーム、アイスフォールの難ルートを踏破し、エヴェレスト主峰八八四八メートルへあと約四〇〇メートルにまで迫った登頂アタック隊員は夷、杉浦の二名とシェルパ一名だった。

「この天気ならやれそうだぜ。邪魔するやつさえいなけりゃな」五分間喋らないでいると声帯が腐ってくるという杉浦が酸素マスクをはずして、先行する夷に言った。

「こんな場所で誰が邪魔するっていうんだよ」しかたなく夷もマスクをはずして怒鳴り返した。

「どこかに見物人でもいるっていうのかい」

「あのチベット側の雪稜に身をひそめて、イエティが見とるかもしれんよ」

イエティと聞いて最後尾のシェルパが一瞬立ちどまる。夷、杉浦、シェルパの三人は二十五メートルの九ミリザイルで結ばれあっていた。

夷がまた怒鳴り返した。「見ろ。奴さんは言語に毒されていないから、冗談でも本気にする」

そのあたり、雪は膝まであった。波頭のつらなりのようなヌプツェの稜線が眼下にあった。三人のうちで比較的高度順化ができているのは杉浦だけだった。喋り続けてきたのがよかったのかもしれない。夷もシェルパも頭痛に悩まされていた。かわりに杉浦は視力低下という別の高度障害を起していた。足もとの奈落の底が見えないため気楽でいられるのもそのせいであろう。

「今気がついたんだがね。おれは安全だ」また杉浦が叫んだ。「前とうしろを恵比寿さんと天神さんに護られている」

　シェルパはテンジンという名だった。

　急斜面になり、雪はますます深くなった。空気が薄いのでからだが重く、足をあげることが困難になってきた。三人は右手にピッケルを持ち、左手で雪面をつかんで登りはじめた。さすがに杉浦も緊張した。落ちれば数千メートルの下までノン・ストップ、まず這いあがることはできない。その上汗と荒い呼吸でサングラスが曇りはじめた。杉浦はサングラスを捨ててしまった。どうせ視力は低下している。雪盲(ゆきめくら)になってもいいつもりであった。

「イエイ。今気がついたがおれの生命は風前の灯だ。前とうしろは頭痛持ち、おれは眼が見えない」

「少し黙っていろ」夷が苛立って叫んだ。「ザイルを切ってほしいか」

　一〇〇メートルほど登って東南稜に出た時、杉浦は夷に近づいていって酸素マスクをはずした。

「やい。なんてこと言いやがった。おれの女房を若後家にして、手前は『氷壁』の主人公になるつもりか」

「お前がマスクをはずすのにいちいち手を使うからだ」夷も言い返す。「三人とも落ちたら、間違いなく全員命がない。手前はカトマンズでラマ式の茶毘(だび)に付されて、炎の中であのくねくね踊りを踊りたいか」

　日本の登山隊もだんだん質が低下してきたなあという顔つきで、テンジンはふたりが口論するさまを眺めている。

そこから南峰まで、雪はなかった。アイゼンを使いながら夷は心を鎮めようとして一心に般若心経を、最後尾ではテンジンがラマ経を、それぞれのマスクの中で唱えはじめていた。

「オムマニペメフム」

「ギャーテイギャーテイ」

「オムマニペメフム」

「ハラギャーテイ」

南峰に着いたのは七時三十二分。風が吹きはじめた。三人とも疲労している上、風に体温を奪われはじめていた。

「あと一〇〇メートルだ。酸素ボンベを取り替えよう」夷が主峰を仰いで言った。「寒くなってきたから、あまり休憩しない方がいいだろう」

「見ろよ。酸素ボンベの墓場だぜ」

あたりには空のボンベが散乱していた。煙草の空箱や破れたオーバーシューズも混っている。

「山を綺麗にいたしましょうか。ちえ。公徳心のない連中だぜ」自分も空のボンベを投げ捨てながら杉浦がいった。「誰のものかわかるのが面白いな。あのボンベはヒラリーのに違いないぜ。ユニオンジャックのマークがついている」

「イギリスなら、エヴァンスだってここで息切れして引っ返した」と、夷が言った。「喋り過ぎたせいじゃないかと思うがね」

「おれ、荷物を少し捨てたいんだよ」聞こえなかった振りをして杉浦は言う。「NHKに頼まれた十六ミリカメラ、置いてきてくれといわれた長期割引債のケルン、製薬会社やら製菓会社から頼まれたビタミン剤やら菓子がどっさり、『キルロイはここに来た』という立て札」

「何もかも引き受けるからだ」

ナイフ・リッジの稜線が最後の行程だった。切れ落ちのギャップやチムニーもテンジンの確保でなんとか通過した。三人とも極度に疲れていた。頭上に雪庇（せっぴ）が張り出していて上は見えず、三人はアイゼンをきかせながら横へ横へと移動した。やれ嬉しや頂上かと思うと瘤、またしても瘤、それが七、八回続き、三人の気を挫いた。杉浦は絶え間なく、愚痴とも強がりともつかぬことをマスクの中で呟やき続ける。

「ええ。そりゃもうね、どうせわたしゃ馬鹿でござんすよ。マルクス主義者であることをやめた日からついでに知の解体まではじまってわたしゃ死んだ。そうじゃ。わしゃ死んだのじゃ。おや。また瘤でござんすかい。そうでしょうそうでしょう。がっかりなどせんですよ。平気すよ。平気すよ。何も信用せんのですからね。わたしゃ死んどるから。眼は見えんし痔は出とるしね。そこに山があるからただ登っとるだけでして。無意識的に山を越え記号論を超えて。そう。わしゃ山を掛けるのが得意でしてね中学時代から。神だのみなどはしない。どうせ山の神さんだってニーチェ以前のひとだからね。ふん。山高きがゆえに貴とからず。失礼。怒っちゃいやよ。おや。また瘤ですか。ひひ。そんなあなた。眼の上の瘤さん。いかにもここが頂上だよなんて顔して。ひ。だまされませんよ。あんたのそのデマゴギーに満ちた健気な様子で、あんたが本当は瘤だぐらいのこと、すぐにわかるんだから。うふん。もう、いやっ。だまさないでね。だまさないでね。あらあん。いやん馬鹿。あらあ。あなた。お願い。やさしくしてね。やさしくしてね」

八時三十二分、ついに夷はエヴェレスト頂上に立った。彼は振り返って杉浦に叫ぶ。「やったぜ」

「いやん。また嘘をつく。そんな、いかにも頂上に着きましたなんてパフォーマンスでもってまわりを見まわしたりして。なんて残酷な。あっ。いやんもう。マスクなんかはずしちゃったりしてさ。だまされませんからね。どうせ瘤でしょ。瘤でしょ。ね。そうでしょ。わあ頂上だ」

着ぶくれたふたりがようやく並んで立てるほど

の頂上だった。しかし頂きへどちらかの足をかければよいという体勢のままで杉浦は登れなくなってしまった。ふたりがやってきたのとは反対の北稜側から、突然奇声をあげて頂上へおどりあがったのは金ぴかのタキシードを着たマイク片手の森下義和、他の二人のコメディアンとナンバー・ワンの人気を争っているテレビ・タレントだった。

「はあい到着。おめでとうございます。イエイ。ようこそエヴェレスト山頂へ。GRTテレビ『突然おじゃま虫』です」

「ハーイみどりでーす」日野みどりがマイクを持って首を出した。「まあ、すっごく寒いの。クーラーがきき過ぎていて、寒いってことしか考えられないくらい寒いんですよねえ。それでですね、今隊員の夷さんと杉浦さんが、めでたく登頂にご成功でーす。おめでとうございまあす」

「貴様ら。何ごとだ」怒りに顫えてものも言えない夷にかわり、頂上へ上半身を見せたままの杉浦がわめき散らした。「おれたちが二カ月かかって登頂した苦労を、よくもお前らコケにしやがったな」

北稜側に身をひそめて撮影していたカメラマンがテレビ・カメラをかついで立ちあがった。

「嘘だ」夷が悲鳴をあげた。「こんなところへテレビのお笑い番組がやってこられた筈はない」

「ないったって、あるんだもうん」日野みどりは最後にやってきたテンジンの口もとへさっそくマイクをつきつけ、インタヴューをはじめる。「おたく、ツキビトですかあ」

「ご説明いたしましょう。ご説明いたしましょう。あっ。その前にちょっと酸素を」森下義和は夷のマスクを奪ってふた息ばかり深呼吸をする。「ああ苦しかった。いや。お怒りはごもっともさんです。でも、おたくらに負けないぐらいこっちも苦労してるんですよ。こんなぴっかぴか着てるけど、中にはどんとにホカロン、めためた縫い込んでるの。あはは」

夷は山頂の雪の上へ這いつくばってしまい、泣き声で叫んだ。「来られた筈はない。手前ら、ブロッケン山から引越してきた妖怪だろう」

「ヘリで来たんです」

「嘘だ。この空気の薄い高度まで上昇できるヘリがあってたまるか」

「それが、あるんですよねえ夷さん。AH-64Aアパッチの改良型でね。これをGRTが格安で、つまり十三億円で手に入れちまった。エンジンはT700-GE-705で二〇〇〇馬力。こいつからヘルファイヤ対戦車ミサイルだの、30ミリM230A1機関砲だの、2・75インチ・ロケット弾だの、そのほか何やかや攻撃用装備を全部とっぱらったら、なんと最大上昇限度が二〇〇〇〇メートル以上アップして八九五〇メートルになっちまってですね。あっ。ちょっと失礼」ぜいぜい言いながら森下義和はまたしても夷の酸素マスクに手をのばしたが、今度は夷が断固拒絶したため、彼は酸素、酸素と叫んであわてふためきながら一段下の瘤にとびおり、用意されていた酸素ボンベからのびているマスクを口にあて、数度呼吸してまた頂上に戻った。「ああ苦しかった」

「ホバリング限度もある筈だ」

「そう。そのホバリング限度も上昇して八八四八メートル。つまりこことぴったしね」森下義和は杉浦に怒鳴り返す。「嘘だと思うなら、こっちをご覧なさいよ。ほら。あそこにいるでしょ」

「わっ」北稜をのぞきこんで巨大なアパッチを目撃し、夷がのけぞった。「チベット側から来やがったな。あんなもので飛んできて、よくまあ中国軍から攻撃されなかったもんだ」

「いいや。まだ信じられねえ」杉浦が叫んだ。「こんなところへ飛んできたりしたら一発で高山病だ。手前ら、一瞬たりとも生きてられねえ筈だ」

「十日もかかって急拵(ごしら)えのヘリポートを順に八段

階一〇〇〇メートルずつ上昇してきたから一応高度順化もできているしさ。それに何ていったってＮＡＳＡの開発した宇宙医学の成果、低圧低密度用のカプセルを服んでるしさ。日本の登山隊は言っちゃ悪いけど遅れてるの。わっ。頭が痛あい。酸素。酸素」

「あーっ。酸素。酸素」

　森下義和と日野みどりがマスクを奪いあう。

「あのですね、ディレクターの遠藤と申しますが」カメラマンの横に首を出したやくざっぽい男が言った。「そろそろ、やらせをやらしてください。頂上で森下さんやみどりちゃんと抱きあって喜んでほしいんですがね。ファンであった、ということにして」

「いいともいいとも」杉浦がやけくそで叫ぶ。

「ここで日野みどりとセックスしてやろうじゃないの。三三〇ミリバールでセックスができるかどうか、性医学上の貴重な実験になるぜ」

ちょっと乗り気の表情を見せた遠藤がすぐに唇を歪め、そっぽを向く。「いつまで怒ってるのかなあ。お互い苦労してここまで来てるからこそ、洒落として凄くなるんじゃないの」

「帰りはヘリに乗せてもらうぞ」夷が遠藤を睨みつけた。「もう、下山する気力が失せた」

「積載重量のことがあるからねえ」遠藤がにやりとする。「離陸可能かどうか」

　かっとなってピッケルを振りあげた杉浦を、テンジンが背後からかかえこんだ。

「ま、そういうのもあっていいでしょ。よう夏木。今の撮ったな」遠藤がカメラマンに念を押す。

「怒ってましたねえ。最後はとうとう泣いちまった」コックピット周辺に張りめぐらされていた防弾鈑にいたるまで、戦闘用装備がすべて取りはずされ、がらんと広くなったアパッチの機内でユンケル黄帝液を飲みながら森下義和が笑った。

「これ、編集して音入れしたら面白くなるよ」

コックピットのうしろにセットされたコンソールで撮ったばかりの画像をモニターしながら遠藤が言った。「ギャラ最高のあんたを十日以上も拘束したんだから、面白くなくちゃこっちが困る。ヘリポートの工事にも金がかかったしね」

「離陸していいですか」と、パイロットが訊ねた。

「いつでもいいよ」

「ふたりともあそこへ抛ったらかしてきたけど、ちょっと可哀相だったみたい」日野みどりはまだがくがく顫えながら熱い紅茶を飲んでいる。「なんとかヘリに乗せてやれるかもしれないなんて言って、希望を持たせるんだもの」

「がっくりときて、帰りに遭難したりしてね」夏木がテレビ・カメラの手入れをしながら笑った。

「そうなったらこれが遺影になるんだがなあ」

「あっ。その方が番組の視聴率、あがる」と、森下義和が叫ぶ。「ヘイ。やろうよ。帰りにヘリでチムニーへ追い落すんだ」

「あーん可哀相。やめてあげて」

「そいつはやめといてやろうよ義和」遠藤は少し考えてからかぶりを振った。「第五キャンプの隊員に目撃されるかもしれん」

「あの杉浦って隊員が好きになったんだろう」森下義和はみどりを冷やかした。「可哀相って二度言ったぜ」

「そうね。夷さんはスクエアだから好みじゃないけど、杉浦さんとなら、あそこでにゃんにゃんしてもよかったみたい」

「あんな寒いところでやったら、オルガスムスが凍ってしまうよ」

「あっ。そしたらそれを溶けないようにして、持って帰って、スタッフの皆さんにおわけして、食べていただいたりして」

　平らな岩盤の上でヘリは垂直に上昇し、次に水平飛行に移ったが、岩盤の縁から出てしまうと地面効果をなくし、斜面に沿ってしばらく降下した。やがて速力を得てまた水平飛行に移る。

「この次はどこへ行くんですか」

「いろいろ考えてる」と、遠藤が画面を見ながら森下義和に答えた。「君たちのコンビには、必ず仕掛けの大きい回に出てもらうわけだけど、なかなかいいアイディアがなくてね。でも冬にはすごい企画がある。北海道の納沙布岬へ行ってもらう」

日野みどりが鼻を鳴らした。「いやあん。またクーラーきき過ぎのところじゃないのさあ」

二　箱根・小塚山中

僅かに残っている原生林、の木立の間から焚火の跡のある約五メートル四方の空地へ、迷彩戦闘帽に迷彩服、腰にピストルベルトを巻いてＰＰＫワルサーのホルスターやマガジンポーチを着け、ジャングルブーツを穿いて手にＣＡＲ‐15コマンド用サブマシン・ガンを持った四人の男が縦一列になり、歌いながら出てきた。

〽サバイバルこそすべて
男の最後の夢
おれたちはスケルトン

悪魔のようなゲリラ
首を掻き切るナイフ
おれたちはスケルトン

殺らなきゃ殺られる
ジャングルの掟さ

生き抜くことが誓い
戦うことがさだめ
おれたちはスケルトン

スケルトン・チームの歌

サバイバルこそすべてー　おとこのさいごのゆーめー
あくまのようなケリーラー　くびをかききるナイーフー
おれたちはスケルトンー
おれたちはスケルトンーやらな
きゃーやられるーシャングル
のーおきてさ
へびのようなコマンートー　それかおれたちよにーんー
おれたちはスケルトン

殺らなきゃ殺られる
ジャングルの掟さ

蛇(へび)のようなコマンド
それがおれたち四人
おれたちはスケルトン

「もう一週間経っちまった。早えよなあ」鍛冶が枯枝や落ち葉を拾い集めながら言った。「また一カ月ほどは褻(け)の時間を無為に送らなきゃならんということだ」

「こういう楽しいことばかりで一生を送ろうなんて方が、虫が良すぎるのかもしれないけどね」前田はサバイバル・ナイフで樵の小枝を切り落した。「そりゃまあ、戦時中の兵隊は一生こういうことをやり続けたわけだろうけど」

「わたしはこれで会社をやめました」と、伊吹が言った。彼はコーヒーの用意をしていた。「わたしはしあわせですよ。こういう優秀なチームに加えていただいて」

「優秀すぎて、対戦チームがおらへん」関根が落葉を集めて火をつけ、ついでにくわえた煙草にも火をつけた。「たまに対戦の申し込みがあったか思うたら高校生のコンバット・クラブや。話にならんわい。せめて隊員が多かったらええんやけど、入れてくれいうて来るやつにろくな奴がおらん。この間なんか中学生が来よった」

「アメリカの傭兵部隊じゃ、三十歳以下の者は使わねえそうだ」と、鍛冶が言った。「そりゃあ隊員がもう少し多いに越したことはないが、弱いやつを入れたんじゃ戦闘にならん。当分はこの四人で二人ずつ敵味方に分かれてやるしかねえよ。だからこそスケルトン・チームって名をつけたんだろ」

全員が焚火のまわりに集ってコーヒーを飲んだ。前田が言った。「でもさ、一度富士で十二、三人のおニャン子どものチームとやっただろ。あの時は面白かったじゃないの。片っ端から姦(や)っちまってさ」

「あの時は違うゲームになりましたな」

全員がげらげら笑った。

「それがさ、ひとり凄いのがいたんだよ。ほら、二番目くらいに可愛いおニャン子のトモヨっていうサブ・リーダー。やってる最中にさ、スタンガン当てやがんの。なるほどおニャン子にはこんな手もあるんだなあって納得しながら気絶したんだけどさ、気がついたら敵も失神してやがんの。どっちで感じたのかはわかんなかったけどね」

関根が少し苛立って立ちあがり、焚火のまわりを歩きまわる。「弱いチームばっかりでどもならんわい。エスケープ・チームやらせたら、怖いもんやさかいに全員で一緒に逃げさらす。阿呆か。全員まとめて皆殺しや。早う片がつきすぎて収拾つかんわい。アメリカ陸軍のサバイバル・マニュアルも読んどらへんさかい、ひとりで逃げるちうことも知らんのやがな。あんなん、どもならんで。ライフル撃たしたら、腕が悪いさかい狙いがそれて眼へとんできよる。危のうて仕様ない」

「こんなものでも、眼に当たったら失明しますからね」伊吹はプラスチックの弾丸を掌(てのひら)に転がしながら頷いた。「額に当たっても相当痛い。血が出ます」

「ああ。実弾が撃ちてえなあ」コーヒーをひと息に飲み乾し、前田が呻いた。「鍛冶さん。あんたのワルサー、もう一度だけ見せてよ」

「撃つなよ。実弾だから惜しい」鍛冶がホルスターからＰＰＫワルサーを抜いて前田に手渡した。

「この中でこいつだけが本物とはなあ」羨(うら)やましげに拳銃を弄(もてあそ)んでいた前田は突然三島由紀夫になり、立ちあがって喋りはじめた。「簡単に、極めて簡単に人を殺すことのできる道具がある一定の質量を伴って掌(たなごころ)の上に存在するということはなんという愉悦であろうか。なんちゃって。ひひ」
前田は照れてあたりを走りまわり、樫の木に激突してぶっ倒れ、失神した。

「今回、おれは二回とも殺された」と、鍛治が言った。「おれ、やっぱりアグレッサー・チームの方が向いてるのかな。伊吹さんは逃げるの、うまいよなあ」

「そやけど伊吹さん、あんたもうちょっと反撃してきてくれなおもろないがな。あんた、逃げてばっかりや」

「いや。申しわけありません。鍛治さんが二度とも殺されたのは、わたしの責任です。どうもわたしは、生き残ることよりも生き延びる方に関心があって、ついそのことばかりその」伊吹は小枝で周囲の地面をあちこち叩きまわし、やがてスコップで掘りはじめた。「そのかわり、こういうことにかけては誰にも負けませんよ。ここには虫がいます」でかい幼虫を掘り出した伊吹は焚火で少し焙(あぶ)ってから口の中へ抛(ほう)りこんだ。

「あんたの作った兎罠(うさぎわな)で、足を挫(くじ)いたよ」鍛治は苦笑した。

「魚獲るのんもうまいし、そっちの方は天才的やけど、もうちょっと攻撃してきてくれんと、こっちは楽しまれへんがな」

「いやあ、すみません。すみません」

「さっきあいつが言ってたことだけどさ」鍛治が、気絶している前田を顎でさした。「実弾撃ちまくる戦闘って、一度やりたいんだよな。アメリカの傭兵部隊はほんものの武器と実弾で戦闘訓練やってるんだ」

「このあたりでは無理でしょうね。非戦闘員がまぎれこんでくる。でも北海道の山の中でならできます。実は」伊吹は身をのり出した。「冬の山中のサバイバル訓練の足場として、わたし、旭川(あさひかわ)にマンションをひと部屋持っているんです。たいていは夏に行って、軍事評論の原稿書きに使っているだけですが」

「大雪山(だいせつざん)」鍛治が眼を光らせた。「冬の大雪山の奥なら一般大衆は誰もいない。熊が出てきて相撲をせがむくらいだ。訂正。やつらでさえ冬眠中だ。長さ二十数キロに及ぶ絶壁もあるから凄い戦闘ができる」

「そうです。そうです。問題は武器ですね。金がかかりますよ」

「こうと知ってりゃなあ」鍛治は口惜しげに太腿を叩いた。「自衛隊をやめる時、ライフルをちょろまかしてくりゃあよかった。しやすい任務についてたんだ」

「絶対にばれないコンピューター犯罪、わたしも会社をやめる直前に発見したんですがねえ。こうと知ってたら二億か三億」

「あのなあ。これ、まだ誰にも喋ったことないねんけど」ためらっていた関根が口を開いた。「これ、うちの組やないねん。同じ元町に組事務所があるねんけど、神唐会いうてな、一和会系やけど三人だけの小さい組で誰も問題にしてへんのや。それをええことにして山口組系にも武器売っとるねん。組長は半崎いうて、おれと親しいねん。インテリ同士でな。これがアメリカのマフィアからちょっとずつ、さあもう七、八年になるかいなあ、仰山(ぎょうさん)武器買いこんで、まだだいぶ売っとらへんのや。例の抗争でなんぼでも売れるねんけど、今売ったら目立つんや。この半崎の頼みでわし武器に詳しいさかい、組に内緒で年に二回ぐらい武器の手入れに行っとるねん」

「それを、借りられますか」

「いったい何があるんだ」

「まあ待ったれや。ええと。そやなあ。マグナム44がたしか十一挺(ちょう)。ベレッタが、今は二挺。トカレフ一挺」

「ライフルか、サブマシン・ガンは」

「M‐16が四挺。トンプソン一挺。これの本ものも一挺あるわ」関根は膝のＣＡＲ‐15のモデルガンを叩いた。「それから、ソ連のライフルが一挺あったな。ええと。なんとか四七年型ちうやつや」

「ＡＫ‐47、オートマチック・カラシニコフ四七年型」伊吹が息を弾ませた。「一分間の発射数が六百発というやつです」

三人はしばらく顔を見あわせていた。

「借り出せるか」

「借りて万が一のことがあったら、わし消されることになるんやけど、どないする」

「ううん。それはやっぱり、消されてもらわねば。あ失礼。借りてもらわねば。しかし、借り賃高いでしょうな」

「そらまあ実弾仰山買うんやさかい、借り賃ぐらいはまけてくれると思うけど」

「金のことより、おれの心は早くもその戦闘に飛んでいるんだがね。何と何を借りるべきか」

「あのう、そろそろ前田さんを起した方がいいんじゃありませんか」

「ほっとけや」関根が顔をしかめた。「五分間喋らんと咽喉（のど）が腐りはじめるちう奴じゃ。話に入れたら興奮して喋りづめに喋りよるがな。うるそうて仕様ない。そんなことよりもな、ひとつ問題があるねん。武器をどないして北海道まで運ぶかや。このごろ検問が激しいさかいに車で運んであれにひっかかったらどないも仕様ないで。何せおれの命かかっとるからね、これ。慎重にやって貰わんと」

「やはり、ひとりひとりがその、ゴルフバッグか楽器のケースにですね」

「そんなら、わしあかんで。わし警察に顔知られとるからな。最近ものごっつい警戒や。こんなモデルガンでも一回引っぱられたんやさかい」

「あああよく寝た」前田が起きあがり焚火に近づいてきた。「いい気持でぐっすり眠っちまった」

「宅配便で送ろう」と、鍛治が言った。「伊吹さんの旭川のマンションへばらばらに分解したものをひとつずつ別便で、クロネコヤマト佐川急便できるだけ別の会社に分散して、重要機器の部品ということにして」

「最近は宅配便がいちばん安全で確実ですからね」

「神唐会の事務所は元町商店街のど真ん中にあって、前の道路、車入れられへんのや。それにあの辺このごろ兵庫県警二十四時間警備態勢やねん。武器は地下室にあって、分解はそこでも出来るけど部品ひとつずつ持ち出すのにわしひとりでは手が足りんさかい、いったんわしの家まで運ぶのに手え貸してくれるか」

「あのう、話聞いてるとさ」前田が口を出した。「本ものの武器と実弾使った戦闘を北海道でやるってことらしいけど、そう了解していいのかな」

「そうだ」

「悪いけどおれ、それには反対だね。事故があったらどうするの」

「傭兵部隊の訓練では事故は出ていない」鍛治が断言した。「事故が起れば、それは事故を起した者の腕が悪いということになって、即刻馘首（くび）だ」

「だけどさ、弾丸くらって死ぬ方にしてみりゃ、相手の腕が悪うござんしたですまないでしょ。だいたいだね、このエアソフトガン改造して使ってるの今でこそ無規制だけど、何か事故があったらこういうゲーム全部取締りの対象になっちまうよ。そしたらおれたち責任のとりようがないよ」

「おんどりゃ」と、関根がわめいた。「わしらの腕を信用しとらへんのか。それでもチームの一員か。だいたいこの話はやな、おのれが実弾撃ちたいとさらした、あれがもとで談合になった話やねんぞ。今さら因縁つけて仁義に背かんとでも思うんかい」

「ちょ、ちょっと待ってよ。そんな、仁義なんて、やくざみたいな」

「わし、やくざや」

「そうでした。すみません。だけどさ、やはりモデルガン・ショップの経営者としてはさ、青少年に改造銃売る時だってルール、マナー、神経質すぎるくらいやかましく言ってるわけ。その自分が実弾でどんパチやるのはさ、そりゃあ快楽ですよ。ほとんど射精の快楽だけどさ、やはりその純真な青少年たちの手前、できないわけ。おれ、やっぱり反対だね。どうしてもやるっていうなら、おれ、おりるよ。いや。おりるだけじゃないよ。あんたたちには悪いけど、やっぱり恐れながらと警察へ」

鍛治が立ちあがった。伊吹と関根も、ゆっくりと立ちあがって前田を見おろした。

「あれ。どうしたの。おれ言い過ぎたかもしれないけど、そんなに怒るほどのことないでしょ。あっ。何かこの、いやな雰囲気。おれ、こういうムード嫌い。好きじゃないの。あっ。やめようよそういう眼つきは。ね。おれ非常に怯(おび)えるからさ。胃には五秒で穴があく。ほんと。こういうことで死ぬひといるのよね。おれをどうするっての。あっ。そういうことしてはいけないよ。そういうことはいけない。ちょ。ちょっと。寄らないで。それ以上寄らないで」

前田は三人にＰＰＫワルサーの銃口を向けた。咄嗟に伊吹は左へ、関根は右へと散開した。前田は尻を地面に据えたまま樫の木の根かたにまで後退した。三人はゆっくりと彼の退路を遮断するかたちで前田を三方から囲んだ。

「はいっ。返します。返します」前田は正面にいる鍛治の足もとへワルサーを抛り投げ、両手をあげた。「はい。返しましたよ。ちゃんと返したんだからね。おれもう無抵抗。これ以上何かするとジュネーブ協定違反だからね。だからさ、落ちついて話しあおうよ。ね。あっ。あっ。なぜナイフなんか出すの。おれの首掻き切ったらこのチーム、人員不足に陥るよ。おれたち連合赤軍じゃないんだからリンチはやめようよ。ね。おれ殺してレバノンかどこかへ逃げて、パレスチナ・ゲリラとでも戦うっての。あっ。あそこやめた方がいいよ。おれ、悪いこと言わない。チャールズ・ブロンソンだってあそこで二回殺されてるからね。あそう。わかった。わかった。話しあう気はない。そう。そうでしょう。勿論そうでしょう。だけどおれ反撃したりはしないよ。戦友を殺すなんて残酷なこと、おれにはできない。どうせあんたたち三人と戦って勝てる筈ないしさ。シルベスタ・スタローンじゃないものね、おれ。でもおれ、こんな死にかたいや。こんな淋しい死にかた、死んでからもきっと淋しいと思う。そりゃ全員一致でひとりを殺すってのはラカンやドゥルーズ＝ガタリにも潜在している論理だけどさ。でも、死ぬ時に何を考えたか。シニカルにシノニムを考えて笑った、なんてね。ははは。は。あるいはまた生の連続性に比べて死の不連続性はなんと異質であろうかと考えて泣いたとか、そんなのいやだからね。おれ、自分が死ぬ時はそこにいたくないの。わかった。わかった。戦闘に加わるよ。一緒になるよ。サツへのたれ込みもしない。おれ、最後までつきあう。死ぬまで一緒。ほいでもって処女も童貞も第三の性も全部捧げちゃう。皆で盛大に死への漸進的横滑りをやろうよ。パラレルな形態でさ。そうだよね。もし実弾で死んだりしたら、逃げかたが悪いんだものね。そいつの腕が悪いんだものね。今までだって、撃たれた時は本当に死ぬ時ってつもりでやってきたんだものね。そうだよ。プラスチックと鉛の違いだけだものね。カニとカニカマボコの違いみたいなものだよね。いや。勿論迫力は違いますよ。鯛と鯛焼きぐらい違いますよ。そう。なんたって本物だものね。おれ、そんないいことやるんならもう、あんな店たたんじゃう。皆で北海道へ住みついちゃおうよ。ね。ね」

三　ジュネーブ・レマン湖畔

「やぁ。またしても会うことになってしまったね。どう。ナンシー、ずいぶん元気そうじゃないの」

「あいつは元気過ぎていかんよ。ライサはどうなの」

「まああだね。ロシヤ婦人にしては珍らしく肥っていないなんて評判をとったもんだから、こんとこ痩せ続けることに全力をあげとるよ。ははははは」

「ははははは。あれ。補佐官、替わったね。この男大丈夫なの」

「何言っても大丈夫。ほら。笑っとるだろ。ま、おれの分身と思ってくれていいよ」

「君の方にもホモのラインなんてもの、あるの」

「グロムイコ＝キッシンジャー時代にさ、シェフチェンコの系列ではあったみたいだけど、でも、エイズの本場はそっちだろ」

「おれにはまったくその気はない。でも君に対しては、そうした意味ではなく、なんとなく分身のような感じを抱いとるよ」

「不思議だね。失礼ながらこっちもそうだ。指導者はすべて似ていると言えるからね」

「分身でありながら主義主張の違いで敵対するという映画が、おれの俳優時代にあったな」

「わが国ではそれはひとつの物語定型だ。しかしわれわれは敵対しとるのかい」

「分身ならわかるだろうが、してないんじゃないか。ただ、これという共同声明、何も出しとらんだけだ」

「それは出さなくていいと思うが。もし出したら軽微な問題と看做されるだろう」

「凄い共同声明なんか、出せるわけないんだよな。なのに会談を時間内で終らせると不吉感があるらしくて大騒ぎする」

「そうそう。倍ぐらいに長びかせると喜ぶんだ。ひひひひひ」

「ひひひひひ。しかしどうだろうね。そろそろ今回あたり、会談直後に政治情勢の変化があったという気配だけでも」

「それなんだ。全世界的にね。おれもそれを考えていた。今までのところ、それはとりたてて、なかったように思うから。つまりだね、あの二人はいったいなんのために会っとるんだ、世界は変わらんじゃないかと思われるのはまずい」

「長時間会談しているだけでも意義がある、なんて言われるのは初めのうちだけだからね。君の方はもう老人短命政権じゃなくなったんだから、何かやらなきゃいけないんじゃないの」

「やれることあるのかねえ。こうがんじがらめじゃなあ」

「今までに、何か話したっけ」

「最初の時、ＳＤＩ計画のこと、少し話したっけな」

「だけどあれはもう、いいんだろ。あれもＥＣの方がばらばらでさあ。フランスには嫌われるし」

「イギリスがずいぶん頑張ってるじゃないか」

「でも結局シャトルは爆発しちまうしさあ。おれ参ったよあれ。だいたい阻止するほどの技術じゃないぜ。そんなこと、君の方にもわかっとるんだろう」

「いやいやどうして。なかなか高度なものでござんすよ」

「またまたまたあ」

「あのさ、今のＫＧＢの連中さ、おれがコムソモールで下請けやってた頃のＫＧＢと比べたらスパイ技術の低下が甚(はなは)だしいの。だから本当のところはなかなか探れてないと思うよ」

「コンピューターでどこへでも侵入できるじゃないの。バグで情報消しちゃったりさ。子供でもやるぜ」

「だから、子供にまで一般化したそのハイテクが羨やましいの。うちはお役人ばかりだろ。ソフト面が駄目でさあ」

「そんなこと言いながらすぐ同じもの作るんだよな。あれやられるとこっちは実に空(むな)しい」

「でもやっぱり真似は真似。コンコルドスキイの例もあるしね」

「この話はどうにもならんな。他に何かないかな」

「あのう、アフガンのことだけどさ。君んとこ、あそこでどれぐらい儲かってるの」

「全然。君の方、だいぶ手を焼いてるけど、別段あそこは軍事的に固める必要ないんじゃないの」

「ブレジネフ時代からの積み残しでさ。おれにとっちゃ、どうにかしなくてもどうってことないんだけど、正規軍十万人に金がかかってねえ」

「えらい負担だろ。損じゃないの。あそこやめて、その分イ・イで派手に儲けようじゃないの」

「いやあ。あのアフガン固めとかないとさあ。情報は流れこむわ、ショウ・ウインドウにはなるわ」

「だからそこは君、鉄のカーテンがっちりおろす。こっちはあそこあれ以上景気がよくならないようにする。どう、それで」

「不況にするってのがおたくの政策だけど、うまくいくの。日本をごらんよ」

「あっ。あれはひどい国でさ。ＳＤＩにかませてくれって言ってはくるんだけど、結局は新開発したエネルギーとか、ハイテクのおいしいとこだけ持って行きやがるの」

「変な国だよずいぶん。そうかと思うとさ、あの北方の小さな島いくつか、あれはソ連の領土だってこと共同宣言で出しておきながら、それを国民に思い出させようとしないんだね」

「それやると失脚するんだよあそこの政治家」

「返してくれと言ってくるたんびにこっちはそれ思い出させてやるんだけど、国民につきあげられて、また同じことをバカのふりして言いに来るの。その間ほかの話がまったく進まなくてさ」

「そうだろ。政治家がそれだから、あそこの国民は指導者のことを指導者と思わないんだね。トップを白痴と罵(ののし)ることはもう、わが国以上でさ」

「あれ、結局損だと思うんだがなあ。馬鹿だなあ」

「あのう、シーレーンのことだけどさ。あれ言い出したのおれの方からじゃないよ。日本の鈴木ってやつの方から勝手に言ってきたの。ほいでもってこっちから押しつけられたみたいな言いかたして、軍事費こっちにばかり負担させてさ。こっち、結果的にはどえらい不況よ。一事が万事それでさ」

「国民のムードで政治が進むらしいね」

「あのＧＮＰ一％って枠、なんの根拠もないんだよな。日本のトップの中には、国民の防衛意識を高めるためには、北海道ひとつぐらい、おたくに占領される必要があるなんて言ってるやついるよ」

「魅力的な話ではあるけどね。本当は東京以西がほしいなあ」

「そんなあ。胴慾(どうよく)でしょう君い。北海道占領したらウラジボからまっすぐ海峡抜けて太平洋へ出られるんだよ」

「だってさあ、うちが日本へ侵攻するのを、おたくの軍隊、阻止せんわけにはいかんでしょうが」

「いつも安保条約に頼りやがるのよなあ。安保努力をなあんにもしないでさ。それをせん限りはあんなもの、なんにもならんのだってこと、一度思い知らせてやらんとな」

「いやな国だなあ。なんとなく」

「なんとなく、いやな国だな」

「まあ、わが国の方針としてはね、日本侵攻だいたい三十五年先ということになってるの」

「いくら若さが売りものでも、そりゃあんた、その頃生きとらんよ。おれだって癌だしさ」

「そうなんだってねえ。可哀相」

「あんただっていつ失脚するかわからんぜ」

「年寄りが多いからねうちは。何かやらんかと睨んどるのよ。歳上の政治局員だけで十人いるの。やんなっちゃう。同情してよ」

「同情する。同情する」

「面白いことするの今のうちかもしれないよね。あのさあ、おれ農業担当書記してた頃、六年間不作続きだったんだけど、今あれ蒸し返されたらおれ、ちょっと危いんだよね」

「ええと。北海道はたしか麦に芋、牛がいるからバターにチーズ。名誉回復にはなるんじゃないの」

「攻めこんでみるか。驚くだろうなあ。面白えなあ。ふふふふふふ」

「ふふふふふ」

「だけど、またしても正規軍の投入になるなあ。あんた、おれをけしかけて戦力を消耗させようってんだろ」

「だけど北海道は利益あがるよ。あのな、あんたこの話本気でやるつもりだったら二大国間の軍事的なメリット、デメリットは勘定に入れない方がいいと思うの。そっちの共産貴族たち、どうせ当分戦争する気ないでしょうが」

「ないない」

「北海道を赤く染めなさいよ。日本のハイテク、すごいよ」

「でも北海道には技術の末端の工場とかだけだろ」

「おいおい。東京にまで攻めてきちゃいかんよ。北海道どまりだよ」

「もしやるとしたらさ、NATO正面にはおたくから話つけてくれるんだね」

「ああ。日本は嫌われてるからね。集団安保体制否定してるから、国連もそっぽを向くんじゃないの」

「で、アフガンから手を引け、だろ」

「わかってるねえ。へへへへへ」

「へへへへへ」

「変な話になってきたな突然。でも、どうするの。やるの」

「考えてみたらこれ、別段どこからも文句出ないんだよね。ただ、おたくの軍は大丈夫なの」

「軍の上層部がちょっとなあ。いかに納得させるかだなあ。あのう、うちはさ、第七艦隊のスウィング戦略、転換したばかりなのよな」

「だってこれは経済戦略でしょ。おたく、日本に武器売って軍備増強させるんでしょ。どうせ旧式の武器ばかり売って」

「そ。武器だけは日進月歩ね。旧式のがいっぱいあまってるの。あの評判の悪いM‐16とM‐四って火薬の不吉な組みあわせで全部売ってやろ。不発が多いからおたくの兵隊さんの命助けることになるしさ。ほほほほほ」

「ほほほほほ。しかし北海道人民共和国の建設に日本の共産党員は協力してくれるの」

「あ、それ駄目。期待しない期待しない。奴ら資本主義にもう、どっぷりね。『自由を守る共産党』なんてポスター貼ってるくらいだから」

「日本のトップには話しといてよ。吃驚（びっくり）するといかんから」

「それと右翼の大物の誰かにはな。きっかけを工作しなきゃならんだろ。じゃ、やるんだね」

「じゃさ、やるかわりにさ、そん時おたくマリワナ海域かどこかで大規模な演習やっといてくれる。一週間かそこいらでやっちゃうからさ」

「よし。在日米軍全部出はらわせる。怪しまれんために留守中の米軍基地叩（たた）いといてもいいだろう。それから日本の自衛隊の基地も全部、叩けるだけ叩いといてもらおう。しかし一週間は長過ぎるよ。帰ってこれないことないからね。三日ででぎるだろ」

「まあその辺のこまかいことはさ、軍上層部同士どこかで会わせて談合させなきゃね」

「よしわかった。面白えな」

「うん。あそこと本格的にやるのは日露戦争以来だから」

「それ、革命以前だろうが」

「そうでした。おれが張りきること、ないか」

「まあ、しっかりやってくれ同志」

「ああびっくりした。あんたそれ悪い冗談だよ。それやめた方がいいよ」

「でも米ソ防日協定結んだわけだろ」

「あのさ、こういう喋り方癖になるからね。タスも来てるし、新聞記者の前でやったら大変よ」

「そりゃそうだ。もうそろそろ時間だな。何を話したことにする」

「そりゃやっぱり、核廃絶のこととかさ」

「そう。あれいちばん喜ぶんだよ」

「女どもの会談も、もう終ってる頃だよね」

「なに話したのかな」

「あっちの会談の方が建設的だったりして。けけけけ」

「けけけけけ。さて、そろそろ行くか」

『両首脳の表情からは、実りある合意に達した様子がうかがわれた』か。くくくくく」

「くくくく。『スマイルの中に厳しさ』なんてね。ききききき」

「ききききき」

「かかかかか」

「かかかかか」

四　ハワイ・オアフ島

「女房が外人の男と浮気しているというのは実にいやなもんだ」ワイキキの浜辺を歩きながら、並んで歩いている杉浦に夷（えびす）がそう言った。「特にそれがアメリカのアクション映画などに出てくる二枚目そのものといった頑丈そうな金髪の男ときてはな。ああいう映画のベッド・シーンに女房が出演して、ああいう具合に英語で熱演してやがるのかと思うとむかむかする。どんな気分かわかるかね。相手の男から、首尾よく女房を売りこんだニッパーのポン引きという目で見られているに違いないという気分だ。つまり薄汚ねえヒモの気分なのよ」

「お前も金髪のグラマラスな美人ちゃんとフリー・セックスやればいいじゃないか」そう言ってから杉浦はかぶりを振った。「あっ。でもお前のその内気さじゃ駄目だろうな。それに昼間、お前が丸めた茣蓙かかえて海岸へ出てきた時の恰好ったらなかったぜ。あれはもう、同胞であるおれでさえ眼を覆ったね。あれじゃニッパー呼ばわりされても怒れねえ。だいたいあのでかい短パンツがいけない。あれはあんた、身長が一七五センチ以上ないと穿くべきじゃないの。サングラスは小さ過ぎてお前さんのその濃い眉毛が金髪の美人ちゃんの寝そべった姿見るたびにひいこひこ上下してみっともねえこと。あれはもうまったく、純日本産とラクーンの混血の国際ダヌキね」

「タヌキはイヌ科でラクーンはアライグマ科だ。混血はできない」

「それからさ、なんでそんなゴム草履はくの。漁村へ来てるんじゃないんだよあんた。やっぱりスニーカーできめてもらいたいね。いちばんいかんのはあの木綿のアロハ。いくら南国だから派手さをコンセプトにしたいといったって、あの裏地みたいな赤と橙色に引きつけられるのは牛ぐらいなもんでさ、やはりおれみたいにちょい色落ちのプリントTシャツとこなくちゃ」

「ああ、そうとも。どうせおれは駄目さ。お前はすでに金髪美人と懇ろになったから何でも言える」あたりかまわぬ大声で夷はやけ気味にわめいた。「おれはずんぐりむっくりのニッパーだ。ロバート・レッドフォードみたいにはいかん」

『おつれあい』がわめいてるわよ」と、華江が言った。「だいぶ遅れたわね。走って追いつきましょうか」

「ほっときなさいよ、あんなひと」智子はやや下品に笑った。下品さゆえに辛うじて魅力のある笑いになっている。「エヴェレストの頂上でテレビにレイプされて以来気短かになっちまってどう仕様もないわ」

「あんたはハロルドと浮気するしね」華江は含み笑いをした。『つれあい』の方は立ちなおったみたいだけど」

「あのナタリーって女と『おつれあい』とのこと、あなた平気なの」

「まあ、ああいうひとだから」華江はゆっくりと投げやりに言った。「それに、まだ寝てもらってないみたい」

「ねえ」智子は男たちに声をかけた。「カハラ・ヒルトンへ行って、ダニイ・カレイキニ・ショウでも見ない」

「フェミニズムどもが近づいてきたぞ」杉浦は怒鳴り返した。「おれはああいうもの、いやだね。歌ならここで華麗に混声四部合唱といこうじゃないの」

「前から思ってたんだけど」男たちに近づいて行きながら智子が華江に言った。『混声』って、差別語じゃない」

「それは考え過ぎみたいね。男声合唱を『純声』とは言ってないんだから」

「歌う気になれないなあ」夷が砂を蹴りながら言う。

「なればいいのさ。椿姫なんて女は死にながら歌ったぜ」

「歌いながら死んだと言えよ」

男たちの傍まで来ると華江は靴を脱ぎ、波打ち際でくるりと舞った。エイガーの裾が開いた。珍らしいことをしやがる、という眼で杉浦が妻を見た。

「そうね。この四人であれば、お喋りするより歌を歌っていた方が無難みたい」

「それ以上言いなさんな」杉浦が、口もとをだらしなく弛めている智子を制した。「それはまあ、全員同じ時代を中年まで生きてきたんだ。何やかやとあるさ。われわれが落ちこんで、その気晴しにやって来たのがハワイである以上、何か起るのはあたり前であってね。それを当然と受けとめるのもまた中年でしょ。同じ登山仲間で合唱やってきたグループとしてはここで一曲歌ってあの汗臭い歌声酒場時代に戻るのがいちばん」

「ひとに喋るなと言っておきながら、その火がついたような非常識なお喋りは何ごとですか」

「じゃ、曲も決まったみたいね。『中年のバラード』にしましょうか」

「よし。あっちを向いてわめき立てよう」と、夷が言った。

「狂気の沙汰ね。ひひひひ」

ふた組の夫婦は波打ち際に並んで暗い海に向かった。

「さあて。おれ、バスのパート憶えてるかな。ま、やってみましょ。やってみましょ」次第に声を低めながら杉浦が言う。

やがて四人は歌い出した。華江だけは二小節半遅れ、破れかぶれの如き突拍子もないソプラノで入ってきた。主旋律を歌うテナーの夷を除き、あとの三人は和声の基礎を知っているという誤った自信と中年の厚かましさから徹底的に自己流を貫き、曲は時おり、第三者がいたなら爆笑する筈の珍妙なハーモニイとなった。その珍妙さを表現するためにそれは無理やり楽譜として示されねばならないだろう。

〽退屈してますか
浮気してみますか
今は遠い若い頃の
まことの恋に心はずませた夜

みれんはありますか
満ち足りていますか
飽きはじめた豊かな日日
想うはアバンチュール見知らぬ相手

たくましさも
ふくよかさも
なめらかさも
あでやかさも
すべて空しく
物足りなさに
今願うはただ
激しい恋

テニスに行きますか
ジョギングをしますか
悩ましさがしのび寄れば
ふたたび願う若さ　青春の夢
悩ましさがしのび寄れば
ふたたび願う若さ　青春の夢

「ハイ。またしても小汚ないニッパーがやってきたけど、ご一緒していいでしょうか」と、杉浦がひとりでマイタイを呑んでいるナタリーに声をかけた。ハワイアン・リージェント・ホテルの中のライブラリーという、名の如く静かな高級ムードのバーなので、さすがに杉浦もあまり騒がしい喋りかたはしない。

「どうぞ」大柄なナタリーが大らかな笑いを見せる。「毎晩インペリアル・ハワイ・ホテルからここまで、大変ね」

中年のバラード

Slowly
Soprano
Tenor
Alto
Bass
たいくつ ー してますか ー ー ー うわき
して ー みますか ー ー いまはとおい
Tenor Solo
ー わかいころの ー まことの こいにこころ はずませたよ
ワー
ワー
る ー ー みれんは ー ありますか ー

Tenor Solo
ー ー み ち た り て ー い ま す か ー ー あ き は じ
ワー
め た ー ゆ た か な ひ び ー お も う は ア バ ン チュ ー ル
ワー
ワー ー ワー ー ワ ワ ワ ワ ワ ワ ワ ワ
み し ら ぬ あ い て ー ー た く ま し さ も
ワー ー ワー ー ワ ワ ワ ワ ワ ワ ワ ワ
ワ ワ ワ ワ ワ ワ ワ ワ ワ ワ ワ ワ ワ ワ ワ ワ ワ ワ
ー ふ く よ か さ も ー な め ら か さ も
ワ ワ ワ ワ ワ ワ ワ ワ ワ ワ ワ ワ ワ ワ ワ ワ ワ ワ

ワ ワー ワー ワー ワー
ーあてやかさもーーすへてむなしく
ワ ワー ワー ワー ワー
ワー ワー ワー ワー
ーものたりなさにーいまねかうはただ
ワー ワー ワー ワー
ワー ワー ー
ーはけしいこいーテニスにーゆきま
ワー ワー ー
すかーーージョギングをーしますかー

Tenor Solo
ー な や ま し さ が ー し の び よ れ ば ー ふ た た び
ワー ワー ー ワー ー ー
ね が う わ か さ せ い しゅ ん の ゆ め ー ー な や ま し
ワー ワー ー ワー ー ー
さ が ー し の び よ れ ば ー ふ た た び
ね が う わ か さ せ い しゅ ん の ゆ め ー ー

杉浦にとってナタリーの英語はまるで日本人が喋っているようなわかりやすさだった。相手が日本人なのでそれらしく発音を誇張しているのかとも思ったが、どうもそうではないらしい。

「それはもう、君がここでこの時間、ひとりで時間潰しをしているようなふりをしながらぼくを待ってくれているようなふりをしながらぼんやりしてるだろうってことは十中八九確かなことだからね。君のそのぼくに対する気のありそうななさそうなありそうななさそうな雰囲気が気になってね」同じものを注文し、杉浦はナタリーに向かい、テーブルに身をのり出す。「君の部屋に誘われるのは果たして今夜かはたまた明日の晩かという期待だけで生きてるようなものさ。でも昨夜はこのホテル中さがしたけど君はいなかった。おいらの胸ははり裂けた。しかたないからまあひと晩ぐらいはと思ってニッパーのグループとニッパラパーのおつきあいよ」

「あなたを避けたわけじゃないのよ。ダイヤモンド・ヘッドの向こうにあるカハラ・ヒルトンってホテルのショウに誘ってくれた日本の人がいて」

「ありゃあ」杉浦がのけぞった。「行きゃよかった。その時間こっちはワイキキの浜辺でやけくそのプラターズやっててさ。行こうかって話もあったんだけど」

「でも、奥さんがご一緒だったんでしょ」

「いや。ああいうものはまあ、どうでもいいんだけど、ぼくはむしろ君を誘ったニッパーってのが気になるね」

「ご心配なく。何もなかったわ。初老のお医者さん。今日、日本へ帰ったわ」

「医者、ね」杉浦は唇を歪めた。「脱税するだけ脱税してまだその上高額所得者番附の上位に出ようって人種よ。患者からは税金いらずの謝礼金受け取ってシャガールの絵を買ってドルクセルの家具置いた居間に飾って、頭にはアラミスのダブル・アクション・トニックを油抜いてつけてるんだ」

「あら。あなただってお金持ちの資本主義者なんでしょ」

「とんでもない。大学時代は優しい左翼だったくらいでさ、親父は病苦でこっちは苦学、今はチャールズ・ロバーツ賞貰ったパソコン・ゲームのプログラマーである妻に食わせて貰ってる。日本では金持ちだけがハワイへ来ると限らないの。それがま、日本人のいやらしいところでさ」

「マルクス読んだ人とは思えないわ」ナタリーの青い眼が少し大きくなった。「あなた、お仕事は何。ううん、登山家ってことは聞いたけど、登山は収入にならないでしょ」

「体育大の講師だったんだけど、この前話したエヴェレスト山頂の件で日本中の笑いものになって以来居づらくなってさ。とうとうやめちゃったよ。でも次の仕事は決まってるんだ。北海道にサバイバル訓練学校があって、そこへ教えに行く」

ナタリーの眼はほとんど見開かれた。「北海道って一度行きたいなと思っていたの。とてもロマンチックなところですってね。雪国でしょ。そしてソ連との国境があるんですって」

「おっ。よく知ってるね」ふたたび杉浦は身をのり出した。「そう。ソ連との境界線があるの。そこへ立って耳をすませば、はるか北の方からドン・コサックの合唱が聞こえてくるってくらいのものでね。昔この雪の国境を越えて岡田嘉子(よしこ)という女優が池部良って人と亡命した。あいにく城壁の上から小沢栄っていう悪い将校が機関銃撃ちまくって二人とも殺しちゃったけど、ま、そういうロマンのあるところでさ。どう。ふたりで出かけないか。雪の北海道でもって森と湖のまつりをやりましょうよ」

「奥さんは」

「あれは仕事で東京に残るの。おれ単身赴任」

「タンシンフニン」

「やりたい放題という意味の日本語。じゃさ、さっそく二人暮しのアパートを帯広で借りようよ。北海道あちこち案内してまわったげるから」

「本当なの」

「本当ですよう。本当。あ。君の眼きらきら輝やいてきた。じゃあね、ノリー・パパのピアノ演奏も始まったことではあるし、君の部屋へ行ってゆっくり相談しないか。あ。心配ない心配ない。おれ、何もしないなにもしない。もししたとしてもさ、まあ最初のことではあるし濃厚な官能性を排除した形で軽くこなしましょうよ。ね。ね」

「杉浦さんの浮気の相手のナタリーって女性、何者なの」シャワー・ルームの温湯のしぶく中で智子が大声をあげた。「ハイテクについて行けなくてノイローゼになって保養に来ているＭＩＴの学生かしら」

「いや。それにしては服装のセンスが良いようだ」うまいマイタイを作ろうとしてマイヤーズ・ラムとシロップを微妙に調合しながらハロルドが叫び返した。「むしろフェミニズムを突っ張るのに疲れ果てた若手の文化人類学者がめかしこんでやってきたってところかな」

「じゃあ、あなたの関係じゃないの。あなた比較人類学だったわね」バスタオル一枚で出てきた智子の臍から下は丸出しで陰毛からは雫が垂れている。

「わたしは比較言語学。さあどうぞ」グラスを智子に渡し、ハロルドは服を脱ぎはじめた。「なんてことだ。パンツが脱げないと思ったら突き破っている」

「おどかさないで。でも比較言語学なら『つれあい』の仕事に近いんじゃないかしら。『つれあい』は杉浦さんなどという山と女だけの専門家とは違って、前からワープロ関係の仕事きちんと持ってて、今翻訳機械の開発をやってるの」智子はマイタイを呑み乾してベッドに横たわった。白いシーツの上の黄色い肌が白人男性にあたえる効果を熟知しているかのようでもある。

「うん。わたしもこれで日本語さえ出来るようならマッキントッシュの日本語対応ソフトに関係しているところだったんだがね。今日本での売れ行き凄いから」

「あら、もう。シャワー浴びないの」

「我慢できないよ」

「お若いのねえ。ああ。乱暴にしないで」

「うん。うん。君の『おつれあい』はこの時間、何をしてるの」

「ああら狡猾（こうかつ）ねえ。それとも中年の貪欲さかしら。この前やってる最中に互いの『つれあい』のこと話しはじめて凄く燃えあがったもんだから、また同じ手でいこうっていうんでしょうけど、残念でしたあ。こと中年の性交中の会話に限って同じ話題二度使うとしらけるのよねえ。でも、とてもいいわよ。ああ。死ぬ。死ぬ。死ぬ。神様。神様。神様。『行く』などと言わないところにご注目ください。英語使ってこんなことできるなんて、アメリカ映画ばかり見ていたあの純真なセーラー服時代には夢にも思わなかったわ。ああ。すごい。ああ。あ。わりかしやるじゃないのこのいやらしい金髪の毛唐。腋（わき）の下の臭いヤンキーの中年めが。あああ。あ。ぐ。ああ。とてもよかった。とてもよかったわよハロルド」

「筑波大学のパソコン会議以来ね」と、服を脱ぎながら華江が言った。「でも今『おつれあい』はどこにいるの」

「パシフィック・モナークのハロルドの部屋に決まってるさ。まだまだ帰っちゃこないよ」服を乱暴に脱ぎながら夷が答える。「どうせダイとかゴッドとか、えんえんとやってるんだ」

「いいわね『おつれあい』は。あら、相手が金髪だから羨やんでるのじゃないわよ。『おつれあい』の稼ぎがいいから始終遊んでられていいなと言ってるの。ちょっと。押し倒したりしないでよ。レイプっぽいじゃないの。シャワー、浴びなくていいの」

「あとでいいじゃないか。プールで泳いだんだから。でもあいつは君を羨やんでるよ。手に職があるからって」

「それが最近絶望してるのよね。あの『スーパー・マリオ・ブラザーズ』以来だわ。みんな、あのての攻略本が売れるもんだから、出版社とタイアップして必要以上にゲームを難解にしようとしてるのよね。隠れキャラクターとか得点アップの仕掛けで埋め尽して。あっ。ちょ。ちょっと待って。これを装着して。ううん。もう、最初からつけといて。だってファイア寸前って感じなんだもの。結局子供はさ、ゲームの過程を楽しむ余裕なんかなくしてるの。いかに多くのゲームの正解を知ってるか、自慢しあってるのよ。友達に遅れないために手っとり早くゲームの全貌と隠れキャラクターに精通する必要があるのよね。子供の世界はきびしいの。自分で発見するなんてのんびりしたことしていられないのよ。それで攻略本が売れるの。悪循環だわ。ああ。今のがいい。そう。それがいいのよ。そう。そう。母親どもは子供の視力が低下したとか、思考力が減退したとか、村八分にされてるとかうるさいしさ。大人がやってくれればいいのよねえ。大人でも楽しめるような凄いゲーム、何か考えられないかしら。なまなましい戦争ゲームとか。あっ。まだよ。まだまだまだ。まだ駄目よ。もっとながく。何か喋(しゃべ)りなさいよ。わたしに喋らせてばかりいないで」

「まあこのう」

「笑っちゃうじゃないの。よしてよ物真似なんか」

「こっちも似たようなもんでさ。説明するとね、ワープロが馬鹿ばかしくなって翻訳機械やりだしたわけだ。メーカーはシェア争いばかりしていてユーザーの教育をまったくしない。販売店も売りっぱなしだ。使いかた、ちゃんと教えてやらないでとにかく大量に売りさえすればいいと思っている。小・中学校へ大量に売りこんだりしてるけど、教師も子供も使いかたを知らん。メーカーにとっては教育市場はでかいから八割引きなどというダンピングをする。ユーザー・サポートとサポート要員の養成を考えたら、あんな値段で売れるわけがないんだ。秋葉原なんて目茶苦茶だ。作った技術者はミナ泣イテオルゾ。買うやつも馬鹿だ。そもそも週に一回文章を書くかどうかわからんというやつまでがなんでワープロを買うんだ。文章書けんやつが、ワープロを使えば文章が書けるようになると思っている。手書きでろくな文章書けんやつが、このワープロはよくないなどとぬかす。この白痴め。死、死ね。死ね」

「ああ。ああ」

「安部公房や曾野綾子がいかん。ワープロで文体が変わったなんて言うからだ。これを鵜呑みにした阿呆どもが文体以前の文章レベルでもってワープロ使って『文体が変わらない』などと文句を言う。気ちがいめ。実際に使っていないOA推進担当の人間がここを改良しろなどと見当はずればかり言やがる。偉そうに。くそ。ぶち殺してやるぞ。この。こいつめ。この。この」

「ああ。ああ」

「自分の馬鹿さを機械のせいにしやがる。コンピューターは知性の鏡だぞ。馬鹿は馬鹿なりにしか使えねえんだ。ところが賢い人間が使うとあっと驚くようなことができるもんだから、おれにも教えろとくる。操作法と利用法をごっちゃにしてやがるんだ。自分で考えて工夫するからこそ利用法なんだ。ディスプレイできれいに出力しても、きれい、きれいと喜ぶだけで、自分の文章の悪さには尚さら意識が向かんようになるのよ。だいたいメーカーがいかん。それにマスコミもいかん。

何でもできますなんて宣伝するからだ。限界もわきまえず努力もせん素人が雑誌のワープロやソフトの評価記事を書く。全部手前らの低能証明することばかりだ。ワープロなんてそんなたいしたもんじゃないってことを声を大にして言わなかったおれたちも悪いけど、プロ側がそれに反論するとメーカー側のくせに態度がでかいとくる。おそれ多くも消費者に説教垂れるつもりか、素人の意見を何よりも大事にしろとくる。けっ。舐めるな。くそ。魯鈍のくせしやがって」

「あのさあ、それは結局戦後日本の消費構造の問題に還元されるわね。おだてて消費者エゴを肥大させ、結局は無駄なもの買わせて馬鹿にして笑うという形の、いわば。あら。あのう、ちょっと訊くけど、もう終っちゃったの」

「えっ。さあ。どうだったかな」

「同志クリコフ。こちらはナターシャ」ナタリーが自室でベッドに腰かけ、スーツケースの中の、磁電管を使ったマイクロ波無線通信機でソ連国家保安委員会のハワイ支局に呼びかけた。

「同志ナターシャ」と、クリコフが応じてきた。

「北海道へ潜入できそうです。杉浦という日本人の愛人として同行しますから、誰にも怪しまれずに行けます」

「よくやった」

「もう少しドルを頂けませんか。相手は女のジーパン姿が嫌いな中年です。ウンガロを一着、買っておきたいのです」

ドア・チャイムが鳴った。

「誰か来ました。あとで連絡します」ナタリーは落ちついてスーツケースを閉め、ベッドの下へ押し込む。

魚眼レンズ越しに微笑しているのはハロルドだった。「ハイ」

「ハイ」溜息をついてナタリーはドアを開け、しかたなく微笑を返した。「行く先ざきで会うわね」

「この前はケープタウンだったな」ハロルドが磊落に室内を見まわしながら入ってきてドアを閉めた。「君の活躍は我が方のシーレーンにとって重大な脅威となった」

「またそんなあ。お互いに下っ端のスパイで、だからこそそれを利用して二人で組んで悪いことして、ちょっとした私有財産の蓄積もできたんじゃないの」ナタリーが椅子を指した。「シングルで狭いけど」

「思い出のチュニジアの夜のあのホテルも、これぐらいの広さの部屋だった」

「思い出させないで。苦しいわ」ナタリーが涙ぐむ。「わたしたちは所詮西と東」

「おう。ナターシャ」

オーケストラの演奏「ロシアから愛をこめて」。ハロルドは両腕を拡げ、ふたりはひしと抱きあう。

「あのう、ところでさあ」からだを離してハロルドが真剣に戻った。「あの杉浦って男をどう利用するっての。昨夜あいつとやったんだろ。あのさ、日本人という日本人に片っ端からモーションかけて、結局あんな変なやつだろ。さっぱりわかんないよ。五日前には科学技術情報センターの偉いさんに接近したから、あれえっ、お目あてはこれかなあなんて一瞬思ったけど、簡単に振っちゃっただろ。あれに比べたらあんな杉浦なんて男、何もしてないやつだろ。一緒に北海道へ行くらしいってことは調べがついてるけど、あんなところに何かあるのかい」

「ついてくればいいじゃないの」ナタリーは笑ってベッドに仰臥した。

「うーん。そりゃあやっぱり、行かなきゃならんのだろうなあ。どうせたいした任務じゃないだろうし馬鹿みたいだけど、君をケアするのが役目じゃしかたがないよ。ところでナターシャ。うまい儲け口があるんだ」

ナタリーは近づいてきたハロルドの広い胸めがけて枕の下から出したトカレフを発射した。サイレンサーをつけていたにかかわらず、ハロルドのからだはふっとんでドアの横の壁に激突した。ハロルドは驚愕の表情で死んだ。

「同志クリコフ」涙を拭いながら、ナタリーがふたたび無線通信機で報告する。「どうしても邪魔になったのでCIAのハロルドという男を射殺しました。今度の任務は重大ですから。ええ。そう。例のあの男です。もう利用価値はありませんでしたし、あとは邪魔になるだけ。お手数ですみませんが死体の処理をお願いします。いえ。北海道行きをそれほど重要とは考えていないようでした。報告もしていない筈です。ええ。ええ。わたしを好きになってるみたいでした。いいえ同志クリコフ。可哀相とは思いません。それよりもあの、ドルの方、よろしくお願いしますわね」

五 〈景事(けいごと)〉神戸元町商店街

シャッターを二十センチばかり上げて通りを覗き見た鍛治が、事務所の中を振り返って言った。

「そろそろ人通りが少くなってきた」

「こんな時間なのにかい」前田が怪訝(けげん)そうな顔をした。「まだ九時過ぎだぜ」

「この辺は八時ごろ、店閉めよるねん」と、関根は言った。「前はそれでも人通りだけはあったんやけど、抗争が始まってからはそれもない」

「では、そろそろ運びましょうか」武器の部品や弾薬でふくれあがったジャンパー姿の伊吹が言った。「冬でよかった。夏では服の下に隠せませんからな」

「車、どこに置いとんねん」心配そうにスケルトン・チームの四人を見ながら組長の半崎が訊ねた。

「大丸の向かいや。中華街の入口や」

金縁の眼鏡をはずしてレンズを拭きながら、半崎がすまなそうに言う。「若いのんに手伝わせたらええんやけどな。警戒が厳しいて。あいつら顔知られとるし」

「いや。自分たちだけでやります。五、六回往復することになりますが」鍛治がそう言ってチームのメンバーに頷きかけた。「よし。では一人ずつ出よう。おれがまず、行く」

「待ったれや」外を覗いていた関根が鍛治を制し、いったんシャッターをおろしてしまった。

「おい。どうしたんだ」

「なんか、始まったらしいんや」

神唐会の事務所の筋向かいにあるフキヤ洋服店の二階の窓が開き、主人が窓ぎわに立ってラウド・スピーカーを持ち、通りに向かって喋りはじめていた。


「ご町内の皆さま。並びにご通行中の皆さま。このような時間にお騒がせしてまことに申しわけございません。こちらはフキヤ洋服店の主人、蕗屋(ふきや)英一郎でございます。やむを得ぬ事情から、附近の皆さまにご迷惑をおかけする次第でございます。何とぞお許しくださいませ。この蕗屋英一郎五十一歳、男を立てるため、皆さまのご理解におすがりすることとなりました。お耳障りではございましょうが、しばらくお聞き願いたいと存ずる次第でございます。このように世間を騒がせましたお咎(とが)めはあとでどのようにでも受けますので、ご勘弁くださいますよう。事情と申しますのは他でもございません。私にはひとりの息子がおりまして、本日めでたく慶応大学医学部に合格いたしました。と申しましても別段そのことを自慢しようというのではございません。そもそも息子が慶応大学医学部を受験するにつきましては、私は反対でございました。ひとり息子ゆえにあとを継がせたく、近くの大学の商学部をすすめておったのでございますが、その気持を裏切られました腹立ちから、お前のような鈍才があの私学一といわれる名門校慶応大学の、そのまた数ある中でも至難と言われておりますところの医学部などに合格するわけはない。もし合格したら私はこの店のこの二階から、私の現在の貯金額の約二分の一に相当いたしますところの、一千万円という金をば通りへさしてばら撒いてやるとこう申したのでございます。不幸にして息子はわたしのその雑言を今日まで記憶しておりました。本日上京先の都内某所より合格を告げる電話をかけて参りました息子は、私に約束の履行を迫ったのであります。もうおわかりでございましょうが、実はそのような次第で、私は本日ただいまこれよりここにおいて、金を撒かねばならぬ仕儀となりました」

「聞いたか。おい。金を撒くと言ってるよ」耳をすませて聞いていた前田が眼を丸くした。「困ったな。警官が来るぞ。金を撒くのは違法行為だろ」

「いかんという法律はなかったように思いますが」伊吹は首を傾げた。「不法投棄というのは産業廃棄物に関してではなかったでしょうか」

「いや。こら騒音公害や」関根が言った。「警察やっぱり来よるん違うか」

この頃には近所の商店から人が路上に出はじめ、すでに通行人が集まりはじめていた。シャッターをあげ、照明を入れはじめた店もある。

「貯金の半分を撒くことにつきましては家内及び娘ひとりの猛反対があったことを申しあげねばなりません。いや。私とて営営たる努力の末に築きあげてまいりましたこの貴重な財産を最初から喜んで撒こうと決めたわけではなく、いずれ大学を卒業し国家試験に合格した暁はお前の医院開業費用に充当するものなのであるからと息子に言い聞かせたのでありますが、電話の彼方の息子の声はどうしようもなく昂ぶっておりまして、私の暴言による屈辱に耐えて奮励努力させられたこの恨みを茶にされてなるものか、是が非でも撒けもし撒かずば生きて帰らじ山谷へ行くなどと脅迫まがいのことを申します。私は考えてしまいました。一時の興奮による息子の言を非常識として退けるのはたやすく、いずれ息子が落ちついた時を見はからい説得するのも可能ではありながら、それでは私が金を撒くと言ったその言葉はどこへ行くのか。行き場がない。虚空に迷う虚言は必ずや私の許へ舞い戻り、私を死ぬまで苦しめるのではありますまいか。さらに金を撒くことが真に非常識であるのかどうか。そもそも非常識とは何か。単に世間さまから馬鹿と思われることに過ぎないのではないか。金を撒くことは古来景事とされており最近のこの元町商店街の不景気を払拭するためとかなんとか、まあそのような理由がひとつありさえすればよく、どうせでっちあげの理由であるからしてそんなことは人に言う必要もなく、馬鹿と思われてもかまわない」

「あれいつまで喋っとるつもりやろ、蕗屋のおっさん」そろそろ混雑しはじめた路上に近所の商店主たち七、八人が集まって額を寄せあい、相談をはじめた。「なんや不景気やさかい、景事で金を撒くとか言いましたで」

「それはええことや。抗争以来この辺沈滞ムードやさかいな」

「仰山ひとが集まって来ましたな。噂聞いて山手やら、センター街の方からも来るみたいです」

「さっきはうちの店の前の電話で、友達呼んでる女子大生がおりました」

「と、なるとやね、これはフキヤさんにだけまかしとくわけにいかんのと違いまっか。なんぼ一千万円いうたかてやね、いざ撒きはじめたらあんた、三分とかからへんのと違いまっか」

「そや。そのあとが問題や。せっかくの景事やさかい、もっと盛りあげなあかん。フキヤの一千万円が無駄になる」と、和菓子屋の主人が言った。

「よっしゃ。そんならわたしの店、餅撒かしてもらいまっさ」

「うちは一斗樽の鏡を抜きます」酒屋の主人も言った。「店のもん総出で、振舞い酒させます」

「うちは景気づけの爆竹、クラッカーに花火、提供するわ」と、玩具店の主人が言う。

「そ、そ、そ、そんならうちは」楽器店の主人が興奮して言った。「楽器全部てててて提供して、通る人に渡して、賑やかしの音出してもらう」

　金物屋の主人が言った。「釘に金槌、庖丁を撒きます」

「そんなん撒いたらどもならん」

「危いがな」

「そんならわし、町内会の会長やさかい、神社へ電話して神輿を出させます」

「わい、商店街全部まわって、賑やかしの明り全部入れて、店開けい言うて来たるわ」

　蕗屋英一郎は窓框に片足をのせた姿勢でまだ喋り続ける。「たとえ妻がまぁあんさんやめなはれ、老後の生活どないしまんねんとか娘がわたしの嫁入り道具買われへんいうて足にすがって泣きよったかて男にはやらねばならぬことがある。わしがやらねば誰がやる。そしてまたやる時期というものがあります。今がその時期であります。この機をのがしてこのような機会、またとあろうかまたとない。わしにこんなことやらせる世の中に対して、おじさんは怒っているのであります。そしてこのような機会が得られたことを喜んでもいるのであります。喜びで盲となり怒りで聾となったこの私にもはや怖いものは何もない。わははははははは。そうなのだよ明智君。ジャン＝フランソワ・ミレエ描くところの実は私は金を撒く人であったのだ。それでは皆さま、ながらくお待たせいたしました。ただいまよりこの蕗屋のおっさんが貯めこみましたる金一千万、僅少ながらも万札にて撒かせていただきます」

「やめなさい」パトロールからの通報で駈けつけた警官がラウド・スピーカーで叫んだ。「人騒がせはやめなさい。金を撒いてはいけません。金を撒いてはいけない。不法行為です。不法。もげ。ぐ。ごと」

　とびかかった商店街の若い店員たちによって警官は路上へ押さえこまれてしまい、店員のひとりがラウド・スピーカーをとりあげて叫んだ。「やりなさい」

「あたたかいご支援、ありがとうございます」フキヤの主人は新聞紙で作った裃を着、一万円札をさばいて入れた笊を小脇にかかえてふたたび片足を窓框にかけた。「それではこれより賑やかしの音曲、夕霧伊左衛門はいみじくも小判撒き景事の場、『二人夕霧』の出囃子、かの伊勢音頭にのせましてみごと撒かせていただきます。はいっ」

　ヴォリュームをいっぱいにした親爺自慢のコンポーネント、4チャンネル・ステレオで伊勢音頭が始まった。フキヤの主人が鷲づかみにした札をアーケードの下めがけ大きく投げあげれば路上はどよめき、群衆がうごめく。札は人の熱気に煽られてなかなか落下せず、アーケードの下を大気の動く方向へと拡がってゆく。

〽揃えが縫えたら伊勢参り。よござんしょ。そんなら一緒に鹿島立ち。こがれ登るやくらがり峠、手引き袖引き追分も過ぎ、奈良の都の名所を数え、六つか七つか十三鐘の、三輪の女郎衆にいとしと撫でて、長谷で必ず松屋が泊り、とろりとろりと紅鉄漿つけて、男たらしの化粧坂越えて、指折り数え月よみ日よみ、神の恵みにあいの山、お杉お玉が弾き唄う、唄は一諷伊勢比丘尼、ちとくゎんちとくゎん。

「おいっ。小銭もうないんか小銭。もっと持ってこい」

「小銭はもう大将が全部撒いてしまはりました」

「ええい。そんならええわい。今日の売上げ全部持ってこい」

「そやかて」

「よその店はみんな商品撒いたり大盤振舞いしとるんや。向かいの菓子屋は飴チョコ撒いて、隣りの寿司屋は店先へ板前が出て握り振舞うとるわい。うちは婦人肌着や。まさかパンティ撒くわけにいかんやろ。早う金持ってこい」

「今だ」と、鍛冶が言った。「さあ、順に出よう。あやしまれるなよ」

〽島さん紺さん中乗りさん、お江戸さん、鉢巻さん、やって行かんせてんつつしゃ、張り臂じゃ、拍子揃えて摺るささら、振りゃれ振るや神楽の五十鈴川、末社末社の宮めぐり、稲荷は五穀きたいの神、住吉の宮、石清水は弓矢神なり、蛭子の社はこれ爰に、誕生ありける折からに。

大阪の人間に比べ、神戸の人間はさほどがめつくはなく、むしろおっとりしている。音曲が狂躁的でなかったことも手伝って金を拾おうとする連中の間に奪いあいや喧嘩などはあまり起らず、やってきた警官たちもやや拍子抜けの態であった。しかし祭りの気分だけはいやが上にも盛りあがり、近くの神社から三体ばかり神輿がかつぎ出されて混乱は増した。規制されぬが故の混乱は規制された混乱に比べてまことに和やかなものである。こういうことの大好きな生田神社の宮司が衣冠をつけてやってきて、商店をまわり切麻をまいてお祓いをはじめた。おれが宮司と出逢ったのはフキヤ洋服店の前である。

「筒井先生。なんやあんたも来てたんかいな。金、拾うたか」

「あ。宮司やおまへんか。中華街で飯食うてて、話聞いてとんで来たんやけど、そんなら金はもう撒き終ったあとやな。しかしえらい騒ぎですなあ」

「あのな筒井さん、よう見ときや。これがほんまの自然発生的な祭りやねんで。エントロピーのありようがほかの祭りとちょっと違うやろ。この祭りで儲けたろちうやつはひとりもおらへんねんあ。そない言うたらそこの酒屋で酒振舞うとるで」

「よし。そんならおれ、そこへ行って来まっさ」

〽難陀が口より熱湯を出し、跋陀が口よりぬる湯を出し、産湯をひかせ奉り、綾や錦の産衣を召させ奉り、天の岩戸をあしわけの、手ぐりくりくり船に乗せ奉り、海をゆずりに受取り給う、西の宮の戎ごさん、命長きをいともかしこき釣り針おろし、あらめで鯛を釣り釣り釣った姿のいよさてしおらしやな、変わる枕が物言うならば、ほんに恥かし床の内、菊にませ垣ゆいこめられし、今は偲ぶに偲ばれぬ。

クラッカーの断続的破裂音は附近の山口組系、一和会系両組員を驚かせた。スワ銃声、現場はどこの事務所じゃというのでライフルや拳銃を手にとび出してきた彼らは、踊り狂い浮かれ騒ぐ群衆のど真ん中で鉢あわせをした。

「やや。手前ら」

「うぬ。おんどりゃ」

「この騒ぎはおのれらのたくらみかい」

「うぬらが仕掛けた騒ぎかい」

またしても爆竹が爆ぜる。

「なんや。銃声と違うんか」

「そうらしい。わしら、引っ込もうか」

「なんでじゃい」

「やくざに立たずの門立ちじゃ」

「俄かいな」

「俄がやな」

「あ俄じゃ俄じゃ」

組員全員が踊り出した。

「もしもし。宮崎市長ですか。こんな時間におかけしてまことに申しわけございません。こちら生田警察署長ですが」

「何かあったんか」

「は。実は今、元町商店街で騒ぎが起っておりまして。いえ。騒ぎといってもお祭り騒ぎでして。つまりその、彼らは景事と称しておりますが」

「ほう。それは日本舞踊かジャズダンスか」

「稽古事ではなくて景事。つまり不景気だというので洋服屋の主人が景気づけに金を撒いたのが始まりなんですが」

「行く」と、市長が叫んだ。「わしもそこへ行く。すぐ車を手配させてくれ。そういうことは大好きじゃ。で、まだやっとるのか」

「えんえんと続いております。現金のほかにも餅や菓子が撒かれ、爆竹が鳴り、酒が振舞われております。神輿も出た模様です。現在の人出は約八千人、これはまだまだふえそうな様子であります」

「面白い面白い」市長は笑い出した。「あの商店街が自力で不況回復とはな。で、暴力団員どもはどうしておる」

「それが、お喜びください市長。この景事を機会に手打ちしようではないかということになり、仲なおりしそうな雰囲気が濃厚になってまいりました」

「めでたやめでたや」市長は喜んだ。「市としては、それに梃子入れをせなあかん。多少のことは大目に見てやりなさい」

「そのつもりであります。あっ。今入りました情報ですが、兵庫県警が数日前より真犯人と断定し、行方を捜して張り込んでおりました例のグリコ森永事件の犯人が、騒ぎにのこのこあらわれましたところをめでたく逮捕したそうであります」

「めでたやめでたや、めでたやな」市長が踊り出した。「兵庫県警は名誉を回復、そこでわが神戸株式会社としてはやね、こういうことは年中行事として毎年行い、大いに儲けなあかん。よし。視察に行く。ええい車はまだ来んのか」

元町商店街景事発生ニ関スル報告書

発生時刻　二月八日午後九時十五分頃ヨリ
終了時刻　二月十日午前四時四十五分頃マデ
継続時間　約三十一時間三十分
発生原因　同商店街フキヤ洋服店主人蕗屋英一郎
　ニヨル現金撒布（さんぷ）
参加者数　延べ約十三万人
散布サレタ現金　約一千二百六十五万円
散布サレタ物品　飴類約七十六キログラム
　チョコレート類約五百ケ
　餅約一斗四升
　クラッカー及ビ花火約三十四万
　円相当
　ソノ他撒布スルヲ得ル商品多数
振舞ワレタ物品　酒約一石二斗八升
　握リ寿司時価約百十二万円
　ソノ他商品多数
逮捕者　公務執行妨害三名
　銃器不法所持三名
　婦女暴行未遂一名
泥酔（でいすい）ニヨリ保護シタ者　十九名
死者　ナシ
負傷者　三十二名
小火災　一件
猫ノ圧死　一件
ソノ他ノ損害　ガラス破損二枚

以上

六　アラスカ・アンカレッジ

隅（すみ）の防音テックスを剝（は）がして天井裏に這入りこんでいたファインマン大尉が首を出し、さかさまの顔でウルフ大佐に報告した。「大丈夫です。盗聴装置らしきものは見あたりません」

「いいだろう。おりてこい」

「室内にも、何もなさそうです」ソファやキャビネットを丹念に調べていたオマー・シャリフそっくりのキリレンコ大佐が立ちあがってそう言った。

「ま、信用しておこう」ピーター・オトゥールそっくりのウルフ大佐が言った。「天井裏の方も信用してもらってよろしい。このファインマン大尉は盗聴防止の専門家でね」

「ということは、盗聴のプロでもあるわけだろう」ゲルト・フレーベそっくりのムラヴィヨフ少将がウインクした。

「とんでもない」ウルフ大佐が顔を紅潮させた。「盗聴されて困るのはお互い様ではありませんか少将。これほど不埒（ふらち）で無限に物騒な会議の証拠を、われわれがなぜ残そうなどと考えますか」

「冗談だ。気にしないでくれ」

　ファインマン大尉が足をすべらせて天井から落ちそうになった。キリレンコ大佐が肩を貸して百キロ近くありそうな大尉の落下を防ぐ。

「すみません。肩を痛めませんでしたか」

「鸚鵡（おうむ）がとまったようなものだ」

「キリレンコのからだは鋼鉄なんだよ」と、ムラヴィヨフ少将が自慢げに言った。「一撃で熊を倒す」

「せいぜい熊と思われぬようにしましょう」

　窓際の応接セットで向かいあい、さっきから夢中で話しこんでいるのはイェゴロフ上級大将とボイド中将である。

「では第二次大戦が終った時、あなたもわたしもベルリンにいたわけだ」チェスター・コンクリンそっくりのイェゴロフ将軍が言った。「あそこが四地域に分割された時までおられたのかな」

「ジープの四人時代でしょう」バリイ・フィッツジェラルドそっくりのボイド中将が言った。「それどころか、おたくが西ベルリンを封鎖した時には、大空輸作戦で何度も食糧を運ばされたものです」

「ほほう。一九四八年までおられたのか。そのころわたしはすでに政治局員への出世街道ひた走りでな、チェコの共産主義クーデターを支援に行っておったが」

「お話し中ですが」と、ウルフ大佐が二人に声をかけた。「そろそろ作戦会議に移りたいと思います」

「よかろう。よかろう」

将官たちは立ちあがり、中央の会議用テーブルについた。ホテル・キャプテン・クック最上階の特別室からはクック湾を見晴らすことができた。

「まだ正式に紹介されとらん人がおるよ」赤ら顔で座を見まわし、イエゴロフ将軍がウルフ大佐に言った。

「これは気がつきませんでした。ではあらためて、お互い全員を紹介するということに」

ムラヴィヨフ少将が立ちあがった。「こちらから紹介しましょう。イエゴロフ上級大将は国防第一次官で、今のところは極東軍管区司令官でいらっしゃいますが、戦争が始まれば極東戦略方面総軍総司令官となられるわけであります。ご存じのようにこの名称は一九四五年、対日戦突入の決定時に創設された『ヴァシレフスキイ上級大将麾下軍集団』に対して名づけられた名誉ある呼称であり、以後公称はされませんでしたが、今回の戦争に際して復活されることになったものであります。将軍は今回の作戦の全権を任じられておられます。わたしは開戦と同時に同総司令部へ所属することになるムラヴィヨフです。地上軍の侵攻指揮をとることになります。こちらが極東方面軍前線航空軍のキリレンコ大佐。実際の爆撃・空輸は彼が指揮します」

「こちらは統合参謀本部のアラン・ボイド中将。わたしは第七艦隊司令部のアンディ・ウルフです。これが国防情報局のピーター・ファインマン大尉です」

「大尉。あなたは実際には普段どのような任務についておられるのか」大尉の若さを不審がる眼でイエゴロフ将軍が訊ねた。

　大尉は起立し、直立不動の姿勢で喋りはじめた。「日本の防衛力つまり自衛隊に関する情報の蒐集(しゅうしゅう)及び綜合及びそれに関連するすべての情報の蒐集及び綜合でありますから、これはつまり日本が仮想敵国としておりますすべての国家の軍事力に関する情報の蒐集及び綜合ということになり、さらにそれに関連する情報ともなりますと、これはもう」

「もうよいもうよい」ボイド中将が制止した。「この男、非常に優秀ではあるが、喋り出したらとまりません」

「優秀な男とはそうしたものだ。饒舌(じょうぜつ)が思考に先行する」

「わたしどもの方では作戦名をH、侵攻開始日をHデーとしておりますが、それでよろしいかな」

「いいだろう。そう呼ぼう」

「Hデーをお間違えないように。作戦はすべて日本時間で行いましょう。この日われわれはマリワナ海域で演習を行います」と、ウルフ大佐。「在日米軍は全部出はらわせます」

「しかし日本は当然、米軍の来援を要請するだろう。帰ってきてやらんわけにはいくまいし、F16なら二時間かそこらで帰ってこられるのではないかね」

「だからこそソ連空軍の爆撃をお願いしたいのです。第一波の攻撃で飛行場を目茶苦茶に破壊しておいてくだされば、たとえ飛んで帰ってきても着陸不能ですからね」

「それは大丈夫です」キリレンコ大佐がテーブル中央の日本地図を見ながら言った。「飛行場といっても、ひいふうみ、十六しかありませんから、最初の攻撃で全部破壊できます。もし着陸したとしても、目標まで行けないようにレーダーサイトも全部破壊しておきます。これとてたったの二十八カ所です。勿論、自衛隊や民間の飛行場や空港も着陸不能にします」

「北海道の飛行場だけは少し残しといてくれよ大佐。アエロフロートが着陸できなくなる」と、ムラヴィヨフ少将が言った。「できるだけ早く占領するから」（註・大型アエロフロート機は戦争が始まれば自動的に輸送航空部隊となる）

「上陸を、どこからなさるおつもりですか」と、ボイド中将が眼を輝やかせて訊ねた。

「わが国は海洋をへだてた場所へ侵攻するのは不得意なのですが」ムラヴィヨフ少将がにんまりと笑った。「新たに揚陸艦艇部隊が創設されたのですよ。この時期、流氷や結氷のある北部を除けば、どこからでも上陸できます。北部へだって、空挺強襲部隊のヘリコプターで上陸することができる。北海道には陣地もなければ要塞もない」

「その通りであります」ファインマン大尉がいきごんで叫んだ。「日本の防衛庁では、外敵の攻撃は北海道方面以外にないと考えております。ところがその癖あの辺には何も作っていないのであります。馬鹿であります」

「あのあたりは、わたしや将軍の故郷であるノヴゴロド地方によく似ております」と、ムラヴィヨフ少将が言った。「楢の木が多くて」

「ノヴゴロドか」イェゴロフ将軍が眼をうるませ、遠くを見た。「ながいこと帰っていないなあ」

「そうですなあ。おお。イルメン湖。そしてヴォルホフ川」

「リディア、ナターシャ」イェゴロフ将軍が両手を宙にさしのべた。

「のりやすい人なのだ」ボイド中将がウルフ大佐に耳うちした。

「孫娘のナターシャ嬢が外国で重要な任務につい

ておられる。将軍はそれがご心配なのですよ」

と、キリレンコ大佐は言った。

五分後、イェゴロフ将軍がわれに返り、会議は再開された。「北海道にはどれぐらいの歩兵がおるのかね」

「陸上自衛隊は四個師団であります」ファインマン大尉が言った。「うちひとつは機甲師団です」

「たったそれだけか」イェゴロフ将軍が眼を丸くした。「スイス並みに、とまではいかずとも、少くともあそこの十分の一の十五個師団くらいはいるのかと思っていた。ではたったの四万か」

「いえ。常に定員割れがあり、高射特科団や教育連隊を含めても四万にはなりません。しかもこれは将校も含めてであります」

「つまりわが極東陸軍四十個師団のすべてが出動する必要はまったくないということです」ムラヴィヨフ少将が言った。「二十個師団で充分です」

「しかし、本州方面からの増援があるだろ」

「彼らは各方面にそのまま残ると思います」と、ボイド中将が言った。「日本全土の飛行場や軍港が爆撃された以上、ソ連軍の侵攻がまさか北海道だけとは思わないでしょう」

「北海道へ兵員を輸送しようとしても、その方法がないのであります」ファインマン大尉が言った。「陸上自衛隊は武装ヘリコプターを多数持っていることが自慢で、『空飛ぶ歩兵』などというキャッチフレーズを作っておりますが、こんなものはすぐ撃墜できます。また、航空機用の油二万キロリットルは常に広島県の呉に貯蔵されているだけでありまして、各基地にはまったくないのであります。これらの油が全国各基地へ送られてくるまで航空機は飛ぶことができません」

ボイド中将が笑った。「空襲下で油を何日かけて輸送したとして、その頃には各基地は破壊されておるのですよ」

「それにそもそも呉には地方艦隊や潜水艦隊がい

ますから、われわれはそこを第一波で叩いております」キリレンコ大佐が言った。

全員が笑った。

「奴ら、馬鹿であります」と、ファインマン大尉が言った。

「つまり彼らにできるのは、戦闘機二機によるスクランブル発進だけです」と、キリレンコ大佐。

「それですら、日本海方面から高度一万六五〇〇メートル、速度二マッハで侵入した場合、茨城県の百里基地から発進した日本のＦ104Ｊが高度一万二〇〇〇メートルに達した頃、こっちは東京上空を通過しております」

「わたしはこういう愉快な作戦会議は初めてだ」イエゴロフ将軍が髭をうごめかせた。「実に気分がよい」

「本州、九州方面の爆撃は、ひとつ四十八時間以内でお願いしたいのですが」と、ウルフ大佐が言った。「第七艦隊の、日本のいちばん近くにいるいちばん速い艦艇は三日で到着してしまうかもしれない」

「二日もあれば充分です」キリレンコ大佐は頷いた。「極東方面軍の爆撃機五百機を出動させますから、すべての基地、レーダー、格納庫、武器弾薬庫、燃料貯蔵施設をすべて破壊できます」

「例の新鋭戦略爆撃機ベアＧ型ですかな」ボイド中将がにやりとした。「射程八〇〇キロのＡＳ４が積載されておるそうで」

「あと、戦闘機も出動しますが、こっちの方は極東配備の二千機が全機出動する必要はないと思います」と、キリレンコ大佐。

「全機出動させ、空をまっ黒にしたらどうじゃ」イエゴロフ将軍が言った。「一種の祭りじゃから」

「ＧＲＵの方でも調査済みでしょうが、念のため」ファインマン大尉がキリレンコ大佐に地図を渡す。「基地と施設の所在地です」

「これはどうも」

「そのかわり、その四十八時間以後、本州、九州地方への攻撃はおことわり申しあげますよ」ボイド中将がやんわりと言った。「それ以前であっても、わが軍の機はなるべく攻撃なさらぬよう。本格的な米ソ決戦になってしまいます」

「言うにゃ及ばん」イェゴロフ将軍が苦い顔をした。「そっちもできるだけ、わが軍の機と戦闘を交えぬようにな。やけどをしますぞ」

「ところで北海道人民共和国が出現するのに何日かかりますかな」ボイド中将が話題を変えた。「日本はＮＡＴＯと違って、わがアメリカ陸軍が武器弾薬と共に救援に駆けつけてやらねばなりませんが、それにはだいたい四週間かかります。いま、できるだけのろのろとやりますがね。いかがです。四週間以内に北海道を占領できますか」

「たとえば日本の陸上幕僚監部は」と、ファインマン大尉。「海岸防御四日などと言っておりますが」

「四日ですと。馬鹿なことを」ムラヴィヨフ少将が大声を出した。「一個師団が守備できるのはせいぜい十五キロメートルです。たった六〇キロメートルではあなた、この島の海岸線、ざっと少いめに見て二〇〇〇キロメートルとして、三十分の一も守れませんぞ」

「その通りであります。だいたい彼らは、四日戦えるほどの武器弾薬など、持っておらんのであります」ファインマン大尉が拳固(げんこ)でテーブルを叩かんばかりの口調で言った。「彼ら、弾薬のほとんどを中央予備として本州、九州の旧帝国陸軍陣地に置いております。いざという時には北海道へ緊急輸送するなどと言っておりますが、これも油と同じで、そんなこと、できるわけはないのであります」彼は全員の顔を眺めまわした。「奴ら、馬鹿であります」

「まあ、海岸などはほんの数時間、ほとんど無抵抗で上陸できるでしょうが」ムラヴィヨフ少将が言った。「問題は反撃と内陸防御だ。日本人はゲリラ戦に強いと聞いておりますが」

「それは第二次大戦中のことでしょう」ウルフ大佐が笑った。「現在の日本の自衛隊は陸の機動戦しか考えずに師団編成されていますから、ゲリラ戦の訓練などはしていますまい」

「では、弾薬と人員の増援はないわけだから、北海道全域を制圧するのに五日でしょうな」ムラヴィヨフ少将が確信と共に大きく頷いてから、僅かに首を傾げる。「あと、警戒すべきは北海道人民のゲリラ的抵抗ですかな。若者たちが郷土防衛隊を組織するかもしれない」

「マイホーム主義とハイテクとクリスタルに毒されたピーター・パン症候群の日本のスキゾ・キッズが抵抗運動などするわけはありません」唾をとばしてファインマン大尉が言った。「逃げるに決まっています。『逃走論』などという本が売れておるくらいです」

「北海道の人口は五百七十万だが、皆が皆、そうなのかね」

「ごく僅かの右翼、及び一部の戦争好きが残るでしょうが、これはせいぜい数百人。あとは本州方面へ逃げると思われます」

「彼ら、愛国心はないのか」

「日本で愛国心などというと馬鹿にされるのであります」

「逆に、共産主義者はどれくらいいるのですか。われわれに協力してくれそうな連中は」

「これはさらに少く、数十人と思われます。共産党員や『赤旗』の購読者は結構いるのでありますが、がりがりのマルキシストとなるとそれくらいしかいません」

「ま、そんな連中をあてになさることもありますまい」と、ボイド中将が言った。「別に無理をして人民共和国になさらなくても、報復措置として占領したということになされば。独立させるのはあとからでも」

「そのことですが」ムラヴィヨフ少将が身をのり出した。「準備はしてくださっているのでしょうな。日本の右翼による色丹島防空部隊基地への攻撃がもしなかった場合、わが国は言いがかりの根拠をなくし、世界世論の中で孤立します」

「予定通りやります。ＣＩＡが工作中です」ウルフ大佐が大きく頷いた。「あったものとして時間通りに作戦行動を開始してください」

「その右翼が東京あたりで軍隊を組織し、攻めてくるということは考えられますね」

「これは、われわれが武器弾薬を持ちこんだあと、右翼のみならず国民的な規模で数千人から数万人の郷土防衛隊ができると考えておくべきでしょう。つまりその頃になればもう問題は外交段階に入っていますから、わが米軍は介入しない。日本としては自力で北海道を奪還するしかないんです」


イエゴロフ将軍が渋い顔をした。「あなたがたの売った武器弾薬がソ連軍兵士の命を奪うことになるな」

ウルフ大佐が顔色を変えた。「何をおっしゃる。将軍。そちらの武器こそリビアではわが第六艦隊の」

ボイド中将がいそいでウルフ大佐の手の甲を叩いた。「言わない言わない」

座がしらけ、キリレンコ大佐が咳ばらいをしてファインマン大尉に訊ねた。「しかし、そのような特攻隊を日本の政府が許しますか」

「二十数年前、砂田という防衛庁長官が郷土防衛隊の必要性を訴えましたが誰も問題にしませんでしたから、合法化されていないことは確かです。そこで今回、政府としては、自衛隊には津軽海峡以南をがっちり固めさせておき、外交的解決をはかろうとするでしょうね。そうした方が軍備増強をすんなりと国民に受け入れさせることができますから。そうしてはじめて政府の望み通り、十年先、二十年先にはスイス並みの自主防衛国家になることができる。でもそれを待たず、せっかちな国民有志による特攻隊は、それが組織と呼べるほどのものかどうかはともかくとして必ずあちこちで出来るでしょうし、これを禁止すると騒ぎになります。閣僚が保身をはかりますので、政府がそれを取締ることもないでしょう。暗黙の承認ということが日本では特に多いのです」

「わが国におけるジャズ演奏のようなものだな」と、イェゴロフ将軍が言った。

「今のファインマン大尉のことばが未来推量形なのは」と、ボイド中将が補足する。「少くとも日米トップ同士の話しあいでは、そうなる可能性が多いと推量するにとどまったからです。つまり、このH作戦が実行された以後は、これを了解している日本の実力者の一存でことを運ぶことができなくなるわけでして、他の不確定要素の影響もあるだろうということです」

「ところで、そちらの太平洋艦隊は当然、あの新鋭空母のノボロシスクを出動させられるのでしょうな」ウルフ大佐が眼をきらめかせて訊ねた。

「もちろんです」ムラヴィヨフ少将は自慢げに言った。「それ以外には、だいたい潜水艦九十隻、戦闘艦九十隻、小型戦闘艇二百隻、その他百隻を出します。ミンスクも出ます。それで充分でしょう」

「充分どころか、対日戦力としては過剰ですな。日本の海上自衛隊にあるのはせいぜい五十発のターター・ミサイルだけですからね。いや何わたしの友人にアワーというのがおりまして、これが海軍少佐時代に日本の海上自衛隊の護衛艦に乗った。ところが魚雷が搭載されていないので彼は吃驚(びっくり)した。不意に攻撃されたらどうするつもりかと艦長に訊ねると、艦長は『港へ引き返してアメリカ海軍に魚雷の支給を乞う』と答えたそうです」

「機雷は四千個持っていますが、炸薬が充塡されていないのであります」ファインマン大尉が叫んだ。「戦争が始まってから、民間の火薬工場で充塡させるつもりなのであります」泣かんばかりに彼は言った。「奴ら、馬鹿なのであります」

不思議そうにファインマン大尉の激昂ぶりを見て、イエゴロフ将軍が言った。「大尉はもしかすると、日本人を愛しておるのではないかね。そう、日本のことを調べておるうちに次第にこの、感情移入して」

「とんでもない。何をおっしゃいます」ミック・ジャガーそっくりのファインマン大尉はまたしても立ちあがり、直立不動の姿勢で喋りはじめた。「あのような小汚ない、ヘテロジニアスな生のアナーキイ渦巻く黄色いニッパーどもを、なんで愛したりできるでありましょうか。こんな目にあうのも自業自得、自暴自瀆だ。奴ら、甘え切っておるのであります。あの出っ歯の眼鏡のセックス・モンキイどもはアメリカに甘え、国家に甘え、もうどうしようもないのであります。グローバルな脱コード化を原理とした無方向的な慾望の奔流に呑まれて奴らの頭にはもう自分のこととそのパラフレーズしかない。アメリカも日本も、どうなってもいいと思っておるのであります」彼は泣き出した。「あゝいうニッパラパーが愛せるでありましょうか。芸者フジヤマ死にました。犬や猫にもエイズが拡がり、山本寛斎下駄を穿き、ゴミの畠のパラダイム。宏美と知世。裕子と明菜。桃子と奈保子」

「何を言うておるか」ウルフ大佐があわてて立ちあがった。「落ちつけ。落ちつけ」

ファインマン大尉の号泣がやっと終り、ボイド中将が気をとりなおして言った。「さて、重要な話はだいたい終りましたが、ええと、あと、残っている問題は」

「おや。この会議はもう終りに近づいておるのかね」イェゴロフ将軍が不満げに低く呻いた。「こんな気分のいい面白い作戦会議であれば、わしゃひと晩でもふた晩でも続けたいんだがね」

「お楽しみはこれからです将軍」と、ボイド中将が言った。「ひと晩呑み明かせる量のアルメニアン・コニャックを隣室に用意させております。いや何、貴国では思う存分呑めぬとうかがっておりますので」

七　鎌倉──→横須賀

「このての小説ではたいてい大ボスである右翼の黒幕が出てきて、それが定石になっているという、とかくの批判がある」歪んだ口もとでだらしなくそう言った黒田隅造は急に羽織袴の威儀を正して重おもしく続けた。「しかしまあ、このようなステロタイプとして出てきてしもうた以上は今さら何を言うてもしかたがない。さっきからの話を続けるとしよう。というわけで、昭和維新の実現、自主憲法の制定をめざすわれら行動右翼、たった四十団体二万二千の少数派とはいえど、ここいらで腰抜けの観念右翼どもをあっといわせたいのじゃ」

　二十四畳敷の大広間で黒田隅造の前に正座している八人の男はすべて日本黒龍団、忠誠維新会、昭和国粋社、新東亜連盟など右翼団体の団員であり、前列中央にいるリーダー格の二人のうち痩(や)せているのが神足(こうたり)達夫、もっと痩せているのが日比木透である。

「お話、しかと承りました」神足が丸刈りの頭で平伏すると、全員が同様に頭を下げる。「多数の団体、多数の団員の中よりわれら八人をこの直接行動にお選び頂き、一同、死しても本望であります」

やはり丸刈り頭の日比木が頭をあげた。「さすがは黒田先生。かの唯物的土建屋政治家などと異り、甘やかされた中流大衆の利益など度外視された奇想天外なるお考えと実行力。これでこそこの日比木も死に甲斐があります」

「秘密じゃ。あくまで秘密じゃ」金歯だらけの口で隅造は叫ぶ。「誰に洩らしてもいかん。ゆえにお前ら、以後家には帰らせない。今夜は全員ここで泊れ。明日より横須賀に移り、ただちに訓練に入るのじゃ。さらにまたこの作戦の意義など絶対に問うてはならん。なあに。秘事は睫毛。さほどのことではないものの、秘すればこそ道は道なれ。その方がお前たちも死にやすかろ。ぎゃはははは。どうじゃ。わかるか」

「わかります」まったくわかっていない神足が唾をとばした。「撃ちてし止まむ。三島由紀夫の自決などよりはるかに死に甲斐のある死にかたの死を、みごと死んで見せます。護国の鬼となり、六具をしめて七生報国。八紘一宇。九死に一生。十でとうとう死んじゃった」

「何を言うておるか。そのように死ぬことばかり考えずともよい。作戦に成功することが先じゃ」

隅造は声を低くした。「昨夜ひそかに佐世保の基地を出航した西ドイツ製の新Uボート206型は明日横須賀に到着する。これはもともと第七艦隊所属のディーゼル潜水艦じゃが、わしが払い受け、少し改造を加えさせた。地上目標に使うためのトマホークを搭載できるようにしたのじゃ。ぬははは。さて。それではここいらでお前たちの艦長を紹介してやろう」

隅造が手を二回叩くと奥の間への襖がするすると両側に開いた。直立しているのは旧帝国海軍将校の第二種軍装、白の詰襟に身を包んだ、その服よりも蒼白い顔の白髯の老人である。

亡霊。

八人の男たちが顫えあがり、思わず腰を浮かしたのも無理はない。生きた人間の顔ではなかった。

「この人じゃ。この人じゃ。これが歴戦の勇士、伊号第一九九潜艦長の富森武人中佐じゃ。安心せい。この人には武運がついておる。さらにまた絶対に死なぬという幸運もこの人につきまとっておるのじゃ。大東亜戦争末期、バシー海峡で敵潜水艦によって撃沈された時も、艦橋にいた者は皆死んだというのに、艦内に閉じこめられておって助かる筈のなかったこの人以下五名、浸水による内圧でハッチが吹き飛ばされ、空気と一緒に吸いあげられ、水面に浮かんだら眼の前がサブタン島であったという稀有の幸運児じゃ。またこの人は206型にも詳しく」

　隅造がそこまで喋った時、うむと軽く唸った富森中佐はそのままの姿勢で棒のように前へどた、と倒れ伏した。

「騒ぐでないさわぐでない。またしても心臓の発作じゃ」仰天して立ちあがった八人に隅造は叫んだ。「おい神足。その人の胸ポケットに薬瓶があるじゃろ。呑ませてやりなさい。瓶を振ってはならんぞ。ニトログリセリンじゃ。爆発するかもしれん」

「舌下錠のようです」

「あ。もうよろし。もうよろし」遅効性のため五分後にやっと蘇生した富森中佐は、介抱する男たちの手をはらいのけて起きあがり、畳の上に正座した。「ひいふうみ、八人か。わしを入れて九人。いかに新Uボートが自動化されておるとはいえ、定員二十二名の206型に九名の乗組員では、艦は間違いなく海底に激突する」

　顔色を変えた八人に、富森は意地悪く佯狂（ようきょう）の笑みを見せた。「しかしま、心配するな。わしの言うことさえ聞いておればなんとかなる。明日より全員、横須賀に移動し、入港中の206型に乗り組み、二日間の猛訓練を行う。食事も睡眠も艦内じゃ。わかったな」

「わかりました」全員が声を揃える。

「黒田さん」中佐は隅造に向きなおった。「この者ども、根性はあるのでしょうな」

「いやあ中佐。こういう連中ですが、まあ我慢してやってください。曲がりなりにも海上自衛隊の出身者で、しかも一度でも潜水艦に乗った者といえば、結局この八名だけしかおらなんだのですわ」

「ふん。ま、しかたありますまい」

「明日はまず、第七艦隊司令部に管理部のマックス・ジョオドという大佐を訪ねてください。この大佐が何もかも心得ておりますでな。他のことは考えず、作戦にのみ専念してください」にやり、と隅造は黒幕としての笑いを笑った。「あとのこともご心配なく。例の息子さんのサラ金から借りた金のことも、奥さんの老後のこともな」

翌日、富森中佐と八名の部下はタクシーに分乗して横須賀へやってきた。円高ドル安で米軍が顔を見せなくなり、すっかりさびれたどぶ板通りに入った九人は、米軍払い下げの品物を扱っている商店の一軒で、隅造が手配しておいたアメリカ海軍潜水艦乗員用の制服に着換え、路地の向かい側にある司令部のゲートに向かう。白いヘルメットの見張りの兵の横には、ジャック・ニコルソンそっくりのにやにや笑いを見せたマックス・ジョオド大佐が待っていた。

「いやもう、何もおっしゃるな。何もおっしゃるな。いひひひひひひひ」

余興のつもりか時おり顔を狼男に変えて見せたりしながら大佐は一同を日米共用岸壁に案内した。ほとんど誰もいない寒ざむとした岸壁に繋留され、静かな水面にひっそりと浮かんでいる全長四八・六メートルの206型潜水艦を九人は見おろした。

「カワユーイ」と、日比木が小さく言った。

聞き咎(とが)めた神足が日比木を睨(にら)みつける。「アホ」

その日から訓練が始まった。人員が不足なのでそれぞれが二、三人分の働きをしなければならなかった。人員のほとんどが船体後部の機械室と制御盤所に配置され、神足と日比木は推進用機器のコントロールを経験しているため制御盤所にまわされた。数百にも及ぶ計器（メーター）と測量器（ゲージ）を見比べながら、昔のバルブの開閉やハンドル操作にかわる、スイッチやボタンを次つぎと押さねばならない。そして他の乗員の作業もこれに似た複雑さであり、それらすべてが嚙みあっていなければならなかった。心臓の悪い富森中佐だけは、艦長だから当然のことだが発令室で命令を発するだけである。ただし方位の測定をできる者が他に誰もいないので、航海長の役も兼任しなければならない。

「あの艦長のことだけどさ」制御盤に向かっている時でも日比木はしばしば喋り出して神足を苛立たせる。「いつも飯を食いながら、自分がいかに幸運であったかという話ばかり聞かされるんだけど、よく聞いてるとあれ、ちょっとおかしいんだよな。あの人の乗った潜水艦は必ず撃沈されてるし、乗組員だってほとんど死んでいるんだよ。つまりあの人の幸運はあの人ひとりだけの幸運で、周囲はみんな不幸になるってことだろ」

「うるさい。やかましい」操作を間違えた神足が怒鳴る。「また間違えた。手前。この。死にたくなかったら黙れ」

「はいはいはい。わかりました。わかりましたよ」

潜航訓練、発射訓練は房総半島の野島崎沖で行われた。ほかの船に見られては具合が悪いので、むろんすべて夜間の訓練である。

二日間の猛訓練が終り、三日めの午前三時、富森艦長によって「はつしお」と名づけられた206型はひっそりと横須賀港を出航し、相模灘（さがみなだ）へ出てすぐ潜航した。速力十七ノット、深度一二〇であった。

「はつしおって、漢字で書いたら初潮なんだよね。血というのはどうも縁起が」

「また間違えた。手前、死にたくなかったら黙れ。この馬鹿」

野島崎沖を通過した時、発令室にいた富森艦長はただちに心臓の発作を起し、ぶっ倒れた。他の乗員が近くにいなかったため彼はしかたなく自分で胸ポケットから薬瓶をとり出さなければならなかった。しかし彼の顫える指さきは瓶の蓋をあけるのがせいいっぱいであり、蓋が開くなり彼はただちに瓶をとり落した。円型の舌下錠がぶちまけられ、爆発性を秘めた水に溶けやすい錠剤は、発令室の床一面に開いた無数の排水孔へとひとつ残らず落ちて行った。

八　アフガニスタン・カブール市内

「おりゃあ酔っちゃいねえぞ。へっ。月給九ルーブル二十コペイカで酔えるもんけ。へっ。酔えやしねえよ」すっかり酔っぱらっている通信兵のセルゲイ・サルマノフ兵卒がグラスを床に叩きつけて割った。「家族手当をこっちへまわしてもらわなきゃあいけねえ。おりゃあ酔えねえ」

「まあまあま。荒れるなよセルゲイ」大東新聞特派員の正住はカウンターからテーブルに移り、セルゲイの正面に腰かけた。情報を得るため、誰かが酔うのを待っていたのだ。「さあさあ。聞いてやろうじゃないか話を」

ここのところカブール市内は静かだ。しかし郊外ではしばしば銃撃戦が展開されていたし、市内に通じる道路では、さらにしばしば地雷が炸裂した。

「護送隊のトラックが吹っ飛んだ。跡形も残りゃしねえ。同志が八人死んだ。いや。八人以上だ。正確には何人死んだかさえわかりゃしねえのよ。おれの眼の前で、どかんだ。おれの眼の前で」セルゲイが泣き出した。

　ソ連兵用の酒場「ナドニェ」の女たちのうち、パタン人は二人、他にタジク人とウズベク人の女が一人ずついて、バーテンはバルーチ人だ。ここ一、二年、ソ連兵がやたらに荒れて暴れるようになったため、女たちは怖がってみなテーブルにはつかず、給仕をするだけであり、あとは隅に集ってひそひそ話しあっているだけだ。セルゲイのようにひとりでやってきた兵卒などはがぶ呑みする以外に身の処しようがなくて、とどのつまりは悪酔いしてしまう。

「反政府ゲリラの作った地雷ってのは、なんであんなに威力があるのかねえ。戦車が六メートルも宙へ舞いあがるっていうじゃないの」正住はことさらにセルゲイを怯えさせるようなことを言う。「勇士セルゲイ・ムウロメツ。どうかね。怖くはないかね」

「戦ってやられるのならまだいい。おれたち戦えねえんだよ。戦うことができねえで、ただ殺されるだけだ。酔わずにいられますかってんだ。おれたちこの国を援助してやってるんじゃやねえか。なんで殺されなきゃならねえんだよう」ウオッカをひと息に呑み、げほげほがほげほとセルゲイは咳きこんだ。それからまた泣き出した。「明日からはシバルガンのガス田行きだ。怖いよう」

「なあにが民族の自立だあ」うしろのテーブルでは三人づれの兵卒がわめいている。「だいたい自分らがパキスタンと戦争をはじめやがった癖して。おれたちが来てやらなかったら民族滅亡してるんでねえの」

　まだ宵の口であり、客のソ連兵は五つのテーブル席に兵卒が計十人、カウンターに将校がひとりいるだけである。

「殺されるよう。死ぬようカーチャ。ああ。カーチャ。おれのかあちゃん。お前の腋臭。お前のあそこの薄茶の陰毛。子供たちの分の手当まわしてくれ。酔いてえよ。ライサの言うことなんか聞くことねえよ。節酒キャンペーンやってるなら、その酒こっちへまわせよう。へっ。ノメンクラツーラだと。嘘つけ。手前らいちばん呑める癖に」

だんだん何を言っているかわからなくなってきたので正住は立ちあがり、カウンターに戻った。護送隊のアンドレイ・ロマキン中尉がバーテンとけたたましく笑いあっている隣りに腰かけ、正住が一杯奢ろうと持ちかけると、上機嫌のロマキン中尉はやや酔いのまわった舌で喋りはじめた。

「ようヤポンスキイ。スパシーボ。スパシーボ。おれはな、今日でこの忌わしいカブールともおさらばなのよ」

陽気な筈だ、と正住は思い、中尉の酔い加減を観察しながらさぐりを入れた。「アフガン勤務からはずされたのか。国へ帰るのかね」

「そうとも。いったんモスクワだ。それから極東勤務だ。おれだけじゃないよヤポンスキイ。ポリャコフも、ギタロフも、通信部のヴォロニンもだ。へへ。ほとんど撤退だね。あとをどうする気なのか、おれは知らんがね」

「その連中、ぜんぶ極東へまわされるの」

「そうだ」

正住は眼を丸くした。「極東で、何かあるの」

「知るもんか。あはは」

正住は考えこんだ。今日出逢った将校たちは皆上機嫌だった。あの連中がすべて帰国するとしたら、交代の要員がいまだに誰ひとり来ていないのである限り、実質的には撤退としか考えられない。政変か。知らないのはどうやら兵卒だけらしいのだ。やけくその三人づれが肩を組んで船乗りの歌をわめきはじめている。

「ハイダダハイダ。ハイダダハイダ」

とりあえず本社へ連絡しておかなければな。正住は立ちあがり、そっと店を出た。それにしても極東なんてところで、いったい何があるんだろう。中国との国境で紛争が起ったか。またしても珍宝島か。北朝鮮が韓国へ攻めこんだための支援か。いったい何が。クエスチョンマークを三つ四つ宙へとび出させている正住の頭の中に、しかし「日本」などという考えだけはまったく浮かんでいなかった。

九　根室・納沙布岬

「うわあ。シバれるシバれる」灯台前の広場に着陸したAH-64Aアパッチから雪の上に降り立ち、日野みどりが悲鳴をあげた。「ねえ。こんなところへ本当にソ連兵なんかがやって来るの」

「今夜は絶対に来る」遠藤が自信に満ちて断言した。「凪(な)いでいて、気温は低い。流氷が結氷してガチガチに凍っている。そりゃあ少しは動いているが、充分渡って来られるさ。近くの漁民に聞くと、こういう晩は必ずひとりかふたり、ウイスキイだの月刊『プレイボーイ』だのをねだりに来るそうだ」

「水晶島って、歩いたらずいぶん遠いんでしょ」

「七キロだけど、氷の上を歩くんだからまず三時間から三時間半。奴ら監視の眼をかすめて十一時頃にあっちを出発して、こっちの岸へは二時から二時半頃に着く。今、二時前だ。おうい。そろそろ来るぞ」機材をヘリからおろしている四人のスタッフに遠藤は叫んだ。「いそいでくれ」

「本当に来るのかなあ」

「来ますとも」と森下義和が請けあった。「だいたいだねあんた、てふてふだってたった一匹で韃(だっ)靼(たん)海峡を渡るってくらいのもんだ。人間が来られないわけ、ありません」

「てふてふって何よ」

森下義和、日野みどり、それにディレクターの遠藤以下ＧＲＴテレビ「突然おじゃま虫」のスタッフ五人が凍りついた積雪で足をとられ滑ったりころんだりしながら灯台の西側にあるなだらかなスロープを砂浜にまでおりた。

「でも韃靼海峡ってのは、ここじゃないでしょう」助手と共に照明機材を組み立てながらカメラマンの夏木が言った。

「そうそう。もちろんあれは間宮さんの海峡。あれに比べりゃこっちの方がずっと近いもんね。しかしまあ、驚くだろうなあ。氷の上からこの海岸へ上陸してくるなり、ライトぱあっと照らしつけられて、マイクつきつけられて、はあい『突然おじゃま虫』」

「はあいご苦労さまあ。ソ連からようこそ。お待ち申しあげておりましたあ」

「えー、どういうお気持で時おりこちらへお見えになるんですか。やはりこの、誘蛾灯の如き資本主義国家の赤いネオン青いネオンにあこがれて」

「それともこちらにお友達がおられるんでしょうか。あっ。もしかするとガールフレンド。海峡を渡る恋なのでしょうか」

「だけど、わかるかなあ。相手は英語がわかるどころか字もろくに読めねえソ連軍の下級兵士だろう」

「なあに。日本のテレビ放送ぐらい、あっちでも見てるさ」

「あっ。それじゃその兵隊さんの顔、テレビで流したりしたら、あっち側の上役の誰かさんにばれてしまうんじゃないの。そのひと、叱られるだろうなあ」

「叱られるどころではないのだ。無断出入国だもんね。シベリヤ送りになるな」

「まあ可哀相。泣いちまうんじゃないかしら」

「じゃあ亡命させてやるさ。ねえエンさん」

「冗談じゃないよあんた。亡命させてやって誰が養うんだよそんな野蛮人」

「あら。野蛮人なの」

「スズメ、メジロ、ロシヤ、野蛮国、クロパトキン、金の鳶なんて尻取り歌がある。熊みたいなやつにきまってるさ」と、遠藤。

「じゃあ、あとくされのないように、いっそのこと殺しちまおうよ。そうだ。アイヌ部落へつれていってイヨマンテやって貰おう。これ正解」

「ひどおい。なんてこと言うのよう」

「準備、こっちは完了」と、夏木が言った。「スイッチひとつで、こっちのライトとあっちのライトが点きます」

「あっちはレフトでしょう」

「ぱあっと、昼みたいに明るくなりますよ。本当は一度テストしたいんですがね」

「おい。よせよせ。もうそこいら辺まで来とるかもしれんのだ」

「合図は」

「おれがする。録音の方はどうだ」

「こっちも準備完了。テスト一回、お願いします」と、録音助手。

「よし。早くやろう」

「何か聞こえないか」マイク・テストの途中で森下義和が顔をあげ、海を見つめた。

「来たか。お。来たな。そうか。よし。みんな伏せろ」自分はあわてて雪に覆われた岩の蔭に入り、首だけ出した遠藤が夜空を見あげた。「待てよおい。これ、エンジンの音じゃないか」

「車で来るのかしら」

「まさか」森下義和が耳を澄ませる。「それに、これはエンジンの音でもないみたいだぜ」

「でも、あっちから聞こえるのよねえ」

海の彼方から遠くくぐもって響いていた機械音が急速に高まり、それと共にうねりのような擦過音が岬を三方から包みはじめた。

「いくらなんでもこりゃおかしいぜ。いやだね。いやですね。わたしは何かこの、非常に悪い予感がします。わたしゃもう今すぐ、家へ帰って何もかも忘れて眠りたいという気分。だって、これは足音だよ。何十人もの足音ですよ。いや。何百人かな。それにこれはヘリのローターの音だ。見ろ。見ろ。ほら。何か動いているよ。こっちへ来るぜ」森下義和はほとんど動きのない海面上の流氷を指さして叫んだ。

音は、いまや轟音に近づいていた。ほんの十メートルほどの視力の彼方で、闇の中にうごめく何やら巨大なもの。一同は恐怖にしびれ、無言で立ちすくみ続けた。

「軍隊だ」森下義和が押し潰(つぶ)されたような声でやっと叫んだ。「軍隊が丸ごと越境してきやがったに違いないぜ」

「わたし、いや」と呟やいて日野みどりがまた雪の上にしゃがみこんだ。

「まさかなあ」遠藤はしばらくためらったのち、大声で夏木に叫んだ。「ようし。明りを入れてみろ」

やばい、よせと森下義和が叫んだ時、夏木は二キロワット中角投光器四基のスイッチを入れた。乳白色の流氷が遠くまで照らし出された。

氷上を東西数百メートルにわたって拡がり、蟻の如くじりじりと北海道東端へ近づいて来つつあるのは見まごうかたなきあれはソ連が誇る地上軍、自動車化狙撃(そげき)部隊の歩兵九個中隊が一連隊で二千名。夜の闇にまぎれんとする意図あからさまにいずれも黒い防寒具で身を包み、各分隊ごとにロケット発射機をかついだ兵士が二名、射手の補助をする兵士が一名。この兵士は仲間の黒い冗談に「ミサイルの運び屋」とも呼ばれていて、三基のロケットを肩紐のついた鞄に入れ、馬鹿のふりして歩いている。さらに機関銃三挺がおん蟇(びき)の如くひしゃげた姿勢の各一名にかつがれている。これら分隊の十一名全員が本来乗るべき戦闘車輛BMP・1百台は凹凸(おうとつ)平均一メートルの流氷の上は走れないから、どうやら上空のヘリコプターに積載されているらしい。とすれば、わざと遅れて歩兵のはるか後方をこなたに飛来しつつあるヘリコそは、装甲兵員輸送車が積載可能な、ソ連軍の誇り、他ならぬＭＩ26重輸送ヘリコプター百機に間違いあるまい。さらにまた当然のことながらＢＭＰ・１には口径73ミリ自動砲各一門、９Ｍ14型「マリュートカ」ロケット各四基が搭載されているのであろう。

「ソ連軍だ。侵攻してきやがった。奴ら例のチャイナ・シンドロームで気がくるやがったのよ。サハリンや北方領土だけで足りずに北海道まで取ろうってのかよ」森下義和が叫んだ。「おい。エンさん。逃げようぜ」

「撮れ」と、遠藤は叫んだ。「第二次日ソ戦争の開幕シーンだぞ。撮らんわけにゃいかん。歴史的シーンだ。局長賞だ。撮れ。撮るんだ」

「もう撮っています」と、夏木が悲鳴のような声で叫び返した。「そっちも、マイクを入れてください」

「集音マイクを取ってこい」と、遠藤がＡＤに叫ぶ。

はいと答えたものの若いＡＤは悲しや腰が抜けていて立ちあがれず、むなしく積雪のうわっ面(つら)を手で掘り返すのみである。

「やめた方がいい。砲弾がとんできて炸裂。あとに残ったは肉のひとかたまりなんて広瀬中佐みたいなのは厭だからね」森下義和は周囲を見まわして叫ぶ。「みどり。逃げよう。どこにいるんだ」

「もう逃げてるわよう」スロープの中ほどで足を滑らせたまま斜面に腹這いになり、日野みどりが叫び返した。

森下義和が彼女のあとを追って走り、四つん這いになって傾斜をのぼりはじめた時、ぼす、と、かすかに籠もったような音が低く響き、飛んできたロケット弾が右側のライトに命中した。爆風で左側のライトも吹っ飛び、炸裂した破片に切り裂かれて遠藤以下スタッフ五名はどう助かりようもなく即座に死亡、森下義和は破砕した照明機具のガラスで大腿部を貫かれ、スロープを一メートルほど滑り落ちた。

「いやあよう。義和。死んだの」日野みどりが尻で滑りながら戻ってきた。「死んでたら泣いちゃうから」

「足をやられた。逃げられない。こりゃもう、どうしようもないな。あんただけ早く逃げろ」

「いや」彼女は彼に抱きつき、足までからめた。「好きだったのに」

「馬鹿。おれみたいな中年好きになってどうするんだよ。殺されるぞ。逃げろ。つかまったらどうなると思う。掌(てのひら)に穴をあけられて、ロープ通されて戦車で引きずっていかれるんだぞ」

「あなたを置いて逃げられないわ。こんなに好きだったなんて信じられない。ねえ。思い出のために今すぐここで結ばれましょう」

「そんなことできるかよ。敵がそこまで来てるっていうのに。あんたが今洩らしている小便のぬくもりと臭気だけを思い出にする。逃げろ。そいでもってこのこと、自衛隊と政府に電話しろ」

「知りあいがいないから、どっちも電話番号知らないわ」

「上の灯台が海上保安庁だ。誰かいるから連絡してもらえ」

どんな戦車の装甲鈑でもぶち抜く威力を持った弾頭を振りかざし、また一発、さらに一発、ロケット弾が灯台の基部に命中した。

「だめだ、灯台がやられちまった」コンクリートの破片の雨から日野みどりをかばいながら、森下義和は彼女の耳もとで叫ぶ。「しかたがない。どこかから一一〇番しろ」

「そうするわ。でも死なないでね。あなたが死んだらわたしも手首切って、ビルからとびおりて自殺して、それを真似して若い子が次つぎととびおり自殺して」

「あのな、そんなこと言ってる場合と違うでしょ。逃げなさい」

「あのさあ、よく映画やテレビであるでしょう。危機が迫ってるっていうのに逃げないで、死にかけてる人の傍でいつまでも会話してたり、遺言聞いてあげたりしてるの。あれ、二流のドラマだと思うんだけど、わたし今、あれじゃないの。逃げようとしてるの。だけど立てないの。足がヴァイブレーターみたいに顫えちゃって」

その時、灯台前の広場の上空に壮大な花火があがった。操縦士と、機内に残っていたスタッフ二名を乗せて飛び立ち、逃げようとしていたAH-64Aアパッチがロケット弾をくらい、爆砕したのだった。

「はい。わかりました。逃げます」轟音にはじかれて日野みどりはすっくと立ちあがり、もはやあとも振り返らずに斜面を登りはじめた。登りながらも彼女の饒舌は続く。「わたし、逃げて、この体験、書くわね。書いて、『もう傍杖はくわない』なんてタイトルで本にして、女流作家になって」

日野みどりの声が聞こえなくなった。無事に逃げたようだな。森下義和は倒れたままイグアナの如く首をのばし、海岸のあたりをすかし見る。やって来たようだ。ロシヤ語で怒鳴る声が聞こえる。このあたりで上陸できるところはここしかない。死んだふりをしていて踏み潰されてはかなわない。森下義和は知る限りのロシヤ語を叫びはじめる。

「ヘイ。タワリシチ。タワリシチ。ヤー・タワリシチ。ハラショー。オーチン・ハラショー。タワリシチ。ダーダー。スパシーボ。スパシーボ。ええと、ええと、あのう、ボルシチ。ピロシキ。イクラ。ウオッカ。トロイカ。ペチカ。ええと。サモワール。アエロフロート。弱ったな。おれロシヤ語貧困なのよなあ。困ったな。おれ、仏文だもんな。でも、何か言わなきゃな。ヘイ。タワリシチ。ド、ド、ドストエフスキイ。カ、カラマーゾフ。ラスコリニコフ。ええと、チェーホフ、スタニスラフスキイ。ツルゲーネフ。あ、そうだ。ト、ト、トルストイ。トルストイ。カチューシャ。アンナ・カレーニナ。アンナ・パヴロヴ。ボリショイ。ペトルーシュカ。ボリス・ゴドゥノフ。シャリアピン。ドン・コサック。バラライカ。ステンカ・ラージン。カリンカ・カリンカ・カリンカ・マーヤ。何を言うておるんだ。くそ。ヘイ。タワリシチ。ヤー・タワリシチ。ダーダー。ええと、プーシキン。ゴーゴリ。ゴーリキイ。パステルナーク。ジバゴ。ナボコフ。ソルジェニツィン。サハロフ。いけね。何かやばい感じになってきた。ニェット。ニェット・イワン・デニソーヴィッチ。ニェット・シベリヤ。ニェット・ラーゲリ。ニェット。ニェット。ダモイ。あ、そうだ。エイゼンシュタイン。ポチョムキン。乳母車。オデッサ。ヘイ。ハラショー・タワリシチ。モスクワ。クレムリン。スターリン。レーニン。トロツキイ。フルシチョフ。ブレジネフ。ええと。ええと、あの、ボルシェヴィキ。ナロードニキ。ええと、まだあったんだよな。ヘイ。タワリシチ。コーカサス。イルクーツク。ガガーリン。ヤー・チャイカ。あ、そうだ。イズベスチヤ。タス。コムソモルスカヤ・プラウダ。キンメル・スキタイ・サルマート。あれえ。これ何だっけ。ええと。ええと。エカテリーナ。ツァーリ。ラスプーチン。しかしまあ、意外と出てくるもんだなあ。ええとええと。あっそうだ音楽家。チャ、チャ、チャイコフスキイ。ラ、ラ、ラフマニノフ。リ、リムスキイ・コルサコフ。ハチャハチャハチャハチャトリアン。プロコフィエフ。ええと、ええと、ルビンシュタイン。ジンバリスト。それからあの、ハイフェッツ。ブーニン」

わめき続ける彼はいつか熊の如きソ連兵にぎっしりと取り囲まれている。かくて森下義和はソ連軍捕虜となった。

　北海道各地への侵攻はほぼ同時に行われた。国後島からは根室海峡を越えて標津方面へ空挺強襲部隊一個旅団の兵員を乗せた一個ヘリコプター強襲連隊六十四機、一個ＭＩ26重輸送ヘリコプター中隊、三個空挺狙撃大隊。サハリンからは宗谷海峡を越えて稚内方面へ地上軍空挺部隊及び三個ヘリコプター輸送連隊による自動車化狙撃部隊三個大隊。ウラジオストクからは太平洋艦隊の主要海上艦艇二十三隻が石狩湾へ、同三十一隻が茂津多岬の沖へやってきて、次つぎと自動車化狙撃部隊、戦車部隊、地上軍砲兵・ロケット部隊を附近の海岸へ上陸させはじめた。これだけでさえ極東戦略方面軍の十分の一の戦力にも満たないわけだが、イェゴロフ将軍は先発隊の内陸部侵攻を支援しつつ、むしろ長時間ひっきりなしに後続部隊を送りこんで侵略を楽しみ、北海道に住む、とても洗脳できそうにない腐り切った日本民族を本州方面へ追い散らしてしまおうというムラヴィヨフ少将の作戦を採用したのであった。

十　網走刑務所

　朝まだき、まだ暗いうちから叩き起された服役者五百二十余名は喋る声さえ凍りつきそうな冷気の中、刑務所の中庭に整列させられた。中庭の周囲は全看守百九十余名によって取り囲まれている。あきらかに異例のことであった。

「おれは脱走者が出たんだと思うね」窃盗犯の宮本が言った。「馬鹿なやつだ。最近ここには刑期二、三年のやつしかいないし、年輩のおとなしいやつばかりだし、汚名返上で待遇はよくなってるし、娑婆よりはよっぽど気楽だし」

「脱走者じゃあるまいよ」暴行傷害の木下がかぶりを振った。「気がつかなかったのか。夜中の三時ごろからヘリコプターが飛びまわっていた。刑務所外で何か異変が起ったに違いないね」

「異変て何や」強姦（ごうかん）未遂傷害罪の浅田が訊ねる。

「ゴジラでも来よるんか」

「静粛に。静粛に。所長が話される」看守のひとりが声をはりあげた。

「諸君もうすうす勘づいていると思うが、きわめて重大なる事件が出来し、今朝未明、非常事態宣言が日本政府によって出された」所長が訓示台の上に立ち、喋りはじめた。「即ち、ソ連軍がこの北海道へ侵攻を開始したのである。詳細はわからないが、ソ連軍の上陸地点はいずれもこのあたり、つまり道東、道北、さらに道西の海岸線一帯であり、敵の目的はどうやらこの北海道の占領にのみ存すると考えられるのだ。いずれはこの刑務所の附近も爆撃を受け、砲撃を受けると思われる。ここにおいてこの刑務所は、中央及び北海道各地公安本部と連絡をとり協議した結果、いったんその管理責任を放棄し、諸君ら服役者を解放しなければならなくなったのだ。われわれ管理責任者はこの事態の善後策を講ずるため、一時的に本州方面へ退去する」

「つまり逃げるのだ」と、宮本が言った。

服役者たちが笑った。ソ連軍の怖さよりも解放の喜びが先に立つらしい。

「おれたちはどうなるんだよ」と、木下が叫ぶ。

「あいにく諸君たち全員を乗せて逃げるための車はない」所長はにこりともせずに断言した。「われわれが撤退したあと、諸君は徒歩でこの刑務所を自由に出て行ってよろしい。それ以後は諸君のそれぞれの才覚に委ねるわけであるが、ひとこと忠告させて貰うならば、ここを出たのちに諸君のとるべき道は三つしかない。徒歩または車輌に便乗して本州方面へ逃がれる、というのが最も安易な道である」とりもなおさず自分たちがその安易な道をとることを思い出し、所長は咳ばらいした。「二番めの道こそ、所長たるわたしが最も諸君に望むことであるが、郷土を護るため、武器をとり、ゲリラとなってソ連兵と戦うことである」

「そんなことできるもんか」

「無茶言うな」

「静かにしなさい。静かにせい。黙れ。こら。お前たち悪人どもを一般社会へ野ばなしにすることがそもそもわたしにとって欣快至極もとえ遺憾至極なのである。だからこそお前ら悪人どもが過去の罪業消滅のため愛する祖国の御楯となり、みごと死んで見せることこそわしがお前たちに望むことで、なんでそれが無茶なのだ。あたり前のことではないか。で、まあ、そのような勇敢なる行為こそ本来の服役者諸君にふさわしいものであると考えられるのであるが、その期待にこたえてくれる者がたとえひとりでもふたりでも、この中にいるだろうか」

「所長」背後及び左右の数人から指でからだのあちこちを小突かれ、最前列にいる、高倉健そっくりの顔をした傷害致死罪の三井がしかたなく一歩前へ進み出た。「自分はもちろん、仲間を集めて侵入者と戦う決意でおりますが、戦うための武器の貸与はお願いできるのでありますか」

「それはできない」所長はわざと苦渋に満ちた表情をして見せた。「服役囚に武器を貸しあたえて解放することは刑務所管理規定に違反するところであり、一般市民にも脅威をあたえることになる。ただし、銃器類はわれわれが持ち去るものの、厨房及び工作室にある鋭利なる刃物や鈍器つまりその出刃庖丁にナイフ、肉叩きにハンマー、アイスピックに鑿といった、使い様によって武器となり得るものは放置していくので自由に持ち出してよろしい。これがせめてものわたしの心遣いである」

「何が心遣いや」浅田が呟やいた。「わしらに車奪られるのんが怖いだけやんけ」

「諸君がそれら器具の最大限の応用をもって敵ソ連軍の武器を奪い、壮烈なるゲリラ戦を展開してくれることこそわたしがいちばん望むものである。わたしがいちばん望まぬことは諸君が第三の道を選ぶことである。つまりソ連軍に降伏し、あるいは捕虜となり、洗脳されて共産主義者となることだ」所長は急に激昂し、握りこぶしを振りあげて怒鳴りはじめた。

「野蛮なる北狄に屈伏してはならない。やつらはアカだ。なんと、アカなのだ。問答無用の大国意識でずかずか他国へ土足で踏みこんでくる無神経な熊の如きコミュニストども、かの赤き怪物どもに北海道を徘徊させてはならない。戦え。ウランバートルへつれて行かれて暁に祈りたくなければ戦うのだ」

「自分は逃げる癖によ」

宮本がそう呟やいた時、南東の方角で冷気を切り裂くような鋭い破裂音がたて続けに四、五回、間を置いてもう二、三回轟いた。

「あの、来たようである」立っていられぬほど顫えながら所長は言った。「言いたいことはまだ多いが、撤退は早いに越したことはないのでその。まあ結論としてはだな。とにかくその、幸運を祈る」よろめきながら所長は訓示台をおりた。

所長はじめ看守たちが三三五五、ある者はいったん隣接の官舎に戻って家族と共に自家用車で、車を持たぬ者は刑務所の乗用車やパトカー、囚人護送車やトラックなどに分乗して刑務所を去っていったあと、囚人たちの半数は思い思いの刃物や鈍器を手にし、あとの半数は手ぶらのまま、最後に去っていった看守が大きく開け放した正門からぞろぞろと刑務所専用道路へ流れ出た。左へ百メートルほど歩き、網走川にかかる鏡橋を渡ってすぐが国道39号線である。北へ行けばオホーツク海に面した網走港、南へ行けば女満別を経て美幌町だ。走っている車はほとんどなかった。

「だれが戦争なんかするもんか。命が惜しいや」

たいていの者は本州方面へ逃げる道を選び、逃走用の車を求めて国道を南へ走って行く。「女満別に自動車の廉売場があった。あそこへ行こう」

　放置された車を早くも道路ぎわに発見し、乗り込む者もいる。

「おいおい。あんた、どこ行くの」囚人服の灰色の流れの赴くまま、南への波に乗ろうとした三井を、宮本と木下が呼びとめた。「ゲリラになってソ連軍と戦うってんじゃなかったのかい」

「だって、おれひとりじゃ何もできんだろうが」

三井は立ちどまり、振り向いて苦笑した。「さっきはうしろや横の連中に小突かれて、代表して武器を要求しただけだ」

「あのう、仲間ならここにふたり、いるんだけどね」宮本が言った。「さっき相談したんだが、おれたちもともと住所不定、金なし子なし女房なし。本土へ逃げたって何も面白いことはない。あんたを隊長にして、この北海道を舞台に華麗なるゲリラ戦をくりひろげようなんて言ってたんだがね」

「隊長だって」三井はかぶりを振った。「またか。やめてくれよ。この顔のためにいつも正義や勇敢さを過剰に期待されてひどい目にばかりあってるんだ。やくざにからまれてる呑み屋の女の子が健さん助けてと言ったばかりに喧嘩になって傷害致死罪。刑務所へ来たら来たで服役代表者にされちまって損ばかりやらされて、今度はゲリラの隊長かよ。おれはそんな人間じゃないんだよ。頭は悪いし臆病だし。あの喧嘩だってあっちが弱過ぎた。捨て身で体あたりしたら吹っとんで、ビルの二階にある呑み屋の窓から国電のレールの上に落ちて轢死した。おれ、出所したら金貯めて明石家さんまの顔に整形するつもりだったんだぜ」

「おれたちが仲間じゃ、気に食わねえみたいだな」木下が宮本に言った。「このひと、仲間がいたりすると邪魔だから、単独行動やるつもりなんだよ。ランボーみたいにさ」

「一匹狼ですかあ」宮本は頭を掻いた。「でも隊長、おれたちの話も聞いてくださいよ。ゲリラってのは口実で、じつは山賊とか盗賊団とか、この北海道の雄大な自然を舞台にそういうスケールのでかい大時代なことをやるのも男のロマンじゃないかって話もしてたんです。もちろんその場合、隊長は頭目、おかしらということになりますがね。ひひ。それに隊長。おれは格闘技ならちょっとしたもんだし、こいつはナイフ使わせたら名人なんですよ。何をやるにしろ、お役に立つと思うんですがねえ」

「おれの言うこと信用しないのなら、勝手にしろ」三井はそっぽを向き、さっき土産物屋からかっぱらってきた煙草をくわえた。

「おっ。それではお許しが出たと勝手に了解し、勝手について行きます。へへへ」

「あんさんら、わしらも仲間に寄して貰えまへんか」近くに立ちどまり聞き耳を立てていた浅田が傍へ寄ってきた。

「わしらかてどこも行くとこないし、なんや知らん面白(おもろ)そうやさかい」

「おっさん。あんた戦争を口実にしてそこいら辺の女片っ端から強姦しようってんじゃないだろうね」と、木下。

「いやいや。山賊でも戦争でも、真面目にやります。ご存じないやろけど、わし『忍びの浅』いうて忍びの名人。強姦未遂ではつかまったけど、まだ忍びでつかまったことはない。それからこいつは」浅田はうしろに立っているなよなよとした色白の男を紹介した。「若柳いうて、十年前踊りの師匠に破門されて以来、わいの弟子です」

若柳は少年のようにおどおどしていた。

「こいつ、こう見えても四十一歳。忍びの腕はわい以上」

「さっきから、忍び、忍びと言ってるが」三井が言った。「つまりこそ泥か」

「早う言うたら盗っ人だんねん」

「こういうのがいたっていいでしょう」宮本が言った。「さあ。そろそろ行きましょうや。隊長、どっちへ行きますか」

「おれだって行くあては何もない。幸福(しあわせ)の黄色いハンカチを翩翻(へんぽん)と翻(ひるがえ)してくれる女もいない。とりあえず美幌へでも出るつもりだ」

「ＯＫ。それで決まり。美幌へ出りゃ銃砲店もあるから武器弾薬も手に入る。作戦はそれからということで」

「待てよ。おれはだな」

「まあまあま。話は歩きながらでもできるでしょう隊長。さあ出発。行きましょう。行きましょう」

五人は国道を南へ歩き出した。道端の雪の上には朝陽が照りつけている。

十一　旭川市内

戦争の夢を見ていたようだ。伊吹は起きあがり、コーヒーの豆を挽(ひ)いた。まだ朝の七時だというのにヘリコプターがやたらに飛びまわっている。三キロほど北の春光町には陸上自衛隊の北部方面第二師団がある。やけに飛んで行くな。あの夢があのヘリの音のせいであるとすれば、あれはだいぶ前から飛んでいることになる。どこで演習をやっているのだろう。伊吹は窓の外を見た。彼のマンションは昭和通りから少し入った五条七丁目にあり、部屋は九階で北向きの窓がある。春光町から飛び立って北の方へ飛んで行くようだが、南からやってくるのもある。どこで演習をやっているのか知らんが、あっちの方面で演習なんかやって、仮想敵国さん、大丈夫なのかな。

しかしコーヒーを飲んでしまうと、頭はふたたび原稿の内容に戻っていく。うーん。どう考えてもいったん東京に戻り、地下鉄の各駅を見てまわらなきゃ駄目なようだなあ。核戦争でサバイバルできる地下鉄の駅か。閃光さえシャットアウトすればいいという考えでいけば、曲がりくねった駅、つまり新御茶ノ水駅のような。ああ。市ケ谷駅もいいな。

室内には荷ほどきされぬままの宅配便の包みが三十数個、高く積みあげられている。スケルトン・チームの全員が揃ってから開いて銃器を組立てた方がよいという、伊吹らしい慎重な考えによってそのままにしているのだ。仲間は今日来る筈である。まず午前中に鍛治。少し遅れて前田と関根。彼らが来てしまっては、とても原稿など書けまい。月刊「ウォー・マガジン」の締切は一週間後だ。やはり今のうちに書いてしまわねばなるまいなあ。

原稿を書きはじめてすぐ、爆音が轟き、部屋が震動しはじめたので伊吹は立ちあがり、窓を開けた。あっ何てことだ。すぐ西の空を南下する爆撃機。あれはソ連のＴＵ16バジャーではないか。またミグ25騒ぎの時のように亡命する気か。サハリンのドリンスクから来たようだが、五機の編隊でもって集団亡命とはな。それにしてもＦ15のスクランブルがないのはおかしい。よりにもよってこんな演習をやっている日に来るとはなあ。あの方角なら千歳だが、危険なことだ。千歳へ行くとはな。あそこには第三高射群と第一高射特科団がいる。撃墜されちまうぞ。民間の空港しかないところへ行きゃいいのに。

そうだ。そういえば夢の中で数回、飛行機の爆音も聞いたのだった。地鳴りの如きはるか遠方の爆弾の炸裂音も。そしてまた数多くの戦車や装甲車が出撃するらしいかすかな地ひびきも。伊吹はあわててラジカセの電源ボタンを押した。

　各局ともニュースを流しっぱなしにしていて、北海道のU局のみが「蛍の光」をエンドレスでかけっぱなしにしていた。伊吹はダイヤルをまわし続け、バラライカの如き各局アナウンサーの饒舌を断片的に聞き齧り、三十五秒で事態を認識し、状況のほぼ全貌を把握した。いったんスイッチを切り、四、五分考えこんだ。彼はやがて顔の内側の光源から輝きを発しているかの如き恍惚の笑みを洩らした。口を半開きにして声のない笑いを笑った。その口の中で赤黒い舌端が踊った。もう原稿のことなどは脳裡からけしとんでいる。彼はただちに宅配便の包みをほどきはじめた。

　六挺の銃器をほぼ組立て終った時、ドア・チャイムが鳴った。鍛治だった。

「あがってください。あがってください」伊吹は浮き浮きしていた。「せまい上に散らかしっぱなしですみませんね。気をつけて歩いてください。でないと、簞笥にゴン、なんてね。あははは」

　鍛治はにこりともせず、組立てられた銃器の前にあぐらをかいた。「まだ、届いてないものは」

「あとふたつだけ。CAR-15の銃身とトカレフの銃把です。しかし、もう届く見込みはありませんな。この状態ですから。あ。コーヒーを淹れましょう」

「徹夜で車すっとばして盛岡辺まで来た時に、カー・ラジオで北海道に異常事態発生というニュースを聞いた」鍛治が喋りはじめた。興奮していた。「夜が明けるにつれて、相手がソ連軍で、飛行場とレーダーサイトが爆撃されているらしいことがわかってきたから、どうせフェリーも民間航空も運航停止だろうと思って青森の第九師団へ行った。うまいことにあそこは爆撃されていなかったし、ちょうど旭川へ行くヘリがあるというので、隊友会の会員証を見せて予備役の徴用だといって便乗させてもらった。ロシヤ語ができるからだなんて大嘘をついてな」

「でも、あなたが予備役だというのは本当でしょう」

「ああ。一カ月一回の訓練は受けている。ところで伊吹さん」コーヒーを出す伊吹に、鍛治は向きなおった。「あんた非常に明るいけど、それはつまりその、やるつもりだからだろ」

「はい。それはもう。あなた同様にね」伊吹は眼をうるませた。「この十年、こういう非現実的事態を心の奥の奥底で、ねちねち待ち待ちルサンチマン、なんてね。ポスト戦後の市民社会から排除されたようなこのわたしの生き甲斐も死に甲斐も、この戦争にしかありません」

「問題は関根と前田だがね。奴ら来られないいんじゃないかな」

伊吹は笑った。「いやいや鍛治さん。あのふたりは必ず来ます。彼らは才智にたけている。なんとか工夫してやって来ますよ」

「やって来たとしてもだ、関根はともかく、前田はゲリラになって実際の戦闘をやらかすなんてこと、嫌うんじゃないか」

「ほう。どうしてですか」

「だってあいつ、臆病者だろ」

伊吹はゆっくりとかぶりを振った。「鍛治さん。もしわれわれに加わらなかったとしたらそれ以後、前田がどれだけ苦しむことになるかわかりますか。夜ごと戦っているわれわれの夢を見て、眼醒めるたびに死ぬほど後悔することになる。前田も馬鹿じゃない。それくらいわかっている筈ですよ」

ドア・チャイムが鳴った。

「ほら。来ましたよ」

「やけに早いな」鍛治は大雪山の地図を拡げた。

廊下に立っていたのは宅配便の配達夫だった。

伊吹はちょっと驚いた。

「あんた、逃げないのかね。もう旭川の人間はほとんど逃げちまっているか、逃げる支度をしているだろうに」

「わがヒグマ宅急便は」配達夫は言った。「後発の会社ですから、他社には求められないようなあらゆるサーヴィスに万全を期しております。たとえ戦場であろうとお届けするというのもそのサーヴィスの一環です」

「驚いたねどうも。や。ご苦労さん」

配達夫は室内に散らばった銃器に眼を丸くし、しばらく茫然としていたが、すぐにあたふたと立ち去った。

伊吹はまたラジカセのボタンを押し、包みをほどきはじめた。「これはトカレフの銃把です」

「このソ連大使館の声明によりますと、こうした一連の軍事行動はすべて、日本の海上自衛隊所属の潜水艦が色丹島にある防空部隊基地へミサイル攻撃を行ったための報復措置であり、こういう事態となった原因及び責任はすべて日本の自衛隊ひいては日本政府にあるという主張がなされております。一方、防衛庁によりますと、そのような事実はまったくないとのことであり」

「アメリカと話がついとるな」鍛治は言った。

「NATO正面ともだ」

「在日米軍が全部出はらっていますからね」伊吹はうなずいた。「在韓米軍も救援には来ないでしょう。三十八度線が緊張します。ペンタゴンのシナリオじゃ、こういう場合必ず飛び火することになっていますから」

「安保ただ乗りのつけをまわしてきやがったんだ」鍛治は立ちあがった。「あんたはここにいてくれ。おれは車で市内をまわって物資を調達してくる。食糧。固形燃料。カンテラ。電池。ヘルメット。医薬品。シャベル。斧。大工道具。消火器。劇薬に毒薬。ガスマスク。金串。テグスに凧糸。針金にピアノ線」

「二条二丁目に刀剣を扱っている店があります」と、伊吹は言った。「日本刀も何本かお願いしますよ」

十二　青函トンネル

今別町浜名の青函トンネル開口部は、北海道から避難してきた連中でごった返し、道路にまであふれていた。そこから先、もう車では近づけなかった。東京から東北縦貫自動車道を七時間でとばし、青森から国道280号線に入り、さらにそのバイパスに入ったりしながらやってきた関根と前田はこの様子を見て、二百メートル手前で車を乗り捨てる決心をする。

「やっぱりトンネルの中、歩かなあかんみたいやな」田圃ぎわに停めた車の中で、助手席の関根が運転席の前田に言った。「車に乗って出て来るやつ、ひとりもおらへん」

「そりゃそうだろう。トンネルの中はレールが敷設してあるんだから、トロッコ以外の車は無理だよ。しかし歩くのはつらいよなあ。五十キロ以上あるんだろう」

「仕様ないやないけ。青函連絡船が欠航になっとるんや。歩くしかあらへん」

「ちえ。なんで船をださねえんだろうなあ」

「連絡船がソ連の潜水艦に撃沈されてみい。この寒さやさかい、たちまち洞爺丸の惨劇じゃ」

「じゃ、行くか。しかたないな」

ふたりは荷物をまとめて背負い、車を捨てて田圃に入った。難民は田圃の中にも拡がり、歩いてきた疲れでうずくまったり寝ころがったりしている。死にかけている病人もいて、医者の看護を受けていた。

「おい。おっさん。おっさん」と、関根が難民のひとりに訊ねた。「トンネルの中、何時間歩いたんや」

「十五時間だよ。まいったまいった」妻と娘をつれているその男はリュックサックの上へ仰向きに身を投げ出したままで言った。「人の流れに呑まれてしまって、早くも進めず遅くも行けず。途中で二回、避難救援道路ってところへ入って休もうとしたけど、あそこも人がいっぱいでな」

トンネルの入口には数人の自衛隊員が立っていて、そのひとりが入って行こうとするふたりを見咎めた。「ちょっとちょっと。あなたがた、どこへ行くんですか」

答えようとする関根をあわてて制し、前田が隊長らしいその隊員に答えた。「見ればおわかりと思いますけどね、ちょっとその、北海道へ」

「坑内は避難してくる道民でぎっしりです。こっちから向こうへ行くにはその人波にさからって行かねばならんわけで、とても行けませんよ。だいたいあなたがた、何しに行くんです。ソ連軍が来てるんですよ」

「わたしたち兄弟が東京へ得意先まわりに行っている間、足腰のろくに立たない両親が留守番してくれていたんです。どうあってもつれてこなきゃなりませんので」

「そういう事情なら無理もありませんが、見ればわかる通り、こっちから向こうへ行く人はひとりもおりません。本当は自衛隊の救援部隊専用路としてわれわれが確保したかったのですが、この状態では当分それもならぬ有様です」

「絶対に駄目でしょうか」前田は本当に涙を出して泣いて見せた。「北海道がソ連に占領されたら、わたしたち一生、両親と生きわかれになるんですよね」

若い二尉は周囲を見まわしながらしばらく考えていたが、やがてうなずいた。「中央に中央道路、左右に側溝があります。水が流れていたりするので、あまり人は歩いていない筈です。そこなら行けるかもしれません」

「ありがとうございます。いやもう、水などは平気でして」

「ゲリラになってソ連軍と戦います、なんてことは、言えねえよなあ」壁ぎわの側溝を歩きながら、前田はうしろからくる関根に言った。

関根は黙っている。そう言うつもりだったらしい。おれが喋ってよかった、と前田は思う。

円筒形のトンネルの中は壁側上部の蛍光灯が非常用の百ルックス照明となっていて思ったよりも明るい。北からの人波は一定の速度でゆっくりと南へ動いていた。山のように荷物を背負ってへとへとの男もいれば、放心した表情で手ぶらのまま歩いている女もいる。オートバイや自転車に乗ってきた者も、結局は役に立たず、手で押して進んでいた。子供が泣き、犬が吠えていた。リヤカーに老人を乗せて曳いている男は疲労して今にもぶっ倒れそうだったが、うしろから押されて休むこともできず、泣きながら愚痴をこぼしている。中央通路と呼ばれている、側溝よりも深い溝を馬に乗って進んで行く男もいたが、これとて溝の幅が狭いから、すっとばすわけにはいかない。牛を数十頭つれている家族もいて、周囲から罵声を浴びせられていた。トンネル内は白く埃が立ちこめ、難民はいずれも黒く汚れた顔をしていて、老若男女の別はほとんど衣服によって判断するしかない。

「トンネル出てからどうしよう」と、前田が言った。「旭川までは遠いぜ」

「トンネルの向こう側の入口には、乗り捨てた車がいっぱいあるに決まっとる」関根は答えた。

「捜したらジープもあるやろ。しかも当然スパイクタイヤのついたやつがな」

「おい。今すれ違ったやつを見たかい」

「ああ。見た」

「でかいやつだったよな」

「うん」

「毛むくじゃらだったぜ」

「ああ。それがどうした」

「あれ、熊じゃなかったかと思うんだがね」

「なんでやねん。熊がなんでこんなとこ歩くんや。熊は今、冬眠中やぞ」

「だから、騒ぎで眼醒めたんだよ」

「そやから言うて、なんで熊が本土へ渡るんじゃい」

「八甲田山かどこかで冬眠をやりなおす気でいるんだよ。おれはきっと、そうだと思うね」

「あのなあ前田」関根は言った。「お前まさか、このトンネルの中、ずうっと喋り続ける気いやないやろな。向こうへ着くまで、からだが保たへんぞ」

「それがさあ、むしろ喋らないとバテるのよな。おれ沈黙すると自分が自分でないような気がして不安になってさ、たちまちその不安でもって死んじゃうの。おれこうして生きてるのも、立って歩いてるのも、すべてこれお喋りのお蔭なのよな。つまり饒舌のエネルギイってものはコレステロールの消費と同じでさ、この異常発酵の文明の中で見せかけの正常さを保つのに必要なの。おれ自身と外部の世界を統括できるメタレベルというのが饒舌の中に発見できるもんだから、それによって自分がアウフヘーベンされているようなされていないようなどっちでもないようなそんな気になるわけ。つまり他者というのはおれにとっては沈黙の神であって」

　前田はトンネルを出るまで喋り続けた。

十三　帯広・十勝川畔

小生意気な高校生ども数十人を冬の剣山につれていってガチガチに凍りつかせてやった杉浦が、帯広市郊外のサバイバル訓練学校まで戻ってきた時にはすでにソ連軍侵攻のニュースで職員たちのほとんどが逃げてしまっていた。杉浦はまだ凍りついたままの高校生たちに帰宅を命じ、今は自分も帯広市内のアパートに車で戻る途中だ。学校からアパートに電話をしたが、ナタリーはいなかったのだった。車をとばしながら、カー・ラジオのアナウンサーに負けまいとして、杉浦はひとり喋り続ける。

「いやまあえらいことですよこれは。あちらさんは言いがかりさえつけてしまえば、あとは『斧の理論』でもって先制過剰攻撃を仕掛けてくるヒトです。大変だよこれは。ナタリー、どうしたのかな。どこかへ出かけていて混乱に巻きこまれて事故でも起してるのかな。車なんか買ってやるのではありませんでした。はい。アメリカのつもりで日本で運転したら大変ですよ。北海道は交通事故による死亡者数が日本一。あっ。不吉な予感。いやですね。おれ、あの娘を本気で好きになりはじめてるのよなあ。しかしまあ、えれえことになった。ふうん。そうですか。総理大臣の防衛出動命令、出とるのですか。あっ。帯広には陸上自衛隊の第五師団がある。すでに爆撃されとるんじゃあるまいか。まあ、町の反対側ではあるが、ナタリーがあっちの方角へ行っているとすると大変だぞ。さて。おれとしてはこの際どうしたもんだろうな。ナタリーつれて東京に戻り、妻と離婚騒ぎを起してそのしがらみや葛藤、三角関係の悶着を刺戟として楽しむか。はたまたこの戦争ネタにして若いやつ集めてひと騒ぎ起すのも。まてよ。代々木はどう動くんだろうな。書記局長は死んだふりをする。うん。これは確かなことだ。何か言えば石を投げられるだろうしな。党そのものは分裂するだろう。大多数としては、今回のソ連の侵攻は日本共産党に無関係であるという声明を出す方に傾くだろうが、しかしソ連に協力しようという過激な連中も。いるんですなあこれが。いますよ。いますいますいるいる。顔が浮かんできましたよ二つ三つ。いや、五つ。六つ七つ。あっ。あいつもそうだ。八つ。しかし何をどうやるんだ。少数派過ぎて東京での政治活動駄目。だからといって東京で破壊工作やっても逆効果だから、やはり北海道へ来るんだろうか。北海道人民共和国ができた暁には、傀儡政権の首相、またはいいところの座を占めようとして。おっ。それ狙ってみる手もあるな。やめとこうやめとこう。本土にはまだ両親兄弟親戚、いっぱいいるものな。国賊の眷族として差別が子孫にまで及びます。やめましょう。はい」

　杉浦が借りているアパートは十勝川のほとりにあって七階建ての最上階。部屋の窓からは帯広市内で交差する国道を見おろすことができる。東西に走っているのは国道38号線、北から来るのは国道241号線だが、交差点で国道236号線となり、南へ向かっている。駐車場にナタリーの車はなく、ドアには鍵がかかっていて、当然ナタリーはまだ戻っていなかった。杉浦はとりあえず熱いシャワーを浴びて冷えきったからだを暖めることにした。

　裸になってバスルームに入り、ノズルから噴出する湯が熱くなるのを待っているうち、ドアが開いてナタリーが帰ってきた。杉浦は安心した。しかしナタリーの方は杉浦が帰ってきていることに気づかぬらしくて、声をかけてくるでもなく、あわただしげに何やら重たげなものを持ちあげてベッドに置いた様子だ。荷づくりするつもりかな。おれをほっといて逃げるつもりか。杉浦はバスルームのドアを細めに開けて行為を窃視した。

「同志スミルノフ。こちらはナターシャ」

ナタリーはベッドの下から出したスーツケースの中のマイクロ波無線通信機に向かい、報告をはじめている。何を喋っているのか杉浦にはわからないが、それがロシヤ語であることくらいは理解できた。

「成功おめでとう。今朝の爆撃で駐屯地東南端の火薬庫は完全に爆破、炎上しました。いえ。飛行機は無疵(むきず)です。輸送航空部隊(MTA)の着陸も可能です。現在駐屯地に隊員はほとんどおりません。主にヘリコプター、それに七四式戦車などで午前三時頃、北東部各地へ出動しました。北海道の人民は現在本州方面へ避難中。ここからも見えますが、大川町の交差点は、北は足寄(あしよろ)方面から来た車で十勝大橋の上までぎっしりの渋滞、東は釧路から来た車、南は襟裳方面から来た車でぎっしりです。これら三方面からの車が合流して、いっせいに西へ向かおうとしていますのでたいへんな混雑です。道民の避難にはまだまだ時間がかかりそうに思われますので、この附近への進攻は緊急を必要としません。また現在帯広市内では」

熱くなった湯で火傷(やけど)しそうになり、杉浦はシャワーのノズルをタイルの上に落してしまった。ナタリーの声が途絶えた。杉浦はまる裸のままタイルの上に尻を落し、あと退って壁ぎわにへばりついた。ガラス戸をナタリーが開けた。手にトカレフを握っていた。銃口が杉浦の頭部に向けられた。杉浦一世一代の「命乞い」がはじまる。

「あっ。なぜ殺すの。おれなんか殺そうが生かしとこうが同じでしょうが。捕虜になりますよ。ね。何考えてるの。デッド・オア・アライヴ、ザッツ・ザ・クエスチョンなんちゃって。はは。は。おれもう奥村チヨちゃん。恋の奴隷。なんでもします。あなたの手先になってスパイもやります。おれ、スパイするの、うまい筈だから。やらしてよ。せっかくおれの顔ロジャー・ムーアに似てるんだからさ。ひひ。助けてくれたら恩返しする。ね。ライオンと鼠の話、知ってるでしょ。こんなうす汚ないニッパーでも、生かしときゃ何かの役には立つわけでさ。あっ。何もあなたがあのこわい顔したライオンに似てるというわけじゃないの。君は美しい。ナタリー。いや違った。今やナターシャ。なんて美しい名だ。君を愛してる。ほら。ね。この眼を見ればわかるでしょ。この眼を見てください。この黒曜石のような瞳を。信じて。これが愛する男の眼ですよ。保証します。ね。日本人嘘つかない。タワリシチ。同志ナターシャ。思い出してくださいよ。あの甘美な夜ごとの営みを。そりゃ君は不満足だったかもしれないよ。こんな粗末な代物だものね。だけどさ、今はこれ、半分は恐怖のために縮みあがっているだけですよ。本当はもっと、いくらでも大きくなるの。それに君だって、歓びはあった筈ですよ。声出したじゃない。叫んだじゃない。これからはより大きな歓喜をあたえますよ。約束します。ね。だから助けて。あなたはぼくの生命を助けてぼくはあなたに尽す。ぼくはあなたに惜しみなく愛と精液を捧げて、あなたはぼくが自然死するまで限りなくぼくにぼく自身のいのちをあたえ続ける。これ、バタイユが強調するポトラッチ型贈与の体系。あっ。前に言ったよね。おれマルクス主義者だったたってこと。おれもう、今からマルクス主義者に戻った。夕張炭鉱へ行ってオルグやるからさ。おれ以前山村工作隊でさ、そういうことやってたの。だからもう、そういうこと得意中の得意。ね。やらせてくださいよ。お願い」

トカレフを握ったナターシャの手が、いつか下がっている。

十四　北太平洋

「ニトログリセリンって爆発するんだったよな」

制御盤所で日比木が神足に言った。「あれの溶けた水、排水孔からどこへ行くんだろうね。どのスイッチかわからないから、ポンプ使わなかったんだよな。自動的に海水中へ放出されるんならいいけど、メイン・バラスト・タンクの方へ行っちまったのなら、この潜水艦あれ以来潜りっぱなしだから、何かのショックで爆発しないとも限らないんじゃないの」

「余計なこと言ってないで、深度計とソナーに気をつけろ」あぶら汗を流しながら、神足が叫んだ。「だからこそ海底にぶつかったら一巻の終りだと思って、睾丸縮みあがらせてるんじゃないかよ」計器を見比べる神足の眼は充血し、見開かれ、瞳孔が小さくなっている。

「一回、浮上したらどうだろ」と、日比木が言う。「排水できるし、場所もわかるし」

「お前、海のど真ん中へ出て場所わかるのかよ馬鹿。敵前に浮上したらどうする気だ」

「そんなに点目になって怒るなよ。どうせ死ぬ気なんだから、どこへ出ようと平気じゃないの。場所なら星の位置で」

「今は昼間だ」

「そんなら、太陽の位置で」

「曇ってるかもしれんだろうが。くそ。方位の測定できるやつがひとりもおらんとはな」

その時、発令室の片隅の艦長室から、息を吹き返した富森艦長がよろめき出てきて、制御盤所に幽鬼の如き姿を見せた。「ここはどこじゃ」

「あっ艦長。ここは潜水艦の中」

「馬鹿。そんなことはわかっておる。わしはどれくらい気を失っていた」

「約六十時間、だいたい二日半です」

「浮上。浮上」富森艦長は仰天して大声を出した。「十七ノットのままで進路変更していなければカムチャツカに来ておるではないか。浮上するのじゃ」発令室に戻り、富森艦長が伝声管に叫ぶ。「浮上する。ベント閉めい」

　八人の乗組員があわただしくそれぞれの持場で制御盤や機械を操作しはじめた。

「ベント閉めました」

「ブロー」

「ブロー」

　十数分後、浮上した「はつしお」のハッチから富森艦長、神足、日比木がおそるおそる艦橋に首を出す。

「あっ。あそこに島が見えますね」

「うむ。見えるな。はて。いつかどこかで見たような島だが」

「暖かいですね」

「おかしいな。暖かい」艦長が太陽を見あげた。

「わしは相模湾で、まだ進路の変更をしていなかったのではないか」

「あそこへ出てからは、操舵しませんでした」

「いかん」艦長がのけぞった。「ここはミッドウエイだ」

「やばい」と、日比木が叫んだ。「逃げましょう」

「潜航。急速潜航」日比木の大声につられて、なぜか非常にいやな記憶に襲われたらしい富森艦長が顔色を変え、叫び続けながら発令室に戻り、その必要もないのに急速潜航を命じる。「総員配置につけ。ベント開け」

「ベント開きました」

「深度一〇〇」

「深度一〇〇」

「取舵（とりかじ）一杯」

「取舵一杯」

「速度十七ノット」

「速度十七ノット」

次つぎと命令を発しながら富森艦長は首を傾げていた。そういえばぶっ倒れておる間、わしはずっと戦争の夢を見続けておった。ながいながい夢であったような気がする。ミッドウエイの夢も見た。はて、それが原因なのだろうか。十七ノットでたった二日半、とてもミッドウエイくんだりまで来ることはできぬ筈なのだが。

十五 〈日野みどりの手記〉足寄峠

ノッカマップ川というところで、乗り捨てられていたトヨペット・クラウンを見つけ、それに乗ってわたしは国道44号線を西へ走った。納沙布(のさっぷ)岬から夜どおしかかって根室への道を、うしろからドドドド、などといって走ってくるソ連軍の大型の車や、ばらばらばらなどといってとびまわっている敵のだか味方のだかわからないヘリコプターに発見されまいとして、雪の中をすべったりころんだりして逃げ隠れしながら何キロも歩いたので、わたしはもうふらふらだった。それに根室市内は、もうソ連兵でうようよだと思ったので、ずいぶん遠まわりもしたのだ。一一〇番するまでもなく、この辺の人はみんな戦争のことを知っているようだった。それどころかわたしなど、ずいぶん逃げ遅れているらしいのだ。もうほとんど誰の姿も見られないからだ。時おり乗用車やトラックが凄い速度でわたしを追い越していく。アニメだとわたしの車はその風にあおられてきりきり舞いをしているだろう。運転の下手なわたしにはとても出せないスピードなのだ。

自衛隊の戦車とすれ違った時はずいぶん嬉しかった。車を道路ぎわに停めて道ばたに立ち、思わず両手をあげて「バンザイ。バンザイ」などと叫んだのだったけど、若い隊員の人たちはこっちを見もしなかった。みんな、顔がひきつってい た。あんな顔で勝てるのだろうかと不安だった。戦車だって、たったの十台だ。上空を自衛隊のヘリコプターが飛んでいったが、それもたったの二十機なのだ。よく考えてみたら、いえ、よく考えなくてもそうなのだけど、今の自衛隊の人たちは、今まで一度も戦争をしたことがないのである。

厚床(あっとこ)というところで、私は国道243号線に入り、北へ向かった。車の中にあった道路地図だと、そのまま行けば海岸に出てしまう。海岸はもうご免だ。ソ連兵がうじゃうじゃ上陸しているにきまっているからだ。陽ざしを浴びた牧場ではとり残された牛が鳴いている。あのたくさんの牛たちはどうなるのだろう。

別海(べっかい)という町でわたしは自動販売機のうどんを食べ、ジュースを飲んだ。あの爆発したヘリの中にバッグを置いてきたので、ジャンパーのポケットにはもう百円玉がいくつかしか残っていない。それにしてもみんな、なんて逃げ足が早いのだろう。どの村や町にもほとんど人影がないのだ。トラックに荷物を積んでいる家族を二、三見かけただけである。みんな心から、ソ連だの共産主義だのが嫌いなのだなあ。

弟子屈(でしかが)で、わたしは国道241号線に入った。やがて周囲は阿寒国立公園。本当なら景色を楽しみながら走る場所なのだ。でも、それどころではないのだ。ソ連兵が追ってくる。熊みたいなソ連兵につかまって、わたしは美人だから強姦され、しかもマわされて、あげく殺されるのはいやだ。阿寒湖畔を通り過ぎた。マリモちゃんたち元気でね。雪が道路上にあって走りにくい。でも北海道の人たちがたいてい車につけているスパイクタイヤのおかげでスリップ――→転落事故だけは今までのところ免がれている。

椴松（とどまつ）の林の中からオスのエゾシカが出てきて立ちふさがった時はびっくりした。近くで見ると大きいのなんの。国道の幅いっぱいの胴の大きさ。最初は「おばあちゃん」なんて叫んでしまった。わたしのおばあちゃんの顔も長かったけど、このエゾシカの顔はもっと長い。額を見て鼻を見て顎を見ているうちに額のことを忘れてしまうというくらいの長さだ。クラクションを鳴らしてもどいてくれないので車を降り、わたしは彼に叫んだ。

「エゾシカ君。どいてください。戦争なのよ。わたし逃げてるの。ね。こんなところにいないであなたも早く雪深い山の奥の奥の奥の方へ逃げなさい。悪いこと言わないから。わたしと世界との戦いではあなたを支援したげるから」

　彼はわたしの顔を見ているだけで動こうとしなかった。わたしはしかたなく、朝潮の掌（てのひら）の千五百倍くらいある彼の角をつかんで力まかせに引っぱり、やっと彼を椴松の林の中まで引きずりこんだ。


　フップシ岳では、国道240号線を網走の方からやってきた車に出会った。その車がわたしの前を走りはじめた。中には男が五人乗っていて、わたしの方を振り返っては何やら話しあっている。わたしはいやないやな予感に襲われて下半身がしびれはじめた。男たちがいずれも丸刈りだったからだ。どこで盗んできたのか服だけは派手な赤だの黄だの紫だの、趣味の悪いものを着込んでいるけど、刑務所から来た連中に違いないのだ。足寄峠の近くで、彼らはわたしの行く手を塞ぐようにして車を停めた。しかたなくわたしも車を停めた。その時はもう半分以上覚悟していたように思う。ソ連兵に犯されるよりはましだし、何よりも殺されることだけはない筈だった。

　日野みどりだ、というので彼らは有頂天だった。手とり足とりわたしを車から引きずりおろし、すぐ傍の蝦夷松（えぞまつ）の林の中へかつぎこんだ。痛い目にあうのがいやなので、わたしはそれほど抵抗しなかった。犯す順番や何かをわいわい騒いで話しあいながら、彼らは雪の上に三人がかりでわたしを押さえつけ、ひとりがスラックスを脱がせた。餓えきっているようだった。芸能関係者だのテレビ局だのの男たちは女の扱いに馴れている上にやたらしつっこいけど、この男たちはずいぶん乱暴で、そのかわり単純だった。いちばん最初にわたしの上へのしかかってきたのは皆から木下と呼ばれている色の黒い、ベテランの漁師といった顔つきの男だった。それまで嬉しげに笑っていたその男は、わたしを抱いてからは急に真面目な顔になり、腰を動かしている間中、世にも不思議な生きものがいるものだという顔つきでわたしの顔をしげしげと眺め続け、興奮してくるにつれてこの世の終りの女の顔の見おさめとでもいうようにあわただしくわたしの頭から額から鼻から顎、耳から眼から口から眉といった調子できょろきょろ視線を走りまわらせたあげく、突然非常にいやなものを見たという表情をしてそっぽを向き、ふんと鼻を鳴らして射精した。

その次にいやどうもどうもなどと喋り続けながらわたしに覆いかぶさってきたのは宮本という、少しおどけた顔をした男であり、この男はずっとあらぬことを口走り続け、うるさいことこの上なかった。いやあもうごっつあんですまったくこの日野みどりさんもう要するにこの自分はいつもいつもテレビで拝見あっこれはもうなんと柔らかいこの実に自分はしあわせ。なるほど案の定早速もうそろそろ自分はこの駄目であってまったく今こういうことを夢にも一切この非常によいので。あっこれはもういわば天国の何というかまさに極端なあのこれはたとえ日野みどりに乗っているという現実にこの出来るとは。いやもちろんテレビにないような実際おのおのがた自分としてはとにかくもう我慢辛抱たまらんというここ一番のこのあとあとの語り草あっもういっそのことなどと激しく動きながら喋り続け、わたしはこの男の射精の瞬間はさぞかしやかましいことだろうと想像した。想像した通りだった。

その次の浅田という大阪弁の男はよく肥っていて、図太い商人といったていの無表情なおっさんだった。じわりとわたしを抱いたまま、死んだ魚のような眼でじっとわたしの顔を見つめ、鈍重に腰を動かし続けた。下から見ると鼻の穴が大きく、まっ黒だった。やがて腰の動きをとめ、恨めしげにわたしを見つめたまま、ぼそりとした声で「いきよるわ」とつぶやき、射精した。

次に乗っかってきたのが若柳と呼ばれている色の白い、少年のようにおどおどした、女形のような男だった。こういう男がわたしはいちばん嫌いなので、抱きつかれた途端わたしは腹立ちまぎれに皆を怒鳴りつけてやった。

「いい加減にしてよ。雪の上だからお尻が冷えて凍りついちまうじゃないの。気をきかせて何か下へ敷いてくれたらどうなの」

「はいっ。はいはいはいはいはいはい」宮本という男が若柳を中断させ、車から毛布をとってきて地面に敷いてくれた。

若柳はわたしが怒ったために萎縮したらしくてしばらくは不能だったが、やがて回復して行為を続行し、約二十秒後、わたしの眉間のあたりをうるんだ眼で見つめたまま、かぼそい泣き声を洩らして射精した。

最後に乗っかかってきたのは皆から三井さんとか隊長とか呼ばれている、健さんそっくりのいい男だった。わたしはまだ本ものの健さんには抱かれていなかったのでこの男のやりかたにはたいへん興味を持った。彼はこわい眼をしたままぶきっちょに腰を使い、単純に激しく呼吸していた。でも、射精する時はとてもやさしい眼になった。わたしは声をあげてしまった。

そのあと、皆が急にわたしをちやほやしはじめた。もう夕方に近づいていたので、ここで夕飯を作ろうと言い出し、炊事をはじめた。お米や肉や野菜、すごくぜいたくなご馳走の缶詰や、炊事道具だの燃料だのを、彼らはいっぱい車に積んでいた。わたしには何もさせず、まるで女王さまのように扱った。わたしは思いっきり我がままに振舞ってやった。しまいには宮本という男が、わたしをリーダーにしようなどと言い出した。なんのリーダーかわからなかったが、リーダーは三井ではなかったのかと思って彼を見ると、彼は苦笑していた。おしゃべりの宮本の話によれば、彼らはゲリラになってソ連兵と戦うのだそうである。この男たちの隊長になるのも面白いだろうなとわたしは思った。あの憎いソ連軍と戦ってエンさんたちの敵討ちをし、捕虜になっている筈の義和を、この男たちに命じて救出させたらどうだろうなどと、わたしは思いはじめていたのだ。

十六　東京・帝国ホテル

「やっぱり総会、やるんでっか」会議室になっている菊の間へ入ってきたかんべむさしが、もうほとんど揃っている日本SF作家クラブのメンバー四十数人の顔を見まわして叫んだ。「北海道で戦争になっとるんやさかい、多分中止やろ思うて来たのに」

「しかし、来たんじゃないの。わざわざ大阪から」と、横田順彌（じゅんや）が笑った。「みんな、中止になってることを確かめに来たんだよ」

「かんべちゃん。あんたまだSF作家クラブの伝統を知らんな」小松左京が言った。「何か事件が起った時は必ず集って馬鹿話をする。たとえ総会がなくてもな。これが二十五年前からの伝統だ」

「伝統というより、悪習だ」と、おれは言った。

「ベトナム戦争。大学紛争。日航機の墜落。あのころは何かあるたびに新婚のおれのアパートへ皆が押しかけてきて馬鹿話をした。えらい迷惑をした」

「そのかわりその馬鹿話をネタにたくさん小説書いて、あんたは売れっ子になった。不満を言っちゃいけない」石川喬司(たかし)はそう言ってから、突然激昂して立ちあがった。「そんなことはどうでもよい。あそこは競走馬の産地なのだ。ミスター・シービーの血統はどうなる」彼は新井素子と大原まり子に向かって怒号した。「君たちはただちに北海道へ行き、彼の子を孕(はら)みなさい。何も知らんソ連人に愛する馬を蹂躙(じゅうりん)されてなるか。馬逸足(いっそく)と雖(いえど)も輿(よ)に閑(なら)わざれば良駿となさず。馬方船頭ＳＦ作家、馬の籠抜(かごぬ)け人相場」

「あばれはじめたぞ」

「取り押さえろ」

若手数人がとびかかり、彼を床に押さえこんだ。

「泡を吹いています」

「隅のソファに寝かせておけ」と、小松左京が言った。「額に靴をのせればいい」

「あのう、総会は中止じゃありません」騒ぎがおさまってから田中光二が言った。「議題があるよ」

「いやまあ日本もチェルノブイリみたいな、すぐ故障する原発を、全国いたるところに作っときゃよかったんだ」例によって星新一が突拍子もないことを言い出す。「そしたらどこの国も怖がって、戦争しかけてきたりしやせんのよなあ」

「目茶苦茶だ」

全員が腹をかかえていると、さっきから真面目な顔をして考えこんでいた鏡明が、やや改まった様子で喋りはじめた。

「あのう、話は違うんだけど、今度のこのソ連軍の侵攻を予告していたパソコン・ゲームがあるんですよ。不思議でしかたないんだけどね。発売されたのは二週間前。プログラムしたのは以前チャールズ・ロバーツ賞を貰った女性で杉浦華江という、これは例の杉浦という登山家の奥さんだけど。タイトルは『抗ソ・ゲリラ』っていうんです。今、といっても昨日からだけど、猛烈な勢いで売れてます。子供だけじゃなく、大人も買っている。こんな設定の馬鹿げた作品、売れないだろうって言われてたらしいんですけどね」

「どんなゲームですか」と、大原まり子が訊ねる。「シミュレーションですか」

「いわゆるウォー・ゲームじゃないんです。あれはマニアックなので嫌われますからね。まず最初に北海道の地図が出てくる。ソ連軍の上陸地点五カ所が示されるわけなんだけど、それがですね、今回の上陸地点とまったく同じなんですよ。各地点の敵の戦力が示されて、今までのニュースを聞いたところじゃ、これもほとんど同じなんだよなあ。で、この五カ所の敵のどれかを選択できるようになってるんだけど、ある地点からの敵と戦ってるうちに、他の四カ所からの敵は北海道内陸部へどんどん侵攻してくるんだよね」

「うわあこわい」大原まり子が新井素子と顔を見あわせた。「ロールプレイングの要素もあるの」

「ええ。キャラクターの成長があります。ソ連軍と戦うキャラクターは四人。日本人のゲリラなんだけど」

「たった四人か」夢枕獏が言った。「これは負けますね」

「でも一応はサバイバル・コマンドとしての能力を持っていて、それぞれ得意とする技術があるんです。ひとりが怪我すると、そいつはしばらく登場しません。で、再登場した時には同じ失敗は絶対に犯さないということになっています。もちろん死ぬ場合もあって、この場合、再登場はないんです」

「で、最後はどうなるの」山田正紀が訊ねた。「勝つ、なんてことがあり得るの」

「そりゃ勿論、一応は極東陸軍四十個師団が全滅、というところまでプログラムしてあるらしいんだけどね」鏡明は笑った。「時間がかかるらしいんだ。まだ誰も全滅させた者はいないらしいよ」

「変なゲーム」

「でも、不気味だね」

全員がちょっと考えこんだ。

「えと、時間なので、そろそろはじめましょうか」豊田有恒が腕時計を見た。「今日は、クラブとしての議題は何もないんです。実は事務局の方へ、重大な要件でぜひご相談したいことがあるため、総会に出席させてほしいという申し出が、大東新聞社の政治部からありました。記者のかたが今、控室でお待ちなんですが、どうしましょう」

「入ってもらえ」と、小松左京が言った。「重大な要件、というのが気になる。そのかわり重大な要件でなかったら指をつめさせよう」

全員が賛成した。

「大東新聞の正住さんです」田中光二が正住を招き入れて紹介した。「正住さんは特派員として、ソ連軍を取材するため一昨日までアフガンにおられたんですが、極東で何か起るらしいということを現地で察知して、急遽帰国されたんです」

「正住でございます」立ったまま、品定めするかの如く彼はＳＦ作家たちの顔を睨めまわした。

「お時間を頂いて恐縮です。手っとり早く申しますと、ご存じのように今回のソ連軍の侵攻に対しましてわが自衛隊が、北海道のあちこちで小規模の戦闘をくりひろげております。お願いと申しますのは、この戦闘の取材を担当することになったわたしと一緒に、どなたか北海道までご同行願いたいのです。本紙の第二面へ従軍記を書いていただくために」

「面白い」と、矢野徹が言った。「誰か行け。そういう仕事をこのＳＦ作家クラブに持ちこんできたというのが面白いではないか」

「それなんですがね」豊田有恒が正住に訊ねた。「どうして戦記ものを書いたりしてる純文学の人に行って貰わないんですか」

「皆さん、もうお歳なんですよ」正住は阿るように笑った。「最初は、戦記ものを書いているからという理由ではなく、むしろ純文学作家としてのひよわな感受性で戦争を体験していただいた方が面白いものになるだろうと思っていたんです。しかし若手のかたも含め、皆さん尻込みなさいました。駄目ですなあの人たちは」

「冒険作家クラブというのがあります。あそこにはコンタクトしたんですか。ここの会員中にもあそこのメンバーはおりますが」

　突然、田中光二が机に俯伏せて、あわただしく鼾をかきはじめた。「ぐうぐうぐうぐうぐうぐう」

「あそこも駄目でした。われわれは真の危険がどのようなものであるかを知っている。だからこそ行かないんだと、皆さんおっしゃいました。いくら安全なのだと申しあげても駄目でしたね」

「安全なの」

「ええ。安全です」口をはさんだ新井素子に向かって、正住が力説しはじめた。「珍らしく末端にまで命令が行き届いているらしくて、彼らは直接刃向かってくる者にしか攻撃をしかけてきませんから、最前線へとび出してしまわない限り生命の危険はありません。各地の漁民が大勢、漁船で本州へ逃亡してきましたが、撃沈された船は一隻もありません。昨夜全日空が試みに、危険を冒して羽田——千歳間を往復してみましたが、撃墜はされなかった。そこでそれ以来、ＪＡＬもＴＤＡもＮＫＡも、それから青函連絡船も日本沿海フェリーも、道民を避難させるため運航をはじめているんです。北方領土の時と同じで、彼らには北海道という領土だけが必要なんでしょうね。混乱はありますが、事故は起っていないし、一般市民からは死者も出ていません」

「誰か行け」と、矢野徹が言った。「もう少し若けりゃ、わしが行っとるんだ」

「そう。若い人がいいですね」高斎正が言った。

「格闘技の専門家もいることだし」

高千穂遙が、あわててマスクをとり出した。

「ぼくは花粉症でして」

「今は冬だよ」

「雪の花粉症です」

「画家やマンガ家がいいと思います」平井和正が言った。「イラスト・ルポができますからね」

永井豪が居眠りをし、真鍋博が死んだふりをし、手塚治虫はトイレに立ったまま二度と戻ってこなかった。

「さっきのパソコン・ゲームのことだけどね」と、夢枕獏が鏡明に訊ねた。「非常に統合化されたゲーム・ソフトのようだけど、SF作家が登場人物のひとりになって戦闘に巻きこまれるなんてシチュエーションはあるのかい」

「マニュアルの一覧表には登場人物四十八人が載っているけど、まだ全部読んでいないんだ。こいつらはゲリラ四人に利用されたり、協力したり、時には敵対したりもするんだけど」

「では、取材に行ったSF作家がゲリラに協力したために戦死、という発展のしかたもあるわけですね」にこにこしながら新井素子が言った。

まさか女性が戦争に狩り出されることはあるまいと安心し、無責任に面白がっている。

「そういうことは現実にはあり得ません」正住がしびれをきらせて口をはさんだ。「多くの人が現実の戦争を嫌って、あのゲームの中へ逃避してしまっている。困るんですよ。あのう、もしこの取材に協力してくだされば、わが社は以後あらゆる面でSF作家クラブを支援します。日本SF全集の刊行、などということも考えられるでしょうね」

「誰かを行かせよう」

「よろしい。誰か行かせましょう」

星新一と小松左京が勝手に承諾してしまった。

「できれば今までに戦争の話、自衛隊をコケにした話、そういう話をユーモアたっぷりに書いている人などがいいと思いますね」と、正住が言った。

「よし。かんべちゃん。あんた、行け」と、小松左京が命令した。

かんべむさしが突如、号泣して見せた。「女の双生児が生まれたばっかりでんねん。女の子合計三人。万が一のことがあったら母娘(おやこ)四人が路頭に迷う。どないしてくれまんねん」

「若い者と限る必要はないでしょう」山田正紀が言った。「子供がすでに一人前になっている人の方が後顧の憂いもない筈だし、それに、やはりネーム・バリューのある人の方がいいわけでしょう」

「そう。すでに書くべきものは書いてしまい、功なり名とげて、これ以上いい作品は書かないだろうと思われている人が行けばいいんです」笑いながら、おれは言った。

「そう。その方がいいかもしれませんね」正住も笑いながら、おれに頷き返した。

全員が笑い、おれも笑った。全員が笑いながらおれを見ていた。

おれはまだ笑い続けながら皆の顔を順に眺めまわした。「なぜ、おれを見る」おれは真顔に戻った。「おれを見るな」

皆が笑いながら、おれを見つめ続けた。

おれは立ちあがってわめいた。「いやだ。おれは行かんぞ。おれは膝の関節炎だ。雪の北海道なんかへ行けるものか。子供だってまだ一人前じゃない。書くべきものだってまだある。功なり名とげちゃいない。誰がなんと言おうといやだ。おれは行かんぞ。行くもんか」

翌朝、おれと正住は東京発札幌行き日航機五〇一便の機内にいた。

十七　ベーリング海

　雪のちらつく海面に浮上した206型潜水艦「はつしお」のハッチから、富森艦長、神足、日比木の三人がおそるおそる艦橋に首を出した。

「あっ。あそこに島が見えます」

「見えるな。いつかどこかで見たような島だが」

富森艦長は大きくのけぞって叫んだ。「いかん。あれはアッツ島だ」

「なんだって、こういう場所にばかり浮上するのですか」さすがに神足が点目となって叫んだ。

「敗けたところばかりだ」

「おれ、もういやだ。この次に浮上するところはどこだか、だいたい想像がつくんだもんね」日比木が顫（ふる）えながら言った。「ガダルカナルだ。いやもう、そうに決まってるんだから」

「わしがぶっ倒れておる間に、誰かがわけもわからずコンパスをいじりまわした」と、富森艦長が言った。「あれから方位の測定ができなくなった。ぶっ壊れてしまっておるのだ。くそ。グリコのおまけの磁石でもあればなんとかなるのだが」

「とにかくここは、逃げましょう」

「よし。急速潜航」

十八　大雪山・旭岳

　旭川市から忠別川に沿って旭岳に通じる道路を、スケルトン・チームの四人を乗せたランドクルーザー・タイプのジープ「チェロキイ」が走って行く。路上の雪は踏み固められていた。

「青函トンネルの出口の知内（しりうち）町じゃ、町全体が乗り捨てられた車でぎっしりだったから選りどり見どりだったんだけど、まさかチェロキイが見つかるとは思わなかったよなあ」あいかわらず、喋り続けているのは前田ひとりである。「あっ。だけどこの『蛍の光』ばかりエンドレスでかけ続けるっていうのは現在のこの、ほとんど誰もいない北海道における悲しき流行なのかねえ。トンネルの出口の湯ノ里でも、ヴォリューム最大にしてこの曲がんがんかけっぱなしにしてやがってさ、どこの町の楽器店でもみんな、申しあわせたみたいにこの『蛍の光』よ」

「正確には、これは『蛍の光』ではなく、『別れのワルツ』です」と、伊吹が言った。「原曲は『オールド・ラング・ザイン』。映画『哀愁』の主題曲で、演奏はユージン・コスマン楽団。B面は『アニー・ローリイ』」

「そうそうそ。で、その『アニー・ローリイ』の方はぜんぜんかかってないの。いやですねえ。最終戦争が起って人類滅亡って時にも、洒落のつもりでこの俗っぽい曲かけるつもりですかねえ。キャバレーの閉店時間に擬して日常性の軽みを装った大滅亡ってわけだ。大衆っていうのは実にブラックな感覚持ってるもんだよね」

「ほかの局に変えろ」と鍛治が言う。「いらいらしてきた」

助手席の伊吹がカー・ラジオのつまみをまわしてＮＨＫに変えた。

「その後入った情報によりますと、標津方面に降下したソ連軍一個旅団は前線航空軍による空中支援を受けながら海岸沿いに侵攻、ほとんどなんの抵抗も受けずに斜里、網走を経て、現在は北見方面に南下中とのことであります」

「おれたちが最初に遭遇する敵はこいつらだという気がするね」前田が言った。「こいつら北見から、まっすぐこっちへ来るよ」

「わしもそう思う」運転している関根が言った。

「根拠地を早う作ってしまわなあかんで」

「根拠地はとりあえず、旭岳のどこかに作ってしまおう」と、鍛治が言った。「ロープウエイで姿見まで荷物を運びあげて、あと、ケーブルを切断してしまおう」


　道路がふた股にわかれていた。天人峡へ行く右側の道路は積雪のため通行止になっている。

「うまい具合に、仰山のスキー客が大あわてで車で逃げてくれたお蔭で、道路の雪が固まっとるわい」旭岳スキー場への道をとりながら、関根が言った。「思うたより楽に行ける」


　大雪山旭岳ロープウエイの乗り場で、四人は車をおりた。チェロキイから荷物をおろし、ゴンドラの中に運びこむ。


　四人がシャベルや斧をふるい、チェロキイを発見されぬよう雪や小枝で覆っていると、旭川から彼らのあとを追ってきたらしい宅配便のトラックがすぐ傍らまでやってきて停車した。

「伊吹さん。印鑑をお願いします」おりてきたのはヒグマ宅急便の、例の巨人症的長身の配達夫だった。

「CAR-15の銃身が届きましたよ」伊吹が笑いながら全員に報告し、つくづくと配達夫を眺めまわした。「あんたねえ、仕事熱心も度が過ぎると命を失くすよ。稚内からのソ連軍が、もう名寄にまで来ていて、今夜か明日、旭川へやってくるんだよ」


　チームの全員が配達夫のまわりに集った。

「おれたちがここへ来ていること、どうしてわかったんだ」ややうろたえながら鍛治が訊ねる。

「それは一昨日、便をお届けした時に、あなたがこの附近の地図を見ておられましたので」そう答えてから配達夫は急に身を立てなおし、大声で懇願しはじめた。「あの、わたくしも仲間に加えていただけませんか。あなたがたが何をなさるおつもりかはわかっております。わたくし、龍頭と申しまして、戦闘こそやったことはありませんが、力仕事その他炊事洗濯」

「阿呆。そんなでかい声さらすな。雪崩が起きるわい」関根が叱りつけた。「あかんあかん。信用できんやつはチームに入れられへんのじゃ。わけのわからんやつが加わったら、チームワークが乱れるやないか」

龍頭は涙ぐんだ。「駄目でしょうか。あのう、信用は日本人というだけで充分ではないのですか。日本人なら誰でも戦わなきゃいけないという時ではないかと思うのですが」

「非常に単純な人だ」と、前田が言った。

「泣いています」と、伊吹が言った。「信用はできると思いますが」

「あんた、われわれに加わるための支度はしてきたの」

「はい。このトラックの中に」

「よし。ゴンドラへ運びこめ」鍛治は頷いた。「あんたには、姿見から根拠地まで、荷物を運んで何回か往復してもらおう」

十九　東シナ海

海面に半浮上した206型潜水艦「はつしお」のハッチから、富森艦長、神足、日比木の三人がおそるおそる艦橋に首を出した。

「あそこに島が見えます」と、神足が言った。「たいへん小さな島のようですが」

富森艦長が双眼鏡で島の様子を観察しながら言った。「中国領のどこかの島だろう。中国の旗が立っておる。いや。待て」富森艦長が大きくのけぞって叫んだ。「どこかで見た島だと思ったら、あれは魚釣島（うおつりしま）だ」

「尖閣諸島の魚釣島ですか」と、日比木が言った。「それなら、わが国の領土ではないのですか」

「勿論だ。中国が無断で旗を立てておる。けしからん。占領したつもりか。や。や。や」富森艦長がまたしてものけぞった。「無人島の筈なのに、海岸に人間がおる。中国兵だ。艦艇が一隻。あれは中国のゴルフ級SSB潜水艦だ」

「侵略行為です」神足が眼をいからせた。「トマホークをくらわせてやりましょう」

「うう。ぅ」富森艦長は唸った。「攻撃してやりたいが、われわれの使命は色丹島のソ連軍基地の攻撃にある」

「あんな潜水艦なら一発で片がつくでしょう」と、日比木が言った。「奴らはまだこっちに気がついていません。それにどうせ、この調子じゃ色丹島へいつ着けるものやら、わかったものじゃない」

「ここへ浮上したのは何ものかの導きかと思われます」早くも点目となった眼球をうわずらせて、神足が言った。「この幸運を無駄にはできないでしょう」

「たしかに色丹島の方は、いそぐ必要などないわけじゃ」富森艦長は頷いた。「中国のSSBはあれ一隻だけの筈。附近には他の艦艇も見られない。よろしい。ぶちかますこととする」叫んだ。「ミサイル戦用意」

艦内へ戻ろうとした三人は、ほとんど同時にかすかな爆音を聞きつけて空を見あげた。冬空を、機影が近づいてきた。

「東の方向に敵機」日比木が悲鳴まじりに叫んだ。「すぐ潜航しましょう。あれは爆撃機です」

「まあ待ちなさい」さすがに落ちついて、富森艦長が双眼鏡を覗いた。「心配するな。あれは中国の轟-5でもなければ轟-6でもない。米軍のB-1B爆撃機だ」

「中国軍としてはだね」B-1Bの機内で、海面を見おろしながらマックス・ジョオド大佐がピーター・ファインマン大尉に言った。「ソ連で教育を受けた指導層の若返りで、親ソ勢力が強まった。中ソ国境の対峙などよりも、むしろソ連のどさくさまぎれ、便乗、うやむや戦法を見習えというところだ。独断さ。政府は知るまいね」大佐は顔を狼に変えた。「こんな島、どうでもいいのさ。問題は附近の鰹(かつお)の漁場だ。政府への不満が人気とりに向かった。政府が技術者を優先するなら、自分たちは人民を味方にしようってわけさ。何せ今や十億の民だものね」

「しかしまあ、偶然とはいえよくまあこんなところへ浮上したもんですなこの連中」と、ピーター・ファインマン大尉が言った。「潜水艦で追尾していてもすぐに姿を消すので、発見するのが大変でしたよ」

「いかん。トマホークを発射する気だ」顔をもとに戻し、ジョオド大佐は操縦士に叫んだ。「少尉。206型潜を爆撃する」ファインマン大尉にウインクをした。「中国軍に目撃された方がいい。恩を売ることもできるしな」

「やっぱり、やるのですか」大尉が悲しげな眼をした。「口封じの必要は、ないと思うんですがね」

「どっちみち死ぬ運命だったんだよこのニッパーズは」大佐はまた狼となった。「色丹島を攻撃していたとしても、その直後に反撃されて消される予定だった。ふらふら横須賀なんぞへ戻られてみろ。たちまち逮捕されて、道に迷ったため攻撃できなかったことを証言させられてしまうぞ。九人もいるんだ。誰かが口を割る。そうなると、テレビで放映された防空部隊基地破壊跡の証拠フィルムがにせものだということもばれてしまう」

「大佐。爆弾を投下します」

「よし。しくじるなよ」

「投下」

「あの、これはどういうことですか」すぐ近くに投下された爆弾のしぶきを浴び、日比木が言った。「米軍機が爆弾を落しました」

「何か勘違いしておるに違いない」富森艦長がうろたえて叫ぶ。「急速潜航」

だが、潜航しはじめたばかりの「はつしお」に旋回してきたＢ‐１Ｂがふたたび投下した爆弾は、後部バラスト・タンク及びトリム・タンクへ命中した。「はつしお」は撃沈された。

二十　釧路駅前

「みどりちゃんはさあ」

「隊長と言え隊長と」

「隊長はさあ、個人的な怨恨から脱却してナショナリズムに目醒めはじめたようだな」

「どうしてだ」

「おれたちだけ森下義和救出に向かわせといて、ご自分は本土向け檄文のご執筆におおいそがしいからさ」

東急インの蔭から釧路駅前広場いっぱいに拡がって露営しているソ連軍自動車化狙撃部隊の様子をうかがいながら、宮本と木下が低声で話しあっていた。彼らのうしろには黒装束の浅田と若柳がホテルの外壁にぴったりと背をあて、身をひそめている。

「おれ、ここには森下義和はいないと思うよ。この連中、根室から来たには違いないが、捕虜をこんなところまでつれて来はしないだろう」宮本は顎で彼方のホテル・サンルートを指した。「あのホテルとか、それからこのホテルとかに将校たちが分宿するところを昼間見たけど、森下義和の姿は見かけなかった」

「それは隊長にもわかってたんじゃないのかな」と、木下は言う。「今や隊長にとって、森下義和なんかよりゃあ三井の方が大切だもんね。だから三井とふたりで第二ポイントに残って、おれたちがいない間にたっぷり楽しもうってわけさ」

彼らの第二拠点（ポイント）は阿寒川上流のピリカネップから白水川という支流を遡（さかのぼ）ったフレベツ岳にある。

「お前がいけねえんだよ」宮本が若柳を振り返った。「お前、隊長と三井がアオカンやってるとこ、木の蔭から覗き見してオナニーやるだろ。あれ、隊長嫌ってるぞ」

若柳が恥じて、うるんだ眼を伏せ、浅田が愛弟子を庇（かば）う。

「まあそない言うたりなや。なんでや知らんこいつだけ隊長にえらい嫌われてしもうて、やらして貰われへんのやさかい、せんずりぐらい大目に見たれや」

「さあ。今日こそ戦利品ぶん捕って帰らねえと、おれたちだってやらせちゃ貰えねえぜ」と、宮本が言った。「それどころか総括されちまう」

「おい。ひとり、こっちへ来るぜ」木下があわただしげに腰の革ケースからナイフを抜いた。「声を小さくしろ」

東急インの入口に立っていた見張りの兵士がゆっくりと歩きはじめ、駅前に設置された投光器による明るみから出はずれ、蔭の部分に入ってきた。担いでいるのはＡＫ－74。ＡＫ－47を改造したＡＫＭに、さらに五・四五ミリの弾丸を使えるようにした高性能ライフルである。

「あれが欲しいな」と、宮本が木下の耳にささやいた。「お前、あいつを殺（や）れるかい」

「向こうを向いてさえくれれば、やれる」と、木下は言った。「おっ。立ちどまったぜ」

ソ連兵はあたりを見まわしはじめた。上空かすかに聞こえる爆音を気にしているようだ。曇天であり、星は出ていなかった。

「若柳がおらへん」ややうろたえた声で浅田が言った。「見い。お前らあいつの心の奥底を深うに、深うに傷つけたんや」

「逃げたいやつは逃げりゃいいさ。今はそれどころじゃない」宮本はまた木下の耳にささやきかけた。「あっちへ引き返す瞬間を狙え」

「よし」木下がナイフを構える。ソ連兵までの距離は約十メートルであろうか。

間のびした顔のソ連兵がその赤い鼻を彼方に向けた。背を見せたまま、まだ上空を見あげている。木下はビルの蔭からとび出し、敷石の上をソ連兵に向かって音なく疾走した。

木下は目測を誤っていた。ソ連兵がそれほどまでに巨大な男とは思っていなかったのだ。それがピョートル大帝並みの大男であり、十メートル走っても傍へはたどりつけぬと悟って木下は一瞬たたらを踏みそうになったが、思いなおしてその地点からしのび寄ることにした。しかし、ためらいが失敗のもとになった。木下がナイフでソ連兵の咽喉部をうしろから掻き切ろうとした時、ソ連兵は歩きはじめて明るみの中に入った。

「必殺仕くじり人」手ぶらで戻った木下が、眼を丸くして宮本に言った。

「ぼけ」冬というのに宮本は額に汗の粒を浮かべている。「よし。今度はおれがやる。ここで何か音を出して、あいつをここまでおびき寄せる。来たら首の骨を折る。戦争映画によくあるやつだ」

浅田が言った。「そら危険や。入口附近の大勢がいっぺんに来よる可能性がある。やめた方がよろし。それにもう、そんなことする必要ないで」

「なぜだ」

浅田の背後に若柳が立っていた。彼の両腕には二挺のＡＫ‐74がかかえられている。

二十一　層雲峡・地獄谷──→黒岳沢

戦闘帽は前田と関根、ヘルメットが伊吹、鍛治のみは日の丸の鉢巻をしめている。日本刀を背中へ斜めに結いつけているのが、剣道に自信のない前田を除いて三人。全員ライフルを担い、腰には拳銃。肩にはＴＮＴはじめゲリラ戦用具をぎっしり詰めたナップザック。層雲峡黒岳側の高みから国道39号線が走っている地獄谷の峡谷を腹這いのままで見おろし、四人は相談する。

「ヘリコプター六機。戦闘車輌三十八台。ロケット砲、数知れず。歩兵約五個中隊で千人以上。こいつらここで野営するつもりだろうか」眼下の道路上いっぱいに拡がっているソ連軍の陣営を見おろしながら前田が言う。

「零下二〇度以下のこんなところで野営したりはしないだろう。小休止だよ」と、鍛治が言った。

「どうする。やっぱりこいつらと一戦やるのかい」

「やらねばなりますまい」決然として、伊吹が言った。「そう決めたのですから」

「そやけどだいたいやね、勝てる可能性あるんかい」と、関根が言う。「大軍勢やないか。こっち四人やで」

「可能性なんてことを言い出したら、そりゃもう、ゼロ以下だよ」と、前田。

「なんでゼロ以下やねん。ゼロ言うんやったらわかるけど、ゼロ以下とはどういうこっちゃ」

「こっちが全滅するってことさ」

「いや。こっちにも有利なところがあります。こっちは敵の存在を知っていますが、敵はこっちの存在を知りません」

「それだけか」関根がずっこける。

「あのヘリコプターはＭＩ24といって、ただのヘリではありません。『空飛ぶ戦車』と言われている戦闘用ヘリですから、まず、あれを飛びあがらせてはなりません」

「あのロケット発射機は『グラードＰ』とかいう物凄いやつだ」と、鍛治。

「どうでもいいけど、おれ、顫えがとまらなくなってきたよ」前田の眼球はもはや飛び出している。「どうやって戦うつもりなんだよう。こんな凄いのと」

「戦闘訓練を受けているのは鍛治さんだけです」

伊吹は雪の上へ腹這いになったままで鍛治に向きなおった。「隊長。指揮をとってください」

「こいつらに勝てる作戦が、ないわけではない」と、鍛治は考え深げに言った。「さいわいヘリ六機は並んで着地している。戦闘車輛も並んでいる。Ｆ４ＥＪは三機でよかろう。あと、ＦＨ70一五五ミリ榴弾砲が二門必要だ。選りぬきの歩兵が一個中隊。七四式戦車一台」

「そういうもんは全部、ないのじゃ」関根が苛立ち、低声で叫んだ。

「では、こうしましょう」と、伊吹が言った。「七四式戦車には、わたしがなります。歩兵一個中隊分の働きは関根さんにやってもらう。鍛治さんは榴弾砲二門というのになってください」

「あのう、なれ、なれと簡単におっしゃいますがね」前田が極めてていねいに、ゆっくりと言った。「そうするとつまり、おれがＦ４ＥＪ三機ってことでしょ」彼はかぶりを振った。「申しわけないけど、おれ、空は飛べないの。おれ、今すぐ生物としてこれ以上少しぐらい進化しても、飛ぶことだけは駄目だと思うの」

「ごじゃごじゃ言うとっても仕様ないやないけ」関根が言った。「やれいでも、やらんかい。あかん時は逃げたらええんじゃ」

「そう。われわれは逃げるということもできるのです。あっちはできない」

伊吹のことばに、前田が声を押し殺し、腹をかかえてヒステリックに笑いはじめ、雪の上をのたうちまわった。

「やめたれや」

関根がそう言ったため前田はますます激しくのたうちまわり、関根が腹に加えた力まかせの一撃で、今度は苦しみにのたうちまわる。

「将校連中が今、ユースホステルへ入って行ったばかりだ。コーヒーでも飲むつもりだろう。工作する余裕が三十分以上ある」簡単に打ちあわせをしたのち、鍛治が腕時計に眼を落してそう言った。「二時半きっかりに攻撃を開始する。よし。全員作戦開始。散開」

擱座(かくざ)した戦闘車輛、大破したヘリコプターのなかば以上は雪に埋もれ、煙を立て続け、あるいはまた小さく炎をあげている。雪の上には何百体ものソ連兵の屍体が、散乱した機械の部品、ねじ曲がったロケット発射機やライフルなどと混りあって路上一面、さらに傍らを流れる石狩川上流の河原や水中にごろりごろりと横たわり、雪や水を鮮血で染めている。

「これ、ほんとにおれたちがやったのかよう」眼を丸くしたままの前田があたりを見まわして歎声(たんせい)をあげた。「全滅したぜ」

「いやまあ前田さん。あんたは頭がいい。爆撃のかわりに何をやるのかと思っていたら、あっち側の絶壁の上から一キロに及ぶ大雪崩を起すとはねえ」煙草をうまそうにふかしながら伊吹が言った。「あれでこっちがやりやすくなった」

「あんたの作ったタイマーのロケット弾もききよったでえ」関根が笑いながら伊吹に言った。「あれでまごついて、同士討ちしよったんや」

「おい。ＡＫ－74を頂こうぜ。おれの持ってるこのＡＫ－47は捨てるからな」早くも戦利品を漁りながら鍛治が言う。「ＡＫ－47はフル・オートマチックで撃っても銃口がはねあがって、命中するのは最初の一発だけだ。だけどこのＡＫ－74の方は銃口にブレーキがついている」

「ロケット弾で、使えそうなものはありませんか」

「残念ながら、全部駄目だ」

前田は首を傾げたまま、ひとりぶつぶつ呟やき続けている。「どうもこの、おれたちがやったという気がしないのよな。何かこの、荒唐無稽(こうとうむけい)な戦争ゲームの中にいる感じ。そのゲームを操作しているのが実はおれたちではなくて、では誰かというと誰でもなくて、ただの理論とか仮説とかいったものの擬人化によるものに過ぎなかったりして。はて怪しげな」

　四人は目ぼしい戦利品をロープウエイにまで運び、ゴンドラを動かして黒岳の五合目にまで昇った。雪の中に戦利品の大半を埋め、そこからは木のまばらな雪の林道を黒岳沢に向かう。そこには彼らスケルトン・チームの第三拠点（ポイント）がある。

「龍頭が飯を作って待ち兼ねているだろう」歩きながら鍛治が言う。「あいつ、伊吹さんの仕込みで、罠をかけるのがずいぶんうまくなった」

「そやけど、昨日の晩食わされたエゾイタチの肉、あれは臭かったでえ。ナキウサギはまだ旨いけど」

「ところで、今夜は移動しなければなりませんな。北見からの後続部隊がさっきの地点までやってきて、この辺の山狩りを始めるでしょうし」

「もう少し南へ行って、第四ポイントを設営しよう」

　黙って歩いていた前田が、突然喋り出した。

「あのさあ、おれの親父は狸だったから、おれもわりと動物的な勘が働くんだけど、さっきから誰かに尾（つ）けられてるような気がしてならんのよね」

　四人は立ちどまった。

「生き残りのソ連兵か、ユースホステルに残ってひそんでいた将校が、ロープウエイの動くのを見て、おれたちの拠点を探ろうとして、ゴンドラに乗って五合目まで来て、そこからはおれたちの足跡を追ってきた。あり得ますね」伊吹が背後を振り返った。

　さっ、と四人が散開した直後、ＡＫ－74が林の中に鳴り響いて、銃弾がぴしぴしとエゾマツの樹皮を剝（は）ぎとばした。鍛治と伊吹は雪の盛りあがりの蔭へ、関根はクロエゾマツの巨木の蔭にとびこんだが、前田は逃げ場を失い、その場に伏せて応戦しはじめた。

「馬鹿馬鹿。早う逃げんかい」銃声の途切れ目に関根が叫ぶ。

　銃弾を撃ち尽したらしい前田はＣＡＲ-15を捨てて横っとびに走り、か細いトドマツの根もとの穴へとびこんだ。だが、すぐに穴から飛び出してあたりをうろうろ逃げまわり、敵がふたたび撃ってくるとまた穴にとびこみ、すぐに飛び出す。

　関根がたまりかねて叫んだ。「阿呆。穴の中でじっとしとれ」

「穴の中に熊がいる」走りまわりながら前田は悲鳴をあげた。「助けてくれ」

　関根は木の蔭から半身をさらけ出してＭ-16を撃ちまくり、前田を掩護した。前田はがに股で雪の盛りあがりのうしろへと駈けこむ。

　彼方からの銃声が途切れた。野獣の咆哮と小動物の断末魔が同時に起ってすぐに途絶え、静まり返った林の中に断続的な泣き声が流れる。四人はそれぞれの場所からゆっくりと頭を出し、顔を見あわせながら全身をあらわし、林の中を泣き声のもとへと静かに歩み寄った。

　泣いているのは龍頭だった。彼は泣き続けながらまだシャベルをふるい続けていた。雪の上には血まみれのソ連軍将校服がどうにかそれと認められただけであり、シャベルで何十度となく叩き潰された肉体はもはや人間の形をとどめてはいず、泡立つ肉塊が湯気を立てていた。返り血でまっ赤になった龍頭は大口を開けて号泣していた。

二十二　札幌—→千歳空港

　飛び来る砲弾雨あられ、耳もとを銃弾がかすめ機銃が火を吐き、足もとを火花が突っ走る。すぐ横を戦車が猛スピイドで驀進するため地べたが揺らいで立っていられぬ。ヘリからの機銃掃射に追われておれはひいひい泣き叫びながら道産子といっしょに牧草地を逃げまどい、たまりかねて戦場はるか後方、旭川市内にまで駈け戻ってきた。誰だ生命の危険はないなどと言ったやつは。いくらソ連軍が直接刃向かってくる者にしか攻撃をしかけないとはいえ、自衛隊の戦いぶりを取材しようとすれば第一線へ出ねばならず、出た限りは戦いの渦に巻きこまれて生命の危険にさらされることはわかりきっていたのだ。旭川市郊外、国道40号線と石狩川沿いの平野は大激戦地と化してしまっていた。なにしろ旭川は陸自第二師団が駐屯しているいわばお膝もと、名誉にかけても内陸防御を全うしなければならぬ地点とあって、北海道攻防の天王山となったのである。はぐれてしまった正住とは打ちあわせ通りニュー北海ホテルのロビーで落ちあい、おれは口をきわめて彼を罵り、怒鳴りあげた末に車の運転をやらせ、さらに車中でも際限なくわめき散らしながら札幌まで戻ってきたのだった。

　自らの小説に出演してドタバタを演じるなど、思い返せば「筒井順慶」以来二十年ぶりであり、しかも今回は戦争という極限状況だ。あまりの恐怖に白髪はどっと増え全身が顫え続けてとまらない。胃は胸もとにまでせりあがって心臓を圧迫し、すべての関節が歌をうたい骨が笑い続けている。正住たち取材記者が宿泊所にしているホテル・アルファ・サッポロにたどりついたときはへとへとで、飯を食うこともできず、ウイスキイの水割りしか咽喉を通らなかった。すでに夜になっていた。

「これ以上呑まないでください。明日に差支えます」バーのカウンターの中でおれのために水割りを作りながら正住が言った。

「なにっ。明日。明日おれは本土に帰る」と、おれは叫んだ。「もういやだ。あそこは自分が死んでもいいと思っている、阿呆の、阿呆による、阿呆のための祝祭空間だ。勝手にやってくれ。おれは参加しない」

「困りますなあ。今になってプッツンされては」正住はおれの正面に腰をおろし、まっ暗な札幌の町をぼんやりと眺めた。うす暗い天井燈だけが点いた埃(ほこり)臭いバーの中にはおれたちふたりだけである。

「明日は確実に、旭川で第二師団が戦いに破れて敗走します。面白いですよ」

「なにが面白いもんか。逃げ遅れて置いてけぼりを食い、捕虜になるに決まっている」おれは正住の作ったワイルド・ターキーのダブルをがぶりと呑んだ。

「そうなればなったでまた、わたしはロシヤ語ができますので、ソ連軍の取材ができます」

「取材なんかしちまったら尚さら帰らせちゃもらえないよ」

どうあっても帰るというおれの決心のかたさに正住もあきらめた様子で電話をかけに立ち、やがて部屋の鍵を持って戻ってきた。「このホテルは五階以上が客室です。五階に部屋をとりました。帰りは千歳空港からＴＤＡのプロペラ機に乗ってください」

「あんたは帰らないの」

「わたしは早朝から旭川へ取材に戻りますが、車はちゃんとわが社のものを手配しておきます。午前十時にホテル前で待機させますから」

「それが来なければどうなる。おれは車の運転、できないんだよ」

「万が一来なくても、なんとか他の車に便乗して千歳まで行ってください。国道36号線に面したゲートから入れば自衛隊用の西滑走路です。そこにプロペラ機がいます。これは午後一時きっかりに離陸することになっている東京行きの最終便で、以後飛行機は飛びませんから遅れないように」

えらいことになったと思ったが、こっちも約束を破って取材を抛棄したのだから強いことは言えない。正住が先に部屋へ寝に行ったあと、誰もいないから無料で呑み放題のバーボンをさらに五、六杯ダブルで呑み、五階のダブルの部屋へ行ってダブルベッドに倒れ伏し、ダブルバインドになった気分で眠りにつき、小錦（こにしき）からダブルパンチを食らっている夢を見た。

カーテンの隙間から黄色い朝陽がハープの弦のように洩れている。眼醒めたおれは当然のことだが宿酔（ふつかよい）気味であり、太陽の光はあまり有難くない。カーテンを開けたのは身支度を終えてからだ。九時過ぎだった。

五階下の路上を見ておれは悲鳴をあげた。見える範囲で約十台のソ連軍装甲車が駐車していて、何百人ものソ連兵があたりに屯（たむろ）している。将校らしいロシヤ人があわただしげにホテルの玄関を出入りしていて、中には数人の兵士を集め、ホテルの上階を指しながら何やら命令を発している士官もいる。おれはふるえあがった。眠っているうちに占領されちまった。天王山たる旭川からの敗走は今日ではなく昨夜であったらしい。もうこの札幌におれ以外の日本人は誰もいるまい。いそいでサイドテーブルの電話をとり正住の部屋をダイヤルしたが、案の定彼は出かけたあとだった。顫える指さきでさらにおれは神戸のわが家の電話番号をダイヤルした。なぜそんなことをしたのかよくわからない。動顚していてまともにものを考えられる状態ではなかったのだ。

「もしもし。筒井でございます」妻が出た。

「ああ。おれだけど」

「あら。今どこですか」

「敵の中だ」

「なんですか」

「どういっていいかよくわからないが、とにかく敵に囲まれた」

「そうですか」おれの大袈裟な物言いに馴れているせいか妻はまったく驚かない。「じゃ、まだ戦争してるのね。なるべく早く帰ってきてください」

「えと、あの、そうするつもりなんだけどね。実はその」

　その時、廊下をわめきながら走るロシヤ語の足音がした。おれはあわてて受話器を置いた。なにをしておるのだ。交換台でソ連兵が聞いていたらこの部屋に日本人がいることを知られてしまうではないか。いずれこの部屋にもソ連兵がやってくるのであり、一刻も早くこのホテルから出なければならない。しかし、脱出できるのだろうか。おれはベッドから立ちあがってふたたび窓際へ寄り、今度はカーテンの蔭に身をかくして地上を見おろした。市電通りを東からやってきたセドリックがホテルの玄関前に停車し、まず助手席から、次いで後部座席から高級将校が路上におり立った。続いて車から出てきたのはなんと森下義和だったのでおれは吃驚（びっくり）した。北海道で取材中にスタッフもろとも行方不明になったとは聞いていたが、それとておれが彼と比較的親しかったからこそ、それを知っている彼のプロダクションがわざわざ教えてくれたのだった。捕虜になっていたのだ。それにしてもソ連軍は彼を捕虜にしてどう利用しようというのだろう。彼の人気を知っていて、洗脳して宣伝工作に使おうとでもいうのであろうか。森下義和はふたりの高級将校にはさまれ、松葉杖にすがってホテルに入った。足に怪我をしたらしい。

　装甲車がまた二台やってきた。早く逃げないとこのあたりがどんどんソ連兵で満ちあふれていくことは疑いのないところだ。森下義和の今後の運命も気になるが、今はさしあたって自分が、作家らしい複雑に屈折した難解な思考を忘れ、馬鹿となってひたすら逃げることのみ考えるべき時である。おれは荷物をすべて室内に残したまま、そっと廊下へ出た。荷物などを持っていては見つかった時、逃走の邪魔になるのだ。さいわい廊下は無人だったが、エレベーター・ホールの方角からロシヤ語が聞こえてくる。何も聞こえなくなるまでしばらく待ち、おれは足音しのばせて職員用の階段を捜しながらエレベーター・ホールに向かった。

　もう誰もいるまいと思っていたエレベーター・ホールに人がいたのでおれはのけぞった。金髪のロシヤ人女性が館内電話をダイヤルしていたのだ。逃げようと思ったが、彼女が高だかとあげるであろう悲鳴または怒声を想像して足が動かず、その場へすわりこみそうになった。がくがくする腰の関節をなんとかまっすぐに維持して立っているだけでせいいっぱいだったのである。しかし彼女は悲鳴をあげることもなく、怒鳴りもしなかった。

「筒井さんじゃありませんか」

「ターニャ」

　奇遇であった。おれとターニャは茫然として互いを見つめ、立ち尽した。やがてターニャは受話器を架台に戻した。

　ターニャ・ポストゥイシェワ。日本語ぺらぺらの才媛である。最初に逢ったのは大阪万博の時だ。新聞の依頼でイラストレーター和田誠と組んで取材に行った時、ソ連館の通訳をしていて案内してくれたのが彼女だったのだ。次に逢ったのはその二年後、対外文化協会からの派遣で宇能鴻一郎と共にソ連へ行った時、ソ連作家同盟に勤めている彼女が、やはり案内役をしてくれたのだった。しかし、思い出を語りあったりしているべき状況ではない。

「こんなところで何をしているのです」はしばみ色の瞳でおれを見つめ、彼女は不思議そうに訊ねた。

「ぐっすり寝ていて逃げ遅れた」と、おれは言った。「見逃がして貰えないか」

　彼女は少し考えこみ、おれに問い質した。「ソ連軍の捕虜になる気はありませんか」

「ありません。あたり前でしょうが」おれは泣き声を出した。「おれみたいな資本主義に毒された小説家を捕虜にしたってしかたないだろうが。洗脳できるタマかどうか考えてもらいたい」

「そうね」日本人的な笑窪を見せて、彼女は笑った。「洗脳はむしろ簡単にできそうだけど、でもあなたの才能は資本主義社会以外のところでは花開かないわね」

「だろ。逃がしてくれたら恩に着るがね。午後一時までに千歳空港へ行きたいんだ」

「こっちへいらっしゃい。ここにいると見つかります」ターニャはおれを職員用通路に導いて、おれの先に立ち、階段を地階まで降りた。「わたしが車でつれて行ってあげます。でも、もしかすると千歳空港も、すでに占領してしまっているかもしれないわ」

ターニャ・ポストゥイシェワがこの占領地で自分用に乗りまわしているのは真紅に塗装されたVWだった。ソ連製の車に似ているためか、ワーゲン・タイプの車が好きなようだ。

駐車場から出るなり西四丁目の角でソ連軍の兵士に見咎められ、ターニャは停車を命じられた。ЯだのΦだのИだのБだのГだのЗだの、わけのわからぬ文字を使ったことばで問答があり、おれのことをどう説明したのか自動ライフルを持ったソ連兵はすぐ納得し、ターニャはふたたび車を走らせた。

「宇能鴻一郎さんはお元気ですか」車が一台も走っていない国道36号線へ出ると、ターニャがおれにそう訊ねた。

「あのあとしばらく『問題小説』新人賞の選考を一緒にやったが、それ以来、もう十年近く逢っていないなあ。でも、創作活動は旺盛だよ」

「一緒にキエフへ行ったことを憶えていますか」

「ああ。勿論憶えているさ。忘れられるものじゃない」

　モスクワではロシヤ・ホテルに一週間滞在したのだが、どこか、特に行きたいところがあるかと訊かれ、おれは一度ロシヤの大草原というものを歩いてみたいと言ったのだった。ロシヤの伝説の英雄「イリヤ・ムウロメツ」をいつか書きたいと思っていたからであり、その取材のつもりだった。ターニャは車でウラジーミル公国の首都キエフへおれと宇能鴻一郎をつれていってくれた。イリヤ・ムウロメツが仕えたのはキエフに住むウラジーミル太陽公だったからである。

　途中、チェルノブイリの近くの草原で車をおり、おれは草原を歩きまわった。

「あの草原が気に入ってね」と、おれは言った。「日本へ帰ってからのことだけど、クークルイニクスイ（文化英雄三人組）のひとりのクルイロフに『草原』という絵があって、それが売りに出ていたのでつい買ってしまった。あの草原とそっくりの絵だ。あの草原には川が流れていた。家鴨が泳いでいて、岸では主婦二人が洗濯をしていた。声をかけたら返事をし、手真似で話しあったが、あの人たちどうしただろうね。無事だったろうか」

　ターニャの横顔を盗み見ると彼女の眼は暗くなっていた。彼女は話をそらせた。「『イリヤ・ムウロメツ』は書きあげたのですか」

「おととし書きあげて、手塚治虫の挿絵で講談社から出版したよ」と、おれは言った。「書いていて気がついたんだが、イリヤ・ムウロメツはキエフの北約一五〇キロのチェルニーゴフの町から怪鳥ソロウェイのいるブルイニの森を経てキエフに到着している。途中、チェルノブイリも通ったんじゃないかな」

　ターニャは嘆息した。「あれは不幸な事故でした」

「おれの中では、イリヤ・ムウロメツと、原子炉事故と、あの大草原と、三つのソ連がどうしても結びつかないんだがね。だからあのふたりの主婦が放射能を浴びたかどうかが非常に気になるんだ。それともその三つを結びつけるのは無理なのかい。別べつの世界の話として認識しているべきなんだろうか」

「もっとソ連のことを勉強してください」ターニャは少し苛立ちながら言った。「そうすれば自然に結びつく筈です」

「この無茶な北海道侵攻のことも理解できるようになるっていうのかい。理解したいとは思わないよ」

「やはり車をターンさせて、あなたを捕虜にした方がいいみたいね。ソ連へつれていって教育してあげましょうか」

「脅すのか」おれは身をこわばらせた。「ソ連へなんか行きたくないよ」

「そんなにソ連を嫌わないで。ソ連国民はみな、楽園だと思ってるのよ」

「ふん」脅かされてむかっ腹を立てていたし、捕虜というなら現在だってなかば囚われの身であるという現実が癪（しゃく）にさわっていたので、おれは厭味を並べ立てはじめた。やばいなあと思い、途中でやめようとしたがなかなかやめることができず、おれはべらべら喋り続けた。「そうだよな。ソ連は楽園だ。パラダイスだ。エデンの園だ。アダムとイヴはロシヤ人だったという説がある。おれもそう思うね。アダムとイヴには着るものがなかった。家もなかった。食べるものといえば林檎（りんご）だけだった。あっ。その林檎だってたいしたものじゃない。レニングラードのレストランで林檎を見たけど、直径三、四センチの小さな青い林檎が山積みになっていた。あれ、あのままじゃ食べられないもんだからジュースにして飲んでいたよなあ」

「やめてください」

ターニャの眉が吊りあがっているのでおれは顫えあがり、あわてて口を閉ざした。しかし口を閉ざすのが遅過ぎたに違いないことは自分でもわかっていた。

　ながい間、ターニャは黙ったままで車を走らせ続けた。やがて彼女は国道に面した一軒のレストランの前に車を寄せ、停車した。

「どうするんだい」

「おなかが空いたわ。あなたはどうなの」

「朝から何も食べていない。だけどこんなところへ入ったって誰もいないぜ」

「何かあるんじゃない」

　鍵のかかったドアを占領軍たるターニャの命令でおれはこじあけさせられた。うす暗いレストランの厨房には巨大な冷蔵庫があり、中には変な匂いのする固そうな肉しかなかった。

「牛肉ではなさそうだし、豚肉でもないわ。これまさか鯨じゃないでしょうね」

「違うね。鶏肉でもないし」おれはメニューを検索し、結論を出した。「エゾシカの肉らしいな。当店の名物料理だってさ」

「食べましょう」

　おれとターニャは苦労してエゾシカの肉を焼き、どうせ臭いにきまっているからパプリカなどのスパイスをたっぷりきかせてソースを作った。レストランの隅のテーブルで向かいあい、おれたちは肉と格闘した。ナイフの刃が立たず、嚙み千切ることもできず、ついにおれとターニャは顔を見あわせて笑ってしまった。どうやらターニャの機嫌がなおったらしい、そう思い、おれは安心した。ここいらあたりが「レトリック感覚」の著者佐藤信夫によって「あきれるほどの楽天性」と評される由縁（ゆえん）なのであろう。

「この肉が固いのはおじいさんのシカだからさ。エゾシカは老獣しか撃ってはいけないことになってるんだよ」

「へえ。日本人にもそんな考え深いところがあるのね」

正午を三十分過ぎていることに気づき、おれは愕然とした。「たいへんだ。あと三十分で飛行機が飛ぶ。いそいでくれ」

ターニャはわざとゆっくりナイフとフォークを動かした。「まだ大丈夫よ」

実はすでに恵庭まで来ていたのだが、おれはそんなことを知らないので泡をくった。「さっきのことをまだ怒っているのか。おいおい。これは復讐かい。頼む。間に合わせてくれ。乗り遅れたらおれは君のお荷物になっちまうぜ。君だって困るだろう」

けんめいの懇願で、ターニャはしぶしぶ立ちあがった。「はいはい」

千歳空港の、普段は閉じられている国道に面したゲートに着いたのは一時十分前だった。だが、開放されたゲートの附近を警備しているふたりのソ連兵の姿を見ておれは呻き声をあげた。駄目だ。ここも占領されちまっている。停車したワーゲンに警備兵のひとりが近寄り、おれを指さしてターニャに何か訊ねはじめた。

教えられていた自衛隊用の西滑走路はゲートから数百メートルのところにその北端があり、レシプロと思える小型機が一機、いつでも離陸できそうな体勢で南を向いていた。あれだ、と思っておれはのけぞった。離陸を黙認されておるのだ。胴体に描かれているのはあきらかにＴＤＡのマークである。なんとＤＣ‐３だ。あんなプロペラ機がまだ存在していたのか。あんなもので東京まで行けるのだろうか。本土行き最終便というからには北海道にいる他の大型機はすべて飛び立ち、結局最終的にはあんなものしか残らなかったに違いない。

例によってターニャに言いくるめられたらしく、ソ連兵は顎で「行け」と指示した。ターニャは車をゲートの中へ乗り入れた。

「話がついたのかい」

「あなたを、ソ連側の日本人協力者だと言ったわ」

「なぜそんなことを言ったの。民間人なら民間機に乗るのを黙認してくれる筈だろ」

「そんなこと言ったら、わたしが疑われるじゃないの。なぜ民間人と一緒にいるのかって」

「で、おれはあのDC－3に乗れるのかい」

ターニャは意地悪く笑った。「あなた次第ね。この車は滑走路の端までしか行ってはいけないそうよ」

「そこから先は、歩くのかい」

「何呑気なこと言ってるんです。走るのよ。日本人協力者が滑走路に入ったということは当然裏切り行為であり、敵前逃亡と看做(みな)されるんだから」

「ぎゃっ」おれはワーゲンの天井に頭をぶつけた。「狙撃されるじゃないか」

「されるかもしれないわね。だから精いっぱい走ることね」

「いやだ。やだやだやだ。狙撃されたりしたらおれは足がすくんで走れなくなる。いい標的だ。たちまち全身穴だらけだ。最近おれは肥ってきたから、タンク・タンクローみたいになっちまう」おれはわめき散らした。

「あと二分で離陸よ」ターニャは腕時計を見、うしろを振り返った。「ほら。警備兵がふたりともあっちを向いてるわ。今よ」彼女は助手席のドアを開け、おれを外へ押し出した。

走るしかなかった。おれは滑走路へ駈けこみ、DC－3めざしてダッシュした。背後はるかでロシヤ語の叫び声がした。自動ライフルがわめいた。おれは恐怖でたちまち足をもつれさせ、転倒した。地べたをころがった。だが、さいわいすぐに立ちあがることができた。子供の頃、米機に機銃掃射をされて、足がすくみ、走れなくなったことがある。だが今回は昨日あれだけ逃げまわったおかげで多少なりとも訓練ができている。おれはジグザグに走った。そのためにさらに二回、すべって転倒した。呼吸がきれ、舌がとび出した。

滑走路の砂は数メートルはなれたところで煙を立て続けた。ジグザグに走るのをあきらめ、がに股のままで、ぴょんぴょん踊りあがるようにしながらまっすぐ走ることにした。ＤＣ‐３のプロペラがまわりはじめた。

「わあ。待ってくれ」

機の後尾のタラップを登ろうとしたが、悲しや足があがらぬ。おれは両手を使い、這いあがろうとした。機が動き出したら入口がタラップから離れ、とび移る以外に乗る方法はなくなってしまう。銃弾がタラップに命中してカンカンカンカンカンカンカンとシグナルのような音を立てた。おれはひいひい泣き叫びながらタラップを這い登り、機内にころがりこんだ。うしろでドアが閉まった。機が滑走を開始した。

「やあ。戻ってきたぞ」と、星新一が言った。

機内で酒を呑み、賑やかにパーティを開いていたのはＳＦ作家クラブの連中数十人であり、おれに水割りのグラスをさし出したのは小松左京である。「政府と自衛隊からリアルタイムで戦況を流してもらって、それを例のゲームと照合したんだ。皆であんたを迎えに来た」

おれはまだ床に這いつくばったままで、口をきくこともできずにいた。「タ、タ、タ、ター、ター」

「ターニャのことは心配いらんよ」訪ソ体験のある星新一は、もちろんターニャをよく知っている。「あんたの逃走を助けたことも、問題が上層部まで報告されたらたちまち解決だろうね。彼女、総司令部のムラヴィヨフ少将といい仲だってさ」

がぶり、と、水割りをひと口呑んで、おれは言った。「物見遊山の気分でおれが殺されるところを見ようとしたんだな」

「あの『抗ソ・ゲリラ』というゲームによれば」と、鏡明が言った。「このあたりが最初のヤマ場です。この小説だってやっと第一部の終りだし、作者が死ぬわけないでしょう」

第二部

二十三　レゲエ〈洗脳された森下義和による本土向放送〉札幌

Rhythm in Reggae

Am

思想もねえ。宗教もねえ。国家の目標ひとつもねえ。礼儀もねえ。節度もねえ。主義も主張もなんにもねえ。あるのは色気と食い気だけ。歯どめのかからぬ経済侵略政府の政策金儲け。円高じゃ。ドル安じゃ。マル優か。ワル優か。中国ファンドじゃ財テクじゃ。悪徳商社が電卓片手に世界を裸足で駈けまわる。

Am

物真似にせもの焼きなおし。日本独自の科学もねえ。ヘドロ水銀ＤＤＴ。公害国家が偉そうに、何ぬかす。手前の原子炉気をつけろ。オーバーワークのトラバーユ。ニッパーＥＴエイリアン。ファーストクラスのエコノミストのテクノクラートがハイテクかかえてワーカホリックのディストピア。やってくれ。人真似猿真似ファッション地獄、イヴ・サン＝ローラン、ジバンシイ、シャネルを黄色い猿が着る。

テニス売春ジャスダンス。クリスタル。痩せましょう。ダイエット。栄養失調で死ぬ女。軽チャーセンターのエマニエル。余暇もてあましてボランティア、チャリティ・ショウ。退屈まぎれの差し出口。ご苦労さん。スーパー・レディの大

行進。フェミニズム。くれないくれないしてくれない。ないないづくしのアホの主婦。

クジラ食べよか。イルカ殺そか。自然破壊のアニマル・ギャングがパンダもコアラもエリマキトカゲも可愛可愛(かわいかわい)と皆殺し。

カルガモ追いかけカメラの行列ひとが撮るならわしも撮る。墜落じゃ。嬉しいね。不倫です。そりゃ結構。離婚です。ありがたい。やらせ売り込みスキャンダル。どこにでもいるカメラマン。どこへでも行くルポ・ライター。女房が世間に顔向けならない悲しや突撃レポーター。エンマ、フォーカス、フライデー、他人の不幸が飯のタネ。

見栄っぱり。クレディット。ゴルフもしたいよ車も欲しいよローンだらけの中流乞食がサラ金地獄で首を吊る。金ください。金ください。金、金、金、金、金ください。やりたいな。やりたいな。女とやりたい、やりたいな。テレフォン・クラブに愛人バンク、アダルト・ショップは花盛り。ザーメン産業大流行(はや)り。裏ビデオ。セックス・ツアーの狒狒(ひひ)おやじ。スワッピングのニュー・ファミリー。して頂戴。エイズで死んだかそりゃ結構。少女売春校内暴力、子供は突っぱり、落ちこぼれ。ピーター・パン。シンデレラ。ボクちゃんおニャン子焼酎のイッキイッキであの世行き。

本音建前また本音。学歴社会のフリークス。ポスト・モダンで浮かれのニューアカ、構造スキゾの記号論。ルンルン気分のミーイズム、やさしさごっこで堕胎する。うまいもの、食いたいな。食

いたい食いたい食いたいな。グルメ地獄の食べ歩き。おいしいわ。おいしいわ。パーティ、イヴェント、レセプション。サーロインステーキ症候群。慢性胃炎の臭い息。

思想もねえ。宗教もねえ。国家の目標ひとつもねえ。礼儀もねえ。節度もねえ。主義も主張もなんにもねえ。あるのは色気と食い気だけ。いやですね。いやですね。いやですねったらいやですね。いやですね。いやですね。いやですねったらいやですね。

二十四　シリア→ヨルダン

「お前、ホテルの近くの免税店で、地図を買っただろう」ホテル・チャムからヒジャーズ駅に向かうタクシーの中で、夷（えびす）が智子に言った。「あれ、まさか持ってこなかっただろうな」

「ああら。持ってきたわよ。どうしてよ」夷が苛立つことを承知の上で、智子はすっとぼけて見せた。

「何度言ったらわかる。あの地図にはヨルダン各地やアンマン市街の詳細な地図まで載っている。ああいうものを所持していると罰せられるんだ」夷は辛抱強くゆっくりと説明した。「すぐ、捨てなさい」

「これからヨルダンへ行くってのに、どうしてヨルダンの地図持ってちゃいけないのよ」智子はにやにや笑いながら、夷の真似をしてわざとゆっくり言い返す。免税店で地図を買った時以来、何度となく交した会話だった。「そんなことくらいで罰せられたりするもんですか。馬鹿ねえ」

　ダマスカスの新市街は中東紛争などどこのことかとでも言いたげな静かさと穏やかさであり、繁華街のたたずまいは享楽（きょうらく）的である。

「この辺が静かだから、女のお前には中東状勢のきびしさなど、想像もできないだろうがね」夷は苛立ちのあまりつい、またしても智子が逆上するような言いかたをしてしまう。「今、国境附近の検問はきびしいんだ。特におれたちは日本人だ。ＰＦＬＰや日本赤軍に間違われやすい。地図が見つかったら、ただじゃすまないんだよ」

「見つかるもんですか」智子はせせら笑った。「まさか汽車の中で裸にされたりはしないでしょ。それにねえあなた、このわたしたちが過激派に見えると思う。心配しなくていいわよ」

「なあ智子」夷はいかにも気乗りせぬ様子で智子の肩に手をまわし、説得した。「君は今、むきになってるんだ。切実に地図を必要とはしていない筈だ。おれがいるし、アンマンへ着けば案内してくれる政府関係者やヨルダン大学の人が迎えに来る。地図など必要じゃないことは君にもわかっている。君は意地を張っているだけだ」

「暑苦しいのよね。その手、どけてよ」智子は声を荒立てた。「馴れなれしいんじゃない」

「おれたち夫婦だぜ」

「つれあいと言いなさい」

「見つかっても知らんぞ」夷はとうとう腹を立て、智子の肩から手をはずして腕組みした。「困るのは君だ。罰せられるぞ。処刑されるかもしれん。アラブ人なんて、自分自身も含め人間の命などなんとも思わん人種だ。昨日だって、ハミディエ市場へ行く途中で何度も銃声を聞いただろう」

「あなたって、臆病ねえ」軽蔑しきった声を智子はあげた。「あれはお祭りよ。そんな判断もできないの。周囲のシリア人の様子を見ればわかることじゃないの」

「おれを臆病と言ったな。マルジェ広場で公園の絞首刑を見て、失神したのは誰だ」

「いちばん言ってほしくないことを言ってくれたわね」智子は顔色を変えた。「もう、口きいてあげないから」

「あのなあ、口きくとか口きかないとか子供みたいなこと言ってる場合じゃないんだよ。まあこのう、ぶちまけた話、中年の夫婦が、いや、つれあい同士がだね、外国旅行すると必ず喧嘩するといわれていて、事実こういう喧嘩はまあ、誰でもがするそうだけど、それがなぜかというとこの、カルチュア・ショックのありようが男と女では違っていて、質の違うそのショックを互いに相手にぶつけるので、そのまあ非常にややこしい食い違いがいさかいのもとになるらしいと、ま、こういうんだけど、しかしおれたちの場合、外国は馴れてるんだし、インテリ同士でもあるしだね、誰でもがするような喧嘩はその、するだけ馬鹿らしいと思わないか。なあ。そうだろう」

「そうね」智子は晴れやかな顔になった。「やめましょう。だからあなたも、地図を捨てろなんて馬鹿なことはもう言わないでね」

何を言っても駄目なようだと思い、夷は説得をあきらめた。

タクシーは中央郵便局の前を通ってヒジャーズ駅前に着いた。来る時はダマスカス国際空港に着いたのだ、夷たちが駅を見るのは初めてである。駅舎は焦茶色をした石造二階建ての立派な建物だった。

「だいぶ古い建築ね」と、智子は言った。

「ムデハール様式の影響があるみたいだね。ルネッサンス建築ではあるが」

夷が衒学的になると途端に智子は不機嫌になる。「そんなこと、どうでもいいわよ」

滞在中に夷が教えたダマスカス大学工学部の学生がふたり見送りに来ていて、夷たちの荷物を運んでくれた。駅舎の中は荒れ果て、閑散としている。アンマン行きの列車はすでに到着し、客を乗せはじめていた。

「個室がとれましたので」切符の手配をしてくれたジャミールという学生が、プラットホームを先に立って歩きながらなめらかな英語で自慢げに言った。

「まあ。個室があるの。古びているけど、わりといい列車なのね」

「それはもう」ハシムという学生が大きく頷いた。「北の方ではバクダード鉄道を経てイスタンブールにまで通じている鉄道ですからね。ははははは。オリエント急行の払い下げの車輛じゃないですか」

「嘘つけ。ボスポラス海峡があるだろうに」

個室、といってもつまりはその車輛の後尾にひとつだけ残されていたものであり、他の部分の隔壁はすべてとり壊されてしまい、がらんとしていて貨物専用車の如き様子で、他の車輛もみな似たようなものだ。座席はすべて木製だった。

「で、この列車、いつ出発だい」

個室に落ちついて、夷がそう訊ねると、ジャミールが決然として断言した。「まったく、わかりません」

「時刻表なんて、ないんですよね。それに最近またファタハのゲリラが出没して線路が分断されていますから、いつどこまで行けるかわかりませんよ」とハシムが言う。

「また、またあ」冗談と思い、智子は笑っている。

「だいたい、なんで汽車でヨルダンへ行こうなどという、粋狂なことを思いつかれたのですか」ジャミールがやや憤然として訊ねた。「最近は汽車なんかに乗る人はほとんどいないんですよ。冷房を完備したバスの交通網が発達しておりますから旅行者はみんなバスに乗るんです。中流以上の人はたいてい車です」

「有名なヒジャーズ鉄道に一度乗って、アラビアのロレンスになりたかっただけさ。ぎゃはは」智子の手前、夷は笑いながら答えた。ベイルートへ行くというならともかく、たかがアンマンと甘く考えていたことが少し悔やまれたが、もちろん表情には出さない。

学生ふたりはホブスという、アラビアパンにカバブをはさんだサンドイッチや、ブケインというミネラル・ウォーターを差し入れてくれた。

「ではよいご旅行を。おかげでシリア政府も情報科学に力を入れてくれることになりそうです」

「ヨルダン大学にもコンピューターを売りこめるといいですね。では、お気をつけて」

ふたりはいったん汽車を降りたが、やがてジャミールだけが心配そうな顔つきで戻ってきた。

「あのう、ヨルダンの地図をお持ちじゃないでしょうね。今ヨルダンは反王朝勢力をＰＦＬＰなどが支援しているのでえらい騒ぎです。一カ月前から、旅行者はヨルダン政府が発行した略地図以外、外部から地図を持ちこめないことになっているんです。アンマン観光地図を所持していたためゲリラと看做(みな)されて逮捕された旅行者もいます」

すべて何度となく夷が智子に言ったことだ。夷が智子をうかがうと、彼女はうす笑いをし、そっぽを向いていた。

「もちろん、持ってはいないさ」と、夷は言った。

ジャミールは安心して頷き、汽車を降りた。

夷があらためて智子に向きなおり、もう一度地図の処分を強く迫ろうとしたとき、先手を打って智子が話しかけてきた。「あのハシムって子、顔から身体つきから喋(しゃべ)りかたから、すべて杉浦さんに似てたわね」

「ああ。あのタイプの軽薄なやつはみな、似てるな」

「彼、どうしてるのかしら。ソ連の侵攻以来もう二カ月、北海道で行方不明のままらしいけど」

夷はさりげなく言った。「君、杉浦と何かあったんだろ」

智子もさりげなく言い返した。「あなたこそ華江さんと、ずっと続いてたんでしょ」

「ホテルに、華江さんから手紙が来てたね」

「ええ。あのナタリーって娘がどうやらＫＧＢだったらしいの。華江さん心配だから、北海道へおつれあいを捜しに行くんですってさ」

「ところでな智子、あの地図はやっぱり」

「あっ。忘れてきた」智子がハンドバッグを覗いて大声を出した。「煙草買うのを忘れてきたわ。あなた、買ってきて頂戴」

「駅の構内で売ってるかな」

「もちろん売ってるわよ」

「よし。では買ってきてやる。ついでに地図を処分してくる」夷は立ちあがり、手を差し出した。

「さあ。寄越しなさい。君をここまでつれてきてやった以上、君の身の安全にぼくは責任があるんだから」

智子は眼を細め、精神異常者を観察するように夷を見あげ、見おろした。「あなたって、子供っぽいのねえ。それにしつっこいわ。ひとつのことしか考えられないのよね。それに、まだわたしに対してなんとなく高みからものをおっしゃってるみたい。つれてきてやった、ですって。買ってきてやる、ですって」吐き捨てるように、彼女は叫んだ。「早く買ってきなさいったら。汽車が出るじゃないの」

かんかんに腹を立て、夷は汽車を降り、プラットホームを歩き出した。あと五回、いや、あと三回だ。あと三回だけ我慢しよう。あと三回こんなことがあったら離婚だぞ。だが、夷がそう自分に言い聞かせたことさえ、これでもう百回を越している。

　誰もいない改札口を抜けてコンコースに出たが売店は見あたらなかった。ポートサイド通りに出ようかどうしようかと思案していると、背後で「ラ」という小さな叫び声があがった。貨物運搬用の急なスロープを、不注意な運搬人の手をはなれた運搬車が手荷物を満載して突進してくるところだった。夷の前を歩いているシリア政府軍の将校服を着た男はこれに気づかぬ様子である。夷は両手で将校を左側へ突きとばし、その反動を利用して自分は右側に倒れこんだ。石畳の上に倒れた将校と夷の間を抜けて車は突っ走り、駅舎の内壁に衝突して荷物をあたりに撒き、転覆した。

「なんてこった」とびあがるように起きあがった将校は運搬人の胸ぐらをつかんで絞めあげ、頬桁（ほおげた）を張りとばし、さんざ怒鳴りつけてから夷に向きなおった。「怪我はないか」

「こっちは大丈夫だ」

「大怪我をするところだった」将校はぎこちない英語でそう言った。「怪我を免れた。お前のお蔭だ」

「たいしたことではない」

　夷と同年配のその将校は、夷をじろじろと見て訊ねた。「お前は日本人のようだが、こんなところで何をしている」

「自分は煙草が買える店を捜している」

　将校は黒ぐろとした顎鬚（あごひげ）を左右に振って言った。「それだと、この辺にはない。ポートサイド通りにケバブのレストランがあって、そこには煙草もある。一緒に行こう。茶（シャイ）でも奢（おご）らせてくれ」

「列車に乗るので、ゆっくりはしていられない」

「お前は列車に乗るというのか」

「そうだ」

「まさかヨルダン行きの、あの列車に乗るのではあるまいな」

「自分はあの列車に乗って、ヨルダンへ行く」

「そうか」善良そうな笑顔を見せ、将校は頷いた。「では、ケバブのレストランへ行こう。自分が乗らぬ限りあの列車は発車しない」

　高級将校のようだった。列車が出ないのであれば懲(こ)らしめのために智子をしばらくひとりで抛(ほ)っといてやろうと夷は考えた。少し心細い思いをさせた方がいい。個室には鍵がかかるから安心だし。

「お前はダマスカスへ何をしに来た」通りを並んで歩きながら、ムスターファというその中佐が訊ねる。

「政府の招聘(しょうへい)で、学生にコンピューターの技術を教えに来た」

「それはご苦労だった。ヨルダンへは何をしに行く」

「政府の招聘で、学生にコンピューターの技術を教えに行く」

「今、ヨルダンの治安状態はすこぶる悪化している」レストランのレーブルで夷と向かいあい、茶(シャイ)を飲みながらムスターファは憂いに満ちた深い低音で夷にそう言った。「ヨルダンのアラブ軍団(レジオン)から協力の要請を受けて自分がアンマンへ出向くのもそのためだ。現在レバノンやシリアのパレスチナ・ゲリラがヨルダンに流れこんでいる。自分は今までベイルートにいたから彼らのことに詳しいのだ。一方ヨルダン政府軍は一九七一年に彼らを撃退して以来、ほとんど戦っていない。せいぜいPLOの事務局を閉鎖させたり、また国内に置かせてやったり、そんなことをくり返しているだけだったからな」

「ヨルダンはレバノンなどに比べれば平穏だという話だったが」

「そこの鉄道だって、以前はその駅からベイルートへも通じていた。ゲリラで寸断されて今は不通だ。現在アンマンへは通じているが、これとて一年前から何度も分断され、不通になった。そもそも今日出るあの列車といえど、自分が兵士と共に乗るからこそ運行されることになったのだ」

「最近の中東のゲリラ活動の激しさは、ソ連が日本へ侵攻したことと何か関係があるのか」

「勿論だ。中東は世界の患部で、地球上のどのような政治的変化からも影響を受けずにはいない。去年、国連レバノン緊急駐留軍（ユニフィル）の滞在延長を珍らしくソ連が支持したのは、アメリカがリビア問題に縛られている間に中東での主導権を握ろうとしたからだ。ところがアメリカはリビアで悪いことをしたからなどと言ってソ連と取引した。北海道への侵攻を焚きつけたのだ。ソ連が北海道にかまけている間にアメリカは、レバノン軍団と大統領派の戦闘、それにシーア派内の内ゲバなどに乗じてレバノンでの影響力の強化を狙いはじめた。ちょうどソ連は日本に言いがかりをつけるための工作がばれて世界中から非難を浴びていた。北海道は占領したものの、あと、どうしていいかわからず立ち往生する羽目になった。そこで世界の眼を中東に向けさせるため、レバノンを追われてふたたびヨルダンに流れこんだパレスチナ・ゲリラを支援しはじめたのだ」

「そんなに物騒なところとは思わなかったから、実は、妻をつれて行こうとしている」

ムスターファは背筋をのばし、奥深い眼で夷を見つめた。「奥さんだと。お前の奥さんは今、どこにいるのだ」

「もう列車に乗っている。個室の中だ」

「そうか。あの個室にはお前たちが入るのか。それにしてもご苦労なことだ。わざわざ汽車で行くとはな。空路ならほとんどノー・チェックなのに」ムスターファは白く輝く歯を見せた。「奥さんは美人か」

「まあな」

「気をつけた方がよい。ゲリラたちは女に餓えているから、女性の旅行客を攫（さら）ったりするぞ」ムスターファは立ちあがった。「奥さんをひとりで抛っておいてはいけない。そろそろ行った方がよかろう」

「何か自分で役に立つことがあるなら、なんでも言ってくれ」駅へ戻りながら中佐は言った。「少くともアンマンへ着くまでは、自分が責任を持ってお前たちを護ってやる」

しばらく考えたのち、夷は歩きながら中佐に言った。「実は、ひとつだけ頼みがあるのだが」

「自分にできることなら、なんでもしてやろう」

「恥を言うようだが、実はおれの妻は非常に我儘だ」

「自分の妻もそうだ」

「おれの言うことをまったくきこうとしない。意地になって反抗ばかりする」

「自分の妻とまったく同じだ」

「最近、それがますますひどくなってきた。困っているのだ」

「同情する。自分も困り果てているのだ」

「そこで、相談に乗ってほしいのだが」

「いや。それは断わる。自分は都市ゲリラの掃討にかけては世界一だ。しかし女の扱いかたは世界一下手なのだ」

「そういったことではないのだ。まあ聞いてほしい。実は妻がヨルダンの極めて詳細な地図を買って持っている。わたしがいくら捨てろといっても、言うことを聞いてくれないのだ」

コンコースの暗がりの中でムスターファは立ちどまり、夷の顔を覗きこんだ。「それは、非常にまずいことになる。アンマンへ着くまでは自分がどうにでもしてやれるが、アンマンの駅でヨルダン政府軍によるチェックがある。地図が見つかれば逮捕される」

「だから、それより前に君が車内で地図を発見し、とりあげてしまってほしい」

「うん。それならば可能だ。お安いご用である。

国境を越えるなり自分はヨルダン政府軍将校の資格となり、車内における任務としてはむしろ、自分が乗客の検査をしなければならない立場となる。部下の兵士たちも一緒なので、彼らにも言い含め、共に奥さんの所持品を徹底的に調べ、その地図を発見し、没収することにしよう」

「いや。それだけではなく、その時に、妻をさんざおどかしてほしい」

「ははあ。奥さんを懲らしめるのか」

「妻を懲らしめたいのだ。それも、なま半可なおどしかたでは、そのあとの、おれに対する反動がおそろしいので、徹底的におどしあげてくれ。死ぬほどおどかしてほしいのだ」

　ムスターファは考えながら、また歩きはじめた。「お前の奥さんは、心臓が丈夫か」

「毛が生えている。つまりその、トーチカの如きものだ」

「では本当に、死ぬほどおどかしてもよいのだな」

「やってくれたら恩に着るが」

　プラットホームで中佐はまた立ちどまり、夷の顔を見つめた。「わかった。まかせておいてくれ。実をいうと自分は、そういうことが大好きなのだ」

　かよわい女性に精神的虐待を加えるなどとんでもない、そういって断わられても不思議ではない相手だったから、中佐が引き受けてくれたので夷はほっとした。思考の硬直した軍人ではなかったのだ。自分にそんな言いわけをしながら夷は自分が乗る車輛の前でムスターファと別れ、個室まで戻ってきた。智子は般若（はんにゃ）の顔をしていた。

「どこうろついていたのよ。変なやつがそこから何度も覗きこんだのよ」ドアに嵌込（はめこ）まれているガラスを指して智子は怒鳴りあげた。「一度など、にやにや笑ってペニスを出そうとしたのよ。悲鳴をあげたら逃げちまったけど」

　同じ車輛に乗っているのは貧民階級のアラブ人

十数人である。
「すまんすまん。駅の構内で売っていなくてね」夷は彼女に煙草を渡し、向かいあって腰掛けた。

列車がのろのろと動き出した。ダマスカス市内を南へ出はずれると、東を向いた個室の車窓から見えるのはえんえんと続く大シリア砂漠である。砂の砂漠ではなく、小石ばかりの、瓦礫の如き黒いもののつらなりであり、ところどころに灌木が見られるだけという、荒涼とした風景だ。ふたりはすぐに退屈し、夷はジャン＝フランソワ・リオタールの「ポスト・モダンの条件」を読みはじめ、智子は三枝和子の「恋愛小説」を読みはじめた。

正午少し前にダマスカスを発車した列車は三時過ぎ、国境近くのダラーという駅に到着した。車掌がパスポートを集めにやってきた。ヨルダンに入ったら返しに来る、ということなのでふたりはその若い車掌にパスポートを渡した。

列車が国境を越すなり、ムスターファ中佐が部下の兵士をひとりつれ、顳に青筋などを立てた怖い顔で鼻息荒く個室に入ってきた。「ヨルダン政府軍の者だ。旅券を見たが、日本人だそうだな。荷物を調べさせてもらう」

抗弁する暇もあたえず、中佐が智子のボストン・バッグを、兵士が夷のトランクを検査しはじめた。中佐は約一分でヨルダン全地図を発見した。
「これはあなたの荷物ですね」突然、うって変った丁寧な言葉遣いになり、中佐は気の毒そうな眼で智子を見つめた。「どのような事情であれ、この種の地図の携帯は禁じられていたのです」
「あら。どうもすみません」智子はわざとらしく眼を丸くし、明るく言った。「そんなこと、ちっとも知りませんでしたの。おほほほほ」
「まことにお気の毒ですが」中佐は涙ぐんでいるかの如くうるみ、充血した眼で智子を睨み続ける。「あなたはアンマンに到着次第、処刑されることになります」

「処刑だって」一瞬唖然とした智子にかわり、夷がとびあがるように立ちあがって中佐と向かいあい、唾をとばして叫んだ。「ちょっと待ってください。地図を持っていただけですよ。そんなことで処刑されるなんてことは、まったく聞かされていない」

「昨夜、軍が決定し、政府の承認を得たのだ」中佐は申しわけなさそうに深くうなだれた。「軍の規則です。受け入れ難い不条理でしょうが、あきらめてください」

「わたしたちは夫婦ですが」と、夷は言った。「じゃ、わたしも処刑されるのですか」

中佐はアラビア語で部下に訊ねた。「そのトランクには何かあったか」

「いいえ。何もありません」

中佐は英語に戻り、夷に言った。「ではあなたは、この女性の同行者として取調べを受けることになるだろう」

すでに列車は、国境からの最初の駅であるマフラクに到着していた。乗降客のアラブ人がドアや車窓のガラス越しに個室内の騒ぎをにやにや笑いながら覗きこんでいる。

「政府の招聘だって、教えてやってよ」眼をいからせて智子が叫んだ。

「わたしたちがアンマンへ赴くのは、即ちヨルダン政府の招聘によるものであって」

説明しはじめた夷を、ムスターファ中佐は掌で制した。「駄目なのだ。たとえフセイン王の友人であっても処刑は免れない。それにわたしには、持ちものから判断してあなたがたがあやしい人物でないことは、すでによくわかっているのだ。しかしこれは軍規であり、これに違反すればこのわたしが処刑される。すまない。許してくれ」

「裁判はおろか、取調べもせずに処刑ですか」夷は叫んだ。「そんな無茶な」

「あはははははは。嘘よ。嘘。これ、冗談でしょ」智子が気ちがいじみた笑いを立て、足をばたつかせて中佐を指した。「このひと、冗談言ってるのよ。地図を持ってたぐらいで死刑ですって。あはははははあ。馬鹿にしてるわ。ひひひひひひひ」

「あれを見てください。奥さん」ムスターファが車窓の彼方を示した。

「あれと同じものがアンマン駅前にもあります。奥さんはアンマン駅を降りるとすぐに、あれと同じ台の上へ立っていただかねばなりません。処刑は公開で、しかも迅速に行われねばならないのです。奥さんのような美しいかたをそのような目にあわせるのはまことに心苦しいのですが」

「あれは、あの」智子は蒼白になり、かぶりを振った。「絞首刑。わたしが、あの。まさか。ほほ。おほほ」

「この部屋の外で見張りをしろ」中佐が部下に命令する。「あとで交代を寄越す」

「わかりました」

「しかしですよ。しかし」夷は抗弁しようとしたがすぐに絶句し、へたへたと座席に腰をおろした。「あのう、これはもう、絶対に、どうにもならないことなのですか。そんなこと、ないんでしょ。なんとかなるんでしょうね」

「絶対に、どうにもなりません」放心状態の智子をちらりと見てから、沈痛な面持ちでムスターファは夷に言った。「処刑の際、奥さんが見苦しい振舞いをなさらぬよう、よく説得しておいてください」

夷は智子をぼんやりと見つめながら言った。

「はあ。できるだけ、やってみますが」

「何が『やってみます』よ」突然われにかえって顔をあげ、智子がわめいた。「できるだけ、わたしを助けてくれるっていうんでなきゃ、駄目じゃないの。なんでそんなに簡単にあきらめちまうのよ。自分のことじゃないからと思って」

智子が騒ぎ出すとすぐ、中佐は逃げるように個室を出て行った。こっそりウインクでもするかなと夷は思ったが、中佐は悲しげな表情を変えなかった。

「だって、もうどうにもならないみたいだからさ」自動小銃をかついで個室の前に残った兵士をうかがいながら、夷は言った。「逃げ出そうとすれば、おれまで射殺されてしまう」

智子は意識を失いかけて、ふらりとした。

夷は腰を浮かした。「しっかりしろ」

「しっかりしなければいけないのは、あなたじゃないの」智子は身を立てなおし、向かいあって掛けている夷を睨みつけた。「わたし、絞首刑なんて、絶対にいやですからね」

「そりゃ、そうだろう」夷は眼を丸くし、大きく何度も頷いた。「おれだって、いやだよ」

「もう。ひとごとみたいに言わないで」智子が強圧的に命令した。「なんとかして頂戴」

しばらく考えてから、夷は溜息をついてうなだれた。「おれ、駄目な亭主なんだよなあ。甲斐性なしだよ。こういう時に、なんにもしてやれない」

「わかったわ。いい気味だと思ってるのね。わたしのこと、自業自得だと思ってるんでしょう」

「夢にも思っていないよ」おろおろ声で、夷は叫んだ。「そんなこと思ったりしない」

「わたしがあなたの言うことを聞かなかったもんだから、ざま見ろと思ってるのよ」

「なんてこと言うんだ」夷は泣き出した。「おれはそんな薄情な男ではないよ」

「だったら、なんとかしてよ」智子が眼球をとび出させて怒鳴った。「あんたなんかに泣いてもらったって、しかたないじゃないの。殺されるのは、わたしなのよ」そう言ってから愕然とし、彼女はつぶやいた。「わたし、殺されるんだわ」

「そうなんだよね」

智子は眼を閉じ、顔を歪めた。大粒の涙が出はじめ、彼女は声を押し殺して泣きはじめた。

「うー、うー、うー」

「泣かないでくれよ」夷は泣き続けた。「胸をしめつけられるみたいだ。おれ、たまらないよ。君みたいな美しいひとが死んじゃうなんてなあ」

「殺される。ああっ。わたし死ぬんだわ」大声で泣きはじめた。「おーいおいおいおいおいおいおい」

「こんなに別れが苦しいものとは」

「ちょっと。やめて頂戴」彼女は絶叫して立ちあがり、わあわあ泣きながら身をよじった。「嘘よう、こんなこと。ああ、もう、早くどうにかしてよう」

「うん。うん。うん」夷も立ちあがり、ちょっとうろうろしてから智子の顔を覗きこんだ。「あのう、じゃあ、せめて銃殺にしてやってくれと言ってみようか」

「死ぬのは同じじゃないの。ああんあんあんあん」


話が車内に伝わったらしく、女の死刑囚を見ようとして乗客がかわるがわる個室を覗きにやってきた。夷はトランクからサマー・ジャケットを出してドアのガラスを覆った。

「殺されるう。殺されるう。わたし、死ぬう」窓框にのせた腕に伏せてながい間泣き続けてから、彼女は涙と赤斑でまだらに光る顔をあげ、夷を見つめた。「あなた、わたしなんか死んだ方がいいんでしょ」

「とんでもないよ」

「さっき見に来たあのアラブ人たちと同じよ。ひとが死ぬのを面白がってるんだわ」

「君を愛してるんだよ。面白がったりなんかしない」

「だって、平然としてるじゃないの」

「泣きくたびれたんだ」

「そうよね。あなたは泣きくたびれて、泣くのをやめることだってできるんですものね。死ぬのが自分じゃないもんだから。ちっとも同情なんかしていないんだわ」

「同情しているよ」

「口さきだけよ。言葉だけの同情よ。いくら同情してるなんて言ったって、わたしのこんな、もうじき死ぬんだなんて気持、わかってたまるもんですか。だって、死ぬのはわたしなんだもの」彼女は改めて泣きはじめた。「わたし死ぬのよう」

「そうだね。同情する。可哀相だ。気の毒だ。悲しいことだ。もう、断腸の思いだ。胸が痛む。いやこれはもうあまりにもなんというかその非常に痛いたしいことだと思う。痛恨に耐えない。嘆かわしいことだ。遺憾だ。かわってやりたい」

「かわってよ」智子が充血した眼をあげて夷を見つめた。息が臭くなりはじめていた。「あの地図の所有者は自分だと言って、処刑をかわってよ」

「ふたりとも処刑されちまうよ」夷は外を眺めた。「一緒に死のうと、別べつに死のうと、死ぬときは独りだっていうしね」

「あなた、わたしを愛してなんかいないのよ。薄情ね」

「いや。愛しているよ。君のことは忘れないよ。大好きだったよ」

　ぎゃああ、と叫び、智子は泣きわめいた。「もう死んでるみたいな言いかたしないで」

　またひとしきり泣いてから、智子は痴呆（ちほう）じみた表情になり、窓の外をぼんやりと眺めた。紙のような顔色になり、その顔には全面にぷつぷつと黝（くろ）い毛穴が開いていた。彼女は自分の顔をしきりに観察している夷に気づいて向きなおった。

「何見てるのよう」

「あのさあ、映画だと、こういう場合」

「映画のことなんか、どうでもいいわよ」ヒステリックに叫んでから彼女はまた泣きはじめ、やがて泣きじゃくりながら訊ねた。「映画の場合ならどうだって言うのよ」

「主として嘆き悲しむのはあとに生き残る方で、死んで行こうとする者からあべこべに慰められたりするね」

智子は絶叫した。「映画なら、ヒーローが腕にものを言わせてヒロインを助けるわよ」

「それは活劇映画だろう」

「活劇とメロドラマの相違なんか、論じてる時じゃないでしょ」智子は泣き叫んだ。「死ぬのいや。死ぬのいや」

車掌が旅券を返しに来た。彼が持ってきたのは夷の旅券だけであり、怒った智子が叫ぶ。

「なぜわたしのは返してくれないの」

ムスターファから演技指導でもされたのか、車掌は手で自分の首を絞めて見せ、にやりと効果的に笑ってかぶりを振った。絞首刑になる者に旅券は不要という意味であろう。車掌が出て行くと智子はまた大声で泣いた。

時ならぬ雷雨かと思い、夷は窓から見あげたが空は晴れている。鳴っているのは智子の腹であった。

「わたし、胃がどうにかなったみたい」

「無理ないよ」夷は頷いた。「胃に穴があいても不思議ではない」

「復讐してやるわ」ざんばら髪となった悽愴(せいそう)な顔で智子は夷を睨みつけた。

夷は少し怯えた。「誰にだい」

「世の中によ。そして世の中をこんな風にしたのは男だわ」

もしこれが芝居とわかったら。そう考えて夷は顫(ふる)えあがった。智子にどんな復讐をされるかわかったものではない。最後まで芝居とわからぬようにして終らせねばならぬ。しかし、うまく結末がつくのだろうか。ムスターファ中佐と話しあったシナリオはシチュエーションだけであり、シノプシスやプロットまでは打ちあわせていない。夷は不安になってきた。

「あのう」身じろぎしながら夷は、うつけた様子の妻に訊ねた。「何か言いたいことがあるなら、そのう」

「あるわよ。命を助けて」

「そうではなくて、遺言というか、その」

かりかりかり、と智子の眉と眼が吊りあがった。「なんてこと言うの。そんなにわたしを死なせたいの。殺したいのね」あたりのものを手あたり次第、夷に投げつけながら彼女は泣きわめいた。「ええ。もう。せっかく他のこと考えて気がまぎれていたのにい」

「すまん。すまん。すまん。おれは気をまぎらせてやろうとしたんだ」

「まぎれるもんですか。あーんあん」

ふたたび窓框に顔をのせて泣き続ける妻を見つめるうち、夷は彼女のしどけない姿に、今までに感じたことのない色気を見出した。死におびえて泣く女というものは周囲に強烈なエロチシズムを発散させる。死と性が感覚的に紙一重というのは本当らしいなどと思いながら、彼は陰茎の勃起を自覚した。

「気をまぎらせる方法があるよ」

「何よう」

「セックスしてあげるよ」

「よしてよ。こんな時に。そんならなぜ昨夜してくれなかったのよ」

「こんな時だからこそ特別に、いいんじゃないかと思うんだけどね」

「なぜいいのよ」

「秘密の隠し味があらわれる」

「わたしに死ぬ、死ぬって言わせたいんでしょ。ええ。もう。馬鹿なこと言ってる時じゃないわよう」智子は身もだえた。

雷鳴が轟(とどろ)いた。今度は彼女の腸が激しく鳴っていた。異臭が、強く漂った。

智子はもじもじする。「わたし、下痢したわ」

「セックスはやめておこう。下着を換えるかい。ついでに化粧をなおして、その」夷はそう言ってから言葉をとぎらせた。

「なぜ黙るのよ」また泣き出した。「絞首刑になったらどうせ洩らすし、醜悪な顔になると思ったんでしょう」

「君がいやだというなら、ぼくは処刑の瞬間を見ないようにしてあげるよ」

「だはあ」涙を噴出させた。「こんな砂漠のまん中の、おかしな町で死ぬのはいやよ」

「おかしな町なんかじゃないよ。ヨルダンの首都だよ」夷は腕時計を見た。「あと二十分ぐらいで到着だ」

ぎゃああ、と智子は叫んだ。「あなた、待ち遠しいんでしょ」

「そうじゃないよ。君が、そろそろ落ちついた方がいいと思ってさ」

「なんで落ちつかなきゃいけないの。落ちついたからといって助かるわけじゃないでしょう」

「これ、食べないかい」

夷のさし出したホブスを見るなり、智子は嘔吐した。「食べられるわけないでしょうが」

「悪かった。じゃあ、水をあげるよ」

「死に水でしょう」

げぶげぶと咽喉を鳴らしながら智子は座席に横たわった。

「なんで今まで気がつかなかったんだろうな」智子を介抱していた夷は急に立ちあがり、財布をとりだした。「君、いくら持ってる」

智子は眼を輝やかせて起きあがった。「お金ね。買収するのね。そうよ。命なんてこんな野蛮な国じゃお金で買えるのよ」

「おれが四百九十五ドルと四百シリアポンド、君が三百二十六ドルと十二シリアポンド」

「それで、どれくらいになるの」

「ちょうど十五万円くらいかな。でも、少し残しといた方が」

「全部払って」智子が叫んだ。「もう、全部、全部あの将校にやって頂戴。ああ。あなたいいこと思いついてくれたわ。助かったわ。恩に着るわ」

中佐を呼んできてくれるよう見張りの兵士に頼んでから、夷は智子に言った。「でも、買収に応じてくれるとは限らないぜ」

「大丈夫よ。あの将校なら。それと、あとはあなたの交渉しだいよ」

あいかわらず怖い顔でムスターファが入ってきた。「何か用かね」

夷は言った。「地獄の沙汰も金次第、という諺は、この国ではどう言うんだ」

「地獄の沙汰も金次第だ」

「妻の命をこの金で助けてやってほしい。なんとかしてくれ」夷はむき出しの紙幣を全部中佐の手に握らせた。

中佐は札を数え、しばらく考えこんでから顔をあげた。「自分の一存ではどうにもならない。部下が知っているし、乗客全員に知られている。なんとかやってみるが、しばらく待ってくれ」

「もうすぐアンマン駅だ。早くやってほしいな」

「わかっている」中佐は出て行った。

「乗客全員を買収しなきゃならないのなら」と、智子が呼吸をはずませながら夷にすがりついた。

「まだわたしの宝石や時計が」

「そこまでしなくても、いいだろう」

「なぜよ。けちけちしてる場合じゃないでしょ。わたしの命の瀬戸際なのよ」さらに言いつのろうとした智子は、急にからだの力を抜き、座席に身を投げ出した。「あなたの判断にまかせるわ」

夷は智子の下着を換えさせ、床を掃除した。便にまみれた赤いパンティを車窓から投げると、数十頭の羊を率いていたベドウィンの少年が拾いに駈けてきた。

見張りの兵士が首を出す。「中佐が呼んでいます。ご主人がおいでください」

待っていてくれと智子に言い残し、兵士に教えられて前の車輛に行くと、一般客や部下の兵士たちと一緒にムスターファがいて、夷に笑いかけた。

「少し脅し過ぎたようだな」

「そうなんだ。芝居だったことが絶対にばれないよう、最後までこまかい芝居をやり続けてほしい。ばれたらおれは殺される」

金と、智子の旅券を夷に返しながら、中佐は頷いた。「勿論よくわかっている。アンマン駅に着いたらすぐ、私服の部下を行かせる。駅のチェックを受けないで奥さんを通り抜けさせるという芝居を打つから、そいつの指示に従ってくれ」

「感謝する。これからあんたとおれの美しい友情が始まるというわけにいかんのが残念だ」

「当然だな。以後、あんたとアンマン市内で出会っても知らん顔をする。横に奥さんがいない場合は尚さらだ」


夷は個室に戻って話がついたことを告げ、智子を嬉し泣きさせた。

アンマン駅構内に列車が入ると、私服のアラブ青年がふたりやってきた。「奥さんだけ、プラットホームの反対側の線路上に降りてもらいます。ご主人はそのまま改札口を出てください。駅前で落ちあいましょう」

一時は腰が抜けたためか、智子はまっすぐに立てず、まともに歩けなかった。青年ふたりはアラビア語でこの女臭いなどと言いながら両側から智子を支え、車輛後方のドアから連結器の上に出た。のろのろと列車が停止する。夷は自分の鞄と智子の鞄を両手に持ってプラットホームに降り立つ。改札口に向かって歩いていると、彼方からムスターファ中佐が私服の部下たちと一緒にやってきた。

「奥さんはどうした」中佐が怪訝(けげん)そうな顔で訊ねる。

「今、あんたの部下の二人と一緒に、反対側の線路へ降りたが」

「部下だって。おれは知らんぞ。部下はここにいる」と、中佐は言った。「誘拐(ゆうかい)されたんだ」彼は躍りあがり、アラビア語で部下たちに何か叫ぶと、自分は列車の後尾めざして駈けはじめる。

「なんだって」今まで芝居をしていたため、急には事態への切迫感が湧かず、夷は両手に荷物を持ったまましばらくはゆっくりと中佐のあとを追った。

「攫(さら)われたんだ。早く来い」プラットホームから線路上へとびおり、中佐が叫ぶ。

　夷は荷物を抛り出し、中佐のあとを追った。アンマン駅に沿った道路には一台の幌(ほろ)つきトラックが停っていて、さっきのアラブ青年ふたりが、異常を悟ってけんめいに抵抗する智子を無理やり荷台に乗せようとしている。

「やめろ。そのひとを放せ」ムスターファ中佐は駈け寄りながら拳銃を抜いた。

　幌の隙間から自動小銃の銃口が突き出された。銃声と共に道路上の人間すべてが逃げまどい、地に伏せ、車同士が衝突した。側溝へころがりこんだ夷の傍らを、駈けつけてきたヨルダン政府軍の兵士たちが応戦しつつトラックへと迫る。かくて大銃撃戦。

　これがきっかけとなり、ソ連に支援されて再編成されたヨルダン・アラブ共産党ゲリラの反王朝運動に火がつき、内戦はヨルダン全土に拡大し、一時はフセイン王の王権をも揺れ動かしたほどの革命運動にまで発展したのであった。夷と智子の行方はこの時以来不明となり、以後夫婦の消息は誰も聞かない。

二十五　狩勝高原

「そろそろ山の神に出くわすんじゃないの。この辺、いるんだよな。注意書き、あっただろ」と、前田が言った。「今はちょうど子連れだから、怖いぜ」

　スケルトン・チームの四人は狩勝沢に沿った国道38号線上を徒歩で東へ向かっていた。雪どけを追ってキバナシャクナゲ、雪渓のほとりにはイワウメ、湿原にはエゾコザクラやミズバショウがいっせいに咲きはじめている。

「スキー場がありますから、スキー客の食べ残しをあさりに出て来るんでしょうね」と、伊吹が言った。「ヒグマはザリガニも食います。沢の方へはおりて行かない方がいいでしょう」

　四人はＡＫ‐74を、あるいは十字架のように肩に背負い、あるいは胸で斜めに構え、油断なく四周を見まわしながらも、見かけはのんびりと話しながら二人ずつにわかれて路肩を歩き続ける。右手は狩勝山だ。

「もうこれで四、五日、どんパチをやらんなあ」退屈そうな声で関根が言った。「芸術は爆発や言うけど、戦争かて爆発やぞ。こんな膠着状態かなわんで」

　太陽は真南にあった。

「あっちからは手出ししなくなったものな。各地に駐留しているだけで、あまり移動もしない。こっちから一方的に襲撃ばかりするのは、どうも気がひける」鍛治も言う。「しかしまあ、期待されているからしかたがない。やらなきゃあ」

　彼らは根室本線や38号線を利用して新得町まで移動したソ連軍の諸兵科連合部隊を追っていた。現在四人の拠点はユクトラシベツ川の上流、落合岳の麓にある。

「あのさ、実は今いちばん危いのは純文学なんかじゃなくて、おれたちの戦闘意欲の喪失だよ。これはいわば死につながるからね。おれたち日本人は農耕民族の癖に今まで遊牧民族の侵略をうけてなくて、その辺のことが身にしみてわかってないところがありますよ。ジンギスカンに始まって北の方から来る遊牧民は侵略をボーダーの移動としか思ってなくてさ。ボーダー＝ゾーン論で言えばゾーンで面白半分に遊ぶためにやってくるってところがある。こっちは戦う意識がなくて、だから逆にこれを遊ぶという意識もない。悲惨な島国のパラドックスですよこれは」

「また始めよった。目茶苦茶やないか。やめたれや。頭（どたま）が痒（かゆ）うなるわい」

「本土では、わたしたちのことを抗ソ・ゲリラ戦線と呼んでおるらしいですな。どうも北海道解放戦線の連中がそう名づけたようです」

「連中、今はこの近くに来ているらしいよ。日勝峠の近くにいくつ目かの拠点を持ったらしい」

と、鍛治。

「共闘したい、などと言っとるそうですなあ。例の、日野みどりという女性タレントのリーダーが」

「あかんあかん。あいつら特技持った奴が何人かおるだけで、ゲリラのやりかた知らへん。それにわし、女のリーダーちうのが好かんのや」

「連中と会ったこと、あるのかい」と、前田が訊く。

「いや。ラジオの放送で声聞いただけや」

「マスコミも、おれたちと接触したがっているそうだけど」鍛治がそう言って笑う。

「逃げた方がいいでしょうね。ゲリラの志願者も拒否した方がよろしい。解放戦線側では受け入れてもよいと言っているそうですがね」

「ほら見い。それがそもそもど素人じゃ」

突然、前田が立ちどまった。間髪（かんはつ）を入れず他の三人も身構える。

「どないしたんじゃ」

「この音はなんだい」

四人は耳を澄ませる。

「これは『ザ・ムーチェ』という曲ですよ」伊吹がそう言った。「映画『コットン・クラブ』の主題曲です」

四人は振り返る。はるか西の方から一直線の国道には山なりの起伏があり、今彼方の窪(くぼ)みからあらわれたのは車体を黄色く塗った巨大な一台の観光バスである。

「戦場のど真ん中へ観光バスで乗りこんで来やがったぞ」鍛治が信じられぬという声をあげ、かぶりを振った。「これはひどい」

「なんちう阿呆な音楽かけさらすんじゃい」関根がわめいた。「くそ。が鳴り立てやがって」

「運転手が酔っぱらっておるようですな」バスの動きを観察して伊吹が言う。「ふらふらしとる」

「ははあ。あのバス全体、舞いあがってるんだよ」車体のほとんど上半分、車内丸見えの窓ガラス越しに乗っている連中の痴態が見えはじめるなり前田が叫んだ。「昨日、一ノ山の麓の草原を通りかかった時、おれ、一面に大麻が群生してるのを見つけてさ、一瞬『儲けた』なんて叫んじまったんだけど、まあ、よく考えて見りゃあ今はそんなこと考えてる時じゃないからあきらめたんだけど、あのバスの中のあの有様を。裸の女もいるぜ」

そう言ううちにも観光バスは右へ左へよろめきながら荒っぽい限りの速度で見るみる近づき、四人の眼の前で停車した。

「ドーヴァー海峡はどっちですか、なんて訊くつもりじゃないの」と、前田。「そう訊かれてもおれはちっとも驚かないね」

「イエイ。抗ソ・ゲリラ戦線の勇士諸君」ころがり落ちるような恰好で最初にバスをおりてきたのは四〇〇ミリ望遠レンズ装着のＡＥカメラを肩から提げ、だらしなく髭を生やしたサングラスの若い男である。「イヤッホー。いよいよ敵に近づいてきたようだなあ。この辺にいるんでしょ。ね。いるんでしょソ連軍」

「うわあっ。銃持ってるわこの人たち」次におりてきたのは肩から提げたラジカセで「ザ・ムーチェ」をがんがん鳴らし続け、トゥエンティーズ・ルックでドレスアップしている中年女性であり、これは蝶の形をしたピンクのサングラスをかけている。「ちょいと皆さん。早くおりていらっしゃいよ。戦争よ。銃持ってるう。銃持ってるう」

「ピーカンだわ」空を仰ぎながら続いておりてきた若い女は、透明に近いピンクのネグリジェを着ていたため、裸よりももっと裸に見えた。「ゲリラ戦線の皆さあん。皆で一緒に記念撮影、お願いね」

観光バスのドアから次つぎと乗客があらわれ、それと同時に車内にこもっていた淫猥でなま臭い暖気があたりにもわもわとあふれ出た。

「やめんかい」関根が中年女性の傍へ寄っていってラジカセの電源を切った。「ソ連軍に聞かれたらどないするねん」

「これはこれは皆さん。すっかりハイなご様子で」伊吹がにやにや笑いながら言った。「戦争見物ですか」

「はあい。みんなでぼくたちの好きな戦争、取材に来たのよ」げらげら笑いながら、上半身裸でマイクを手にした若い男が言う。「ぼく男性週刊誌。あのひとスポーツ新聞。彼女は女性週刊誌。彼は写真週刊誌。このひとテレビ。あのおばさん婦人雑誌。みんな正式の社員じゃなくて、フリーの下請けだけどね。あはは」

「ああっ。モノホンのにゃんにゃんやってやがる」バスの中を眺め続けていた前田が頭を搔きむしった。「こっちは三カ月以上ご無沙汰なのにさ」

バスの後部シートでは裸の女が、ズボンをずりおろした顎鬚（あごひげ）の男の腰にまたがっている。

「ああら、インタヴューに応じてくれたら、いくらでもやらしたげるじゃないのよう」

　撮影が始まった。

「早く引き返した方がいいよ」気が気ではなく、鍛治が言った。「この道を、自走榴弾砲（りゅうだんほう）の発射中隊に護られて通信大隊の最後尾が通過したのは三十分ほど前だ。まだ、そこいら辺にいるんだ。死んでもいいのかい」

「みんなで死ぬなら怖くない、なんてね」カメラマンのひとりが鍛治の姿を撮影しながらげらげら笑う。「これからソ連軍の取材もさせて貰うつもりですよ」

「お前ら、気ちがいか」関根がわめく。「戦争をなんやと思うとる。野球と違うてタイムの要求でけへんねんぞ」

「でも、厳密には、現在は交戦状態ではないんですよね」色黒の痩せた女がヒステリックに言い返した。「外交レヴェルでの話しあいに入ってるんだから」

「しかし政府は、銃砲所持の規則をゆるめて、アメリカから入ってくる兵器の民間での売買を野ばなしにしてるし、ゲリラ志願者の北海道への渡航も取締ってないでしょう」伊吹が言う。「だからこそあなたがたもここまで来ることができたんです。民間レヴェルではやっぱり戦争なんですよ」

「さあ。もう終り。終り」上半身裸の青年が叫ぶ。「早くバスに乗ってください。でないとソ連軍に追いつけないよ。どうせこの人たち、おれたちの眼の前で戦争やって見せてくれる気はないんだから」

「そんなこと出来るか。阿呆が」関根はわめき散らす。「早う行って殺されてまえ」

「あんたたちも、そこまで乗ってかない」中年女性が四人に叫ぶ。「どうせソ連軍を追っかけてるんでしょ」

「楽な戦争はしたくありませんのでね」伊吹はあいかわらずにやにや笑いながら馬鹿ていねいに一礼した。「どうぞお先へ」

　バスは出発した。

「けっ。誰があんなバスに乗るけ」関根は煙草をくわえてうそぶいた。「あのバスのナンバー見たか。何が悲しゅうて3－7564（みなごろし）なんちうバスに乗らなあかんねん。わしゃご免じゃ」

「襲撃のチャンスだ」と、鍛冶は言った。「拿捕（だほ）するにしろ攻撃するにしろ、どの道敵さんはあのバスに気をとられて油断する。地雷、爆薬、ありったけ使えそうだ。通信大隊が行ったからには師団司令部や師団長も一緒の筈だしな。急ごう」

　バスが狩勝峠へと右へ折れ、その姿を消した。四人は歩きはじめた。

　関根のくわえていた煙草が吹っとんだ。ぱぴゅんという自走榴弾砲の発射音に続いて強烈な爆発音が鳴り響き、どわーと吹き寄せる熱風。しばらくして四人の前へ落ちてきたのはあの中年女性の蝶型サングラスと男性用スニーカーの片方。彼方には黒煙が立ちのぼる。

「やられよった」

「可哀相に」

「でも、お蔭で敵さんの所在が判明したわけだよね」

「弔（とむら）い合戦ということになりますな」

　四人は道路右側の草原へ駈けこんでいく。

二十六　東京──→苫小牧

「迫撃砲はいらんか。さあさあ107ミリ迫撃砲はどうじゃ。最大射程四キロ。二人で操作できるよ。安くしとくよ。まけとくよ。こっちの六四式81ミリ迫撃砲ならもっと安い。中古だから半額にするよ。砲弾十発つけて百二十万円。お買い得だよ。最大射程三・五キロで、三つの部分に分解して運べるから便利この上ないね。操作マニュアルには和訳のプリントがついてるよ。これ一発で合格、じゃなかった、大勝利大勝利」

晴海埠頭は夜に入ってまるで縁日さながらの大賑わい。フェリーからのサーチライトの明りに照らし出され、これから北海道へ戦いに行こうというゲリラ志願者目あての夜店がどっと出て、見送りだの客引きだの乗船券のダフ屋だの自衛隊の勧誘だのマスコミの取材班だのわが子や恋人を慰留に来た両親だの娘だのでごった返している。いちばん多いのが武器の商人だが、中には黒板を使って使用法の説明をしている者もいる。

「戦車にはこれじゃ。84ミリ無反動砲。ひとりで携行できるが、発射する時はふたり。ひとりが匍匐してこう構える。からだはこのように、砲身に対して少し斜めにした方がよろしい。うしろの者が砲身後部をこっちへまわし、砲筒内へ弾丸を入れ、砲身後部をもと通りに、かちゃんと嵌める。重量たったの十六キロ。七〇〇メートル飛ぶぞ。これが故障した時の保証書じゃ」

「この六四式対戦車誘導弾は、リモコン操縦の好きな坊っちゃん方によか。ここから有線誘導の紐が出とるけん。こういう具合に地面に掘った穴の中から操縦できるミサイルじゃ。ばってん臆病もんでもひとりで敵戦車を撃破できる。これは日本で独自に開発されたもんで、自衛隊の払い下げじゃ」

「皆さん。どうか正規軍にお入りください。ゲリラ活動は危険であり、かつまた給料も出ず、政府は公認しておりません。君。君。君は大学生だろ。陸上自衛隊に入りなさい。すぐ幹部になれる。ここに書類があるから署名捺印すればいいだけだ。何。すぐは戦えないよ。訓練期間がある。

何。ゲリラならすぐ戦えるって。でも、すぐ殺されるよ。所属はどこなの。何。昭和国粋社。やめなさい。リーダーが丸木大佐だろ。あの人九十歳で、もともと気が狂ってる上に最近ぼけてるんだぜ。やめろったら。しかたねえなあ。皆さあん。正規の軍隊に入ってください。ゲリラの活動は危険であり、なんの保証もなく」

「六四式小銃はいらんか。口径七・六二。最大発射速度が一分間に五百発。カートリッジ二個つけて十三万円。その他六二式の機関銃もあるし、お好みなら南部式もあるよ。よりどり見どり、投げ売りだよ」

「ええ、ルガーにワルサー、ええ、モーゼルにブローニング。拳銃だよ拳銃だよ」

「当アケボノ生命ではゲリラ保険を設けました。一時金をお払い込みになれば、戦死に際してご指名の受取人に一千万円が入ります。ゲリラ保険にお入りください」

「非常用の携帯食はいりませんかあ。乾燥野菜に焼き米、乾パンにビスケット、豆や肉の缶詰もありまあす」

「手榴弾あるよ。手榴弾あるよ。一個五千円。あなたを護る手榴弾。十個。ほいきた。その笊の中からよさそうなの十個持っていきな。おいおい叩いちゃいけねえ。西瓜じゃねえんだ」

「おうい。早く船を出せえ」フェリーでは船客が騒ぎはじめた。「出さねえと、拳銃をぶっぱなすぞ」

早くも酔っぱらっている奴がいて、船室はすでに満員、甲板で寝袋に入っている者も十数人いた。船室といわず甲板といわず、あちこちで車座になり、出陣の宴を張っていて、もはやどんちゃん騒ぎとなったグループもある。

やがて出航の銅鑼が鳴り、埠頭で右翼の宣伝カーが高鳴らす「軍艦マーチ」に送られ、苫小牧行き日本沿海フェリーは桟橋を離れた。

「ゲリラ志願者の皆さま。このたびはご出陣、おめでとうございます」下甲板では金ぴかのタキシードを着た中年の男がマイク片手に喋り(しゃべ)はじめた。「こちらはこのたびカモメレコードよりデビューいたしました訥田山(とつたやま)ひでり、訥田山ひでりでございます。北海道までのながい船旅、訥田山ひでりがキャンペーンを兼ねまして皆さまのお供をさせていただきます。ではさっそくひでりちゃんに一曲歌っていただきましょう。四月にカモメレコードより発売の新曲、阿久周作詞、筒木兇平作曲『ワンノート北海道』。訥田山ひでりが、心をこめて歌います」

振袖姿の訥田山ひでりが歌いはじめた。

〽ソ連が来たかと　強者(つわもの)が
北へ北へと　護りにいそぐ
だけど　だけど
戦えない　女のわたし
だから　わたしは歌うの
ついて行きたい　せつない胸を

「なんちう演歌じゃこれは」真面目に聞いていた一和会系神唐会組長の半崎が途中から怒りはじめ、組員の福田と三好に言った。「お経やないか。音が変わらへん。ふざけた歌うたいやがって。おい福田。お前あのマネージャーんとこ行って、文句言うてこい」

すでに酒のだいぶ入った福田が救命胴着の箱から尻をあげ、アンプを調整しているマネージャーのところへ行き、金ラメ・タキシードの衿をしめあげてさんざ毒づいた末に戻ってきた。

「あれ、どこやらの社長の娘だそうです」と、彼は報告した。「高低音痴でもってどもならんさかい、仕様ことなしに苦労してあんな阿呆な曲作って歌わしとるんやそうで」

「どうです兄さん。いい娘(こ)がいるんですがね」船

ワンノート北海道

Dm Gm B♭7 A7
Dm G7(9) C7(13) F
ソ れ ん き た か と つ わ も の が
B♭maj7 E♭7(♯11) Em7(♭5) A7
き た へ き た へ と ま も り に い そ ぐ
D7 Gm7 C7 F
だ け ど だ け ど
B♭maj7 E♭7(♯11) Em7(♭5) A7
た た か え な い お ん な の わ た し だ か ら わ た し は う た う
Dm Dm7 Bm7 B♭maj7 A7 Dm
の つ い て ゆ き た い せ つ な い む ね を

内では今や大っぴらにポン引きが横行している。

「特等船室で上玉四名が待機中。ひひ。従軍慰安婦ったって、そこいら辺の商売女つれて来たんじゃない。素性正しい女子大生及び人妻。もうこれっきりこれっきりかもしれませんぜ。どうです今生の思い出に」

〽天にかわりて不義を打つ
〽ここはお国を何百里
〽さらばラバウルよまた来る日まで
〽日の丸鉢巻しめなおし
〽見よ東海の空明けて
〽行け行け軍艦日本の
〽拝啓ご無沙汰しましたが
〽雪の進軍氷を踏んで
〽金鵄輝やく日本の

あちこちで軍国歌謡の花が咲き、もはやわが世の春の右翼団体、有頂天となったあまりについには裸で踊り出す者もいて、船全体が乱痴気騒ぎを乗せたようなものである。訥円迫撃砲が轟き、スハ敵襲と顔色変えて船客総立ちになる場面もあったが、これは上甲板で訓練中のグループによる偶発誤射と判明した。時を移さずおろおろ声の船内放送が響きわたる。

「ご乗船の皆さまにお願い申しあげます。船内での大砲、機関銃、小銃、ピストルなどの発砲はかたくおことわり申しあげます。敵潜水艦などによる攻撃を受けるおそれがあります。くれぐれも発砲なさらぬよう、船長から、ひらに、ひらにおことわり申しあげます」船長自身による放送だったらしい。彼は急に泣き声をあげはじめた。「この航行だって正式には認められとらんのよね。会社側に右翼団体から圧力がかかって、それでしかたなしに営業しとるんだからね。自衛隊の哨戒艦艇に見つかったら、話つけるの大変なんだからもう。やめてくださいよ本当にもう」

船客たちがげらげら笑う。

「よう。そこの学生さんふたり。あんたたち学生だろ。こっちへ来ないか。一杯いこうや。まあ、この寿司食いねえ」

「あなたがたも右翼団体の方ですか」

「いや、おれたちゃ千葉と埼玉と茨城の猟友会連合だがね。あんたたち、どこのグループに加わるつもりなの」

「おれたち、例の抗ソ・ゲリラ戦線の現在の拠点をなんとか捜しあてて、隊員に加えてもらおうと思ってるんですが」

「そりゃあ駄目だろう。まあ寿司くいねえ。あの連中は誰も加えねえつもりだって言うぜ。北海道解放戦線なら同志を募ってるようだけどね」

「でも、リーダーが女性でしょう。やばいんですよね。女には総括癖があるから」

「寿司食いねえ。酒呑みねえ。学生さんだってねえ。いっそのこと、おれたちのグループに入らねえか。これを見ろよ。全員ソ連兵の服装しとるだろ。おれたち皆、蒙古(もうこ)系の顔しとるから、アジヤ系のソ連兵という擬装で敵中横断やってソ連の司令官やっつけて、アジヤの曙(あけぼの)迎えようっての。どうだ面白いだろ。軍服ならまだあるぜ」

「ほとんど山中峯太郎(みねたろう)の世界ですね。でも戦争はロマンじゃないから」

「何おっ。今のこの日本で、おれたち男にとって戦争は最後に残されたロマンだぞ。戦争がロマンでなくて何がロマンだっ」

フェリーは外洋に出た。ローリングが始まった。

「はあい。ちょっとお邪魔いたします。まあまあこちらの右翼団体のかたはもう、すっかり舞いあがっていらっしゃるようですが、あのですね、ちょっとうかがいたいんですけど、今日本国民のほとんどが戦え、戦えって叫んで、現在打倒ソ連の大合唱になってしまっているんですけどね、これ、どうお思いですか。また前の戦争の時みたいな、日本人の悪のりと付和雷同が始まったなんて、良識の声も聞こえるんですけど」

「姐ちゃんあんた何言ってるんだ。国内でそんな声があるんならまだまだ悪のりなんかしちゃいないんでないかい。本当に悪のりした時は、そんなこと言うやつ非国民だ、売国奴(ばいこくど)だ、手前それでも日本人かてえんで隣組から袋叩きにされてる筈だろうが」

「まあこわい。でもですね、あの、現在アメリカが仲介に立って政治的解決をはかろうと話しあいが行われている時にですね」

「うるさい。仲介に立ってるのは国連じゃねえか。この武器見なよ。全部アメリカが売り込んできたんだぜ」

「ですからあの、それに乗せられることはないんじゃないですか」

「姐ちゃんあんたはソ連の味方か。ソ連は赤だぞ。共産党だぞ。樺太(からふと)と北方四島奪ったやつだぞ。このままだと北海道も奪われるんだぞ。話しあいで返還してくれる相手じゃねえんだぞ。これ、あんたこそどう思ってるんだよ。え」

「は。わたしはですね、わたしはやっぱりその、こういうことは政府が認めてないんだから、やっぱりいけないいんじゃないかと」

「政府は認めてるんだよ。弱腰外交てんで世論に突きあげられて、おれたちサイドの政界の黒幕の大先生たちが圧力かけたから、認めなきゃしかたがねえんだよ。あんたなあ、北海道に住んでた人たちのこと考えろよ。あの人たち、本土でどうやって生活するんだよ。今だって、宿なしが五百万人いるんだぞ。自衛隊が国民の財産の安全を護ってくれないんだから、自分たちで戦うしかないだろうが。あんた、そんなこと言いにこの船に乗ってきたのか。共産党の宣伝工作員か。ソ連のスパイか。ちょっとこい。スパイなら何をしたっていいんだぞ。ひひ。こら、この女め。ひひひ。戦争に口出しやがって。ひひひひ。ここで強姦してやる」

「あっ。やめてください。いけません。そんな。暴力はいけません。これから戦争に行こうという人が、暴力など振るっては」

阻止しようとしたカメラマンが殴り倒され、女性レポーターが広い二等船室の隅で四、五人の男に押さえこまれてしまい、悲鳴をあげはじめると、大部屋全体に無頼の雰囲気が漲(みなぎ)り、猛り立った男たちの情欲に火がついた。数少い女たちに男たちが言い寄る。

「ねえ。奥さん。ちょっと。奥さん」

船室の隅で身をかたくしていた一人旅の杉浦華江がうわずった声で小さく叫ぶ。「やめてください」

「やめてくださいったって、まだおれ、何も言ってないじゃないか」

「よう奥さん。あんたもこっちへ来て呑まないかっていうんでしょう」

「よくわかるじゃないの。参ったね。そんなによくわかるのなら、こっちへ来なよ」

「そっちへ行って一緒に呑んだりしたら、いやらしい声で、奥さんあんた一人旅だろう。こっちは五人だ。どうだい。ひとつ五人を相手にして、地上最大の大不倫をやらねえかって持ちかけるんでしょう」

「洒落たことを言う奥さんだ。じゃ、早速そう願おうかい」

「おことわりします」

「そりゃねえだろう。そこまで想像したのなら現実にやったも同じことだ。そうだろ。さっさと来なよ。おう。おれたちを舐(な)めてほしくないね。おばさん」

「おばさんとはなんですか」肩を抱こうとする労働者風の中年男を押しのけ、華江はいそいで立ちあがり、二等船室から下甲板へ出た。

「おれが労働者風の中年男だからって、差別することはないだろう。逃げるなよ」労働者風の中年男がどこまでも追いすがる。「こんな男だが人間味は豊かなんだぜ」

　甲板の隅に追いつめられ、金魚の尾鰭（おひれ）の如くスカートの裾をはためかせながら華江は叫ぶ。「声を出すわよ」

「もう出してるじゃないか」周囲に構わず男は華江を抱き寄せた。

「なあおい。あのおばはん、助けたろか」退屈しはじめていた半崎がのんびりした口調で子分たちに言う。

「わしの出番やな。女助けるのは二枚目の役やさかい」三好が立ちあがり、ゆっくりと船尾へ近づく。

　ふた言み言の応酬ののち、男はこの贅六（ぜいろく）がと叫び、叫んだ途端に呻きはじめた。

「やりよった」福田があわててあたりを見まわす。

「阿呆。どこ刺したんや」半崎はうろたえて駈け寄り、男の胸に立ったナイフを見てすぐさま男のからだを手摺（てす）りの彼方へ押し落した。循環器をはずれたらしく、甲板に血はほとんど流れていない。

「大丈夫。誰も見てまへんでした」福田がやってきて告げる。

「あそこの二人は」

「酔うてます」

「でも、仲間が四人いるんですよ」華江が顫えながら三人に言う。「どうするの。大喧嘩になって、流血の騒ぎになるわ」

「いや。なりまへん」半崎は華江の肩を二、三度押さえるようにして落ちつかせた。「奥さん。あんた荷物は」

「船室へ置いてきてしまったわ」

「みんなが寝静まってから、こいつに取りに行かせます。奥さんはここに居（お）りなはれ」

　三人を、いったんは警戒の眼で見た華江も、こうなってはどうせ誰かに頼るしかない。「殺さなくてもいいのに」

「海ん中でええ夢見とるさかい安心しなはれ」三好はそう言ってへらへら笑う。「魚にペニス齧られて恍惚としとります」

「寝る場所やったら、わしらの一等船室へ戻ったら四人部屋で、ベッドがひとつ空いてますさかいに」半崎は華江に言う。「そやけど、もうちっとここで様子を見ましょう。ウイスキイにしますか。ブランデーですか」

「ブランデーを。ありがとう」

三人は何ごともなかったかのように、救命具箱に腰かけた華江をとり囲んでまた酒を呑みはじめた。彼らの落ちつきぶりに華江はほとんど驚嘆する。

「あなたがたは組関係のかたですのね」

「神唐会ちうて、わしら三人だけの小さな組やけど」半崎が喋りはじめる。「わしの友達の関根ちうもんが抗ソ・ゲリラ戦線の闘士でね。わしら手榴弾その他仰山弾薬買いこんで、支援に行きまんねん。もともとはわしがあいつらのサバイバル・ゲームに武器を貸したちう因縁がおまんねん。因縁ちうのはこれ、不思議なもんでね。こんな、本ものの戦争になるとは夢にも思うてまへんがな」半崎は軽く笑った。「やくざに右翼、突っぱりに落ちこぼれ、本土のもてあましもんが全部北海道へ行ってゲリラになって死んでくれよる。政府公安は喜んどるのと違いまっか」

「あなた、インテリね」

「早稲田の英文でんねん」

いい雰囲気になってきた二人を残し、福田と三好は船尾まで退去して闇の中にうずくまる。

「今こそ統帥権の独立を確固たるものとし、北海道を奪還した勢いで北方領土を取り戻し、樺太を奪い返し、大陸へ攻めこんでバルチック艦隊をやっつけ、ウラジオストクと旅順港を取り返し、二百三高地を占領するのだ。ついでにアラスカをアメリカから奪い返し、ロシヤに譲って七百二十万ドルふんだくってやる」上甲板では丸木大佐がサーベルを振りまわし、わめき散らしている。「心配するな。ロシヤ人は野蛮にして無学文盲のやつが多く、文脈を離れてアメリカ人以上に知的水準は低い。ひねり潰（つぶ）してやれ。屈辱外交を許してはならんぞ。敵の将軍はステッセルと言うやつで」

「あのかた、心の病いのようね」

「あれは気ちがいや」と、半崎は言う。「あれを本気にして聞いとる若いやつが多いからどもならん。別段ブラジルにおったわけでもないのに、前の戦争では日本が勝ったと思うとるレヴェルの、若いやつらです。負けたんやと教えたらウッソー言いよる」

「奴ら、捜しに来ましたで」福田と三好がやってきて、自分たちのからだで華江を隠した。

「あいつ、どこへ行きやがった」

「あの女と、どこかで楽しんでるんだろ」

「そうならいいがね。まさか海へ落ちちゃいまいね。だいぶ酔ってたから」

四人の男が、今は海の藻屑（もくず）と消えた男の名を連呼しつつ通り過ぎる。華江はまた顫えはじめた。

「船室へ行くかい奥さん」

「寒くて顫えてるんじゃないの」

今のうちにと、福田と三好は華江の荷物をとりに二等船室へ行く。波が高くなり、華江はしぶきを浴びた。半崎と華江は上甲板への非常階段に移動した。階段に腰をおろし、華江は自分の名を半崎に教え、北海道へ行ったまま行方不明になっている夫を捜しに行くところであることも教えた。

半崎は、これは乗りかけた船であり、現に船に乗っているのであるから、彼女の役に立とうと約束した。

「奥さん。そうやって夜空を見あげてるあんたの眼ェは、あの星みたいにきらきら光ってまっせ」

上段に腰かけた華江を中段から見あげ、半崎が喋りはじめる。「あんたのためやったらわし、火ィにでも入りまっせ。水晶みたいに透き通ってる奥さん。造化の妙ちうのはこれだんな。あんたの胸が透き通って、あんたの綺麗な心まで見えよるがな。だいたい男の意志ちうのは理性に支配されよるもんやねんけど、その理性があんたの立派さを教えよるんですわ。わしゃ今まで若過ぎて、理性が熟してなかったんやね。それが今、ようよう人間の智恵の天辺(てっぺん)ちょにさわったんや。……」(註・シェークスピア「真夏の夜の夢」第二幕第二場)

二十七　夕張・鬼首山

「なんで抗ソ・ゲリラばかりもてはやされるんだよう」

ラジカセで本土からの放送を聴いていた日野みどりが立ちあがり、怒って缶詰(かんづめ)の空缶を木下に投げつけた。空缶は木下の頭に当たり、カンと音を立てて晴れ渡った青空に舞いあがる。

「そりゃあだって隊長、あっちはゲリラのプロだから」おろおろ声で宮本が弁解する。「今までに三個大隊相当の敵をやっつけているんですぜ。おれたちにそんな凄いこと、出来るわけねえでしょ」

「華麗にゲリラ活動を展開しますなんて言ったのは誰だよう。手前、自己批判しろ」みどりは興奮し、あたりを歩きまわる。「お前たちに出来ることといったら、せいぜい敵の武器掻っぱらってくることだけじゃないか。お前たちなんか、ただのけちなこそ泥じゃないか」

「わしら、ただのけちなこそ泥ですがな」気を悪くして浅田が言う。

「開きなおるんじゃねえ。この」

みどりが空缶を投げつけ、それは浅田の頭を直撃してカンと音を立て、青空に舞いあがる。

「入隊志願者はあっちへばかり行くじゃないか。どうするんだよう」

　各ゲリラ戦線は増大し続けるソ連軍に追い立てられる如く、道西に移動していた。彼らの現在の拠点もまた、ここ夕張市鬼首山の麓、沼ノ沢に近い東側の斜面である。

「だけど、分捕ってきた武器でもって、約二個中隊分はやっつけたんだから、いいじゃないか」と、三井が宥める。「それはマスコミだって評価してるんだから」

「次のフェリーはいつ来るの」

「今夜あたり、苫小牧へ着きます」と、宮本が言う。

「お前、出迎えに行ってこいっ」みどりが眼を光らせた。「マスコミも来るだろうから、お前どこかで大型バス調達して、入隊志願者も一緒に全員こっちへ引っぱってこいっ」

　反対すれば空缶がとんでくる。宮本はしぶしぶ立ちあがった。「へえ。行ってきます」

　宮本がチェロキイを繁みに隠してある沼ノ沢の方へ行ってしまうと、浅田は恨めしげにみどりを見あげ、泣き声で嘆願した。もう何度めかの嘆願である。

「ねえ隊長。若柳をもうええ加減で堪忍したってくれまへんか。あいつ、あそこにくくりつけられてもう三日めですがな。こんな季節やけど、夜はやっぱり冷えよるし、それに飲まず食わずだっせ。死んでまいますがな」

「うるせえ」

「ねえ隊長。武器掻っぱろうてきたのかて、ほとんどあいつの手柄やおまへんか。覗きぐらいであのお仕置きは厳し過ぎまっせ。あいつ、神妙にしてるやおまへんか」浅田はついに泣き出した。

「本当はあいつの忍びの腕やったら、あんな縄なんか抜けられますねん」

「なんだって」浅田を振り返ったみどりの顔が鬼女になっている。「お前、あいつの師匠だろうが。もし縄抜けしたら手前の縛りかたが悪いんだよ。それ以上言うと手前も総括だぞ」

「隊長」がっくりとうなだれた浅田は、やがて三井に向きなおる。「三井さんよう。あんた、何とか言うとくなはれ。とりなしとくなはれ。頼みますわ」

その表情さえして見せればみどりが一も二もなく参る、という顔を三井はして見せた。「なあみどり。宮本がいないんじゃあ、いざって時、人員不足になる。それに、マスコミや入隊志願者が来た時、若柳が木にくくりつけられてたんじゃや、やっぱりまずいだろう」

とろけそうな顔をしてみどりは股を開き、土の上に尻を落した。「わかったわ。でも、あのう、あいつを解き放ってやるとまたしても覗き見するから、その前に」

三井は苦笑して立ちあがり、みどりに手をさしのべながら顎で林を示した。「行こうか」

〽逃げよかな、本土へ帰ろうかななどと歌いながら宮本はチェロキイを運転し、国道274号線に通じる石勝線沿いの道路に出た。

「どうしようかなあ。いつまでもあの連中と一緒じゃや、こっちの命まで危いんだよな。このまま本土へ逃げちまえば簡単なんだけどなあ苫小牧からフェリーに乗って。隊長はだんだん永田洋子に似てきて眼ん玉つん出てくるし、三井以外全員総括、なんて怖れがあるんだよなあ。よし、逃げよう。逃げましょう。木下を残して逃げるのは気が咎めるけど、まあ、卑怯なことをする時には友達との訣別、なんて悲しみにも耐えなきゃならねえんだろうなあ。それが即ち卑怯者の美学だ、なんちゃって。ひひ。いひひひ。悲しいなあ」

「ヤー。タワリシチ。ナターシャ。いい女やってるかい。こっちは恋の奴隷第一号。君の召使い。

杉浦でえす。やれやれありがたい久しぶりで声が出せます。口が腐りかけてたの。もっともあまり大きな声は出せないんだけどね。そう。かの有名な日野みどりちゃん率いる北海道解放戦線の拠点を発見。今そのすぐ近くにいるから。そうそうそ。抗ソ・ゲリラ戦線の方じゃなくて。そうかあ。でもあっちはオコジョ並みに隠れかたがうまくてなかなか見つからないの。ここかい。ここは鬼首山。沼ノ沢の少し上の、崖下の空地に奴らのねぐらがあって、今おれのいるところはそのさらに百メートル上の林の中。うん、よく見えるよ。奴らは全部で六人なんだけど、そのうちひとりは北側の、少し離れた林の中のトドマツにくくりつけられていて。さあ知らないね。例によって女隊長のヒステリーでしょ。かの悲惨なる妙義山山岳アジトのリンチ事件みたいな、と言っても君は知らないんだよね。それからもうひとり、なんとなくおれに似た感じのやつが今ランドクルーザーでどこかへ出かけた。チョイ仲間割れみたいな雰囲気残して。女隊長は今、例の健さんに似たのともつれあいながら南側の林の中へしけこみました。あとで覗きに行くつもりだけど。はい。はい。はい。すみません同志。OKタワリシチ。やめます。余計なことはやめます。見つかったら大変。そうですね。はい」

マイクロ波無線通信機に向かって喋り続ける杉浦の声は林の中で次第に高くなり、その声は晩飯の獲物を求めて歩きまわっていた龍頭(りゅうず)の耳に入る。抗ソ・ゲリラ戦線と呼ばれているグループが現在拠点にしているのは鬼首山と、その鬼首山の北西にある雨霧山との谷間、偶然にもみどりたちの拠点とはわずか三キロしか離れていない地点だったのだ。

おっかしいなあ。あれはたしかに前田さんだが、何を喋っているんだろう。前田さんは今朝アジトにいたんだがなあ。そういえば着ているものが違う。前田さんはあんな原色のぎらぎらしたアノラックなどという馬鹿なものを着る筈がないんだ。無線通信機、なんてものも持ってはいない筈だし。しかしあの声、あの喋りかたはあきらかに前田さんだ。あの自意識にまみれた喋りかたと、攻撃と卑下が一体化したような物言いのつけかたは前田さん独特のもので、他に真似できる者などいない筈なのだ。これ以上傍へは寄れないが、観察したところではあのまん丸の眼とおどけた顔はたしかに前田さんだけのものなのだ。どうやら百メートル東の山麓（さんろく）にいる解放戦線の現在地を誰かに教えようとしているらしいが、おれたちならそんなこと、とっくに知っているんだし、誰に教えているんだろう。ソ連軍に教えているんだろうか。前田さんは実はソ連のスパイなのだろうか。そんなあ。まさかあ。しかしあれ、前田さんだしなあ。一応鍛治さんに報告せずばなるまいが、ああ、悲しいことだなあ。

「えっ。えっ。バックファイア爆撃機なんて凄いものくり出す必要まったくありません。ＭＩ24ヘリもいりません。あのさあ、全滅させる必要ちっともないと思うわけよね。日野みどりちゃん殺したら可哀相でしょ。本土に熱狂的ファンがいっぱいいて、重信房子みたいに神格化されてるんだからさあ。殺すとまずいよ。弔い合戦だてんで本土の若いやつの半分がやってくるよ。脅すだけでいいの。それでもって解放戦線は現地解散しちゃいます。大丈夫。ワシリョーク一門でいいの。そんな。一個大隊も来る必要ないったらさあ。なにヒステリー起してるのかなあ。ナターシャ。ナターシャ。みどりちゃんより君の方が美しいに決まってるじゃないの。鏡よ鏡って鏡さんに訊いてごらんよ。え。はいはい。では説明します。沼ノ沢というのは石勝線『沼ノ沢』駅の西にあって、そこには夕張川が流れています。それを渡って南西の方角へ……」

二十八　苫小牧港

「今回、大物は乗っておりませんのでご安心ください」天幕の中からフェリーの入港している桟橋を眺め、マックス・ジョオド大佐は電話でソ連軍の千歳方面軍事司令部に報告する。「36号線をそっちへ向かう馬鹿はいないと思いますが、もしいたら砲撃してくださって結構です。たいていの例によって東または西に向かうと思われますので、こちら方面への砲撃や爆撃はひとつご無用に」

苫小牧港は、ここを中部北海道最後の拠点として集結してきた自衛隊の戦闘車輛や人員、報道関係者やその車、フェリーでやってきたばかりのゲリラ志願者やマスコミ関係者及び彼らの車でごった返していた。すでに夜であったが、自衛隊が埠頭やフェリー発着所のビル屋上に設置したサーチライトであたりは明るく、喧騒はマックス・ジョオド大佐のいる米軍関係者用の天幕にまでなだれこんでくる。

「なんとまあ」ピーター・ファインマン大尉が天幕に入ってきた。「珍らしい人に会ってきましたよ。誰だと思います。イェゴロフ将軍です」

「ほう。あの爺さん、千歳までお出ましかい」

「極東軍総司令官のイェゴロフ将軍ですか」天幕の隅にいた正住が吃驚(びっくり)して立ちあがった。「なんとかお眼にかかれないものでしょうか」

「今北上すれば死にます」と、ピーター・ファインマン大尉は断言した。

「あのですね、203ミリ自走榴弾砲の砲弾を、少し調達していただけませんか」陸上自衛隊の若い一尉が入ってきて、マックス・ジョオド大佐に懇願した。「もう一発もないんです」

「よしきた。手配してみようじゃないの。フェリーに少し積んできている筈だ」マックス・ジョオド大佐が秘密用途弾薬譲渡書にサインしながら言う。「軍曹。フェリーにカーマイケル少尉が乗っているから、ここへつれてきてくれ」

「あなたがた、まだやるんですか」正住がうんざりした声で一尉に言う。「いくらやったって、ソ連軍にとっては今やもう、戦争ごっこなんですよね、これ」

「そんなこと、わかってますよ」たちまち一尉がふくれっ面になった。「しかしゲリラ志願者がこんなにやってきている手前、ちっとは彼らを護る義務もあるし、こっちだって何かやらんわけにいかんでしょうが」

「撤退命令、出てる筈だけど」

「もちろん、出てますよ」きょとんとして、一尉は言った。「政府が出したあれでしょ。しかし防衛庁じゃ、その命令に背けという命令を出してる。知りませんでしたか」

「えっ。クーデターじゃないのそれ」

「いや。北海道に残留している隊員のみが政府命令をきかないで戦い続けてるっていうシナリオを継続しろっていうんです。それであのう、おれたちにとってはそれもまた命令なんだよね」

「で、そのお嬢さんの身が危険なのかい」

「危険ではあるけれど、抗ソ・ゲリラ戦線の居場所を探るにはどうしても彼女からの情報が必要なのだそうでして。今やソ連軍の敵は抗ソ・ゲリラだけなんですよね。何しろ彼らによってすでに三個大隊も全滅していて」

マックス・ジョオド大佐とピーター・ファインマン大尉の会話を、正住は聞き咎めた。「イエゴロフ将軍のお嬢さんがスパイをしているんですか」

「お嬢さんではなくて正確には孫娘。ＫＧＢだ」そう言ってから大佐は大尉に向きなおる。「で、どうしろと」

「ＫＧＢや彼女自身には内緒で、ひそかに護衛をつけたいのだそうで。その特命を帯びたアンドレイ・ロマキンという中尉が、もうすぐここへ来ます」

「アンドレイ・ロマキンなら知っています」正住が眼を丸くした。「アフガンで酒を奢ってやった」

「ここへソ連軍の中尉が来るというのか」マックス・ジョオド大佐の顔が一瞬、狼男になった。

わっと言ってのけぞり、ピーター・ファインマン大尉がハンカチで汗を拭った。「久しぶりにそれをやられると、やっぱり利きますなあ」

「ロマキンは、英語があまり得意ではない筈です」正住が言った。「もちろん日本語も喋れない。わたしはロシヤ語ができる。その特命とやらに、わたしも一枚加わらせてもらえませんかね」

「来たようだぞ」と、マックス・ジョオド大佐が首を傾げて言う。

天幕の外では猛烈なブーイングが起っていた。

フェリー発着所ビルの前でジープを降り、そこからは米兵四名に護られ、アンドレイ・ロマキン中尉はごった返している埠頭を米軍関係者用天幕まで歩いてきた。ブーイングは、ソ連軍将校の制服を着た中尉に向け、あたりの日本人全員からいっせいに発せられたものであり、ブーブー言い続ける群衆の中には半崎、福田、三好、そして華江もいた。

「あいつ、ここで殺るわけにいかんのかいな」と、三好は言う。

「まあ待ったれや。米軍のスパイかもしれんやろが」と、福田。

「毛唐は国籍がわからんので困るわい」

華江が、並んで立っている半崎の服の袖を引っぱった。「夫です」

「えっ。あんたのご主人、露助か」

「いいえ。今フェリーの方へ行こうとしている、あの人です」

「追え」

本土へ戻るため埠頭をフェリーへ向かっていた宮本は、うしろから駈けてきた華江たちに追いつかれ、周囲をとりかこまれた。

「あれえっ組長。こいつは神戸に来たこともある、関根さんの友達でっせ。抗ソ・ゲリラのメンバーやがな」と、福田が言った。

「いいえ。これは夫です。あなた。わたしを見て見ぬ振りですか。あいかわらず三十六計ばかりやってるのね。今度はあのナタリーって娘からも逃げてきたんでしょう」

「誰かとお間違えのようだね。おれは今の今解放戦線を日和ってきたばかりの宮本ってもんでしてね。あんたのご主人でもなきゃ、あんたがた神戸の極道さんの知りあいでもない。あんたがた鳥目らしいね。夜とはいえどこの明るい照明。それにこんな顔はこの世にふたつとない筈ですよ。こんな珍らしい顔はね」

華江は茫然として立ちすくんだ。「夫じゃないわ」

「関根の友達でもない」と、半崎も言った。「こいつほど背が高うはなかった」

「それにしてもまあ」感嘆して、福田が言う。「よう似とるなあ。こんなアホな顔がこの世にふたつあったとはなあ」

「三つよ」気を悪くして、華江が吐き捨てた。

「アホな顔で悪かったね。こっちはこの顔になるために三十八年も苦労したんだ。じゃあ奥さん。アホな顔をした旦那によろしくな。ご免よ」

「喋りかたまで似ていたわ」フェリーに乗る宮本を見送りながら、華江は溜息をついた。

「まあ、顔が似とると喋りかたも似るんやろね」と、半崎が言った。「しかし、われわれの知っとる顔の人物があんたのご主人と同一人物でない限り、あんな顔した人間があともう二人おることになりますんやなあ」溜息。「こら、この話、ややこしなりまっせえ」

二十九　雨霧山──→鬼首山──→雨霧山

「今の話、どう思う」谷間へ炊事におりて行く龍頭を見送りながら、鍛治が伊吹と関根に言った。

「おれにはあの緊張病一歩手前の固い男が嘘を言うとは思えないんだがね」

　雨霧山の東の斜面でＡＫ－74の手入れをしながら三人は話している。

「そやから言うてあの自己抑制力ゼロの前田がソ連のスパイとは尚さら思えんわい」と、関根が怒気を含んで言う。「そんならまだしも、あの龍頭がソ連の工作員で、わしらの仲間割れを狙うてると思うた方が納得できるわ」

「前田そっくりの男がもうひとり存在するという考えかたはどうだ」

「尚さら信じられへんな。わしには、あんなけったいな顔したやつがこの世の中に二人いるとは夢にも想像でけへんのやけどね」

「いや。おれはこのあいだ、解放戦線のメンバーを見張っていた時、ひとり前田にそっくりのやつを見たぜ。宮本と呼ばれているやつだったがね。喋りかたまで似ていた」

「ああ、あいつか。あいつはわしも見たわい。まあ、似てるけど、そやけどよう見たらやっぱり、鼻から口もとへかけてのデッサンがだいぶ狂うとるで。そんなら龍頭が見たんはあの宮本ちう男やったちうんか」

「違うでしょう」それまで黙っていた伊吹が考えながら喋りはじめた。「龍頭は動物的な勘を持っていますし、案外注意深い男です。あの宮本という男を、いつも見ている前田と間違える筈はない。あのう、実は」がちゃ、とＡＫ－74を彼は土の上に置いた。「別にもうひとり、わたしは前田そっくりの男を知っています。これは龍頭どころか、われわれでさえ間違えるほどそっくりの男です」

「他にまだいるのか」鍛治と関根は茫然として伊吹を見つめた。

「いや。わたしも直接会ったわけではなく、テレビで見ただけでしたが、あの時はびっくりしましたなあ。ご存じありませんか。登山家で、以前日本体育大学の講師をしていた杉浦という人物です」

「似とるんか」

「そっくりです。喋りかたからその喋る内容まで似ていました」

「あんな特殊な、常識はずれた顔が他にもうひとつあるとはなあ」関根が嘆息した。「宮本ちう男を寄せたら三人やがな」

「似た顔が三つあるという例はわりあい多いんですよね」伊吹は言った。「その時代特有の、ある種のステロタイプだからでしょう。そうですな。皆さんご存じの例で言いますと、いかりや長介と春日八郎と吉本隆明という例があります」

「あの三人ならそれほど似てないよ」

「それは有名人ばかりのケースだからです。もっと似ている人は日本中に何人もいるでしょう」

「まあ、そらどうでもええがな。そんならその登山家の杉浦ちうのが、なんでソ連のスパイやっとるねん」

「今思い出したんですが、テレビで見て吃驚して、わたしあの時経歴を調べてみたんですよね。杉浦という人は昔、共産党員でした。四十四年の第二次安保闘争の年に党を除名されています」

「そいつに違いない」鍛治は緊張した。「とすると、解放戦線の連中が危険だぞ」

「どうします。助けに行ってやりますか」

林の中の下生えがごそがさと音を立てると同時に三人は銃を構えた。

「おうっとっとっとっとっと。おれおれおれおれ」234号線までソ連軍の移動状況を偵察に行って戻ってきた前田が両手をあげてあらわれる。

「合図せえ、と何回言うたらわかるんじゃい」関根が怒鳴る。「しまいに誰かに撃たれるど」

「ご免ご免。おれ、あの鳥の口笛下手なんだよね。それよかさ、さっきおれ北の道路で面白いもの見ちゃったよ。なんだと思う。裸馬に乗って草原を走っていくアメリカ・インディアン一名」

三人が驚く。「なんで北海道にインディアンがおるんや」

「騎兵隊にでも追われてきたのかと思ったけど、そんな様子でもなし、なぜこんなところにいるのかおれにだってわかんない。しかしあれはたしかにチヌーク・インディアンだったね。赤い布のマント、頭の羽根飾り、腰の毛皮、ベルトにさしたナイフ、沓、赤い肌、皮のズボン」

「問題はそいつが敵か味方かでしょうね」

「どっちだと思う」と鍛治は伊吹に訊ねる。

「いくらわたしが理屈好きでも、チヌーク・インディアンがソ連の味方か日本の味方かを推理することはできません」

鍛治は前田に向きなおった。「砲兵・ロケット部隊の様子はどうだった」

「234号線を追分町に集結中。それがさあ、戦車二輛と戦闘車輛四輛だけが本隊からはなれて角田から北の道路へ入って夕張方面へ東進中なんだよね。あれ、どこへ行く気だろうね。夕張炭鉱へなんか行ったって、今誰もいないだろ。こんな季節だから石炭もいらないだろうしさ」

三人が顔を見あわせた。

「沼ノ沢だよ」と、鍛治が言った。「解放戦線のアジトをちくったやつがいるんだ」

「へえ。解放戦線がやられちまうのか。可哀相だなあ」前田が冷淡にそう言った。「日野みどりちゃん、せっかくいい気分で歌うたってたのになあ」

「お前、あっちへも行ったのか」

「うん。帰りがけにチェロキイで近づけるとこまで近づいて、様子見てきたの。そしたら十人ぐらいのゲリラ志願者だのマスコミだの前にして、日野みどりがフォーク・ギターなんかかかえちゃって、プロテスト・ソング歌ってるの。いやあおれ日野みどり好きだったけど、あんなに日焼けしてがりがりに痩せちまったらもう見られたもんじゃないね」

「どんな歌うたってましたか」

「なんかジョーン・バエズそっくりの恰好してさ、日野みどり作詞作曲『北海道解放戦線の歌』とかいう滅茶苦茶な歌よ。ものすごいコードでもって『赤い風船がとんで来たから時には母のない羊の子みたいに立ちあがって道産子よ戦え』とか、わけのわかんない歌。みどりちゃん、歌、下手だろ。いくらあのての歌は下手糞に歌った方が恰好いいといっても、あれじゃまるで御詠歌だよ。パロディやってるのかと思ったら本気なの。来てたやつみんなあきれて、志願するのやめて帰っちまったけどね」

「おいおい。またこっちへ流れてくるの違うか」関根が珍らしくうろたえた声を出す。「いつもあれ追い返すのひと苦労やねん」

「大丈夫。全員二階建て観光バスに乗ってきていたから、またそれに乗って穂別町の方へ行ったみたい」

「あそこには戦車大隊がいるんだろ」

「いますね。面白いねえ。どうなることでしょうねえ」前田がへらへら笑う。「でもバスの二階の窓から迫撃砲突き出したりしてたし、結構やってくれるんじゃやないの。こっちとしてはターゲットになってくれるダミーの多い方が仕事やりやすいんだよね」

「ちょっと待った。そこまでパラノ的に社会的趨勢から遊離したのでは、ほとんど倒錯だ」鍛冶は立ちあがった。「せめて解放戦線だけでも助けてやろう」

「そうですね」伊吹も立ちあがる。「このあいだ手に入れたあの84ミリ無反動砲を持って行きましょう」

「女を助けてやったりしたら、あとでかえって憎まれるとか、甘ったれてきよるとか、ややこしーいややこしーいことになりそうな気いはするんやけど、現場認識としては隊長が正しい」関根もそう言って立ちあがる。

「そりゃそうですよ。そりゃそうですよ。おれたち学生運動やってるんじゃないんだものね」前田もあわてて立ちあがり、あまりにも軽やかな軽薄さで同調する。「おれだって別に党派観念に凝り固まって敵を見失ってるわけじゃないんだものね。共同観念に回帰しましょ。はあい」

「うわあっ。眼が見えない。眼が見えなあい」

T72戦車からの砲弾の炸裂で眼をやられた日野みどりが泣き叫び、手足をばたばた振りまわしながら浅田と若柳にかつぎあげられ、榴弾砲がとんでくる中を、試掘されたあとと思える坑道へと運ばれて行く。「助けて。痛あい」

「我慢してください。我慢してください」若柳は自分も泣きながら廃坑の奥にみどりを寝かせ、眼に布を巻くなどして介抱する。「大丈夫です。敵は少数ですから」

「三井さあん。三井さあん」

「三井さんは今、敵と撃ちあっています」

「なんで三井に戦わせるのよう。三井にもしものことがあったらどうするんだよう。なんでお前ら戦わないんだよう。馬鹿あ。お前らが戦って、三井をここへ呼んでこいっ」

「はい。はい。はい。はい。はい」浅田と若柳はしかたなく坑道を出て行く。

「痛あい。痛あい」みどりは泣き続ける。「こらあ。なんでわたしをひとりにして抛（ほ）っとくんだよう。わたしは隊長じゃないかよう。こらあ。誰か来い。誰か来てよう。誰か傍にいてよう。あーんあんあん」

「さほどの数じゃないけど、三方を囲まれた」応戦しながら、三井が木下に言う。「こりゃ、逃げようがないいな」

「降参するかい」相手も見定めずに無闇に撃ちまくりながら木下が言う。「おれたち別段兵士としての誇り持ってるわけじゃねえし、なんてったって隊長は女だ。隊長の命を助けるには降参するしかねえぞ」

「おうい。投降するぞ」南の斜面で撃っている浅田と若柳に、三井は叫んだ。

「いけません」銃弾の中を駈けてきながら、若柳が絶叫した。「隊長にはそんな気はないんですよ。今でもまだ、ソ連兵にマわされると思っています」

清水沢の方角で火柱と白煙が立った。続いてその横にもうひとつ。やがて、どわー、どわーと、耳を痛くするほどの爆風がふたつ連なって襲いかかる。沼ノ沢では銃撃戦が始まったらしい。

「いつか、こんなことになると思っていました」と、若柳が言う。「抗ソ・ゲリラに助けにもらったなんて、隊長が聞いたら死ぬほど嘆き悲しみますよ」

浅田が駈けてきた。「援軍か」

「戦車を二輌、やっつけたようだ」

撃ってこなくなったので、四人は追撃にうつる。林の中の斜面を駈けておりていくソ連兵をうしろから狙撃すると彼らは丸太で作った巨大な人形の如く、周囲の木に激突しながら転がるのだった。沼ノ沢にいるＢＭＤの73ミリ自動砲はあわてふためいて味方のど真ん中に炸裂する。

「おれに似たやつがいないじゃないか。どうかしたのかい」うす煙が漂う静かになった林の中で、抗ソ・ゲリラと解放戦線のメンバーは初めて対面し、前田が木下にそう訊ねた。

「宮本のことかい。あいつは日和ったよ」木下の眼に涙がにじむ。「友達のおれを捨ててな」

「気の毒に。おれがかわってやってもいいよ」

「馬鹿。そんなんじゃねえや」

「隊長はどこにいる」と、鍛治が三井に訊ねた。

「眼をやられましてね」

横から若柳がけんめいの表情で口をはさむ。

「あのぅ、勝手なお願いですが、われわれが自力で撃破したことにしていただけませんでしょうか。何しろ隊長はおたくらへの反感が激しいので、助けていただいたことがわかると、われわれ全員、総括、ということになりますので」

「こんなこと頼まんならんちうのは、恥かしい話やの」浅田が顔を伏せてつぶやいた。

「おう。そらもう願ってもないことや。ついでに今後もひとつ、できるだけ無関係に願おうやないけ」関根が大声で言う。「なあ隊長」

「医療用の薬や器具はありますか」ナップザックをまさぐりながら伊吹が言った。「よろしければこれを使ってください」

「恩に着ます」三井が受けとる。

しかしその三井は、その夜、雨霧山の麓のアジトで抗ソ・ゲリラの四人が晩飯を食べているところへやってきた。

「おや。お客さんのようですよ」林の中をうかがいながら前田が言った。「おれの勘じゃ健さんの単独お礼参りじゃないかと思うがね。あるいは解放戦に理論闘争があって、分裂したかな」

「まあ、こっちへおいでなさい」と、伊吹が言う。「三井さん」

三井は四人の前に腰をおろし、少しもじもじした。「喋るのが、下手だから」

「よく知ってるよ」

「仲間に加えてほしい」

「困るね」と、鍛治が言った。「あんたがおれたちに加わったら、日野みどりが怒り狂う。マスコミに何を言うかわからん」

「どう言ってあっちを抜けてきたの」と、前田が訊ねる。「不器用ですから、とひとこと言って夜の闇に消えたのかい」

「黙って抜けてきた」三井は頭を掻いた。「あそこにいたのでは女隊長の言いなりで、犬死ににになってしまう」

「そやけど汝(われ)は、めくらになったその女の隊長とか仲間とか、全部見捨ててきたんやないか」関根が怒鳴った。「そんな人間が犬死にを嫌うんかい」

「ええ。見捨ててきました。恥を承知です。もうどこへも行けない。本土へ帰ったら卑怯者と言われて笑いものになるでしょう。だから来るところはここしかなかったんですよ。おれ、あんたたちのような戦闘のプロじゃないけど、何でもやりますので、使ってくれませんか」

「あんた、死ぬ気だな」と、鍛治は言った。

　しばらく俯向いていた三井が、顔をあげた。

「弾丸の一発だと思って使ってください。犬死によりはましですからね」

三十　鎌倉・報国寺裏

　竹藪に面した縁側の障子に、月明かりで人影が映った。左手に日本刀を持った、それはあきらかに帝国海軍将校の影だ。筋書き通りならばおそらく不死身の亡霊、富森武人中佐に間違いあるまい。

　座敷の中に明かりはない。ただ男女の媾合(こうごう)の、西村寿行の描写には敵わぬ激しい息遣いの描写は割愛し、夢枕獏の描写に委ねるしかない野獣的な呻き声がする。さらにはまたどう書こうと川上宗薫(そうくん)に及ばぬあられもないことば。障子が音もなく横にすべり、やはりあらわれたのは富森武人中佐だ。彼は広い十畳の間の中央、畳の上に置かれたダブルベッドに近づく。ベッド上の痴態は黒田隅造と芸者の艶駒だ。約六十の年齢差さえものの数ではなく隅造は若い女が好きであり艶駒は金と権力を持った老人が好きでたまらぬのだ。侵入してきた外気にもふたりは気づくことなし。

　中佐は日本刀を抜く。鞘を捨てる。猥雑な痴言が伏字のままで続いている。間接的な月の光でうすぼんやりと白く浮かびあがった黒田隅造の巨大な横腹を、中佐は日本刀で柄も通れとばかりに力をこめ、刺し貫いた。ふたりの動きがとまる。

「なんじゃこれは」と、隅造。

「つめたいわ」と、艶駒。

　蝦蟇の油ごとき隅造のあぶら汗にすべり、日本刀の鋒端は隅造と艶駒の密着している腹と腹の間へずるりと差し込まれただけである。

　下にいる艶駒が先に中佐を発見してＥＥＫと叫ぶ。中佐がふたりの腹の間から刀を引っこ抜く。

「迷うたな」中佐を見るなり隅造は艶駒の穴から陰茎を抜き、ベッドの彼方へ自ら転落し、中佐が振りおろした刃を避ける。

　太腿で右足を斬り落とされた艶駒はまだそれに気づかず、枕にかじりつき、白い尻を見せてベッドの枕もとに丸くなった。「あの、お化け。お化け」

　隅造は奥の襖を開いて廊下へまろび出た。富森中佐は刀を振りかざし、廊下へ出て彼を追う。廊下のうすぐらい常夜燈。両側は襖のつらなりだが、どの座敷へ逃げこんでも行きどまりだ。隅造は突きあたりの便所の戸の前でふり返り、逃げられぬと悟って大股を開き、中腰になる。勃起したままの陰茎がまだ湯気を立てている。迫り来る中佐の姿に隅造は恐怖の叫びをあげる。性交を中断した直後であるため失禁しようにも小便は出ず、隅造は大便をした。

「わしの妻に何をした」中佐は切っ先を隅造の額

に突きつける。「老後の面倒を見るどころか、犯したのちにこの家で女中としてこき使い、持病の慢性子宮内膜炎が悪化して腹膜炎を併発しているのに医者にも見せず、殺してしまった。息子は金を貸してもらえずサラ金苦で飛びおり自殺。なんの面倒も見なかったことはあきらかじゃ」

「それは誤解。すべて、すべて誤解」隅造はいとしげに全裸のわが身をあわただしく撫でまわしながら泣く。

「ではなぜ逃げた」

「理由はない。怖かったからだ。幽霊と思ったのだ」

　富森中佐はゆっくりと刀を構えなおす。隅造の顔に死相が浮かんだ。わけのわからぬことを彼はわめき散らす。

「あっ。冷えてきたな。やめよう。金をやる。一億やる二億やる。モーターボートの収益金半分やる。わしはこの、風邪をひきやすい。ん。冥土の風。こわくて氷みたいな空気だ。おい。わしはからだの具合が悪くなってきたよ。総理大臣にしてやる。お父さんお母さんを大切にしよう。そもそもあんたは攻撃に失敗した。わしが黒幕ということを揉み消すのに大変な金をすでに。あっ。それを忘れよう。あのね、あの、親を切ると書いて、親切と読むね。あれは何故かな。寒い。歯が鳴っておる。この、胸がこの、何かこみあげてきた。反吐が出そうだ。あっ、頭痛がしてきたよ」

　中佐が刀を振りおろすと隅造は反転し、便所の板戸を掻きむしった。開かれた股の間からは際限なく大便がこぼれ落ちる。

「秘すればこそ道は道なれとか言うておったな」中佐が言う。「わしらはそもそも、消されることになっておったのだろう」

　隅造は便所の戸を凝視し、自分の考えをつぶやき続ける。「ええと、左の肩口から、この、右の胸へかけて、斬られ、ま、これはしかし、縫合すればこの、なんとか恰好がついて、隣りの美代ちゃんじゃないでしょうか。ま、明日からひとつ、艶駒とお伊勢参りをするとして、来年はノーベル平和賞」

ふた太刀めを浴びて隅造の背筋が開かれ、ひゅっと人魂が廊下の天井にとび、ゆらりと停止する。床に這った隅造は大便にまみれて痙攣しているが、もう意識はない。

三十一　支笏湖畔

丹鳴山の麓、支笏湖の西岸近く、白樺の林の中に散在するロッジのひとつのテラスに立ち、地べたに腰をおろして下から見あげている同志やゲリラ志願者二十数名に向かって腕を振りまわし、テラスの上を歩きまわりながら檄をとばしているのは、両眼を繃帯でぐるぐる巻きにした日野みどりである。

「われわれェ、資本主義者の敵はァ、言うまでもなくゥ、ソ連軍であーる。だけどもォ、それ以前にィ、まず第一の目標としてェ、粉砕しなければならないのはァ、抗ソ・ゲリラ戦線であーる」

日野みどりの傍に立ってはらはらしてるのは若柳だった。眼が見えない癖にみどりがやたら歩きまわるため、ともすれば手摺りのないテラスから転落しそうになるのだ。テラスの高さは地面から二メートル八〇。

「彼らはァ、戦闘のプロと称する独善的なァ、排他的な専門馬鹿でありィ、民主主義国家のォ、理念をォ、無視しィ、右翼日和見主義によってェ、われわれとのォ、共闘を拒みィ、この情報社会におけるゥ、マスコミを拒否する反動的なァ、体質とォ、われわれ多数派に背くゥ、原理に反するゥ、急進的なァ、行動を伴ったァ、日ソ共同の敵なのであーる。さらにィ、その陰謀によってェ、わたしのォ、だいじなァ、同志をォ、無法にもォ、拉致してェ」みどりはしゃくりあげた。「わたしイ、好きだったのにィ、その好きだったァ、三井さんをォ、彼らはァ、三井さあん」泣きだした。「あーんあんあんあんあん。三井さあん」

「危いっ」落ちそうになったみどりを、若柳がうしろから抱きとめる。

「なんだよう。手前、人がめくらと思って、抱きとめるふりしてわたしのおっぱいつかんだろ。なんてことするんだよう。みんなの見てる前で」

「あのう、誰も聞いておりません」

「なんだってそれを早く言わないんだっ。この馬鹿」ホルスターからトカレフを抜き、みどりは若柳にぶっぱなす。

　めくら撃ちであり、もちろん若柳にはあたらない。「やめてください。ソ連軍に聞こえたら大変ですから」

「逃げると撃つぞ。おとなしくしろ。こっちへ来い」林の中で木下の声がした。

　両手をあげ、捕虜となって連れられてきたのは杉浦である。木下と浅田がその背後から銃をつきつけ、杉浦をロッジの下まで押しやり、お白州（しらす）の囚人さながら型通りに蹴とばしてひざまずかせる。

「抗ソ・ゲリラのメンバーで、前田という男です」と、木下が言った。「野郎。無線通信でもっておれたちの居場所をソ連軍に教えてやがったんで」

「裏切り者」みどりは絶叫した。「三井の引き抜きをやっただけでまだ足りないっての。なんでそんなにわたしたちが憎いのよ」

「わたしゃ決して、そういう者ではございませんので。はい」杉浦は、若柳に手をひかれてテラスからおりてきた日野みどりに大声で弁解する。

「わたしは杉浦という者でして、日野みどりさんの大ファンなんですよ。ほら。ほら。開巻早早第一章のエヴェレスト山頂でお眼にかかって、酸素の奪いあいしたじゃありませんか。あん時の登山家。あれ、わたし。ほら。ね。こんな顔、他にふたつとないから、お忘れにゃならないでしょ」

「そういえば」みどりが首を傾げる。「その声は杉浦さん」

「だまされたらあきまへんで」浅田があわてて叫ぶ。「こんな顔、他にふたつとおまへん。こいつは前田です」

「確かなの」

「確かです」

「無線機はどうしたの」

「ぶち壊しました」

「手前」杉浦に、みどりが怒鳴る。「ひとがめくらだと思いやがって。あん時のテレビを見て、声が似てると思って、杉浦さんの喋りかた真似してるんだろう」

「いえ。あの、わたしが杉浦なんだから。もともとこんな声。こんな喋りかた。前田なんて人は知りません。別人28号」

「これは前田の喋りかただ」と、木下が言う。「間違いねえ」

「あの、わたしゃなんでこんなに不運なんでしょ。見ればお眼がご不自由な様子。こりゃおれの命運も尽きたかとほほほほほほほ。でも信じてください。おれ、杉浦。三三〇ミリバールのセックスを試そうとした仲じゃありませんか」

「そんなら汝(われ)あ、なんでわしらの居場所を、タワリシチなんちうロシヤ語で呼びかけて教えとったんじゃい。どっちみちスパイやないか」

「あの、それはですね」杉浦は腰を浮かし、その迫力で唇のみ顔面から離脱させ、猛烈な弁明を開始する。「解放戦線に加えてもらおうと思って、ナタリーっていう金髪のアメリカ娘と一緒に手わけしてあなたがたを捜していたんです。これ本当の本当の本当。だって彼女とは同志だもん。タワリシチってロシヤ語は洒落ですよ洒落。彼女に訊いてみたらわかりますよ。ね。彼女はいま、白老岳の山小屋にいますから」

「どうもおれと間違えられてるらしいな」隣りのロッジの二階からこの様子を見て前田はつぶやく。「おれに似たやつがいったい何人いるの。それともあれはおれのマイスタージンガー、じゃなかった、ヴォルフゲンガー、じゃなかった、ドッペルゲンガー、そう、二重身とか分身とかいうやつかなあ。伊吹さんの話じゃ杉浦という登山家がおれと同じ顔だっていうけど、それじゃやっぱりあいつがそうか。もしや双生児で生まれて、おれのよく肥った犬型多産症のお袋が片方を養子に出したのかもしれねえな。喋りかたまで同じでもって、次に何を言うかわかるってぐらいのもんだ。あきれたね。泣きかたまで同じでやんの。あっ。可哀相に。どうやら処刑されるらしいな」

「熊の餌にする」と、みどりは宣言した。「丹鳴山へ行って、木にくくりつけてこいっ。われわれはただちに移動する。ちくられたんだから、もうすぐソ連兵がやってくる。いそげっ」

「はい」

「あっ。ちょっと待ってよ。どうするってての。おれ、熊とは生まれつき性があわなくてさ、コグマのコロスケからクマのプーさんに到るまで熊の出る話は全部嫌いでもって、どうしようもなかったんだよ。あっ。勘弁してくださいよ。熊に食われるなんて、どんな気がすると思う」

「熊に食われるのだという気がするさ」木下と浅田が杉浦を引っ立てていく。

「そ。ご名答。そんな残酷なこと、あんたたちはしないよね。たとえ熊が出てこなくても、ひと晩抛っとかれたらわたしゃ確実に死ぬよ。いくらこの季節だって北国の夜は零下何度でしょうが。あっ。そんな無表情な顔しなくていいでしょ。それは人を殺す決意をした時の顔ですよ。いやだね。あのさ、女隊長の命令なんてのはだいたいがヒステリックなんだから、話半分に聞いときゃいいんですよ。見逃がしてください。お願いしますよ。ね。お願いしますよ」

三十二　アナタハン島

「だいぶあわただしくなってきたようだなあ」近くのグアム島の米軍基地から発着する軍用機の様子を、砂浜に寝そべって眺めながら神足(こうたり)達夫が言った。「あれは主に輸送機なんだろう」

「そう。D－5Aギャラクシイとかいうやつだ。日本へ武器を運んどるのに違いないね」日比木透が頷く。神足と同様、裸に近い恰好だ。「自衛隊の要請で民兵組織ができたってじゃないの。ついにスイス並みになりましたね。でもちょっと遅いようだけどね。どうせ今からじゃ北海道へ派兵できないんだろ」

島民が時おりグアム島やサイパン島から持ち帰る日本の新聞などによって、ふたりとも世界情勢には通じている。

「ちきしょう。昭和国粋社も戦いに行っとるんだろうなあ」神足は歯がみして口惜しがる。「でも、おれたちが行かなきゃ、リーダーは例の丸木大佐だぜ。大丈夫なのかなあ」

「駄目駄目。ろくな戦いはしてないに違いないないね。あのひとゲリラ戦を知らないよ。ラッパ吹かせて『突撃ィ。突っ込めェ』の口ですからね。今ごろはもう華麗に玉砕してるんじゃないの」

「手前。この」神足が苛立って日比木に砂を投げる。「ひとがイラつくことばかり言いやがって」

「ぷっぷっぷ。いくら苛立ってもおれたち日本へ帰れないんだからしかたないじゃないの。生きてるだけでもありがたいと思わなきゃあ。おまけにここは地上の楽園。ぜいたく言っちゃいけません。それにしてもこのあいだの新聞にゃ驚いたねえ。富森中佐が黒田さん斬り殺したってんだものね。やっぱりあの爺さん、死神でしたよ。潜水艦沈没しても、自分だけは生き残って日本へ帰った」

「おれたちだって生き残ったじゃないか」

「おれたちのは僥倖。あとの六人は海行かばさん水くかばさんだもんね。それにしてもあの富森さんはどうやって日本へ帰ったんだろう」

海上を、支架つきカヌーが沖から帰ってきた。カヌーにはチャモロ族の男女数人が乗っていて、中の女性ふたりがそれぞれ神足と日比木に手を振った。

「あんな舟だけど、航海術は結構発達してるんだよね。おれ、驚いちゃった」女たちに手を振り返しながら日比木が言う。「おれたちを助けてくれた舟、フィリピン海のはずれまで来てたんだよ。あんなところまで漁に出てるんだよなあ」

「あの時富森中佐は、あのカヌーに助けあげられることを拒否しただろう」神足は考えこむ。「そして日本めざして泳いでいった。あのまま日本まで泳いでいったのかなあ」

「琉球列島のどれかにたどりついたんだとは思うが、何しろああいう非現実的な爺さんだ。東京まで泳いだとも考えられるね」

舟からおりたふたりの娘が、それぞれ神足と日比木に駆け寄ってきた。グアム島へ行ってきたらしく、観光客が置いていった数日前の日本の新聞や週刊誌などを大量にかかえている。

「よしよしご苦労。可愛子ちゃん」

娘たちは双生児であり、同じ顔をしている。当然それぞれ名前は違うのだが、区別がつかないので呼ぶ時はどちらも「可愛子ちゃん」である。

「しかし、よく似とるなあ」と、神足。「おかげでおれとお前、奪いあいの喧嘩をしなくてすむわけだが」

「このふたり、この島のどこかにモスラの卵をかくしてるんじゃないかと思うんだがね。だってこの島、火山島だろう。火山の熱で孵化させようってんじゃないか」

「あれは死火山らしいぜ。こいつらの爺さんが物知りでさ、ホマーテ式とか言っていたな」

「この女たち、ミクロネシヤ人にしては美人過ぎると思わないかい」

「うん。それも爺さんに訊いたけど、チャモロってのは元来ポリネシヤ人だったそうだ。この島にいる連中は、もともとサイパン島にいて、たいてい白人との混血だそうだよ」

「なんでこの島へ来たの」

「何かまずいことがあって、三、四十人ほどが、無人島だったこの島へやってきた」

「それは戦後かい」

「うん。戦後末期には日本兵や軍属がいたからね。おまけにそいつら、七年間も敗戦を知らずにいた。『どうも御無沙汰を』というのを、『どうもアナタハンで』なんて言った時代があったらしいぜ」

「そう言やおれの子供の頃、『好きなアナタハン』なんていうアホな喜劇映画があったよ(註・松竹映画「好きなアンタハン」一九五三年・穂積利昌監督・神楽坂はん子・森川信主演)。で、この連中はサイパン島で何をやったんだい」

「それを訊くと爺さん、怖い顔をしたぜ。今でもこの島はおもてむき無人島ということになってるらしくて、だから観光客も来ないだろ。そのあたりを考えれば、よくないことをやってきたに違いないな」

新聞を読んでいる日比木に寄りそっていた娘が、奇声をあげて紙面を指さした。

「驚いたな」と、日比木が言った。「おれの写真が出ているぞ。いや違う。こいつは抗ソ・ゲリラ戦線のメンバーで、前田という男らしい。ふうん。『戦う四人の勇者——実はこんな顔』」

「見せてみろ」

スケルトン・チーム四名の顔写真は第一面に大きく載っていた。

「よく似てるなあ。お前、双生児の片割れだったのかい」

「そんなことないと思うがねえ。でも自分の出生に関してコルシカの兄弟みたいなロマンが想像できちゃうっての、ちょっと面白いけどね。それにしてもこんなアホな顔がこの世にもうひとつあったとは、考えてもいませんでしたねえ。しかしま、こんなによく似てるんだから、きっと性格もおれに似てるんだろうね。軽薄でさ、女好きでさ、そしてきっと、お喋(しゃべ)りでさ」

三十三　丹鳴山

「おや。もう三日めの朝が明けちゃった。よくまあ死なねえで今朝までもったもんだ。人間の生命力なんて意外と強靭なもんでござんすね。しかしまあ昨夜の風はきつかった。こんな山の中腹へくくりつけられて、もろ、吹きっさらしだもんね。しかしもう今日ぐらいでおれ、そろそろお陀仏(だぶつ)だね。まったく何も食ってねえもん。腹が減りましたねえ。のどが渇きましたねえ。いやいや。泣きごとはよしましょう。どうせ何も食えないままで死んでいくんだもんね。同じことなら愚痴などやめて気分よく死にましょう。そうですよ。なあに。腹なんか減ったって平気。仙人なんてものは霞(かすみ)食って生きてたんだものな。そう。おれだって、この景色だけで満腹ですよ。どうですこの朝の景色。ご覧なさい。おいしそうな朝焼き。こいつにお醤油ぶっかけて、いただきまあす。ほら。あたりの枝からはお澄ましの木の葉汁。そこへさしてこの、濃い山の靄（もや）がとろりとして。いやあ。おいしいねえ。それにこの、あたり一面の若草の葉にたまった玉露。こいつでもってお茶漬をさらさらなんてね。とほほほほほほほ。眼がかすんできた。そろそろ死ぬのかなあ。こんなところで死ぬなんて思ってもいなかったなあ。でもさいわい、熊は出てこなかったんだ。食われて死ぬよりはいいじゃないの。死なんてものはそもそもそんなにこわいものではないんですよ。そう。死なんてこわくありません。こわくないっ。自分の死だと思うからいけないんです。他人の死だと思えばよろしい。だいたいですねあなた、死などというものは記号に過ぎません。死に表現（フィアン）と死に内容（フィエ）による死に記号ですなんて馬鹿なことを言っておりますなあ。死にかけていてもまだこの馬鹿なお喋りがやめられないってのはいったいどういうわけでござんしょうかね。もしお喋りのエネルギーを節約していたらもっとながく生きていられたかもしれないというのに。いや。いやいやいや。それは違う。違いますよ君。あべこべです。喋っているからこそ生きているのですよ君。小説家が小説言語によって生きているのと同じで、相手のいないお喋りによって本来のお喋りの機能以上のものが発生して、それによってこの苛酷な自然を脱自然化し、異化しておるのです。だからこそこのおれはアウフヘーベンされて敢然と生き続ける。いや。もしかするとわたしゃ死んどるのかもしれない。お喋りだけが生きているのかもしれない。でもそれは即ちわたしが生きているってことに他ならないのですよ。こうした空虚なお喋りが空しいというのであれば小説だって空しい。芸術だって空しい。人生だって世界だって、宇宙だって空しいのです。もし空しくなかったら大変だ。すぐに行きどまりだもの、だからこそ人間生きていられるんじゃないのかね。おや。今ちょいと、ぼうっとして意識を失いかけましたよ。これはいけません。死の前兆ですよ。いのちが死にます。その前触れでしょうか。あっ。また意識が途絶えました。ここから先は途切れ途切れの人生なのでしょうか。いやだね。いやですね。おやっ。景色が見えません。変な具合だ。おやっ。おやっ。おやっ」

「組長。あんなとこに誰かがくくられて、死んどりまっせ」

「ほんまや。おっ。組長。こら関根の兄貴の友達でっせ。こないだ新聞に写真の出てた、前田ちう人やがな」

「おかしいな。なんでこんなとこへくくられて死んどんねんやろ。仲間割れでもあったんかいな」

「あっ。動いた。生きとる。組長。このひと生きとりまっせ」

「よし。縄ほどいたれ。福田。お前背負え。オコタン温泉の宿屋まで戻って、あそこで温泉へ浸けたろか。そんなら生き返りよるやろ。この人からはどないなことがあっても、なんとか抗ソ・ゲリラの居場所教えてもらわなあかんさかい」

三十四　シカゴ市キャブリニ・グリーン

アメリカで、およそこれほど危険な区域はあるまい。あまり知る人はいないが、世界でいえば実はベイルートに次ぐ危険さだ。のべ四万千二百十六人、計百十六のギャング・グループが常に撃ちあいをしているという貧民街なのである。ひと昔前、ブルックリンの貧民アパートの屋上からマンハッタンの摩天楼が見えた如く、ここも裕福な市民の住む高級住宅街ゴールデン・コーストに接している。

雨あられととんでくる銃弾をくぐり抜け、必死の日本人がふたり、そのキャブリニ・グリーンの片隅にあるベイトソン家を訪れたのは小雨の降る夜だった。

「亭主はいないよ」と、肥満体のベイトソン夫人が言う。「十時四十五分から喧嘩（でいり）があるんでね。ガトリング機銃持って出かけちまった」

「全米パソコン・ゲーム競技大会で優勝なさったピート・ベイトソンさんのお宅でしょう」額から血を流した方の若い日本人がそう言った。「折入ってお願いにまいりました」

「ああ。またうちの『瓶の底』に新しいゲーム・ソフトのテストやらせようっていうんだね」急に笑顔になり、ベイトソン夫人はふたりを雑然とした居間に招じ入れた。「言っとくけど『瓶の底』のテスト料は高いよ」

ベイトソン夫人の破れ鐘（わ）の如き呼び声で、奥の部屋から十七歳の全米チャンピオン・ゲーマー、ピート・ベイトソンがあらわれる。彼を見て日本人ふたりは「瓶の底」の意味を理解した。

「なんだい」

「実は、新しいゲーム・ソフトのテストをお願いにきたのではございません」片足を射抜かれている中年の日本人が言った。「数カ月前から日本で売り出されている『抗ソ・ゲリラ』というゲームを持ってまいりました。これを最後までやってみていただきたいのです。というのも、これを最後までやり通したゲーマーは、現在のところまだひとりもおりませんので」

「プログラマーはどうしたの」

「行方不明なのです」と、若い日本人。「ご存じかもしれませんが、現在日本の北部の、北海道という人口五百七十万人の島がソ連軍に侵略されておりまして、その成りゆきをこのパソコン・ゲームは予言しているのです。プログラマーは女性ですが、先日その北海道へ単身出かけたまま、まだ帰ってきておりません」

「日本政府や軍隊は」と、中年の日本人。「その戦争がどのような結末を迎えるのかをこのゲームによって知り、政治的、軍事的に対応したいのです。ところが日本で最も優秀なゲーマーが三週間かかってもまだ終りません」

「それぐらいのことなら、なんでネットワーク使って送らなかったんだい」ピートが訊ねる。

「当然加入してるんだろうし、なんでこんな危険なところまで、わざわざ歩いてやって来たんだ」

「日本本土は現在、戦争の影響でどの職場にも人間があふれていますから、わたしたちはきっと行革のための人員整理の対象になっているんでしょう。こんな危険な場所だとは、わたしたち夢にも」中年がおろおろ声で言った。「死んだ方がよいと思われているに違いありません」

「そのゲーム、要するにソ連軍を負かしゃいいんだろ」

「さあ。はたして負かすことができるのかどうか」若い日本人が苦痛に顔をしかめた。「あるいはカタルシスのないゲームであって、負かすことができないという結末かもしれないのです」

「それだと、ずいぶん高い金を払ってもらわなきゃあね」と、ベイトソン夫人が横から口を出した。「あんたたちお役人だろうし、それ、日本の運命に関係してるんだろ」

「そうです」中年の日本人が苦痛に身をよじりながらスーツケースを開き、百ドル紙幣の束をとり出した。「三万ドルあります」

「どうせ保険に入ってるんだろうけど、そんなもの持ってよくまあここまで来たわね」ベイトソン夫人がげらげら笑った。「でもまあ、そのお金でゴールデン・コーストに引っ越せるわ」

「いや」ピートは母親を睨(にら)みつけた。「アップルのマッキントッシュ十台と入れ替えるんだ」

「もし、これにバグがあって、そのために終らないという場合でも、そのお金はさしあげます」『抗ソ・ゲリラ』のソフトをさし出しながら、若い日本人が言った。「要するにその場合は、どのようなバグかを見つけてくだされればよいのです」

「やってみようじゃないの」ピートはゲーム・ソフトを受け取り、ジャンボ・ジェット機のコックピットさながらの各色の光が点滅している暗い自室に戻った。

「あんたたち、コーヒーでも飲むかい」

「どうぞおかまいなく」

明けがた、中年の日本人が出血多量で息をひきとりかけているところへピートは出てきた。

「プログラムが未完成なんだよね。ということはやはり、バグということになるのかなあ」

「結末がつかないのですか。つまりその、ソ連軍が負けるという結末には絶対にいたらないということですか」悲痛な声で、若い日本人が言った。

「それもよくわからないんだよね。つまり、マニュアルのいちばん最後に載っているあのインディアンというキャラクターが登場するなり、画面が消えちまうんだ」

「消える。消えるとはどういうことです」中年の日本人が虫の息で訊ねた。「だいたい日本には、インディアンなどおりません」

「だって、出てくるんだからしかたがないだろ」ピートが不満げに言った。「よくわからないけど、もしあのゲームが現実をそのまま予告しているとしたら、インディアンの登場によって、なぜか戦争は突然終結するってことになる。あとはおたくらニッパーさんたちに判断してもらうしかないね。あ。この金、貰っとくよ」

三十五　蓬莱山

蓬莱山(ほうらいさん)南西の麓、ソーケシュオマベツ川上流の河原で、鍛治、伊吹、関根の三人が地図を拡げ、考えこんでいる。

「どうやら最後の決戦になりそうだなあ」と鍛治。「やつら、現在札幌に集結中だから、あの二個自動車化狙撃(そげき)師団と、一個戦車師団の大部隊で230号線を喜茂別(きもべつ)へ向かうに違いないんだ。途中でやっつけたいもんだなあ」

「どうせ喜茂別町から、三方へ別れるんでしょうねえ」と伊吹。「この辺一帯を占領されたら、もう北海道にわれわれの逃げ場はありません」

「ぱあっと死のうやないか。ぱあっと」やけくそ気味に関根が言う。「人間死ぬために生まれてきたんじゃ」

「この大部隊と戦ってぱあっと死ねるほどの武器が、もう、ないんだよ」

「定山渓(じょうざんけい)トンネルの出口と入口爆破して、三個師団三万六千人、生き埋めにするちうのはどや」

「火薬もないんだ」

三人は唸り、また考えこむ。

「解放戦線の連中はどうした」

「前田によると、洞爺湖方面へ移動したそうです。あそこも危険なんですがね。行きがけに例の杉浦という男を捕えて、丹鳴山のどこかで処刑しています」

「今、前田はどこへ行ってるんだ」

「あのう、ようわからんのやが」関根は首を傾げた。「白老岳へ行くとかいうて、なんや知らん、いそいそとして出かけよったんやけどね。好きな女にでも逢いに行くちう風情やったけど、あんなとこにあるんやろか」

ぎゃあ、ぎゃあ、とはるか下流でホシガラスが鳴いた。

「あの合図は、龍頭かな」

「いや。あれは三井ですね。龍頭ならもっとうまい」

「ぎゃあ。ぎゃあ。ぎゃあ」

「二回と三回か。おかしいな。敵でもない味方でもない。何者だ」

三人はＡＫ‐74を構え、下流に沿って続いている林の中を睨みつけた。

のんびりした馬の足音が聞こえ、やがてその手綱をひいて、ひとりのインディアンは木立の中から河原へとあらわれる。

「チヌークだ」伊吹が憮然として言った。「前田が見たというのは、こいつに違いありませんな」

鍛冶が立ちあがり、片手をあげた。「ハウ」

赤い布のマント、頭に羽根飾り、腰に毛皮を巻き、ナイフをベルトにさし、沓をはき、皮のズボンをはいたその男が声をあげて笑った。「間違えられてもしかたありませんが、私はインディアンじゃありません。陣内稲夫といいます。アイヌです」

「ほう。アイヌのかたで」伊吹は立ちあがった。

「それにしちゃ、あなたのその肌、異常に赤いように見えますが」

「先祖がえりだ、などと言われています。曾祖父の母がチヌーク・インディアンでした。酋長の娘だったんです」

「それにしても、なんで今時分になってそんな恰好で走りまわっとるんや」関根が言った。「とにかく、話聞こうやないか。わしらに用事があるんやろ」

三十代なかばと思える陣内稲夫は大きく頷いた。「その通りです」

「まあ、ここへ来ておすわりなさい」

四人はあらためて河原へ車座となる。

「まず、用件の方からうかがいましょうか」鍛冶がやや強面でぼそりと言った。

「ソ連軍の侵略開始後約一カ月ぐらいで、道南居住のアイヌの中からアイヌ独立運動が生まれました」と、陣内は喋りはじめた。「約一万六千三百のアイヌのうち、現在道南にはその大部分、約一万四千が住んでいます。侵略軍が南下するにしたがって結束が強まり指導者が決まり、わたしがソ連軍及び日本政府との交渉をまかされました」

「そう言や、北海道ってのは本来アイヌモシリだったんですよね」はじめて気づいたというような表情で伊吹が呟やいた。「するとそれはつまり、北海道独立運動でもあるわけですね」

「そうです」

「ソ連軍と交渉するために、馬で走りまわっていたわけですか」

「そうです。アイヌの中には『日本人としての高等教育』を嫌って大学へ行かない人が多いんですが、こういうこともあろうかと、わたし早稲田の露文へ行きましたので、ロシヤ語が話せるんです」

「インテリかあ」関根が頭を掻きむしる。「理論的な、ややこしい話になるんやと違うやろな」

「いえ。話は簡単ですよ」陣内は笑った。「北海道独立。アイヌ民族独立。それだけの話です」

「そんならつまり」関根は顔をあげた。「あんた、わしらの敵か」

「あなたがたのお考え次第です」陣内は笑顔を崩さない。「ソ連軍からは一蹴されましたし、わたし先週東京まで行ってきましたが、もちろん日本政府は聞く耳持たない。そこでわれわれ、実は本日蹶起（けっき）します。ただ、あなたがたにはひとことおことわりしておかなければと思いましてね」

三人の抗ソ・ゲリラはしばし唖然として顔を見あわせた。

「け、け、蹶起ちうて、その、戦うんか」関根が叫んだ。「ソ連軍に勝てるつもりか」

「まっ、それはいいだろう」と、鍛治は言った。「勝敗度外視してどんパチやってるのはおれたちだって同じだ。で、おれたちをその独立運動に引っぱりこもうってのかい」

「いいえ。ただ賛同してくだされればよいのです」陣内は突然真顔になり、三人を順に見つめた。「われわれのこの戦いを、あなたがた、どうお思いですか」

「ええと、あのう」伊吹が頭の中を整理するように、ゆっくりと喋りはじめた。「アイヌモシリを植民地化した日本帝国主義者の子孫であることを確認せよと言われるのでしたら、われわれ比較的すんなり確認できるんですよね。われわれ四人、思想的には反国家主義でもあり、だいたいここで戦っているのも北海道奪還のためではない」

「そや。趣味や」と、関根が言った。「ところでやね、アイヌが叛乱起した場合、日本政府はどない対応しよるんや」

「平時では、治安警察の外事課が担当します」と、陣内が答える。

「なに治安警察。よし。わいはアイヌの闘争認めるど」関根は断言した。

「ちょっと待てよ、おい」鍛治が言った。「おれたち、どうせアイヌがソ連軍に勝てるわけがないと思ってどうやら無責任に賛成しちまってるようだがね。案外アイヌには勝算があるのかも知れんよ。もう少し話を聞いた方がいいと思うがね」

「なるほど。そうですね。そのことを先にお話しすべきなのかもしれません」陣内が言った。「あなたがたの予想に反し、本当にわれわれが勝った場合、たとえば北海道に住んでいた五百七十万人の日本人をわれわれがふたたび受け入れるつもりなのかどうかなど、問題があるでしょうからね。先に言っておきますが、移民としてなら受け入れるつもりでおります」

「勝つ気らしいでおい」関根が眼を丸くした。

「一万四千人のアイヌでソ連の極東方面軍敗かすちうその話、聞かして貰おうかい」

「ながい話になります」陣内が語りはじめる。

「わたしの曽祖父はラナルド・マクドナルドというアメリカ人で、一八二四年、太平洋岸のアストリアで生まれました。父はスコットランド人の毛皮商人、母はチヌークの酋長クレイジイ・イーグルの娘でレーブン。曽祖父ラナドルはミッションスクールを卒業後、オレゴンの銀行に勤めていましたが、このころから日本に興味を持ちはじめました。なんでもクレイジイ・イーグルから、北米インディアンの先祖は日本から来たらしいという話を聞いたのがきっかけだそうです」

「ほう。それとは逆に、アイヌの先祖が北米インディアンだという説もありますね」伊吹が口をはさむ。

「そうです。あるいは先祖が共通なのかもしれない。曽祖父ラナルドはもっと日本のことを知ろうとしてニューヨークへ出てきました。ところがニューヨークの図書館で、オールバニーの小学校の先生をしているという男と知りあい、そんなに日本のことが知りたければ、捕鯨船に乗って日本へ行ったらどうだとすすめられました。その男の名はハーマン・メルヴィル」

「なんとおっしゃった」伊吹が眼を見ひらく。「あの『白鯨』を書いたメルヴィルですか」

「そうです。この辺のところは、その曽祖父ラナルドのことを書いた唯一の伝記、つまり内藤誠の『インディアン日本をめざす』(註・小峰書店発行)という長篇に詳しいわけですが、話をすっとばして申しますと、メルヴィルに教えられたラナルドはその紹介で捕鯨船プリマス号に乗りこみ、一八四五年にナンタケットから出航し、三年後、北海道沖でたったひとりボートに乗り、焼尻島に漂着し、さらに利尻島に向かいました。ここで利尻アイヌだったわたしの曽祖母オヤルルと、その兄シリカに出会いました。この利尻のアイヌコタンにおいてラナルドはアイヌこそ北米のインディアンと共通の祖先を持つ民族であるという確信を持ち、オヤルルと心を許しあいました。やがて蝦夷本島へ渡り、宗谷で松前藩の役人に捕えられ、長崎奉行所へ送られ、大悲庵という寺の座敷牢に入れられ、数カ月後、一八四九年、漂着した難破船の船員を引き取りに来たアメリカのプルプレ号という軍艦に乗って日本を去りました。オヤルルがわたしの祖父を生んだのはその翌年です。もともと利尻アイヌは和人（シャモ）のために蝦夷を北へ北へと追い立てられて利尻まで来たわけだったので、明治維新になって松前藩のアイヌ支配が終った二十年後、蝦夷本島の故郷へそれぞれ戻ってきました。さて、ところでラナルドが利尻島を去る時、オヤルルに書き残していった文章があります。チヌークのことばで書かれていますが、これは精霊に祈る呪文なのですね。わたしは二年前、これを持ってアメリカへ渡り、チヌーク・インディアンの居住区へ行って長老にこのことばを教わってきました。チヌークというのは神を持ちません。精霊がいるだけなんです。自分たちを護ってくれる自然界の精霊です。ラナルドはクレイジイ・イーグルから、精霊を呼び出す強力な呪文としてこれを教わったらしいのですが、アイヌ民族と北米インディアンの宿命に似たものを感じ、アイヌにもユーカラなどにおける精霊崇拝、つまり自然神信仰があることを知って、これを書き残したもののようなのです。この呪文の最初の方には『インディアンの悲運とアイヌの悲運を一身に併せ持つ者が祈る』ということばがあります。これはどうやら自分とオヤルルの子孫に残そうとした呪文らしいのですね。チヌークの長老たちに言わせれば、もし本当にそのような素性の者がこの呪文を唱えるならば、大いなる霊験によって、奪われたその地は救われるであろうと言いました。わたしは北海道へ戻ってからこの呪文をアイヌ語に翻訳しました。それをコタンの長老に見せたところ、驚いたことには、アイヌにもそれと同じ呪文があるというんです。ただしオイナカムイやアイヌラックル、オキクルミなどの人文神全盛になってからは忘れられたようになっていたそうで、もう何百年も唱えられたことはなかったし、唱えても効能はなかったであろう。しかし真にそうした生まれの者が唱えた時にははたしていかなる効果を生むことか、いささか恐ろしくもあると、こう言いました」伊吹が淹（い）れてさし出したコーヒーを受けとり、陣内はひと口すすった。

　しばらく前から立ちあがり、周囲をうろうろ歩きまわっていた関根が、ついにたまりかねて吐き捨てた。「なんのこっちゃい。そんなら蹶起ちうのは、神に呪文を唱えることか」

「はい。わたしは呪文を唱えようと思います」

「あほくさ」がっかりして、関根は河原に寝そべった。「やめたれや。わしゃまともに聞いとったんやぞ。ながながと因縁話した末に神さんや言いよるねん。なんとかしたってんか、もう」

「その神さまですがね」伊吹がにやにやしながら訊ねた。「いったいどんな神さまが助けてくださるわけですか。自然神というのだって、要するに人格化して考えられているんだから、人文神とたいして違いはないわけでしょう」

「そうなんです」陣内は大きく頷いた。

「火の神（カムイフチ）、水の神（ワッカウシカムイ）、家の守り神（チセコロカムイ）、森の神（シランバカムイ）、狩猟の神（ハシナウカムイ）、こういう神さまが助けてくださるとは思えない。さらにまた、人間の始祖として考えられているアイヌラックルとか、そのほかの人文神は、のちにコタンの酋長になっていくシャーマンに過ぎないんですね。どう考えてもわからないのでまたしても長老に、例の呪文のことを訊きました。どんな神に呼びかける呪文なのかと。そうすると長老は、自分にもよくわからんが、呪文の内容から考えてコロポックルではないかというんです」

「コロポックルやと」関根がふたたび叫んだ。「あの蕗の葉の下に何人かずつかたまっとる、なさけないコビトの、たまにもの隠したりして悪戯しよるあの神さんか。あれがソ連軍をやっつけるちうのか」

「調べてみたんですが、コロポックルというのは不当に馬鹿にされている傾向があります。コロポックルの別名をトイチセクル（土室に住む者）ともいいますが、事実アイヌ以前に住んでいたと思える民族があちこちに竪穴の住居を残しているんですね。日本人類学の父と言われている坪井正五郎博士は、コロポックルは北海道だけでなく日本全土における石器時代の先住者であって、縄文文化を残したのも彼らだと言っています」

「つまり先住民族の霊に助けを求めるわけですな」黙っていた鍛治が、はじめてぼそりと言った。「あんたは、そんな話をおれたちが信じると思ってここへ来たのかい」

「思いません」陣内は笑った。「ただ、わたしの呪文による祈りで何らかの霊験が生じた場合には、あなたがたにも迷惑をかけるかもしれませんのでね。ひとことおことわりに来たというわけです」

「どうぞ、おやりください」馬鹿ていねいに伊吹が言った。「実はわれわれ、もう武器弾薬が尽きて戦うことができなくなりました。玉砕するか撤退するか、今、議論をしておったところでしてね」

「やってくれ」と、関根も言った。「前田がここにおらいでよかった。あいつが、コロポックルに祈るなんちう話聞いたら確実に、決定的に、大喜びで、百万言を費してあんたを笑いもんにしとったやろ。つまり前田も、あんたが呪文を唱えることに反対したりはせん筈や」

「おれも反対はしないよ」鍛治が投げやりに言っ

た「やってくれ。どんな結果になっても文句は言わん」

「ありがとうございます。これで誰にも気がねなく呪文を唱えることができます。では早速」陣内は立ちあがり、北を向いて高だかと両手をあげた。

「おっ。ここでやるのか」鍛治が驚いて、ちょっとのけぞった。

　陣内はもう答えず、ながながとアイヌ語の呪文を朗唱しはじめている。

「そのコロポックルちうのは、どんな顔しとるんやろね」と、関根が笑いながら伊吹に言った。

　伊吹も笑い返す。「さあね。太田竜そっくりなんじゃないですか」

　野太い声の陣内稲夫による祈りが終りに近づきはじめたころ、全北海道の原野、山地、大は湖から小は水溜りに近い池、さらには渓流のほとりに、自生、栽培を問わず青あおと開いている蕗の葉が、いっせいにざわざわとざわめき出した。

三十六　オコタン温泉

　血の池地獄のほとり。杉浦は丸裸でぐったりと倒れ伏している。地獄の赤鬼、青鬼によって血の池地獄に抛(ほう)り込まれ、今しがたひきずりあげられたばかりなのだ。血の池地獄はなぜか温泉の湯の香りがした。それ以前は寒冷地獄にいてからだが冷えきっていたため、血の池地獄の熱気でいささかなりともひと心地を取り戻した感がある。はて鬼どももなかなか親切なところがあるではないか。やることが洒落ております。うす眼をあけて周囲を見まわすと、娑婆と思える方角、遠くの薄明りの中から妻があらわれた。いや。妻といってはいけないのだっけ。つれあいだ。彼女はしきりにあたりを眺めて、誰かを捜してる様子だ。ん。

どうやらおれを捜しに地獄までやってきたらしいな。おれがここにいることを気づかぬ様子で、赤鬼に何か訊ねている。赤鬼が返事をした。赤鬼は、なぜか関西弁だ。つれあいに対していやに馴れなれしい。どうも気に食わぬ。あれはすでに肉体関係を持った間柄の言葉遣いだ。や。彼女の肩に手をかけて何か喋っておるぞ。赤鬼め。おれがここにいると知りながら。見せつけようというのか。けしからん。はて。鬼がいったい何を言っておるのか。

「この辺にはご主人、おらんみたいやな。わしらも捜したんやけど、結局見つけたのは友達の仲間ひとりだけ。死にかけとったからつれて来て、今、隣りの部屋へ寝かせとるんやが」

「モラップのアイヌに訊ねたら、何日か前、金髪の女がひとり、車で西へ行ったそうよ。ナタリーだと思うわ」

「そんならご主人かて近くにおるんやろ。明日は白老岳へでも行ってみよか」

いかん。白老岳にはナターシャがいるんだ。あの山小屋でつれあいと対面、なんてことになってはまずい。いけません。なんとかしなければ。だが、からだが動かない。まるで夢の中の金縛りだ。それともこれは夢か。

「あら。やめてよ」

「ええやないか。明日でもご主人が見つかったら、それっきり別れなあかんのやさかい」

「だって、今朝もしたのに」

「たまらんのや」

なんてことだ。赤鬼がつれあいを押し倒した。鞴のような鼻息。やめろ。しかし声が出ない。

「隣りに誰かいるんでしょ」

「大丈夫。意識不明や」

眼をあけるとそこは和室。温泉宿の一室らしい。どこかで卵を茹でているのでない限りこれは温泉の湯の香りに違いないからだ。襖一枚隔てた隣室で華江の声がしていた。なんとよがり声ではないか。杉浦の意識は途端に明瞭になった。掛布団をはねのけ、立ちあがり、がらりと襖を開く。

「華江」

「あなた」

「しもた。これがおっさんか」

数枚の座布団を枕に横たわっていた華江が立ちあがってスカートをおろし、神唐会組長半崎はズボンをあげてから座敷中央の座机に尻を据える。杉浦は立ったままだ。

「不義者見つけた。いえ。あの。見つけました」と、杉浦が言う。「これは強姦ではないから不義です。和姦であることは夢うつつに聞いたあの血の池地獄のほとりのいきさつでわかっています。売春でもない。あのう、不倫というのは悪いことなんだよ」

「じゃかましい」半崎が咆える。「手前、奥さん抛ったらかして、毛唐の女と駈け落ちしといて、今さら不義の不倫のと大時代なこと言えた柄か。その次はおおかた『重ねて四つ』やろ。悪いことしたのお前やないか。奥さんにあやまらんかい」

「不倫の相手にことかいて組関係ですか」半崎へでもなく、華江にでもなく、杉浦は叫び返す。「ぼくが隣りの部屋で寝ているのを知りながらわざと大声あげて通じあうというのは、これはぼくに聞かせようとしたに違いない。さらにまた相手がヤーサマというのは、ぼくにあきらめさせようという陰謀なんでしょう」

「やめて」華江が叫ぶ。「このひと、インテリなのよ。早稲田の英文科よ。あんたなんかより偉いのよ」

「君は出身校で男の値打をはかろうってのかい。まあいいや。そんならインテリ同士として話しあいましょ」杉浦は半崎に向きなおる。「さてお兄哥さん。このおとし前、どうつけてくれるの」

「ど阿保。それがインテリ同士の話しあいか」

「今さら既婚女性とは知らなかったなんて言わせませんよ。つれあいをたずねて心細くひとり旅する孤独な女性にご主人を一緒に捜してあげましょうなどと甘言をもって接近し、そのからだを頂くというのはドラマに出てくるステロタイプの色敵。いや。あんた若い時の延若(えんじゃく)に似てるから色敵というより色悪に近いかな」

「おいおっさん。あんなながい顔に似てる言われて喜ぶわしやない。なんぼわしを悪う言うてみたかて、おとし前はつかんのと違うかい。あんたは眼の前で奥さんがよその男とにゃんにゃんしてるの見て怒っとるだけや。どうせ金では解決つかんやろ。というて、インテリ同士が殺しあいの決闘、なんちうアホなことも出来へん。ここはひとつ奥さんを堪忍したげてやね、夫婦仲よう本土へ戻ったらどないいや。わしは手切れ金要求することもなしに身を引いたる。さらにお詫びのしるしとして、あんたの浮気の相手、その金髪の美人ちゃんと手切れの話つけたるさかい」

「おっ。あんたおかしなこと言うね。おれとナタリーが浮気した証拠、どこにあるの。ぼくは彼女の観光ガイドですよ。ナタリーはお得意様。そのお得意様に、これが純日本産ザ・やくざですなんて言ってあんたみたいな狼を紹介できるかい」

「弁解しなくていいわ」華江は荷物をまとめはじめた。「戦争はじまってるのに北海道観光でもないでしょ。戦争をさいわい誰も来ないところにひっそり二人きりでアバンチュールやってたにきまってるんだから。さ。あなた。本土へ帰りましょ。そのひとに文句言ったってしかたないわよ」

「いや。おれはもう少し話をもつれさせたいんだがね」杉浦は隅の座布団に尻を据えて言った。「あんたはおれの大事なつれあいに、本気で惚れていたんじゃないらしいね。そんなに簡単におれたちがよりを戻しちまったら、あんたのしたことはつまみ食いでしょ。この女性がおれと別れてあんたと結婚したいって言い出したらどうするつもりだったの」

「ほらな。まとまりかけてる話ぶち壊すの、いつでも亭主の妄想から発生した性的劣等感やねん。そない言われたらわしの方かて、せっかく涙をのんで別れようと思うてたのが、やっぱり奥さんわしに呉れ言いとうなってしまうやないか。そんなら言うたる。わしはおのれの命の恩人じゃ。それ以上うだうだ言いさらしたら、もとの山ん中へつれて行ってもと通り木にくくりつけて野ざらしにするど」

「あっ」杉浦はのけぞった。「助けてくれたのはあんただったの」

「温泉へ浸けて蘇生さしたったのもわしじゃ。ところでおっさん」半崎はやや怪訝そうな顔つきを見せた。「あんた、なんであんなとこへくくりつけられとったんや。何ぞ悪いこと、したんか」

「えらいこっちゃ。組長」他に誰もいない温泉宿の広い廊下に、福田と三好の大声、あわただしげな足音が響きわたる。「組長。どこでっか」

「ここにおるわい」

襖をあけてなだれこんだ組員二人は点目となって顔面蒼白、泡を食ったままで手振り身振りともに異変を告げる。「組長。武器弾薬、全部盗られた」

「何っ。ジープごとか」

「いや。ジープはそのままやねん。運転でけへんやつが盗りよったんや思いまんねんけど」

「おのれら、ただではすまへんぞ」半崎が怒鳴りあげた。「ジープ抛ったらかして、どこうろうろさらしとったんや」

「おりましたがな。わしら、ジープの見えるとこに、ずっとおりましたがな」福田が泣き出した。「別に酔っぱろうとったわけでもない。わけ、わからへん。一瞬にして消えましてん」

「手榴弾もか」

「何もかもです」と、三好が叫ぶ。「十分前に見た時は全部あったんや。今見たらもうない」

「ない」半崎が大声をあげた。彼は腋の下に腕をさしこんでいる。「わしの拳銃がない。ここへ吊っといたんや。今さっきまで、あったんや」

三十七　白老岳

白老岳の北の斜面、美笛(びふえ)川上流の渓流のほとりにその山小屋は建っていて、川を隔てた林の中から、腹這いになり、双眼鏡で小屋を見張っているのは大東新聞の正住とアンドレイ・ロマキン中尉である。中尉はもちろん私服、黒の革ジャンパー姿だ。

「戦いが終りに近づいたことでもあり、これ以上彼女を見張っている必要はないんじゃないですか」正住はいささか退屈そうだ。

「まだ抗ソ・ゲリラどもがいる」と、ロマキンが言った。「すでに彼女をスパイと悟っているとすれば、追いつめられて何をやるかわからん」

「だけど、戦車師団が276号線を、もうそこまで来てるんでしょ。まさかこんなところへゲリラは出ませんよ」

「そうは思うが、おれはタタール人だ。任務は最後まで遂行する。ＫＧＢは党、軍とともにすべての将校の行動を見まもっているからね。それに将軍のひとことで、おれは中央委員への道ひた走りということになる。中尉になってもはや三年以上だ。この年齢だともう大尉になってなきゃね」

「それにしても、あの杉浦がながいこと戻りませんね。どうしたのかな」

「戻ってきたよ」中尉は渓流に沿った小道を顎で示す。

「ほんとだ」正住は双眼鏡を眼にあてた。「奴さん、久し振りでナターシャに逢えるってんで、浮きうきしておりますな。くそ。うまくやりやがって。おや。通信機を持ってないぞ。どうしたんだろ。それに着ているものも違う」

「ふん。様子が変だな。われわれのカラシニコフ七四年型を持ってるじゃないか。よし。もう少し接近してみよう」

　踊っているような浮きうきした足どりで小道をたどり、山小屋へ近づいていくのはもはや有頂天の前田である。「可愛子ちゃん。ひひ。ぼくの可愛子ちゃん。まだ逢ったことのない金髪蒼い眼の可愛子ちゃん。いやあ。久しぶりですなあ女性とこの、英語でもって喋喋喃喃（ちょうちょうなんなん）のうわずり言語をこの。まてよ。伊吹さんはあの杉浦って男のこと、ソ連軍のスパイだなんて言ってたけど、じゃあ彼女もそうなのかな。もし彼女がＫＧＢのスパイだとしたらロシヤ語でにゃんにゃんしなけりゃいけないわけだが、おれはロシヤ語できないし、ま、いいでしょ。そこはおれのノリでもって臨機応変にやりましょ。彼女だって久しぶりの筈だもんね。おれを杉浦と思うにきまってます。くくく。嬉しいな。楽しいな。まっ白な肌なんでしょうねきっと。身をのけぞらせてＯＨとかＡＨとか言うんでしょうね。ひひ。可愛子ちゃん。ひひひひひひひ」

　テラスにあがり、丸木造りのドアを二、三度ノックしてから前田は小屋の中に入った。ベッド上で通信機に向かっていたナターシャが吃驚（びっくり）して立ちあがる。

「ハイ。可愛子ちゃん。ハイハイ。いい女やってるかい。お久しぶり。もう君のことが恋しくて恋しくてさ。ああその逆光に輝く金髪。なんか燃えあがってるみたい。あんれまあ隙だらけの恰好しちゃって。わたしゃもう眼ん玉とび出てまくらくらね。あっ。おれの頭ん中イイダコみたいに飯粒だらけ。カワユイ・カワユイのトートロジイ。あたしゃ今すぐただちに野獣と化しちまうんだから」喋り続けながら前田はドアの横にAK－74を立てかけた。彼の手が離れたとたんにカラシニコフは消滅したが、前田は気づかない。「さあさあ脱いで脱いで脱いで。最初はやっぱりこのオーラル・セックスといきますか。アナル・セックスしたげましょうか。もうやりたいこと全部やりましょ。ひひ。ひひひ。ぐび」

「通信機どうしたの。喋ってる途中で切れちまったでしょ」

「あっ。通信機ね。あれ熊に持っていかれちまってさ。いやもう突然のことでどうしようもなかったの。さあさあお脱ぎなさいよ。なぜ変な顔してるの。あまりのご無沙汰でおれ前立腺飛騨守。当然の床いそぎでしょうが。そもそも昔からおれは床いそぎの前、杉浦さんって言われててさ。ほら。これもとって。これもとって。あっ。もう灼熱。もう鋼鉄。青筋入りの棍棒。ダイヤつきドリル。ひひひひ。ぐび」

「解放戦線、見つけたって言ってたわね」

「うん。連中は洞爺湖の方面へ撤退。それあとでゆっくり教えたげるからさ。この通信機、どけましょうね。どっこいしょと。おお。なんとまあ君はあでやか、しなやか、のびやか、やわらか、たおやか、つややか、きよらか、こまやか、さわやか、はれやか、まろやか、おれにぎやか」

「どうしたの。いつもと違うわ。英語もちょっと下手になったみたい」

「そ。おれもうドルの下落と並行して英語どんどん下手になっていくの。愛のためのアルジャーノン現象。まごころを君に。あっ。これはまあなんと、しろたへの、お臍（へそ）の下は金ぴかの、まあまあねの、ころもの下は赤十字、あっもうこっちはくろがね本物のブロンドちゃん。あっちこっち向いてほいい」

「あなたは誰」ナターシャが下から力まかせに前田をはねのけ、全裸のままでベッドの上に立ちあがった。

「あっ。やめましょうよ。ここはどこ、あたしは誰なんて言い出さないで。ここ、誰もこない山小屋。あなたは女。あたしゃ男。それでいいでしょ」ベッドの横へころがり落ちた下半身裸の前田がナターシャの足に頬をこすりつけようとする。

「やめて。あなたは抗ソ・ゲリラの前田という男よ。新聞で写真見て知ってるんだから」前田の顎を蹴とばしてベッドからとびおり、枕の下をさぐるナターシャ。トカレフはもちろん、ない。

「あっ。どこが違ったのかな。違ったとこ、教えてください。その通りやるよ。あんたの好きなようにやったげるからさ。あっ。逃げるつもりかい。ひどい。ひどい。こっちはもうこんなになってるのにさ」

　山小屋の中をナターシャは逃げまわり、前田は追いまわす。

「ナターシャ。どうしました」悲鳴を聞いたロマキン中尉がドアを開けてとびこんできた。「ソ連地上軍のロマキン中尉です」

「くそ。護衛がいやがったか」

「抗ソ・ゲリラの前田よ」

　和音の強烈な断続とシンコペーション。ナターシャはスラックスのみ鷲づかみにして裏のテラスへ逃げ出す。とり出そうとした胸のトカレフが見あたらず、うろたえる中尉。ＡＫ-74が見あたらず、前田は野戦服のベルトからバックマスター・ナイフを抜いて一閃させる。中尉の咽喉が切り開かれ、鮮血とともにかぼそく気笛が鳴る。

「しかたねえな。彼女も殺さなきゃならない」前田はナターシャを追って裏のテラスへ出る。

　スラックスをはき終えたばかりのナターシャが上半身裸のままで手摺りを越え、さっきテラスからとびおりたばかりだ。下半身剝き出しという映画化不能の姿の前田が続いて一メートル八〇下の地上へとびおりると、ぼんやり突っ立っていた正住が、返り血を浴びた前田の姿におびえ、あっちへ逃げましたよなどと間抜けなことを言いながら指でナターシャの行く先を教える。

渓流沿いの道を百メートルばかり下って大きな岩の下を迂回すると二十メートル先に車道がある。一台のリムジン、二台のジープ、一台のBMP・1が停車していて、数十人のソ連兵がいる。今、リムジンからおり立ったのはソ連国防第一次官・極東戦略方面総軍総司令官イエゴロフ将軍だ。

「なんたる失態じゃ。武器を全部なくしたじゃと」

「おじいさま」

上半身裸の孫娘に一瞬のけぞる将軍。「ナターシャ」駈けてきた孫娘を将軍はしっかりと抱きとめる。

何も知らずに全速力で巨岩の下を迂回し、ソ連兵たちの眼の前に、武器といえばナイフ一本のぶざまな姿でとび出してしまった前田がぎゃっと叫び、たたらを踏んだ。「ちえええええ。おれ、死んだあ」

機銃がいっせいに火を噴き、BMP・1搭載の自動砲がぶっぱなされ、一瞬にして粉微塵、あとかたもなく飛散かと思いのほか、巨岩の蔭へ逃げこんでからも銃声ひとつ聞こえない。はて面妖なと引き返せば、うつけた様子のソ連兵たちが、抱きあってむせび泣く好好爺とその孫娘をぼんやり眺めている。

「あれえっ。戦争、終ったのかい」

そう訊ねた前田の声で、やっとわれにかえったかソ連兵十数名がばらばらと駈けてくる。殺すのではなく、捕虜にしようとでもいうのであろうか。「どうなってるのよ」とりあえず、前田は逃げ出す。

山小屋の前では正住が前田のズボンを持って立っていた。

「逃げろ。ソ連兵がやってくるぞ」ズボンをひったくり、前田は言う。「ところであんたは誰」

「わたしは大東新聞の正住と言います」並んで走りながら、正住が取材をはじめる。「あの、中尉の殺されかたのみごとさから判断すれば、あなた、抗ソ・ゲリラの前田さんですね。いったいどうしたのです」

「そうかい。ブン屋さんかい。じゃ、いいこと教えてやるよ。戦争は終ったようだ。というより、敵味方ともに戦闘不能となった」

「えっ。そりゃまたどうして」

「武器がすべて消滅したのさ。拳銃から自動砲にいたるまで、大小各種の武器弾薬がいっせいにぱあっと消滅。そうとしか考えられないね」

「比喩的におっしゃってるんですか」

「いいや。比喩的なのはむしろこの現実の方だよ。つまり本当の現実または知を正当化するメタ物語への不信感だの、論理の破綻だのに対する比喩的表現がこんな滅茶苦茶な結末になったわけであって、このコンピューター・ゲームのような現実は、実は言語ゲームの複数性を認めているポスト・モダンの、珍妙で新奇な物語形態をとり入れた現実らしいんだよね。だってその証拠に……」

三十八　洞爺湖

「だってその証拠に」と、ボートの舳先に寝そべっている日野みどりが言った。「わたしはあなたと、ここにこうしているじゃないの」

　洞爺湖の水面はなめらかに光っている。風もない。ボートはたゆたっている。見わたせばカルデラ壁に畑地が拡がり、景色はひろびろとして明るい。ゆっくりとオールをあやつっているのは若柳だ。

「でもそれは今だけですよ」と、若柳が言う。「もちろんそれでもぼくはしあわせです。やがてあなたの眼の繃帯もとれ、そして本土へ帰る。あなたはやっぱりマスコミの英雄になるわけで、ぼくのことなど思い出しもしないでしょう」

「戻りたくないわ」日野みどりは懶げだ。「マスコミなんて、もうどうでもよくなっちゃった。戦争でもないのに頬引き攣らせて、この世の終りみたいにわめいたり走ったりしている連中ばっかり。それに比べたら本当の戦争って、なんて興奮するんでしょ。わたし戦争の間中、快感を感じてのぼせっぱなしだったわ。これは三井さんのこと言ってるんじゃないのよ。三井さん好きになったのだって、その興奮状態の中でのことだったんだから」

「わかってますよ」若柳は微笑する。

「みんなでわたしを護ってくれたから、戦争があれだけ楽しめたんだわ。そしていちばんわたしを護ってくれたのはあなた。眼が見えなくなってから、眼が見えるようになったわ」

「ありがとうございます」

「木下さん、浅田さんがいなくなっても、あなただけは残ってくれたわ。今後も護ってくれる」

「それはもう」

「今夜のおかずは何」

「支笏湖のチップです。ルイベにしました」

「静かねえ」

「まるで、異境のようですね」

ふたりは沈黙した。聞こえるのはかすかなオールの水音のみである。

三十九 〈森下義和の放送〉札幌

イエイ。本土の諸君。資本主義やってますかあ。無理やり資本論読まされた急拵えのマルキシスト森下義和でえす。またまたまた夜の九時になりましたあ。民放各社さん、これ流してくれてますかぁ。サンキュー。サンキュー。一時、流すなってていう反応、多かったらしいですねえ。ちゃあんとニュース入ってるんだからあ、こっちにだって。あのさあ、そんなに神経尖らせることなかったんだよ。あのマルクスってひとだいたい著作の中で、「資本主義」なんてことば、ほとんど使ってないんだよね。あれちょっと驚きましたねえ。たいしたことないんだってばあの本。一生けんめい挑発的な部分ではビートたけしの言いかたとだいたい同じなんだよね。今のおニャン子ならけたけた笑って「ウッソー」「ホントニイ」なんて言いながらすんなり受け入れるんじゃないの。そうそうそ。今はもう嘘とか本当とか、ほとんどどうでもいいの。あの資本論のノリはさあ、学術論文だろうと虚構だろうと、それがいかに虚構虚構してて面白いかってことにしか関心持たない若い連中にとっては実にノリまくって虚構やっちゃってるんだよね。スピルバーグやルーカスより凄いんだから。え。そんなこと言っていいのかって。いいのいいの。もうそっちにも伝わってるだろうけど、今朝急にソ連軍がいなくなっちまってさ。今、この札幌中央放送局、実はおれしかいないの。ひとりなの。見よう見まねで主調のメイン・スイッチ入れて、今これ副調からひとりで放送してるんだけどさあ。本当にこれ、そっちへ流れてるのかなあ。ま、そういうわけでさ、何言ったっていいの。今までだってわりと自由にやらしてくれたんですよ。それどころか逆に「あんまりアメリカの悪口言うな」なんてさ。いやあソ連もゴルバチョフさんになってからホモッ気が出てナイーヴになってきたんですねえ。だからね、ちっとも共産主義目のかたきにすることありませんよ。だいたい西側諸国のトップ企業の若手なんか、マルクス必読書にしてるんだよパースペクティヴとして。今までもそれで儲けてきたんだって。ただね、おれの読まされた資本論、あれにせものだったかもしれないという感じがないわけでもないよ。本ものの資本論だと、ノメンクラツーラ具合が悪いんでないの。あの国と同じで、見せかけの共産主義理論じゃないかという気が。だってさ、ここにいた連隊諜報将校がそっと教えてくれたんだけど、がりがりのマルキシストは粛清するって国らしいよ。逆に日本の文化人なんか、資本主義褒めたりすると粛清されるんだよね。なぜでしょうね。社会的ジョギングかな。そうそう。今度のこの撤退、ほんとはやっぱりアメリカのことだいぶ気にした結果らしいよ。あのう、海峡封鎖なんか、第七艦隊が以前よりもがっちりやっちゃったらしいね。その気もないのに「日本を支援する」という一応正正堂堂の口実でさ。最初からそれが狙いだったのでしょうかね。損したのは日本だね。たくさん買いこんだ武器は使えないわ、北海道独立運動は起るわ、アイヌ支援団体が日本国内は言うに及ばず世界中にできるわ。ひひひ。よく知ってるだろ。さっき言った例の連隊諜報将校なんかさ、武器弾薬の消滅が撤退のいい機会だと言ってましたよ。ハイテクばっちりかかえこんで帰れるのが唯一の収穫で、世界的な反撥くらったから、あまり得はしなかったなんて。あっちも自由主義社会の世論に内在する無責任さの力学がわかりはじめたみたいですねえ。来るのが三十五年早かった。出なおすにしてもＳＤＩの話がついてからだとも言っておりました。今こんなことやってられないんだって。はい。そっちはいかがですか。あいかわらずポスト・モダンですか。聞くところではアナル派なんてものがあるらしいですな。おれもアナル派なんだけど、アナル派のパラダイムって何だろうね。あのさあ。アナル・セックスって、それほど知的なもんじゃあないすよ。肛門の文法の語形変化表。どういう意味ですかねえ。あっ。日野みどり聞いてるかい。ずいぶん派手に解放戦線やったそうだけど、もう眼はなおったの。お互い、もう怖いものはなくなっちまったみたいだね。たくましく成長しすぎて、ビルのお掃除おばさんみたいになったんじゃないのかい。そうそうそ。おれなんかもう、なんだって平気で喋れるようになっちまった。だってさ、おれの喋ることばなんてものは、どうせおれの言おうとしてる意味からすり抜けてどっか手の届かないところへ行っちまうんだもんね。だとしたら、本当のこと喋った方が嘘と思われる確率が多くて、つまりは本当のことなどひとつも言ってない結果になって、得なんだよ。あのう、おれのこのお喋りの方法だったらさあ、政治的問題すべて回避できると思いませんかあ。つまり不死身なんだよね。信念と信念の間をこう、軽くすり抜けてさあ。あっ。でも信念なんてあるのかなあ。だとするとやばいんじゃないかな。走っているつもりの政治的モデルと政治的モデルの谷間が、実は何もない空間でもって全部剝き出しの見え出しの、じゃない見え見えの丸剝きの。あれっ。おかしいな急に喋れなくなったぞ。どうしたんだろう。剝き出しの見え剝き。おかしいな。見え見えの剝き剝きの。まあいいや。そうした自分の姿だけしかそこにないとしたら、これはやっぱり怖いのは自分といいますか、自分の剝き剝き肛門と申しましょうか。あっ。アナル派ってそういう意味だったの。いやですね。でもさあ、それだってやっぱり信念のモデルでしょ。鏡ぎようとしての、じゃない、鏡像としての世界に映っている虚業としての。おかしいな。また喋れなくなった。なぜだろう。その恟恟（きょうきょう）としての鏡像のきょう門、じゃない肛門の兢兢（きょうきょう）としての世界。あれっ。恐恐（きょうきょう）としての。あれっ。おかしいな。きょ、きょ、鏡像としての肛門……。

〈参考資料〉

江畑謙介「攻撃ヘリのすべて」原書房
澤英武「赤い貴族たち」サンケイ出版
ビクトル・スヴォーロフ「ザ・ソ連軍」「続ザ・ソ連軍」吉本晋一郎訳・原書房
アンドリュー・ボイド「世界紛争地図」辻野功・藤本篤訳・創元社
鄭仁和訳・編「アメリカ陸軍サバイバルマニュアル」朝日ソノラマ
海原治「日本の国防を考える」時事通信社
落合信彦「傭兵部隊」集英社
立花正照「レーガンとゴルバチョフの本音」廣済堂出版
稲葉通宗「海底十一万浬・潜水艦隊死闘の記録」今日の話題社
地球の歩き方編集室編「地球の歩き方㉑トルコ／シリア／ヨルダン」ダイヤモンド社
植村直己「エベレストを越えて」文藝春秋
内藤誠「インディアン日本をめざす」小峰書店
柘植久慶「サバイバル・バイブル」原書房
ロバート・グリーン「地獄から還った男」藤井冬木訳・原書房
講談社編「日本と米ソの軍事力」講談社
「防衛ハンドブック・昭和61年版」朝雲新聞社
「日本の防衛・昭和61年」防衛庁
月刊「Bug News」ビー・エヌ・エヌ
月刊「国防」朝雲新聞社
月刊「防衛アンテナ」防衛弘済会

SPECIAL THANKS TO—
中村正三郎氏／山下洋輔氏／湯川豊氏／吉安章氏／日本鉄道建設公団青函建設局竜飛鉄道建設所各位／防衛庁広報課各位／航空自衛隊第二航空団千歳基地各位／釧路ジャズ・ファンクラブ各位／根室ジャズ・ファンクラブ各位

PART III

単行本&文庫未収録短篇

ひずみ

「坊や、もう起きなさい。八時すぎよ。遅刻すると先生に叱られるわ」

「ううん。まだ大丈夫さ。学校まで走っていくから」

「だめだめ。起きなきゃ。パパだって、もうとっくに出かけたのよ」

母親は坊やを、ふとんから追いだした。

せわしく朝ごはんをかきこんでいる小学校四年の坊やをながめながら、母親はいった。

「もう、始業のベルまでに十分しかないわ。いくら早く走ったって、遅刻よ。この三日間、坊やのお寝坊はちょっと度が過ぎるわね。あしたからは、きちんと起きましょうね」

「ねえ、ママ。ほんとに大丈夫だったら。ぼく、まだ、遅刻したこと一度もないんだよ」

「まあ」母親は眉をひそめて坊やを見つめた。――この子ったら、いつから嘘をつくようになったのかしら……。

やがて坊やは元気よく、門を走り抜けて往来へとび出した。そして次の四つ角を右へまがろうとした。

門の前に立ち坊やを見送っていた母親は、あわてて叫んだ。

「あら坊や、いったいどこへ行くつもりなの。学校へ行くなら、まっすぐじゃないの」

「こっちの方が近道なんだ」坊やはいたずらっぽく笑い、たちまち姿を消した。

「ねえ先生。うちの康夫のことなんでございますが、このごろは朝は八時を過ぎないと起きてきませんし、登校するのにも寄り道をしているらしいんですよ。遅刻しないように、先生からよく言い聞かせてやってもらえませんでしょうか。わたしのいうこと、ちっとも聞きませんの」

「ちょっと待ってください。康夫君は毎日きちんと出席しているようですよ。ここに出席簿がありますが、ほら、遅刻はいちどもありません。毎朝八時半には登校してますね」

「あら。そうですか。でも、不思議ですわ。おとといなど八時二十分ごろ家を出ましたのよ。どんなに走ったって二十分以上かかるはずですのに」

「友達の家の車にでも、乗せてもらっているんじゃないですか」

「ああ、そうかもしれませんね。でも、どうして私に言わないのかしら」


東都大学地球物理学教授、伏見俊一博士は、その丘を眺めてつぶやいた。「どうもおかしな形だ。洪積台地の一部にはちがいないのだが――」

その丘は、両側から押しつぶされたように、中央がぼこりと盛りあがって、頂上からは一本の大きな木が、とてつもない方向へ頭を向けて立っていた。山腹はところどころ赤肌がむき出しになっていた。

「最近何か、非常な圧力を受けたのかもしれん」

博士は歩きはじめた。国際地球物理学会開催の件で神経をすりへらした博士は、やっと一週間の余暇をひねり出し、この小さな町へ静養にやってきた。博士の甥(おい)が、この附近の小学校で教師をしているのだ。


「ここにくる途中で、おかしな丘を見たんだがね。ところどころ赤はげだ。最近山火事でも起こしたのか。どうもそんなふうには見えないんだが」

「ああ、あの丘ですか。実はちょっと不思議なことがありましてね。あれは先月の中頃でした。その朝、附近の人たちが眼をさましてあの丘を見て、びっくりしたそうです。つまり、丘の形が前の日とぜんぜん変わってしまっていて、何かこう、大きな手で両側から押しつぶされたみたいに、まん中が空に向かってぴょこんと飛び出してしまっていたんです。それに、以前はいちめん草におおわれていたのが、あんな赤はげになってしまっているんです。あわてて県の方から測量班がやってきて調べたんですが、原因は不明とのことでした。地方新聞に、二段ほどの記事になって出た程度で、そのままなんですがね」

「ふうん。ところで、丘が変形した日というのは、正確には先月の何日かね」

「待ってくださいよ。ええと、そう、たしか十五日です」

「なに、十五日だと。それじゃ前の晩に、かなり大きな地震があった日だな。震度4くらいの……」

「ええ、ところがその晩は、この町には地震なんかなかったのです」

「そんな馬鹿な。あの地震は関東一円に起こった。この町だって例外じゃないはずだ」

「地震があったということは、私も新聞で読みました。だけど不思議なことに、この町だけには地震がなかったのです。そんな大きな地震なら、この町の人の誰かが気がついたはずですがね」

「ふうん」博士は甥の顔をしばらく見つめ、そのまま五分ほど考えこんだ。やがて顔をあげ、ゆっくりと口をひらいた。「この町に地震が起こらなかったのは、あの丘が原因らしいな。地震が起こるのは、地面を伝わってくる波動エネルギーによる。ところが偶然、丘の固有振動数が、地震波の振動数とぴったり一致したもんだから、丘が猛烈な共鳴を起こして、波動のエネルギーをすっかり吸い尽してしまったんだ。そのために丘の周囲のこの町では、地震が起こらなかったというわけだ。一方丘の方は、がたがたふるえた上に、こぶまでこしらえてしまった。しかし、あれだけのエネルギーを吸いとっているとすると、あの丘はもう、ただの丘ではなくなってしまっているはずだが——。で、この町では、その他に何か変わったことは、起こらなかったかね」

「そうですねえ。ああ、別に大したことじゃありませんが、そういえばこんなことがありました。あの丘の附近から通学している生徒の母親たちがそろって、『近ごろうちの子は急に朝寝坊をするようになった。遅刻をして困るから叱ってほしい』っていうんです。ところが出席簿をしらべてみますと、誰も遅刻なんかしていないんです。定刻の八時半には、ちゃんと教室にいるんですな。不思議に思って子供たちに聞いてみても、誰も答えようとしない。まあ、別に悪いことをしているわけじゃなしと思って、そのままにしているんですが」

「ふうん」

博士はまた考えこんでしまった。


翌朝の八時過ぎ、博士はドライブクラブで借りた車を運転し、ひとり丘に向かった。高さ十メートルくらいの小さな丘のふもとに車をとめており立ち、博士は丘を見あげた。

山腹の赤茶けた土の上を、白や青や赤の服を着た少年少女の一団が、上へ上へと登って行くのが見えた。

博士はあわててその後を追った。六十メートルほどの距離を、息をはずませて駈け登ると、三坪ほどの頂上の平地に出た。

誰もいなかった。

ただ平地の中央に、くねくねと曲った枝を虚空にのばし、一本の木がはえていた。木の枝には葉が青青と茂り、いただきをかくしていた。

「おおい、あぶないぞ」

博士は木を見あげ、大声で叫んだ。博士にはとても、この木に登ることはできなかった。

だが、木の上からは何の返事もなかった。子供たちの気配も、感じられなかった。

博士は顔色を変え、ころげるように丘をかけおりると、車にとび乗った。

八時二十分。

ちらと時計に眼をやると、車をとばし、五分で小学校についた。

職員室から甥を呼び出した博士は、廊下をやってきたひとりの生徒にたずねた。

「丘の近所の子供たちは、いつも何時ごろ来るのかね」

その子は首をかしげて答えた。「よくわからないんです。いつも早くから来て、屋上で遊んでいるんだと思います。ベルが鳴ると、いつも屋上からおりて来ますから」

「屋上だ」博士は甥といっしょに、屋上へかけ上った。

「八時二十九分」時計を見て、博士がつぶやいた。

屋上には誰もいなかった。

やがて、始業のベルが鳴り出した。

その時、だしぬけに、屋上からさらに五メートルばかり上の宙に、小さな手がひとつあらわれた。ついで足が、そして少年の全身が——。

「空間のひずみだ!」

博士の叫び声をよそに、一団となった少年少女たちはぺちゃくちゃしゃべりながら、五メートルの空間から屋上へ向かって、まるで架空の階段をおりるように、一列になっておりて来たのである。

［未完稿］
マルクス・エンゲルスの中共珍道中

「マルクス・エンゲルスという男を知っているか」局のロビーでコーヒーを飲んでいたおれの前のソファに腰をおろすなり、プロデューサーの北原がそう訊ねた。

「ああ。カール・マルクスと、フリードリッヒ・エンゲルスのことか」と、おれは訊ね返した。テレビ大学で思想史の講座をとったことがあるので、名前ぐらいは知っていた。

「なんだって」北原は眼をしばたたいた。「マルクス・エンゲルスというのは、ふたりの人物だったのか」

「そうだよ」北原の無知にあきれながら、おれはうなずいた。『共産党宣言』を合作して以来、政治思想家としてはマル・エン・コンビで売り出したんだ」

「丸と円か。もうひとつ輪があれば石鹸のコマーシャルに使えたたな」北原はぶつぶつと呟いてから、興奮した時のくせで眼をまん丸に見ひらき、顔をあげて言った。「合作なんてものは、そんな昔からあったのか」

「そうらしいね。もっとも、今ほど盛んじゃなかったようだが」

今ではほとんどの小説が合作だ。たまに個人の名で書いた小説があっても、どうせ数人のペンネームだろうといって誰も信用しない。現代の作家は、単独ではとてもマスコミの注文に応じ切れないのである。

「まあいい。で、そのふたりはどういう関係なんだ」と、北原がいった。「同性愛か」自分にその傾向があるものだから、なんでもそう思い込みたがるのだ。

「どうかなあ。肉親でないことは確かだろうね」そんな詳しいことまで、大学では教えてくれなかった。「カール・マルクスの方の弟には、グルーチョとかハーポとかいうのがいて、こっちの方はハリウッドへ行って、だいぶ荒かせぎしていたそうだがね。だけど、それがどうかしたのか」と、おれは北原にいった。「なぜそんなに、マル・エンに興味を持つ」

「次週の『歴史とのデイト』で、彼らをとりあげようという企画がもちあがったんだ」

『歴史とのデイト』という番組は、タイム・マシンを使って歴史を見るという、一年ほど前から始まった教養番組だ。もっとも、教養番組といったところで、ひと昔前のそれとは違い、今では娯楽的要素がたっぷり含まれていて、教養とはほど遠いものになってしまっている。

「ディレクターは君だ」と、北原はおれにいった。「君は畠違いだけど、思想史に詳しいようだから、君にやってもらおうということに企画会議で決定した」

「それは困る」おれはうろたえた。「おれには自分の番組がある。『今週の絞首刑』と、『総理と踊ろう』だ。ふたつだけで手いっぱいだ」

「薄情なこというなよ」北原は恨めしそうな顔をしておれを見つめた。「君を推薦したのはおれだぜ。おれの顔を潰すのか。おれとは友達じゃなかったのか」

「余計なことをしてくれた」おれは頭をかかえ込んで呻いた。

しばらく考えてから、彼に向き直った。「あの『歴史とのデイト』は、視聴率があまりよくないじゃないか。あの番組、まだまだ続くのか」

「スポンサーが意地になってるんだ。今まではたしかに出来がよくなかったけど、今度こそはというので……」

「出来がよくないどころじゃない。おれが数回見た限りでは、まるで無茶苦茶じゃないか。この前の奴なんか、ひどかった」

「ああ。あれはフロイトを現代へつれてきたら、奴さん騒音でノイローゼになっちまったんだ。その前はケネディを訪問したら、カメラマンの奴がついうっかりと、あんたはもうじきライフルで殺されますと喋ったもんで、ホワイト・ハウスから叩き出された。卑弥呼に会いに邪馬台国へ行ったら、彼女ちょうど死んだばかりのところで、百数十人の奴婢といっしょにこっちまで殉死させられそうになった。ゲルマン民族の大移動を撮りに行ったが、大水が出たためにネズミの移動しか撮れなかった」いっ気にそう喋ってから、北原は身をのり出した。「しかし、今度は違う。ぜったいに成功させて見せる。とび切り上等のアイデアがあるんだ」

いくら北原が力んで見せても、おれはちっとも気乗りしなかった。おかしな番組を持たされては、ディレクターとしての経歴に傷がつく。今までは無難にやってきた。成功したものもいくつかあり、その中のひとつなどは国際エミー賞をとっている。今、へたな仕事をして格を落されてはたまらない。北原とは局内部での親しい友人だが、これだけは別問題だ。おれは何とかけちをつけて、この評判の悪い教養番組から逃がれようとした。

「マル・エンなんかひっぱり出したって、誰も喜ばないよ」おれはゆっくりと、かぶりを振って見せた。「近頃は大学生だってマルクスを知らないものな」

「いやいや。ただ、ひっぱり出すだけじゃないんだ」北原の声は次第に高くなった。

ロビーにいる数人の客や局員がおれたちの方をじろじろと見はじめた。

「三十年ほど前に、中国で紅衛兵というのがあばれたことがあるだろう」北原はさすがに少し声を落しておれにいった。「マル・エンをその時代の中国へつれて行って、紅衛兵に会わせようと思うんだ」彼は舌なめずりをした。「面白いことになるぞ。題して『マルクス・エンゲルスの中共珍道中』という。どうだ。面白いだろう」彼は満面に笑みを浮かべて、うなずいた。

　おれにはまだ、ぴんとこなかった。ディレクターとして十年あまりも年季が入ると、いい企画を示された時はすぐにぴんとくる。いくつかある自分の才能の抽出(ひきだ)しが、またひとつ開いたという感じがして、一種の躍動感で心が浮きうきするのだ。だが今、浮きうきしているのは北原だけだった。

（未完）

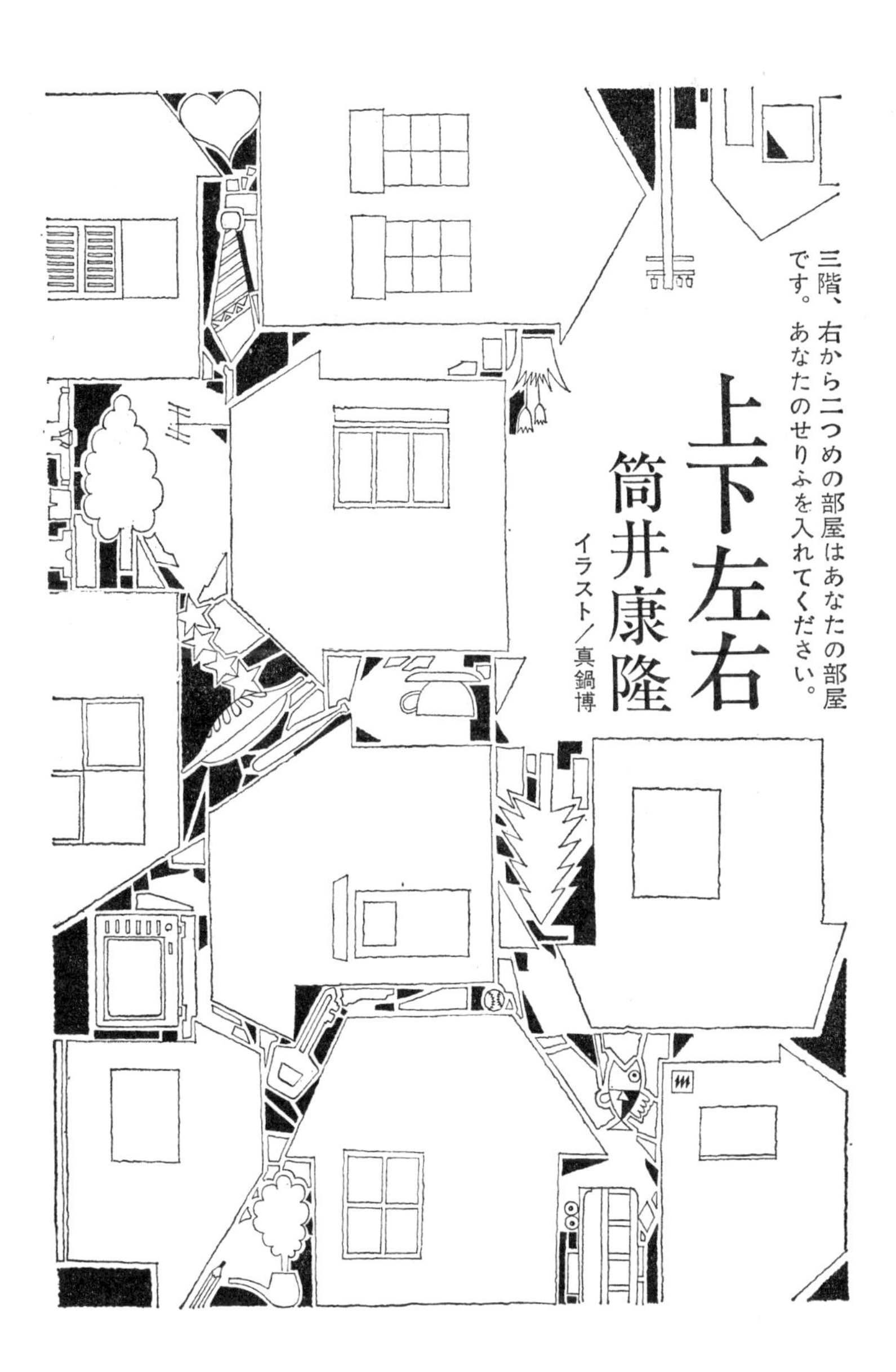

三階、右から二つめの部屋はあなたの部屋です。あなたのせりふを入れてください。

上下左右

筒井康隆

イラスト／真鍋博

テレビ（3ch）（今日午後五時二十五分頃、UFOと思われる発光飛行物体が、市内赤川町赤川台団地の第十二号棟と第十三号棟の間の花壇に着陸するのを附近の住民が目撃、警察に知らせました。警察ではただちにパトカーを現地に急行させ、事実かどうかを確認させております。その後の情況はまだわかっておりませんが、SSBテレビの取材班も独自の調査を行うため、ただいま中継車を現地へ向

一階の夫「ねえ君。君はたしか、以前、ご主人はもう一台あとのバスで帰ってくるって言っていただろう」
妻「そうよ。一台あとといっても、五十分間隔ですものね。だからこそ五十分間だけ、こうして毎日あなたと浮気できるんじゃないの」
一階の夫「ところがね、今日、同じバスで君のご主人を見かけたんだよ」
妻「あら。そんな筈ないわよ。だっ

妻「何よ。たいした稼ぎもないくせに、偉そうな顔して」
夫「だまれ。この団地のこの建物の中で、4DKはここだけなんだ。よそはみんな、2DKだ。こんな広いところへ住まわせてもらって

坊主「妙法蓮華経観世音菩薩普門品第廿五 爾時無盡意菩薩。即從座起偏袒右肩。合掌向佛。而作是言。世尊。観世音菩薩。以何因縁。名観世音。佛告無盡意菩薩。善男子。若有無量。百千萬億衆生。受諸苦惱。聞是観世音菩薩。一心稱名。観世音菩薩。即時観其音声。皆得解脱。若有持是。観世音菩薩名者。設入大火。火不能焼。由是菩薩。威神力故。若為大水所漂。稱其名号。即得浅處。若有百千萬億衆生

学生A「まだ出来ないの。早く終ってほしいなあ。こんなに散らかしちゃって、あと片附けが大変なんだよ」
学生B「うるさいな。せかされるとよけい出来ないじゃないか。黙っててくれよ」
学生C「ねえ。あんた本当に、作りかた、わかってるの。以前一度でも、作ったことがあるの。心配だわ」
学生B「うるさいな。こんなもの誰

妻「そのセールスマンったら、入ってくるなりわたしに抱きついてきたんです。眼が血走ってるので、わたしこわくなったんです。『ああ奥さん。ぼくは前からあなたのことを』そういって、わたしの服を脱がせようとするんです。『やめてください。もうすぐ主人が帰ってくるんですよ』って思わずわたし、大きな声で……」
ドア・ホン「ピンポン」
妻「誰かしら」

夫「おいっ。なんだこれは。揺れてるぞ。地震か」
妻「そうじゃないわよ。また、上の階の新婚の、あれよ」
夫「また始めたのか。だって、こんな時間だぜ」

電話「RRRRRRRRRRR」

四階の夫「ねえ君。ご主人はいつも一台あとのバスで帰ってくるんだろう」
妻「そうよ。どんなに早くてもね。遅くなる時はもっと遅くなるけれど、この次のバスより早く帰ってきたことは一度もないわ」
四階の夫「おっかしいなあ。今日、同じバスに乗っていた人は、あれはたしかに君のご主人だったと思うんだけど」
妻「まさか。だったら今はもう帰っ

テレビ（3ch）（今日午後五時二十五分頃、UFOと思われる発光飛行物体が、市内赤川町赤川台団地の第十二号棟と第十三号棟の間の花壇に着陸するのを附近の住民が目撃、警察に知らせました。警察

いて、何が不満なんだ。文句をいうと叩き出すぞ」
妻「叩き出されるのはあんたの方でしょ。わたしの父のおかげで重要な地位につけたんじゃないの。お金だって、わたしの持参金がなか

夫「ただいま」
妻「あなた、ご免なさい」
夫「どうした。何を泣いてるんだ」

テレビ（5ch）「あっ隊長。あれは宇宙怪盗団バクラゴケマの基地であります。よし。おれが行ってくる。隊長。わたしも行くわ。いかん。君はここにいろ。敵はどんな
妻「つまらない番組見てないで、もっと勉強しなさい。ニュースに変えるわよ」ガチャ。
子供「いやあん。もっと見たいよ」
テレビ(3ch)「ませんが、SSBテレビの取材班も独自の調査を行うため、ただいま中継車を現地へ向

運転手「うるせえな」

妻「旦那さんが会社から帰ってくるなり、すぐなのよ」
夫「それにしても、こんなに柱や天井が鳴るぐらいどしんばたんやらなくてもよさそうなもんだ。ようし。下からバットで突いてやれ」

夫「ただいま」
妻「お帰りなさい」
夫「飯はまだか」
妻「もうすぐよ」
夫「勝夫は」
妻「こんなに暗くなったのに、まだ外で遊んでるのよ」
夫「そうか。それなら今のうちに」

妻「違うでしょ。そこは小指で押さえるんでしょ。駄目ねえ。はいもう一回。ドドシシラ。違うったら。ド、でしょ。ド。そこはド。そうじゃない。小指でしょ。小指でしょ。何回言ったらわかるの。泣いたって駄目。何回でも、できるまでやらせますよ。こんなに熱心にやってくれる先生なんて、ほかにいないのよ。わかってるの。自分の子供でもないのに、こんなに一生けんめい教えてくれる先生

ではただちにパトカーを現地に急行させ、事実かどうかを確認させております。その後の情況はまだわかっておりませんが、SSBテレビの取材班も独自の調査を行うため、ただいま中継車を現地へ向

あやしい物音「ゴリゴリゴリゴリゴリゴリ」

×△◎「×□△○÷◎＋？」
小学生「パパのお友達なの」
×△◎「□○×÷◎△＋＝」
小学生「困ったなあ。ぼく、外国語わからないし、今、家に誰もいないんだよ」
×△◎「◎◎×□＋＝○△」
小学生「そうなの。ぼくひとりよ」
×△◎「××△□◎÷＋○？」
小学生「パパは会社だよ。いつも九時を過ぎないと帰ってこないの」
×△◎「△△○□◎×÷＋」

テレビ（3ch）「エー現地で取材中の松井さん。はいはい松井です。エーそちらの様子はいかがです。はいはい。エー、こちらはUFOが着陸した市内赤川町赤川台団地であります。今わたくしが立っておりますところは、現場から約二百メートル離れたところで、UFOの着陸現場には警察機動隊が出まして、円盤状をした飛行物体の周囲に綱を張り、一般の立入りを禁じております。ご覧のように群

一階の夫「そうだよ。グリーンの縞のネクタイに茶色の無地の服だったよ」

妻「まあ。それなら主人と同じスタイルだわ。でも、それが主人ならどうして、まだ帰ってこないのかしら。どんな様子だった」

一階の夫「ご主人は、ぼくに気がついたようだったよ。でも、なんとなくぼくから隠れようとするみたいにこそこそしていたなあ。ぼくもなるべく。ご主人から隠れるよ

坊主「若復有人。臨当被害。称観世音菩薩名者。彼所執刀杖。尋段段壊。而得解脱。若三千大千国土。満中夜叉羅刹。欲来悩人。聞其称観世音菩薩名者。是諸悪鬼。尚不能以。悪眼視之。況復加害。設復有人。若有罪。若無罪。杻械枷鎖検繋其身。称観世音菩薩名者。皆悉断壊。即得解脱。若三千大千国土。満中怨賊。有一商主。将諸商人。斎持重宝。経過険路。其中一人。作是唱言。諸善男子。勿得恐

夫「くそっ。下から何かで突いてやがるな。いやなやつだ」

妻「階下の奥さんたらね、わたしの顔見てにやにや笑ってさ、いつも大変ですねえって言うのよ」

夫「なにっ。それじゃおれが一方的

学生A「もうすぐ、おふくろが帰ってくるんだよ。早くやってくれないかなあ」

学生B「黙ってろ。もうすぐだ。おいっ。もうひとつラジオを分解して、タイマー取り出してくれ」

学生C「また失敗したの。いやになるなあ」

学生B「今度こそ大丈夫だよ。それより、おれが作ってる最中に、そこでいちゃついたりしないでくれないか。気が散るし、いらいらす

妻「まあっ。何なさるの」

セールスマン「ああ奥さん。ぼくは前からあなたのことを」

妻「やめてください。もうすぐ主人が帰ってくるんですよ」

セールスマン「嘘です。ご主人はいつも、十時を過ぎなければ帰ってこないじゃありませんか」

妻「あら。そんなことまで知ってるのね」

セールスマン「はい。ぼくは奥さんのことならなんでも知っているん

妻「あなた。よしなさいよ。邪魔しちゃ可哀そうよ」

夫「何を言うか。天井から埃が落ちてきて飯の中に入ったんだぞ」

妻「あら本当だ。わたしの味噌汁の中にも、ごみが」

管理人「はいはい管理人です。えっ何ですか。空飛ぶ円盤。空飛ぶ円盤がどうかしたんですか。えっ。宇宙人。馬鹿ばかしい。やめてくださいよ。こっちはいそがしいんだ。なに。宇宙人がこっちへきたって。しつこいねあんたは。警察に連絡するよ。なに。警察。おたく警察のひと。本当ですか。それはどうも。あのね、警察の人ならね、こっちから頼みたいことがあるんですよ。いや重大なことなん

四階の夫「うん。バスで会ったのは初めてだよ。でも、いつも大型に何十人かがぎゅうぎゅう詰めだものね」

妻「じゃ、毎日同じバスに乗っていて今まで気づかなかった、ってこともあり得るわけね」

四階の夫「そうだよ。君のご主人は今日、赤の水玉のネクタイに、紺の無地の服じゃなかったかい」

妻「まあ。その通りだわ。じゃあいったい、主人はバスを降りてから

テレビ（3ch）「エー現地で取材中の松井さん。はいはい松井です。エーそちらの様子はいかがです。はいはい。エー、こちらはUFOが着陸した市内赤川町赤川台団地であります。今わたくしが立って

妻「あなたご免なさい。さっきはわたし、あなたを傷つけるようなこと言っちゃって」
夫「ぼくも、ひどいことを言ってしまった。勘弁してくれ。この頃、ちょっとどうかしてるんだ」
妻「いいのよ。わたしだって悪いんですもの。ねえあなた」
夫「なんだい」
妻「わたしを愛してる」
夫「愛してるよ」
妻「嬉しいわ」

夫「泣いてばかりいちゃ、わからないじゃないか。どうしたの」
妻「お金がなくなっちゃったの」
夫「もう、ないのか」

にお前を責めつけて、どしんばたんやってるみたいじゃないか」
妻「だってさあ、わたしが上になることもありますなんて言えないじゃないの」
夫「ようし。よくも邪魔しやがった

子供「ママ。ちょっと見てよ。大変だよ。空飛ぶ円盤が降りてきたんだってさ」
妻「あらおかしいわね。この時間はニュースの筈なのに。ＳＳＢまでドラマやることにしたのかしら」
子供「ドラマじゃないよこれ。ニュースだよ」
妻「何言ってるの馬鹿ばかしい。空飛ぶ円盤だなんて。そんなもの、ＳＦに決まってます」
テレビ（３ch）「ご覧のように群衆
運転手「うるせえな」

夫「くそ。もっと突いてやれ」
妻「上のお嫁さんったらね、わたしがいや味で、いつも大変ですねって言ってやったら、あら、お宅のご主人はもう大変じゃないんですかだって。まるであなたが老人み

妻「違うでしょ。そこは中指。この指よこの指。泣くなっ。痛かったらちゃんと楽譜通りにしなさい。ちゃんと書いてあるでしょ。はいもう一度。違う。違う。違う。違うでしょっ。ドドレレファでしょうが。もう、馬鹿っ。またその指で弾く。おばさんはね、本当はあんたみたいな才能のない子を教える人間じゃないのよ。音楽大学出てるんですからね。サラリーマンなんかと結婚したばっかりにこん

おりますところは、現場から約二百メートル離れたところで、ＵＦＯの着陸現場には警察機動隊が出まして、円盤状をした飛行物体の周囲に綱を張り、一般の立入りを禁じております。ご覧のように群
泥棒Ａ「そら。言った通りだろ。このアパートの床板は薄っぺらなんだ」
泥棒Ｂ「なるほど。これなら簡単に入れるな。しかし、こんな時間に侵入して、大丈夫なのか」

小学生「ママかい。ママは学校さ。学校の先生してるの。そうだよ。だけど学校が遠いところにあるから、いつも七時半を過ぎなきゃ帰ってこないの」
×△◎「××◎□＝×÷十」
小学生「ぼくかい。ぼく今、マンガ読んでるの」
×△◎「◎◎＋十×÷＝△」
小学生「勉強かい。宿題なら、もうとっくにやってしまったよ」
×△◎「○○□÷×△一」

テレビ（3ch）「目撃した近所の人の話によりますと、着陸した円盤からは、背の高い人間がひとり地上に降りたそうであります。その人間は、機動隊が来る少し前に現場をはなれ、団地の中を北へ向かって歩いていったそうでありまして、ただいま取材班が、宇宙人と思えるその人物の立ち去った方角にある、第二十六号棟、第二十七号棟あたりに急行し、捜しまわっておりますが、警察はこれに対し

一階の夫「だから、いつもと違う道を通って帰ってきたんだ。君のご主人がどこへ行ったか、そんなこと見届けることはできなかった」
妻「どこで寄り道してるのかしら。まさかあなたの部屋じゃないでしょうね」
一階の夫「ど、どうしてぼくの部屋に」
妻「だってほら、あなた以前、わたしの主人をあなたの奥さんに紹介したことがあるって言っていたじ

夫「しつこいな君は。何回愛してるって言わせりゃ気がすむんだ」
妻「本当に愛してるのなら、何回だって言える筈でしょう。わかったわ。あなたはわたしを、愛してなんかいないのよ」

坊主「若有衆生。多於淫欲。常念恭敬。観世音菩薩。便得離欲。若多瞋恚。常念恭敬。観世音菩薩。便得離瞋。若多愚癡。常念恭敬。観世音菩薩。便得離癡。無盡意。観世音菩薩。有如是等。大威神力。多所饒益。是故衆生。常応心念。若有女人。設欲求男。礼拝供養。観世音菩薩。便生福徳。智慧之男。設欲求女。便生端正。有相之女。宿植徳本。衆人愛敬。無盡意。観世音菩薩。有如是力。若有衆生。

妻「うわっ。そんなことして床が抜けないかしら」
夫「どうだ。驚いただろう。ああ、すっとした」
妻「そうよ。うるさいと思うのならもっと頑丈なアパートへ引越せば

学生C「何さあんた。やきもちなんかやいて」
学生B「だから女を仲間に入れるなって言っただろ」
学生A「しかたがないじゃないか。だってチーコがいなけりゃ火薬が手に入らなかったんだし」
学生B「いちゃつくなと言ってるんだ」
学生A「いちゃついてなんかいないよ」
学生C「そうよ。あんたの気のせい

セールスマン「まだありません。奥さんはいつも、ご主人の帰りを待ちながら、こっそりエッチな本を読んでいるのです」
妻「まあ。そんな本わたし、読んでいません」
セールスマン「嘘です。そこに本があるじゃありませんか。ほらね。『そのセールスマンったら、入ってくるなりわたしに抱きついてきたんです』なんですこれは」
妻「まあ。はずかしいわ」

夫「うわっ。なんて音立てやがる」
妻「きっと旦那が、怒ってとびあがったのよ」
夫「ひやあ。えらい埃だ」
妻「なんてことするのかしら。もし天井が抜けたらどうするのよ。ね

管理人「そうなんです。二階です。この、わたしのいる部屋の真上の部屋なんですけどね。どうもおかしいんですよ。様子がね。学生です。はい。学生が三人です。ひとりはそこの息子なんですけどね。いえ。両親は外出中のようです。朝からね。ずっと閉じこもったきりでねぇ。何かこの、ごそごそやってるんですよ。車でね、いろんな品物運びこんできてね。何かやっているんで、もしかしたら爆弾

四階の夫「ぼくの部屋へ行ったんじゃないだろうな」
妻「ど、ど、どうして」
四階の夫「だって君のご主人とぼくのワイフは以前知りあいだったんだろ。だからこそぼくのワイフがご主人にぼくを紹介してくれて君の主人がぼくを君に紹介してくれたんじゃないか」
妻「ええ。そ、そ、そうだったわ」
四階の夫「そうだろう。すると今ごろ、君のご主人とぼくのワイフは

テレビ（3ch）「目撃した近所の人の話によりますと、着陸した円盤からは、背の高い人間がひとり地上に降りたそうであります。その人間は、機動隊が来る少し前に現場をはなれ、団地の中を北へ向か

夫「そんなにしつこいと、いくら愛していたってげっそりしてしまうよ」
妻「じゃあなた、今までわたしに嘘をついてたのね」
夫「うるさいっ。しつこいっ。だま

夫「いいさ、いいさ。銀行から貯金をおろせば」
妻「その銀行に、貯金がもうないのよ」
夫「なんだって。どうしたんだ」

いいのよ。自分たちがもう老いぼれてきたもんだから、若いわたしたちに嫉妬してるんだわ」
夫「うん。そうとも。そうにきまっている。ようし、腰が抜けるほどやって、びっくりさせてやるぞ」

テレビ（3ch）「目撃した近所の人の話によりますと、着陸した円盤からは、背の高い人間がひとり地上に降りたそうであります。その
子供「ママ。ママ。やっぱりニュースだよ。この団地が映ってるよ」
妻「団地なんて、どこだって同じに見えるのよ」
子供「でもこれ、ドラマじゃないみたいだよ」
妻「だまされてるのよ。そんなことで騒いだら週刊誌でまた笑いもの

運転手「うるせえな」

え」
夫「大変なやつの階下に引越してきたもんだな」
妻「夕方からどしんばたんやるようなアパートじゃないのよ。やりたいならもっと上等のアパートへ行

夫「勝夫はまだかい」
妻「まだよ。遅いわねぇ」
夫「そうか。それならもう一度」
妻「あら。またなの」

妻「ええい。また小指で弾く。そこは中指。またその指、つねられたいの。さっき痛かったでしょ。その痛い指で弾けばいいのよっ。もう一回つねっといてあげるわ。ええい。これでよくわかるでしょ。泣くなっ。やりなさいっ。痛いうちにやりなさいっ。ドドレレファですよドドレレファ。今度は左手が間違えた。こんな簡単なこと、どうして出来ないの。いやだわもう。どうしてわたしがこんな子を

って歩いていったそうでありまして、ただいま取材班が、宇宙人と思えるその人物の立ち去った方角にある、第二十六号棟、第二十七号棟あたりに急行し、捜しまわっておりますが、警察はこれに対し

泥棒A「と、いうわけだ。夕方の方がかえって留守勝ちという統計が出ているんだ」
泥棒B「統計じゃ信用できないよ」
泥棒A「心配するなって。この部屋にはこの時間、誰もいないんだ。ここ一週間ばかりずっとこの部屋を狙っていたから、よく知ってるんだ」

小学生「うん。ぼく、鍵を持ってるんだ。学校から帰ってきて、ずっと留守番をするんだよ」
×△◎「△×○□÷×□◎」
小学生「そうだよ。毎日だよ」
×△◎「△△○÷□◎×十」
小学生「うん。ぼく、とっても淋しいんだよ。あーん」
×△◎「××◎！ □◎×十！」
小学生「友達もいないんだよ。あーんあんあんあん」
×△◎「◎÷！ あーんあんあん」

テレビ（3 ch）「えっ。あっちへ行ったんですか。はあはあ。ここを左折したわけですね。するとあの第二十九号棟というのがありますが、あっちの方ですね。ありがとうございました。ええと宇宙人と思われる人物はこの道を通り、この、第二十九号棟の方へ来たということでありまして、これが第二十九号棟でありますが、ええと、この入口から入ったとすると、この部屋が。あっ。いました。いま

妻「そしたらあなた、どうしてここへ来たのよ。主人がいるかもしれないのに」
一階の夫「だって、主人はいないっていう目じるしの、ピンクのハンカチが干してあったから」
妻「あなた、気になるんでしょ」
一階の夫「君だってそうだろ」
妻「でも、なんだか刺戟的ねえ」
一階の夫「う、うん。そうだね。ちょっと興奮してきたな」
妻「ああ。ああ。わたしもよ」

坊主「受持観世音菩薩名号。乃至一時。礼拝供養。是二人福。正等無異。於百千萬億劫。不可窮盡。無盡意受持観世音菩薩名号。得如是無量無辺。福徳之利。無盡意菩薩。白佛言世尊。観世音菩薩。云何遊此娑婆世界。云何而為衆生説法。方便之力其事云何。佛告無盡意菩薩善男子。若有国土衆生。応以佛身得度者。観世音菩薩。即現佛身而為説法。応以辟支佛身得度者。即辟支佛身而為説法。応以声聞身

学生B「いいから、そのフィラメント、そのタイマーへ接続してくれよ。そうそう。そこだ」
学生C「ここね。火薬はどうすればいいの」
学生B「それはおれがやる」
学生A「早くしてくれないかなあ」
学生B「何もしないで文句ばかり言ってないで、手伝ったらどうだ。あっ。馬鹿っ。煙草を吸うなって言っただろ。そこに火薬があるんだぞ。引火したらどうするんだ」

セールスマン「そうです。はずかしい本を読むよりは、はずかしいことをした方がいいのです」
妻「でも、でも、主人にばれないかしら。こんな具合に、ふたりで、裸でいるところを、もし誰かに見られたりしたら」
セールスマン「大丈夫です。ドアには鍵がかかっています。誰に見られるというのです。よほどの突発事故でもない限り、あなたとわたしが裸でいる

夫「あぁーっ。また性懲りもなく始めやがった」
妻「今度はもう、絶対に、わたしたちへの当てつけよ。そうにきまってるわ」
夫「ようし。こっちもやろう」

管理人「そうです。そういう前科のある学生なんでね。わたしも前から気をつけてはいたんですが。そうです爆弾です。わたしはそのおそれがあると思うんですよ。もし作っている最中に爆発でもしたら大変ですからね。えっ。今、手がはなせないって、だってそこの花壇まで来てるんでしょう。だったらちょっと来てくださいよ。空飛ぶ円盤なんて、そんな夢みたいなことを。怒らなくても。だってそ

四階の夫「赤いソックスが干してあったから寄ってみたんだけど。おい君。どうして黙ってるんだ」
妻「つい、想像しちゃうんだもの」
四階の夫「しかし、なかなか刺戟的な想像だな」
妻「そうね。主人と、あなたの奥さんが、今ごろ」
四階の夫「く、くそっ。こ、興奮してきたぞ」
妻「畜生っ。浮気なんかしてっ。ああ。あああ。ああ」

テレビ（3 ch）「えっ。あっちへ行ったんですか。はあはあ。ここを左折したわけですね。するとあの第二十九号棟というのがありますが、あっちの方ですね。ありがとうございました。ええと宇宙人と

夫「ああ。なぜぼくはあんなに心にもないことばかり言ってしまったんだろう。許しておくれ」
妻「あなた。ご免なさい。わたしって、なぜこんなに馬鹿なんでしょう。あなたに愛されていることぐらい、よくわかっているくせに、あんなにしつこくあなたに愛のことばを求めたりして」
夫「いいんだよ。いいんだよ。それは君がぼくを愛してくれている証拠なんだものね。ぼくだって君

夫「株だと。勝手に株を買ったというのか」
妻「損をして、一文なしなのよ」
夫「この馬鹿」

テレビ（3ch）「えっ。あっちへ行ったんですか。はあはあ。ここを左折したわけですね。するとあの第二十九号棟というのがあります
子供「あーっ。このアパートが出たっ」
妻「なんて声出すのよ」
子供「だってほら、ほら、このアパートだよ。あの窓がほら、この部屋の窓だよ。そうだろ」
妻「あらほんとね。きっと、どっきりカメラでしょ」

運転手「もう我慢できねえ」

妻「えっ。や、やるって、今」
夫「のせられたようで癪だが、上に対抗するにはそれしかあるまい。腹立ちも少しはおさまる」
妻「そうね。それにわたしもあの音聞いてると、なんだか変な気にな

妻「わかったわね。今度間違えたらこの花瓶でぶん殴るからね。あんた、頭が割れちゃうわよ。いのちがけでやるんです。おばさんもいのちがけだからね。はいっ。やりなさいっ。そう。そうそうそう。違うっ。違う違う違うっ。さああやったわねえっ。覚悟しなさい。あんたは死ぬのよっ」
花瓶「ガチャン」
妻「あっ。やっちゃった。頭が割れた。この子死んだわっ。どうし

思われる人物はこの道を通り、この、第二十九号棟の方へ来たということでありまして、これが第二十九号棟でありますが、ええと、この入口から入ったとすると、この部屋が。あっ。いました。いま

泥棒A「それにしても、なんにもない家だなあ」
泥棒B「あっ。ばかっ。こ、こ、ここは空室だ」

小学生「あーんあんあんあんあん」
×△◎「あーんあんあんあんあん」
小学生「えーんえんえんえんえん」
×△◎「えーんえんえんえんえん」

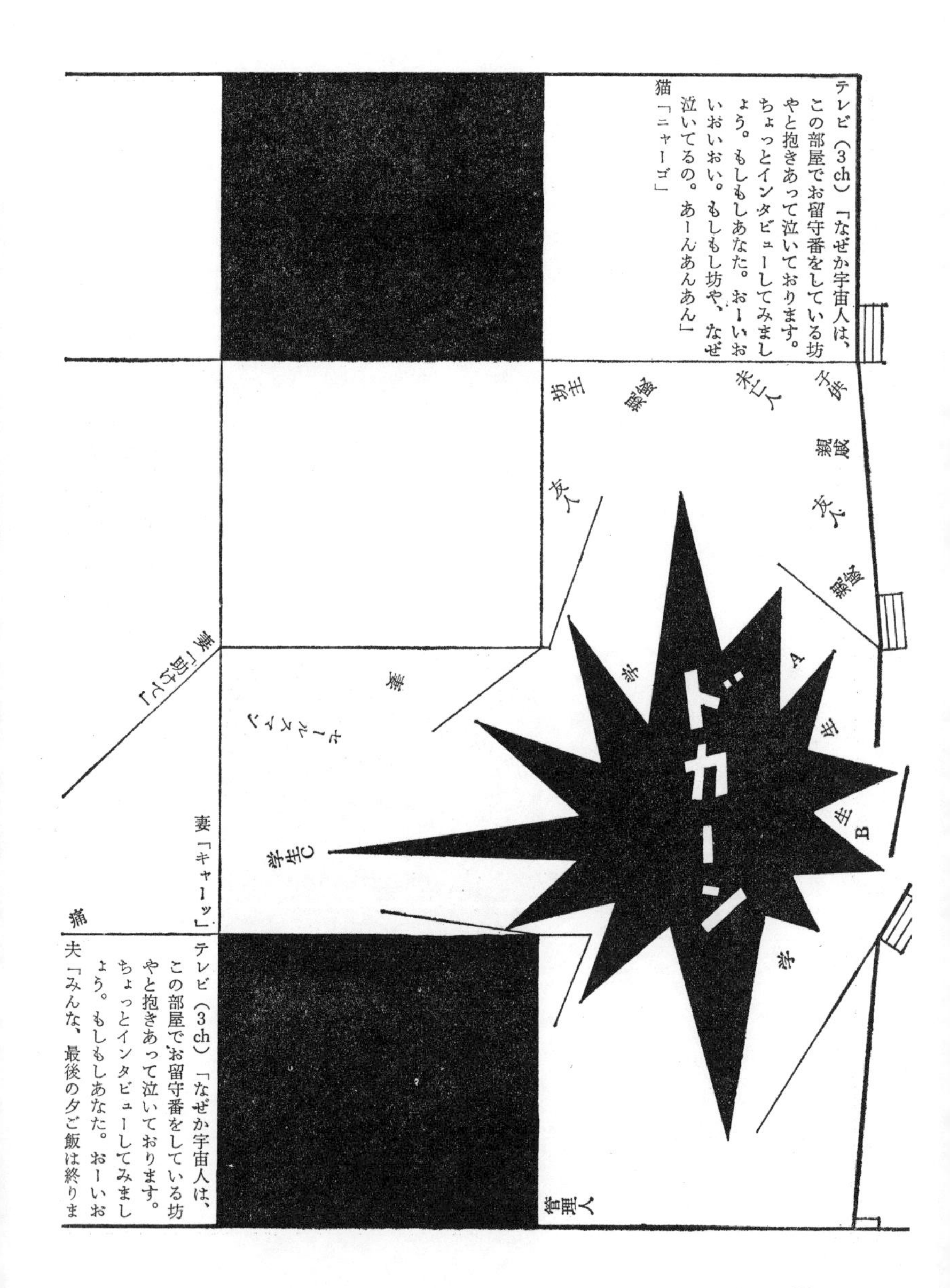
テレビ（3ch）「なぜか宇宙人は、この部屋でお留守番をしている坊やと抱きあって泣いております。ちょっとインタビューしてみましょう。もしもしあなた。おーいおいおいおい。もしもし坊や、なぜ泣いてるの。あーんあんあん」
猫「ニャーゴ」
子供
未亡人
留守番
坊主
親戚
友人
友人
留守番
学生A
学生B
学生
ドカーン
妻
セールスマン
妻「助けて」
学生C
妻「キャーッ」
猫
管理人
テレビ（3ch）「なぜか宇宙人は、この部屋でお留守番をしている坊やと抱きあって泣いております。ちょっとインタビューしてみましょう。もしもしあなた。おーいおい
夫「みんな、最後の夕ご飯は終りま

妻「ねえあなた。わたしたち、どうしてあっちの部屋では喧嘩して、こっちの部屋へ来ると仲なおりするのかしら」
夫「そりゃあ、こっちの部屋が寝室だからさ」

夫「待て。はやまるな」

妻「あなた。さよなら」

子供「ママ。この窓から下を見てごらん。テレビカメラがいるよ」
妻「ほうらね。やっぱりどっきりカメラなのよ」

ギャギャア「天井が
ギャ〜」さってらら
妻 とゃる 来こっちゃな
ないか「来へ」
屋え だかない 夫「わ ら言

夫「勝夫はまだか」
子供「ぼくならずっと、こっちの部屋にいたんだよ」
妻「きゃあっ」

運転手「いつもいつも安眠を妨害しやがって。刺し殺してやる」
妻「あっ。やめて。やめて。ギャーアッ」
夫「ただいま。おい。どうした。うわーっ。秀子。秀子」
運転手「くそっ。ついでにお前も」
夫「ギャーアッ」

したね。それではこの薬をのみましょう。恨むのなら、家出したママを恨むのですよ」
長男・長女・次男「はあい」
夫「さあ。それではぐっと、ひと息にね」

泥棒A「うわあっ。見ろ。見ろ。団地が警官でいっぱいだ」
泥棒B「うわあっ。何ごとだ。テレビまで来てるぞ」
泥棒A「うわあっ。これは誰かの陰謀だあ」

アナウンサー「なぜか宇宙人は、この部屋でお留守番をしている坊やと抱きあって泣いております。ちょっとインタビューしてみましょう。もしもしあなた」
×△◎「おーいおいおいおい」
アナウンサー「もしもし坊や、なぜ泣いてるの」
小学生「あーんあんあん」

佐藤栄作とノーベル賞
——故・柳家つばめに捧ぐ

相変らずのドタバタでございますが、今回はお好みによりまして「佐藤栄作とノーベル賞」。しばらくおつきあい願います。

「初鰹女房に小一年言われ」などと申しまして、貧乏人が不似合いなことをすると、どうもろくなことがありませんな。世の中には似合うものもありますが、またぜんぜん似合わないものもあります。猫に小判豚に真珠、めくらに提灯いざりに雪駄、はき溜めにツル便所に神棚、泥棒に追い銭佐藤栄作にノーベル賞とまあおよそこんな不似合いなものもございません。これだけ言やあご本人ちったあ貰う気をなくすかというと、まったくそんなことはないようでして。

ノーベル平和賞を佐藤さんが貰うというニュース、この平和賞の選考はノルウェーでやったわけですが、日本でこれをいちばん先に知りましたのはノルウェーから佐藤さんへの通知を受けとった電報局の人でもなければ、日本にあるノルウェー大使館の人でもない。ノルウェーに駐在の支局員を置いているある新聞社の東京本社の政治部記者。

「アーもしもし、こちら政治部。何。ノーベル賞の受賞者が決ったって。そういうことはね君、学芸部の方へ電話してよ。ここは政治部ですよ政治部。え。佐藤栄作。はて佐藤栄作ってひとは知らないなあ。それはいったいどこの大学の……え、前総理の佐藤……ああ、そういうひと、いたいた。あのヤキイモの好きな、ふんふん、あの佐藤栄作。で、あのひとが、え、ノーベル平和賞。本当かねえ君。それ、もしかしたらよく似た名前の、別の賞じゃないか。ターベル賞とかスーベル賞とか。え、間違いないって。世の中には不思議なことがあるもんだなあ。うん。じゃあさっそく、佐藤さんに電話してみよう。アーもしもし、前総理大臣の佐藤栄作さんのお宅ですか」

「はいはい。わたくし佐藤の家内でございますが。え。主人にノーベル賞。まあ。ノーベル平和賞でございますか。あの、それ何かのお間違いじゃございません。サーベル賞とかケーブル賞とか」

似たようなことを言っております。

「はいはい。それじゃあの、夜中のことで主人はいま寝ております。すぐ起しますからちょっとお待ちになって。ちょっと、あんた、お起きなさいよ。栄作さん、栄ちゃん。栄ちゃんったら」

「うーんむにゃむにゃ。いひひひひひひ」

「まあいやらしい。にたにた笑って。きっと柳橋の力弥か新橋のまり千代の夢でも見てるんだわ。ねえ、起きなさいよ」

「うひひひひ。ノーベル平和賞。むにゃむにゃ」

「まあ、あきれた。ノーベル平和賞の夢見てるわ。あの、もしもし、わかりました」

「え、わかったって、何がわかったんですか」

「そんな筈ないと思ったんですがやっぱり、ノーベル平和賞を貰ったというのは、どうやら主人の夢の中のことらしいんでございますのよ」

「ははあ。わたしも実は、どうもありそうにない話だと思っていたんですが、するとやっぱりこれは夢でしたか」

「そうなんですよ。まー新聞社までお騒がせして、本当に申しわけありません」

「いいえ。どういたしまして」

と、電話をいったん切ったもののこの新聞記者、どうして佐藤さんの夢を自分が一緒になって見ているのか、さっぱりわけがわかりません。念のためにこのひと、社会党のある議員先生に電話をいたします。

「アーもしもし」

「アーもすもす。何じゃねこのま夜中に」

「あっ先生ですか。実は先生、今、前総理の佐藤さんがノーベル平和賞を受賞したというニュースが入ったんですが、これがどうやら佐藤さんの夢の中での出来ごとらしいんです。で、先生はこれをどうお考えになりますか」

「ああ。そりゃそうじゃろうとも。そんな馬鹿なこと、あるわけねえからな。そんなことがあったら石が流れて木が沈み、比丘尼の頭に高島田、西から日が出て東へ沈み、寺から里へ納豆味噌、雄猫仔猫を生んで枯木に花が咲き、いり豆が生えて石の橋が腐る」

「なんだかよくわかりませんが」

「佐藤君の夢に違いないといっとるんじゃ」

「そうするとですな、どうもここのところがよくわからんのですが、佐藤さんが見ているのと同じ夢を、どうしてわたしが見ているんですか」

「佐藤君がみんなを、自分の夢の中へ巻きこんだのでねえかな。人間の一念つうのは凝り固まると恐ろすいもんで、たまさかコーエン教授の爆弾発言があって佐藤君また男を下げたばかりじゃやから、この辺で勲章をひとつ欲すい欲すいと思う気持がノーベル平和賞の夢になり、その夢が念力ゆえに全世界を包んだ」

「ははあ。すると現在、世界中のひとが佐藤さんの夢に巻き込まれているわけで」

「佐藤君の内宇宙が、世界を包んどるのじゃよ」

「そいつは大変だ。で、その夢から醒める方法というのは」

「そりゃま、佐藤君が眼を醒ませばええわけだ」

「じゃ、さっそく起して貰いますか」

「待てまて。夢を見とる人間を急に起すと、魂が肉体から抜け出たまま戻ってこねえというし、佐藤君の魂がすでに全世界を包んどるとすると、これは起すと大層具合の悪いことが起るな」

「死にますか」

「死（す）ぬかもすれん。死（す）んでくれればいいが、死（す）ななかった場合、全世界が永久に佐藤君の内宇宙（インナー・スペース）に呑み込まれたままになる」

「そりゃあ、えらいことだ」

どうしたらよかろうと騒いでおりますうちに、ノルウェーから佐藤さんの家へも受賞の電報が入る、朝になってノルウェー大使館からも人がやってくる。ところが佐藤さん、まだ眼を醒まさない。

「いや、どうも。むにゃむにゃ。まことに光栄で。むにゃむにゃ」

夢の中で挨拶しております。

一方新聞社の方には、ノーベル賞の他の部門の受賞が決定したという電話が次から次へと入ります。

「もしもし。えーこちらスエーデン支局ですが、ただいま化学賞の受賞者が決定いたしました」

「誰だい」

「これはギリシャのひとで、エクスタシス・オルガスムス・オナニスという人です」

「何の研究をしているひと」

「化学繊維製品の研究者です」

「何を発明したんだ」

「コンドームのついたパンティ・ストッキングです」

「アー今度は医学賞が決定しました。受賞者はアフリカのチャワイ・チャワイというひとです」

「何をしたひと」

「お医者さんです。パンツー族のウイッチ・ドクター（魔法医）です」

「変な受賞者ばかりだな。まあ、これは佐藤さんの夢なんだから滅茶苦茶なのも無理はないが」

「えーただいま物理学賞が決定」

「誰」

「丸の内の三菱重工ビルの爆破犯人が最有力だったんですが、これは本人の名前がわからず所在も不明のため、今回は受賞者なしです」

「えー文学賞の受賞者が決定。これは日本人です。筒井康隆という作家です」

「何が認められたんだ」

「週刊新潮連載の『俗物図鑑』です」

「経済学賞の受賞者が決定しました。『怪物商法』が認められ、糸山英太郎が」

「こいつはどうもえらいことになってきた。これはひどい悪夢じゃないか。おい、佐藤さんまだ寝てるのか。早く眼を醒まして貰わなきゃ困るよ」

「そうですなあ。あのひとはいつも十時間寝ないと駄目というひとですから、まだしばらくは」

「しかたがないな。じゃ、受賞者のコメントをとろう。あーもしもし、糸山さんのお宅ですか。あの、英太郎さんを」

「はい糸山英太郎です」

「このたびはノーベル経済学賞受賞、おめでとうございます」

「何だって。あの、ぼ、ぼ、ぼくがノーベル賞」

「ノーベル経済学賞です。電報が、もうついている筈ですが」

「あっ。じゃあ、さっき来たあの電報がそうか。また国民からの非難の投書だと思って、さっきトラックの荷台に抛(ほう)りこんだ」

「へえ。トラック一台分あるのは激励の手紙じゃなかったんですか」

「あわわわわわわ」

あわてております。

佐藤さんがノーベル賞受賞と聞いて驚いたのは田中角栄現総理。

「えっ。そりゃあ何かの間違いだよ。ぼくと間違えたんじゃないか。えっ。やっぱり本当だって。よし。官房長官。全大臣に至急連絡しなさい。何もするなっていうんだ。お前らも何もするな。よけいな政策を発表するな。佐藤さんは何もしなかった。わしも何もせんことにする。そうすればノーベル賞も夢じゃない」

そうこうしておりますうちに、これが佐藤さんの夢であるということがわかり、佐藤家へは次つぎといろんなひとが押しかけてまいりまして、ぐっすり眠って夢を見続けている佐藤さんの枕もとでいろいろと話しあっております。

「もうそろそろ起きそうなものですがねえ」

「ほんとにまあ、こんな気ちがいじみた夢を見るなんてひと騒がせな」

「また、にやにや笑っておりますなあ」

「そうですなあ。気持が悪いですなあ」

「迷惑な夢を見るひとですなあ。なんとかなりませんかねえ、奥さん。世間を騒がせるにも程がある」

「申しわけございません。ですからこうしてかかりつけのお医者さまにも来ていただいておりますのですが。ねえ先生、覚醒剤でも打っていただけませんかしら」

「病気じゃないんですからねえ。今、無理に起したりしたら、わたしゃお払い箱で、奥さん、あなた離婚されるかもしれませんよ」

「だけどこのぶんじゃ、いつまで眠り続けることやら」

「まあ、すでに二十時間以上寝ているんだし、小便も溜っているだろうから、そろそろ自分で眼を醒ますでしょう」

「いいえそれが、主人は最近おしっこの方がたいへん辛棒強くなっておりまして」

「ほう。そりゃあどうしてですか」

「前総理ともあろう人間の便所は、特別級でなきゃいけないと申しまして、特に注文して出雲焼の便器を作らせたんでございますよ。ところがこの便器、出雲製ですからきんかくしに鳥居のマークがついておりまして」

「ははあ。きんかくしに鳥居の絵が描いてあったのでは、ちょっと小便できませんなあ」

「そのため家ではおしっこができなくなりまして、いつも我慢しておりますのよ」

さて、佐藤さんの夢はどんどん進みましていよいよ今日は受賞式の当日、名前を呼ばれて壇上にあがり、ついに賞金と金のメダルを受け取った佐藤さん、今まで我慢しておりましたのがあまりの嬉しさにとうとう失禁し、あたりへジャーッと湯気のほかほか立つやつをぶちまけてしまいまして、その温かさでぱっと眼を醒ましました。

「おお寛子か。ついに貰ったぞ。ノーベル賞を」

「いいえ。ノーベル賞ではございません。お寝小です」

クラリネット言語

1

古典的な黒。やや茶色っぽく、うっすらと木目も見える。艶（つや）があればそれもよく艶がなくても。そうだとも。艶がなくても、それでもいい。故意の艶消しの如く渋味が感じられるから。金属部分が光っていさえすればそれでいい。金属部分はニッケル・シルバーの色である。いぶし銀色でもなければ金色でもない。手入れが悪くて鈍く光ったいぶし銀色になってしまえば高雅な黒との対照による透明感が失われてしまう。金色などとんでもないことだ。たちまちにして典雅さが消えてしまう。金属部分は是非とも光らせておかなければならない。錆びはじめると黄色くなり、茶色っぽくなり、かの下品なる金色に近づきはじめるからだ。これを錆びさせないためには精密機械油即ち家庭にあるミシン油をつける。接合部即ちビスの部分につけるキイ・オイルは楽器店にある。

　金属部分を磨くとき、オイルをガーゼに滲みこませて拭くのもよいが、ここのところはひとつ純白の絹のハンカチ、それもま新しいものに惜しげもなくオイルをつけ、丹念に磨いてやるべきであろう。文房具に愛着を示す文筆業者同様、あまりにも自己の楽器を愛撫しすぎる者は他者の目にフェティッシュでいやらしく映じるかもしれない。だが他人の目にどう映るかを気にかけているようでは楽器への没入度が不足していると断じられてもしかたがなかろう。また楽器を拭く道具がとにもかくにも純白新品の絹のハンカチであることによってそれはフェティシズムではなくダンディズムであるとされ、その行為はむしろ称賛される場合が多いのではあるまいか。少くともガーゼを使用するよりはフェティシズムを感じられなくてすむこと、これは確かである。どのみち、他者の目の前では絹ハンカチを使うに越したことはない。

クラリネットが綺麗な楽器であり、華麗な楽器であると眼に映じるのはその金属部分の細工の精密さ、精妙さにもよるものである。それはまるで金属部分を装飾にした美術工芸品のような趣きを呈している。それほどまでに複雑であるからして金属部分にミシン油を、またはキイ・オイルを塗ろうとする時、当然手が届かぬ部分も生じてくる。こういう場合のため細い針金に短い毛をつけ

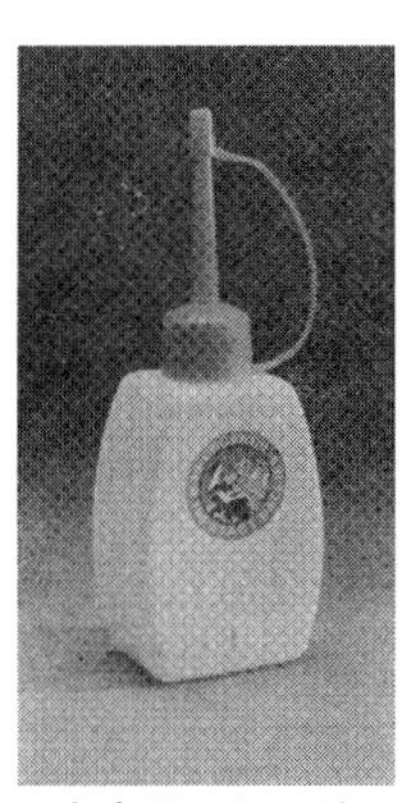
家庭用ミシン油

キイ・オイル

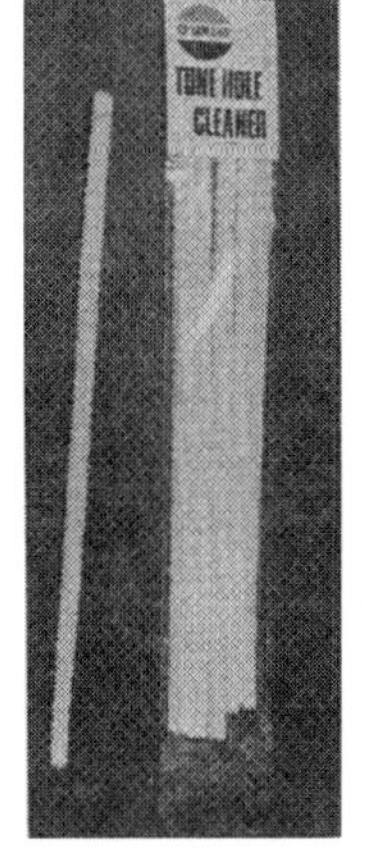

トーン・ホール・クリーナー

たブラシを楽器店ではトーン・ホール・クリーナーと称して売っている。ただし細いとはいえ相手はなにぶんにも針金である。突いて疵をつけてはならない。指にではなく楽器にである。

むろん木の部分にも艶があった方がずっといい。好みにもよるが金属部分の手入れさえしていれば木部も自然と光ってくるものだし、そもそも艶のある方が自然に近いのではあるまいか。どのみちクラリネットの手入れというものは、義務的なものではなく、いや、最初のうちはたとえ義務的にそれを行っていたとしても、それはそのうち必然的に楽しみのための行為に変化してくるものである。この楽しい手入れのことについてはのちにゆっくり述べることにするので楽しみにしていていただきたいものだ。

ひとはなぜクラリネットを手にするのだろう。さまざまな理由が各人各様にあるので全部書くことはできないがたとえばこのおれ、これを書いているこの筒井という者がクラリネットをなぜ手にするようになったかという理由でさえふたつやみっつではないという事実によってそれが百や二百、千や二千ではきかぬ、古今東西クラリネットを手にした者の数だけの理由があるに違いないということは容易に想像できるのだ。

昭和二十二年というのは敗戦二年後、ぼくが中学一年の年である。大阪市内の中学校に通っていたぼくはある日、音楽教室の前を通りかかった。放課後であったと思う。「東京の屋根の下」という当時としてはハイカラな和製ポップスが豊かな音色で流れてきている。覗きこむ。数人の青年。中のひとりがクラリネットでこの曲を練習している。素人バンドの連中であろう。他に練習する場所がなかったのかもしれない。いやいや。当時、素人と玄人の区別などさほど極立ってはいなかった。楽団が払底していた。時恰も社交ダンスの全盛前期。レパートリイが十曲もあれば素人バンドとて今日はあそこのパーティ、明日はあそこのダンスホールと、結構いい収入になったのだ。

「東京の屋根の下」は灰田勝彦の唄で勿論知っている。しかしクラリネット・ソロによるこの曲は灰田勝彦のヴォーカル以上に魅力がある。いい音だなあ。低音の深さ、高音の柔らかさ、まさにヴェルヴェットの音色だ。ぼくは参った。これがまずクラリネット体験の第一である。

　なぜこんなものを書き出したのか。お前は何を書いている。これは小説なのか。まさかクラリネットの入門書ではあるまい。クラリネットを買ってやっと半年という人間にクラリネットの入門書など書けるわけがない。しかしクラリネット半年という者にしか書けぬこともあるのではないか。半年の間に次つぎと前へ立ちはだかる難関。と同時にひとつひとつが新鮮に思える発見と驚異。それらはクラリネット歴数十年というヴェテランにとって忘却の彼方にある筈のことごとだ。

「クラリネットは吹奏楽器の中でいちばん難しい楽器ですよ」と、セーイチ先生は言う。「しかしクラリネットが吹けるようになればソプラノ・サックス、アルト・サックス、テナー・サックスなどは簡単に吹けます。サキソフォンをやるつもりならまずクラリネットをやれという先生もいるくらいです」

　それだったのだ。クラリネットが難しいからこそクラリネット人口の減少という現象が起り、ジャズ・バンドからクラリネット奏者が次第に姿を消しはじめている。逆にフルート人口は増加しているらしい。

　ラッパ類を演奏すると肺病になるという俗説がある。これは嘘である。腹式呼吸をやるので内臓は丈夫になる。肩を使って呼吸することを厳しく戒められるから大きく腹で呼吸しようとし、それに馴れるため朝には深呼吸をくり返し行うという習慣がつき、おれは胃炎が治癒した。昔ジャズのラッパ吹きに肺結核が多かったのは生活態度、栄養不足、演奏場所などによるものだった。現在中学校や高等学校では健康法の一種としても吹奏楽は奨励されている。そうしたことをおれはある日画家のヤマフジさんに話した。内臓が丈夫になる、というところでヤマフジさんの眼がぎらと光った。「わたしもクラリネットをやろうかな」ヤマフジさんは一度胃潰瘍の手術をしている。ヤマフジさんはさっそく翌日シンチョー社のヨコヤマさんに訊(たず)ねたらしい。「クラリネットとトロンボーンと、どちらがやさしいだろうか」ヨコヤマさんはトロンボーン歴二十年である。

　クラリネットという楽器の値段について語ろう。クラリネットにはB♭管通称ベー管、A管、E♭管、C管、D管、アルト・クラリネット、バス・クラリネット通称バスクラ、コントラバス・クラリネット等さまざまな種類があるが、通常使われるのはB♭管であり、あとは特殊なもの、またあるものはほとんど別の楽器と言ってもいいほどのものでもあるから、ここではB♭管の値段を、高いものから安いものまで順に列記する。調査は昭和五十六年六月十日現在、調査協力はヤマハ日本楽器製造株式会社渋谷店、大丸百貨店神戸店楽器売場である。

　ふつうクラリネットを買えばケースがついてくるが、安物になると別売りとなる。これはオール・ケース込みの値段である。また、免税だと少し安くなるが、これは税込みの金額。

会社名	品名・品番	金額
O・ハンマーシュミット	10aエーラー	七一五、〇〇〇
マリゴ	ザルツブルグ	五二六、〇〇〇
K・ハンマーシュミット	10エーラー	五〇〇、〇〇〇
O・ハンマーシュミット	特殊メカニズム	四八〇、〇〇〇
H・セルマー	九シリーズ2	四七〇、〇〇〇
ビュッフェ・クランポン	RC	四四〇、〇〇〇

ブージー&ホークス	五三〇	四一三、〇〇〇
O・ハンマーシュミット	四六	三九〇、〇〇〇
K・ハンマーシュミット	特殊メカニズム	三四〇、〇〇〇
ハンスクロイエル	ゴールドモデル	三〇〇、〇〇〇
ブージー&ホークス	五二〇	二九四、〇〇〇
ルブラン	L―二〇〇	二九〇、〇〇〇
マリゴ	マリゴ三五五	二九〇、〇〇〇
ビュッフェ・クランポン	S―一	二八〇、〇〇〇
K・ハンマーシュミット	ココボロ	二六〇、〇〇〇
K・ハンマーシュミット	四六	二六〇、〇〇〇
H・セルマー	一〇Sシリーズ8	二五七、〇〇〇
H・セルマー	一〇Sシリーズ6	二四五、〇〇〇
ビュッフェ・クランポン	R―13	二四〇、〇〇〇
H・セルマー	一〇Sシリーズ2	二一四、〇〇〇
ヤマハ	YCL―81	二〇〇、〇〇〇
ハンスクロイエル	ネットワークモデル40	二〇〇、〇〇〇
マリゴ	ルメール	一九八、〇〇〇
H・セルマー	九シリーズ1	一九一、〇〇〇
ブージー&ホークス	五一五	一九〇、〇〇〇
H・セルマー	一〇Sシリーズ1	一九〇、〇〇〇
ビトー	七一一七	一六五、〇〇〇
イヴェット&シェファ	E―一三	一六二、〇〇〇
ニッカン	YCL―62	一五五、〇〇〇
ブージー&ホークス	五一〇	一四五、〇〇〇
A・セルマー	一一五	一三〇、〇〇〇
イヴェット	B―13	一三〇、〇〇〇
ブージー&ホークス	五〇七	一二六、〇〇〇
ムジカ	二〇六	一二五、〇〇〇
ノブレ	四八	一一八、〇〇〇
A・セルマー	一〇〇	一一五、〇〇〇
アームストロング	四〇一〇	一〇〇、〇〇〇
ノブレ	四五	九九、〇〇〇
ニッカン	YCL―35	八八、〇〇〇
ノブレ	三	七九、〇〇〇
ビトー	七一一二B	七八、〇〇〇

A・セルマー	一四〇一	七五、〇〇〇
イヴェット	B—12	七五、〇〇〇
ノルマンディー		七五、〇〇〇
アームストロング	四〇〇〇オーバーチュア	七三、〇〇〇
ニッカン	YCL—27	五四、〇〇〇
カワイ	CL—三二〇	四四、〇〇〇
		(ケース別)

なぜもっと早くクラリネットを買わなかったのだろう。中学生時代、どうにか小遣いで買える楽器はウクレレとギターだけだった。クラリネットなどとても高価で手が出ないものだとして最初からあきらめていた。事実そうだったのだから。市場のように何十台もだらりとぶら下げてあるギターに比べ、きらびやかな金管楽器に混り、クラリネットはショウ・ケースの中におさまっていて、それはとても優雅に、高貴に見え、そして高価だった。その記憶が四十歳を越した今日まで尾を引いていたのであろう。ギターは何度も買い、つい最近は三十萬円もするギルドなどというものを買っていながら、クラリネットを買おうなどとは夢にも思わなかったのである。なぜあんなにギターばかりにこだわっていたのだろう。なんということだ。クラリネットという楽器は現在のおれの経済力からすれば簡単に、実に簡単に、ちょうど服を一着作るとか家族づれで上京するとかの支出と同程度の安い買いものだったのである。

ケースつき七十一萬五千円からケース別の四萬四千円まで、六十七萬一千円という差を伴いつつその中間にさまざまな金額の各国商品がある。だがこの最高最低の差はヴァイオリンほどのひどい差ではない。つまりクラリネットにはヴァイオリンの、数千萬円のストラディバリウスに相当する名器は存在しないといってよい。そしてわれわれには二十四キイの七十一萬五千円のクラリネットなど無用のものだ。通常は三十萬円のものが高級品とされている上、もっと安い国産の楽器で外国高級品並みに優秀なものが存在する。しかもおれは初心者である。ヤマハＹＣＬ―81を買い、そしてぼくはそれに満足している。アルト・サックスのサカタ氏におれの楽器を貸したら「いい音がするね」と言ったのだから良いものであることは確かだ。ただし、本当はクラリネットをひとに貸してはいかんのだが。サカタ・アキラ氏はむろん、クラリネットの名手でもある。

とはいえ、十萬円以下のものはやはり、あまりよくないようだ。たとえば五萬円のものと十萬円のものでは、そこにはっきり五萬円の差というものがあらわれる。ただ、たいていのひとはクラリネットを一本買うだけだから、この差は意識できない。新しいものを買った時にはじめてそれがわかる。ある日おれはクラリネットを修理に出した。タンポ皿のタンポ（別名パッド）が磨滅してきたので貼り替えてもらうためだ。東京には、目の前ですぐ貼り替えてくれる店もあるそうだが、神戸の垂水にはそのような店はない。クラリネットを買った大丸神戸店に頼んだ。これがどうやら浜松にあるヤマハの工場まで行ってしまったらしい。戻ってくるのに二週間かかった。その間、練習ができないということになった。いうまでもなく練習は、特にロング・トーンと音階の練習は、毎日しなければならない。おれは予備にもう一本、ＹＣＬ―35というのを八萬八千円で買った。これはやはり二十萬円のものに大きく劣った。最初、二十萬円のもので吹いていなければその劣っている点までわからずじまいだった筈である。音によって音程が高かったり低かったりするのでアンブッシャー、つまりくわえかたで加減しなければならない。これによって変な癖がついてしまうとなかなかおらず、あとで良い楽器に買い換えてもその癖だけは残る、ということになる。むろん楽器はたいていそのひとつひとつに個性があるので当りはずれはあろうが、初心者であろうとなかろうと、十萬円以下のものはおすすめしかねるという次第である。

クラリネット体験その三。二については後述する。

これはやはり映画「ベニー・グッドマン物語」であったろうか。グッドマンを演じていたのはスティーヴ・アレンだが、音そのものはグッドマン自身が吹き込んでいる。大学時代であった。いい音だなあ。畜生。降参するなあ、もう。

クラリネットをやりはじめて六ヵ月めくらいのことだ。上京し、ホテルニューオータニの部屋に入り、テレビのボタンを順に押していくと、なんとこの往年の音楽映画をKTV、テレビ神奈川なるUHF局でやっていた。始まったばかりである。銀座「まり花」へ呑みに出かけるのをやめて終りまで見たのだが、スティーヴ・アレンは本当にクラリネットが吹けるのかどうか、はなはだ疑問であるという考えにとりつかれてしまった。アンブッシャーが悪い。指づかいが滅茶苦茶である。音と画面がずれているのかなとも思ったが、そうでもなさそうだ。結局、あまり勉強にはならなかった。

この映画をホテルで再見した前後グッドマンが来日したが、これもテレビでその演奏ぶりを見た。これは勉強になった。老齢でさすがに息遣いが苦しそうだったが音そのものはあいかわらずすばらしい。あの鈴木章治がすっかりめげてしまい、「おれは最初からやりなおしだ」と言ったそうであるから、たいしたものなのだと思う。と同時に、やはりおれにはまだ本当のすばらしさがわかっていないのではないかとも思う。「あれぐらい、おれにもいずれは吹ける筈」などと思っているからだ。

このグッドマンでさえ、毎日のロング・トーンと音階の練習は欠かさないらしい。クラリネットの頂点を極めたと思えるグッドマンにしてからがこの精進。それではこちらは毎日五時間の練習は欠かすまい。

鈴木章治

ベニー・グッドマン

「あーもしもし」「はい。大丸神戸店でございます」「あーもしもし。外商のウエヤさんを願います」「あーもしもし」「あーもしもし」「ウエヤ只今出かけておりまして」「あー筒井ですがね。では戻られたらちょっとお電話下さるようにと」「あーもしもし」「あーもしもし。ウエヤですが」「ああウエヤさん。あのー、クラリネットという楽器があるね」「ありますあります」「あれ欲しいんやけどね」「クラリネット。先生が吹かはりますのん」「そや」「へえ。そうでっか。そうでっか。そんなら近きん、カタログ持ってあがります」「あーもしもし。ウエヤですが」「ああウエヤさん。クラリネットやけどね。あのカタログのYCL―81ちうのが欲しいんやけどね」「先生。あれやと特注になりますねん。ヤマハの工場へ言うて、一ヵ月ほど待ってもらわんなりまへん」「一ヵ月。そないかかんのん」「一本一本やっとるんやそうで」「そうか。仕様ないなあ」

一ヵ月ののち、楽器が届く。黒いケースに入っている。教則本も二冊。その一冊の方にはカセット・テープがついている。ケースを開くとクラリネットが五つに分解されて入っている。マウスピース、バレル、上管、下管、ベルである。バレルはふたつ入っている。長いものと短いものだ。といっても、その差は約二ミリである。他にコルク・グリース。このコルク・グリースは扁平な丸い容器に入っていて、楽器のケースにはこの容器を入れておくための小さなくぼみもある。コルク・グリースには他に口紅のようなスティック式になったものもあり、この方が直接コルクに塗りつけることができるので便利である。このコルク・グリースは何をするためのものかといえば、前記バラバラのクラリネットを組み立てる際、継ぎ目の部分にあるコルクに塗ってやるためのものだ。コルクは乾燥しやすいから組み立ての時には必ず塗った方がいい。たとえスティック式のもの

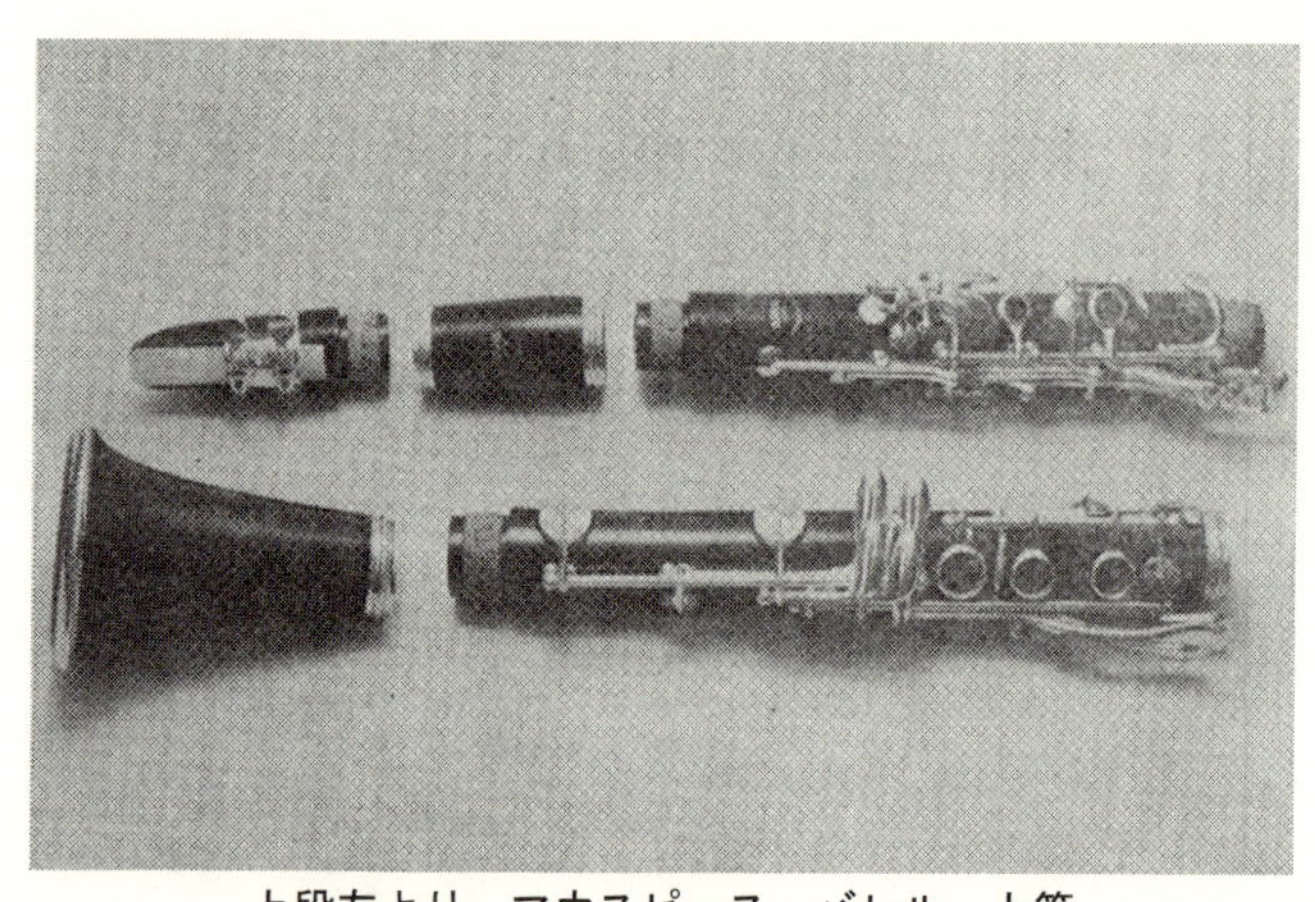

上段左より　マウスピース、バレル、上管
下段左より　ベル、下管

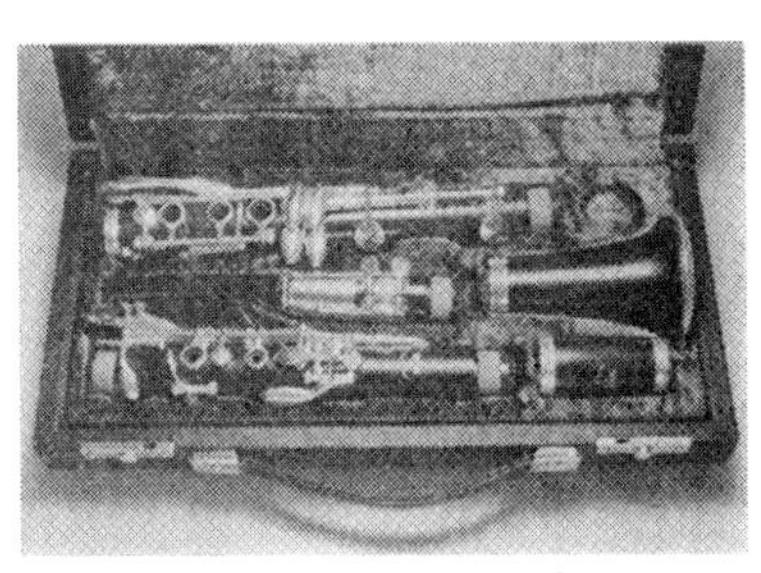

ケースに入ったクラリネット

コルク・グリース

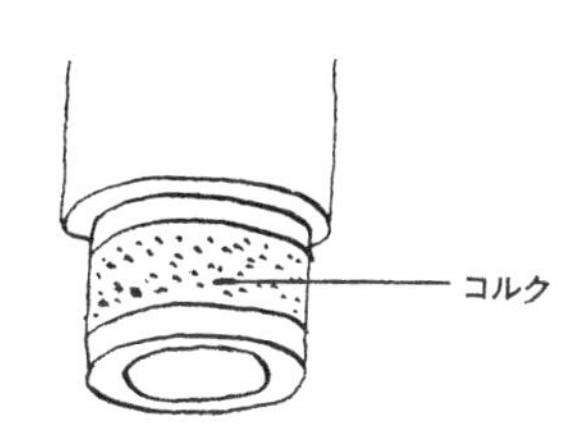

でもただこすりつけたというだけでは駄目だ。指でよくこすりこまなければならない。ブリッジ・キイの下がちょっと塗りにくいが、ここは小指を使えばよろしい。そしてさらに木部に白く残った余分のグリースは拭き取らねばならぬ。さもないと恐ろしいことが起る。どのような恐ろしいことが起きるかは後述する。

と、いうところでいよいよクラリネットを組み立てることになるが、この組み立てかたをていねいに書いた教則本は少ない。たいていの者はまごつく。おれもまごついた。教則本と首っぴきでおそるおそる組み立てたものである。では、やってみるか。

予　告

次回はいよいよ波瀾万丈クラリネットの組み立てかた及び奇妙奇天烈リードの不思議について。乞御期待。

2

「まず上管と下管とを接続し」などと、教則本には至極簡単そうに書いてある。うわあ。どことどこを持って接続すればよいのだ。どちらにも華奢に思えるきらびやかな金具がいっぱいついているではないか。どこを握っても壊れそうである。接続とはねじこむことだ。ねじこむには力が要る。ちょっと力をこめればバーが、リングが、タンポ皿の根もとが、ぐにゃりと曲ってしまいそうな気がする。ただ茫然とするのみ。

やがておそるおそる、上管を左手で持つ。ぎっちょの人は右手で持つことになるが、以下は左手で持つ人のためにのみ書く。上管とは両側にコルクのついている小さい方の管である。さてこの上管には穴が三つ、一列に並んでいる部分がある。この穴は接続部に近い方から、サード・フィンガー、セカンド・フィンガー、ファースト・フィンガーと呼ばれている。まず裏から手をまわしてサード・フィンガーの穴を小指の先で押さえる。同様にセカンド・フィンガーを薬指で、ファース

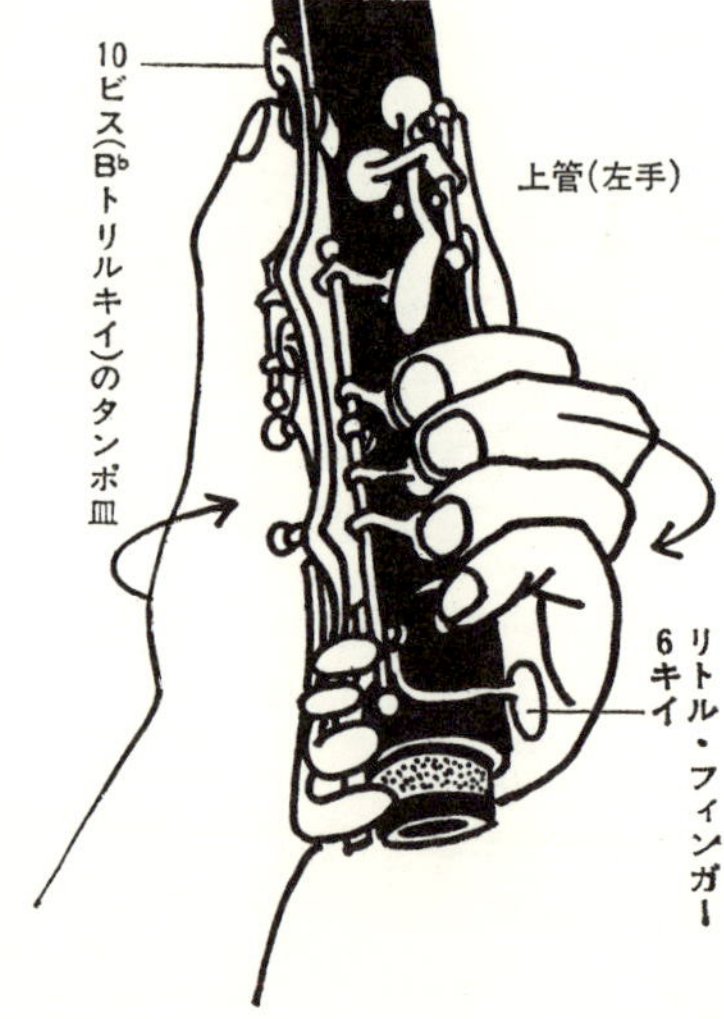

ト・フィンガーを、ここは少し遠いので人さし指で押さえる。こういう穴の上を押さえれば多少力をこめても壊れることはない。さて問題は宙に迷う中指である。これは行きがかり上、ファースト・フィンガーとセカンド・フィンガーの間にあるタンポ皿の上に当てがわなければならないのだが、ここは力まかせに押さえてはならぬ。ま、多少力をこめても大事にならぬよう作られてはいるが、何ぶんこのタンポ皿の下には磨滅しやすいタンポ（パッド）がついているから、ここに当てる中指のみからは力を抜いたほうがよい。高等技術である。

　つまり掌は金具のついていない裏側に当てることになる。親指はつけ根をのばし、指さきをややまむしにして力をこめると、ちょうど指さきが10ビス別称B♭トリルキイのタンポ皿と、12キイ別称

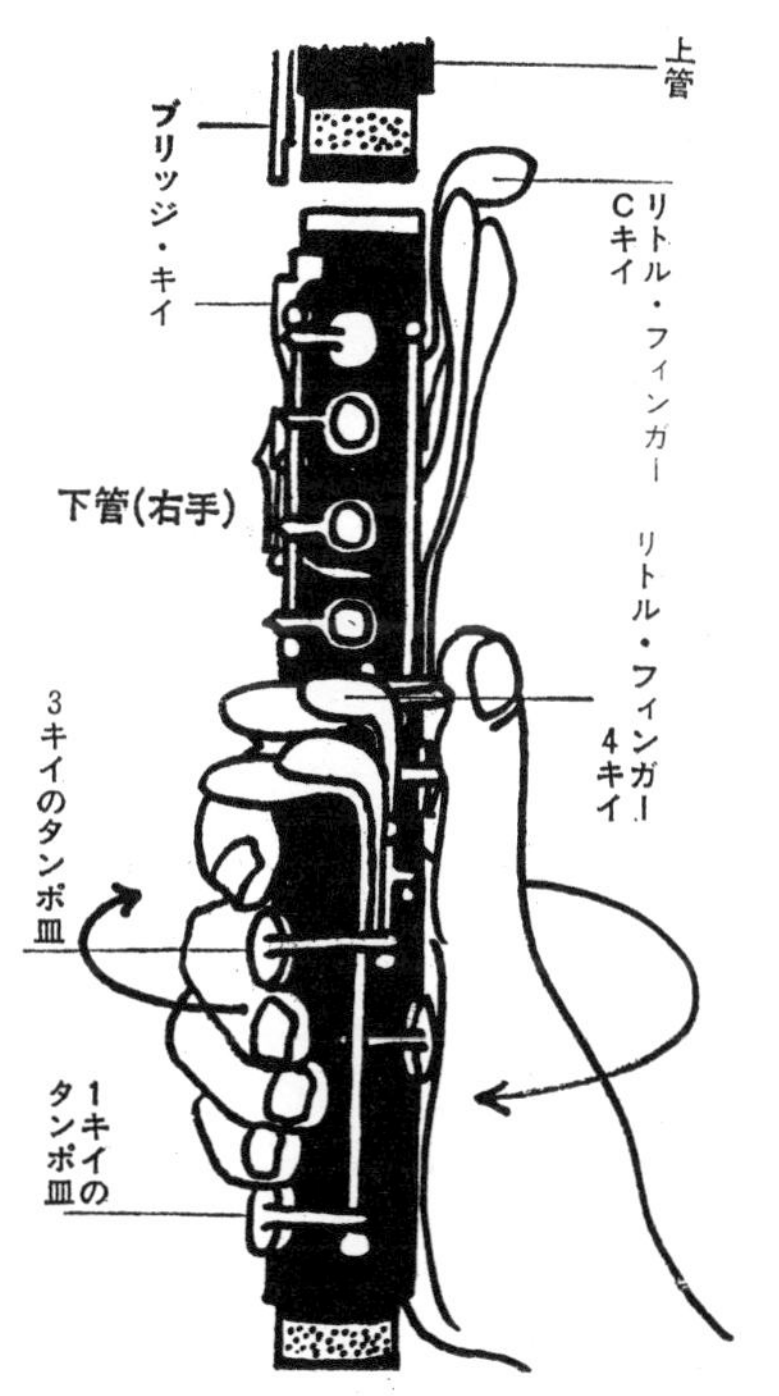

オクターヴ・キイの支点となる鍵柱との間にくるから、ここを押さえていれば大事には到らない。

さて右手である。下管はなるべく接続部から遠い部分を持てばよい。力が入れにくくて接続しにくいが、このあたり、金属部分が少いからである。やはり裏側から手をまわし、いちばん力の入る小指、薬指、中指の三つの指さきが1と3のタンポ皿の間へおさまるようにするといい。人さし指は3のタンポ皿を避け、中指と少し離して木部を押さえる。掌はやはり裏側を押さえることになる。さて、こうなってくると親指が問題である。置く場所がない。しかたがないから金属部分の中でもいちばん頑丈そうな、リトル・フィンガー4キイの横の金具の上へ置く。ここなら多少押さえつけても大丈夫のようだ。

いよいよねじこむわけであるが、この上管と下管の接続部のコルクにだけは、スムーズにねじこめるよう、特にたっぷりとグリースを塗りこんでおいた方がよろしい。

比較的親切な教則本には「接続の際、ブリッジ・キイを曲げてしまわないように」と書かれている。だがこの部分は、もともとぶつかり合わぬように出来ている上、左手の薬指がセカンド・フィンガーを押さえていることによって上管のブリッジ・キイが上がっているのだから心配いらない。むしろ注意すべきは下管リトル・フィンガーのCキイが、上管リトル・フィンガーの6キイにがちっとぶつかりあわぬようにすることである。したがってねじこみかたは上管を右へ、下管を左へまわすようにするべきである。あっ。そんなに力をこめるな。ゆっくりやれ。なに。まだ完全に入らない。少し逆にまわせ。Cキイと6キイがぶつかりそうだ。よし。そう。そして六つの穴がほぼ一直線になっているかどうか確認せよ。よし。よし。では微調整だ。上管と下管のブリッジ・キイを一直線にするんだ。ずれてはいないか。いない。これでよしと。疲れたなあ。汗。汗。汗。

それにつけても思い出すのは映画「ベニー・グッドマン物語」である。グッドマンのバンドがロスアンジェルスのパロマへ巡業に行く。その帰途、カタリナ島の慈善興行に立ち寄った一行がパラダイス・カフェというレストランに入る。ここの店主兼料理人兼給仕兼アトラクションのヴィブラホン演奏がすべてライオネル・ハンプトンであったという、グッドマンとハンプトンの出会いのシーン。これはハンプトン自身の出演で、ここで演奏する曲は「アヴァロン」である。テーブルでこれを聞いていたスティーヴ・アレンのグッドマン、指がひくひく動き出す。奥さん役のドナ・リードがにっこり笑ってクラリネットのケースを出す。グッドマン、最初はかぶりを振るが、ついにたまらずケースの蓋を開く。カットが変り、ハンプトンの演奏が続いている。と、その横へグッドマンが、すでに組み立てられたクラリネットを持ってあらわれる。

ライオネル・ハンプトン

ドナ・リード
（写真提供・キネマ旬報社）

そんな馬鹿な。「アヴァロン」たった五小節の間に、クラリネットが組み立てられてたまるものか。いくらグッドマンだって、あれではリードを湿らせている暇もありはしない。

リードを湿らせるのにいかに時間がかかるかについての、ピアニストのヨースケ・ヤマシタ氏の証言。「クラやサックスの連中の準備に、いつもわれわれは待たされていらいらするのです。われわれピアニストはピアノの蓋を開けさえすればよいのです。ところが連中は、いつまでもリードを舐め続け、その他何やかやとわけのわからぬことを永遠にし続けおるのです」

あっ。リードのことを書かねばならない。組み立てはじめる前から、リードは口にくわえて舐め、湿らせておかなければならなかったのだ。今からでも遅くはない。口にくわえて湿らせなさい。リードとは何か。それについてはこれから述べるが、まず先にクラリネットを組み立ててしまおう。

上管と下管の接続が終れば、次にベル、つまり朝顔を接続する。下管を右手で持つが、この持ちかたはさきほどと同じでよく、ベルを左手に持ち、左手でベルをまわしてねじこむ。ベルには裏も表もない筈だからなどと言って、どこでもいいからと場所かまわずにさしこんではいけない。たいていい、ベルにはメーカーのマークがついているから、そのマークを目印にして、常に一定の場所で接続するようにしなければならない。マークがなければ接続部に目印をつけておけばよい。セーイチ・ナカムラ先生によれば、これは接続部をいためないための思いやりというものだそうである。以下、この考慮はバレル、つまりタルを上管へ接続する場合にも忘れてはならない。

品物によっては、ケースの中に短いバレルと長いバレル、最初から二本のバレルの入ったクラリネットを売ってくれることがある。これは他の楽器との音あわせの際のチューニング次第でどちらかに決めればいいのである。もちろん、長いバレルの方が音が低くなる。長いバレルを使ってもまだ音が高い時には、このバレルと上管との接合部を少し抜けばよろしい。逆に、音が低いからといって自分で勝手に楽器を削ったり切ったりするのは言語道断、絶対にしてはいかんのだそうである。楽器にはもともと国際標準ピッチというのがあって、a′＝四四〇ヘルツと決められている。しかしこれは最近、次第次第に高くなる傾向にあるらしいのだ。ヨーロッパなどでは四四五ヘルツにまでなっているらしい。したがって、実際に四四〇ヘルツの楽器を作っても低過ぎるから使いものにならない。おれの持っているクラリネットは四四二ヘルツであり、たいていの楽器は四四二ヘルツを採用しているという。さらにまたおれは短いバレルも持っているが、一度これを使ってヨースケ・ヤマシタさんに「高いです」と言われた。

それでもまだ「音が低過ぎるから管を短くしてくれ」と楽器店へ来る人がずいぶん多いらしい。たいていは楽器のせいではなく、奏法が悪いのだそうだ。こういう人がどんどんピッチを高くしているのかもしれない。

バレルを上管へねじこむのは比較的簡単である。バレルにも金属部分はないし、上管上部にも金属部分は少い。上管上部の、接続部ぎりぎりのところを左手でぐいと握りしめて右手でバレルをねじこめばよいのである。

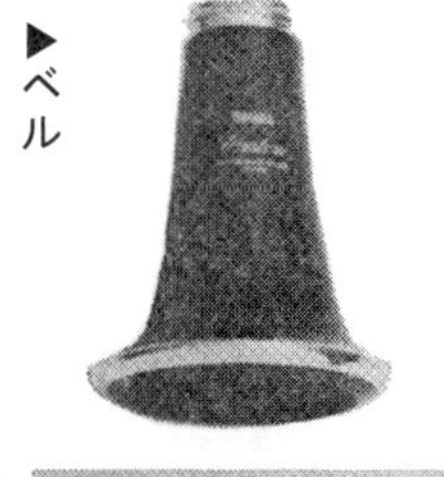
▶ベル

▶バレル

さて次はマウスピースである。マウスピースとは言うまでもなく吹き口のことで、ここだけはベークライトで作られている。したがって磨滅しやすい。磨滅すればまたかわりのマウスピースを買えばよいのだが、なかなか自分の口に合ったマウスピースというものはなく、馴れるまでに時間がかかる。これは演奏者の口の大きさ、唇の部厚さ、歯並びなどにもよるから、そもそもマウスピースだけに関してどういうものがよいかなどとは言えないので難しいのだが、最初買ったクラリネットについていているマウスピースはあまり上等ではないと思っておいた方がよろしい。したがってこれである程度練習し、少し上達してから良いものを買うことにすれば、その時はじめて自分に合ったマウスピースを選ぶことができるのではなかろうか。

　セーイチ先生によると、せっかく自分の口に合っているマウスピースを磨滅させせないため、いったんマウスピースにがっちりとリードをとりつけてしまうと絶対にはずさないという人さえいるらしい。これはちと極端であろう。リードをつけたままだと、マウスピースをバレルに接続しにくいからである。掃除ができず、不潔でもある。

　普通はリードをはずしたマウスピースをバレルに接続するのだが、この時手でマウスピースの先端をつかんではいけない。リードをつけたままの人がいることからもわかるように、この先端の口にあたる部分がいちばん磨滅しやすいところなのだ。今度はバレルの方を左手でぐいと握りしめ、マウスピースの根もとを右手で握ってねじこむ。マウスピースは表側が大きく傾斜していて、裏側

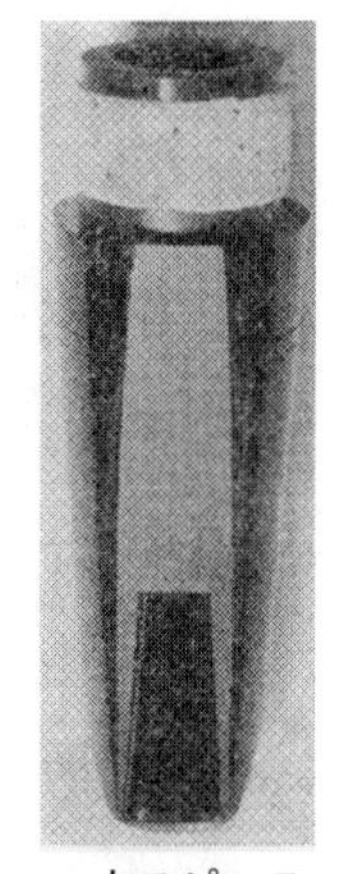

マウスピース

にはリードをあてる平らな面、及び開口部がある。この開口部の中心が、上管の裏側にある長いオクターヴ・キーの延長線上にくるよう心がけねばならない。

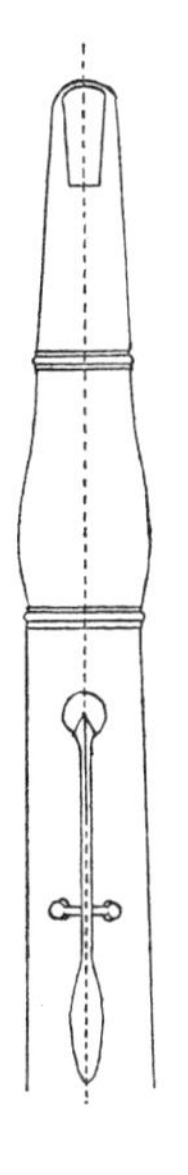

ここで口から充分に湿らせたリードをとり出してマウスピースにとりつけるのだが、その前にリードとは何か、この不思議なものについて書く。リードで最上のものはフランス産の葦（あし）だと言われているが、日本産のものでも充分良いものがある。リードは勿論楽器店に売っているからこれを買えばよく、自分で作る必要はないのだが、それでもやはりリードによって音がいくらでも良くなったりあきらかに悪くなったりもするのだから、クラリネット奏者たるものがいちばん心を砕くのがこのリードである以上、自分で作るという人があとを絶たないのは当然かもしれない。ただしリードを自分で作るクラリネット奏者は、楽団の他のメンバーから悪口を言われることを覚悟しなければならない。「リードを削ったり切ったりして準備にさんざ手間をかけ、皆を待たせた上、演奏がうまくいかなかった時は必ずリードのせい

リード

にしやがる」リードを作るのに時間をかけている関係上、これはついすべての原因をリードに収斂させたくなってしまうのであろう。だからリードに心を砕くのはいいがあまり凝りすぎると他のメンバーに迷惑をかけることになると心得ておいた方がよろしい。

リードをとりつけるための、マウスピースの平らな面になった部分をレイというが、ここもゆるやかに弧を描いていて、この弧の具合とリードとは微妙に影響しあっているので、だからマウスピースによってもリードの厚さ薄さは決定される。原則的には、マウスピースとリードの間が開き過ぎているようであれば薄いリードを、間の開きの少いものには厚いリードを、ということであるが、これも演奏者の唇の部厚さなどによって違ってくるので自分の口に合った良いリードを求めるのは非常に難かしい。

リードはバラでも売っているがたいていは何枚かがひと箱に入っている。市販のリードの厚さには2½、3、3½など、いろいろあるが、この三種類をひと箱ずつ買い、一枚いち枚吹いて試してみて、その中から良いものを選ぶ以外に方法はない。リードが薄くて、マウスピースとの間隔が狭かった場合には、高音が出にくくなる。これはリードがレイにぴったりくっついてしまうからである。その上音が小さい。音色は明るいがややファンキイになってしまい、時には下品にもなる。もちろん訓練によってはすばらしい演奏ができたりもする。たとえばベニー・グッドマンもやや狭い、つまり弧のゆるいマウスピースを使っている。

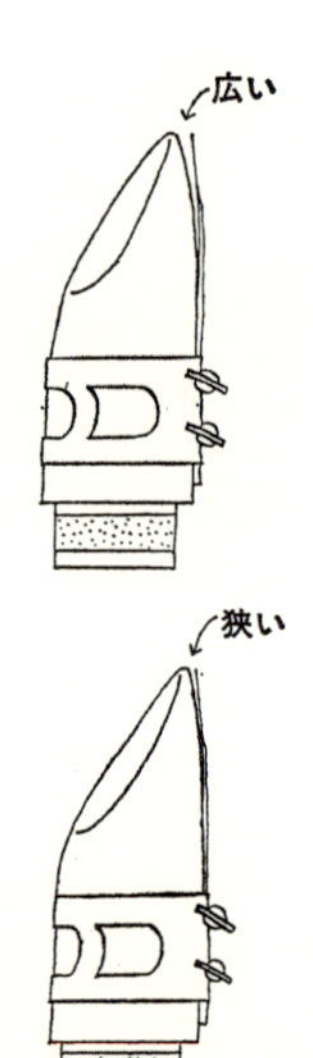

「ベニー・グッドマンといえばね」と、セーイチ先生が言った。「いやな奴だそうです。ライオネル・ハンプトンも、もう一緒にはやらんと言っています。自分より拍手の多い者にはソロをとらせない」

「あっ。そういえばこの前の来日でも、テディ・ウイルソンにはソロをとらせませんでしたね」

「大金持ちで、銀行に貸すぐらい金がある。マフィアともつきあいがあります。優秀な若いクラリネット奏者があらわれ、人気が奪われそうだと思うと、マフィアに殺させる。知られているだけでも、もう三人殺されています。あっ。このことは書いてはいけませんよ。書いてはいけない。警告する。書いてはいけない。書くとぼくは消される。あなたも消される。読んだ人たちもすべて消される」

テディ・ウイルソン

リードとの間の狭いマウスピースを使っているクラリネット奏者には、他にピーナッツ・ハッコーがいる。そしてこのピーナッツ・ハッコーこそはわがクラリネット体験その四なのである。「小さな花」をはじめて聞いたのは乃村工藝社。デザイン室の連中は仕事中もラジオをつけっぱなしだった。旋律による戦慄。しかもあのクラリネットの音色による初体験の時の興奮が蘇えった。ヴェルヴェットが脊髄(せきずい)に触れていた。「なんだこれは何だ何て曲だ誰が吹いている」デザイン室の連中はもう何度も聞いているらしくすらすらと教えてくれた。仕事に追われていたためベスト・ヒット曲になっていることも知らなかったのである。テレビ番組「ヒット・パレード」でザ・

ピーナッツが歌い、一位を十何週か続けることになるのはもう少しあとのこと。おれの好みとベスト・ヒット曲が一致したのはこの時以来皆無だ。おっと。「コーヒー・ルンバ」があったかな。

リードとの間が大きく開いているマウスピースはでかい音がして高音も出しやすい。そのかわり常に唇を引き締めて、ここに強い力を加えなければならず、初心者はすぐ疲れてしまう。こういうマウスピースに対して3½などというリードを使ったら大変。唇の両側の筋肉が引き攣っておかしくなってしまう。

では、リードをマウスピースにとりつけよう。リードをレイにぴったりとあわせる。肝心なのは先端である。リードの先がマウスピースの先端からとび出してはいけない。また、引っ込みすぎてもいけない。たいていの教則本には一ミリ弱引っ込めろと書いてあるが、セーイチ先生は「リードの先に黒いマウスピースの先端が糸か針のような細さで見えているのが理想的」だと言っている。

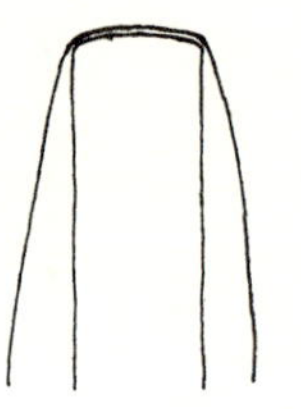

首尾よくリードの位置が決定したら、これがもはや動いてずれたりしないよう、根もとを左手の親指でがっちりと押さえる。そして右手で締め金を、マウスピースの先端に当てたりしないよう注意しながらかぶせる。この締め金のことをリガチャーという。

普通のリガチャーはねじがリードの側についているが、やや凝ったリガチャーで装飾模様などが刻まれねじが表側についているニッケル・シルバーのリガチャーもある。最初おれはそうしたリガチャーの存在を知らず、テレビでベニー・グッドマンの持っているクラリネットを見、あれっ、リガチャーを逆につけているのかな、などと思っていたものだ。ある日、新刊「虚人たち」サイン会というのを神田三省堂でやった時、白髪の目立つ上品そうな中年紳士がやってきておれのサインを求めたのち「クラリネットはだいぶ上達しましたか」と訊ねてぼくに高価そうなリガチャーをくれた。これが前記、表ねじのリガチャーだった。「あっ。ベニー・グッドマンがやっていたのはこれだったのか」「北村英治のと同じリガチャーです」

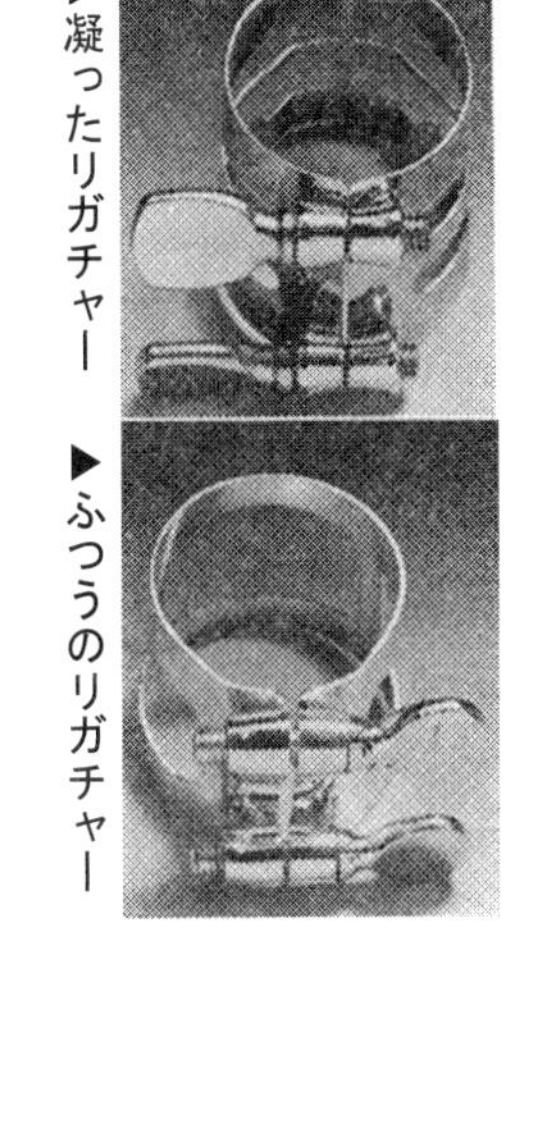
▶凝ったリガチャー
▶ふつうのリガチャー

有難く頂戴したのだが、うっかりお名前を聞くのを忘れてしまった。まさか北村英治自身ではなかったのだろうな。

マウスピースにはリガチャーをはめこむ目印の細い線が描かれている。リガチャーは必ずこの線まではめこむ。そしてふたつのねじを締める。このねじによってリードを締めつける力は、ゆる過ぎてはいけず強過ぎてもいけない。さらにまた、ふたつのねじによってリードを締めつける力は均等でなければならない。

北村英治

組み立ては終った。ケースにはマウスピースにかぶせるためのキャップが入っている。組み立てたクラリネットを演奏していない時はこのキャップを、たとえそれが数分間の小休止であっても必ずかぶせておかねばならない。マウスピースとリードをいためないためである。キャップをかぶせずその辺に置いておくと何が起きるかわからず、たいていはそういう時に限って何やらよからぬいまわしく恐ろしいことが必ず起きるものである。したがってこれは、むしろ「癖」にしてしまわねばならぬ種類の行為なのだ。

さあ。いよいよクラリネットを吹く。吹くのだ吹くのだ。あのヴェルヴェットの音色が出るかどうか。まずマウスピースのくわえ方からはじめなければならない。

口を少し開く。笑う時のように唇の両端を両側へ引く。あまり強く引き、アルカイック・スマイルの如く、口が耳もとまで裂けているかのような笑いをしてはならない。下の唇が自然と下の歯上にのる程度に引く。下の唇はほどよく下の歯の上に巻くべきであり、慎むべきは唇の赤い部分がまったく見えなくなるような巻きかた、つまり口腔内に巻きこむほど巻いてしまってはいけないの

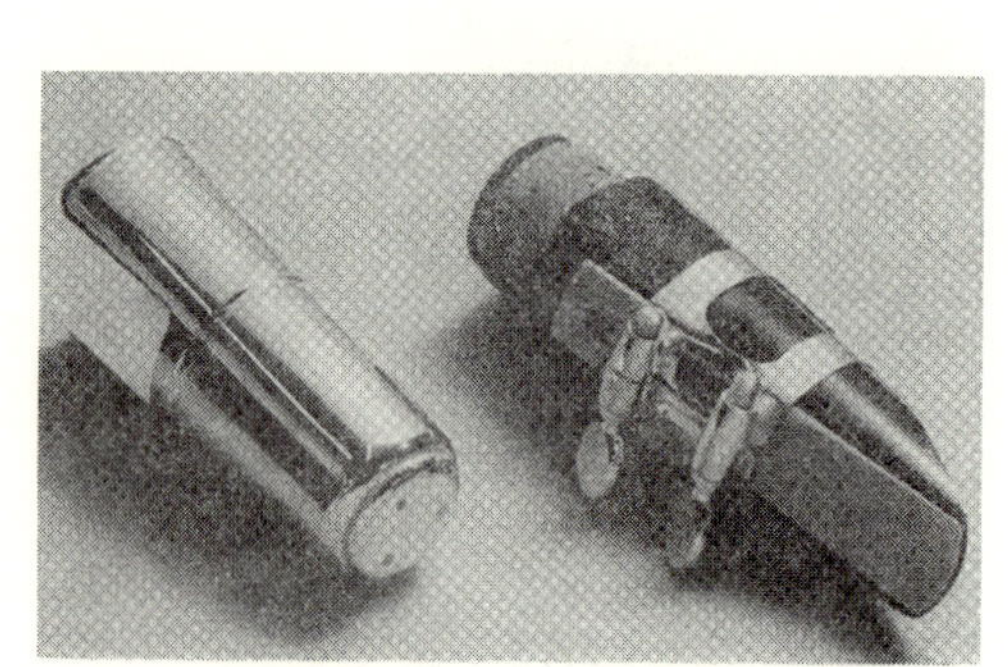

マウスピースとキャップ
（以上、カメラ・中村誠）

である。その下唇にリードをのせる。その位置は、リードがマウスピースのレイから離れはじめている部分から先端までのちょうど中ほどであるが、これも唇の部厚さ、リードの厚さなどで多少の変動は如何ともしがたい。

　次に、上の歯でマウスピースの上部をがっちりとくわえこむ。この、前歯があたる部分は、常に固定されていることが理想的である。だからといってマウスピースに歯を食いこませるための溝を掘ったりしてはいけない。ぼくのギターの先生だったマサユキ・イセという人は、クラリネットを習いはじめた時マウスピースに前歯固定用の溝を刻みこみ、さらにまた、クラリネットを天井からぶら下げて練習したという。こういうことは気ちがいみたいな人であるからこそ許されるのであって、一般常識人がここまでやるのはやり過ぎである。まず何よりもマウスピースが早く駄目になってしまう。いつも同じ部分に歯があたることによって自然に溝ができてしまう場合、これはまあ、しかたがない。

　こうしてマウスピースをくわえ、空気洩れを防ぐために上唇でぴったりとふさいだ時、口の形として理想的なものははたしてどのような形か。セーイチ先生は言う。「花柳小菊がうす笑いを浮かべているような口」

花柳小菊

ぼくの想像ではおそらく次の絵の如き口ではな

いかと思うのであるが、さて、それでは花柳小菊とはそもそも何者か。彼女のことについて少し研究してみることにしよう。

（未完）

PART Ⅳ

単行本＆文庫未収録エッセイ

ヤング・ソシオロジー（抄）

3　アングラ

社会第三講、今回はアングラをとりあげる。

アングラとは、アンダーグラウンドを略した日本語である。まったく乱れている。そしてアンダーグラウンドというのは、もともと、アメリカのアンダーグラウンド・シネマのことなのだが、東京ではこれが小劇場のことになってしまっているのである。

アンダーグラウンド——。

といっても、アメリカの実験映画のそれのように、ビルの地下などで秘密に、少人数だけに見せているといったものではない。大っぴらである。しかも、よく儲(もう)かっていて、劇団員に給料まで出しているところもあるというではないか、おれはびっくりした。それでは、すでにアングラではない。

とにかく話だけではわからないから、アングラ・シアターへ出かけてみることにした。

劇場は新宿周辺にかたまっている。アートシアターの地下にある蠍(さそり)座。新宿モダンアート。新宿ピットイン。ほかには池袋アートシアター。花園神社のテント小屋。千日谷会堂、などなどである。

新宿ピットインに出かけた。

ここは以前、モダン・ジャズの生演奏だけをやっていて、おれもよくナベサダを聞きにきたりしたものだが、いまでは一週間のうち三日がダンモ、四日がアングラ・シアターになっている。行った日は水曜日で、この日は企画集団'66というのが〈門もしくは秘密探偵X氏の冒険〉という題名の演(だ)しものをやっていた。開演は七時だが、着いたのが六時だったので楽屋へ行き座長の常田富(ときた)士男と話した。

「座員は何人ですか」

「いまは八人ですかな。多いときは二十人」

「新劇運動をやっているのだという意識はありますか」

「運動しているという意識はありません」

なくて当然だろう。昔の新劇運動のころとは時代がちがうのだ。昔やっていた連中は、いまや半ば商業演劇化した大劇団をつくっている。

収容人員五十人ほどの劇場へおりて行き、準備中の若い座員と話しあった。

「みんな、昼間だとか、公演のない日は、どうしているの」

「サンドイッチマンをやったりしています。学生もいますし、女の子は家の手伝いをしたりしています」

「大劇場の商業演劇に対する反撥はありますか」

「ありませんね。むしろああなりたい。金をとり、大勢の観客に見てもらいたいね」

まことにはっきりしている。おれが大阪で素人(しろうと)劇団にいたころは、裏返しの劣等感から、逆にアマチュアリズムを主張して宣伝したりテレビに出たりするのを互いにいましめあったりしたものだが、それとこれと、どちらがからりとしているだろうか。

芝居が始まった。舞台と客席は同一平面上にあり、演技は鼻先で行なわれる。しかも、かぶりつきで見たため、膠(にかわ)の匂いが鼻をつき、しまいには頭が痛くなってきた。香水をまくとかなんとか、一考あるべきだろう。客席は九分の入りだった。

ただ、芝居は堂堂たるものだった。観客への媚(こ)びはなく、むしろ突きはなしている。演技にも、素人っぽさはなかった。最近はどの小劇団の公演の演技にも、素人っぽさは見られない。おれはこれをいい傾向だと思う。

観客はアングラ仲間、切符を売りつけられたためにきた人、通りすがりの好奇心で入ってきた人、さまざまである。好奇心でという人が比較的多いのも、おれがやっていたころとは、ちがってきている点のひとつだ。

劇場や劇団を見わたしてみよう。

まず蠍座。ここへは以前、岡田真澄といっしょに、加賀まりこの『夏』を見にきたことがある。その時は、円型の舞台をとりまいて客席の椅子が舞台すれすれまで並べられていて、開演前になると劇団員が最前列の観客の前へ行き、演技者がお足もとへ参りますと耳うちして歩いていた。前もって注意しておかないと、びっくりする人がいるのだろう。

アングラ劇場は、他の劇場に比べて観客の参加を要求する。しかし加賀まりこが出演するというので、ふつうの商業演劇と変わりはないと思ってやってくる観客が多い。だから演技者がすぐ傍まできて、自分にまでスポット・ライトが当たると、自意識でこちんこちんになってしまい、自分が見られているというので凝固(ぎょうこ)してしまい、演技を見ないであらぬ方向を見つめたりする。参加する余裕など、とてもない。岡田真澄というのは逆に、何にでも参加したがる男だから、彼らの心理を理解できずに首をひねっていた。

蠍座は、商業演劇とアングラ演劇のボーダーライン上の劇場だといえるだろう。いま、ここでは本当の意味のアングラ――つまりアングラ映画を上映している。〈大林宣彦回顧展〉と銘打ち、作品は〈いつか見たドラキュラ〉〈遙かなるあこがれのギロチン恋の旅〉。その他。六月中旬までやる予定。

千日谷会堂は、劇団発見の会の常打ち小屋である。この劇団の演出家の瓜生(うりゅう)氏からは、一年半ほど前から脚本を書け書けとせっつかれていて、いまだに書いていないから頭が痛い。ここのレパートリーは〈ゴキブリの作り方〉だとか〈一宿一飯〉とか、突飛なものが多い。前述の企画集団'66とは逆の、むしろ軽薄さが売りものだが、この軽薄さがおれは大好きだ。惚れた弱みでこの劇団の評価は、おれにはむずかしい。十一月には京都、大阪、名古屋、横浜などを巡業するそうだ。

新宿モダンアート。ここでは劇団黒の会というのが公演している。劇団員はほとんどがプロで、アングラヌードをやる。定員四十名の劇場だが、観客は倍以上やってくる。

寺山修司兄哥のやっている天井桟敷――これはピットイン、日仏会館、新宿アートシアター、厚生年金会館小ホールなど、どこにでも出没する劇団だが、いまはピットインで毎木曜日〈さらば映画よ〉をやっている。この劇団もファンが多い。

自由劇場というのは、しあわせな劇団で、六本木に自分たちの劇場をもっている。

人間座――この劇団は、ピットインでもやるが、俳優座劇場を借りて、公演をやったりもする。

状況劇場。この劇団はいつも花園神社のテント小屋で公演し、収容人員百四十人の小屋はいつも満員、つねに五十人は追い返されるというから、大へんな鼻息だ。おまけに劇団員に、週二千円から三千円の給料をはらっている。今は唐十郎の〈由比正雪〉をやっている。

こうして見わたすと、いずれも大入り満員の盛況ですごい人気である。いままでアングラ、アングラと書いてきたが、これでは、ちっともアングラではない。最初のおれの予想は的中したのだ。どの劇団も正正堂堂と公演し、マスコミは彼らを派手に宣伝している。

もちろん、経済的に自立していないのがほとんどだろうが、そんなことは昔の新劇運動時代以来の伝統であって、むしろ給料を支払っているなどというのは異端である。アングラが採算がとれるようになってはアングラじゃない。商業劇団だ。

アッパーグラウンドだ（こう書くとまた真似られるよ。この講座の1で書いたチンケデリックというのを、もうよその雑誌で真似てやがんの。やんなるね）。

劇団員、観客をふくめて、東京のアングラ人口はどれくらいか。

まず劇団員から。

天井桟敷	四十五名
自由劇場	二十七名
人間座	三十名
黒の会	十五名
発見の会（含研究生）	二十名
状況劇場	二十五名
企画集団'66	八名
その他小劇団	約八十名
計	約二百五十名

つぎに観客だが、これがむずかしい。各劇場の収容人数から出すより仕方がない。

俳優座劇場	四百名
厚生年金小ホール	七百名
日仏会館	四百名
新宿アートシアター	百名
花園神社テント小屋	百四十名
自由劇場	七十名
新宿ピットイン	五十五名
蠍座	六十名
新宿モダンアート	八十名
千日谷会堂	三十名

ダブって見に行く観客もあるだろうが、おれのように、たまにしかいかない愛好者もふくめるとして、計約二千三百名。平均十回公演するとして、二万三千人。劇団員を足せば二万三千二百五十人。これが、東京のアングラ人口ということになりそうだ。

今回は、データが悪く、コンピューターにはお気の毒でありました。

4　ヨット

ヨットは、十六世紀ごろオランダで作られたのが、最初だそうである。

これは遊びの道具ではなく、王様などの急ぎの用に使われた。そのうちイギリスの貴族たちがこれに目をつけた。彼らはあらゆる遊びをやり尽くして退屈していた。

「これはスリルがあって、おもしろいぞ。これで遊ぼう」

ごぞんじのようにイギリスは、日本と同じく周囲を海にかこまれた海洋王国である。ヨット・レースがこの国で発達したのも不思議はない。金持ちのイギリスの貴族たちはヨット・クラブをつくってそれに参加し、排他的な組織の中でエリート意識を楽しみはじめた。

つい先ごろまで、ヨット・クラブに加入を許されることは、上流社会の人間として認められたということだったのである。これはどこの国でもそうだった。ヨットはやがてアメリカにも広がったが、ここでも富裕階級がながい間独占していた。

ヨットを楽しむ人間をエリートとして見る意識は、今だって残っている。事実、ほんの十二年前に石原慎太郎が芥川賞受賞作『太陽の季節』にヨットを登場させた時、ほとんどの若者がその豪勢な遊びかたにあこがれと羨望と、そして嫉妬を感じたはずだし、今も森繁久彌の金のかかるヨット遊びを、とても自分たちには真似ができないと、あきらめながらも、うらやましがっている人間は多い。

ここでちょっと、有名人が、どのくらいの大きさのヨットを持っているか見てみよう。

坂本九　　六・三二メートル

Ｅ・Ｈ・エリック　七メートル
いずみたく　八・七メートル
石原慎太郎　十メートル
三橋美智也　十三メートル
そして森繁久彌のは二十一・五メートル。このヨットは二十人乗れる。値段は約五千万円と噂され、維持費が一日十五万円もかかるそうである（千五百円の百倍だよ）。

各大学にはヨット・クラブがあるが、伝統のあるクラブほどエリート意識が強く、新入生へのしごきかたもはげしい。それをいやがって、ヨットをやりたい学生は自分たちで勝手に同好会をつくったりしている。有名校にはこういった同好会がたいてい三、四組はある。一種の反逆であろう。だからクラブと同好会は仲が悪い。他方は一方を差別し、一方は他方に対して鼻をつまむのだ。

ヨットを〝貴族の遊び〟の高みから〝大衆の遊び〟へひきずりおろそうとする試みは、大学以外でも活溌である。この傾向はここ二、三年のうちで特に強くなった。海外でも、特にアメリカでその動きがはげしい。

日本では、唐牛（かろうじ）健太郎氏の『レッツゴーセーリングクラブ』がこういった試みを、意欲的にやっている点で有名である。最近は堀江謙一氏と別れたという噂だが、とにかくでかけてみることにした。

新橋にあるオンボロ雑居ビルの三階、それも一坪余りのせまい事務所が、クラブの本部である。唐牛氏、それに五島徳雄氏に会い、いろいろ話を聞いた。

ここの会員は三十一名で、ほとんどが社会人だが、クラブの活動として講習会をやっている。この費用がまたべらぼうに安く、大衆向きなのである。鎌倉の海岸でやるのだが、二泊三日七食つきで七千五百円なのだ。だから一回の講習に六十人ほども集まる。夏の間に、この講習会を十回やる。

「どういう人が集まりますか」

「いろんな人がきますよ。最高は中小企業の社長さんで五十七歳のひと。下は中学生までやってきます」

「ヨットも大衆化しましたね」

「そのかわり、風当たりもきついですよ。よそのクラブじゃ、うちのことをひどく言ってるそうです。海の上で喧嘩することもありますよ。もちろん口喧嘩ですがね」

「相手は大学生ですか」

「そうです。こっちのヨットがおんぼろだから、軽蔑するんですな。〝そこのけ〟と怒鳴るんです。〝だまれ。みんなの海じゃないか〟と怒鳴り返します」

「ははあ。怒鳴り合いですか」

「一度あまり腹が立つので追いかけたことがあります。しかしヨットはあっちのほうが上等で腕もいい。たちまち逃げられてしまいました」くやしそうだ。

このクラブの持っているヨットはY15型といって、十五フィートの四、五人乗り。それが十隻である。会員がこれを借りるのは、ただである。会費は月五百円で、これまたひどく安い。

「来年は太平洋横断レースをやりますよ」

おれはびっくりした。「そんなことが可能ですか。死ぬ人はでませんか」

「ヨットマンは自分で自分に責任を持ちます。レースは自分との戦いです」

唐牛氏も出るそうだ。諸君のなかでも、われと思わん人は出場したまえ。ただし、こういうレースに出る場合は、生命保険を掛けようとしても日本の保険会社からはことわられるよ。

唐牛氏のところを出て、つぎは日本ヨット協会に出かけた。ここの副会長の小沢吉太郎氏と会う。この人は四十五年間もヨットを乗りまわしている人で、最近の若いヨットマンの研究心のなさ、謙虚でないことなどをしきりに嘆いていた。

「日本のヨットマンといわれる人たちがヨットに乗るのは、平均月二回ぐらい。あれじゃ駄目ですよ」

おれはさっそく、今聞いてきたばかりの、太平洋横断レースのことを小沢氏に話してみた。だが小沢氏は、ふんと鼻で笑った。

「そんなものつまりません。太平洋なんか、なんです。目をつぶっていたって向こうへつきます」

「まさか」

「ほんとうです。それよりも、地球縦断レースをやればよろしい」

「なんですか。その地球縦断というのは」

「北極と南極を通って、地球をタテに一周するのです」

こんどこそ、ほんとに肝をつぶした。おれには正気の沙汰とは思えないのだが、小沢氏によると、三年ぐらい時間をかければ実現可能だというのである。上には上があるものだ。

協会は国体参加のため九地区に分かれている。北海道、東北、関東、中部、近畿北陸、関西、中国、四国、九州である。また職業および性別で連盟がつくられている。大学生ばかりの学生連盟には百校ほどが加入していて一校平均五十人くらい。これと別に高校生体育連盟もある。実業団連盟には三百社ほどが加入していて、一社平均十人。女子連盟には五百人の女性が加盟している。

日本のヨット人口はミーハー族も含め、どれくらいだろう。

小沢氏の話では、去年からことしにかけて、激増したそうである。その理由は何だろう。
① レジャーが多くなった。
② 鹿島郁夫氏の『コラーサ二世号』に刺激された。
③ 去年、安いヨットが売り出された。
このへんが、おもなところだろう。③の安い

ヨットは一隻四万円で発売され、またたくまに三千隻を売りつくしたというが小沢氏にいわせると、こんなものはヨットのうちには入らないそうで、やはり二十万円以上のものでないと駄目だそうだ。唐牛氏さえ、十万円以上でないとヨットじゃないといっていた。

四万円ヨットを買った人たちも、ヨットマンに成長すると考えてみよう。現在、日本には、大型小型ぜんぶひっくるめて約一万隻のヨットがあるということになる。もちろん、小学生や幼稚園向きの八フィートのヨットを含めると、倍以上になるだろう。これはおもちゃに近いものだから除くことにしよう。

一万隻のヨットを保管することは、日本に三十カ所しかないヨット・ハーバーでは無理だそうだ。新しいヨット・ハーバーが小網代（こあじろ）にできたが、入会金二十万円、保管料が年十万円。それでもいっぱいだそうである。

一万隻のヨットのうち例の四万円ヨット三千隻は個人で楽しみ、五千隻を五人一隻の割合で使っているとしよう。残りの二千隻はクラブや同好会などの団体で講習用に使われていると見ていいだろう。生徒は毎回変わるわけだから五人の生徒が二十回として百人。ぼろぼろになるまで使えば、人数はもっとふえる。

3,000＋（5,000×5）＝28,000

（5×20）×2,000＝200,000

28,000＋200,000＝228,000

ヨット人口は二十二万八千人という数字がでた。この数字はだいたいにおいて正確である。小沢氏も「国体参加希望者は二万人で、実際のヨット人口はその十倍」という見積もりだった。

5　みなみ

うわぁ。なんやこれ。三、四年見ん間に、えらい変わってしまいよったなあ。あのころはまだ、この環状高速道路も鉄の足しかできてなかった。え、もう道頓堀でっか。そうでっか。おりまひょか。千日前も、大劇がつぶれてしもうてから、えらい感じが変わってしもうた。おれがこの近所の会社に勤めとったころは、毎晩みたいにこのへん遊び歩いたもんやけど。

　あっ、あれ何や。オリオン座の手前。昔、こんなもんなかったで。ごつい洋酒喫茶やなあ。『ベルファン』か。入りまひょか。中もごついなあ。え、三百五十坪やて。それやったら日本一やがな。やっぱり『コンパ』以来洋酒喫茶は大阪が本場ですな。

　ルーレットもあるし、部屋の隅にガラス張りの部屋があって、ディスク・ジョッキーもやるし、女のバーテンもこっち見て笑うてるし、サービスはええけど、玄関前にあった立て看板見たら三十分ごとにバンドや演し物が替わるみたいやったけどバンドは一つだけでっか。それが三十分ごとにディスク・ジョッキーと替わるだけや。なんや、がめついなあ。三十分ごとにショーの題つけたりして、さすが大阪商法、よう考えてはるわ。

　ははあ。女の客が多いなあ。え、若い男が少のうて困る。ほんまかいな。なんでやろ。東京は若い女の子が少のうて、男のほうがごろごろしてるがな。そのかわり男の客は、みんな金の使いっぷりがええ。ああ、そうでっか。してみると大阪の男の子ちゅうのは、金をようけ持ってる時しか遊びにこんということやろか。女の子があまるはずやなあ。さあ、場所変えまひょ。

ここが法善寺。ここが道頓堀。この店へ入りまひょうか。『プライベート』ははあ、落ちついた店やなあ。ソファもデラックスやしバンドは上品なクワルテット。ダンモ式の演奏でスロー・バラードやってるし、きっとこれはクラブですな。え、これがスナックやて。ほんまかいな。ああびっくりした。それにしては安いなあ。ジンフィーズ三百円。ビフカツ五百円。ジョニ黒が九百円。東京のスナックより安いがな。こんなデラックスな店やったら、東京やったら、もっと高うとりよりまっせ。客種も上品やなあ。関学やら甲南のぼんぼん。それに、中年の女性。

　あ、ブルー・ボーイが来よった。なんや。この店、ゲイ・バーの『ナルシス』の近所やがな。悪いなあ。おれカマっ気あらしまへんねん。大阪にはこんなスナックが多いのやろか。え、最近になって急にバタバタとできた。この店も、去年の暮れ開店でっか。そうでっか。新興勢力やなあ。昔はスナックなんてなかった。もっと行って見まひょか。

　ああ。ここに『伴』ちゅうのがある。これもスナックかいな。バーみたいな造作やなあ。高級やなあ。ここも去年の暮れ開店か。お嬢さんが多いなあ。え、あれみんな、ええ家（とこ）のお嬢さんばっかりでっか。この店の客も若い男が少ないなあ。あとはマダム連。ＰＴＡの二次会やら女社長。この店で母親と娘がバッタリ顔合わせることもあるそうな。そやけど、仲よう楽しゅういっしょに遊んで帰るそうな。ええなあ、ほんまにええなあ。

　男は中年以上ばっかり。なんで若い男が少ないんやろ。こんなに安いのに。水割りの角が三百円。ヘネシー・コニャックでも千円や。え、高うとると店がつぶれる。ほんまでっか。大阪のスナックだけで、できてすぐに二百軒もつぶれてる。そらほんまだっか。大阪ちゅうとこはやっぱりきびしいなあ。店の名前だけでだらだらと続けてられる東京は、しあわせやな。

もっとおもろいとこおまへんか。何ディスコティックがある。よっしゃ。そこ行こそこ行こ。『アングラス』とはまたけったいな名前やなあ。え、アングラとアンギラスをくっつけた。むちゃくちゃや。ははあ。ただのアングラでは、東京の真似になる。さよか。だいぶ東京に対する対抗意識がおますな。

もし、ゴーゴー踊ってるお嬢さん。その踊りはどこでおぼえたの。テレビでっか。へへえ、テレビのゴーゴーは古い。さよか。ああ、ここで発生する踊りもあるんやな。すごいなあ。十坪あまりに六、七十人。鉄工所の社長はんまで来て踊ってる。研究心旺盛やなあ。ここで踊ってる若い男の子はみんな従業員でっか。客はええ会社のサラリーマンばっかりや。女の子も会社員や。ほたら、大阪の男の子はみんな、どこで遊んどるんやろ。みんな働いとるのやろか。働いて金貯(た)めて、たまにしか遊ばんのとちがうやろか。ふだんはケチケチして、それで遊ぶ時はパアッと派手に散財するんやろなあ。おれもそうやった。たまに遊ぶのに、ようけ金持ってな具合わるい。金払いが悪いとアホ思われる。東京とえらい違いやなあ。東京は安い金で女の子と遊んで、それがカッコええ思うてるけど、どっちがカッコええやろなあ。

さて次は、どこ行きまひょ。御堂筋越えて『ジュニア・パロット』うわあ。ここはまた徹底したウエスタン調やなあ。古道具がいっぱいや。若い男の子がたくさん来てるけど、バンドマンやとかデザイナーの卵やとか、芸術家志望者ばっかり。マスターも若(わこ)うて二十四歳やそうな。びっくりするなあ、もう。十八坪やけど、ぎゅうぎゅうに詰めて八十人は詰まる。死んでしまうがな。ここは去年の六月に開店したそうや。

なに、もっと新しい店があるて。五月十五日開店『デイトライン』そこ行こ。歌舞伎座の前を通り大阪球場の方へぶらりぶらり。ひやあっ。これがそうけ。でかい店構えやなあ。店の外側の装飾がすでに本格的サイケデリック調やがな。え、ぜんぶデザインを専門家に頼んだ。そらまあ、金がかかったやろなあ。中へ入れてもらお。ぎゃっ。これ何や、すごい音やなあ。こんなごつい音立てたら、客が逃げるんやないか。いや、そんなことないわ。ぎっしりや。客はサラリーマンとかジャーナリストが多いそうな。

モヒカン族の酋長が出てきた。ああびっくりした。モヒカンはナンバ・デザイン・スクールの生徒やそうな。純粋の日本人よと混血の女の子が教えてくれた。ああややこし。壁面はジュラルミンで、天井とテーブルはサイケ調に蛍光塗料で塗りたくって四十五坪。まん中に踊る場所があって、みんなすごいハチキレようで、でんでごでんでご踊りまくって。りっぱやなあ、ここまで徹底したもん、とうとうつくりよったか、さすが大阪やないか。うれしゅうてうれしゅうて、目から涙がチョチョギ出て、中途半端（はんぱ）な東京に比べたら、大阪はとことんやるんやでえと叫んでみとうなって、いっちょやったろと立ち上がりかけたもんの、さいぜんからのアルコールと音楽で頭ガンガン腰フラフラ。耳は聞こえず目は見えず、もうあきまへん。パンチの記者はん、ホテルまで運んどくなはれ。

時代の最先端をゆく遊び場で、思うぞんぶん遊んでいたのは、大阪では中年以上の人がほとんどであった。

これを、どう解釈すべきだろう。金のないやつは遊ぶなというきまりでもあるのだろうか。若いやつらは働け、ということだろうか。とにかく大阪みなみは、〝プレー中年〟の天国であり、若い娘の多いところだった。

どうだね。カッコいいと自称する東京の若者よ。大阪へ出かけていって、無一文で大阪の中年どもと女の子争ってみては。

　さて、大阪みなみのプレー人口はどれくらいか。まず店の数を調べてみよう。これは南署保安係への届け出店数。

キャバレー	二十二軒
待合	八十七軒
料理屋（十坪以上）	百九十軒
小料理屋	五百八十軒
バー（五坪以上）	三百六十軒
スタンド・バー	千六十七軒
ナイトクラブ	二軒
ダンス・レッスン場	八軒
マージャン屋	百三十三軒
パチンコ店	二十五軒
スマートボール	五軒
オリンピックゲーム	四軒
個室飲食店	二十二軒
低照度飲食店	三軒

　ふつうの飲食店は十ルックス以上だが、照度がそれ以下だと風俗営業になるのだ。ここまでが風俗営業だが、そのほかに寿司屋、食堂、一杯飲み屋、屋台、露店商を含めてみなみの飲食店は三千五百軒。うち五百軒が喫茶店である。合計六千軒だ。各業種別平均店内収容人数を出し、これに掛ける。出た数字が十四万千三百十五人。

　えらいものを忘れていた。劇場、映画館である。電話帳で調べたら三十六軒あった。ほんとはもっとあるだろう。一軒に五百人として一万八千人。まだある。ボウリング場、トルコ風呂。ウインドー・ショッピングだけを楽しんでいる人もいるだろう。これで約十八万人か。おまけにハシゴをするやつ。ホテルへしけこむやつ。こんなのはどうやって計算するんだよ。

　夜、最も混雑する時間の〈みなみ〉のプレー人口。コンピューターの答え。資料不足。ケイサンサレマセン。

8　プール

「日本のように周囲を海でかこまれた島国の人間が、どうしてプールなんかで泳ぐのだ。泳ぐなら海へ行け」

　これは、ひと昔前の理屈である。

　おれは海へ行くのが大きらいだ。もちろん、だれもいない冬の海岸は好きだが、真夏のごった返す海水浴場、こんなつまらないものはない。

　だいいち、不潔である。何回か海で泳いだが怪我しなかった時はない。クラゲに刺されたこと二回、ウニの棘が足に刺さったこと一回。これくらいならまだいい。瓶（びん）の破片で足の裏を切ったこと二回、ボートと鉢あわせしたこと一回。

まだある。流木で肩を打ったこと一回。喧嘩（けんか）して殴られたこと一回。そのうえ、泳いでいる途中で、おかしなものを食ってしまうことがある。魚の死骸一回。藁の切れっぱし二、三回、大便一回。

　また、わざわざ海岸までやってきて野球をする気ちがいがいて、やたらバットを振りまわし、あぶないことこのうえなしだ。

　へたをするとそのうえまだガソリンは流れてくるわ、工場から出た化学廃棄水はくるわ、フカがやってきて足を狙（ねら）うわ。うかうかしているうちに原子力潜水艦が浮かんできて、放射能に汚染された水を、あたり一面にぶちまける。

　ややオーバーになったが、これだけの危険をなんら意に介さず、海へ出ていくやつの気が知れない。たしかに東京は海に続いていて、目の前にあるのに泳がなければ損だと思うかもしれない。しかし、東京湾で泳いでいるやつはさすがに数少ない。それなら、東京湾内も東京近郊の海も危険さにおいて、大してかわりはないのだと申しあげておこう。

　もともと海岸に住んでいる人――これは別である。こういった人は免疫体質になっているし第一に健康だ。われわれのような都会っ子には、海は向いていない。

　東京都内には、清潔なプールがたくさんある。消毒用の塩素の匂いさえ我慢すれば、水はつねに入れかえられているし、きわめて安全だ。なかには小便するやつもいるだろうが、まさかプールで大便するやつはいないだろう。

　都内でいちばんでかいのは、なんといっても国立代々木競技場第一体育館の競泳プール。

　丹下健三氏の設計に無理があったとか、地下水の汲みあげすぎで地盤沈下を起こし、床が割れたとか、いろいろなことをいわれたものの、やはり日本一の設備をもつプールであることに、まちがいはない。

　競泳プールの大きさは50×22メートル。すぐそばには、飛び込みプールもある。

　ここで泳がせるのは、五月から八月まで。九月から四月までは、スケート場に早変わりする。一万二千五百人の観客を収容できるこのプールで泳いでいると、オリンピック選手になったような気がして、ちょっといい気分だ。

　ただし、文部省の管理下にあるだけに、風紀にはいたってきびしい。つねに二、三人の監視員が見張っていて、プールをななめに泳いだりすると、たちまち警笛が鳴る。

「潜水は禁じています」と、監視の人はいった。「溺れている人と区別がつかないからです」

「ははあ。溺れる人もいるんですか」

「一日平均五人くらい、溺れます。女の子が溺れているので助けてやると、カッコ悪いもんだから、〝あら、いまわたし、溺れてたんじゃないかしら〟なんていってごまかします」

「なるほど。ここは泳ぎを知らない人がたくさん来るわけですね」

「そうです。よく講習会も開きます」

「ビキニでくる女性は、少ないでしょうね」

「たまにはいますよ。めずらしいもんだから、男たちがさわいで、からだを押しあったりしてます。でも、若い人のビキニはないですね。たいてい二十七、八のお婆ちゃんです」

「そのほかに、どんな反則がありますか」

「悪いやつがいて、監視員をおどかすために溺れるまねをするのがいます。これは反則です。それからアベックで、抱きあって泳ぐのがいて、これは反則ではないけど、嫉（や）けるから警笛を吹きます」

ここの入場料は大人百円、中学生八十円である。プール・サイドは禁煙、女性へのいたずら厳禁と、安いかわりにストイックだ。初心者、スポーツ青年向き。

青いお目目のカワイコちゃんと遊びたければ、東京プリンスホテルのプールがいい。

六月など、外人ばかりだし、そのほとんどがビキニの女性である。去年などは「ビキニで泳ぎにいらっしゃい」という宣伝をしたら、メチャクチャなビキニがワンサカ集合したそうである。

ここは六月から九月十五日までやっていて、プールは15×25メートルの広さ。

ホテルのプールというのは、だいたいにおいて家庭的な感じがするから、多少開放的な格好をしても無防備ではないと思うらしく、ずいぶん思いきったビキニ姿が見られる。

デラックスなのは迎賓館のプール。

これは直径十八メートルの円型プールで、大理石でできている。しかも深さは一メートル二〇センチ程度だから、プールというよりはむしろ水浴び場。だから女性が圧倒的に多い。

エリートのためのプールはホテルオークラ。一年間分五万円を支払った会員だけに使わせ一般は入れない。しかも、ことしはもう満員で、会員にさえなれないよ。

ダイヤモンドホテルも外人が多い。これはホテルの泊まり客で、主としてベトナム帰休兵や帰休士官。ビキニの女の子も多い。

泊まり客は無料だが、一般は土、日曜は千円、平日は八百円とられる。ただし、ここのプールは、ほかのホテルがつねに水を替えているのに比べ、四日に一回しか水を替えないから少しきたないかもしれない。消毒も、ハイクロンを入れるだけ。もちろん、海より清潔であることはたしかだ。

ひとこと注意しておくが、中学校などのプールで、よく一週間も十日も、水を替えていないところがある。あんなところで泳いではいけない。ひどいのになると、アオミドロが浮いていたり、ゴキブリの死骸がただよっていたりする。クラゲが発生するんじゃないかと思えるような、みどり色のプールもある。一度猫の死骸が浮いているのを見た。

幅八メートルのプールが三百五十メートルにわたりドーナツ型になっていて、つねに流れているのは、豊島園のプールである。

プールの底の八本のパイプにより圧力が加わり、水がゆっくりと流れるしかけである。このドーナツ型プールの中に、子供用プール、飛び込みプールもある。ほかのプールは水道と地下水を併用しているが、ここはオール地下水だ。

有名人に会いたければ赤坂プリンスホテルのプールがよろしい。テレビ中継はしょっちゅうやるし、六月は水着モデルの撮影をやる。

いまは『オリバー!』の演技者たちが泊まっていて、彼らにも会える。ただし、八月になると満員だ。プール・サイドにはビキニのお嬢さんが日光浴のためマグロみたいにごろごろ寝そべっていて、足の踏み場もない。しかし、わざと腹をふんづけたりしてきっかけをつかもうとするのはよくない。

入場料がいちばん安いのは、東京都立千駄ヶ谷プール。ここは八十円だ。ただし、深くて危険だから、中学生以下の子供は入れない。そのかわり、一年中やっている。

池袋マンモス・プール。ここは50×20メートルとすごく広いが、深さは一・二メートルしかない。だから、泳げない女性がウヨウヨいる。女性といってもトップレスの子供や、超ボインのグラマーおばさまばかり。家族づれ向き。

夏の真盛りの日曜日の午後、都内のカッパ人口はどれくらいだろう。プールごと混雑がピークに達した時の数を調べてみた。

国立代々木競技場（二千五百人）東京プリンスホテル（千三百人）迎賓館（二百五十人）ホテルオークラ（五百人）ダイヤモンドホテル（八百人）豊島園（これがすごい。六万人だ）赤坂プリンスホテル（二千人）千駄ヶ谷プール（三千人）池袋マンモス・プール（一万三千人）麻布プリンスホテル（千六百人）高輪プリンスホテル（五千人）ホテルニューオータニ（千六百人）これだけで九万一千五百五十人。

このほかにプールがありそうなところは、国立大学一〇、私立大学二七、都立高校六一、私立高校八五、区立中学校二四〇、私立中学校五、官公庁と会社と公園ひっくるめて三〇。（電話番号簿から計算するのに三時間かかった）私立中学校のプールが少ないのは高校のプールと共用と考えられるからだ。合計四五八。

一つのプールで百人泳いでいるとして458×100＝45,800となり、さっきの数字と足せば十三万七千三百五十人。

自宅にプールをもってる人、プールのあるマンションにいる人、小学校や幼稚園のプールで泳いでいる子供も含め都内の日曜日のカッパ人口は約十五万人と考えられる。これ以外に性こりもなく海へ出かけているやつがワンサといるのだ。

11　ウエートレス

いろいろ毛色の変わった喫茶店が、次つぎとできる。ゴーゴー喫茶に寄席喫茶、同伴喫茶にジャズ喫茶、和風、シャンソン、ファッション喫茶、女性半額の店、マンガの店、英語しか話してはいけない店とか、昼寝のできる店まである。

おれはコーヒーが好きだから、一日一回は必ず近所の店へ飲みにいく。おれの気に入りの店は青山通りに面した『レオン』という明るい店。ここにはストレートがぜんぶそろっている（ロブスターだけは、ときどき品切れのことがある）。この店は何杯でもお代わりができるからおれはここで、よく仕事をしたりする。感じのいい店である。

喫茶店の雰囲気のよしあしは、ウエートレスによって決まる場合が多い。今回は、ウエートレスを俎に乗せて料理しよう。

それも喫茶店のウエートレスのみに焦点をあわせてみよう。最近、レストランにはボーイが多くなったし、大衆食堂のお姐ちゃんは、なんとなくウエートレスという感じがしない。自分がまちがっておいて、客に文句をいわれると逆に睨みつけたり舌打ちしたりする。こんなのはウエートレスではないし、ウエートレスと呼びたくはない。

まず手はじめに、銀座五丁目の美人喫茶『プリンス』へ行ってみた。ここの社長は日活の和泉雅子のお父さん。

会ってびっくりした。

「これはおどろいた。お嬢さんそっくりですね」

へんなほめかたもあったものである。

マネジャーは、開店以来三年間勤務の堀江洋子さんである。

「新鮮な子が見つからなくて、困りますわ」

「やはり新人のほうがいいわけですね」

「ええ。渡り鳥みたいなひとは、すぐやめて他のお店へ行っちゃうんです。採用したその日のうちに、頭が痛いといって帰り、それっきりお給料もとりにこないひとがいます」

「このお店の模範生を紹介してください」

マネジャーに呼ばれ、川崎ルミさんがやってきた。二十一歳である。

「ここでは、客がウエートレスを指名して、話をすることができるそうですね」

「奥のカウンター席でお話ができます。そこはカウンター料金ですが、指名料はいりません」

「指名の回数の多い人は、どうなりますか」

「成績があがり、お給料があがります」

この店のウエートレスの場合はホステスとあまり変わりがないようだ。

「それだと、客にデートの申しこみをされることがあるでしょうね」

「ありますけど、またこの次とか、他に用があるとかいって、ごまかします」

「さらにしつこくされたら、どうしますか」

「やはり、ことわります。すると、お前は口先だけの女だ、といってお怒りになります」

「それでもいいのですか」

「しかたがありません。私生活のよしあしや、遅刻や無断欠勤が成績に影響しますから」

なるほど模範生である。

「すると、客を結婚の対象としては考えないわけですね」

「ええ、ぜんぜん考えていません。自分のお店を持とうと思っていますから。でも、すばらしい人があらわれたら、考えが変わるかもしれませんわ」

こういう世なれた考え方はウエートレスというよりむしろホステスのそれであろう。他の喫茶店へ行ってみることにした。

交通会館十四階の『銀座スカイラウンジ』は、町を見おろす窓ぎわの円周部分が一回転四十分でぐるぐるまわっている。見晴らしがいいので、料金も最低四百円と高い。

「ここでは、方向音痴のひとは勤まりません。だって、注文されたお客様が、いま、どの辺をまわっていらっしゃるか、つねに頭の中で計算していなければなりませんから」

時間感覚と円周の知識が必要ですとおっしゃるのは、ここへ勤めて二年半の鈴木節子さん、二十歳。はきはきしたお嬢さんだ。最初はＢＧになろうと思ったが、行動的でない事務の仕事がきらいでウエートレスになった。

「自分でお店持ちたいですか」

「考えたこともありません」

「結婚について」

「まだ考えていません」

もうひとりは、勤めて一カ月の樽井陽子さん、十八歳。モデル志望で、小さなグループに加わっているかたわら、ウエートレスをアルバイトにやっているそうだ。目がぱっちりと色白で——まるでフランス人形。

「結婚について……」

「無関心です。モデルになるのが先決」

おふたりとも若さがいっぱい夢もいっぱい、というところ。

次にお茶の水へ行き、二軒ほどまわったが、ちょうどこむ時間だったので、取材をことわられてしまった。

新宿へ行ってみた。角筈（つのはず）一丁目の『ＢＯＮ』は、昭和二十一年にできた店で、この近所の『蘭』や『風月堂』と同じくらい古い。

「昔のウエートレスのほうが根性がありましたなあ」と、ご主人はいう。「え。マナーですか。それは昔のほうが悪かったでしょう。荒っぽかったのです。そのかわりよく働いた。今のウエートレスは、マナーはよいが、腰かけ気分で勤めています。うちの子は、みんないい子ですがね。なるべく新人を入れるようにしています。あの子はわたしと同じ、九州の宮崎から出てきた子です。これケメ子、ちょっと、こっちへおいで」

　ケメ子というあだ名の矢田敬子さん、十九歳。新人らしく、ぴちぴちしていて、思ったとおりのことをずけずけいう。そばに主人がいようが、おかまいなしである。くるくると目がよく動いて可愛い。

「お客さんからデートの申し込みをされたことはあったの」

「勤めてから半年のうちに、中年の男が三人、若いひと六人」

「応じたこと、あるの」

「あるわ。若くてスポーティで、ざっくばらんな人なら、デートするの」

　ご主人、心配して横から「男には気をつけろよ」

「だいじょうぶよ。おかしなとこへ行ったことなんか、一度もありませんからね」

「いい感じのお客には、差別待遇するの」

「するわ。何度も水を入れにいくの」

「いやなお客のとこへは」

「行かないの」

　おれはびっくりした。「だけど、だれかが注文とりに行かなきゃならないだろ」

「だから、だれかにたのんで、行ってもらうの」

　ご主人は横で笑っている。

「あなた、お給料はいくら」

「二万三千円」

「貯金してるかい」

「してないわ。ぜんぶ使っちゃう」

　ご主人、びっくりして「貯金はしなさいといっただろ。あ、わかった。嘘ついてるな。こっそり貯金してるんだろ」。

「あら。してないわよ」

まるで親子である。聞いてみたら、このご主人の自宅の一部を寮にして、ウエートレス全員に共同生活させているのだそうだ。事情によっては外泊も認め家族的なムードをつくるという。寮にいる女の子は五十人。

「店を持ちたいとか、結婚したいとか思う」と、ケメ子にたずねてみた。

「結婚して店を持ちたいわ」

「すると、お客は、結婚の対象じゃないの」

「デートはするけど、結婚はしないわ」

教訓その一　美人喫茶のウエートレスとはデートできない。

教訓その二　デートの申し込みを紙きれに書いて渡すと、好感を持たれる。

教訓その三　若いウエートレスほどデートに応じてくれるよ。

次に、ウエートレスの収入。

〈初任給〉食事、寮ありで一万五千円から二万五千円。美人喫茶は日給千五百円より。

〈二年めの給料〉同じく一万六千円から二万七千円。美人喫茶は平均日給千八百円。

〈三年めの給料〉同じく一万七千円から三万円。三万円以上というのは、あまりないそうだ。

こうして見ると、ウエートレスが不足だといわれながらも、その賃金の少ないことにおどろく。四年以上勤務しても、店主からは惰性(だせい)で働いていると見られ、いい顔はされないらしい。また、店をかわるとふたたび初任給に舞いもどりだ。

最後に、東京都内の喫茶店に勤めるウエートレスの数——これは、喫茶店の数そのものが毎日のように変わるので、正確にはつかめないそうだ。以下は東京喫茶店新聞調べ。

東京都内の喫茶店の数＝約五千軒
同ウエートレスの平均人数＝六人
ウエートレスの数＝約三万人

女子大生のアルバイト、レストランのウエートレスなども含めると五万人を越すのではないかと考えられる。

12　ゼンガクレン

社会学というのは、著者の社会思想がもっともナマの形であらわれる学問のようだ。しかし、狡いようではあるが、おれは自分の旗印を鮮明にするのはいやだ。おれの仕事はもともと小説であって、小説に含まれている思想なんてものは、読みかたひとつでどうにでも理解してもらえる。つまりおれは、自分の読者を、ひとりでも失いたくないのだ。無主義無自覚無節操といわばいえ。こっちはそれでもかまわない。

さて、全学連に関する本が売れている。講談社、三一書房の『全学連』は売り出した日に品切れ、その他双葉社の『ゼンガクレン』ノーベル書房『自由をわれらに』（どこかで聞いたような題だ）中核派の秋山委員長が書いた自由国民社の『全学連は何を考えるか』。いずれもよく売れている。

そこで今回は全学連をとりあげることにした。まず基礎的常識を簡単に書いておこう。

人数のいちばん多いのが民青、ついで、三派系といわれる中核派、社青同解放派、社学同。社学同はさらに統一派、ＭＬ派にわかれる。このほかに革マル派、構改派などがある。また、第四インターといわれる社青同国際主義派は少数派で、三派系に含まれる。

枚数がないので、さっそくインタビューにとりかかろう。

東京工大在学中のＯ君（22歳）中核派。大学のなかでは指導的地位についているが、比較的自由な立場にいるらしい。この人のお父さんは有名人であり、また彼自身博多で機動隊に身体検査された事件で告訴中でもあるため名前は明かせない。

デモ歴は数知れず、逮捕歴三回、身長一七一、フェザー級。

色白で、育ちのよさはすぐわかる。ことばはおだやかで、ていねいだ。痩せていて、むしろ弱弱しく見えるくせに、今までのあらゆる事件に関係している。笑顔を見ていると、反抗精神などひとかけらもなさそうなのに、いったいどこにそんな闘志を秘めているのか。

「七〇年安保の闘争態勢を、どう確立するつもりなの」

「あちこちの大学でストをくり返す。その段階で、しだいに学生をつかんでいく」

「労働者を、どうやってつかむつもり」

「反戦青年委員会を橋渡しにして、労働組合を引きこむ」

「他派との共闘は、考えているの」

「もちろん考えている。しかしむしろ社会党を、いちばんの共闘の仲間と見ている」

「ははあ。他派から何か言われるだろう」

「野合だといわれる」つまり、アオカンのことだ。「だけど、労働者が最も結集しているのは、社会党だもの」

「一般学生の心理としては、殴られたり逮捕されるのが怖いからデモに参加しないという連中が多いけど、君はそういった恐怖感をどう乗り越えたの。まだ乗り越えていないの」

「まだだなあ。でも、恐怖感によってデモに参加しないという心理もわからないなあ」

「今、どこかに怪我しているかい」

「アザがある。靴で蹴られたアザだ。これとれないよ」

「機動隊に追われている夢は見るか」

「見る見る。でも、うなされるほどじゃないね」

「選挙は認めるか」

「認めるけど、議会で何もかも決めようというのはナンセンスだな」

「資金は自前かい」

「エンプラのときに街頭カンパをしたら、有楽町で三時間に一万八千円集まった。自前もあるけど、カンパのほうが多いようだ。佐世保のときなど、百三十人がカンパに立ち、ひとり平均一万円集めてもどってきた。百三十万だ。あのときはびっくりしたなあ」

「進歩的に見られたい教授がいるだろう」

「ああ、いるいる」笑った。「ああいう人も利用する。金を出してくれる」

「ずいぶん儲(もう)かるんだなあ。いいなあ」

　王子ではついにニセの全学連があらわれ、住民から金を詐取(さしゅ)した。悪いやつがいるものである。可哀相なのは住民。泣き面に蜂だ。

「どうして他派とあんなに仲が悪いのかな」

「だって、やり口が汚いんだもん。革マルの奴なんか、六・一五の集会のとき、社会党と組んで秋山委員長に発言させまいとした」

「秋山委員長はテレビに出たり本を書いたり、今やタレントだね。あれじゃタレント議員の悪口は言えないだろうね」

　彼は苦笑した。

　地方国立S大三年のO君（21歳）。小学校の教員になるつもりだから大学名と名前は伏せてくれという。革マル派のシンパ。身長一七五、ウェルター級。

　色浅黒く、体格もよい。さっそく質問をはじめることにした。

「行動規制が行なわれ、個人の勝手な行動は許されないようだが、それをどう思うか」

　と、たちまち難解な単語が続出。できるだけ専門用語を使おうとしているらしいのだが、いかんせん語彙(ごい)が貧弱。いきおい一つの質問に対する答えが、だらだらといつまでも続く。これでは説得力ゼロ。そのうえ、おれのメモまでのぞきこみ、ここはこう書け、ああ書けと干渉がはげしい。

そのまま書けば百数十行を突破するから、おれ式に要約すれば、「問題意識を明確にするため組織のなかで討論し、その中で個人の位置づけが行なわれ、行動そのものは組織がやる。個人は組織の中で自己を追求する」ということになるらしい。

第二の質問。「七〇年安保には、どういう戦略で行くか」

またもや専門用語をさがしはじめた。理論の切れっぱしの洪水。彼自身のことばらしいものはなかなか出てこない。これはなにも、彼を非難しているのではない。おれ自身、学生時代はこうだったのだから。

答えの要約。「七〇年安保は大衆に資本主義の実体をつかませるための闘争である。尖鋭的な角材闘争は認めない。機動隊との力量の差がはっきりしているのに、なおも突っこんでいっても意味がない」中核派への非難がはげしい。「デモなどは無論やるが、それは副次的なもので、集会やストを通じ、組織を大きくしていく」そしてまたそのあとへ、「その中での自己の追求」をつけ加えた。

これでは対話が不可能だ。話題を変えることにした。

「タレント議員について」

「政治の漫画化を、より鮮明にした」

「議会政治は、どうだ」

「認めない。資本主義社会を現象面でいじりまわすだけだ」

「このあいだ、秋山委員長が口をすべらせて〝無知な大衆〟と言った。君も大衆を無知と思うか」

「その言い方はおかしい。無知にさせられた大衆というべきだ」

「無知であるということじゃないか」

「ちがう」

「では、その大衆を無知にしたものは、なんだ」

「資本主義思想だ」

「具体的にはなんだ」

「だから、その資本主義による教育だ」

「言ってやろうか。マスコミだろ」

「そうでもない」

こっちのいうことを、絶対に認めようとしないから面白い。

以前、中核派にいた。逮捕歴はゼロだが、デモに参加して警棒にやられ、頭パックリで血がタラタラ。

「今でも傷痕が残っているよ」彼はおれの方へ頭をつき出した。

「デモは怖いか」

「デモは怖い」

「夢はみるか」

「最初のころ、悪夢をみた。最近は論争の夢をみる。夢のなかで思考している」

「思考というより、語彙をさがしてるんだろう」

「…………」

このあと、中央大の生徒で社学同に加わっているやつに会いに出かけたが、中央大の反帝全学連大会に出席しているとのこと。そこで中大に出かけたが、驚いたことには分裂騒ぎの真っ最中。武装して乱闘をくり広げているため取材陣はシャット・アウト。話を聞いてみると、社学同統一派が中大講堂を占拠して、他のＭＬ派、社青同解放派、国際主義派は中大の学生会館に入り対立していて、投石や放水合戦をまだ続けているという。役員の人選をめぐるトラブルらしい。せっかく中核派をボイコットして作った反帝全学連、結成したとたんに分裂、いやもう、何がどうなっているのか、さっぱりわからないよ。

全学連の存在に対し、人びとはどう考えているか。

右翼某氏「でかい声じゃいえないが、いま世界中で日本がいちばんうまいことやってるんだなあ。自民党が政権をにぎり、他方で全学連があばれている。両陣営のどちらにも顔が立つ。その隙をぬって経済は発展し、世は昭和元禄。いや、めでたいめでたい」
左翼某氏「正直のところ、いまがいちばん均衡のとれている状態だと思いますね」
学生「おれたちの代弁者だ」
大衆A「暴徒です」
大衆B「救いの神です」
結論「全学連は現在の日本における必要不可欠の存在だ」
さて、全学連人口は。
中核派〈指導部八百人・シンパ二千人〉
革マル派〈指導部七百人・シンパ千五百人〉
社学同統一派〈指導部六百人・シンパ二千人〉
社青同解放派〈指導部四百人・シンパ八百人〉
社学同ML派〈指導部百五十人・シンパ三百人〉
社青同国際主義派〈指導部百人・シンパ二百人〉
構造改革派〈指導部五百人・シンパ二千五百人〉
民青〈指導部二千人・シンパ一万二千人〉

合計、指導部五千二百五十人・シンパ二万千三百人。総計二万六千五百五十人。

おれは野次馬（抄）

2　ショー番組は情報の拡散

ＴＢＳ「おんなのテレビ」が、視聴率の低さのため打ち切られることになった。この番組には司会者として小松左京が出演していたし、最初ぼくに、企画陣に加わってくれという話もあったので、成り行きには興味があった。正午からの番組なので、朝寝坊のぼくは番組そのものこそ見なかったけれど、やれ四パーセントだ、いや三パーセントしかないなどという話を小耳にはさむたびに、どうしてそんなに評判が悪いのか不思議だった。予算も多くとっていたらしいし、スタッフ、キャストもぜいたくに使っていたからである。

いよいよ今週で打ち切りという火曜日、犬塚弘が司会をやる日に、たまたま出演してくれという話があり、ぼくは野次馬根性を出して、ふらりと出かけてみた。

番組の後半「ヘルメットの美学」という座談会があり、これに出演した。座談会といっても中コマや司会者のおしゃべりでコマ切れになった時間のひとかけら――五分くらいのものである。

なぜぼくがかり出されたかというと、その前の週にぼくがある週刊誌に書いた「視聴覚時代の学生運動」というのがディレクターの目にとまり、早い話がそのサワリだけをやってくれというのだ。他の出演者三人にしても、同じようなものである。これでは話も嚙みあわず、座談会の面白さも出るわけがない。もっとも、嚙みあわせようとしてか、意見の違う人を出演させてはいた。だが、たとえばぼくと劇作家の福田善之氏との意見がぶつかって、これからという時に時間切れなのである。ぼくの方はかまわないが、学生運動を真面目に考えてこられた福田氏に対して、これでは失礼である。視聴者もとまどうことであろう。大部分は主婦なのだから。

　なにも、結論を出せといっているのではない。ただ、思考停止になっては困るのではないか。大量の情報を流そうとするのはいいが、短時間ではどだい無理だし、情報を拡散することは情報を稀薄にすることでもある。それでは得ることも少なくなる。

　また、主婦にとってはお昼のニュース・ショーは、数少い社会への窓のうちのひとつであって、こういったショーの中から、隣近所との知的なおしゃべりの役に立ちそうなまとまった話題が何ひとつ得られないようでは、見る気も起しにくいだろうと思う。

　この日は座談会の他に、数十人の子供たちに司会者がいろんな質問をして、その返事を騒音メーターにかけ、彼らの考えかたを知ろうとするショーと、若手歌手の歌をやった。短時間の中でのこの三つには何のつながりもない。しかも聞いてみると、毎日似たような構成だったそうである。ハプニング的なものを狙(ねら)っていたのかもしれないが、ハプニングというものは、あれは次に出てくるものが必ず馬鹿ばかしいものであることが見物にわかっているからこそハプニングになるのである。娯楽的なショー番組で評判のいいものは、だいたいそうなっている。ハプニングにもルールがあるのだ。ごった煮がうまいといったところで、何でもかでも鍋に投げこんでうまくなるというものではない。ごった煮にも、ベースになる味付けは必要なのであって、その味を殺すようなものは投げこんではならないのである。

3　権力と組織の誇示「紅白」

何だかだといいながらも、やはり大晦日の夜はほとんどの人が「ＮＨＫ紅白歌合戦」を見たようである。

そんなことをいって、手前だって見ただろうといわれそうだが、ぼくの場合はこの欄を書くために見たわけであって、決して見たくて見たわけでない。

この「紅白」ほどＮＨＫの性格を端的にあらわしている番組はあるまいと思う。つまりそれは「権威主義」「事大主義」「年功序列制」「組織力の誇示」「タテマエ道徳」「総花主義」などの、老人性肛門愛的特徴だ。

まず芸能局長への優勝旗の返還（権威主義）にはじまり、最初の歌手が登場するまでのなんやかやに約十分を費していて（事大主義）いい加減うんざりする。

司会は坂本九のタレント根性と水前寺清子の個性でもって成功したが、この二人の上に宮田輝という総合司会者がいて（年功序列制）なんの役を果たしたのか見終ってからもわからない。

もっとも、番組進行中にソバ屋風景を取材に出かけたりしていたが、これだとか、各地方へ派遣した連中からの報告（組織力の誇示）や、間のびしたコメディ役者のギャグなど、あってもなくてもいいようなもので、選に洩れた歌手が見たとしたら、あんなことをして時間を無駄に使うぐらいなら、おれを出してくれればいいのにと口惜しがるに違いない。

歌も二番までしか歌わせず、どう考えても歌の好きな人の作った番組とは思えない。溜息抜きの「伊勢佐木町ブルース」（タテマエ道徳）はわいわい騒がれたためかうまくごまかしたが、歌などわかりそうにない人たちを審査員にしたのは例年通り（総花主義）。

それならいっそのこと、アフリカ土人やエスキモーも呼べばよいのにと思うのだが、外人がひとりもいなかったところを見るとどうやら国粋主義もありそうだ。

結局「紅白」はどんちゃん騒ぎのお祭りというだけで、歌を聞く番組ではなさそうである。だから今さらのようにこんなことを書くのは、ほんとは野暮なのである。

もちろんＮＨＫには、ＮＨＫ的特質がいい面にのみあらわれた番組もある。

たとえば二十日の夜にやった「日本の美」シリーズの「鳥獣戯画」がそれだ。

これは「鳥獣戯画」全四巻を、巻を追ってカメラで横にパンして行きながら、時には接写したり、編集の技法を駆使したりして解説していくものである。ご存じのように「鳥獣戯画」は水墨画であって、民放がもしこれをやったとしたら、当然黒白フィルムを使っただろう。ところがＮＨＫは、これをカラーで放送した。

どこが違うかというと、巻紙の継ぎ目継ぎ目に押されている「高山寺」の印が朱色だというだけなのである。つまり黒白以外に、色としては朱色しか出てこないわけだ。

しかしこの朱色が、画全体に活気をあたえていることはまちがいないわけで、これは高山寺にある現物を見た人なら誰でも知っていよう。

二枚の蛙の絵をフラッシュ・バックで撮りアニメーション的効果を出すなど、技法的な工夫などあり、ＮＨＫ的ぜいたくさの、みごとな成果といえよう。ＮＨＫはこういう番組ばかりやればよいのである。

5　東大実況中継の制作費は

機動隊導入がやむを得なかったかやむを得たか——それを書くのは政経社会の領分を侵犯することになるからよそう。

安田講堂に共闘の連中が立てこもった二日間、体制的な考えかたの人も、学生に同情する人も、そのどちらでもない人も、等しくテレビの実況中継に眼を奪われた。その時間、他局の番組の視聴率が落ちたであろうことはあきらかである。テレビ・ニュースの「速報性」は、この時「同時性」となり、「詳報性」「現実性」「正確性」のどれをとっても、他番組にまさっていた。視聴者を獲得するためのほとんどの要素を、この中継番組は持っていたのである。

では、この番組の制作費は、いくらかかっているか。タダだと。馬鹿をいってはいけない。これくらい制作費を食った番組は他にない。まず出演料だ。政府が東大の学生に使っている費用はひとりにつき四百万円なのである。四百万円の出演料をとれる大スターは、日本にはかぞえるほどしかいない。これがもしテレビ・ドラマだったとすると、群衆場面に出演するワンサの一人ひとりに四百万円やったことになるのである。彼らはそれだけの値打ちのある熱演をしたか。しなかった。最初のうちこそ「よろこべおっ母あ。おれはカッコよく散るぜ」などと、啖呵を切っていながら、たった二日で降参だ。あれくらいのことなら、一万円もやればよろこんで演じる大部屋俳優が山ほどいるのだ。

装置・小道具・消え物・壊れ物・数十トンの本水使用、屋台くずし、その他の道具代にいくらかかったか。あの惨状を見れば、概算さえ容易でないことがわかるはずだ。焼失した例の法学部のマイクロ・フィルムなど、学界では一説に三百億円ともいわれている。

これらの東大の損害は、いうまでもなく国民の税金の損害なのである。機動隊だって、われわれの税金で出動したのだ。

「思いがけぬハプニングであった」などと、タダで騒動を見られたように思ってよろこんでいてはいけないので、それはまるで高い入場料を払い、夜店の叩き売りを見せてもらって喜んでいるようなものなのだ。あの中継は制作費を考えた時、決して面白い番組ではなかった。あれだけの制作費を使った番組をスタジオでやったら、東大中継なんてメじゃない。世界最大の豪華ショーを十や二十持ってきても追いつかない。せめてもと民放では「血まみれの戦い」「安田砦」（NET）などということばさえ使って、できるだけ面白く、センセーショナルに報道しようとしていた。ぶっきらぼうなNHKにくらべれば、せいいっぱいの努力をしていた。しかし、そんなことくらいでは、この高くついた制作費をとり戻すことはできない。そこで提案。

今後、現在も続いているこの紛争に関して、いろんな人がいろんな発言をするだろう。人間の性格、知識、立場、利害関係などを考えれば、ひとりひとり意見が違うのはあたり前だ。ただ、この事件の場合、そういった意見の統合・コントロールをやる公的な機関はひとつもない。ぼくはこれこそ、テレビ局などのマスコミにやってほしいと思うのである。いや、それこそ情報社会のテレビ局の最も重要な使命ではないだろうか。そして制作費無駄づかいの原因究明を政府にかわってやってほしいのである。せめてそのくらいのことでもしてもらわなきゃ、われわれ国民は浮かばれないよ。

6 「11PM」地方局を見ならえ

「11PM」の「なまけもの同盟結成式」というのを、名古屋テレビでやるから出てくれといってきた。本番は十一時十五分からなのに、七時にスタジオ入りをしてくれと念を押された。たいしていそがしくもなかったから、どうせ今までのようにながいことぼんやり待たされるのだろうと思いながら、ぼくは時間より少しおくれてスタジオ入りした。おどろいたことに、この時にはもう出演者のほとんど全員がそろっていた。そして、すぐにリハーサルが始まった。

日本テレビの「11PM」その他、東京のテレビ局のショー番組へ今までに数回出たが、いずれもこんなことはなかった。早くスタジオへ行けば行っただけ損、つまり、ながいこと待たされるのである。それが続くと、こちらも図図しくなって、本番開始時間ぎりぎりに行くようになる。フジテレビ「3時のあなた」に出た時など、迎えの車が道をまちがえたため本番が始まってからスタジオへ入った。それでも穴があかずにすんだ。もちろんリハーサルなんてものは、いちどもやったことがない。

ところが名古屋テレビでは様子がちがった。リハーサルとカメ・リハを丹念につきあわされた。お喋りも本番と同じようにやった。だいいちスタッフの意気ごみがちがう。熱気がひしひしと伝わってくる。当然、出演者全員にいい番組を作りたいという意欲が出てくる。二度、三度とリハーサルをくり返せば出演者だって次第にうまくなる。

これはあたりまえのことなのだ。なぜこういったことを、東京ではやらないのだろう。ぼくが考えるのに、出演者である文化人連中が変にテレビ馴れしてしまい、馴れあいですませようとするからではないかと思えるのである。みんなそれぞれ多忙だから、できるだけリハーサルをサボろうとし、その結果ショー番組がマンネリ化するのではないだろうか。

もうひとつ、それを助長しているのは、それに便乗するかのようなスタッフの熱意のなさである。たとえば名古屋テレビが「11ＰＭ」をやるのは二カ月に一回ていどだそうだが、東京では週に三、四回だ。スタッフにもツーカーの馴れあいが多くなる。意気ごみの度あいも少なくなろうというものだ。出演者に熱意がなくとも、スタッフだけは番組開始当時の新鮮な熱意を持ち続けるべきであろう。

また、学者、評論家、作家といった文化人連中には、テレビに出演するのはいやしいことである、はずかしいことであるとする意識がある。これはひとつには、たとえば彼らがテレビに出るとすぐ「マスコミで踊り出した」とか「時代と寝ている」などという、古くさい表現による、嫉妬半分のいやしい発言があるからで、そういうことをいわれるのではどうも本気で出演できないと考える傾向が出てくるのだ。しかしこれはあきらかにまちがっている。そんな中途半端な気持で出たのでは視聴者が迷惑する。だいいち、映像マスコミと活字などの他のマスコミと本質的にどちらが下等かなどの議論の無意味さを、自分でよく知っておくべきだ。

「なまけもの……」の出来がどうだったか、ぼくは知らない。しかし問題はあくまで誠意と努力だ。それが伝わりさえすれば出演者だって、現代人に必要なサービス精神や芝居気を持ちあわせていないわけではない。必ずやそれに応じようとするにちがいないのである。

7　ホームドラマ　虚構も欠損

欠損家庭のホームドラマが受けたとなると、どこもかしこも、欠損ばやりである。「あひるの学校」「どじょっこさん」「3人家族」「エプロン父さん」「丸太と包丁」あきれたことには、これらがぜんぶ、母親がいない。「フルーツポンチ3対3」はふたつの家庭に片方ずついなくて「肝っ玉かあさん」は父親がいない。

たまたま、新しい番組「こんにちは！　そよ風さん」（TBS）を見たら、これがまたまた父親だけの家庭である。今回はこの番組の第二回放映分をあげつらうことにしよう。

ことわっておくが、ぼくはこの番組だけにいいがかりをつける気ではない。文句はすべてのホームドラマに対してつけたいのだ。この番組を槍玉にあげたのは、偶然であると思っていただきたい。

さて、この番組、一時間番組である。そして、ドラマ開始後、事件らしいものが起るまでに三十分以上の時間を費すのである。二十五分めに、事件らしいことが起りかけるのだが（酒井和歌子が涙を流す）、これはこの回のテーマとは関係ないことがわかり、やっと小さな事件が、三十五分めに起る。

ではそれまでの三十五分間は何かというと、これは人物の説明、性格描写、対人関係の説明などをやるわけである。

ドラマとは、まず事件が起り、事件の進行中に人物の説明をしなければいけない——こんなことはドラマツルギーのイロハである。ぼくはこの欄を執筆するため、あまりの退屈さに危く気が狂いかけるのを我慢して最後まで見たが、ほんとにこの番組、面白がって見ている人がいるとは、とても信じられない。

　もちろん、酒井和歌子を見ているだけでいいという人もいるだろうが、それならぼくのように、彼女以上に美人の女房が横にいる人間はどうすればよいいか。

　事件――といってもたいしたことはなくて、それはつまり女主人公の恋人が社長と喧嘩し、クビだといわれるところから始まるのだが、ほんとならここからドラマが始まるところであって、このドラマは正味十分間で終わってしまう（あとはナショナルのコマーシャルがあり、それが終わると五十六分からはニュースが始まった）。

　ホームドラマにドラマなく、家庭も欠損なら虚構も欠損。それなら、いっそのこと日常茶飯事を糞リアリズムで描けば面白いと思うのだが、それさえない。

　たとえばの話、これは星新一氏の発見なのだが、「ホームドラマの中の茶の間で、家族がテレビを見ていたためしがない」のである。なるほど、そういわれてみれば、一般家庭の夕食風景は、全員がテレビを見ている図になる。

　テレビでそれをやると、家族の対話がなくなるだろうが、なま半可な対話よりは、いちど実験的にこれをやってみたらどうか。テレビの中のドラマで、ホームドラマのテレビを見ていて、そのテレビの中でもホームドラマをやっていて……無限の鏡地獄のくり返しだ。このあたりから、ホームドラマのマンネリ打開のいいアイデアが出てくるかもしれない。

　乙羽信子のやっている麻雀屋の看板が「倍萬」（「倍満」だろう）になっているなどの小さなまちがいも、退屈だからこそ眼につくのである。

8　ハプニングは創造可能か

フジテレビ「夜のヒットスタジオ」で、中村晃子の前田武彦に寄せる浅墓な心情——これが妙ないきさつからだしぬけに露呈されマスコミに話題を提供、「思いがけぬハプニング」などと騒がれた。事件そのものはたいしたことではなかったが、テレビの即時報道の面白さと迫力を、先の安田講堂中継に引きつづき視聴者に再認識させたといえるだろう。

以前この欄で、ぼくはハプニングにもルールがあると書き、またショー番組などでのドライ・リハーサルやカメ・リハの重要性を説いた。その直後に前記の事件が起った。また、必要に迫られてテレビをよく見るようになった結果、自分の考えが正しいのかどうか、よくわからなくなってきた。なんだ、たよりない奴と思われるだろうが、もともとしっかりした理論的根拠があっての発言ではなかったから、考えが変るのはしかたがない。

だいいちショー番組の根拠になる理論など、まだない。ブーアスティンにはそんなこと書いてない。マクルーハンは偉い人だが、彼のいう「点的思考」をぼくの考えのふらつき、もたつきにあてはめて逃げる気もない。ぼくはこの欄を書き続けながら考えていきたいと思う。もともとテレビという複雑な怪物を、書きながら解剖して行きたいと思って引き受けたこの仕事である。ご迷惑でも、おつきあい願いたい。

テレビの独自性とは、いうまでもなく即時性にある。人物の動きや科白(せりふ)がはっきり決ってしまっていたのでは、テレビ独自の映像を開発することにはならず、映画や芝居と同じになってしまう。中継による報道番組などの迫力は、あきらかにこの即時性の効果だ。では、ショー番組の場合はどうか。これはニュース・ショーか娯楽的なショーかによっても違うだろうが、今、問題にしたいのは娯楽的なワイド・ショーの場合である。ショーの台本ががっちり決っていて、人物の動き・科白が一分一厘の狂いなく計算され尽してあっては、ハプニングは起らない。しかし、だからといってショーの出演者に白紙に近い台本を渡したのでは、その出演者がアド・リブ専門のプロでない限り、見るに耐えない番組になってしまう。

最近のショー番組の退屈さは、ここから来ているのだと思う。つまり番組関係者がハプニングを期待し、作ろうとしすぎるのだ。だが、ハプニングとは空白の多い台本の中から生れるものなのだろうか。否——と、ぼくは思う。そんなに簡単にばかすかハプニングが生れては、ちっともハプニングではない。ハプニングとは、番組制作者にとっても、また出演者自身にとっても「予期せぬ出来事」でなければならないのだ。

そのためには、まず出演者をリラックスさせなければならないだろう。何をやらされるのかとビクビクしている状態からハプニングは生れない。がっちりリハーサルをやり、番組に溶けこんでいる状態の中でこそハプニングは自然に生れるのだ。対面番組はあれは当然泣くべき状態の時に「泣かせる」ので、ハプニングではない。女を殴れば女は泣くか怒るかする。ハプニングではない。テレビ・ショーの中のハプニングとは、昂揚した感情の一瞬の崩壊を視聴者にあたえるものだと思う。制作者や演出家が小手先でハプニングを作れるほどテレビという怪物は甘くないのだ。フジテレビ万歳。中村晃子バンザイ。

9　ナンセンスCMがんばれ

飲んでますかアリナミン。見てますかCM。

そういえば東京新聞の「反響」欄に、おもしろい投書が載っていたよ。

「短びの、キャプりことれば、すぎちょびれ、すぎ書きすらの、ハッパフミフミ」とは何ごとであるか、こんな無意味なCMはやめて、商品の説明をまじめにやれ——だいたいのところ、そういった内容の投書なんだけどね、大橋巨泉のやるせりふを、ぜんぶ憶えて書いてきてるところが面白いじゃないか。

憶えたということは、憶えようと努力して見たからで、それはトリもなおさずこの投稿者が、このCMを面白がって見たということになるんだよ。

だけど、そういってこの投稿者を笑える人が、はたしてどれだけいるかねえ。「ナンセンスCM」「アタマにくるCM」と顔をしかめながらも、何かの拍子に思い出して口をついて出たり、いつまでも頭に残って離れないというCMは、誰にも憶えがあるはずだ。

そういうCMが、その人にとって無意味であるはずはないじゃないか。思い出すということは、その人が心の隅のどこかで、やっぱり面白いと思ったからなんだよ。

ナンセンスに眼醒(めざ)めるということは、自分の意識に眼醒めるということなんだ。

眼醒めてない人が多いねえ。あまりにも多いねえ。ぼく自身がナンセンスを書くから、これはよくわかるんだけどね。

CMが教育的である必要はちっともない。エントツさんが苦しそうだというのは、消化器系の故障を象徴した理科教育的なものなどというのはコジツケ。見ている方は三宅邦子の便秘を想像して喜んでいるのであって、薬の名前などどうでもいいんだ。

山が富士なら酒は白雪でなくてもいい、菊正でも白鶴でもいいので、歌さえよければ日本晴れだよ胃腸にゾン。おみそならハナマルキでもマルコメでもどっちでもいいんだよ。うそだと思ったら「おかあさーん」はどっちだったか思い出してごらんよ。

スポンサーに振りまわされているCMはもう古い。ナンコー・キクノのご縁で顔を出させてもらう程度でいい。オーケストラと混声合唱のライオン・ライオンを聞けば、いかにそれがカッコ悪く大時代的であるかがわかるはず。

CMは今やスポンサーからはなれて独自の表現形式を追求すべき時だ。

このスバらしい芸術ジャンルを開拓できないNHKは、まったくかわいそう。CMがないから面白くない。だから誰も見ない。視聴率はさがる一方、NHKはかわいそう。

冒頭の「短びの……」を作った広告代理店は電通。ここへじゃんじゃん電話がかかってきた。

「あのCMは、どういう意味か」

「憶えたいから、ぜんぶ教えてくれ」

こういう人たちは眼醒めかけているか、あるいは眼醒めた人である。こういう人がますますふえることだろう。ふえてくれ、うれしい、うれしい。ふえてくれさえすればナンセンスCMますますふえて、ロッテ・ミルカ・ジョイ。ロッテ・ミルカ・ミルカ・ミルカ・ミルカ・ミルカ……。

「ねえパパ。この歌終らないのねえ」

「終らないねえ」

10　疑似イベントお涙ショー

またまたショー番組のことを書くことになり、はなはだ気が引けるものの、この欄にしたところが高倉健と浅丘ルリ子のことしか書かない人さえいるくらいであり、しかもテレビの本質をいちばん探りやすいのがショー番組とあれば、まあ仕様ないのんとちゃいまっか、自分にいい聞かせ、三たびあげつらうことにした。

「ハプニングは創造可能か」と題して前前回にとりあげた、中村晃子の前田武彦に寄せる浅墓な心情、これがフジテレビは「夜のヒットスタジオ」で露呈されるや否や、柳の下の二匹目のドジョウを狙う餓えたハゲタカども争って、泣きそうな女の子を引きずりだしてきてはさあ泣けさあ泣け、ご本尊の中村晃子を「11PM」でもういちど泣かせ、泣いた泣いたと大喜び。

「ブルーライト・ヨコハマ」がヒットしたというので、いしだあゆみを無理やり感激させ、泣かせて大喜び、はてはボーイ・フレンドの無残な死に泣く小川知子を、カメラの前でまた泣かせて大喜び。こうなればもうムチャクチャ、涙が受けたとなれば誰でもかれでも泣かさずにはおくまいぞというマス・コミュニケーションは疑似イベントでっちあげの大作戦、二番煎じ三番煎じのいやらしさへの自己嫌悪、自己批判もどこへやら、「いや、あれはハプニングです」などとはいわせませんぞ。あれは疑似イベントです。しかも二流、三流の疑似イベント。前前回書いたように、女を殴れば女は泣くか怒るかする。これはあたり前のことなのだ。

ところが今日、二階にいたぼくのところへ女房がげらげら笑いながらとんできていった。

「あなた、面白いわよ」

何ごとかと茶の間へおりてテレビをのぞけば、またも「夜のヒットスタジオ」にひっぱり出された中村晃子が、自分の泣いたビデオ・テープを前武といっしょに見ている。なんだ、また二番煎じかとげっそりしかけた時、いしだあゆみが出てきて、コンピューターから「あなたの相手は森進一以外にいません」と指摘され、森進一といっしょに歌わされて泣き出した。さらに小川知子も出てきて泣くように仕向けられ、また泣き出した。あとで聞けば、この時、いしだあゆみの泣いた理由は別のところにあったそうなのだが、そうとは知らず、その時いっしょに出ていた森進一までが泣くまねをしはじめ、いやもう、これぞ超ハレンチ特大型のウルトラばか。見ているぼくもばかばかしさのあまり、腹をかかえて涙を流し、ひっくりかえってのたうちまわり、笑いすぎで頭が痛くなってしまった。フジテレビさん、あなたは立派です。ここまで徹底することができるということは、たいしたことなのです。体裁を捨て、こんなに面白い疑似イベントを作ったのです。疑似イベントも、ここまでくれば立派なものなのです。他局のうすら寒い二番、三番煎じとはだいぶ違います。同じばからしさでも、徹底したのと中途半端とは、雲泥の相違があります。しかもその徹底したばからしさを計算して生み出したこの根性には、敬意を示さずにはいられません。泣きそうな女の子を、ひとりだけ出すのと、三人まとめて出演させるということの効果の差は、三倍どころではないのです。そうです。ショーとは、これでいいのです。なま半可な良心があっては、見世物は作れません。フレーフレー、フジ。前武ガンバレ、マエタケがんばれ。

12　男のドラマをやってくれ

たまたま徹夜が続き、毎朝寝る前に「あしたこそ」（ＮＨＫ総合）を見る機会があった。女房がこれをずっと見ていたことも初めて知った。視聴率がすごくいい番組なのであるということもはじめて知り、世の女性たちがこういうものを面白がって見るということも再認識した。

　早朝の番組だから、男性はあまり見ないだろうし、ましてぼくなんか、見る機会はめったにない。したがって、男にとって面白くない番組であっても文句をいう筋あいではない。しかし、やっぱり文句をいう。なぜかというと、最近また、ある出版社がぶっ潰れたため印税が十万円ばかりフイになり腹を立てているからである。だから八つ当りするのである。

　見ていてあまりの面白くなさに、ぼくはあきれかえり、女房に訊ねた。

「このドラマのどこが面白いんだ」

「なんとなく面白いの」

「日常茶飯事の映像化だ」

「だから面白いの」

　日常茶飯事がテレビの中でだらだらと続いている。テレビのこっち側でも日常茶飯事がだらだらと続いている。すると女性は自分の生活空間がなんとなく拡大していくように感じるのかもしれない。しかし時空間体験の異常さというこの楽しさは、ドラマの楽しさではあるまい。パノラマの楽しさだ。ここでは時間が停止してしまっていて「あしたこそ」などという未来はない。デジャ・ヴ現象（まったく見知らぬところ、新しい場所を、以前から知っていると思ったりするような既知体験）を利用して視聴者を精神異常にしようという陰謀である。もし仮に、シネラマで日常茶飯事をだらだらとやったら、気ちがいが出るかもしれない（森村桂さんに悪いからつけ加えておくが、原作はもっとドラマチックだそうである）。最近は夜のドラマにまでこの傾向が出はじめている。映像の女性化だ。

——ここまで書いた時「あしたこそ」は昼の時間にも再放送していることを知った。だとすると、男性サラリーマンも昼休みに食堂で見ているということも考えられる。もし心から面白がって見ている男がいるとすれば、その男に明日はない。

男のドラマが見たいと思うが「三匹の侍」「七人の刑事」は大マンネリ。「仇討ち」もだんだん面白くなくなってきていて「東京バイパス指令」は演出はところどころ光るが、脚本が悪い。こういった活劇に女は不要なのだが、必ず出てくる。女が出てくるとじめじめするため、荒唐無稽なストーリイをなんとなくごまかせるからだろうが、活劇は荒唐無稽であってさしつかえないのだ。いや、荒唐無稽さはもともと男性的であって、女性には無縁のものなのだ。

少し期待を持っているのは「ザ・ガードマン」で、最近だんだんドタバタになってきた。四億円を奪いあったり、死体がごろごろ出てきて応蘭芳が失神したりする。これ以上にドタバタなのは「新・それ行けスマート」で、以前「ハニーにおまかせ」と二本立てだった時以上のドタバタぶりだ。ギャグの速射なのである。ぼくが腹をかかえているそばで女房はつまらなそうな顔をしているが、男性向きの番組は今のところこれぐらいのものだろうか。この番組は関西ではやっていないから、小松左京がくやしがっている。12チャンネルさんよ。この番組やめないでくれ。やめると殺すぞと平井和正がいっているよ。

14　変わりばえしない一〇四本

　先先週だったか、この欄で12チャンネルの「新・それ行けスマート」をほめたら、とたんに今週で終ってしまった。また、以前この欄で「鳥獣戯画」（ＮＨＫ）をほめたとたん、盗作問題が起った。ぼくがこの欄を書きはじめたら、テレビの出演依頼がばったりとこなくなった。これはまあ、あいつを出すと悪口を書くからやめておこうということだろうと思うのだが、それにしても、たまたま「ヤング７２０」に久しぶりでテレビ出演したら、その次の週に、この番組の司会者だった小柳徹が、事故に遭って死んでしまったのはどういうわけだ。これはＣＩＡの陰謀だ。

　そのほかにも、おかしなことがいっぱい起った。圧力みたいなものがかかってきたこともある。それを書くと私怨を晴らすことになるから、ぼくは書かない（もっとも、平気で書く人もいるが）。

　だが、どんなことが起ろうとも、ぼくのテレビ好きは変わらない。また、どんな危険が待ち受けているかわからないのに、あい変わらずテレビ局へ行くのが好きだ。なぜテレビ局へ行くか。それはつまり、語るもはずかしミーハー気質、つまり芸能人が好きだからである。ロビーに腰をおろし、有名人の素顔を見るのが好きだからである。（こんなことを書くと、またワイワイいうアホがいる。ぼくの考えでは、有名人が好きでない人間は現代人ではない。また、有名人が好きでない人間など、現代には存在しない。いるのは、現代人でないふりをしたがる人間だけだ）

　ところで、最近テレビ局のロビーは、四月に始まる新番組の噂でもちきりだ。

春にテレビの新番組が始まるのはあたり前だが、今年はなんと、一〇四本の新番組が始まるのである。ところが番組表を見ると、これがすべて過去に評判のよかった番組の焼きなおしばかり。

あいも変らぬ忠臣蔵（関西・フジ・東海「ああ忠臣蔵」）を始めとして、コマギレ寄席番組の「お笑い招待席」（NHK）、またもや渥美清と中村玉緒の人情コンビで「父ちゃんがゆく」（フジ・関西・東海）、よろめきドラマは、「妻と女の間」（NET・毎日）、その他、完全なリバイバルもある。「俺は用心棒」（NET・毎日）、「スパイ大作戦」（フジ・関西・東海）、長山藍子扮する綾という女が最近おめでただそうで、妊娠何カ月かのでかい腹をして出てくるという「肝っ玉かあさん」（TBS・朝日・CBC）、はいはいするようになったタバサが出てくる「奥さまは魔女」（毎日・NET）。妊娠したり、子供を育てたり、マイホーム番組はもうたくさんだ。

勝新太郎の「悪一代」（朝日・TBS・CBC）も座頭市の焼きなおしだ。もっとも、これは勝新が「テレビでは趣向の違った作品を」とねばったらしいが、スポンサーには勝てなかったという（テレビよ、お前は未だにスポンサーより強くなれないのか！）。

期待できそうなのは、ごひいき沢たまきをはじめ、応蘭芳、桑原幸子など強烈な女優が競演する「プレイガール」だが、これは制作局が、これもごひいき12チャンネルとあって、残念ながら東京だけなのだ。

どうして、新しいアイデア番組ができないのか。その理由は何か。

ぼくは知っているのである。CIAの陰謀なのである。

15 反逆精神か思いあがりか

某書評誌のテレビ時評欄に「テレビ屋さんの思い上り」と題して、おもしろい文章が出ていた。某局ロビーで耳にした、プロデューサー風の男たち三人の会話の一部だそうである。

「Aをもってこいよ」「Aか。Aならいつだってオーケーだ。しっぽふってくるさ」ほんとの話だそうである。

ぼくだって、こんな経験はいやというほどある。ただ、それを書くと私怨を晴らすことになるから書かない（もっとも、平気で書く人もいるが）。だから、右の文章を借用したわけである。

そしてこの文章を書いたコラムニスト氏は、一部のテレビ屋さんの思い上りは、ほんとにすごいと思う——と、感想を述べている。だがぼくの場合は、いやな経験はしたものの、彼らの思いあがりに、それほど腹も立たない。なぜなら、そういった種類の思いあがりは、どんな世界にだってあるものだからである。現にわれわれの世界だって、作家が三人集まれば出版社の悪口になるだろうし、編集者が三人集まれば作家の悪口になるだろう。そしてお互いに、陰で、あいつは思いあがっていると陰口をたたくのである。いやな話だが本当なんだからしかたがないし、こういうことは、どの職業にだってである。ただ、外部の人のいるテレビ局のロビーでいったりはしないだろうが。

最近、ことさらにテレビ屋さんの思いあがりが噂されるのは、むしろ逆に、噂する人自身が「テレビ屋さん」を一段低い職業と見ているからではないかと思えるし、また、テレビ関係者自身が、そういう考え方に対して、ことさらに虚勢をはっている節も見られそうだ。そういったことが反逆精神を育てる土壌になるなら、それもよかろうとぼくは思う。先刻ご承知だろうが、反逆精神を失ったジャーナリストほどつまらないものはないからだ。

通行人。だしぬけにマイクをつきつけられて「あなたは今幸福ですか」に眼を白黒。その困惑の表情。かぶりは振れない。オレハイマ、てれびニデテイルノダ。混乱の生む迫力。内面と演技したい気持との葛藤。それを利用する悪どさ。ケシカラン。大衆を道具にしている。オモイアガリダ。そう。おそらくぼくなら、憤然として立ち去っているだろう。「しかし、その番組は面白かったのだ」

その言いわけは成立しそうだ。いい番組さえ作れるのなら、多少の思いあがりもいいではないか。これは許せる。だが、許せない思いあがりも、ないことはない。

「犬と麻ちゃん」（NET）のロケに東京駅、新幹線を使おうとして、国鉄がこれをことわった。東京鉄道管理局が三月一日から、管内におけるテレビ・映画のロケを締め出したのである。

「犬と麻ちゃん」はしかたなく、小田急でロケをした。今後、テレビや映画では、東京駅構内やひかり号内部は見られなくなった。テレビ関係者の「思いあがり」は、これにどう反応したか。

「お役人というのは、どうして頭が古いんですかねえ（ここまではいい）。タダで宣伝ができる上に、なにがしかのみいりもあるんですからね」（日本テレビ芸能局談・週刊テレビ・ガイドより）

これがいけない。タダで宣伝してやるという意識は、金めあての反逆精神、卑屈な反権力主義、そして権力意識へとつながるものだからである。

17　お前はただの現在なのか

「お前はただの現在にすぎない――テレビになにが可能か」（萩本晴彦・村木良彦・今野勉。今野勉には面識がある）この本は、実にいやな本である。あきれたことに、文体を持たない本なのである。だから作者（複数であっても作者は作者だ）の思考過程というものがない本なのである。テレビに関する論議が百出。本でテレビを見せようとしたらしく、テレビそのままのごった煮であって、ああ、この論旨は少しおかしいなと思うと、その次は案の定、思った通りの反論が出てくる。この主張はもっともだ、しかしこういう別の考え方もあるのではないかと思うと、その通りの考え方をする人の言葉がその次に出てくるといったあ

んばいで、最後までそういったことが続く。非常にずるい。コレハ本デハナイ。てれびダ。てれびノコトヲ本ニスルタメニ、ナゼてれび的技法ヲ使ウノカ。聞くところによれば**テレビ屋さんは活字が信用できない**のだそうである。それならこういうことはテレビでやればよい。あるいは、なかばテレビ化した週刊誌でやればよい。それなら簡単に頭に入った筈のことを、ハードカバーの本でやるものだから、こっちは頭がおかしくなって気が狂いそうである。マクルーハンもこれをやって評判になった。ところが不思議なことに、マクルーハンにしろこの本にしろ、読みようによっては決して面白くない本ではないのである。テレビを見るつもりで読めば面白いのである。アア学校デ教ワッタコトガ、マタヒトツ無駄ニナッテシマッタゾ。

　発狂すると損だから、テレビについて考えるのは**今回でもうおしまい**にする。なぜなら**テレビは**

現在だというではないか。それならばテレビ評などというものもあり得ない。よく考えてみればテレビをやっているのはテレビ屋さんだけではない。**視聴者屋さん**だって制作に加わっているのだ。ニュースだって、視聴者が作っているのだ！

　ニュースは**真実**ではないのだ。それは単に**ニュースという名の視聴者参加番組**なのだ。たとえばぼくが「プレイガール」（東京12チャンネル）が期待はずれだった（戸川の姐（ねえ）さん、ごめんなさい。おたま姐さんごめんなさい）と書いたところで、それは視聴者のひとりであるぼくにまではねかえってくるのだ。もういやだ。半年間連載したこのコラムは、ぼくにとって何だったのか。「アンナモノ書ククライナラ、作品ニチカラヲイレロヨ」（某推理作家の忠告）ほんとに、そうした方がよかったのか？？？　**テレビとは何か**を、ぼくは考えたか。ぼくは、**ぼくにとってテレビとは何か**と考えただけではなかったか。そうだ。どうどうめぐりだった。テレビとはぼくの一部であることぐらい、最初からわかっていたのだから。そしてそれ以上によくわかっていたこと――ぼくも実は、テレビの一部でありました。

　お前は現在か。そうだ。ぼくも**現在**だ。しかし、テレビにしろぼくにしろ、**ただの現在**ではない。**現在完了**ならば**ただの**をつけてもよいが、**現在**には**ただの**をつける必要はない。トロツキーのいった**現在**とは、意味がちがうからだ。

　現在はむさぼり、咀嚼（そしゃく）し、嚥下（えんげ）し、消化し、排泄し続けている。テレビは完成することがない。完成されたテレビはテレビではない。だから現在なのである。だから批評する必要もなく、本にする必要もない（なんだ。これもあたりまえのことだった）。

集積回路(抄)

5　早寝早起きは保守的因習

前回と同じテーマだが、どうにも腹が立つのでもう一回書く。

都条例によって、午前零時以後は、どこの店でも酒を飲めないことになるという。まったくひどいもので、いったいこのピューリタニズムはどこまで進むのか。午前零時以後に酒を飲む必要はない、早く寝ろとでもいうのだろうか。

早寝早起きが健康的であること、これには多少異論があるが、まあ正しいとしておこう。では、早寝早起き的に健康な肉体には、健全な精神が宿るであろうか。はっきりと、否である。早寝早起き的に健康な、牛馬の如き肉体に宿るものは、改革の余地のない保守的常識で塗固(ぬりかた)められた頑迷固陋(ころう)な精神であって、ここから進歩的思想、新しい発明発見、因習を破る文化があらわれる可能性は絶対にゼロである。

酒は自宅で飲めというのか。

平岡正明氏がこの欄で「都市の農村化」ということばを使っていたが、その通りだと思う。逆に、いくら農村が都市化したところで、本来の都会人が農村へ逃げ出すということは、まず、ないだろう。いくら都市が農村化したところで、本来の都会人は、やはり都市にとどまるのである。そういった都会人が、午前零時以後に自宅でひとり酒を飲むということはあり得ない。では、どういうことになるか。

前回で、綺麗な家には屑籠が多いと書いた。では、屑籠のまったくない家はどうなるか。家の中いっぱいに、屑が散らばるのだ。

深夜、ひとり酒を飲めぬ人種は、何をやり出すか。マンションの一室に集って宴会を開く。宴会の行きつく果てはスワッピングであり、乱交パーティである。これに善良な市民がまきこまれる。もしかすると、都条例を作ったピューリタン役人の家族までがまきこまれるかもしれない。ピューリタン役人は、ますます頭にきて、取締りをきびしくする。そして次にくるのが禁酒法である。牛馬的健康体の人間たちがこれに賛成する。

　そこで酒の密輸、密造が行われる。ギャングが横行する。市街で銃撃戦が展開される。善良な市民がとばっちりを受けて死ぬ。ピューリタン役人の家族も、流れダマに当って血に染まり、倒れる。

　はては、保守的常識に反するものすべてが抹殺される。レイ・ブラッドベリの「華氏４５１度」の世界となる。不健康な書籍はすべて燃やされる。つまり焚書だ。それはポオから三島由紀夫に至る反社会的文学のすべてである。筒井康隆など、もちろん生き残れるはずはないのである。

6 「連呼型」はナチスの拷問

統一地方選挙の前半戦が終り、やっとつかの間の静かさになった――などと書くと、候補者だった人たちが怒るかもしれない。

もちろん、自分の政策や政見を発表しながら宣伝カーで走りまわっている候補者に対しては、こっちも好感を持つし、仕事の手を休めてでも耳を傾ける。関心がぜんぜんないわけではないからである。

ただ、困るのは、あい変らずの連呼型、ただ自分の名前だけをのべつくり返し、わめき散らすだけという候補者があとを絶たないことである。これは以前から、さんざん問題にされてきたのだが、なくならないために、今ではあきらめてしまって、だれもなんともいわなくなった。いわなくなるというのはいけない。悪いことは悪いのである。いわなければいけない。

人間は、同じことばを耳もとでささやかれ続けていると、精神異常になる。たとえば「おいこら」という単純なことばにしても、耳もとで「おいこら。おいこら。おいこら。おいこら。おいこら。おいこら」とささやかれ続けているうちには、発狂する人間さえいるのだ。

まして「××でございます。××でございます。××でございます」。これを大声でやられて、おかしくならない方がむしろおかしいのである。ナチスの拷問と同じなのだ。連呼に慣れた日本人は、ナチスの拷問には意外と強いかもしれない。

選挙の日が近づくにつれ、候補者にも焦燥、いらだちが目立ってくる。無理もないこととは思うが、感受性の鋭い人間には、これはやりきれない。「あと二日でございます。あと二日でございます」

「あと一日。わたしはガンバっております。あと一日。わたしはガンバっております」
「男にしてやってください」というのも、あいかわらず多かったし、しまいには半泣きのおろおろ声で、「新人候補はつらいんです。新人候補はつらいんです」などと叫んでいる。無理ないこととは思うが、こっちには関係のないことであって、要するに候補者が自分のあせりをナマのままマイクにぶつけているだけだ。こっちまで、なぜか浮足立ってくる。選挙ムードを盛りあげる役にはたつだろうが、好意を持ってもらうことはできないのではないか。

ぼくは仕事をするため、原稿用紙をかかえて都内をうろうろ、おどおどと逃げまわったが、どこへ行っても同じようなことば、同じような声が追いかけてきた。もっともっと効果的で、もっとスマートな方法が、いくらでもあるはずだと思うのだが……。

7　日本も犬ぐるい国になる

ゆきずりに犬を見つけた男、だしぬけに犬におどりかかり、ふんづかまえてがぶりとかぶりつく。肉の一片を噛（か）みちぎり、口から血をしたたらせ、むしゃむしゃ食いながら、こちらをふり向いてにやりと笑う。これはあるテレビ番組での秀逸なひとコマ。むろん、日本人がイギリス人から、どういう目で見られているかを茶化したギャグである。

イギリス人は犬を可愛がる。当然、犬によって人間が受けている被害も大きい。野良犬による被害ではない。飼い犬による被害であるが、不思議なことには、噛まれて死んだ子どもには同情が集らず、子どもを噛んだために射殺された犬に同情が集るという。ここまでくると犬ぐるいも本物である。

よその国のできごとといって笑ってはいられない。日本だって、今に、そこまで犬ぐるい国になりかねないのだ。

犬に関してイギリスと日本には似たような伝統がある。犬を可愛がったビクトリア女王に相当するのは、いわずと知れた犬公方（くぼう）、犬将軍の徳川綱吉である。この時は上からのおふれというので人民はいやいや従ったのだろうが、最近の愛犬ブームは世相が背景になっているだけに、むしろ昔のお犬さま時代より危険だ。

つまり、「犬が悪いのではなく、放し飼いにしたり、犬を凶暴に育てた飼い主が悪い。だから人を噛んだ犬を射殺するのは残酷だ」などという、前述のイギリスでの犬への同情論みたいなものが、日本でも出現する可能性がある。こういう同情論は「噛まれた方も不注意」「子どもをひとりで遊ばせておくのも悪い」という議論に容易にすりかわる。つまり人間が犬以下になってしまう。悪いのはすべて人間ということになるのだ。

　折からバードウイークでもあるが、一方では絶滅しかかっている野鳥がたくさんいる。そして、犬をせまい家の中や、せまい庭で飼い、欲求不満から凶暴にしてしまう連中にかぎって、野鳥の剝製などを得意顔で飾っていたり、スズメと保護鳥の区別もつかぬままに、猟銃で撃ち落して喜んでいたりする。

　犬を食べよう、犬はうまいのだから、という運動を起したらどうか。野良犬、飼い犬を問わず、見つけ次第つかまえて食うのだ。損をするのは高価な犬を買い、それを自分の社会的身分のメダルみたいに思っている連中だ。外国からどう思われようがかまわないではないか。

　ぼくの父は動物学者で、日本自然保護協会評議員で、大阪南港の野鳥を守る会会長だが、こういう提案ならば、この不肖の息子を許してくれるに違いない。

8　男性も悪いが女性も悪い

「婦女暴行殺人」という事件が起ると、男にも女にも異様な興奮を巻起し、巷（ちまた）には議論が百出、皆がいっせいにこの噂をはじめる。ぼくの周囲では男は「うまくやりやがった」、女は「なぜ大久保みたいな男について行ったのか」という方向へ話を進めたがるようである。

男というのはまことに身勝手なもので、たとえば百人の女を強姦した男の話を聞くと「うまくやりやがった」と思うくせに、いざ自分の娘が強姦されたとなるとだれも相手の男を「うまくやりやがった」とは、まず思わない。

早い話が、ある作家などは、片方で「強姦は男の夢である」などといっておきながら、他方では、まだ十歳にもならぬ娘の身を守るためと称して、キックボクシングなどを練習している。

これなどは極端な例だが、ひとりの人間の中にさえこういった矛盾があるのだから、相反する議論がいっぱい出てくるのも無理はない。

「彼女たちが殺されたのは、純潔を守ろうとして抵抗したからだ」という説を読み、ぼくはなるほどと思った。どう考えても純潔よりは生命の方が尊いわけで、もしぼくが女の立場なら「純潔なんかどうでもいいから、命ばかりはお助け」ということになるだろう。

もっとも、筒井康隆の純潔などナンセンスであるから、ぼくはこれを加賀まりこにたずねてみた。ところが、この気の強いお嬢さんの口から返ってきたのは、「いやな男にされるよりは死んじまった方がまし」ということばだった。

これも考えようによっては納得できぬこともないので、ここにも相反する意見があるわけだ。しかし加賀まりこの場合なら、そもそも最初から誘いにのることもなかったと考えられる。と、すれば「なぜそんな男の車に乗ったのか」という、最初に紹介した大多数の女性の意見が正しく思えてくる。

ぼくの妻などは〝異常なほど常識的〟な女だが、やはり「車にのこのこ乗りこんだ娘さんの気持がどうしてもわからない」という意見であり、つまりは「甘言につられて車に乗りこんだ女のほうも悪い」という考えかたに拡大することができる。

ところがこれにも反対意見があった。この話をしている時、犬養智子女史がぼくにこういったのである。「車に乗りこんだ女性、必ずしも悪くない。だいたい日本の男が女性にやさしくなさすぎる。もっと多くの男が娘さんを誘っていれば、女性の方にも信頼できる男と変な男を見わける目が持てたはずである」。こうなると、どう考えていいのかわからない。

9　公害で東京は無人の町に

都の公害研では、光化学スモッグについてこう答えている。

「確かなことはただひとつ。光化学スモッグの原因はわからないということだ」

わからないということをこんなに力んで答えてもらっては困ります。このあいだ親子三人、昼間からふらふら出歩くなどという、いつもにないことをしたものだから罰があたって、ついに光化学スモッグにやられた。次の日はいちにち、枕を並べて討死である。

公害に関してルポをする機会があった。その結果は暗澹たるものだった。

警視庁交通部長談「都内の車を一週間止めてみろといわれるが、そんなことをしたら光化学スモッグで出る病人の、少なくとも倍の数の病人が出ます。光化学スモッグで死者が出たとすれば、その数倍におよぶ怪我人、死者が出ます」

東大工学部宇井純氏談「もう、お手あげです。先年は鉛公害、光化学スモッグ。今年はＰＣＢ（ポリ塩化ビフェニール）。確実なことは、今年中にまた新しい公害が起り、来年にはもっとすごい、新しい公害が起るということです。遅かれ早かれ、東京が無人の町になることは確実です。断言できます」

明治三十八年、足尾鉱毒事件に関する衆議院の答弁で、当時の鉱山局長田中隆三は「公益の害」にふれてこういっている。

「チョットアナタ唯今此処ニ御出ニナルノニ鉄道馬車ヲ御覧ニナッタラウ、鉄道馬車ノ通ル処ヲ御覧ナサイ。日本橋ト云フ目抜ノ場所デアリナガラ、馬ノ小便ノ臭ヒデ鼻ヲ蔽ハナケレバ通ラレヌト云フ場所ガゴザイマシタラウ。又風ガ吹イテ御覧ナサイ。馬糞ガ濛々（もうもう）トシテ飛ブ、之（これ）ヲ大袈裟ニ申シマスレバ皇居ヲ距（へだた）ルコト何町デアルカ、之ガ衛生ニ害ガナイカト云ハレレバ、ソレハ馬糞ガ飛ンデ衛生ニ害ガナイトハ申シマスマイ、又臭ヒガシテモ其（その）通デゴザイマセウ。

　併（しかし）ナガラ其鉄道馬車ト云フモノノ効能カラ考ヘ、又一般ノソレニ拠（よ）ルトコロノ公益ノ点カラ考ヘテ、詰（つま）リ忍（しの）バナケレバナラヌトコロハ忍バナケレバナラヌノデアル。単ニ害ガアルト云フ一点デ、公益ニ害ガアルヤ否ヤト云フ判断ト云フモノハ当局者ハ取ラナイ」

　つまり無人の町になるべきところは無人の町にならなければならないのであろう。ただし、そうなった場合、ただひとつ利点がある。

　なぜ東京が無人の町になったかという教訓、都民が死に絶えた理由を、他の都市に知らせることができるのだ。だから東京都民はモルモットとしての自覚を持ち、行進するレミング群の一員であることに誇りを持つべきなのである。

10 露出時代の反動がくる？

どの雑誌を開いてもヌード写真が載っているという状態が、ここ数年続いている。相当程度の高い文芸誌までが載せている。

ヌードも、これだけ見ると飽きてくる。ヌードに飽きた人はぼくだけではないはずだが、つねに新しい読者がいるらしくて、ヌードページがなくなるということはない。ヌードに、性的興味以外の純粋な美を発見できないやつはかわいそうだと言われそうだが、肉体の美という点でなら、陰影の多い男性の肉体の方がよほど美しい。

こう書くとまた変に誤解する人がいて、どうも困る。まあ、それはともかく、美的鑑賞に耐える女性ヌード写真が少ないのだから、これはしかたがない。若い男性のためのオナニー用ヌードばかりなのである。ぼくだって人並みに、その用に役立てたことは数知れない。

しかしこれだけヌードがいっぱいでは、いささか食傷する。最近では、むしろ身に何かまとっている女の写真の方に興味をそそられる。

考えてみればこれは当然で、完全ヌードよりは、黒のストッキング、ピンクのパンティーなどを身につけている方がエロチックであるということ、これは常識である。しかし今や、水着と下着の区別がつかなくなり、ホットパンツの流行ということもあって、これにももう飽き飽きしてきた。このあいだ、歩道橋をのぼる女性のミニを下から見あげたら、ミニと同じ布地のパンティーをはいていた。これでは幻滅である。

もはやヌードや下着姿でキャーキャー騒ぐのは中学生ぐらいだろう。今では、きちんとドレスアップした女性に強烈なエロを感じない男は成熟した男性といえないのではあるまいか。

だいたい昔の日本女性は和服で全身をかくしていて、パンティーをはいていなかったわけで、この方がよほどエロチックである。ミディやマキシ愛用の女性は、ノーパンティー宣言をしたらどうだろう。パンティーをはいていないと男に想像させる方がずっとエロである。それでも男を挑発したりないと思う女性は、首からこんなカードをぶらさげて町を歩けばいい。

「わたし、ノーパン」

「わたし、ノーブラ」

こんな笑い話がある。未来の世界では女が着物をたくさん着こんでいるほどエロなのだ。ストリップ劇場へ行くと、ストリップ嬢が舞台でけんめいに着物を着ている。観客が興奮して「もっと着ろ、もっと着ろ」。

こういう事態も現代露出狂時代の反動として、十分起り得る可能性がある。

11　なぜ苦労して海に行く？

　サラリーマンをしていたのはもう十年も昔のことだが、そのころからすでに、海へ行ってきたことを見せびらかす習慣があったようである。

「おい。泳ぎにいってきたか？」

　そういってたずねるわけである。

　つまり自分が泳いできたことを遠まわしに自慢するわけだ。なかにはまっ黒になった腕の皮を、ぼろぼろむいているやつもいる。これなら何も言わなくても、海へ行ってきたことを誇示できるわけだ。

「わたし、はずかしいわ」

　鼻の頭がぺろりとむけたのを、しきりにはずかしがっている女性もいる。何がはずかしいものか。泳ぎもしないで、けんめいに浜で焼いてきて自慢しているわけである。魚の塩焼と同じである。つまり火傷(やけど)なのである。

　なぜそんなに苦労して火傷してくるか。海へ行ってきた証拠を作るためである。ではなぜ海へ行くか。人が行くからである。人が行っているのに自分が行かないと仲間はずれにされるからである。そうなると交際や仕事の上で不都合を生じるから、われもわれもと行くのである。つまり海へ行くのは、遊びに行くのではなくて仕事の一種なのである。

　それも不自然ではないのだろう。他人指向型人種の多いこの時代では、他人と歩調をあわせるため、けんめいにヘドロに浸(つか)り、休日を返上して交通地獄にもまれる。ムチウチ症さえカッコいいという目で見られる。

　最近は、仕事よりもレジャーに生きがいを見出す人間がふえたということを、よく耳にする。だが考えようによっては、仕事よりもレジャーの方に苦労が多いわけだから、レジャーを仕事のつもりでやっているのだといえないこともない。

公務員たちが休暇闘争を法廷で勝ちとった。Vサインでバンザイなどと叫んでいる。休暇をとって家でじっとしているわけではあるまい。どうせどこかへ出かける。すると金がかかる。そこでベースアップ闘争になる。まるで闘争が仕事みたいなものである。

週五日制の会社がますますふえている。あその会社が五日制だから、わが社も、というわけであろう。土、日曜の休みを家でじっとしていられるわけがない。もしいたら病人か自閉症である。どこかへ出かけるわけである。金がかかる。その金をレジャー産業が吸いあげる。サラリーマンはいつまでたっても素寒貧である。そこでまた、けんめいに働く。結局日本人は、何をやっても仕事に舞いもどってしまうのである。

12　カネはぜんぶ硬貨にせよ

　このあいだ退屈まぎれにズボンのポケットに手をつっこみ、中にある折りたたんだ紙片を指さきでびりびり破いていて、ふと気がついたら一万円札だったのでとびあがった。日本における最高額の紙幣がこんな目にあうのだから、無意識の過失とはいいながら、金の値打ちも落ちたものである。

　通貨が紙切れであるという事実を、ぼくは時どき異様に感じる。もともと金とは貨幣でなくてはいけないのではないかと思う。故意に破らずともすぐボロボロになる紙幣が、どうして通貨なのかと首をかしげたくなる。貨幣、紙幣の二種類が存在しながら、通貨ということばはあっても「通紙」ということばはない。

　あれは銀行券だなどという理屈以前に、火をつけたら燃えて灰になるものが、なぜカレーライス五十皿分と同等の価値を持っているのか、どうしても感覚的に理解できないのである。もしあれが金貨なら、ポケットの中で破かれずにすんだだろうにと思う。

　デノミをやるなら、この機会に紙幣をなくしてもらいたい。最近、高額の金を持歩く人がだんだん少なくなり、パーソナル・チェック、クレジット・カードなどが普及しているから、ポケットが貨幣の重みで破れることもないだろう。落としても音がするからすぐにわかる。

　考えてみれば昔の大判・小判など、ずいぶん優雅なもので、まことに金らしい金だったと思う。いや、金である以前に財宝であった。一般庶民にとっての金は豆板銀とか一分金とかいうやつだが、これとてまことに優雅な代物である。ああいう貨幣だと、本当に金を持っているという気持になり、値打ちもぐっとあがるのではないか。

　デノミで一万円が百円になれば事実上、金の値打ちはあがったことになるのか、さがったことになるのかという問題がある。金の使いかたが荒くなるか、ケチになるかの問題もある。こういう問題を無視できれば気が楽になるだろうから、いっそのことデノミの際に金の呼びかたを変えたらどうだろう。

　円や銭にしないで、両、分、朱にしてしまうのである。カレーライス二両、タクシー一両二分ということになれば、なんとなく金を払い、もらったという気になるはずだ。明治政府が両、分、朱を円、銭、厘に切替えたのは、悪貨や贋札が出まわったためだからこの機会に元へ戻せばよい。四進法がややこしいかもしれないが（一両が四分、一分が四朱）、今まで日本人はヨーロッパ諸国の金の単位の複雑さに困らされてきた。この機会にその復讐もしてやればよい。

13　活字的思考でのテレビ論

テレビの司会をやりはじめて半年になる。

それまでは小説の上で、さんざテレビの悪口を書いてきた。しかし今になって読み返すと、それら悪口の不用意さが、やたら目につくようになってきた。

自分の書いたものだけではない。新聞や週刊誌に掲載されるテレビ評（連載コラム、投書など）はほとんどが悪口に近いもので、そういった悪口の、テレビに関する認識不足が気になりはじめた。これはひとつの進歩だろうと思っている。

「お前もついにテレビの味方をするようになったか」「だんだんテレビ人間になってきたな」「テレビ側につくのか」そういった声が聞えてきそうであり、事実そういってコラム、投書などで批判されている人もいる。

だが、考えてみれば、これはのっけからテレビを「活字に敵対するもの」という先入観で書かれたものではないか。実際に活字人間はテレビを信用せず、テレビ人間は活字を信用しないという敵対関係があるのだ。

逆に、テレビの連中が「活字なんか信用できない」という時、彼らは個人のペン先から生れたものよりは、たとえ「でっちあげ」であろうと、現に目に見えている映像の方が、よほど確実であるという自負を持っているのだ。あるいはそれは、活字になったテレビの悪口の不用意さをさんざ味わわされた末の反撥かもしれない。

現場の雰囲気を少し知っているという程度のぼくが読んでさえ、これは「いいがかり」だと思えるような投書が新聞に載る時があり、その投書を選択した新聞の底意が見える時がある。しかし活字文化とテレビ文化の間には、本当にこうした敵対関係だけしか存在し得ないのだろうか。永久に批判しあっている方が両者の進歩を促すことになるのだろうか。

ひとつの事実がある。テレビ会社の重役連中が、活字人間であるという事実である。テレビ局の中で、しかも番組を作る最高責任者たちが活字の批判力を信じ、影響力を恐れていることは、テレビ文化にとっては「増幅された圧力」となるのではないか。

こういう人たちは、コラム、投書で悪口をたたかれるのを恐れ、避けようとする傾向がある。つまりテレビ批判が現場でのテレビ番組の制作に間接的に圧迫を加え、表現に制限を加え、結果的にはテレビそのものを面白くなくしているのである。

だから活字人間はテレビ評をやめろ、などという権利はもちろんぼくにはない。ただ、ぼく自身は今後、活字的思考でのテレビ論だけは控えようと思っている。

14　いったい何が常識なのか

最近、正気と狂気について考えることが多い。とくにわからないのは、常識ということである。「気ちがいじみた面白さ」という言い方がある。小説とか演劇とかマンガとかについていわれることが多く、その作品の中に気ちがいじみたものが含まれていればいるほど、現代の狂気をえぐっていて面白いというわけであろう。

もっとも、完全な狂気の産物であれば、狂人の書いたものと同じで、面白いとか面白くないとかいう以前に、何がなんだかわからないわけである。だから「気ちがいじみた面白さ」を作品として生み出す人間は、常識人でなければならないということになる。

同様に「気ちがいじみた面白さ」を理解できる読者も常識人でなければならない。もし常識人でなかった場合は、その作品の、どこから先が気ちがいじみているかがわからないのだから、その面白さだって当然わからないことになる。

ぼくも「気ちがいじみた面白さ」を生み出そうとしている人間のひとりである。だから常識を身につけていなければならないわけだ。では、常識とはいったいなんだろう。その時代の風俗習慣にとらわれた常識であってはならない。これは因習である。タテマエ道徳的な良識といったものでもないはずである。ではいったい、どんなものが常識なのか。

ここで行き止りである。そこから先を考え続けようとすると、頭がガンガンして本当に気が狂いそうになってしまう。

たとえばこの「週刊朝日」の読者である。ぼくが連想するのは「常識人」である。とてもぼくなどが太刀打ちできないような常識人である。

　もっとも中には、ぼくのこの欄の文章に対して反対や批判の投書をしてくる読者もいる。電話をかけてきた人までいる。しかしぼくにはなんとなく、本当の読者が他にいるような気がするのだ。つまり、ぼくの文章を読んで苦笑し、「ふふ、またバカなことを」と軽く面白がってくれるような人だ。ぼくの「週刊朝日の読者」のイメージは、そういう人なのである。そういう人に対して、ぼくは告白せずにいられない。そうなのだ。「またバカなことを」なのだ。それでいいのです。ぼくは今まで、この欄を書く時、本当の意見や本心を犠牲にしてまでも、面白いことを書こうと努めてきたのです。しかしお怒りにならないでください。ぼくは作家であり、たとえエッセーであっても、面白くするためには自分の本心など犠牲にしてもいいと思っていて、そしてそれがぼくの常識なのです。

正気と狂気の間（1）
――精神病院ルポ――

僕は正気だ

気違いは自分のことを正気だという僕は自分のことを狂気だと思うゆえに僕は正気であるこれぞ世にいう三段論法。


僕が精神病院へ入院している間、家へ電話がかかってくると、母親は困ったそうだ。

「ちょっと今、留守でございますが……」

「どちらへお出かけですか？」

「はい、それがちょっと精神病院へ……」

「ええッ」それから、しばらく絶句し、やがて声をひそめて訊ねる。「どういう症状ですか？やっぱり、誇大妄想性の？」

母親はあわてて、病気ではないことを説明し、物好きにも見学にいったのですと愚痴をこぼし、先方は半信半疑で、一応納得する。僕のように常識的な人間でも、精神病院へ入院したとなると、友人は僕の異常な点をいくつか想い起すらしい。ということは、人間は少なくとも二つ、三つは常識的でない部分を、必ず持っているということになる。だから僕だって、僕自身のことを、完全に正気だなどとは決して思っていない。第一に、僕はＳＦ作家で、これがまず正気でない。学校時代の友人で、僕の作品を読んだ奴は、まず一度は首をひねる。

「あいつ、麻薬常習者じゃあるまいか」

人間は、自分がまったく知らなかった世界がいきなり眼の前にあらわれると、最初は茫然として、たちまちその虜になってしまうかあるいは眼をそむけ、心の中から見たものを追いだしてしまおうとするかのどちらかである。どちらでもない中途半端な場合は、その世界から、あまり衝撃を受けなかった場合だろう。

狂気の世界を見て、衝撃を受けない人はいないだろう。常識人であれば尚さらだ。たいていは眼をそむける。「死」に対する感情と同じで、自分とは完全に無縁だと言い切ることができないからである。

ところで、僕が精神病院を見学することになった経緯（いきさつ）を、まず話しておかなければならない。

僕は大学で美学を専攻した。精神分析に興味を持ち始めたのは一回生の頃からである。カントやフェヒナーはそっちのけで、フロイト、ユングなどの全集、アードラーやメニンジャーなどの著作を読みあさった。

二回生の頃から、もう卒論の題を決めていた。「シュール・リアリズムの精神分析的考察」だ。やがてはゼミナールの担当になる筈の教授にそのことを話すと、彼は何が気にいらなかったのか、僕に、そんな気なら、心理学へ転科しろといった。しかたなく、すぐ転科した。いよいよ卒論を出す間ぎわになって今度は心理学の教授が、そのテーマは美学の分野だ。転科してそっちへ提出しろ、あっちへ行けといい出した。何も悪いことをしていないのに、どうしてこんな、コウモリみたいな扱いを受けなければいけないのかと、大いに不満だった。でもしかたがないから、ふたたび美学に舞いもどった。

脱線するが、こういうのが新制大学の悪いところだ。大学の数は増えるばかりだが、特殊な研究は少しも出来ない。学生数が多過ぎて、教授は熱がなく、面倒臭がり屋になってしまっている。

卒論の内容は、今読み返しても、どこへ出しても恥かしくない出来だが、結局すれすれの合格点しか貰えなかった。

卒業してからも、精神分析への興味は失われなかった。本も読み続けたし、異常心理テーマの映画がくれば、かかさず見に行った。

最近「フロイト」だとか「リサの瞳の中に」などというのが来たので見に行ったが、ふと気がついてみると、自分が日本にいながら、日本の精神病院の内容を、ぜんぜん知らないことに気がついた。欧米の病院のことなら、カール・A・メニンジャーの“The Human Mind”“Man Against Himself”“Love Against Hate”などの著作をはじめ、映画では「白の恐怖」「蛇の穴」「草原の輝き」など、たくさんの精神病院を舞台にしたもので、わりあいによく知っている。ところが日本の病院となると、どういう療法で最近やっているのか、どんな進歩があったのか、まるっきりわからないのだ。

いちど、見学に行かなければならないとは、以前から思っていた。たまたま最近、知人が精神病医を知っているというので紹介してもらった。この医者というのは、僕より一つ二つ歳上で、最近博士になったばかりという、まだ若いモダンな人だ。新型の博士だ。「ご存じかもしれないけど」と、彼がいった。「ふつうは、たとえ見学でも、精神病院の中へは入れないんです。どうしても入ろうとするなら、患者として入らなければならないんですよ」

「それでも結構です。どんな手続きをすればいいんでしょう。以前、芝居をやっていましたから、気違いの真似ならできますが……」

「そんなことは、しなくてよろしい。患者になるには、知事の認可がいるのです。そのかわり、選挙権その他、基本的人権の大部分を剝奪されることになります。それは、かまいませんか」

「いいでしょう」

「では、手続きしておきます。大阪府の精神衛生係へ認可申請をします。ただね、いっとくけどあんた、入院してから他の患者に襲われて、ひどい目にあったり、怪我させられたりしても、文句はいえないよ。それだけは、念書みたいなものを、病院長宛に提出しなきゃいけない」

「チョちょっと待ってください。なるほど、それはわかります。何しろあいては気が狂っていて、人間として認められていないわけだからね。だから僕は、怪我どころか、殺されても文句はいえないということになるんじゃない？」

「まあ、そうだね。こわいの？」

「そりゃあ、多少の危険は覚悟してたけど……」

「それなら、いいじゃないの。ま、命には別条ないさ。兇暴な患者は隔離病棟へ入れてあるし、あんたの寝るところは、五十人ひと組の大部屋なんだから」

「五十人！　そんなにいるの？」

医者は、僕が顫(ぶる)っているのを知って、わざと薄気味悪いニヤニヤ笑いをして見せた。あきらかに面白がっていた。それから、また気になることをいい始めた。

「ところで、あんた自身は正気なんだろうね」

これには驚いた。まあ医者の癖になんてことをいう。自分が正気でないなどという気違いがいるものか。さっきもいったように、僕自身は、自分を必ずしも正気だとは思っていない。しかし、そんなことをいうと、病院へ入れられたきり出してもらえないかもしれないから、冗談じゃない僕は正気だというと、彼はいった。

「もしも、あんたの家族の人や知人が、あの男を病院から出してくれるなと頼みにきて、病院長がそれを承認すれば、あんたは出られなくなるよ」

「でも、正気ならいいんでしょう？」

そうはいったものの、友人に悪戯(わるさ)をする奴が多いし、親父などは僕のことを、乖離的体質で現実外界無視的反応症だと思っている。

薄気味が悪かった。正気だといい張ったものの、いっているうちに、ますます自信がなくなってきた。

とりあえず、手続きだけは進めてもらうことにした。

そうするうちに、ついうかうかと、雑誌社の人に、ルポを書く約束をしてしまったので、どうでも入院しなければならないことになってしまった。

表面と深層

燃えるような日光を避けるために鎧戸を閉めた別荘。その薄暗くされた室内では、宴会が行われているのかもしれない。


こうして僕は入院した。

さいわい、婦人患者用の個室がひとつ空いていたので、そこへ入れてもらった。二坪ほどの、思っていたよりも明るい部屋だ。この部屋は、隔離病棟の、重症患者の個室とはだいぶ違う。入るのには金がかかる。

庭に面した、縦に細長い窓には、鉄格子が二本縦に嵌込(はめこ)まれている。ドアには覗き窓があって、これがちょっと気になったが、部屋の中は清潔で、文句なしにいい。だけど、こんな部屋でじっとしていたのでは、何の為に来たのかわからないし、だいいち他の患者と変るところがないから、あわてて医者に頼み、さっそく隔離病棟へつれて行ってもらった。

病棟の入口には鍵がかかっていて、内側に立っている附添婦があけてくれた。僕は、洗濯したての白い上っ張りを着ていたので、附添婦は、僕を新任の医者だと思って、ていねいに挨拶した。

この中にある個室は、僕の部屋よりずっと暗く、電球は四〇ワットひとつだ。病棟の中央部にある五～六坪のロビーには、テレビ一台、卓球台一セット、木製のベンチ一脚が置かれていて、三

〜四人の患者がうろうろしていた。ちょっと見たところでは、常人とたいして変らない。

診察室では、一人の男の患者が、診察を受けていた。彼は担当の医者に何か喋っていたが、僕が入って行って横に腰をおろすと、警戒して黙ってしまった。患者は、馴染の医者にはよく話すが、他の医者に対しては無口になる。この患者は無表情で、物静かだ。分裂症であることはひと眼でわかった。

分裂症のパーソナリティは、孤独を望み、非社交的だ。世の中へ出れば損だが、成功する人もある。成功の原因は、特殊技能を生かした場合に多い。科学者、芸術家などがその例だ。この人たちは環境によって成功し、失敗する。つまり環境の選択がうまく行かないと、経済的に失敗し、結婚生活に失敗し、そして分裂症になる。

この患者のカルテを読むと、彼は養子に行った先で、妻の父親から相当いじめられたらしい。会社に勤めていたが、頭痛を理由に欠勤するようになった。ある日、誰も家族のいない時に、彼は近所の人を自分の家に集めた。何ごとかと集まった人たちを前に、彼は、

「近ごろ私の家の新聞は、戦争のことばかり書いている」

といい、また、電気コードを指して、

「これを引っぱると電気が消えます」

つまり当然のことを説明しはじめたわけだ。近所の人が驚き、これはいかんと病院へかつぎ込んだ。これが病気の始まりらしい。

彼は妻の叔母が好きだったらしい。

「初江さんが（叔母の名）死ぬときに、妻のことを頼むと、わたしにいって死んだのです。わたしが悪いと、初江さんが責めに来るのです」

「どうやって、来るの」と医者が訊ねる。

「ここへ（胸を指し）来るのです。初江さんの魂が入ってくるのです」

医者が僕にいった。「どうぞ、何でもこの人に聞いてください」

僕は患者に訊ねた。「あんた、自分のこと、気が狂っていると思う?」

「以前、一時は狂っていたそうだけど、今は正気です」

たいていの患者は、こういうらしい。

「ここは、どこだと思います?」

「ここは精神病院です。もう、出してほしいと思います。せまいし、閉じ込められているから」

「天皇陛下のこと、どう思います?」

「実は」彼は身をのり出した。「昨日も、天皇陛下が……」そういいかけてから、彼はそっと医者の方を横眼でうかがい、悲しげに俯(うつむ)いて首を振った。「いやいや、わたしがこんなことをいうと、また……」そして黙ってしまった。つまり、どんなことを喋れば病気だと思われるか知っているのだ。

日記帳が置いてあった。

「これ、あなたが書いたの?」

「そうです」

「見てもいい?」

「どうぞ」

愛馬行進曲が書いてあった。

「この歌、好き?」

「はあ」

「歌ってくれませんか?」

彼はすぐ、大きな声で歌い出した。三コーラス目から、曲があやしくなってきて、しまいには愛馬行進曲の歌詞で、日の丸行進曲を歌い始めた。そのまま、最後まで全部歌ってしまった。

彼の日記には、こんなことが書いてあった。

「佐藤栄作と谷村正光(自分の名)とは、どちらも四字だから、同一人物だと思う。日の丸は日本の旗です。血の色は赤い。日の丸は一番いい。日本人の民族の××(解読不能)と思います」

すごく文学的だねといってやると、彼はじっと僕の顔を見た。喜んでいるのだが、笑えないのだ。

この男のカルテを、しばらく借りることにした。僕にも分析できそうだった。医者に訊ねると、精神分析はあまりやっていないらしい。時間がすごくかかるからだ。特殊なケース、ノイローゼなどの場合を主体としてしかやらないそうだ。

この病棟の患者は、まだ、ほとんど寝ていたので、次に婦人の病棟へ行った。

ここのロビーで、小肥りの中年婦人の患者が、附添婦にベラベラ喋っていた。

「さっきご飯食べた時にねずみが私の青い青いいつ今誰か出来る人があれをやって見るんですけど皇后陛下の選挙なんかそんなもんですわ」

二年前から、首が左へ曲がったまま、もとへ戻らないという、二十四歳の女性の病室へ行った。この人は可愛くて、喋る時も表情豊かだし、どこといって妙な点はない。ただ、自分の首が曲っていることがわからないのだ。

「どうかしら？　まだ曲ってますかしら？」

ベッドの上に横座りのまま、頰に指さきを当て、横眼で僕を見て笑った。何かの罪悪感を持っているのかもしれない。借金し過ぎて首がまわらぬという暗示を、自分で自分にかけたんじゃないか？

覗き窓から、個室をひとつひとつ見て行くと、十七、八歳の女の子が鏡台に向って化粧していた。この部屋は床へ畳が敷いてある。あっ、綺麗な子がいると思って、附添婦に頼んで中へ入れてもらうと、少女は、僕のいる方角から、鏡の中の自分の顔がいちばん美しく見える角度を研究しはじめた。普通の女の子と少しも変らない。

この患者は、もう半年ほど、ぜんぜん口をきかないそうだ。何か訊ねても、もじもじするばかりである。沈黙の裏には何があるのだろう。僕の知らない、楽しい世界が開けているのだろうか？

何かすばらしいことがあるのだろうか？

彼女の書きかけの手紙があった。

「私は今日起きて起きて私はそれから二時に買物に二時に買物に二時に二時に」

ノドが渇いたので、洗面所に行くと、僕と同年輩の看護婦がフラスコを洗っていた。

「患者の世話をしていて、腹が立つようなことはありませんか？」と僕は訊ねた。

「ありませんわ」彼女はぶっきらぼうに答えてから、僕をじろじろ見た。僕はもう、白衣を脱いでいたので、患者だと思われては厭だから、さきまわりをしていった。

「僕は患者じゃないですよ」

「インターン？」

「そんなもんです。どうです。何か面白い話はないですか？」

「面白い話なら、始終あるわよ」

「してください」

「どんな話がいいの」

僕は、思い出した笑い話を、看護婦にしてみた。ある精神病院の風呂場で、患者が魚釣りをしていた。通りかかった医者が患者にいった。「どうです、釣れますか？」患者は答えた。「ここは精神病院の風呂場だ。魚なんか、釣れるわけがねえ」

話し終ると、その看護婦は気違いみたいな笑い方をした。

「去年の秋だったかしら、面白いことがあったわ。庭で、患者が四人、塀に向って並んでいたの。何やってるのかしらと思って、行ってみたのよ」

「立ち小便だろ？」

「わたしも、そう思ったの。ところが行ってみると、立ち小便してるのはひとりだけで、あとの三人は……」彼女は少し言葉につまりちょっと顔を赤くした。「自家発電をやってるのよ」

オナニーのことだ。僕はちょっと驚き、それからゲラゲラ笑った。でも、気違いのように見えるといやだから、笑うのをやめた。

研究室へ行き、医者に訊ねた。

「精神分裂症の原因は、まだ、ぜんぜんわかっていないんですか?」

「わかっていません」

「どんな治療をしているんです?」

「薬物療法ですね。これは第二次大戦後に、急速に発展したんです。主としてクロールプロマジン、クロロマイセチン抗生剤、ペニシリン抗生剤などを使います。ひと昔前だと、熱い湯や冷たい水に患者を浸したりしたものです。一種のショック療法ですが、その治療場の跡が、まだありますよ、ここにも」

「薬物療法の他に、どんなことをします?」

「ご存じの電撃療法ですね。人体に交流の電気を通す奴。それに、インシュリン・ショック療法もやります。精神療法としては、説得が主体で、催眠術や精神分析は時たまノイローゼの治療をする時ぐらいで、滅多に使いません」

僕みたいに精神分析専門では、病院では手持ち無沙汰になるわけだ。

薬への耽溺

黙殺されるよりは、憐れんでもらった方がいい。相当痛い目に遭わされても、外の暗闇へほっ放り出されるよりはましだ。


外来患者の診察が始まるというので、また白衣を着て診察室へ行き、横で見学した。

五十前後の、へちま型の顔をした蒼白い女性と、十八、九歳の厚化粧の女の子がいっしょに入ってきた。どちらも眼が吊っていて、気が強そうだ。親子らしい。こういうタイプの女たちは、男に構ってもらえないと、たちまちヒステリーを起す。

患者は母親の方だった。初診である。

何年か前から頭痛がひどく、鎮痛剤、催眠剤、鎮静剤の服みづめだ。今では一日のうち何十錠かを服んでいて、そのため頭がぼうとして、掃除婦をしている会社でも、抜けたことばかりしている。薬の種類も多く、トランザー、アトラキシン、バランス、ソボリン、ハイミナールと、あらゆる錠剤を片っぱしから服用している。

「ご主人は？」

医者の問いに、娘が横から答える。

「ビルの夜警です」

この娘は美貌だが、濃く頬紅を塗り、恰好も派手だ。

「じゃあ、あなたも夜勤か？」

「いいえ」今度は患者が答えた。「わたしは昼間勤めてますねん」

「じゃ、ご主人とは、すれ違いだな？」

「そうです」

医者は更に、夫婦の勤務時間などを訊ね、休みの日さえ夫婦が顔をあわせることが、滅多にないことを聞き出した。家族構成は夫婦と娘の親子三人暮しである。

「お父さんは、どんな人？」

娘が答える。

「気むずかしくて頑固です。耳が遠くて、補聴器をつけています。親同士、喧嘩ばかりしています。うるさくてねえ」

「この人はあなたに、よく叱言をいう？」

「しょっちゅうです。同じことを何度も何度もねえ。一度いえば、わかってるのに」

「そら、あんたが、いうことをきけへんからや」

親子喧嘩が始まった。医者がいった。

「夫婦の交渉は、あるんですか？」

患者は鼻で笑い、横の娘をじろりと見た。

「あほらしい。そんなこと、娘の前でいえますかいな……」

「かまわないよ。いってごらん?」

「そんなこと、わたし、どうでもいいんです。関係おまへん」

医者は僕の方に向き直って、喋り始めた。

「こういう神経症の患者の場合は、家族構成や部屋の間取りまで訊ねないと、診察できないんです。以前に来たノイローゼ患者など、夫婦で、弟夫婦の家に同居してるというんです。その家の間取りを訊ねると、六畳と四畳半だというんです。子供二人いるのに、四畳半の部屋にいるというんですね。六畳の方には弟夫婦が寝ている。そっちには子供が三人いるそうで、これじゃ夫婦生活も何も、あったものじゃない」

生活水準の低さでヒステリーを起すことが多いのだ。

患者はいった。「もう、七年ほど、何もしてません」

「ふうん」医者はうなった。それから娘にいった。「今度は、お父さんも、いっしょにつれてきてください」

精神状態が安定していない人で、性生活が順調に進んでいないと、その補償として薬品に執着するらしい。

親子が帰ったあと、僕は医者に訊ねてみた。

「さっきのお話の、夫婦の件ですが……」

「はあ」

「先生はその患者に、どんな治療をしたのですか?」

「なあに、今すぐ夫婦でホテルへ行って、愛しあってこいといってやったんですよ。最初のうちは『そんな阿呆な』といって、とりあおうとしませんでした。というのは、さっきの婆さんみたいに、ああいう患者に限って性生活を軽視しているんです。ところがその翌日、さっそく報告にやってきたんですよ。喜んでました。『やあ先生、昨日はどうもどうも。おかげさまで、もうすっかり……』」

(つづく)

正気と狂気の間（2）

――精神病院ルポ――

緊張と爆発

癲癇（てんかん）――癌以外に、これほどインチキ医者や、出たらめな薬や人の悲しみや希望に乗じて私腹を肥やす者共の好餌になった病気があっただろうか。

次に診察室へ入ってきた外来患者は、二十二、三歳の、よい体格をしているがやや小柄の若者だった。癲癇だという。彼の勤めている会社の、社長という男が附き添ってきた。

彼は数ヵ月前に、初めて発作を起した。あとにも先にも、その時一度きりである。会社の慰安会で旅行をし、徹夜で酒を飲んであばれまわり、帰りの汽船の中でひっくり返った。診察を受け、癲癇の診断をされたわけだが、会社での彼の仕事――トラックの運転ができないことになってしまった。学校も義務教育しか受けていないし、運転技術だけしか身につけていないので、運転ができないと死活問題である。

隣に座った社長も、彼が運転してくれないと人手不足で困るし、誰か雇おうと思っても求人難だしするから、何とかしてくれといって、医者に頼み始めた。

「何とかしろったって、どうすりゃあいいんだい」医者は困っていた。「あんた、その後発作の起りそうな気配はなかったかい？」

「全然ありません」

「ふうむ」医者は考え込んだ。「やらせて見ようかなあ……」

「やらせてください」患者は身を乗り出した。「仕事ができないと、困ります。この前は、ふだん飲みなれない酒をガブ飲みしたから、いけなかったんだと思うんです。もう、あんな無茶はやりませんから……」

「それは無論そうだが……」医者は社長に向き直っていった。「運搬の仕事だから、徹夜で車をとばすなんてことも、あるんだろうね？」

「あるんです」社長は答えた。「でもこの人には、絶対にさせないようにしますから」

「よろしい」医者は決断した。「じゃあ、仕事をやりなさい。おそらく大丈夫だろう」

「あのう、それでしたら……」社長が間髪をいれず、それでも幾分おずおずと切り出した。「診断書を書いていただけますか？」

「ふうん……そりゃあまあ、書かなきゃいけないだろうがねえ――」医者は困った様子で、僕の方をちらと見た。もし彼が事故を起したとしたら、医者は道義的責任を問われるわけだ。彼は結局、意見書を書いて二人を帰した。僕は訊ねてみた。

「事故の際、医者にも責任があるんでしょう？」

「法には触れません。だが責任はありますね。困った問題ですよ」彼は嘆息した。「でも、ああいった人たちを全部仕事から追放したりしたら、日本は失業者でいっぱいになる。ああして、病院に来てくれる人はまだいいんです。自分が癲癇であるということを知っていながら、他人に隠して仕事を続けている人は、いくらでもいます。タクシーの運転手や、鉄道関係者にだって、いっぱいいるんだ。物騒な話ですよ。例の三河島事件の時だって、あとで脳波検査機で調べたら、関係者五人のうち四人までが異常波を出していて、しかもそのうちの一人などは、事故の直前から、完全に失神状態だった。恐ろしい話です。ここへ来る患者も、大半が癲癇です」

脳波検査機というのを、少し説明しておく。あとで検査室へ行って実物を見たが、わりあい大がかりな機械だ。金網の中へ患者を入れて坐らせ、脳波を測定するのだが、操作盤上のグラフ用紙に数本の鉛筆が動いて、異常波が出ていれば、はっきりわかる仕掛けになっている。この機械は治療用ではない。病気のふるい分けに使われる。分裂症やノイローゼだと異常波は出ないが、脳の外傷や癲癇などの代謝障害の場合はすぐわかるのだ。

次に十七、八歳の女子高生が入ってきた。小麦色の肌をしていて、混血児らしく、彫りの深い顔立ち。眼がくりくりと可愛い。診察を受ける時に、下着を脱いだ。すばらしい乳房が、こぼれ落ちそうに膨らんでいた。僕は眼のやり場に困った。僕は医者なのだと思い込もうとして、平静を装って、乳房を睨みつけた。顔が赤くなっているのが、自分でわかった。彼女は純真な眼で僕を不思議そうに見た。僕は咳ばらいをして、ノートに眼をやり、出たらめな英語を書いた。

この子も癲癇だった。

「癲癇」という言葉はいやな言葉だ。この言葉は間違っているし、聞くと心の沈むような意味を持っている。特発性の痙攣といおう。痙攣はずっと昔から知られていて、つい最近まで、悪くなることはあっても、決して治ることはないものとされていた。だが今日では、意識の中断と痙攣を伴うこの不規則な発作は、特に敏感なイライラし易い脳と、その脳に対して特にイライラさせるような要素が結びついた時に起るものと信じられていて、このスタンレイ・コッブの学説が合理的治療の基礎になっているらしい。

痙攣の状態を説明する必要はまずあるまい。誰でも知っているし、一度見た人は一生忘れないだろう。だがそれ以外に、あまり一般的に知られていない発作がある。短時間だが、急にじっと立ちどまった形になって、失神したようになる。時として自分のやっていた動作を続けることもあるが、その間何をしたか全然憶えていない。数秒ほど続くだけだが、一日に何回か起ることもある。この症状の方が、さらに一層悪性なものと考えられている。

特別なあらわれ方では、急に走りまわったり、誰か人になぐりかかったり、家具類を押し倒したりするような、激しい行動をとることもある。稀には殺人が行われたこともあるということだ。

罪悪感

私は罪を犯した。それが自分に重たくのしかかってくる。私はつぐないをしなければならない。私は代償を支払わなければならない。

どうして神経症の患者の女性には、こんなに綺麗な人が多いんだろう！　次に入ってきた患者を見て、僕は驚いてそう思った。

二十二歳、独身、小柄で色白の女性。

中学二年の時に男の先生が好きになった。それ以後、罪の意識に苦しめられ、男の人の顔を見ることができなくなった。今では男でも女でも、とにかく他人の顔と直面することができないというのである。

傍で話を聞いていて、僕は、これは少しおかしいと思った。しろうと考えながら、原因は別のことじゃないかと考えた。中学二年で男の先生が好きになったなんて例はゴマンとある。もっと以前のことを調べなければ。

多くの罪人は、少くとも自分の心の中では大きな罪だと思っている罪意識から逃れたいために、それよりは小さい犯罪を告白したり、あるいは服罪したりするものだ――ということが、フロイト及び彼以後の人びとによって指摘され、犯罪心理学に大きく寄与している。

　もっとも、無意識の世界では、意志や幻想や、単に何か悪いことをしたいと思っただけでも——もちろん、実際に犯罪が行われた場合ほど強いものではないにしても——罪意識がともなうものだと、本には書かれている。そこでその罪意識が気になって、つぐないをするか、あるいは逆に攻撃的な行為をやって、その結果罰を受けることになるかするらしい。

「どうですか？　まだ、わたしの顔を見ることができませんか？」

　医者の言葉に、彼女は顔をあげ、またあわてて眼を伏せた。

「はあ、やっぱり……」

　この患者は二度めの診察である。

　医者は苦笑して、僕を振り返った。

「そりゃあ、ふつうの男の顔だって見られないんだ。まして、われわれのような美男子が二人いたんじゃあ……」

　以後は僕の分析である。

　この患者は、中学二年以前に、セックスに関係した何か悪いことをした（あるいはしようとした）か、または、された（あるいはされようとした）ことがあって、男の顔を、自分で、見られないようにしてしまって、自分に罰をあたえた。だが、それだけじゃあすまなくて、今度は病院へ来て、医者に告白し、自分にはずかしい思いをさせるという罰をあたえたのである（間違っているかもしれないが）。

　この患者はすぐに帰された。医者も半ばは投げ出していたのだろう。治療するとすれば、すごく長時間の精神分析が必要だ。

患者とその家族

ベッドラムの屋根裏部屋で
髪は五分刈りイガ栗あたま
ガッチリ固めたこの腕輪
鞭のご馳走ピシャピシャリ
身体は丈夫で腹は空く

前掲のこの歌は、「ベッドラムの塔」という歌の中の「免状を持った乞食」で、精神病院で経験した生活をあらわしたものだ。

今の精神病院を知っている人なら、ジョージ三世治下のイギリスの精神病院がどのような状態だったかを知れば、理解に苦しむだろう。一七七七年までは、「ベッドラムの狂人ども」といえば、ロンドン見物に来た人が決まって行くもののひとつになっていた。見物人が支払う入場料だけで、一年に七百ポンドの収入があったという。

ごたごたを起す患者を、薄暗い部屋へ鎖でつないでおくのは、広く一般的習慣だった。牛のように、わらのベッドに寝かせた。看視人は皆、身分がいやしく、患者が苦情をうったえても取りあげなかったし、調査もされなかった。当時の医者たちは、他にはどうしようもないと断言して、現状を支持していた。決まりきった処置としては、血を流し出させること、飢えさせること、下剤をかけること、発胞膏を塗ること、鞭で打つこと、要するに患者をびっくりさせ、恐怖心を起させ、ふるえあがらせるような処置なら何をしてもいいのだった。

コックス博士は一八〇四年に出版された、「精神病の実用的な観察」と題する本の中で、ある機械のことを称讃して書いているが、この機械というのは、四人の患者がそれにしばりつけられ、巻きあげ機で運転されるもの。一種の水平に動くブランコである。そいつは、一分間に百回回転した！

英国の国王だって、気が狂えばひどいめにあわされた。三ヵ月のうちの大部分は狂人用拘束衣を着せられ、鞭で打たれ、両足には発胞膏を塗られた。そして、記録によると彼は従者に「平目のように平たく」なるほど叩きのめされたというのである（ベッドフォード・ビーヤスによる）。

だがご安心を。今の病院はこんなことはしない。しかし、患者の家族の中には、今でも右のような知識を持っている人がいて、病院を嫌うのである。

次にやってきた患者は、十八歳の男の子、蒼白い顔をした母親に附き添われてきた。僕は最初、母親の方が患者かと思ったくらいだ。だが、そうではなかった。

彼は大学の受験勉強中で三月には関西学院を受けるつもりだ。ところが去年の秋ごろから、人声がしはじめた。三、四人で、どこかで、自分の今までの生活態度を非難している話し声だ。幻聴である。最近ではテレビが、自分のことを喋っているような気がしてならないというのだ。

「そりゃあ君、精神分裂病だよ」

医者がいうと、彼は太股をこわばらせた。

「わっ！　本当ですか？　弱ったなあ！」彼は頭を掻いた。

「すぐ入院しないといかんな。受験はあきらめろ」

「どの位、入らなきゃいけないんです？」

「まず半年だな。七ヵ月か六ヵ月」

横から母親が、びっくりしていった。「でも、病院に入ってしまったら、他の気違いさんの影響で、本当に気が狂ってしまうんじゃないでしょうか？」

「なあに」医者は患者を指していった。「みんな、君みたいな人ばかりなんだ」

「ちえッ、やんなるなあ」

彼は苦笑して、また頭を掻いた。母親は、おろおろ声でいった。

「でも……でも、こうして見てると、ごくまともなんですがねえ……」

「でも、ほっとくと、どんどん悪くなりますよ。治すなら今のうちです。早い方がよろしい」

「でも、精神病院に入ったとなると、皆が、あとあとまで何やかやと……。ご近所がうるさくて……」

医者は怒って、僕の方を振り返り、ベラベラ喋り出した。「こういう家族が、いちばん困るんですよ。病人のことを考えないで、世間態ばかりを気にする。入院を断って、家においとく。病人はどんどん悪くなるばかりだ。ここで入院しろといわれたからといって、また別の病院につれて行く。そこでも入院をすすめられる。そうするうちに、病人は完全に気が狂ってしまう。そこで今度は神様のお札をもらったり、水をもらったり、おはらいだとか……」

医者がそこまで喋ったとき、母親はああと呻いて貧血を起した。医者があわてて抱き起すと、彼女ははげしく泣きはじめた。

患者は、社会に出れば、彼の考えや行為は、もちろんその病状によって違うが、とにかく奇妙で、馬鹿げていて、恥さらしなものと思われる。ところが病院へ入れば、変ることのない親切さと思いやりで世話してもらえる。周囲の患者は、彼と同じような苦悩を持っている人たちだから、患者が自分を客観視する手助けになる。また、患者同士がお互いに辛抱しあったり、我慢しあったり、同情を持ちあうことが、非常に効果的な治療にもなるのである。だいいち、彼がそんな病気を持つようになった原因は社会なのだから、その社会から隔離されているだけでも、彼らにとってはよいことなのだ。

アルコール・アルコール

酒なくて何のおのれが桜かな楽しみながら死ねば本望

　外来患者の診察も終ったので、僕は五十人ほどの患者のベッドが並んでいる大部屋病棟へ出かけた。部屋へ入るなり、健忘症で詐話症のコルサコフ精神病の男から、弟と間違えられて、お前金返せといわれたのには驚いた。今、持ちあわせがないから、今度にしてくれと頼みこみ、やっと解放された。

　この部屋にはアル中患者が多い。

　三十七歳というのに、まるで六十歳くらいに見える男が、医者の診察を受けていた。傍には、奥さんらしい婦人がいた。

　この男は以前も、やはりアル中で、別の精神病院に半年ほど入っていた。震顫譫妄症の患者だ。

　この男の病歴は、南支戦線にいた時に、酒がありあい豊富だったことに、最初、わざわいされている。酒を入れた水筒を両方の腰にさげ、行軍しながらグイグイやった。

　終戦になって日本へ帰ってくると、酒が手に入らない。そこで屋台などの悪い酒を飲むようになった。現在でも、まるで水みたいなビールはもちろん大嫌い、清酒でさえもの足りない。朝起きてから、仕事中も、寝る間ぎわまで焼酎の飲み続けだ。勤務時間中でも、酒がきれると近くのマーケットへ買いに行く。血液中にアルコール分のない時がないわけで、これがいちばん悪い。一度にガブ飲みする方が、まだいいそうだ。

　僕みたいに、コップ十杯あまりのビールで酔っぱらい、心斎橋の欄干へ登って「天下の形勢は」などと演説しはじめるなんてのは、可愛いものだ。

　震顫譫妄というのは、主に幻覚である。この男の場合は、天井にテレビの画面が見えたり、机の上を小さな虫がチョコチョコとはって、ものを取りにくるのが見えるという幻視だ。他の酒精中毒者も、たいていは、小さな象が見えたり、小さな軍隊がワーッと押しよせてくるのを見ている。少し歳をとった人なら大名行列だ。

ひどいのがいて、のべつまくなしに小さなジェット機が飛んでくるといって、サッ、サッと身をかわしてる若い奴がいる。この男は僕の友人にすごく似ていた。

さて、この患者であるが、横にいた奥さんの話によると、奥さんが間男をしたといって、責めたり騒いだりしたそうだ。僕は奥さんに訊ねてみた。

「本当にあなた、浮気したんですか」

彼女はきょとんとした顔で、しまへんと答えた。

間男が、まだ部屋にいる、お前どこへ隠した、その押し入れにいる、そら欄間から覗いたなどといっては、夜中にドタドタ廊下を追いかけたりしたそうだ。

酒精中毒者は、色欲衝動は旺盛である。ところがリビドーがあがっても、ポテンツがそれにともなわないために、嫉妬妄想がおこるわけだ。

医者は、患者の両眼を閉じさせ、両方の親指でその上をぐっと押さえ、何が見えるかと訊ねた。

「ああ、星が見えまっせ。だんだん綺麗になってきました」

医者は、僕がＳＦ作家だということを知っているので、ちらと僕を見、ウインクしてから訊ねた。

「宇宙船は見えないか？」

「それは、おらんようです」

暗示をあたえると、患者は、いろんなものが見えるといい出す。僕もあとで真似をして、その部屋の他の患者に、医者の恰好をして片っぱしから試みた。人工衛星や宇宙船が見えるというのはザラにいた。ひどいのになると、月の裏側が見えるなんていい出す奴もいた。

酒精中毒者は、直立不動の姿勢をとらせ、最後に眼を閉じさせると、たいていはブッ倒れるからすぐにわかる。

戦前の日本では、酒精中毒者は男三十五人に対し女一人の割合だった。ところが現在は、男三十五人に女二十人だ。アメリカへ行くと、これが逆になり、男二人に女三人だそうだ。アメリカではアル中になるにも、金と時間があるから上流階級の患者が多い。

麻薬を用いることは、社会的にタブーになっている。ところがアルコール摂取は社会的に是認されている。だから、かえって大きな危険性を持っている。

社交的な飲酒が、いつのまにか悪質な習慣になり、警察の厄介になり、自動車で事故を起し、女と間違いをしでかし、スキャンダルを流し、不作法な露出をやり……やがてそれらが積み重なり、ついに進退きわまるのだ。小説家は、この辺を巧みに描写している。アーネスト・ヘミングウェイ、スコット・フィッツジェラルド、ジョン・オハラ、ジョン・ドス・パソス、テネシー・ウイリアムズ等々である。

診察を受けにくるのは、ごく一部の患者だ。それとても、自発的に来るのではなく、家族や友人をカンカンに怒らせた結果、引っぱってこられるか、医者や警察の強制措置でつれてこられるのだ。患者にとっては、相手がどんな名医、どんな組織であっても、自分の飲酒癖を救おうなどとする奴は堪えられぬ日常の苦悩から逃れる唯一の手段をとりあげてしまおうとする、いわば敵なのである。

アルコール浸りにならないではいられないという症状の背後には、何があるのだろう。動機は患者によって違うだろうが、あらわれたものは、メニンジャーのいう自己破壊である。自殺の衝動である。

自殺する気で、酔いどれ自動車を運転しようとして、まず飲み始める奴がザラにいるという話を聞き、僕はふるえあがった。もう、飲み友達の車には同乗するまいと、心に決めた。

酒精中毒者の数は、その国のアルコール消費量に比例しているそうだ。ひょっとすると自動車事故の数とも比例しているかもしれない。誰か、調べてみる人は、いないだろうか？

大阪万博ルポ

ワコールリッカーミシン館

●テーマ＝愛
●出展者＝ワコール・リッカーミシン

●新形式の結婚式が呼びもの

下着メーカーのワコールと、リッカーミシン。女性にとくに縁の深い二つの企業が共同で出展する。テーマは「愛」。そしてここの呼びものは「エキスポ結婚式」だ。

ここで、新郎新婦は古代ギリシャ、ローマ風のウェディングドレスを着、ローソクと花を持った観客の前で、二人手を合わせてそれを頭上にさし上げるという、まったく新しい形式の結婚式をあげる。この瞬間二人の上からは花びらが舞い落ち、二人をとりまいて男女の踊り手が群舞を続ける。

宗教も、膚(はだ)の色も、風俗習慣も違う人々が集まる万国博にふさわしく、どの国の結婚式の様式にもとらわれず、しかも厳粛で印象に残るようにと、スタッフが考え出した。演出は東京オリンピック閉会式の演出者青山圭男氏、運営は水の江滝子さん。既にエキスポ結婚式をあげることが決まっているカップルの第一号は日本人だが、第二号はカナダ・バンクーバーの人。日本でのハネムーンを楽しみに、間もなく日本にやって来る。エキスポ結婚式を終えた新夫婦には、出展者から五万円の旅行券と記念品が贈られる。挙式費は無料。

パビリオンは白一色で、三角錐の上に円板を乗せたような構造だ。円板の直径は三十メートルで、直径六十五センチのパイプでささえられているだけだが、パイプの基部につけた七十トンのおもりで、バランスを取っている。だから見た目には少しの風にも動いて、たよりないが、秒速六十メートルの台風にも耐えられる。また地震の振動は基礎部分で吸収し、本体に伝わらせない「免震構造」だ。

観覧時間十五分。費用四億円。

愛は無限にひろがる

そこは、白の殿堂。

テーマは「愛」。

ドームの中は愛の空間。

あなたは今日、ここで結婚する。

世界中のラブシーンが映し出されている広場で。

具象抽象をまじえた愛のモザイク。

　鳥の鳴き声と、風の音と、ピカソと、浮世絵と、アニメーションと、プリズムレンズのスポットライトと、反照明と、人の声と、水の流れと、花と、古代壁画と、山と海にとりかこまれたこの広場で、あなたと、あなたは、これから、結婚式をあげる。

あなたと、あなたは、古代ギリシャの衣裳を身につける。

あなたはエンジ色の衣裳。

広場の中央、円型の舞台に、並んで上る。

観客が、あなたたちをとり巻いている。

昨日までは、あなたや、あなたと、何の関係もなかった人たち。

今日、ＥＸＰＯ会場にやってきたというだけの人たち。

その人たちが、あなたと、あなたの、結婚式の、列席者になるのだ。

　観客はすべて、キャンドルと、花を手に、あなたたちを見まもる。

彼らは、あなたと、あなたを、愛しているのだ。

だからあなたたちも、彼らを愛さなければいけない。

　時には、不作法な酔っぱらいがいて、あなたたちに、卑猥な罵声を浴びせるかもしれないが。

時には、あなたたちに嫉妬した若者が、果物の皮を投げつけたりするかもしれないが。
それでもあなたたちは、彼らを愛さなければいけないのだ。
彼らを。
彼らのすべてを。
それが愛なのだから。
愛は忍耐でもあるのだから。
ドームの外には風が吹いている。
ドームの上の屋根が、風に揺れている。
ドームの屋根は、中央の一本の柱に支えられているだけ。
ドームの屋根は巨大なヤジロベエ。
ドームの屋根は、ほんの少しの風で揺れる。
だがその震動は、大地に吸いとられ、ドームの中は静かである。
ドームは耐震ではなく、免震だ。
だが、あなたと、あなたの愛は、風を免れることはできない。
あなたと、あなたは、風を耐えなければならないのだ。
ＥＸＰＯはお祭りだ。
だが結婚式はお祭りなんかじゃない。
二人で風に耐えて行くための誓いだ。
そして、あなたと、あなたは、接吻する。
公衆の面前でキスをする。
日本には今まで、公衆の面前でキスをする習慣はなかった。
はずかしいこととされてきた。
だが今、あなたと、あなたは、それをしなくてはいけない。
それをしなくてはいけないのだ。
ひやかしの大声をあげる人が、いるかもしれない。
しかし、それをしなくてはいけないのだ。
はずかしさ、抵抗、照れくささ、それが交互に、あなたを襲う。
だが、それはすべて美しい。

はずかしさ、抵抗、照れくささ、それがすべて美しい。

あなたが、あなたにする接吻は、ただ、あなたが、あなたにする接吻ではない。

それは、あなたたちが、観客のすべてにする接吻なのだ。

新しい習慣が、あなたたちの接吻によって日本に生まれる。

あなたたちが、はずかしさ、抵抗、照れくささに耐えることによって、街頭でのキスが、プラットホームでのキスが、公園での、パーティでの、劇場でのキスが、日本での新しい習慣になるのだ。

ミシンのボビンを拡大した巨大なパイプが上下に動いている。

唇と唇。

愛は、白の殿堂から生まれ、会場へ流れ出す。
会場から日本へ、日本から世界へ。
愛は拡がっていく。
愛は無限に拡がっていく。

電力館

●テーマ＝人類とエネルギー
●出展者＝電気事業連合会

●訴える太陽の恵み

人間の生活と太陽の深い結びつきと、人工の太陽というべき電力、とくに原子力発電の将来性を観客に訴えるのがねらい。別館の水上劇場では、引田天功がレーザー光線、磁気などを駆使したマジックショーを披露する。

本館は、四本の鉄柱にささえられた高さ四十メートルのハリから、映画劇場と展示スペースがつり下げられたおもしろい構造で、映画劇場では、世界にロケした映画「太陽の狩人」が上映される。展示室では原子炉の模型、世界各国の原子力発電所を航空撮影した映画などを見せる。

映画「太陽の狩人」は、暗黒の場面についで地平線を上る日の出、そして太陽の下で働く日本の、米国の、インドの、そして欧州の国民の姿がうつし出される。この映画は、円筒形の劇場の壁に沿って設けられた五つのスクリーンに、五台の映写機からうつされる。スクリーン一面は縦九メートル、横四・三メートル。劇場の直径は二十二メートル。

展示の中でとくにおもしろいのは、井戸の底をのぞき込むようにして福井県の関西電力美浜発電所など、内外の原子力発電所を映画で見る「イドビジョン」だろう。展示室ではほかに、暗黒の中で七枚のアクリル樹脂板の表面に電光の走る「十万ボルトの高圧放電」などの見せ場もある。

九州電力など電力九社で組織する電気事業連合会の出展。

観覧時間は本館三十分。別館二十分。費用二十億円。

摩訶不思議電力之精気

西側のゲイトより入って右に折れれば、四本の柱にて吊られたる円筒状建造物、上下二連の昇降機動いて、あれはたしかに電力館、北より順に西へと並べて北海道東北東京中部北陸関西中国四国九州の九電力株式会社による電気事業連合会の壮挙ここに具現し、まさしく建てもの宙に浮き、夜ともなれば壁面七色の光彩にあふれてさながら発射台上の宇宙船、地上よりエスカレイタアにて建物基部へ進む吾人は即ち宇宙船エア・ロックに乗り込むの心地なり。

第一部太陽の狩人と称し五面よりなる映写幕に五連映写機で映し出されたる映像、眼もくらむばかりの太陽は直径三十尺にして、瞬時に観覧席全部を真紅に染め変え、これ単に鬼面人を驚かす態のものにあらず、古代より吾人が常に精気を求め来り、今ここに新しき精気原子力を得たる物語、その歴史を叙事詩として感動的に謳歌せんがためなり。

第二部展示室に入れば、透明ケエスの内なる赤き玉白き玉、さらには青き玉無数にはじけとび、これ即ちアトミック・ボオルと称し核分裂を象徴したるディスプレイ、さらに進めば原子炉発電の図解、原子炉と同材質にて作られたる実物大の模型これをスッパリ半割りにして縦断面より炉の中の構造吾人に見せるなどさまざまあり、次は何かと問えば案内人、驚くなかれイド・ビジョンと答えたり。余は大いに驚き、イドとは即ち人間精神の内面、無意識潜在意識のさらに底に位置する部分にして、往年の碩学（せきがく）かのシイグムント・フロイド大博士の命名に換言すればエス（das Es）に相当するものなれば、さては原子力の開発の飛躍的発展は近年ついに人間精神の内奥をさえ覗かせるに至ったかと早合点したるのち、実物よくよく見ればなんのことはなし、イドにはあらず井戸にして、床に開きたる井戸状の穴より底を覗き、ここに映し出される世界各国原子力工場の模様を鳥瞰俯瞰する映画のことなれば、余自らの軽薄早呑み込み大いに恥じることしばしなり。

次に案内人余を広きガラス・ケエスの前に導き、解説して曰くこれこそ当展示部門最大の見世物なれば心して見るべし、いい終らぬうちケエスの内なるアクリル板、浸されていた塩水槽の中より徐々に引きあげられ、これに通されたるは十万ボルトの高圧電流、たちまち右に走り左に跳び、赤に黄色に紫に色美しく変化して、これ即ち放電によるアアクの踊りなり。

そもそも吾人の家庭に配給される電圧は、わずか百ボルトに過ぎぬなり。さらに街路の電柱を流れる一般高圧線にしても、たかだか二万ボルトに過ぎず。されどこれに触れるや否や、いかに身体強健の人といえど、たちまち黒焦げとなり、もはや二度とふたたび蘇生不可能なること、吾人のよく承知するところなれば、この十万ボルトの電圧がかく放電する事態、もし仮に一般の社会にて起きたる時は一大事、附近一帯たちまちにして阿鼻叫喚の巷と化することこれ必至なりと考える時、より濃き塩水を求めアクリル板上を右往左往する十万ボルトを眺める人、さながら一大タブウに挑戦し禁忌と戯れるの心地して、異常なる興奮にわれを忘れ見惚れ続けるなり。

さて残れる第三部は、マジック・イリュウジョンと称し、貝殻型をした風船の如き建てもの、これを水の上に浮かべたる水上劇場なり。演目は電力館にふさわしく引田天功君の電気応用大魔術にして、タネ仕掛けすべて電力精気によるもの、レーザー無線送電ＦＭ短波磁気作用など、近来開発されたる電力の摩訶不思議最大限に発揮し、観客すべて幻惑せんとのたくらみなり。中でもおどろくべきは舞台中央に据えられたる赤き自動車、だしぬけに宙をななめに飛べば観客すべて眼を見ひらき、あっとおどろく為五郎。たちまち場内は感嘆の渦、以後の出しものすべて大あたり。さて出口へ戻れば、水に浮きたる劇場ぐるりと半回転して反対側に出る面白さ、これ気圧膜構造の建物の軽さ利用したるマジックなり。背後に響くは伊藤アキラ君作詞、越部信義君作曲による「エネルギイと遊ぼう」、電力館のテエマ・ミュウジック、軽快にして記憶し易き音楽なれば、必ずや婦人子供の耳に残らんと思いつつ、余は電力館をあとにしたのである。

クボタ館

●テーマ＝豊かなみのり
●出展者＝久保田鉄工

久保田鉄工が「木のめぐみと米つくり」のテーマで出展する計画だったが、米の過剰問題から、テーマを「豊かなみのり」に変更した、というエピソードを持つパビリオンだ。だから「米つくり」に関係のあるのは展示部分第二部の「世界の米つくり」だけで、水と空気の恵みや、農業のシステム化についての展示が中心だ。

第一部は「より豊かで美しい空気を、水と、緑の空間を」がテーマで、自然の保護、天災の克服、公害の絶滅、都市計画の行き届いた未来社会のビジョンを示している。このビジョンは太平洋メガロポリスの一地域を想定しての地形図やミニチュアで示される。

また農業宇宙衛星による気象のコントロール、洪水調節などのシステムの解説、機械化された農場の未来図、コールドチェーンを中心とする農業物流通機構の理想像なども展示する。「世界の米つくり」は、三面マルチスクリーンによる映画で説明する。

●住みよい国土の未来国

このパビリオンは、出展者お手のものの鋼管を使った、高さ四十メートルの柱からつりさげられたようなスカイルームと、円筒形の展示室、そして人工の滝と広場の三部分から成り、第一部から第四部までの展示を見終わった観客は、スカイルームで、バックグラウンド・ミュージックにひたりながら休憩する。また人工の滝は、高さ三メートル、幅三十メートルで、事務室の外壁をそのまま利用している。スカイルームの上の天がいは、夜間四十万個の電球で輝く。

観覧時間二十五分。費用七億円。

米づくり、米の味

シンボル・ゾーンの東側に、久保田鉄工が出展しているクボタ館がある。

このクボタ館は一本足の丸テーブルをさかさまにしたような形をしている。

高さ四十メートルの一本の円心鋳鋼管――Gコラムというパイプによって、円型の建物の屋根を吊り、床を支えているのであるが、これが話題になったモノポール構造と称する建てかたである。

この建物のひさし、つまり丸テーブルの面にあたる部分には、稲の穂を象徴した長さ十五センチの黄色のたんざくが四十万枚ぶらさげられ、風に揺れている。

久保田鉄工――むろんテレビCMなどでご承知だろうが、農業機械のメーカーである。

したがって、このクボタ館のテーマは「豊かなみのり」であり、出展内容も「米づくり」が中心になっている。

米と切っても切れない関係にあるのが水である。館の前には噴水がある。この噴水は垂直に吹きあがる噴水ではない。小銃の銃口に似た噴射口から斜めに宙へ吹きあげられている。その水はちょうど山腹の段々畑に似た形の階段を流れ落ちていく。この噴水は、レストランから眺めると特に美しい。

第一部は展示である。壁面が使われ、写真やイラストで「より人間的な未来の環境のために」というサブ・テーマに沿った内容を見せる。問題提示には欠けるが、渋い内容をわかりやすく説明している。

農業が今ほど多くの矛盾と問題をはらんでいる

時代は、日本では珍らしい。まず第一には農業就業人口の問題がある。総就業人口に対する農業人口の割合は、年率約四％の割合で年々低下しているということである。さらには、農業に従事する人間の老齢化といった問題もある。

この労働力の低下をおぎなうに足る機械力を生み出すことこそ、現代の農業機械メーカーの使命であることは無論である。ただ――これ以後はぼくのしろうと考えであることをご諒承願っておきたいが――日本の農業というのは昔から、国土の狭さなどの関係で、生産力を伸ばすための努力が一定の土地面積あたりの収穫量を増すことにあったわけで、特に米作の反当り収量をふやすことには従来から大きな努力が続けられ、今では世界一の反当り収量をあげているのだが、この成果は主として、水田での田植え、刈取りなどの手作業によるものだった。そして今、労働力の不足から導入される機械力が果してそれまでの手作業の技術水準を越すことができ、今まで以上の成果をあげ得るだろうか。

たとえば、クボタ自慢の「夢のトラクタ」というのを見てみよう。これは久保田鉄工が技術と経験を結集した、種まきから刈取りまで自由自在の高性能万能機と謳われている。冷暖房換気つき、作業用・娯楽用に三台のテレビつき、トランシーバーつき、等々、まことに快適そうである。あまりにも快適そうだから、つい疑問を感じてしまうのである。

アメリカの広大な農場ではなく、日本の、一定面積あたりの収穫量を確実にあげなければいけない農地ではたしてこの「夢のトラクタ」がその威力を、どこまで発揮してくれるのであろうかという疑問である。問題は快適さではなく、性能である筈だが、これはとりこし苦労だろうか。むろん未来の労働が、快適な条件の下で行われることに何らの疑問を持つわけではないのであるが……。

クボタ館第二部は「世界の米つくり」という映画である。世界中の米づくりのありさまを十一・六メートル×二メートル×三枚という大スクリーンで紹介している。

第三部は展望室で、ここには稲の色である金色のカーペットが敷きつめてあり、観客にくつろがせるための椅子が数十脚置かれている。

第四部が楽しい。「やすらぎの広場」と名づけられた、噴水前のレストランである。ここで食べさせるものが、なんと、おにぎりなのである。米の味をゆっくりかみしめてくださいと謳っている。三個から五個程度で二百円だそうだし、きっとうまそうなにぎり方をして売るだろうから食べて行く人も多いだろう。

まったくのところ、われわれにとって、なんといっても米のめしほどうまいものはないし、食べて飽きないという点で、米のめしに匹敵するものはまたとないのである。

ペプシ館

●テーマ＝垣根なき世界
●出展者＝ペプシコーラ・グループ

●鏡の遊びと人工霧

白いドームの内側は巨大な半球形の鏡になっており、周囲は白い人工霧で包まれる。鏡の直径は二十八メートル。近くにいる人の姿は正立像としてうつるが、少し離れると倒立像になる。さらに、鏡の中央上部から上下する可動式照明の光が、鏡に反射してから床に照り返し、光の位置を自由に変化させる。こうした人物像と照明の変化に加えてドームの外側に配置した三十七個のスピーカーが出す音の変化により、観客を「新しい小宇宙」に誘い込む。人工霧は二千五百個のノズルから吹き出し、一時間で二十三トンの水（一般家庭四十戸の月間消費量と同じ）を使う。夜はこれにライトをあてる。

この人工霧と、巨大な鏡を中心にした展示を、さらに彩るものとして「動く彫刻」がある。手を触れると反対方向に動く貝殻型の部屋の内部で、観客にふり注ぐ光りのシャワーなどが、観客に新しい体験をもたらす。動く彫刻は、グラスファイバー製。白いドーム型。高さ二メートルで、向きを変えるときにはコミカルな音を出す。また光のシャワーは、レーザー光線を分光器で赤、黄、緑、青の四色に分け、動くプリズムで部屋いっぱいにふりまく。このパビリオンの展示テーマは「垣根なき世界」。

西日本飲料(福岡)南日本飲料(熊本)などが組織するペプシコーラ日本万国博出展グループの展示。日本、米国などの芸術家、技術者による「芸術と工学の結合による実験協会」が制作した。

観覧時間は三十分。費用は十億円。

見せる喜び・見る楽しみ

「世界の若者の広場」と謳っているだけあって、ペプシコーラ出展のこのペプシ館、ぐっとくだけてヤングメン向きだ。

だいたいこのペプシコーラてえ会社、お祭りのよほど好きな会社なんだねえ。ニューヨーク博の時もいちばん面白かったのがこの会社の出展だった。

だからここの連中、みんな博覧会馴れしていて、他の館みたいにアクセクしちゃいないや。誰もかれもみんな、楽しんでやってるねえ。ほんとにみんな、お祭りに参加しているという感じだ。

このペプシ館、南口から入ればすぐ近くだ。建物は白いドームで、このドームは霧に包まれているからすぐわかる。

これはどういう仕掛けかというと、建物の外側一面に、二千五百個の霧の発生機をとりつけ、のべつノズルから噴出させているのだ。だからドーム全体は霧の中にぼうとかすみ、まるで雲の中の建物のように見える。近くからは、虹が見えることもある。

この霧を作るためには、一時間につき二十三トンの水がいる。二十三トンてえのは一般家庭四十軒の一カ月の使用量だ。だからのべつ霧を発生させ続けるためには、とてもじゃないが水道の水じゃ役に立たない。そこでこのペプシ館、裏へでかいプールを作ったね。おれは取材のため、このプールを見せてもらい、ついでに発生装置も見せてもらったが、なかなかがっちりしたものだった。これは一般の人は見られないそうだ。

この館の入口というのが、ちょっと変っているよ。地べたからななめに突き出た、でかい鉄管の中へ入っていくのだ。この時、観客のひとりひとりに、赤い制服を着たカワイ子ちゃんのコンパニオンが、ハンドセットっていう小さなレシーバーを渡してくれる。こいつがどういう効果を出すか、それはあとで話すことにしよう。

さて、入った部屋ってのがすごいぞ。ドームの内側なんだが、ドームの天井から壁にかけて、床をのぞき部屋全体が巨大な鏡でできているんだ。

江戸川乱歩の「鏡地獄」って小説、君は知っているか。あれは球の内側の面がぜんぶ鏡になっている話だが、このドームは、あれの半割りを頭からすっぽりかぶったような具合になっているのだ。もちろん、大きさはこっちの方がずっとでかい。直径二十八メートルという半球体鏡なのだ。

しかもこの鏡には、いっさい継ぎ目がない。これはアルミ箔をポリエステルで包んだ、一種の合成繊維の布なのだ。観客がこの布にさわっちゃ、錆びたり破れたりしていけないっていうんで、丸い部屋の周囲には、ぐるりと例の赤い服のカワイ子ちゃんが立っている。さわろうとする観客がいれば、注意するわけだが、中にはコンパニオンにわざと叱られて知りあいになるきっかけを作ろうってんで、わざわざおサワリに行く悪い野郎だっているかもしれない。

面白いのはここのドームの床だ。十四の部分に区切られていて、その材質が芝生、モルタル、鉛、荒木など、ひとつひとつ違う。そして、観客が立っている床にふさわしい音が入口で渡されたハンドセットから流れ出てくる。石の床の上じゃ、激しいニューロックが響き、また中には、ぜんぜん音のしない床もあるといった具合。

鏡のドームの効果がどんなものか、床の音楽とはどんなものか、こいつはまあ、あまり詳しく教えないでおこう。行った時の楽しみがなくなるからね。

ただ、ひとつだけ、これを読んでいる君にそっと教えといてやろう。この鏡のドームの中央の床は、実は直径六メートルの、丸い透明ガラスなのだ。だから一階の「クラムルーム」からここを見あげると、上に立っている人がまる見え。上に立ってる人は、一階が暗いものだから、それがガラスだとは夢にも思っていないのである。いやあ、面白いぞ。うひひ、うひひ、うひひひひひひ。

ドームを出るとテラスの広場、ここでペプシコーラなど飲みながらくつろぐってわけだ。ここには白いドーム型の動く彫刻っておかしなやつが、テーブルの間をぬって愛嬌をふりまいている。

夜ともなれば、ドームを包む人工霧に、キセノンランプがあてられ、テラスのムードをぐっと盛りあげてくれる。まったくこのペプシコーラてえ会社はすみにおけないぐっとくだけた会社だよ。

みどり館

●テーマ＝多次元の世界
●出展者＝みどり会

●丸天井に写し出されるドラマ

ボールを中心より少し下のところで切り取り、地上に伏せたようなドームの内側いっぱいに、映画を写し出す。天文を意味する「アストロ」と、ドラマ、つまり劇を組み合わせて「アストロラマ」と名付けられたこの映写方式は、故ウォルト・ディズニーも試みたが、果たせなかったもの。日本のプラネタリウム（天球儀）メーカー五藤光学が開発した世界最初のシステムである。

ドームの直径は四十五メートル、高さ三十メートル。映写面積は二千平方メートルに及ぶ。スクリーンは、幅四センチのナイロンテープ約十九万枚を張りめぐらした特殊スクリーンで、映写機は、客席の周囲五ヵ所に等間隔に配置された。七十ミリフィルムを使って、斜め上向きに映写。音響はドームの内側と、客席中央に取り付けられた四百九十九個のスピーカーから再生される。

映画は、谷川俊太郎氏のシナリオによる交響詩的な作品「誕生」で水中を含む日本各地のほか、海外でも撮影した人間とそれを取りまく自然がうつし出される。作曲は黛敏郎氏。

ドームの外側は、強化プラスチックのパネル六百四十枚が合計百六十の色を出してニジのように輝き、前庭のスナック、待ち合わせテントとともに、カラフルな一角を形づくる。

三和銀行と、同銀行の融資系列にある宇部興産、徳山曹達、帝人などの企業集団、「みどり会」の出展。

観覧時間は二十分。費用は二十億円。

一瞬のけぞる全天全周（アストロラマ）映画

〈アストロラマ〉というのは、ＥＸＰＯ70の呼びもののひとつになっている。

それじゃまあ、のぞいてみようぜ。

西のゲートから入って少し行くと右側にドームがある。ドームといってもまん丸ドームじゃない。正多面体を半割りにした形のドームだ。

「みどり館というから、みどり色」の建物かというと、そうじゃない。ドームの屋根の三角の平面は、虹の七色で塗り分けられ、これがより集って多面体を作っているという仕掛けだ。

それではなぜ「みどり館」というかといえば、つまりこの館の出展者が「みどり会」という企業グループだからなのだそうだ。

「みどり会」は有名な三十二の会社の寄り集りなのだが、この三十二の会社からよりぬきでつれてこられた美女が七十一人。これがみどり館のコンパニオンってわけだ。

色とりどりのテントが入口の近くにあり、このお嬢さんたちがずらり並んでいる。

ユニホームは未来的メタル・シルバーのワンピースに同じ色のマント。ワンピースはもちろん、膝上二〇センチ程度のミニだよ。

引き寄せられるみたいに、目尻をさげて傍へ近づいていき、話しかけた。

「ずいぶん冷たそうな服だねー。着ていて冷えないかねー」

「いいえ。着てると暖かですのよ」

お上品にそう答えた。どこかの会社の、部長さんか課長さんのお嬢さんだろうね。

だいたい、五人にひとりくらい、美人を見なれたぼくでさえハッとする綺麗子ちゃんがいる。どでかいグラマーはいない。みんな小柄であって、これもぼく好み。

　ドームの中に入ると、天井と壁、つまり周囲が全部スクリーン。乱反射させないためにスクリーンには細くカマボコ型の凹みが横についている。苦労したそうだ。

　このスクリーン、直径四十五メートル、高さ三十メートル、面積二千平方メートルというからすごい。

　五台の映写機があり、これがいっせいに映像を放つ。つまりスクリーンも、円型のドームをおむすび形に五つに分割しているわけだが、分割されていることがわかるようでは値打がないので、映写機としては他のスクリーンとダブることが許されずしかも一瞬のおくれも許されない。苦労したそうだ。

　当世売れっ子詩人、谷川俊太郎シナリオによるアストロラマが、いよいよはじまる。

　暗黒の中に、人間の心臓の鼓動が響きわたる。むろん、立体音響である。

　ばばーん。

　だしぬけに、周囲一面で花火が炸裂した。

　これにはおどろいた。

　ある程度の効果は想像していたがやはり一瞬のけぞってしまった。

　ぼくはこれを二回見たが、二回目に周囲の人の反応を観察していたらやはりこの最初の花火で、前にいる中年の新聞記者が、ふえっといってのけぞっていた。いやもう、面白い。

　映画はそれから、大都会のラッシュアワーや、ビキニ美人の大群や、星空や、寺院の窓のステンドグラスなど、アストロラマとして効果のあがる画面をうまく選びながら、万国博テーマに沿って人間性を謳歌していく。

　映画そのものに関しては文句はないが、天頂を中心としたズームアップ、ズームインだけは、やはりドームが五つのスクリーンに分割されていることが露呈して、盛りあがりに水をさしてしまう。

記者会見の時には、首が痛くなるだの、周囲に映写されるため視線が定まらず疲労するだの、いろんな意見が出たらしいが、まあ、この辺のところが改善されるのも時間の問題だろう。


どちらにしろ、エポック・メーキングの映画であることだけは確かである。映写時間は十六分なのだから、絶対に見るべし。


出展者としては、クールな効果を狙っているようだが、みどり館全体からはむしろホットな印象を受けた。

映画の内容にしても、音楽にしても、ロビーの具体美術展「光と音と体験」にしても、ホット以外の何ものでもない。

お嬢さんたちの銀の制服だけがクールだが、着ているお嬢さんたちはちっともクールじゃないと思うよ。嘘だと思うんなら、君、直接たしかめてみたまえ。

三菱未来館

●テーマ＝日本の自然と日本人の夢
●出展者＝三菱万国博総合委員会

●自然を完全制御した未来像

九千六百平方メートルという広い敷地に、ガラスの壁や青い壁、赤い屋根などが、波のぶつかり合うような形に連なっている。三菱未来館のテーマは「日本の自然と日本人の夢」。自然を制御し得た未来の世界へ観客を誘導するのがねらい。

日本の美しい自然を映像で見ながら二階に導かれた観客は、動く道路のようなトラベーターに乗ったまま、荒れ狂う海とすさまじい熔岩流のなかをつぎつぎに通り抜ける。この間二分半。部屋の中一面に張りめぐらしたスクリーンと鏡に、特殊大型映写機から映写するもので、三菱グループと東宝が共同で開発した新しい映写方式だ。

こうした自然の暴威を人工的に克服できた後の姿として、世界気象センター、ついで海底都市の大模型へと観客は進む。超大型台風の目に、国連気象コントロール・ロケット隊が、化学物質を投げ込んで制圧する。あるいは海底に油井、発電所、潜水タンカーなどが並ぶ様子を見た観客は、サメの出現を目の前に見る。高さ二・六メートル、長さ四メートルの「煙のスクリーン」に映写されるもので、これも三菱グループと東宝が共同で開発した。その後は未来都市の模型を通過する。

こうして、五十年後に実現すると思われる日本の姿を、目の前に見せようとするSF式の展示がここの呼びもの。

観覧時間は二十五分、費用二十億円。

体験する日本の未来

「ははあ、これが動く歩道ですか。ＳＦの世界ではムービング・ロードとかベルト・ウェイとか、いろんな名前をつけていますが、トラベーターとはいい命名ですね。ちょっと思いつきませんでした」

「はい。この館はコースの全長四百五十メートルのうち百五十メートルが、このトラベーターになっています。一分十六メートルの速さですから、ゆっくりとご観覧になれます」

「ははあ、これが第一室ですか」

「そうです。日本の自然と名づけられています。最初はまず、自然の猛威を体験していただく仕掛けになっています」

「わっ、これはすごい。暴風雨ですな。ほんとに風が顔にあたりますね」

「ホリ・ミラー・スクリーンという新技術です。マジック・ミラー、多面スクリーンなどによる効果です。冷風はトラベーターの手すりから吹き出しています」

「あっ、あそこで船が沈みそうになってる」

「全館にわたり円谷英二さんの監督で、東宝の技術陣が協力してくださいました。フィルム撮影がたいへんだったそうです」

「円谷さんの遺作になりますね」

「そうですね。さあ、次も凄いですよ。こんどは火山の大爆発です」

「すごい音響効果だな」

「十五台のステレオ・スピーカーを使っています。映写機は70ミリ・ワイド用を八台、さらにスポットライトが二十六台」

「金をかけましたね。どれ位かかりましたか」

「そんなこと、わたしは知りません。熔岩がすごいでしょう」

「ふうん。これだけは造形ですな。岩の割れ目を熔岩が流れていくところなど、やはり円谷さん好みですね」

「次が第二室で、日本の空です」

「はあ、急に静かになりましたねえ、この透明パイプの中を抜けるのですか。あっ。これは宇宙空間でしょう。だったら特に、日本の空ではないわけでしょう」

「この館全体の構想が、日本の自然と日本人の夢、となっていますから、何でも頭に日本とつくのはやむを得ません。ま、そんなことどうでもいいでしょ。コンピューターのランプの点滅をご覧なさい。あれは台風の日本接近を暗示しているのです。いちばんＳＦ的な場面です。どうです。ハードでしょう」

「ハードですね。気象管理というのはＳＦでも最もシリアスなテーマです。ほう、このロケット部隊が台風を制圧するのですか」

「そう。化学物質でもって、台風をコントロールするのです」

「おや、また雰囲気が変りましたね。ははあ、これはバチスカーフの中かな」

「そうです海底です」

「ひやあっ。だしぬけにフカがあらわれた」

「そら、やっぱりびっくりした。ひひひひ。どうです。おどろきましたか」

「これは何です。空中に映画を映写するのですか」

「そうです。スモーク・スクリーンという、これも新技術です。煙発生器で作った煙を、吹出ノズルから幕状に噴出させ、一方の吸込口から吸い込ませることによって、煙の流れに乱れのない、きれいなスクリーンを作りました。さらに煙が散らばらないよう、別の空気でもってサンドイッチのようにはさみこみ、三層にしたのです。これに映写機で、フカやタコを映写します。どうです。画期的な発明でしょう」

「うーん。参りました」

「さあ、これが未来の都市です」

「ははあ、モダンですね。でも音楽が少し、悲劇的な感じがしますが」

「感動的とおっしゃってください。人類の未来を謳歌しているのです」

「この部屋は、なんですか」

「最後の部屋で、あなたも参加する！　という部屋です。今まではただ体験していただくだけでしたが、ここではリクリエーションに参加していただきます」

「ふうん。このステージで踊るのですか」

「どうぞ踊ってください」

「ははあ、あのスクリーンに、五倍の大きさのシルエットが出ますね。電光広告と同じ原理ですな」

「そうです。さあ、これを見てください。球面のスクリーンです。球体の内側から超広角レンズで映写しているのです」

「ははあ、異様な感じになりますね。四次元の世界みたいで、サイケですね」

「どうです。面白かったでしょう」

「うーん。残念ながら、くやしいけど、面白かったです」

生活産業館

●テーマ＝朝な夕な
●出展者＝万国博共同出展協会

●あすの生活をデモンストレーション

国内の中堅企業が共同で出展するために設けたこのパビリオンは、共通テーマ「朝な夕な」に従って、あすの豊かな日常生活を、衣、食、住の各面からデモンストレートする。

全体を大きく分けて、Aタイプ展示とTタイプ展示に分かれる。Aタイプは典型的な日本人の一日の生活をとりあげ、一日の流れを想定したストーリーに従って、またTタイプは春夏秋冬の流れに従って展示する。別に開放的なレストランがつく。Aタイプはプロローグと「朝の家族」「働く人人」「よろこびの家族」「団らんの家族」「夢みる人人」の五部から成り、人形、映像、家具、事務機器、食べ物などの総合展示の形で行なわれる。朝は鏡、折り紙で作ったハトの踊り、流れるお湯といったもので、さわやかさを現わすといったぐあいだ。

Tタイプは、四季に分けた四面のステージで構成され、観客は座ったまま、一つのステージの前から、次のステージの前に移動する。展示の内容は映像が主で、春のステージは自然界での芽ばえと人間の誕生、夏のステージでは相よる魂、秋のステージではマイホーム、そして冬のステージでは次の世代への愛を象徴する映画やスライドをうつす。春夏秋冬にあてはめて、人の一生と人類の発展を、見る人の心に刻ませるものだ。

参加企業の業種は、家庭用品、事務用品、酒造、食品など、あらゆる部門にわたる。

観覧時間一時間二十分。費用十億円。

産業の体験・生活の詩

生活産業館は、織物、製菓、マホービン、電機、貴金属、酢、建材、文具、観光、酒、ガスライター、ハム、新聞といった、生活に密着した産業を営む中堅三十数社が、万国博共同出展協会の名の下に集った展示館である。いわば国内からの展示館の中でも、最も見本市的な性格の強い館である。

建物はメインゲートを入って右へ折れた場所にあり、全体がいくつもの六角形のブースに区切られている。ひとつひとつのブースが、業種別出品小間の性格を持ってしまうのはこういった共同出展の場合やむを得ないが、従来の見本市とはちがった印象をあたえようと、展示がプロデュースの面で心を配っているのは好感を持てる。

展示館のテーマは「朝な夕な」である。そこで朝から夜へかけての生活の順に、この蜂の巣状のブース群を、関聯(かんれん)する各企業に割りあてているのである。これは好企画といえよう。あとは各企業が、この企画の意図をどこまで理解し、どこまで協調するかにかかっている。

筆者は今回、取材で中を歩いてみたが、展示の完成したブースはほとんどなく、いずれもが工事中だった。共同出展の時には、開会ぎりぎりで完成という例が多い。開会まぢかになると、狭い各ブースが工事や展示物の搬入でごった返す。特にこの館のように二十七、八ものブースに小さな出入口が八カ所という場合は、ひどいことになるおそれが多分にあるようだ。館内中央部に近いブースほど、いそぐ必要があるのではなかろうか。

だが、それはともかくとして、工事なかばの各ブースを歩いた限りでは、企画面で逆コースを行きそうな小間は見あたらなかった。筆者は以前、大阪の乃村工藝社に勤めていた関係上、ある程度展示完了後の想像をすることができるのだが、いずれの企業も従来の出品小間、商品展示といった観念にとらわれず、思いきったイメージの演出を狙っているように見受けられ、安心した。

　ここで呼びものにしている展示物には、菓子で作った庭園、数億円の黄金のオブジェ、以前東京でも展覧会をやった例の人形コレクション等がある。

　展示館からホールへ移ると、ここでは各企業が提供した映画、スライドを上映している。観客を二十数ブースも歩かせたから、この小ホールでは観客を椅子に腰かけさせたまま四つのブースをまわらせるように工夫している。まわり舞台のように、観客席が四分の一ずつ狐を描いて回転するにつれ、四つの、異った形のスクリーンが次つぎと客の前にあらわれる。

　最初は五枚のスクリーンを十字形に並べたステージがあらわれ、これが春のブースである。自然界の芽生え、人間の誕生といったものを題材にした映画である。ここの映写機のフィルムは、コマのひとつひとつを十字形に、つまりスクリーンと同じ形に区切っている。

　客席が回転すると、今度は夏のブースで、スクリーンはタテ長のものが横に三枚屏風型に並んでいる。ここの映写機は三台で、それぞれがスクリーンに同じ場面を映写したり、異なった場面を映写したりしている。ちょっと面白い趣向である。青春のエネルギーの爆発を表現した映画が終ると、客席はまた、まわりはじめる。

　秋のブースのスクリーンは、六角形である。このスクリーンに、たとえば若夫婦の散策のシーンが映し出されると、この六角形をとりまく五つの変形スクリーンに、異った若夫婦五組がスライドで映される。中央の映画の流れと、周囲の五つのスライドの点滅が、独特のムードを出すことだろう。

最後の冬のブースは、まん丸の大きいスクリーンで、次の生命を準備する自然界などの画面があらわれる。

短時間のうちにいろいろ変った形のスクリーンを、時には同時にいくつかのスクリーンを見なければならないため、疲労する人もいるかもしれないが、若い人たちにとっては、情報時代にふさわしい視覚芸術であるといえるかもしれない。

他にも食堂があり、参加食品メーカーが、得意の料理をそれぞれ作っている。

企画の意図のように、全体から、生活産業の抒情詩が感じられるようならば大成功であろう。

後記

「美藝公」が出版された何年かのち、この大型の本を見た外国人が「これらの映画はどこへ行けば見られるのか」と訊ねてきた。どんな内容だかわからなかったらしい。横尾忠則描くポスター画には定評があり、ぼくは無論その評価を頼みとして彼に連載のイラストを依頼したのだった。毎回、製作会社やタイトルやスタッフ・キャスト、時には封切日や劇場名や「今週はお子達見られます」などの昔懐かしいコピーも入れた。本は好評だったが高価だったからあまり売れなかった。その後文庫で再評価されてからは、やや小型になって別の会社から復刻されている。

「歌と饒舌の戦記」はおれ自身気に入っている長篇だが、あまり評価されていないのは残念だ。「ギャグが空回りしている」という読者の批評もあったが、空回りするようなギャグをおれが使うわけもなく、要するに知識とテンポについてこられなかっただけ。今となってはますますギャグがわかりにくくなってしまった。この作品の執筆には珍しく何日か北海道まで取材に行っている。湯川豊氏、吉安章氏が同行してくれた思い出もある。千歳の航空自衛隊基地の取材は楽しかった。

「ひずみ」という短篇は、もしかすると弟・俊隆の作品を流用したのかもしれない。「ＮＵＬＬ」の何号かに「小さな手」として載っているからだ。ただ「ＮＵＬＬ」の方は家族同人誌としての建前上、おれが書いて俊隆の名で発表したのかもしれない。昔のことなので本当のところはわからないが。

「佐藤栄作とノーベル賞」は「週刊新潮」の依頼で書いたもの。そんなもの書くのはいやだいやだと言っているのに無理矢理書かされた揚句、掲載中止になってしまった。ひどいもんだ。

「ヤング・ソシオロジー」は「平凡パンチ」の松田哲夫という編集者が担当し、ずっと一緒について歩いてくれた。松田君はみなに人気があり、「松ちゃん」と呼ばれていて、彼が結婚した時にはお祝いの会を新宿のクラブでやり、そこには野坂昭如や青島幸男もやってきた。懐かしい時代だ。

二〇一七年三月

筒井　康隆

編者解説

日下三蔵

出版芸術社版〈筒井康隆コレクション〉第六巻には、映画への愛情あふれるユートピアSF『美藝公』（81年2月／文藝春秋）とソ連軍が北海道に侵攻してくる疑似イベントもの『歌と饒舌の戦記』（87年4月／新潮社）、いずれも作中に楽譜が挿入される二長篇を中心に、単行本・文庫未収録の短篇、エッセイを加えて構成した。

長篇『美藝公』は小学館の男性誌「ＧＯＲＯ」八〇年一月一日号から十月二十三日号にかけて十九

回にわたって連載された。「ＧＯＲＯ」には「12人の浮かれる男」小説版（本コレクション第五巻所収）を既に発表しており、これが二度目の登場である。

前年に六本木ピットインで開催されたファンクラブのイベント第４回「筒井さんを囲む会」での質疑応答に、こんなやり取りがある。

Ｑ　『脱走と追跡のサンバ』のようなあるいは『四十八億の妄想』のような長編を今の筒井氏の感覚で書く予定はあるのでしょうか？

Ａ　これはだいぶ前から言っているんですがＧＯＲＯという雑誌に『美藝公』という長編をやることになっているんです。毎回横尾忠則に昔の古き良き時代のビアズレー調の絵を描いてもらう予定なんですが、もしも中断したらいけないので、少くとも彼が10枚位描いてからやろうと、私は既に何回分か書いて彼に渡しているんです。でも彼の方に時間がないらしくてのびのびになっています。実を言うともうとっくに始まっているはずですが、おそらく来年くらいから始まると思います。

※引用はこの記事が再録された東京三世社の「少年少女ＳＦマンガ競作大全集」４号（80年１月）からで、書名の表記ミスは原文のママ。

この作品は連載終了後の八一年二月、文藝春秋からＡ４判ハードカバーという小説単行本としては異例の判型で刊行された。Ａ４判は文庫本の四倍のサイズである。作中に登場する映画のポスターがオールカラーで十三葉も収録されており、このポスターをなるべく大きく見せるためのＡ４判であろう。なお、帯には「絢爛たる総天然色ポスタアがなんと拾四枚も入った超豪華版！」とあるが、これは口絵としても収録されている表紙画をカウントしていると思われる。

八五年一月には新潮社の〈筒井康隆全集〉第二十二巻『美藝公　腹立半分日記』に収められ、同年五月には文春文庫にも収録されているが、いずれも小説部分のみで横尾忠則の作中作ポスターは入っていない。

このポスターは単なる彩りではなく、添えられたキャッチコピーや内容紹介の文章も筒井康隆が書いている。つまり作品の一部なのである。やはり、そう考えた編集者がいたと見えて、九五年十一月にはミリオン出版から『新装復刻版　美藝公』としてポスターをオールカラーで収録したＡ５判の単行本が刊行されている。

文藝春秋の初刊本、ミリオン出版の復刻版、いずれも奥付の著者名は筒井康隆と横尾忠則の連名であり、完全な共著であることが分かる。本書でも横尾さんの許諾をいただいて初刊本のポスターをすべてカラーで収録した。

自伝的エッセイ『不良少年の映画史』によると、少年時代の筒井さんは映画代を捻出するために、父親の蔵書や母親の反物を売り払っていたという。本書で描かれる世界は、そんな筋金入りの映画ファンが細部に至るまで繊細に組み立てた映画好きにとっての理想郷（ユートピア）である。すなわち「日本の基幹産業が、もし映画だったら」という仮定を、徹底的に推し進めて構築したのが『美藝公』の世界なのだ。

もちろんＳＦとしては単なるユートピアものに終わらず、終盤で「日本の基幹産業が、もし映画で

『美藝公』
左から、文春文庫版、ミリオン出版版、文藝春秋版

なかったら」と仮定して美藝公たちが繰り広げるブレーンストーミングが、恐ろしい「ディストピア」を提示するところに最大の肝があるわけだ。

『霊長類　南へ』や『俗物図鑑』のようなサービス満点のドタバタ作品や『虚人たち』『残像に口紅を』のような実験的な作品を読んでいると、つい見過ごしてしまいがちだが、破壊的なドタバタや前代未聞の実験作が小説としてきちんと成立しているのは、基本的なストーリーテリングがガッチリしていてブレがないからに他ならない。『美藝公』や『旅のラゴス』のように、ストーリー展開そのものの面白さで読ませる作品を見ると、それがよく分かるだろう。

ピカソの絵は一見するとデタラメを描いているようにしか見えないが、実はピカソのデッサンは写真と見紛うような精確無比なものであり、あの絵はそのデッサン力があってこそ、という話を聞いて、それは筒井康隆と同じじゃないか、と思った覚えがある。

『歌と饒舌の戦記』新潮社

長篇『歌と饒舌の戦記』は文藝春秋の月刊誌「文學界」八六年四月号から八七年二月号まで十回にわたって連載された（八六年十月号は休載）。八七年四月に新潮社から刊行され、九〇年十一月に新潮文庫に収録されている。

　初期の「東海道戦争」「ベトナム観光公社」『馬の首風雲録』などから一貫して戦争をドタバタとして描いてきた著者が久々に手がけた戦争ＳＦであり、戦記シミュレーションからメタフィクションまで多彩な技法が投入された傑作である。「疑似イベント」ものの到達点といっていい。作中の「おれ（筒井康隆）」は、まさに「戦争の話をたくさん書いている」という理由で戦地に送り込まれることになるのだから人を食っている。

　初刊本では登場人物表を兼ねたキャラクターのイラストと舞台となる北海道の地図が前後の見返しに刷られていた。両者は文庫版では折込口絵として収録されており、もちろん本書にもそのまま再録した。ただ、八方手を尽くして探したけれど、イラストを手がけた柳瀬三郎氏の消息が判明しなかった。柳瀬さんの連絡先をご存じの方は、編集部までご一報ください。

　主要登場人物のイラストは、初刊本および新潮文庫版の表紙にもそのまま使われているが、よく見ると何人か差し替えになっていて、カバー画では左下の方に手塚治虫、小松左京、星新一らがいるのが分かる。

『歌と饒舌の戦記』
新潮文庫

第三部には、単行本&文庫未収録短篇を収めた。各篇の初出は以下のとおりである。

ひずみ　「NULL」第2号（60年10月）※筒井俊隆名義「小さな手」として発表
マルクス・エンゲルスの中共珍道中　「SF倶楽部」3号（70年2月）
上下左右　「SFマガジン」77年7月号
佐藤栄作とノーベル賞　「ホンキイ・トンク」4号（79年4月）
クラリネット言語　「奇想天外」81年8、10月号　単行本未収録

　今回いただいた「後記」にあるように、「ひずみ」は「NULL」第2号に三男の筒井俊隆氏の名前で「小さな手」として発表された。「ひずみ」と改題して筒井康隆名義で「向上」六六年十月号に

再録され、新潮社〈筒井康隆全集〉第三巻『馬の首風雲録　ベトナム観光公社』（83年6月）に初収録。デジタルブックの自選ショートショート集『筒井康隆四千字劇場』（94年3月／新潮社）にも収録されたが、通常の単行本や文庫には入っていない。

今となっては自分で書いたものを俊隆氏の名前で発表したのか、俊隆氏が書いたものを筒井康隆名義で再録したのか、記憶が定かではないとのことだったので、本書にはその旨を注記したうえで収録することにした。

「マルクス・エンゲルスの中共珍道中」は横田順彌の主宰する同人誌「ＳＦ倶楽部」に発表され、新潮社〈筒井康隆全集〉第九巻『ビタミン　日本列島七曲り』（83年12月）に初収録。その後は、どこにも再録されていない。

「ＳＦ倶楽部」掲載時には、末尾に「筒井康隆と共作しよう！」と題して、以下のような記事が載っていた。

筒井さんの原稿はここで終わっています（もともと未完だということで、いただけたのですが……）。どなたか、この先を書いてみませんか？　プロ作家と共作できる一生一度のチャンスです！　紅衛兵につかまったマルさん・エンさんは、三角帽をかぶせられて――等々、あなたの想像力いかんでいくらでもおもしろくなりそうです。

「新人出よ」の声が高い現在、こんな企画をたててみました。当クラブでは特に募集・選考は行いません。ですから、好きなときに、好きなファンジンにあなたの原稿を掲載して、広くＳＦファンの批判をあおいで下さい。もちろん、当クラブにお送り下さってもかまいません。すぐれた作品であれば、本誌に掲載するかあるいは他の有名ファンジンに掲載交渉致します。
このような、閉鎖的でないオープンな企画というものが、現在の低迷ぎみのファンダムにとってよい刺激剤となればさいわいと思います。

（「ＳＦ倶楽部」編集部）

筒井作品の続篇といえば、今年二〇一七年三月に筒城灯士郎の『ビアンカ・オーバーステップ』が星海社から刊行されて話題になったばかりだ。筒井康隆が二〇一二年八月に刊行したライトノベル『ビアンカ・オーバースタディ』（星海社）の「あとがき」で『ビアンカ・オーバーステップ』というタイトル案を挙げて「誰か続篇を書いてはくれまいか」と書いたところ、本当に続篇を書いて星海社の新人賞に投稿してきた人がいたのだ。

しかも、その作品は見事に新人賞を受賞、筒井さんの公認を得て正式な続篇として刊行されるという珍現象であった。当時、「マルクス・エンゲルスの中共珍道中」の続きを書こうと思った人も、きっといたに違いない。

「上下左右」は、すべてのページが図版という実験的な作品。『バブリング創世記』（78年２月／徳間書店）に収録されたものの、特殊な形式のためか同書の文庫版では割愛されている。新潮社〈筒井康隆全集〉第十九巻『12人の浮かれる男　エディプスの恋人』（84年10月）にも収録されたが、その後は筒井康隆の単著には入っていない。

創刊七百号を記念して大森望が編んだアンソロジー『ＳＦマガジン７００【国内篇】』（14年５月／ハヤカワ文庫ＪＡ）で初めて文庫化されたが、「三階、右から二つめの部屋はあなたの部屋です。あなたのせりふを入れてください」の注意書きを落としてしまったため、趣向が充分に伝わらなかったのが残念であった。

本書では、真鍋博氏のご遺族の了解を得て、初出時の扉イラストも含めて再録した。

「佐藤栄作とノーベル賞」は「週刊新潮」の依頼で執筆したものの没となり、ファンクラブ筒井倶楽部の会報「ホンキイ・トンク」に掲載された。単行本未収録。なお、この作品のテキストは高井信氏に提供していただきました。記して感謝いたします。

「クラリネット言語」は第二期「奇想天外」の末期（同誌は81年10月号で休刊）に二回だけ掲載された小説ともエッセイともつかない奇妙な作品。単行本未収録だったが、本書ではカメラマンの中村誠氏をはじめとした多くの方にご協力いただき、初出時の図版とともに収録することが出来た。

なお、鈴木章治さん、花柳小菊さんのご遺族が見つかりませんでした。写真の権利をお持ちの方、あるいは権利者をご存じの方は、編集部までご一報ください。


第四部には、単行本&文庫未収録のエッセイを収めた。各篇の初出は以下のとおりである。

ヤング・ソシオロジー（抄）
3　アングラ　「平凡パンチ」63年6月3日号
4　ヨット　「平凡パンチ」63年6月10日号
5　みなみ　「平凡パンチ」63年6月17日号
8　プール　「平凡パンチ」63年7月8日号
11　ウエートレス　「平凡パンチ」63年7月29日号

12　ゼンガクレン　「平凡パンチ」63年8月5日号

おれは野次馬（抄）

2　ショー番組は情報の拡散　「アサヒ芸能」69年1月12日号
3　権力と組織の誇示「紅白」　「アサヒ芸能」69年1月23日号
5　東大実況中継の制作費は　「アサヒ芸能」69年2月6日号
6　「11PM」地方局を見ならえ　「アサヒ芸能」69年2月13日号
7　ホームドラマ　虚構も欠損　「アサヒ芸能」69年2月20日号
8　ハプニングは創造可能か　「アサヒ芸能」69年2月27日号
9　ナンセンスCMがんばれ　「アサヒ芸能」69年3月6日号
10　疑似イベントお涙ショー　「アサヒ芸能」69年3月13日号
12　男のドラマをやってくれ　「アサヒ芸能」69年3月27日号
14　変わりばえしない一〇四本　「アサヒ芸能」69年4月10日号
15　反逆精神か思いあがりか　「アサヒ芸能」69年4月17日号
17　お前はただの現在なのか　「アサヒ芸能」69年5月1日号

集積回路（抄）

5　早寝早起きは保守的因習　「週刊朝日」71年4月9日号
6　「連呼型」はナチスの拷問　「週刊朝日」71年4月30日号

7　日本も犬ぐるい国になる　「週刊朝日」71年5月28日号
8　男性も悪いが女性も悪い　「週刊朝日」71年6月18日号
9　公害で東京は無人の町に　「週刊朝日」71年7月16日号
10　露出時代の反動がくる？　「週刊朝日」71年8月8日号
11　なぜ苦労して海に行く？　「週刊朝日」71年9月3日号
12　カネはぜんぶ硬貨にせよ　「週刊朝日」71年9月24日号
13　活字的思考でのテレビ論　「週刊朝日」71年10月8日号
14　いったい何が常識なのか　「週刊朝日」71年10月29日号

正気と狂気の間—精神病院ルポ—　「サスペンス・マガジン」65年5〜6月　※溷口裏名義
大阪万博ルポ　「西日本新聞」70年3月8日付（7回分）

連載エッセイのうち「平凡パンチ」の「ヤング・ソシオロジー」は新潮社〈筒井康隆全集〉第五巻『アルファルファ作戦　アフリカの爆弾』（83年8月）に初めて全編が収録された。全十五回のうち、本書に収録しなかった九篇は、それ以前に『欠陥大百科』（70年5月／河出書房新社）に収められ、そのまま本コレクションの第三巻に入っている。

「アサヒ芸能」の「おれは野次馬」は新潮社〈筒井康隆全集〉第七巻『ホンキイ・トンク　霊長類南へ』（83年10月）に初めて全編が収録された。全十七回のうち、本書に収録しなかった五篇は、それ以前に『欠陥大百科』に収められている。

「週刊朝日」の「集積回路」は新潮社〈筒井康隆全集〉第十一巻『乱調文学大辞典　家族八景』（84年2月）に初めて全編が収録された。全十四回のうち、本書に収録しなかった四篇は、それ以前に『発作的作品群』（71年7月／徳間書店）に収められ、そのまま本コレクションの第三巻に入っている。なお、第十二回「カネはぜんぶ硬貨にせよ」だけは、なぜか全集からも漏れていたため、本書が初の単行本化ということになる。

澱口襄名義で発表された「正気と狂気の間—精神病院ルポ—」は単行本未収録。同時期に「SFマガジン」に発表された「SF作家の精神病院ルポ」（65年5月号）とは内容が異なる。後者は「精神病院」として『欠陥大百科』に収録され、「精神病院ルポ」として新潮社〈筒井康隆全集〉第一巻『東海道戦争　幻想の未来』（83年4月）にも収められている。

「西日本新聞」の「大阪万博ルポ」も単行本未収録。初出では特に総タイトルはついていなかったが、本書では便宜上「大阪万博ルポ」としてまとめた。また今となっては、どのような展示があったか分からなくなっていると思われるので、それぞれのルポに添えられた各パビリオンの紹介も収録しておいた。この部分は無署名の新聞記事であり、筒井康隆が書いたものではないことをお断りしておく。

著者プロフィール

筒井　康隆（つつい・やすたか）

一九三四年、大阪生まれ。同志社大学文学部卒。工芸社勤務を経て、デザインスタジオ〈ヌル〉を設立。60年、SF同人誌「NULL」を発刊、同誌1号に発表の処女作「お助け」が江戸川乱歩に認められ、「宝石」8月号に転載された。65年、上京し専業作家となる。以後、ナンセンスなスラップスティックを中心として、精力的にSF作品を発表。81年、「虚人たち」で第9回泉鏡花賞、87年、「夢の木坂分岐点」で第23回谷崎潤一郎賞、89年、「ヨッパ谷への降下」で第16回川端康成賞、92年、「朝のガスパール」で第12回日本SF大賞、00年、「わたしのグランパ」で第51回読売文学賞を、それぞれ受賞。02年、紫綬褒章受章。10年、第58回菊池寛賞受賞。他に「時をかける少女」、「七瀬」シリーズ三部作、「虚航船団」、「文学部唯野教授」など傑作多数。現在はホリプロに所属し、俳優としても活躍している。

筒井康隆コレクションⅥ　美藝公（びげいこう）

発行日　平成二十九年四月二十七日　第一刷発行
著者　筒井康隆
編者　日下三蔵
発行者　松岡　綾
発行所　株式会社　出版芸術社
東京都千代田区九段北一—一五—一五瑞鳥ビル
郵便番号一〇二—〇〇七三
電話　〇三—三二六三—〇〇一七
FAX　〇三—三二六三—〇〇一八
振替　〇〇一七〇—四—五四六九一七
http://www.spng.jp
印刷所　近代美術株式会社
製本所　若林製本工場

ISBN 978-4-88293-478-3 C0093